王干　主编

2017中国年度作品

中篇小说

年度作品

中国出版集团

现代出版社

图书在版编目（CIP）数据

　2017中国年度作品. 中篇小说 / 王干主编. —北京：现代出版社，2018.3
ISBN 978-7-5143-6700-3

Ⅰ.①2⋯　Ⅱ.①王⋯　Ⅲ.①中篇小说—小说集—中国—当代
Ⅳ.①I217.1

中国版本图书馆CIP数据核字（2017）第317468号

2017中国年度作品. 中篇小说

主　　编：王　干
组稿编辑：庞俭克
责任编辑：申　晶
出版发行：现代出版社
地　　址：北京市安定门外安华里504号
邮政编码：100011
电　　话：010-64267325　64245264（兼传真）
网　　址：www.1980xd.com
电子邮箱：xiandai@vip.sina.com
印　　刷：三河市宏盛印务有限公司

开　　本：710mm×1000mm　1/16　　字　　数：382千字　　印　张：21.5
版　　次：2018年3月第1版　　　　　　印　　次：2018年3月第1次印刷
书　　号：ISBN 978-7-5143-6700-3
定　　价：48.00元

目　　录

摩擦取火 ·· 陈　仓（ 1 ）

雄鸡一唱 ·· 叶　舟（ 42 ）

大乔小乔 ·· 张悦然（ 85 ）

坠　落 ·· 周李立（119）

六　根 ·· 杨丽达（159）

旁观者 ·· 马金莲（191）

流杯池 ·· 黄　茜（217）

罐　子 ·· 葛　亮（248）

猎舌师 ·· 房　伟（273）

去往澳大利亚的水手 ································ 孙　频（297）

摩擦取火

陈　仓[①]

1

凡事需要上天来证明的，那基本就是谎言。

2

整整五年了，这是陈元第一次迈出大铁门。

陈元出门后，听到身后"吱咛"一声再"哐当"一声，已经走出十米开外了，他摸了一下自己的光头猛一回头，目光碰到大铁门的时候，像碰到一块冰一样打了一个激灵。

在里边的五年时间，他无数次地想象过大铁门一开再一关的声音。他曾经想让提前出去的狱友告诉他那大铁门一开一关究竟是什么感觉。有一次，陈元跟第二天就要出去的大胡子说了自己的想法，谁料想，被大胡子给骂了个狗血喷头。大胡子把拳头顶到陈元的鼻梁上，说，你什么意思？陈元说，没什

---

① 陈　仓　诗人、小说家。著有诗集《流浪无罪》《诗上海》《艾的门》，2015 年推出八卷本《陈仓进城》系列小说集，2017 年推出长篇非虚构小说《小上帝》。近年获得了第三届中国红高粱诗歌奖，第二届广州文艺都市小说双年奖，《小说选刊》（2014—2015）双年奖，《人民文学》第四届观音山游记征文奖，首届陕西青年文学奖，中国作家出版集团 2016 年度优秀作家贡献奖。

么意思啊。大胡子说，你是在咒我吗？陈元说，怎么会呢？我就是想知道大铁门一开一关的时候，会不会像刀子捅进去再拔出来的感觉。大胡子正好是因为动刀子而进来的，于是骂道，妈的，要不要我像当年一样再捅你一刀试试？这是监狱，又不是婊子房，你觉得我还会回来吗？陈元说，当然不会呀。大胡子说，我不回来，又怎么告诉你呢？陈元说，那还是别麻烦你了，我争取早点出去自己体会吧。

陈元发现这种声音并没有传说的那般刺耳。大铁门"吱咛"一声开了，而后又十分轻软地关上了。若真要他陈元打个比方的话，大铁门一开一关并不像白刀子进红刀子出那样的凶猛，倒像是一把手术刀在做一场手术，切开了经过麻醉的腹部，是缓慢而麻木的，甚至有点明亮的快慰。

陈元站在外边，打量着令他隐隐作痛的大铁门——大铁门漆黑漆黑的，虽然刚刚刷过了油漆，还是可以看出一点锈迹在努力地朝外透着。大铁门与大多数的门都是一样的，中间照样有一条缝，刀子一样的一条缝。陈元真想走近一点，从缝隙朝里看看，到底会看到什么。但是他一点儿也迈不开步子，因为里边的一切在他的脑海里已经扎根了，已经被放大了。比方说，院墙下边的一棵小草，在他的眼睛里，通过五年的时间，早已长成了一棵畸形的大树。

陈元是陕西丹凤人，来上海已经十年了，前五年是在外边度过的，后五年都是在里边度过的。在外边的时候，他刚刚过不惑之年，自己却迈进一扇大铁门，等他再迈出这扇大铁门的时候，没有想到他马上就知天命了。他在外边最后的身份是小学校长——上海市大沙镇菜场农民工子弟小学的校长，而在里边的时候，他的身份却是"那种人"。那两个字实在说不出口，他总觉得用那两个字定性的，不是他陈元而是他的孪生兄弟。

陈元想，妈的，我是那种人吗？在这个世上有谁知道我是那种人呢？又有多少人知道我不是那种人呢？恐怕绝大多数人，比如菜场小学的师生，大沙镇的居民，还有陕西老家的乡亲们，包括老婆屈爱琴、儿子陈改朝，都认定他就是"那种人"。

相对来说，明白他不是那种人的人，恐怕只有三个了。

一个是田老板，一个是仅有一面之交的不满十四岁的小丫头黄丽。第三个就是他陈元自己。自己明白自己，那相当于一百乘以零，结果还是等于零。

应该还有一个人明白他不是那种人，那就是苍天。

苍天明白自己，结果会不会也是等于零呢？

陈元想到这里，抬头看了看，此时的天空很蓝很蓝，蓝得似乎动一指头就会破碎一般。冬天的天空本来就应该这么蓝，并不是因为自己终于出来了而蓝的。他又摸了一下自己的光头，先是嘿嘿地笑了两声，而后再也笑不出来了。他清楚，在这个世界上，到处都是人，有几十亿的人，能证明他不是那种人的，可怜得仅仅只有两个，或者是三个——陈元还无法确定，那个办案的民警邢小利，是不是明白自己不是那种人。

为什么连他自己与苍天，都无力证明他的清白呢？

陈元从耳朵上取下一支烟，这是刚刚离开的时候，王管教送给他的临别礼物。王管教扔过来一支烟，对他说，不能再干那种傻事儿了啊，不仅丢人，而且蛮亏的，以后脱裤子之前，问一下人家有没有满十四周岁吧！我再给你普及一下法律吧，为了加大对未成年人的保护，最近国家对刑法进行了修订，如果未满十四周岁，如今像你这种"未遂"的，全部都是要重判的。

陈元没有正面回答王管教。在五年之中许多狱友像王管教一样，都拿那件事儿取笑过，他开始还会说一句，我是清白的。人家就哈哈大笑地说，你未遂嘛，当然是清白的了。后来，他发现自己的辩解很无力，一是清白的人怎么会在里边呢？二是他写过的几封申诉信都石沉大海了。万般无奈，他干脆把那种人想象成了自己的孪生兄弟，予以漠视。

陈元笑了笑说，你也快了吧？王管教说，我和无期徒刑差不多，这辈子算是耗在里边了。听上去，王管教似乎不是管教，而是罪恶更加深重的人。陈元想，王管教除了领了一份薪水之外，与他陈元不一样的地方并不明显。

陈元把烟叼在嘴上，打量着四周。有位大妈清扫完了落叶，放下手中的大扫帚，靠在马路边上的一个角落里，掏出打火机先给自己点燃了一支烟，然后远远地问陈元，你想借火吗？

陈元说，我有，不需要。

正好风刮了起来，她的打火机就熄灭了。

陈元走向了大妈。其实他走向的不是大妈，而是大妈靠着的一面墙壁。

陈元撕开棉衣的袖子。这身黑色的棉衣是新的，是出来前王管教送给他的。陈元像往常一样，从棉衣袖子里掏出一小撮棉花，放在手心搓成了一根棉花条子。他蹲下去，脱下一只鞋。这是一只布鞋，也是王管教送给他的。这么多年从来没有人给陈元送过东西，于是在出来之前，王管教就送了他一身衣服，还安慰了一句，等你回去了家里人就原谅你了。

陈元用那只布鞋，把那根棉花条子压在一面墙上，开始上上下下地摩擦着。那种动作有点像在磨刀，而且越磨越快。这是刚进去的时候，他发明的取火之法。刚进去的时候有烟，但是没有火。火保管在王管教的手中。王管教害怕他们生事，把火都给没收了。在外边的时候，陈元除了是校长之外，平时是一名物理老师，他懂得摩擦起火的原理，就是一个物体与另一个物体紧密接触、来回移动的时候会产生一种力，它的大小与物体表面的光滑程度和重量有关。在这种力的作用下，物体的内能不断增大，温度会越来越高，最后就达到了着火点。在进去的第七天晚上，他利用这种原理，从光秃秃的墙上帮大家取到了火，从而成为神一般的人物。从此，他们撕开自己的棉衣，用一只鞋压住棉花，在墙上猛烈地摩擦。夏天不穿棉衣，那就撕开被子。棉衣和被子总是被他们撕得越来越薄。尤其是四面墙，被他们摩擦得油光发亮，像打磨出来的一面镜子。

相比之下，外边的水泥墙粗糙多了。

陈元仅仅摩擦了几分钟，棉花条子就燃烧起来了。

他从棉花条子中间轻轻地吹出了火苗，把自己的烟点着了。

大妈并没有走开，吃惊地凑过来说，你这招在哪儿学的？陈元说，当然是在里边了。大妈说，你从里边出来的？还以为你是过路的呢。陈元回过头，再次看了看大铁门。门缝里边的世界像一把一指宽的刀子，被磨得闪闪发亮。里边很安静，大部分事物都隐没其中，似乎偌大一个地方什么也不存在。

陈元有些窒息。他是真真切切地进去过了，而且是真真切切的五年。

五年前自己是清白的，经过日日夜夜的洗刷自己仍然还是清白的吗？

到底是谁夺走了他这五年的时光？这些时光到底都流到哪里去了？在邢小利那个民警那里，在姓田的那个超市老板那里，还是在十四岁不到的小丫头黄丽那里呢？

陈元觉得，他有必要去找找他们，看看能不能找到他白白流走的含着屈辱的时光。

3

陈元蹲在大铁门前边吸完了一支烟。

他迷茫地问大妈，大沙镇怎么走呢？

大妈说，不远，你坐地铁九号线吧，九号线全线都开通了。

陈元记得十分清楚，地铁九号线二期遗留段是自己进去的前一年开通的。开通那天陈元十分兴奋，因为在菜场小学的背后设有一个出入口。有老师问他，你高兴什么呢？上海不是你家的，地铁站也不是你家的。陈元说，它不是我家的，却是咱们菜场小学的，它是菜场小学给我这个校长配的专车！他本来是没有任何事儿的，但是那天，他对着所有的学生说，你们还没有去过徐家汇吧？走，坐我的专车，咱们去徐家汇拜一下徐光启，再逛一下清朝的那个藏书楼。于是，他把学生全部组织起来，排着队，举着小红旗，唱着《我们是共产主义接班人》，坐着地铁九号线来了一场体验之旅。

大铁门外边，是一条并不繁华的大路，大路上边建起了高架桥，显得有些凌乱和荒凉。两边的梧桐树叶子已经落光了，却还有一些没有消融的雪花。原来这座城市下雪了。自己在外边待过五年，都没有下过一次雪。在里边待过五年之后，一切就面目全非了，很少下雪的江南也开始下雪了。

前往地铁站的时候，路过一家理发店，陈元一下子钻了进去。当他坐在一面镜子前边的时候，突然发现自己不应该理发。自己的头发已经很短很短了，而且大面积地谢顶，和光头是没有什么差别的。有一个小丫头走过来说，大爷，你要剃光头吗？陈元说，我现在不是光头吗？小丫头说，你这不算光头，你还是剃光头吧，说得不好听一点儿，你这不清不白的，让人感觉很不舒服。

陈元一边退出门一边问，我怎么不清不白了？

小丫头对着他的背影说，你这个头呀，头发吧又不长，剃吧又没有剃光，有点像犯人。

陈元回过头说，你从哪里看出来我像一个犯人？

也许因为做不成生意，小丫头就恶狠狠地说，不仅是头发，还有感觉，彻头彻尾像个犯人。

小丫头似乎是一个未成年人，还带着稚嫩的腔调，让陈元忽然想起了小丫头黄丽。他在心里又骂了一声，妈的，我怎么就成犯人了呢？犯人是凭着感觉的吗？当年他们就是凭着感觉把我逮起来的吗？陈元毅然决然地离开了理发店。他希望自己的头发瞬间就长出来，长成他原来的一头披肩长发——没有进去前他留着一头长发，每次和人说话的时候都会朝后甩一下，那是多么潇洒啊。

在九号线的地下通道，陈元看到了一间小店，是卖假发的小店。他不管三七二十一，就挑了一个假发。他戴上假发，对着镜子凝视着。假发有原来那么长，也是又黑又亮，但是戴在自己头上，味道完全不一样了。或许是自己老了，脸上的皱纹多了；或许是假发就是假发，它永远不可能成为身体的一部分，像他身上曾经背负的所谓的"罪名"。

他还是愿意戴着假发。戴着假发起码给人的感觉不再像个犯人了。

不是他想逃避什么，是因为他根本就没有犯过什么。

陈元坐上地铁九号线，半个小时就到了大沙镇。从地铁大沙镇站二号口出来，前边就应该是菜场小学了。陈元顺着四周找了一圈，那所自己办起来的菜场小学已经不见了。院墙，几座平房，一个小操场，一根篮球架杆，一点痕迹都不见了。四周全部变成了高楼大厦，只有小操场的位置和原来一样空旷，确确实实地建起了一个菜市场。

陈元钻进了菜市场。已经过了采购的高峰期，菜市场人并不多，地面上污水横流，里边掺着血水、鱼鳞和菜叶。几个摊主懒洋洋的，有人问，大妈，你要萝卜青菜吗？冬天多吃萝卜青菜不容易感冒。有人说，大妈，割点肉回去吧，马上过元旦了，而且北方下大雪了，说不定要涨价了。

陈元扶了扶自己的假发。同样是披肩长发，年轻的时候从没有人把自己误会成女的，如今为什么人人见了他，都叫他大妈呢？

陈元低头看了看，污水中的自己确实像个大妈。

陈元想辩解一下，张了张嘴还是作罢了，是大爷还是大妈对别人对自己有什么关系呢？

陈元在一个大妈的摊位前，犹豫了一会儿站住了。他觉得这个大妈不太一样。不太一样的是大妈有点眼熟，似乎原来在大沙镇遇见过。让他眼熟的，其实也不是大妈的面孔，而是大妈眉心上的一颗黑痣。有豆子那么大的一颗黑痣。但是，他站了几分钟，大妈并没有任何反应。

大妈说，你是要西红柿吗？

陈元说，嗯，来一斤吧。

大妈挑拣了几个西红柿，陈元执意要付钱的时候，大妈说，我不收你的钱。陈元说，为什么？你认识我吗？大妈说，我不认识你，但是我看你不像个买菜的，陈元真想问，自己怎么就不像买菜的了？他不明白什么样子的人才像买菜的，是指有家的人，还是指一日三餐有着落的人呢？

陈元离开的时候，还是没有忍住，回头问大妈，这里原来好像不是菜市场吧？大妈说，你原来在这里住过？这里之前确实不是菜市场，最早是一个纸板厂，后来办了一所学校，农民工子弟学校，农民工子弟学校关掉后，有段时间成了屠宰厂，杀猪杀羊杀鸡，什么东西都杀，再后来发生禽流感，屠宰厂也被关掉了，在旁边盖了居民小区，居民闹腾了好长时间，说是没有地方买菜，就建成了这么个地方，这个菜市场刚开张不久。

陈元摸出一个西红柿在袖子上擦了擦，咬了一口。

陈元一边吃一边说，为什么关掉了呢？

大妈说，你是指纸板厂还是小学？

大妈拉了一条板凳，让陈元坐下聊。大妈说，当时大沙镇有很多工厂，有制衣厂，有五金厂，有建筑公司，外来打工的都住在这里。每年夏天有好多孩子，从全国各地赶到这里看望父母，假期结束的时候，孩子们个个都哭着闹着不愿意回去，有的抱着大树，有的抱着电线杆，想留在父母身边，但是根本没有地方念书，好多孩子干脆辍学了，留在大沙镇上打工，小小年纪，有的进了理发店，有的进了商场，有的拾垃圾。其中有个陕西来的小丫头为抢一个空瓶子，被另一个孩子推到小河浜里，活活地淹死了。

陈元两口下去，连柄也没有留下，就把一个西红柿给咔嚓掉了。

他的眼睛湿润了，在他模糊的眼睛里，那一幕幕再次浮了上来。

当时，他随着一家大型建筑公司来到了上海大沙镇。他是一个中专毕业生，在学校学的是工程监理，按说学历不高，在硕士博士成群的上海，是没有他立足之地的，但是他文笔不错，而且会写一手不错的毛笔字。他到建筑公司打工之后，除了负责监工之外，还兼公司的宣传与文案，比如写写"安全就是生产力"之类的标语。有一年，他的女儿来上海度暑假，眼看着假期就要结束了，但是女儿哭哭啼啼地央求他说，爸爸，让我留下来吧。陈元说，留下来干什么呢？女儿说，留下来念书啊，关键是我回去的话，别人欺负我怎么办？陈元说，不是有妈妈和哥哥吗？女儿说，哥哥和妈妈，一个是小麻秆儿，一个是小麻雀，保护不了我呀。陈元说，那你是什么呢？女儿说，我是一片小树叶子，也保护不了自己呀。陈元说，我也想让你留在爸爸身边，这样就有人给爸爸做饭了。

女儿十二岁，只比桌子高出半个头，但是已经会下厨做饭了。女儿说，我留下来的话，天天给爸爸做好吃的。陈元说，你能做什么好吃的？女儿说，多着呢，面条、锅盔、葱油饼，我还会蒸大米饭。最后一个晚上，陈元从工地回到宿舍的时候，发现桌子上已经摆好了饭菜。一盘西红柿炒鸡蛋，一盘醋熘土豆丝，一盘腊肉炒青椒，还有一盆西红柿鸡蛋汤，两只碗里盛上了大米饭。建筑公司有食堂，陈元基本是吃食堂的，但是公司里的兄弟们，来自天南地北，大家对饭菜的要求不一样，有的喜欢吃甜食，有的喜欢吃辣椒，有的喜欢吃又甜又咸的，所以总是那么不合口味。于是他空闲的时候，还是自己亲手烧饭。

女儿说，怎么样？陈元说，米饭特别香。女儿说，这是我的绝招。陈元明白，她的绝招是从她妈那里学的，淘好米之后，在锅里放一点盐，再放一点油，蒸出来的米饭不仅粒粒不粘，而且香喷喷的。女儿说，你没有发现问题吗？陈元说，没有啊，都是我喜欢吃的。女儿委屈地说，爸爸不老实，你没有发现西红柿炒鸡蛋与西红柿鸡蛋汤重样了吗？陈元说，不呀，一个是炒的，一个是汤，怎么会一样呢？女儿说，爸爸喜欢，我以后天天给你做，我有几个拿手菜还没有亮出来呢。

陈元低下头只顾着吃饭，真不知道再说什么好了。为了女儿，白天他去过附近的几所学校，也去过大沙镇教育部门，打听下来的结果是，像他这样没有上海户口，没有居住证，四处流动的建筑工人，子女根本不可能留在这里上学。陈元吃完了饭，女儿又忙着洗碗。陈元说，爸爸对不起你，马上要开学了，你明天还得回去。

那天晚上，父女两个坐在一片荒凉的工地上。这个工程是一个居民小区，地基已经打好了，墙已经砌出了两米高。他们两人坐在墙头上，静静地看着远处的灯火和天上的星光，一直坐到了凌晨四点。

陈元说，四点了。

女儿说，那走吧。

陈元与女儿回到宿舍，收拾了一些行李，准备送女儿去汽车站。大沙镇那时还没有通地铁，陕西丹凤也没有通火车。女儿必须坐大巴到河南南阳，再转车回家。陈元带着女儿来到恒丰路汽车站，女儿在进站的那一刻突然回头说，爸爸，如果我迷路了怎么办？陈元说，你怎么会迷路呢？来的时候也是你一个人呀。女儿说，爸爸，若我被人贩子拐走了呢？陈元说，我给司机交代过了，他会帮你转车的，你听他的话就行了。

女儿检完票之后，她猛然回过头，一下子冲了出来。女儿坐在汽车站外边的广场上，紧紧地抱着一棵梧桐树不放。女儿说，我还不想走，明天走吧。陈元说，那车票就作废了。女儿说，我有钱，我挖药赚了好多钱，就为了来看爸爸的，如果作废了我还你。陈元说，爸爸不是这个意思，你要回去念书。女儿说，我不想念书，我只要爸爸。女儿说着，又哭了起来。陈元也哭了起来。无奈，陈元把女儿又带回了工地。

陈元的老婆屈爱琴打电话来催了，说是要上六年级了，学校马上就要报到了，怎么还不见女儿回家呢？陈元说，明天就回去，或者是后天就回去。女儿抢过电话说，我不回去了，我在上海念书了。屈爱琴说，上海除了楼房高，学校有什么好的？女儿说，当然好了，不但上语文数学英语，还会教我们打排球呢，我以后说不定就像郎平阿姨一样，成了"铁榔头"。屈爱琴说，你就吹吧，小心变成了"铁疙瘩"，不过你留在那里也好，可以盯着你爸爸不要让他花心。女儿说，你说什么呀？我爸爸想花心，怕也没有机会。屈爱琴说，堂堂大上海，十里南京路，怎么没有机会？你可不能跟你爸爸一起糊弄你妈妈。

女儿说，爸爸待的地方，除了砖头就是水泥，你就放心吧。

第二天一清早，陈元就出门了。他买了几条中华烟，去了附近的那所学校。他想找校长再谈一谈，希望让女儿进去。没有桌子，哪怕自己买张桌子；没有地方，哪怕在教室的拐角上站着；如果连站着都不行，那就让她坐在窗子外边。总之，他必须让女儿上学。让他最为悔恨的，就是自己书念得少。如果自己不是中专毕业，而是大学本科毕业或硕士博士毕业，那他绝对不会活成现在这个样子。起码有一点，可以在上海落户，或者办理人才引进类居住证，有了户口或居住证，自己就成了上海人，能享受上海人的待遇，女儿自然也可以留在上海上学了。

但是与过去一样，陈元刚刚靠近学校大门，还没有开口说话呢，就被保安给撵走了。保安说，你为孩子上学这事儿来的吧？别做这个梦了，除非你是居民、镇长或流氓，如今开学报到已经结束了，镇长和流氓恐怕说话也不算了。

第二天一清早，女儿也出门去了。女儿给陈元的说法是，与工地上的几个小伙伴一起出去玩玩。女儿晚上回来的时候，手中提着一把韭菜、半斤五花肉、几个土豆。女儿洗了一把黑乎乎的小手，说是要烧晚饭了，做土豆焖肉给爸爸吃。陈元说，你去哪里了？玩得那么疯？女儿从身上掏出四十块钱，神秘地塞到陈元的手中说，我可以帮爸爸赚钱了。陈元把钱狠狠地摔在地上，很生气地说，谁要你赚钱了？有本事你给我赚四万块回来！你这么大孩子，为什么不听话呢？你现在最重要的是什么？是念书！是回去念书！

第三天一清早，陈元去工地上班，想在午休的时候再去另外的学校试试。女儿照样提着一个塑料袋子出门去了。她与几个同样辍学的孩子约好了一起去捡饮料瓶子，一个饮料瓶子可以卖两毛钱，一天下来每个人可以捡几百个瓶子。

那天，陈元正在刷写标语。上边来检查安全质量前，工地上都是要刷写标语的，无非还是"欢迎领导莅临指导"等，当陈元把一条横幅刚刚写好，正在朝工地上悬挂的时候，眼睛突突地跳了几下。正好这时他接到了一个电话。电话是民警打来的，事后他才知道这个民警叫邢小利。

邢小利说，你是不是有个女儿在上海？陈元说，你谁呀？邢小利说，我是派出所的。陈元说，派出所也管孩子上学吗？陈元以为自己这几天跑来跑去，终于有人被感化了，要安排女儿上学了。

邢小利说，上什么学？到哪里上学？你快点过来吧，过来就明白了。

当陈元赶到一条小河旁边的时候，那里已经被围得人山人海。大家让出一条通道来。陈元不明白为什么大家会让出一条通道，他从来没有受到过如此尊重。陈元有点茫然。当时他已经是一头披肩长发了。他从人群的夹缝中穿过的时候，不停地朝后甩着自己的长发。在小河边的草地上，躺着一个人，确切地说是一个孩子。她身上的衣服湿淋淋的，紧紧地贴着瘦小的身体。双手、大腿和脸上糊满了污泥，像一个还没有捏好的泥人儿，看不清面目。

没有一个人吱声。

陈元说，怎么回事？

有个民警上来说，我是邢小利，你辨认一下，这是不是你家的孩子？陈元再次细微地看了看，他看到她下巴旁边的一块红色的胎记，看到左胳膊上的一道褐色的伤疤。她手里紧紧地握着一个瓶子，瓶子里没有饮料，而是灌了半瓶子泥水。陈元说，妞妞，怎么睡在这里了？妞妞是他女儿的乳名。

他要上前摇醒她。

但是邢小利说，她已经停止呼吸了。

陈元迷茫地望了望旁边的人。有个护士说，是的，我们赶到的时候，她已经停止呼吸了；有个穿着靴子的男人说，我们把她从水中打捞起来的时候，已经停止呼吸了，掉到水里三十多分钟呢，谁有这么大的本事还活着呀。

陈元像一个聋子似的，大声地问，你们说什么？

旁边有两个工人，是工地上的工友，陈元是认识的。一个工友说，她和我们家的孩子一起，在这里拾饮料瓶子，另外一帮孩子不让，说这是他们的地盘，就把她逼到了河边，然后，然后，她就掉下去了。另一个工友说，什么掉下去了？是被推下去的！

有两个孩子在瑟瑟地发抖，他们哭着点了点头说，我们是一伙的，所以不是我们推的，是那个孩子推的。

这里不得不向各位交代一下田老板了。

田老板当年五十来岁，也不是上海本地人，但是他张口就是"阿拉"，闭口就是"伊们"，其实他只会阿拉和伊们几个词，所以没有人知道他是哪里人，都以为他是上海本地人。田老板胸口文了一条龙，远远看上去，怎么都不像一条龙，而像半根霉烂的草绳子。有人问，这文的是什么呀？他啪啪地拍着胸脯说，是龙呀！阿拉是龙的传人。有人说，龙头在哪里？依我们看，倒像一条蚯蚓。他赶紧把衣服敞开说，有句古话怎么说的？见头见尾不见身！我这条龙啊，是见尾见身不见头，侬就不懂了吧？说完，他会自己解释说，龙尾龙身都文好了，一只眼睛都文好了，仅仅剩下一个龙头了，但是那个痛呀，太他妈的难受了，所以真是太遗憾了。田老板之所以叫田老板，是因为他在大沙镇开了一家超市，规模还是比较大的，里边不仅有服装鞋帽和日用百货，还有蔬菜瓜果、食品香烟和安全套、避孕药。

把陈元女儿推下水的，就是田老板的孙子。田老板的孙子不可能外出拾饮料瓶子，即使是拾饮料瓶子也不会为钱。他们当然不缺钱。可是那天，田老板孙子在那里玩耍，看到陈元的女儿在那里拾瓶子，就上前问，你拾瓶子干吗？女儿说，拾瓶子卖钱呀。孙子说，你要钱干什么？女儿说，买东西呀，还要买菜呀，我要给我爸爸买条鱼。孙子说，买条鱼干什么？女儿说，还能干什么，当然是做晚饭了。孙子说，瓶子是你能随便拾的吗？这些都是我的，我就住在旁边，别说几个瓶子了，就是地上的毛毛虫也是我的。于是两个人追着，就跑到了小河边。

事后，在民警邢小利主持调解的时候，有人说陈元的女儿是被田老板的孙子推下水的，有人说是她自己滑下水的。邢小利说，不管怎么样，人已经死了，除了赔钱还有什么办法呢？我提一个数字，就六十万元吧。田老板说，一个乡下小屁孩子，哪值这么多啊？陈元说，我给你六十万元，买你孙子一条命怎么样？田老板说，侬能拿出那么多吗？反正阿拉是拿不出来的。民警邢小利说，拿不出来也得拿，你不是还有一家超市吗？田老板说，阿拉孙子还是孩子，这个情况也得考虑进去吧？民警邢小利说，你孙子多大？若超过十四岁了，还要负刑事责任，属于故意杀人你明白吗？

最后，田老板赔偿了三十五万元。陈元拿到三十五万元之后，却一分钱都不敢花。每花一分钱好像都是在出卖他女儿的命。所以思来想去，他就想到了那群辍学的孩子。到了第二年春天，附近一家纸板厂倒闭了，陈元就盘下了那块地方，准备办一所农民工子弟学校。申请开办小学的时候，陈元见人就哭诉自己女儿是如何如何想留在上海，是如何如何被人推到河里淹死的。也许是被感动了，也许是农民工子女不上学，在大街小巷四处晃荡，毕竟是一种社会隐患，所以就得到了当地政府的支持。

因为学校门前有一条马路叫菜场路，陈元干脆给这所迷你型的学校起了个名字叫"菜场小学"。陈元自己亲自担任校长，从外地招了几名一心想到上海发展的老师，又在旧厂房里添置了一些桌椅板凳和教学用具，还在操场上竖了一根旗杆和一根篮球架杆，学校很快就开学了。

这些都是旧话，按下暂且不提。

大妈从自己摊子上，抓起一个西红柿，也啃了起来。大妈说，纸板厂倒闭之后，这里开了一家农民工子弟学校，办学校的钱说是校长的又不是校长的，其实是一个姓田的老板卖掉自己的超市赔给校长的。可惜好景不长，校长出事儿了。可能是冤家路窄吧，有一天田老板报案，说干女儿被人给那个了。那个校长姓什么来着？如今记不得了，就被抓起来了，被判了整整五年。为什么被判五年？说是干女儿未满十四岁，不管怎么样都是犯法的。

陈元浑身一阵颤抖，忽然站了起来。

大妈说，校长被判刑之后，学校自然就关门了。

陈元说，那些学生呢？大妈说，本来就没有多少学生，据说通过报纸和电视台一报道，政府怕事儿闹大了影响不好，特事特办，不管是外地的，还是哪儿的，也不讲什么条件了，统一安插到附近的公办学校念书去了。前几天听说，有些孩子明年初中毕业，照样不能在上海上高中，要想继续念高中考大学，还得回老家，老家都没有人了，这些孩子怎么回去？大家都念着那个校长，若那个校长不进去的话，他们的孩子恐怕连初中都上不完，现在毕竟是初中毕业，也不算文盲了。

陈元又掏出一个西红柿咬了起来。

在里边的五年中，他多少次猜测过农民工子弟学校的命运，什么结果都想过了，想到了关门，想到了被别人接替继续办着，唯独这个结果是自己万万没有想到的。自进去之后，这是第一次接收到让自己有点欣慰的信息。

陈元在准备离开的时候问，你相信校长是那种人吗？大妈说，我们普通人，相信不相信有什么用呢？这得听警察的吧？那个田老板，把大超市赔进去了，不排除他设计圈套，来打击报复校长。我当时在那家宾馆当服务员，虽然在眼皮子底下，也没有亲眼所见，什么都是猜测的，所以这是是非非，再怎么想也是白想。

陈元说，你做过宾馆服务员？

大妈说，是呀，在那个红星宾馆，田老板超市的隔壁，你在那里住过吗？当时我在那个宾馆当服务员，而且那天晚上还是我值班，警察跑过来的时候，我才知道出事儿了。

陈元忽然意识到，他之所以对大妈那么眼熟，就因为当时在红星宾馆的前台，他向她打听过宾馆内部的保健按摩房在哪里。她告诉他就在宾馆二楼的时候，顺便提醒了一句"我们的按摩房是正规的"。陈元在上楼之前还拿她眉心上的那颗黑痣开过玩笑。陈元说，你是斯琴高娃吗？她说，如果我是斯琴高娃的话，我就去韩国把这颗黑痣给祛掉。陈元说，那可是一颗福痣，祛掉你就当不成明星了。

想到红星宾馆，陈元又开始窒息了。他从身上急忙摸出一支烟，从撕开的袖子里掏出一撮棉花，搓成一根棉花条子，然后脱下自己的布鞋。但是菜市场的墙似乎是塑料板或光滑的预制板，地板上到处都是水渍与垃圾，根本容不得陈元进行摩擦。

大妈从另一个摊子上借过来一个打火机。

陈元说，不需要，我有火。

大妈接着说，出了那种事儿之后，红星宾馆因为生意冷清就被拆迁了，我也下岗了。你别看是在宾馆当服务员，那可是国营宾馆，食堂随便吃，空闲的房间随便住，电话也是随便打，工资不高，但是全部都落下了。我常在想，若没有发生那件事儿，宾馆会不会倒闭呢？若不倒闭的话，大沙镇现在属于迪士尼板块，酒店的日子是不是更好过了？我会不会当上经理了？如今我摆的这个摊子，肯定是赚钱的，可惜它不是我的，我是给人家老板打工的。

陈元不想再说什么了。

他必须到外边去，找一堵能摩擦取火的墙。

他向大妈询问了一下大沙镇派出所的位置，知道派出所还在当初的那个地方。

正是中午休息时间，陈元坐在派出所对面的一家小饭馆里要了一碗面条，一边吃着一边看着派出所那排低矮的房子和像杂货铺一样的院子。只有这些地方，可谓"铁打的衙门"。菜场小学倒闭了，红星宾馆倒闭了，田老板的超市也转让了，唯有派出所还那么破旧地设在那里，不会受到任何人命运的牵连。

4

陈元去大沙镇派出所，就想找民警邢小利。

他出的那件事儿也是邢小利一手经办的。他想看看在他进去的五年时间里，那些人最后的情况都是什么样子，其中包括那个狗日的田老板、不知轻重的小丫头黄丽，当然还有邢小利本人。只有这三个人，或者只有前边的两个人，是他那件事儿的主人公。

陈元吃完一碗面条，围着派出所转了一圈。当初为了女儿的事儿和自己那件事儿，没少来这家派出所。其实，他为女儿的事儿来派出所的次数比较多，为自己那件事儿只来过一次，就那么一次，便彻底给交待过去了。

陈元记得，派出所背后那条巷子比较深，七拐八拐地一直通往稻田，穿过稻田就到了女儿出事儿的小河浜。有一位大爷，在巷子宽大一点的拐角处，摆了个自行车修理点。大爷叼着一支烟，正在低头补胎，见陈元站在旁边不走，便问，你要补鞋吗？陈元说，你不是修自行车吗？大爷说，自行车都能修，修鞋还不是小菜一碟？陈元本来没有什么要修，还是拉过一条板凳，把鞋脱下来扔给了大爷。大爷看了看说，哪里烂了？

陈元说，没有。

大爷说，那补什么？

陈元说，你看着补吧。

大爷笑了笑说，你偏脚，鞋底子要垫一垫才好穿。

陈元说，从这里朝前走，是不是一块稻田？大爷说，是啊，原来稻田里长稻子，现在稻田里开始长房子了。陈元说，再往前是不是一条小河浜？大爷说，原来叫柳沙河，如今叫景观河，不过再怎么变，流水是不变的，照样是可以淹死人的。陈元说，没有设栏杆吗？大爷说，没有栏杆的时候，是被别人推进去的，现在设了栏杆，都是主动跳进去的。陈元说，跳进去洗澡吗？大爷抬起头说，洗澡？在臭水里洗澡，岂不是越洗越脏？陈元说，那干什么？大爷说，是寻死，也就是自杀。经我的手捞起来的，有七八个了，最小的那个，是陕西的，才十二岁，是被推进去的；最大的那个是一个姓田的老板，都五十多了，是自己跳进去的。

陈元说，他那么大把年纪了，为什么要跳进去？大爷说，是活腻烦了吧。那天我去小河浜里钓鱼，听到"扑通"一声，以为有人落水了，我跳下去把他给拉上来了，你知道拉上来之后出什么事儿了？陈元说，死了？大爷说，哪死了？活着呢！是我救上来的唯一一个活着的，而且是唯一一个不想活的。

哎哟，妈的。大爷似乎被手中的刀片削破了，手指头在流血。

大爷说，谁知道救人还救出麻烦了。陈元说，这是做善事儿，他们理应谢谢你。大爷说，还谢呢，救了那么多人，连根烟都没有抽上过。陈元当时确实没有问过是谁把女儿捞上来的，也没有说过一句谢谢。

陈元抽出一支烟，递给了大爷说，我要谢谢你。大爷说，你是谁呀？我又没有救过你。陈元真想告诉大爷，那个陕西的孩子是自己的女儿，就是他给捞起来的，好像大爷还说过，他捞了半个小时。如果陈元说出这些，会引出自己后边的事儿。虽然后边的事儿都是莫名其妙的，因为没有人证明是莫名其妙的，所以那种羞耻依然储存在别人的眼睛里。

大爷说，田老板胸脯上文了一条龙，当我把他拖到草地上，他竟然拍着张牙舞爪的胸脯指责我不应该救他。我说，你又不是一头畜生，我怎么能见死不救呢？他说，我就是畜生，一心想死的畜生，是你让我没有死成。我说，那你自己再跳下去吧。他说，水那么深，想跳就能跳啊？这需要勇气的！他缠住我，非让我把他给推下去。你说说，我敢把他推下去吗？他有个大超市，孙子把人家女儿推下去，赔了三十五万元，如果我把他推下去，我拿什么赔人家？恐怕只有光屁股了。

陈元说，他寻死，不会是因为赔钱吧？大爷说，有关系，但似乎又没有关系，当时大超市已经转让掉了，连第二个案子都发生了。第二个案子牵扯到的还是田老板他们两个人，所以各种各样的猜测就非常多，有人说他们上辈子就是冤家，也有人说他们都上了别人的圈套。反正田老板非得让我把他推下水去，不然就不准我离开。

大爷说，我那时还在派出所上班。

大爷朝着派出所的屋顶瞄了一眼，屋顶上有一根不高的烟囱。已经过了午饭时间，所以并没有冒烟。不冒烟，或许因为那个烟囱已经不是烟囱了。

陈元说，你在派出所干什么？大爷说，厨师，他们临时雇的。我正急着回去给派出所做午饭呢，但是田老板抱着我死活不放，我赶紧给派出所打电话，副所长邢小利赶了过来。陈元说，邢小利不是民警吗？大爷说，是刚刚升任副所长的，可能一连办了两个案子，所以立功了吧。

大爷又"哎哟"了一声，另一个手指头也被刀片削破了。

有个小伙子推着自行车来修，大爷说，我这是补鞋的，不修自行车，工具都在那里，你需要的话自己动手吧。陈元笑了笑说，你怎么又变成补鞋的了？

大爷说，生气啊。我回到派出所的时候还不到十二点，比平时开饭也就晚了半个小时，结果你猜都猜不到。当我洗完碗，刚解下围裙呢，邢小利就来通知我，让我第二天别来了。我问，别来了是什么意思？邢小利说，我们要另请厨师了。我说，不就晚了半个小时吗？又没有饿着谁，何况我是见义勇为去了，不是我的话田老板就死了。邢小利说，他死不死与你有什么关系？何况他这种人多一个少一个有什么影响吗？我说，好歹也是一条命吧？邢小利说，反正你的行为影响了本职工作，辞退你也是经过派出所研究的。我说，你跟谁研究的？我在这里做了十几年饭，你刚刚升任的一个小小副所长就把我开除了？邢小利说，开除了又怎么样？我说，你恐怕居心不良吧？邢小利说，你说说看，我怎么居心不良了？我说，感觉你希望田老板死。

大爷又抬起头，朝派出所那边的屋顶瞄了一眼，而后低着头嘿嘿地笑了。

陈元说，后来呢？他们给你说法了吗？大爷说，食堂是邢小利分管的，不就他一句话吗？他让我走，我能不走吗？当天离开派出所后，我变成了无业游民，有阵子在这里开过冷饮摊，可是从这里经过的，要么是报案的，要么是犯事儿的，都是火烧火燎的，哪有心情坐下来喝一杯呢？尤其到了冬天，一根冰棍儿也卖不出去，万般无奈我就摆了这个摊子，说实话这个摊子也不怎么样，原来骑自行车的人还挺多的，现在大部分换成小汽车了。

陈元又想用棉花取火了，但是大爷已经修好了鞋。大爷说，你试试吧。陈元穿上鞋试了试，果然走起路来平稳多了，不再歪歪扭扭的了。

陈元说，多少钱？

大爷说，不要钱。

陈元说，为什么？

大爷笑了笑说，我这是自行车修理点，补鞋只是义务的。

陈元看了看天，晴朗的太阳有点偏了。陈元便辞别了大爷，拐到了派出所的大门口。保安拦住陈元说，你报案吗？陈元说，我找人。保安见陈元有点迟疑，便说，最近风声紧得很，如果找人办私事儿，我劝你还是省省吧。陈元说，我想找邢小利，副所长邢小利。

保安说，你是他什么人？陈元说，什么人都不是。保安说，你在这里有案子？陈元说，也不是。保安说，那到底是什么？陈元说，我亲自和他说吧。保安说，他已经不在这里了。陈元说，我真没有什么事儿，找他就是想看他一眼。保安说，你们是朋友吗？陈元说，算是吧，所以你就没有必要骗我了。

保安说，我没有骗你，实话告诉你吧，他现在在城西监狱里。

陈元一愣，那不是自己刚刚出来的地方吗？

陈元说，他调到那里去了？保安说，调？什么叫调？他是服刑去了，他犯法了你不知道吗？人家躲他都来不及，你还主动往上贴呀？陈元说，犯什么法了？保安说，除了杀人越货，现在能犯法的，不就是贪污受贿吗？我一年前来当保安的时候，他已经进去了，据说除了受贿之外，还有侵占他人财产。陈元说，判了多少年？保安说，具体我也说不清楚，大概是五年吧。陈元说，没有带出别的什么案子吗？保安说，你是指同伙吗？同伙倒是有一个，是他手下的一个民警。

陈元心想，肯定没有牵连出自己的事儿。若自己的事儿有了转机，他应该早就被放出来了。

陈元对邢小利一下子失去了兴趣。即使邢小利没有进去，如今见到了邢小利，他又能和邢小利说什么呢？告诉他自己出来了？继续告诉他自己是被冤枉的？问一问是不是他邢小利设下的圈套？那又能怎样呢？现实是，邢小利也进了，很有可能就是因为自己进去的，而且与自己一样判了整整五年。

保安对着陈元的背影说，你们真是朋友的话，就去菜场路七十三号看看他老婆吧。

陈元朝着菜场路走去。他不是有意要去看看邢小利的老婆。邢小利的老婆又不认识自己，而且和邢小利本人还是不一样的。陈元之所以朝菜场路走去，是因为那是地铁九号线大沙镇的那一站。

陈元在离大沙镇地铁口还有五十米的地方，一抬头不经意间就看到了七十三号。那里是一个居民小区，一楼全是临街的门面房，七十三号门面房安装着玻璃门。正是下午时分，大白天依然开着灯，是粉红色的霓虹灯。灯光下摆着一张红色沙发。沙发上坐着一个女人，看上去已经不太年轻，应该四十多岁的样子，但是一副小清新的打扮，身上穿着一条白纱裙，低胸的，半透明的，可以清晰地看到桃红色的胸罩兜着半个被挤压的乳房。裙子特别短，稍微动一下，就露出了水红色的三角内裤。

陈元从门口经过的时候，她没有把陈元误会成一个女的，或者她根本不在乎男女，一边嗑瓜子一边朝陈元勾了勾手，还撵到门口，贴着玻璃门说，进来吧，进来玩玩吧。陈元原来遇到此情此景，肯定会大大方方地摆摆手，如今莫名其妙地心虚起来，最后一慌张就钻进了隔壁。

隔壁是一家正规的理发店。陈元并不知道这是正规的理发店。当他走进去的时候，凭着那亮亮堂堂的灯光，还有服务员"欢迎光临"的口气，他觉得应该是一间正规的理发店。一位年轻的小伙子拉出一把椅子，直接告诉陈元说，我们是正规的理发店，请问你要理发吗？陈元说，不理发。小伙子说，那你要烫头吗？陈元说，也不烫头。小伙子有点迷茫地重复说，我们是正规的理发店。

陈元说，你看着办吧。

小伙子说，我看你头发挺长的。

陈元说，头发是假的。

小伙子有点意外地说，这样啊！那刮刮胡子吧？

陈元说，我这胡子能刮吗？

小伙子说，当然能刮了，你又不是女的。

小伙子把椅子调平，开始给陈元刮胡子。陈元说，你怎么发现我不是女的？小伙子说，女的也长胡子，但是没有这么硬，而且你喉结那么大，女的是没有喉结的。陈元说，你老家是哪里的？挺聪明的嘛。小伙子说，老家是河南南阳的，聪明有什么用，念书少，只能待在这种地方。

陈元说，为什么念书少？小伙子说，外地的呀！上到初中毕业，就不让考高中了，若不是有个校长，恐怕连初中都上不了。陈元说，哪个校长？小伙子说，我也不知道，我那时候年纪小，但是听我爸妈说，有个人自己出钱，建了一所农民工子弟学校，我在那里上了一段时间，后来学校关门了，就转到正规学校去了，这些天我爸妈还在念叨，说那个校长应该快出来了。

陈元心想，虽然大家忘记他姓什么叫什么，总算还有人是惦记着自己的，甚至是感激自己的。但是惦记自己、感激自己有什么用呢？是丝毫也无法证明他不是犯了那种事儿的人的。

小伙子说，你不去隔壁是对的，老实说隔壁很脏的。我给你讲个故事吧，前几天有个同性恋，泡了一个娘娘腔，带回家干完事儿之后，又有一个老男人跑过来，说那个娘娘腔是他的女朋友，逼着同性恋拿出八千块钱。同性恋没有那么多钱，只好交出银行卡和密码。趁着娘娘腔拿银行卡出去取钱的机会，老男人又把同性恋给那个了。同性恋一气之下就报案了，警察把娘娘腔和老男人都给抓起来了，在被逮捕之后，给老男人体检，发现老男人患了艾滋病！

陈元说，都是隔壁发生的？

小伙子说，当然不是了，是从电视里看到的。但是隔壁那个女人，谁知道带着什么病呢？传染上了可就毁掉了。而且你不知道，那个女人可不简单，她老公原来是派出所的副所长。据说，她当副所长老婆的时候威风得很，整天开着汽车在大街上乱窜，手上提着的包包都是上万块的，穿着的裙子人家说像只花蝴蝶，我看啊，蝴蝶的翅膀也不见得有那么漂亮。有人说副所长被抓起来，就是她和别人联手举报的，之所以要举报自己老公，是副所长在外边有花头了。为了那个花头，副所长在大沙镇盘下了一家超市。不管谁是谁非，副所长进去之后，家里人都劝她和副所长离婚，但是她死活不肯。她不离婚，也不去里边看他，就开了隔壁的理发店，理发店里就她一个人，既当老板，又当小姐。她那个理发店，与我们不是一样的，我们这个理发店是真理发，而她那个理发店什么服务都有，就是不理发。大家以为她为了钱，人家说不为钱，就为了报复副所长。

小伙子说，大叔，对不起啊。

陈元说，为什么对不起？

小伙子说，只顾着说话，我一失手，把你下巴刮破了。

陈元才意识到下巴在流血，有一丝火辣辣的痛。

陈元起身要结账的时候，小伙子说，我不收你的钱，因为我把你的下巴刮破了。

陈元出了理发店，本来还想在大沙镇逗留两天，比如去自己曾经打工的建筑工地看看，比如去找找田老板和他的那间超市，比如去看看红星宾馆拆迁后都建成什么样子了。但是，一切都在五年前开始拐弯了，像一条路突然拐向了让人看不见的方向。他不忍心多看一眼那间粉红色的门面房，还有那个对着路人不停招手的有些沧桑的女人。他立即转过身，钻进了地铁九号线的入口。

目前他最想的就是回家，回陕西丹凤的那个家。

如今他无法预料自己的老婆屈爱琴和儿子陈改朝会朝着什么方向拐去。

5

陈元仍然选择先到南阳，再转乘前往西安的大巴。

前往西安的大巴会经过陕西丹凤。这是自己以往回家的线路，也是女儿当初来上海度暑假时逆向而行的线路。陈元心想，五年时间，也许从上海到丹凤已经开通了直达的班车，但是他不愿意直达，他希望转车。如今转车还是不一样了，原来从上海到丹凤，有一大半路是走国道的，会遇到一个个小镇，比如叶子镇，比如太阳镇，在那些小镇上，大巴要停下来，一边上人，一边让大家吃口饭撒个尿，有时候还会在小镇上住一夜，回到家基本需要三天两夜。如今全成了高速，陈元在车上眯瞪了一下，醒过来的时候已经到了南阳。在南阳等候了两个多小时，转了车，再眯瞪了一下，中午十二点就到了丹凤县城。

陈元的家在塔尔坪村，离丹凤县城还有七十里。每天下午的时候会有一趟班车前往庾家河镇，并不经过陈元的家乡塔尔坪，所以中途下车还要步行十多里。陈元不愿意坐班车，也许是嫌班车还要等几个小时，也许是嫌班车开得太快了，也许是怕遇到一些熟人。能坐这趟班车的人基本都是镇上的，即使不是镇上的，起码也是经常到镇上走动的。虽然过去了五年，陈元变化很大，还戴着一顶假发，但是不排除有人会认出他。即使不认识他了，他身上的那件事儿，应该是尽人皆知的。

陈元决定全部步行，七十里路对他来说算不了什么。七十里路，要翻过两座大山，不出意外的话，路上会有积雪，陈元若慢慢走，回到塔尔坪的时候应该正好是天黑时分。

陈元实在太饿了，在半路上推开一户人家的门。虽然午饭时间已过，但是大妈还是给陈元烙了锅盔，下了挂面。陈元好久没有吃到锅盔和挂面了，严格意义上是五年没有吃上锅盔和挂面了，所以他像一个吸毒的人突然拿到了一堆白粉。大妈看他吃得那么香，便说，你是哪里人啊？陈元说，我去塔尔坪。大妈说，走亲戚吗？

陈元说，去看看。

大妈说，我怎么不记得有这么个地方了？陈元笑了笑。

继续往前走的时候，路上遇到了两个人，陈元装作问路的样子，问人家塔尔坪还有多远或塔尔坪怎么走。人家都摇摇头说，是寺庙吗？好像没有听说过呀。真是奇怪了，塔尔坪再小，再不出名，它毕竟是一个村子。何况村子里的一个女儿还淹死在上海，村子里的一个父亲还出过那么丢人的不清不白的事儿。是那些事儿在如烟的时光中根本不值一提，还是都被人给遗忘掉了？

正如陈元所预料的一样，他是在暮色苍茫的时候，看到了那棵熟悉的大核桃树，看到了那棵大核桃树上的一个鸟巢，有几只乌鸦站在树顶上有气无力地哇哇叫着。

所以，塔尔坪还是存在的。

陈元想等到天黑才进村，于是坐在那条无名的小河边。

老婆屈爱琴还是老样子吗？还剪着齐肩的短发吗？还喜欢穿着碎花的棉袄吗？脸上还涂着双生花牌雪花膏吗？还会莫名其妙地眉开眼笑吗？此时，她是否系着围裙在喂猪呢？冬天了，栏上的猪应该两百多斤了吧？到腊月是杀了吃肉呢，还是卖钱？她见了他，还会不会像过去一样，他一进屋就被她给抱住了，而后稀里哗啦地把他剥个精光？

陈元骂了自己一声"妈的"。他怎么就把儿子给忘记了呢？陈元进去之前，儿子陈改朝刚刚订婚。儿媳妇她爸在另外一个村当村长，她在另外一个村办小学当代教，模样儿十分水灵。有人问儿媳妇，家里条件那么好，为什么看上了陈改朝？儿媳妇说，因为他有一个爸爸在上海，以后到上海去旅游都不用住宾馆了。儿媳妇有一半是开玩笑的，有一半是大实话。陈元在堂堂的上海工作，在建筑公司写写画画，这是多么让人羡慕。虽然陈改朝没有考上大学，还是一个农民，但是在大家眼里，有个厉害的老爸，迟早是要被安排工作的，而且肯定是在上海。

可惜的是，在儿子订婚之前，陈元没有机会见儿媳妇。她应该和儿子陈改朝结婚了吧？应该有孩子了吧？是孙子还是孙女呢？陈元突然发现，自己忘记带礼物了，没有给老婆屈爱琴买双生花牌雪花膏，也没有给儿子买几包红双喜，给孙子或者孙女买几包大白兔奶糖。过去他回家的时候都会大包小包地带着这些东西。如今若是带着这些东西回来，会不会显得十分奇怪？自己是被放出来的，又不是光荣退休了。

陈元突然想抽烟。

他从袖子里掏出一撮棉花，可是四周没有墙。有山，山上有积雪；有树，树已经枯干；有草，都是荒草；有一条小路，没有铺水泥。陈元拾起两块石头，像古代人一样碰撞，一下两下三下四下，整个山谷都回响着敲击的声音。最后石头都被撞碎了，还是擦不出火花。

天真的黑了。

陈元感觉有点毛骨悚然。

他一回头，看到背后站着一个人，对着他嘿嘿地笑。

虽然天黑了，光线十分暗淡，陈元还是认出了这个人。他是塔尔坪有名的老光棍，长得一表人才，而且心灵手巧，会制猎枪，会修收音机，会织毛衣。他不仅织毛衣自己穿，还织毛衣送人。曾经送过两件毛衣给陈元的老婆屈爱琴，一件是水红色的，另一件还是水红色的。不过，一件是高领的，另一件是鸡心领的；一件胸口有一朵花，另一件什么花也没有。关于老光棍为什么变成了光棍，说法比较多，有人说年轻时家里穷，有人说是挑花了眼，也有人说他一直在暗恋陈元的老婆屈爱琴。

老光棍的名字叫马青。

马青说，你躲什么呢？

陈元说，我没有躲呀。

马青说，你躲到哪里我都会找到你的。

马青对着河边的一棵杨树轻轻地踢了一脚，说你以为你躲到树里边，我就找不到你啦？从杨树上落下一片叶子，也许是最后一片叶子。马青从地上拾起叶子，朝着它吹了一口气，而后说，赶紧回家吧。

陈元感觉，马青像是在和自己说话，又不像是在和自己说话，而是在和自己背靠着的那棵杨树说话。陈元喊了一声，马青。马青说，谁叫马青？这片树叶子原来就叫马青啊？陈元说，你认识我吗？马青嘿嘿一笑说，你是谁？不可能是屈爱琴吧？屈爱琴比你漂亮多了。

陈元有种不祥的预感。

照着马青说话的语气，马青可能疯了。

在自己没有进去前，就有人说马青有点疯，不过并不彻底。

马青说，跟着马青快点回家吧。

陈元跟在马青背后，向村子里走去。路上没有一个人，整个村子也没有一点光亮。每从一户人家门口经过，马青都会上前，扣住人家的门环，把人家的门敲得"哐当""哐当"响。他敲敲汪家的门说，准备好了吧，要赶班车的话，应该出发了；他敲敲方家的门说，快点起床吧，天都大亮了，应该下地收苞谷了；他敲敲马家的门说，快点放炮吧，小媳妇马上就到了，要拜堂成亲了。他的话也不全是颠三倒四的，当年汪家开了一个小卖部，卖点油盐酱醋和针头线脑，经常要搭班车进城进货；方家是个懒汉，要睡到太阳晒屁股才起床，经常地里的庄稼都顾不得收；马家有一次结婚，新娘子都进门了，迎亲放炮的人竟然喝醉了。

无论他敲谁家的门，门上都挂着一把大锁。

陈元明白，大家应该进城打工去了，或者迁移到开阔的地方去了。

终于到了自己家的院子外边，院门是半开着的。马青还是一样，走上前去，敲了敲门说，屈爱琴啊屈爱琴，你梳妆打扮得怎么样了？你们家的男人从上海回来了。陈元不明白，马青是认出自己来了呢，还是随口说说的。马青不等有人来开门，就把门给推开了，而后回头对着陈元说，跟着马青快点回家吧。

陈元进了院子，马青再轻轻地把门给掩上了。

陈元一下子要窒息了。

原来的三间大瓦房不见了，成了一块平地。

从前摆着香案和祖宗牌位的位置如今长着一棵树。

陈元认不清是一棵什么树。因为是冬天，树上没有一片叶子，枝丫显得无比的瘦，像核桃树，又像柿子树，还有点像梨树。陈元以为走错了地方，在塔尔坪总共十几户人家，大多数人家的院子是一模一样的。比如马青家的院子和陈元家的院子，无论大小还是进深不仅一模一样，而且还在隔壁。

陈元说，这是你家吧？

马青说，是你家。

陈元准备退出来的时候，被马青给拉住了。马青拉来一张凳子，让陈元坐下来。陈元坐下来后，再朝院子后边的山看了看，又回头朝院子前边的山看了看，他感觉自己并没有走错，这确实就是自己的家。自己的家为什么不见了呢？是自己在做梦，还是老婆屈爱琴与儿子陈改朝在别处，比如在镇上盖了新房，全家一起搬走了？

陈元说，我老婆呢？

马青说，在那里呀。

陈元说，现在呢？我说的是现在。

马青说，她躲起来了。你以为你躲到核桃树里，我就找不到你了吗？

陈元仔细地辨认了一下，长在废墟上的那棵树确实是核桃树。塔尔坪的人喜欢种核桃树，因为核桃树寿命长，而且可以结核桃，所以在房前、屋后，坟头，都会见缝插针地栽种核桃树。

陈元认为马青是真的疯了。

陈元出了院子，在整个村子又转了一圈，还是没有发现一个人，大多数房屋破败了，有些房屋已经倒塌了，到处都种着核桃树，有的已经合抱粗了，有的还是小树苗，把整个村子打扮得像森林似的。马青跟在陈元的身后，每到一家，他仍然上前敲门，敲完了门，又上前去敲树。他把一棵棵核桃树敲得嘭嘭响，而后一声声叫着，你们快点开门吧。

陈元说，我得走了。

马青说，门马上就开了。

马青跟着陈元离开了塔尔坪。陈元不知道自己要去哪里。他觉得自己应该先去镇上，镇上应该是有人的，他要打听一下老婆屈爱琴与儿子的下落。当马青把陈元送到一个山顶的时候，马青塞给陈元一个纸卷，陈元以为是马青自己卷的一支烟，就接了过来，夹在自己的耳朵上。马青掏出一个打火机，要给陈元把烟点上。

陈元笑了笑说，不用，我有。

但是四周一片漆黑，根本不知道哪里才能摩擦。

陈元摸索着赶到庚家河镇的时候，已经是晚上十点多了。陈元在镇上上过两年初中，那时仅有一条一百米的石板街，弯得像个"V"字。如今石板街已经没有了，全部改造成了水泥，而且两边全是小洋楼。可惜的是，小镇毕竟是小镇，一点儿都不繁华，街上不时有人经过，也有一两对男女没边没沿地溜达着，但是店铺基本关门了，四周显得一片漆黑。

陈元在街角的一座桥头，找到了一个摊点，是做烧烤的，还亮着灯。有一个人，没有坐在摊子上，而是坐在桥上，背靠着栏杆，独自在那里喝酒。摆烧烤摊的，是二十多岁的一个姑娘，梳着马尾辫，穿着绛红色的棉袄。

姑娘说，你想吃什么？鱿鱼、鸡腿、羊肉，什么都有。陈元说，随便吧。姑娘说，你是大妈吧？陈元笑了笑说，有关系吗？姑娘说，当然有关系，大爷爱吃羊肉，大妈爱吃鱿鱼。陈元说，随便吧。姑娘说，你要几条呢？陈元说，还是随便吧。姑娘说，那就先烤两条，不够了再添。

姑娘说，你不是本地人吧？陈元说，你看我像什么地方的？姑娘说，听口音，我看像南方的，冬天来我们这小地方，怕是收药材的吧？陈元说，你哪里人？姑娘说，我是本地人，又不是本地人。

陈元说，你知道塔尔坪吗？

姑娘说，那个地方，我知道呀，听我堂姐说过。

陈元说，你堂姐是谁？她怎么知道的？姑娘说，我堂姐就是我叔叔家的女儿，她险些就嫁到塔尔坪去了。陈元说，险些是什么意思？姑娘说，快结婚了，听说我姐夫他爸是个大流氓，所以就泡汤了，当时我才十几岁，具体我也说不清楚。陈元说，大流氓是你堂姐说的吗？姑娘说，她呀，一句话没有，都是别人瞎掰掰的。陈元说，你们信吗？姑娘说，据说人被抓起来了，法院都判了，信不信又有什么意义呢？

姑娘把鱿鱼架在炉子上，一边烤着一边说，当时我堂姐在一个村办小学教书，事儿很快就传到学校了，无论老师还是学生见了她，都是指指点点的。她一站到讲台上，底下一片沉默，不提问，也不发言，都直直地盯着她。有个学生考试成绩差，两门功课不及格，我堂姐通知家长来谈谈，哪知道家长一进学校就大吵大闹，说这么流氓的老师怎么能教出好学生呢？校长说，人家一个姑娘，怎么就成流氓了？家长说，她的公公是流氓，公公的儿子肯定是流氓，她嫁给这样的流氓，不是流氓是什么？校长说，不能这么推吧？家长说，她是教数学的，这叫等量代换明白吗？我堂姐无脸再进学校，第二天就辞职了。后来，婚事就泡汤了，据我叔叔说，不是他们薄情寡义，是我姐夫主动提出取消婚约的，不取消婚约怎么办呢？他不敢上我叔叔家的门，也不敢带我堂姐出去。

姑娘叹了口气说，我堂姐多漂亮啊，眼睛像两个桃子，粉扑扑的脸蛋像红富士大苹果，苹果都没有她那么水灵。现在二十七八了，还没有嫁出去呢。

鱿鱼烤好了，陈元却一点胃口都没有。他只想取火抽烟。

姑娘说，我姐夫与我堂姐分手后就离家出走了，开始说是在外边打工，后来有人在陕西铜川煤矿遇到了他，说他在洛南县某个村里，当了上门女婿。我姐夫离开塔尔坪后，就剩他妈一个人了。据说他妈去了一次上海，在上海待了几个月，最后是一边要饭一边回到塔尔坪的。回到塔尔坪后，她就再没有出过院子。我堂姐去看望她，但是无论怎么敲门，她都不开。村子里任何人敲门她都不开。她在院子里待了将近两个月，直到第二年春天，有个疯子翻墙跳进院子里，想强行把她拉出来，发现两间屋子已经垮掉了。可能是被那年的一场大雪给压垮的。那年的雪下得太大了，把好多大树好多电线杆都压垮了。她躺在仅剩下的一间屋子里，尸体已经发臭了，头发已经全白了。其实她从上海回来的时候，头发已经全白了。

在桥头喝酒的人醉了，把一个酒瓶子扔进了河里，发出一声破碎的声音，而后摇摇晃晃地离开了。

摊子前没有一个客人，姑娘坐到陈元的身边，拿起给陈元烤好的鱿鱼，自己吃了起来。姑娘哽咽着说，疯子恐怕是有意的或是无意的，放了一把火，把剩下的一间房子点着了，大火不仅烧光了院子，还把院子后边的几座大山都给烧掉了。火特别大，我们从几十里外赶过去，帮忙把大火给扑灭了。最后大家和疯子一起，干脆把墙推倒，把她埋在了她家的院子里。

姑娘挑了挑炉子说，后来塔尔坪就空了，只剩下了一个疯子，疯子哪儿也不去，他在她的坟头上栽上了核桃树，在整个村子的边边角角都栽上了核桃树。听说塔尔坪原来有个塔，是镇鬼的，会不会塔倒了，妖魔鬼怪都跑出来了？

陈元万万没有想到在这个小镇上，轻而易举地遇到了未过门的儿媳妇的堂妹。似乎不是姑娘在讲述，而是岁月在向他讲述，是老婆屈爱琴在向他讲述，每个人的讲述尽是悲凉，像小镇上的那个冬天的夜晚。

姑娘吃完了一条鱿鱼，擦了擦眼泪笑了笑说，你到底是大爷还是大妈？

陈元说，为什么要把我误会成大妈呢？

姑娘说，也许头发太长的原因吧。

陈元掏出五十块钱，姑娘说，你一点儿都没有吃，所以不收你的钱。

有人在向这边走来，姑娘指了指说，我堂姐来帮忙收摊子了，大爷不如去我们那里将就一晚上。陈元看着那个不断靠近的有些疲惫的身影，站起身说，算了，我该走了。姑娘说，这么晚了还能去哪里呢？陈元说，我要回塔尔坪。

从庚家河镇到塔尔坪，是几十里伸手不见五指的山路。路上还有一些积雪，沿途也没有一户人家，陈元一脚深一脚浅地往回赶，赶到了最后一个山顶的时候，看到有个黑乎乎的东西在山顶上晃动。它不像一个人，而像一根树桩。

陈元是从里边出来的，所以不怕鬼，也不怕人，更不怕树，唯一怕的，是把鬼误会成了人，把人误会成了树。还不等陈元喊叫一声，那黑乎乎的东西嘿嘿一笑，瓮声瓮气地说，你躲到哪里去我都会找到你的。

陈元听出来了，他是马青。看样子，马青把他送到山顶之后并没有下山，而是一直在山顶上守着，似乎知道陈元还会回来一样。

陈元说，走吧。马青并不跟着他下山，而是靠着一棵松树坐下了。陈元说，赶紧走吧。马青还是没有吱声，几分钟就疲惫地打起了呼噜。马青应该太累了，他一直站在山顶上，在等着什么，所以他太累了。陈元也太累了，于是他依着马青，靠着那棵松树，坐下来闭上了眼睛。

陈元迷迷糊糊之中梦到自己带着女儿回到了塔尔坪。他穿着一身西服，打着领带，皮鞋擦得锃亮。两个人一起进了门，女儿在东厢房里找妈妈，他则在西厢房里叫着屈爱琴。他在西厢房里找来找去，发现屈爱琴躺在一只储存麦子的柜子里。她没有剪齐肩的短发，而是留了一头与自己一样的披肩长发；她没有穿上带着碎花的棉袄，而是穿着一身白色的袍子；她没有眉开眼笑，而是脸上蒙着一块黑布。陈元说，你以为你躲在这里，我就找不到你了？她说，我不躲到这里还能躲到哪里？她说着，一骨碌从柜子里站起来，堵在了他的面前。陈元定睛一看，站起来的不是她，也不是一只柜子，而是一副棺材。

其实也不是棺材，而是疯子马青。

天大亮了，马青醒了，陈元的梦也醒了。

从山上往下看，整个塔尔坪还如从前一样，根本看不出有什么异常。一片树林之中，一块块屋顶上，还残留着积雪。如果细细地对比，原来是有炊烟的，或者有弥漫的雾气，如今什么也没有，显得十分清冷。像一个人有了呼吸，哪怕他的身体再冷，还是温润的，一旦没有了呼吸，就失去了生气。积雪上，原来是有喜鹊的，如今尽是乌鸦。它们从屋顶跳到树枝上，又跳到另一根树枝上，百无禁忌地哇哇地叫着。

陈元与马青一起下了山。陈元进了院子，终于把一切看得清清楚楚。除了院子基本完好无损之外，里边的三间房子连残垣断壁都不存在了，唯有破碎的玻璃还一如既往地反射着光。猪圈里长满了灌木，石磨上长满了青苔，水井隐没在衰败的蒿草之中。陈元终于看到了一块木板，插在隆起的地上，上边写着"屈爱琴"三个字。估计是马青给屈爱琴立起的牌位。

陈元在牌位前蹲了下来。

他从棉袄里掏出一大撮棉花，从废墟里捞出了一块青砖，从脚上脱下了自己的布鞋，开始使劲地摩擦着。他从没有用青砖取过火，由于青砖沾上了融化的雪水，有一大半还是潮湿的，但是他没有因此而丧失耐心。他一只手拿着鞋，一只手拿着青砖，夹着一根棉花条子，快速地摩擦着。第一根棉花条子被磨碎了，他又搓出第二根棉花条子继续摩擦。青砖从干燥到发热，从发热到发烫，半个小时之后，棉花条子慢慢地变黑，终于冒出了一股青烟。

陈元吹了吹，把一把艾草和一把树叶点着了。

陈元对着燃烧起来的火苗跪下了。

马青把一把燃烧的艾草和树叶捧在手心，嘿嘿地笑着说，你以为你躲到树里我就找不到你了吗？

陈元想抽支烟，但是烟盒里已经空了。他从身上摸出了昨天晚上马青给他的那根卷烟，叼在嘴上。但是似乎是实心的，里边并没有烟叶。陈元把这根卷烟展开，只要揉一些树叶包进去，照样是可以当成卷烟抽的。

当陈元展开这张纸，发现上边有字。

虽然那字迹有些模糊，但是陈元一下子认出了这是屈爱琴的字。

屈爱琴曾经给自己写过信。写得比较稀少，每年就一封两封。每次接到屈爱琴的信，陈元都特别开心，坐在工地最高的墙头上，一个字一个字地反复读。屈爱琴的信很简单，要么告诉陈元收了多少麦子，要么告诉陈元槽里的猪多少斤了。这些话在电话里说过一遍，但是经过她写出来，味道又不一样了。有一次，屈爱琴在电话里说，他爸呀，咱们改朝看上了一个丫头，丫头的爸爸是村长，丫头在小学里教书，人长得也不赖，你回来把把关吧。陈元说，我把什么关呀？儿子看上了，你看上了就行，怕就怕人家看不上我们。屈爱琴说，咱儿子又不差，何况人家看中的，是你这个老爸。陈元说，你这个当妈的，也没有正经吗？既然你们定下来了，就请媒人提亲。过了不久，陈元收到了屈爱琴的信，信中又把那些话重复了一遍，不过里边多了一张那个丫头的照片。订婚的时候，陈元的建筑公司走不开，没有办法回家，就寄了两千块钱。

屈爱琴在这张纸上写着：

妞妞：大沙镇柳沙河。
他爸：上海市雪山路 1551 号。
学校：大沙镇菜场路 177 号。
副所长邢小利：上海市大沙镇大沙浜路 1 号。
田老板的儿子田小龙：西安市阎良区前进东路 14 号 ×× 小区。
黄丽：陕西省渭南市临渭区河西乡河东村，十三岁零十个月。
改朝：陕西省洛南县灵口镇桑树洼村。

纸上还有几个大大的感叹号，几个大大的疑问号，在田老板的名字上打了一个叉。纸头上印着"大沙镇派出所"的字样，看来屈爱琴真去过上海了。

陈元分析了一下名单和地址，她在上海的两个月时间里，应该去过女儿淹死的那条小河浜，柳沙河就是那条小河浜的名字；应该去过菜场农民工子弟学校，那时学校恐怕已经关门了，学校一关门，除了桌子椅子就什么也没有了。她肯定首先去的是大沙镇派出所，见到了已经是副所长的邢小利，从邢小利那里了解到女儿的事儿，当然主要是了解自己的事儿。田老板的地址是他儿子的，在陕西而不在大沙镇，是田老板已经离开了，还是这个地址是假的？甚至她还去了位于雪山路的城西监狱。王管教从来没有提起有人去看望过他陈元。陈元在里边五年时间，从没有任何人进去看过他。但是并不代表屈爱琴没有去过城西监狱。说不定她到城西监狱大门口，从门缝朝里看了几眼，而后就离开了，因为她明白他，就算她进去见他，他也不见得答应见她。

陈元爬起身，拍了拍马青的肩膀，说了句，谢谢你。

马青说，你以为你躲到树里我就找不到你了？

陈元穿过村子的时候，马青跟在他的后边一家家地敲门。

咚咚的敲门声在空洞的村子里不时地回荡着。

陈元要离开了。老婆屈爱琴留下来的那张纸其实就是一个天意，或者说是她冥冥之中对他的指引。陈元原来的计划是先见田老板和黄丽，因为田老板与黄丽是掌握着真相的两个人。如今必须颠倒一下，接下来他第一个想见到的，是自己的儿子陈改朝。因为自己蒙受的不白之冤，让那个可怜的孩子已经流落异乡，起码改朝养育的儿子或者女儿不会再姓陈了。他不知道是不是预兆，因为在他给改朝起名字的时候，老婆屈爱琴就提醒过他。

改朝改朝，不就是要改换门庭的意思吗？

6

根据屈爱琴提供的地址，改朝家住陕西省洛南县灵口镇桑树洼村。陈元对洛南县的灵口镇并不陌生，它就在丹凤县的隔壁，是从塔尔坪通往河南灵宝县的必经之地。

他曾经跟随着马青，也就是那个疯子一起，去河南灵宝县淘过金。灵宝县有很多金矿，在陈元青春年少的时候，不仅仅是塔尔坪，方圆几百里的男女老少，唯一的营生就是去灵宝县淘金。说是淘金，其实就是偷，半夜三更钻进矿洞里，偷人家的矿石下山卖钱。那时候，偷不叫偷，叫背；金矿不叫金矿，叫山上。陈元记得十分清楚，矿石一斤两毛钱，一克金子五十块。背矿石并不容易，因为矿洞里是伸手不见五指的，身后还有人拿着棍子追赶，一不小心就掉到矿井里，被当成矿渣给铲走了。村民们农闲的时候，或者家里困难的时候，就会吆喝一帮人去山上背矿。陈元去过几次，其中一次是自己想上学，家里出不起学费；还有一次是和屈爱琴结婚，为了给屈爱琴买块手表。那一次，他和堂兄一起去的。堂兄也准备娶媳妇，想攒几桌子酒席钱。刚刚坐车到了灵口镇，就发生了车祸，堂兄推了陈元一把，把陈元推出车外，堂兄自己来不及逃，被活活地轧死了。

从塔尔坪去灵口镇，必须经过三要镇。从塔尔坪到三要镇，有六十里的大峡谷，当年不通汽车，如今应该也不通汽车。反正陈元不喜欢坐汽车，坐汽车会遇到杂七杂八的人。这条线路，完全就是上山背矿的线路，不过似乎一切都变了，山似乎矮下去了，河流似乎窄了浅了。陈元不明白是自己眼光长了，老了，还是这些山瘦了，水干了。

陈元在太阳落山的时候赶到三要镇，再转车赶到了灵口镇。陈元出了灵口车站，问一家旅舍桑树洼怎么走。老板娘说，从没有听说过，还是住下来再说吧，一晚上三十块钱，要热水有热水，要按摩有按摩。陈元又问了一个保安，保安说，是桑树洼吗？会不会是桑树岭呀？桑树岭倒是不远，往北走就三里路。

陈元赶到桑树岭，有位老人坐在村口抽烟。陈元问，大爷，村里有没有一个叫陈改朝的人？老人说，你问的是女的吗？陈元说，是男的。老人说，我们虽然叫桑树岭，却清一色地姓杨，杨树的杨，怎么会有姓陈的呢？陈元说，是上门女婿。老人说，上门女婿那倒是有一个，在村东第一家，不过人家不叫陈改朝，人家叫杨利。

陈元想，肯定是走错了，或者屈爱琴把地址给抄错了。

正想离开的时候，有一个女人背着一袋子东西，弓身从村口经过。

老人指了指说，桂花，你们家杨利是不是改过名字？桂花放下肩膀上的袋子。她原来不是被压弯了腰，而是一个罗锅子。她弓着腰说，他说原来的名字不好听，入赘我们杨家后就跟着我们杨家姓了。老人说，他原来叫什么？桂花说，叫陈改朝，改朝换代的改。老人说，那就对了，这里有人找呢。

桂花看到了陈元，问，你哪儿来的客人呀？

陈元迟疑了一下说，我是他煤矿上的工友，他不在家吗？

桂花说，还在铜川煤矿上，恐怕过年才能回来吧。

儿子不在家，陈元反而踏实了。陈元说，走到这里天黑了，就是想来投个宿。陈元接过口袋，是一袋子面粉。陈元背着面粉，跟着桂花进了村。桂花走路的时候，每走一步，头几乎都要磕到地上了。天黑，陈元判断不出桂花的年纪，不清楚桂花是儿子家里什么人，凭着样子感觉不像自己的儿媳妇。

儿子家没有院子，只有三间瓦房。房子不是青砖的，而是用泥巴夯起来的。中间有一个香堂，写着"天地君亲师位"，西边是一间厨房，东边从中间隔成了两个卧室。地板没有铺砖，也没有打水泥，积着厚厚的尘土。家里陈设简陋，几乎没有几件像样的家具，只有几只漆成红色的木箱子。桂花生了一盆火，而后问，大伯还没有吃晚饭吧？

陈元笑了笑说，还没有呢。

桂花便进了厨房，忙碌着做饭去了。

东边的门帘子揭开了，是一位五十岁左右的大妈。大妈说，你是哪位亲戚，怎么一点都不认识呢？陈元说，我是路过的，这么晚了，打扰您了。陈元估计，应该是儿媳妇她妈。她若是儿媳妇她妈，正在厨房添水做饭的，难道就是自己的儿媳妇？陈元看到儿媳妇弓着身子，几乎都够不着锅灶了，心里顿时生出一丝悲凉。

大妈说，你是哪里人？陈元说，我呀，原来是丹凤县的。大妈说，我们家杨利也是丹凤县的，那个村子叫什么来着？陈元说，叫塔尔坪。大妈说，听他说，塔尔坪已经没有人了，他们都迁到哪里去了呀？

陈元说，有的迁到镇上去了，有的迁到城里去了。大妈说，你和我们杨利熟悉吧？陈元说，挺熟悉的。大妈说，他家里都有什么人？父母和兄弟姐妹呢？我们问他的时候，他只说死了，到底怎么死的，什么时候死的，从来也不告诉我们。陈元说，孩子可能伤心吧。大妈说，如果不伤心的话，怎么会入赘到我们家？陈元说，他是怎么跑到这里来的？

大妈说，按说去灵宝背矿，也不经过我们桑树岭，哪知道他是怎么绕到这里来的？有一年冬天，下了好大好大的雪，雪把四面八方的路都封住了。我们早晨起来，不仅找不到路，吃水都找不到河。我们推开门，门外坐着一个人，看上去哪像人啊，倒像一个被冻僵的雪疙瘩。这就是我们家杨利。他在我们家睡了两天两夜，醒过来后，什么也不说，也不打算离开，挑水，劈柴，干活都不用人叫。春天了，帮忙下地锄草；夏天了，帮忙下地收麦子。待了半年多，我们问他，家里有没有媳妇？他摇头；我们问他，以后有什么打算？他摇头；我们问他，愿意不愿意做上门女婿？他竟然点头了。就这样，在那年农历八月十六立了招书。

大妈说，这个女婿话少，勤快，懂事儿，对我也孝顺，每次从外边回来，都给我买衣服，你看看我身上这件羽绒服，穿着多舒服啊。我们家桂花，按说也没有什么说的，但毕竟是个罗锅子，还长杨利三岁。我们能招这么一个女婿，恐怕是上辈子积了阴德。

看大妈对儿子如此称心，刚刚升起的那股悲凉稍稍地减轻了一些。

陈元摸出一支烟。他犹豫了一下。地板是泥巴的，墙壁是泥巴的，又是半夜三更，他怕吓着了人家，所以打消了摩擦取火的念头。

房间里传来了孩子的哭声，大妈说，是我孙女杨小青。

大妈掀起帘子，进房间里哄孩子去了。

陈元对桂花说，随便吃点就行了。但是桂花摆了一张桌子，蒸了一锅大米饭，炒了一个腊肉萝卜片和一个鸡蛋土豆丝，还提出一瓶太白酒。桂花说，冬天里没有什么菜，就请大伯将就一点吧。陈元说，够多的了。桂花说，听你刚和我妈说，你是杨利老家那边的，又都在铜川煤矿待着，第一次上我们的门，算是稀客。

桂花说，大伯你一把年纪了，怎么还要上煤矿吗？陈元说，不挖煤能干啥呀？桂花说，电视里经常说，这边煤矿塌方，那边煤矿渗水，每次都有几十个人被埋在下边，你们待的煤矿怎么样？陈元说，都一样，哪儿都一样，不安全。桂花说，有没有死过人？陈元说，听说过，不过我们还好。桂花说，我劝说杨利，在家干点别的，钱有啥多少的，他总是不听，按说铜川离家也不是太远，可是一年到头，除了收麦子和过年，他多数时候都不回家。

陈元说，煤矿也没有外边说的那么可怕，你别太担心了。桂花说，我好奇，煤都埋在什么地方？陈元说，埋在地下。桂花说，多深呢？陈元说，我们不清楚，反正挺深的，下去要半天。桂花说，上边种庄稼吗？陈元说，煤多值钱，不用种庄稼了。桂花说，你们挖煤的时候是怎么进去的？陈元犹豫了一下。

陈元想起自己去过的金矿，便说，有洞，洞口有点像我们这里的墓，也像隧道或地铁，你坐过地铁吗？桂花说，还没坐过呢。

桂花要给陈元倒酒，陈元推开了。桂花说，大伯，煤挖出来是什么样子？陈元说，挖出来是黑的，和泥疙瘩一样。桂花说，从地下一挖出来就能烧吗？真是奇怪，我们地里的泥巴为什么不能烧，人家那里为什么就能烧？陈元真想告诉她，在地壳运动中，有一些植物被埋在地下，在不透气或空气不足的情况下，经过几亿年的高温与高压，最后就形成了煤。但是陈元觉得那样解释，文绉绉的不合适。

陈元说，泥巴和煤能比吗？

桂花说，我一直想去煤矿，但杨利他不带我。其实我去，不是为了挖煤，而是为了陪陪他，给他做做饭，顺便看看煤是什么样子的，煤矿到底安全不安全。

几天一直在外奔波，加上在里边五年的煎熬，陈元第一次有了家的感觉。他三下五除二地吃了一顿饱饭，倒床便呼呼地睡去了。自是一夜安宁无话，第二天，陈元一觉睡到大亮，吃完早饭便起身告辞。桂花拿了一件棉袄，一双新做的布鞋，一袋子煮熟的香肠，让陈元捎给杨利。陈元说，这些东西，哪儿买不到，用不着吧？桂花说，杨利总不给自己添衣服，恐怕还穿着原来那件破棉袄。大伯你劝劝他，让他别舍不得花钱，想喝酒就喝，想抽烟就抽。再捎句话给他，马上过元旦了，如果元旦不回来，过年就早点回来。

大妈也送出门，对着陈元耳朵边悄悄地说，关键是让他早点回来，给咱杨家抱个孙子。

有一群孩子，你追我赶地跑了回来。有个孩子冲着陈元的后背喊，爸爸，爸爸。陈元一扭头，看到一个三岁左右的孩子，扎着马尾辫，单眼皮，清秀的模样，像极了自己女儿小时候。陈元想，没有猜错的话，女儿就是这孩子的姑姑。

桂花说，杨小青，你眼睛长哪儿了？是不是想爸爸了？杨小青说，他和爸爸长得一样。桂花说，确实有点像你爸爸，昨天晚上在村口遇到的时候，我也以为是你爸爸呢。杨小青说，长得一样就应该叫爸爸对吗？桂花说，不对，这是爷爷，快点叫爷爷。

杨小青便躲在桂花的背后，弱弱地叫了一声"爷爷"。

陈元听到叫喊，他的心扑通一声，悬在胸口的两块石头一下子落地了。陈元一阵感动，忙从身上掏出五十块钱，说是给杨小青买糖吃。但是杨小青不要，桂花也死活不要。桂花不但不要钱，反而回到家里，又装了几个馒头，让陈元带着在路上充饥。

7

陈元平白无故地在里边待了五年，从四十不惑即将熬成五十知天命，但是自己处在一个与世隔绝的地方，除了王管教那些人之外，大家都是有罪的，无论是偷盗还是抢劫，无论是杀人还是放火，无论是罪有应得，还是蒙受不白之冤，犯人与犯人的交往从精神的角度看，就显得平等多了。但是老婆屈爱琴呢？儿子陈改朝呢？儿子原来的女朋友和邢小利的妻子呢？他们这些与那事儿不相干的人，是生活在正常的社会上的。他们的一点一滴都牵扯到尊严，牵扯到脸面，牵扯到羞耻。陈元想，与他们相比，自己遭受的折磨轻多了。

陈元返回灵口镇坐车，在车站一打听，去铜川煤矿要经过渭南。陈元决定顺路去看看那个当时不满十四岁的小丫头黄丽。他怎么也想不通，那么小一个娃娃蛋子，她知道什么是男女之事吗？她哪懂什么是法律呢？她为什么要与人一起陷害一个陌生的和她父亲一般大小的人呢？如今小丫头已经长大成人了，推算一下已经十九岁了，若是五年前还不明白轻重的话，五年之后是否已经明白了呢？

在五年的时光流逝中，命运又是怎么安排她的呢？

陈元根据老婆屈爱琴列出的地址，坐了一趟大巴，倒了一次火车，在渭南南站下车后，往南走了两公里，或许是三十年河东三十年河西的原因，轻易就找到了河西乡河东村。

陈元在下午三点左右进了河东村。刚进村子不远，有一条小河，临河住着一户人家，三间房子有些破败，房前的河里结了冰，冰块之间有几只鸭子在游泳。屋檐下有位老人，估计七十岁左右，耷拉着头坐在太阳底下晒太阳。

陈元说，大爷，家里有水喝吗？

大爷半睁着眼睛说，你自己进门倒吧。

陈元不好意思自己进门，便又问了一句，你们村里有没有一个姑娘叫黄丽？

大爷彻底睁开了眼睛，打量了一番陈元说，我就是她爷爷，这就是她家，你是干什么的？陈元刚刚开口，就撞到了黄丽家的门上。陈元有点意外地说，仅仅见过一面，她不在家吗？大爷拉了条凳子让陈元坐下，说你在哪里见过她？在省政府那边，还是在医院那边？你不会又是来做思想工作的吧？

陈元听说黄丽不在家，便在大爷的旁边坐下了。大爷说，前些日子，省里的，市里的，信访办的，卫生局的，民政局的，还有什么残联的，分头都来过了，让他们别再到处上访了，但是黄丽她爸那个孽障，哪里听得进去呀。他越来越起劲了，家里庄稼也不种了，什么营生也不管了，整天挂着个牌子，牵着自己的女儿，到处又是哭闹又是上访的，把我们的人都丢尽了，他们不要脸，我这张老脸还要呢，等我死了怎么好意思去见阎王爷？

陈元心想，他们究竟为什么上访呢？

陈元说，肯定是有冤屈吧？

大爷叹了口气说，我孙女命苦啊，从落地那天起，就没有受到爸妈疼过。我那儿子，也就是黄丽她爸，是一个大酒鬼，整天把自己泡在酒瓶子里。如果没有酒喝，他不仅打黄丽，还打我这把老骨头，你看看我头上这几道疤，就是他用酒瓶子打的。有一次，酒瓶子见底了，他还没有喝好，便提起一壶开水，泼在了黄丽身上，把黄丽半个肩膀的皮都烫掉了。

当初的那些镜头如雾霾一样在陈元的眼前开始扩散。

有一天晚上，在菜场小学的宿舍里，陈元接到了田老板的电话。田老板说，陈校长你是不是还在恨我？陈元说，一切都过去了，我恨你干什么？田老板说，那出来喝酒吧。如果田老板不把超市低价卖掉，就没有三十五万元的赔偿款，没有那笔赔偿款就没有菜场小学，没有菜场小学的话几十个孩子就辍学了。田老板卖掉超市后，不仅倾家荡产了，而且失去了应有的经济来源，一下子从老板变成了无业游民。陈元本来不会喝酒，一是对田老板存有愧疚之心，二是冤家宜解不宜结，所以就接受了田老板的邀请，跑到红星宾馆门前的大排档上，陪着田老板喝了几杯。

几杯酒下肚，陈元和田老板都有些醉了。田老板说，我有一个干女儿你知道不？陈元说，我和你又不熟悉。田老板说，她现在没有地方上学，能不能送到你们学校去？陈元说，孩子多大了？田老板说，差两个月十四岁。陈元说，原来念过书吗？田老板说，念过，在老家念六年级。陈元说，我这里只有六年级，念半年就毕业了。田老板说，半年就半年，上完小学再想办法。陈元说，你明天让她来报到。田老板说，你们学校是免费的吗？陈元说，这个学校有你的功劳，所以我给她全部免费。

田老板说，那太好了！她正好在楼上的按摩房里上班，我让她给你做一次按摩表示感谢吧。陈元说，我是老师，老师怎么可以去那种地方？田老板说，这种地方也有干净的，何况她不到十四岁，又是我的干女儿，纯粹就是保健按摩，你脑子不要长歪了好不好？其实人家自己不愿意上学，你是校长，要去给她做做思想工作。

陈元随着田老板，晃晃荡荡地来到了红星宾馆的二楼。

据陈元后来了解到的情况，田老板的干女儿叫黄丽，是陕西那边的老乡。她是到上海来找她妈的。据说她妈在大沙镇，也许在某家服装厂，也许在某家商场，也许在某家饭店。小丫头一家挨着一家找，在那年冬天，几乎找遍了大沙镇，也没有找到她妈，在身无分文的时候，由于几个月没有地方睡觉，几天没有吃饭，恰好晕倒在田老板的超市里。当时田老板还开着超市，还是财大气粗的田老板，便把小丫头认成了干女儿，安排在红星宾馆的按摩房里。

就在那天晚上，就在红星宾馆，就在二楼尽头的按摩房里，就是那个十四岁不到的小丫头黄丽。时间，地点，人物，情节；酒，包厢，按摩床，脱光的衣服，流血的身体；灯光的昏暗，环境的封闭，自己的好言相劝，小丫头恐惧的目光；突然消失的田老板，突然尖叫起来的黄丽，突然而至的警察邢小利。一切好像都很普通，又好像是布置好的；一切好像都是巧合，又都是上天注定的；一切好像都十分道德，也没有任何违法行为，又十分失常和扭曲；一切好像都有人证明，但是又都百口莫辩。关键是，一切都是空白的，偏偏被人描绘得有鼻子有眼。

陈元听到大爷的话，终于明白黄丽肩膀上的那一片惨白，不是花纹，而是被开水烫伤后落下的疤痕。

陈元并不愿意回忆，每当那些镜头跳上自己脑海的时候，他都用各种各样的办法，比如说摸摸自己的光头，最有效的办法就是摩擦取火，逼迫自己中断那些无中生有的回忆。他取下自己的假发，摸了摸自己的光头；他慌张地抽出一支烟，从棉袄里掏出一撮棉花，从脚上脱下一只布鞋，但是墙壁依然是泥巴的，地板依然是泥巴的，还有一些泥泞，甚至有一些结冰。

陈元拒绝大爷用打火机给他点烟。

陈元把那支烟在手心里捏碎了。

大爷说，黄丽每天一放学，就去附近捡垃圾卖钱，供她爸喝酒。有一次我病得很重，黄丽放学回来自己做饭，没有顾得上出去捡垃圾。而她爸呢，酒又喝光了，他让黄丽出去买酒。黄丽说，没有钱。他说，没有钱，不知道赊吗？黄丽说，之前欠了几百块，还没有还清。她爸听了，立刻提起一个酒瓶子，朝着黄丽扔了过去。黄丽流着血出门了，那天正好下了那年冬天的第一场雪，雪下得不大，但是外边很冷。黄丽出门后，让村子里的人捎信给我，说她去南方找她妈妈去了。

大爷抹着泪说，黄丽她妈多贤惠啊，忍受不了那个孽障，在黄丽十岁的时候，跟着一个药材贩子跑掉了，从此失去了音信。有人说跟着药材贩子回浙江结婚了，也有人说是被人骗到了上海，在一些乌七八糟的地方打工。黄丽是春节前回来的，回来后整个人都变了，死活不愿意上学了。问她都去了什么地方，她摇摇头；问她见到她妈了吗？她摇摇头；问她有没有看到东方明珠？她摇摇头。肯定在外边遇到什么事儿了，或者是没有找到她妈吧，黄丽回来不久就生病了。她说头里边有一个大石头，硬邦邦的大石头卧在里边。而且头发大把大把地脱落，十几岁的女孩子就成了秃子。她每次一发病，就口吐白沫，满地打滚，滚着滚着就晕过去了。晕过去之后满嘴胡话，说抹在床上的血，不是人家打的，是自己的鼻血；说自己的衣服是自己脱掉的，不是人家脱掉的；说告诉警察的那些话都是别人教的。别人拿着刀子威胁她，如果不照办就把她卖掉，或者扔到大海里喂鱼。

陈元说，病治好了吗？

大爷说，治好了。

陈元说，为什么上访？

大爷说，还能为什么？头痛治好了，双目却失明了，变成了一个瞎子。变成瞎子后，黄丽反倒开心了。她说自己活该，就应该是个瞎子；她说世界上不管红的白的，在瞎子的眼睛里都是黑的；她说再好的东西都不值得她看，也没有脸去看。她爸那个孽障，看到黄丽瞎了，也挺高兴的。他说在头上开刀，怎么把眼睛弄坏了？说得轻一点是手术失误，说得重一点是医生故意的，因为我们没有给医生塞红包；他说不管怎么样，那是要赔偿的。于是他用纸板子，制作了一个"状子"，用红色油漆在上边写着：我叫黄丽，现年多少多少岁，渭南市河西乡河东村一个穷苦农民，本来我的眼睛好好的，两只眼睛视力都是一点五，但是由于某某医院进行脑部手术时，发生了医疗事故，致使我双目失明，请青天大老爷主持公道，给我们申冤。她爸那个孽障把状子挂在脖子上，拉着黄丽去了那家医院。医院解释说，脑部手术致使双目失明，这是正常的，而且手术前，把风险告诉你们了，你们家属也签字确认了。她爸那个孽障发现是我签的字，要赖说，那字不是他签的，他不承认。

那个孽障每次去，都喝得醉醺醺的，甚至提着酒瓶子，医生跑到哪里，他就跟到哪里。医院饱受折磨，就报了警。见警察来了，他上前对警察说，青天大老爷啊，终于把你们等来了，你们可得为民做主啊。闹得警察也是万般无奈，总是尴尬地收兵了。医院天天解释，发现解释不通，干脆准备了好多太白酒，等那个孽障一来闹事，就提一瓶酒塞进他怀里。他抱着酒瓶子喝完了，基本就醉得不省人事了。那个孽障不但去医院，还去省政府大院，据说每次去省政府大院，对方像接待外宾似的，笑呵呵地主动和他握手，就差没有放音乐铺红地毯了，如果遇到吃饭时间，还到食堂给他买饭吃，好好招待一番后，让他回来等消息。

大爷抹着眼泪说，后来有人告诉他，你女儿是一棵摇钱树，你在这里瞎折腾干吗？你把她拉到大街上去要饭，钱会哗哗啦啦地扔过来的。那个孽障，从此拉着我可怜的孙女，白天在医院和省政府讨说法，晚上就在饭店或酒店前边要饭。

陈元说，手术到底有没有失误？

大爷说，医院申请了事故鉴定，结果是没有责任的。

大爷说，不让黄丽看病吧，她受那么大折磨，现在病看好了，又变成瞎子了。其实，我们哪有钱做手术啊，硬是向老战友借了一点儿。我当年是国民党老兵，后来投靠了八路军，你看看我这半条腿，被日本人的子弹打穿了，现在还是麻木的。因为我是老八路，有很多战友。从战友那里筹到钱，我带着黄丽去渭南检查，什么也没有查出来，再跑到西安一家医院，检查的结果是脑瘤。黄丽说，就让她死，她该死。我是硬把她逼到医院去的，在上手术台的时候，她说，爷爷，如果我死了，你帮我一件事儿吧。我问她，什么事儿呢？她说，你帮我对人家说句对不起。我说，你对不起谁呀？她想了想说，对不起好多人。

陈元迷茫地望着在冰块中间戏水的鸭子，不明白是河水还不够冷呢，还是鸭子根本不怕冷。

大爷说，你喝水吧？你刚才好像说讨口水喝，我都忘记了。

大爷进门倒了一碗水，递给了陈元。但是陈元不想喝水，他想抽烟。

陈元递给大爷一支烟，大爷掏出打火机，又要给他点烟。陈元犹豫了一下，还是对着那小小的火苗，把烟给点燃了。

陈元发现，这样抽烟轻松多了。他深深地把烟吞进了腹部，吐出来的时候那烟清淡了许多，几乎不像烟，而像出了一口淡淡的气。

陈元离开河西乡河东村，搭上了前往西安的火车。陈元到西安的时候天已经黑了。他出了火车站，迷茫地往南走，走了两百多米，看到了五路口地铁站。变化真大啊，五年前那个春节，他从老家返回上海，走的就是西安，当时西安好像还没有地铁。陈元进了地铁站。在地铁站的通道边，摆着各种各样的小摊，有卖袜子和手套的，也有的卖一些小首饰，中间还夹杂着几个乞丐。在通道的尽头，有个乞丐是个年轻的姑娘，她与其他的乞丐不同。其他乞丐要么坐着拉二胡，要么是跪在地上的，而她懒洋洋地坐在地上，前边放着一个牌子，牌子上写着"状子"，"状子"前边放了一个碗，里边扔了许多硬币，旁边躺着一个中年男人，抱着一个酒瓶子在喝酒，似乎已经喝多了。

那个姑娘站起来，伸了几个懒腰，朝前挣脱了几步。

但是她与男人之间，有一根绳子系着。

陈元见过人与狗用绳子系着，人与人之间还是第一回。

陈元从她身边经过的时候，斜眼瞅了一下"状子"。他被吓了一跳，上边似乎有"黄丽"。他以为看走眼了，回过头再仔细一看，确是"黄丽"无疑，后边还写着"河西乡河东村"。他再去打量那个姑娘，人瘦得像根麻秆儿。他不明白她长大了，还是自己忘记了，无论从哪方面看，她都不是印象中的那个小丫头了。

陈元想，如今无论是缺胳膊还是断腿，都成了一种乞讨的资本，既然有人假冒瘸子，有人假冒哑巴，当然就会有人假冒"黄丽"。何况一个年轻的女瞎子，自然更容易博得人的同情。陈元不管她是不是假冒，凭着她身上系着一根绳子，也是值得自己施舍的，于是摸出二十块钱，放进了碗里。

或许那个姑娘真是个假的，或许她听到了细微的声音。她发现了这种施舍，于是对着陈元离开的背影说了一句"对不起"。她没有说"谢谢"，而是说了一句"对不起"。陈元不知道是她说错了，还是她惯用的感激之词就是"对不起"。

陈元不想再坐地铁了。在他即将撤出地铁口的时候，听到身后一阵吵闹，大意是为了自己留下的二十块钱，那个男人要拿钱去买酒，而那个姑娘不从。

随之听到一只碗碎裂的声音，还有那个姑娘的一声惨叫。果然，那个男人摇摇晃晃地在前边狂奔着，那根绳子在后边拖着那个姑娘，朝着地铁站外边冲去。那个姑娘一会儿摔倒在地，一会儿又爬了起来，她一只手拽着那根绳子，一只手捂着额头，指缝间在汩汩地流血。

血洒在光怪陆离的夜色之中一点儿都不起眼。

8

陈元又回到了火车站。他问一个路人，有没有去阎良的火车。人家说，阎良？什么阎良？陈元说，阎王爷的阎，善良的良。人家说，这是什么地方？你还是去窗口问吧。陈元去窗口，窗口说，阎良就在西安，不值得跑火车，你出门向东走五百米，有个汽车站叫三府湾，那里有大巴。

陈元坐了四十分钟的大巴，来到西安市阎良区，东问西问，终于找到了位于前进东路十四号的某某小区。保安告诉他，田小龙家住十三楼。陈元上了十三楼，敲了敲门，门轻易就开了。开门的是个女的，留着一个爆炸头。她自称是田小龙的妻子，也就是田老板的儿媳妇，当年把女儿推进河里的那个小男孩儿的妈妈。

爆炸头不让陈元进屋，拦在门口说，田小龙还没有下班呢。陈元说，那田老板呢？爆炸头说，我们家一帮穷鬼，哪有什么田老板？你到底是谁呀？陈元说，我是从上海来的，田老板在上海的时候，我们在一起待过一阵子。

爆炸头说，不管你找他是讨债还是干啥，反正找也白找，他现在还不如一棵树，一棵树还会自己吃饭睡觉，会自己摇晃几下呢，他呀，像块木头。陈元说，他当年机灵得很。爆炸头说，再机灵有什么用？在外边待了十几年，不明白是中邪了，还是脑子坏掉了，我们什么都不清楚，前几年从上海回来刚刚半年，稀里糊涂地变成了植物人。这个植物人可把我们给坑苦了，放在家里吧，翻身呀，拉屎撒尿呀，都得有人帮忙。我们忙着上班，平时连盆花都养不活，哪有精力养一个植物人啊，所以干脆送到敬老院让他享福去了。

陈元说，他没有出事儿之前，有没有留下什么东西？爆炸头说，他在上海的时候开超市，听说都成百万富翁了，但是回来的时候已经身无分文，你说说，他把那些钱是不是送给哪个女人了？陈元说，他变成植物人之前，有没有留下什么话？

爆炸头说，话多着呢，嘴里整天咕嘟咕嘟的，都不知道他在咕嘟些什么。

除了神神道道之外，还躲在房间里写写画画的，写了撕，撕了写，都写了几百张纸，撕了几百张纸，最后只落下了一张，像鬼画符似的，如今还压在玻璃板下边。陈元说，能不能把那张纸拿给我看看？爆炸头返回家，拿回一张纸递给了陈元。

陈元看了那张纸，上边写着三个字——忏悔录。陈元心想，他写下的肯定不是法国作家卢梭的那本书，因为还有一些词，零零散散的，别人看不懂，但是陈元能看懂，有邢小利、黄丽、陈元等人的名字，还有好人、奸人、冤枉等。

爆炸头说，他画的该不会是藏宝图吧？哪怕就是一张藏宝图，你感兴趣就送给你吧。爆炸头进门提了一个包，出来的时候把门给锁上了，而后说，为了一个月几千块护理费，这么晚了我还要去上班。我在按摩房上班，你如果要按摩就跟我走吧。陈元说，想问一下，田老板他在哪家敬老院？爆炸头说，不远，叫清福敬老院，你出门右拐，三百米就看见了。

陈元刚出小区不久，果然看到了清福敬老院的大门。除了上边闪烁着的霓虹灯，那扇大门也是铁的，也是漆黑漆黑的，也有城西监狱那么高，中间也有像刀子一样的一条缝。从刀子一样的门缝看进去也是空荡荡的。

他又想摩擦取火了。这里到处都是水泥地面，到处都是粗糙的水泥墙。他随便选了一个地方，脱下布鞋，撕开袖子，掏出一撮棉花。他把棉花条子压在一堵墙上，上上下下地摩擦了起来，两分钟，三分钟，四分钟……这一次，也许他力气太小，也许他动作太慢，也许墙面太潮了，棉花条子始终没有冒烟。

他觉得他已经没有必要再见田老板了，也没有必要再见其他人了。

他如今唯一想见的只有一个人。他把儿媳妇桂花捎给儿子的棉袄、布鞋和香肠，挂在肩膀上，转身离开了。与清福敬老院一路之隔，就是一家长途汽车站，这里有通往四面八方的班车。他要坐其中的一辆车，也是当天最后一趟车，连夜赶到他唯一可以见也必须面对的一个人那里去，说不定那个人正在犹豫徘徊地期待着他呢。

陈元上车之前，他突然觉得有点热。再过几天就是元旦，已经属于深冬了，他仍然觉得有点热，这是十分奇怪的。他想起了自己头上的假发，一头披肩的假发。他取了下来，把它挂在汽车站里的一根树桩上。这根树桩像是一个人似的，一下子有了活着和走动的欲望。

陈元身边坐着一个小伙子。小伙子嘻嘻地笑着说，原来你是一个光头啊？

陈元摸了摸自己的光头，望着开始后退的窗外景物嘿嘿地笑了。

他掏出一支烟，主动地对小伙子说，你有打火机吗？让我借个火可以吗？

9

如果我们从人世朝上看，故事已经有了结尾。但是如果从上边朝人世看，一切应该还在继续。比如有一股风，你看似已经平息了，但是风永远不会灭的。它没有在地上吹，并不能证明它不在空中吹。树木不再摇晃了，并不能证明云不在飘。还是开头那句话，需要上天来证明的，那基本就是谎言。

雄鸡一唱

叶　舟①

1

交接班时，也恰是他们交换情报的一刻。

几个伙伴钻进了内屋，三两下，就除掉了身上的制服，赤条条的。天太热了，太阳吐着舌头，跟狗一样。伙伴们先要把身体晾一晾，裤裆是晾不干的，只好委屈了那一块肉。昝涛打了卡，刷指纹的那种，又给对讲机充了电，调整到最佳状态。昝涛问，那辆划伤的牧马人，车主还没回来呀？哦，对了，东门十一点钟方向的那个摄像头换了吧，那可是个死角。一个伙伴先穿了便装出来，用纸巾蘸了水，擦着鞋子。伙伴说，车主没回来，定时炸弹，车子破坏得很严重，妈蛋的，不像是小孩子干的。另一个伙伴也踅了出来，头发趴着，油光可鉴，有一条大盖帽箍过的勒痕，跟说，摄像头没换，今下午还捡了几个足球，等着瞧，六中的小子们一准儿会来翻墙揭瓦的。言毕，两人不告而辞。昝涛从包里掏出饭盒，搁在了冰箱里。夜宵，满满一盒蛋炒饭，不能馊了。

悄静了片刻，昝涛呵呵一乐，说，你夹不住尿呀，裤裆那么难晾？三女

① 叶　舟　诗人、小说家，著有《大敦煌》《边疆诗》《叶舟诗选》《叶舟小说》《敦煌诗经》《丝绸之路》《自己的心经》《我的帐篷里有平安》《秦尼巴克》《伊帕尔汗》《西北纪》等，曾获得过第六届鲁迅文学奖、《人民文学》小说奖、《人民文学》年度诗人奖、《十月》诗歌奖等。甘肃省作家协会副主席。

子一手梳头，一手扶住门框，说，我故意磨蹭的，我的话不能第二个人听。其实，三女子不是女的，相反却人高马大，肌肉墩子，唯一的缺点是嘴上没毛，嗓音细成了一根丝，有点那个。昝涛说，我把你安插在白班，就等这句话了，我没看走眼。三女子环望一遭，外间值班室是白玻璃幕墙的，四周的街景一览无余，遂说，我可能知道谁偷了C栋一楼，那个女业主天天叫屈，丢了这，丢了那的，我还不确定，如果有我想抓个现行。昝涛揶揄说，别让那个女神经当枪使，咱们是负责安全的，又不是她家雇来的家奴，大天白日的她都窗帘紧闭，路上碰见了，下巴太高，傲得很。三女子兜头挨了一盆凉水，咧笑，牙花子猩红。昝涛摸出一张纸，三女子接了，一脸狐疑。昝涛说，偏方，专门治老寒腿的，你爹的寒腿，就要在这个三伏天治。这时，窗扇响了，昝涛打开一条缝，晚报的投递员塞进来一摞报纸。报纸都是烫的，这天气，的确是要惹祸的。

听说，下午地震了。

放你的屁，你不能乱咒呀，小心自己着祸。昝涛警告。

听说他们的一把手换了，下午宣布的。

三女子走了，昝涛接手了夜班的工作。保安公司派驻在这个小区的人手有八名，昼夜两班，按说每个班是四人。不巧的是，一个在当值时间偷喝了酒，被公司的抽检小组发现了，目前停岗待查。另一个，因为在电梯间发现了晕倒的老人，措施及时，抢救得当，公司奖励休假半月，工资足额发放。昝涛在这个班里算老人了，年纪也长，所以说话办事有一定的威信。傍晚，天光大亮，这是一段平静期，一直过渡到天黑时，夜班才算真正落实。小区的广播响了。昝涛喜欢听央广新闻，尼斯的恐袭案，南方的暴雨和洪灾，土耳其的未遂政变，这世界真够一团乱麻的。窗外，业主们出入频繁，一人一卡，闸口起落有序，堪比城市地铁的安检。昝涛值守的是小区正门，又濒临主干道，自然是眼花缭乱，看久了绝对头晕。

事发突然，先是街上传来一声刺耳的刹车声。接着，沙石飞溅，跟一梭子子弹似的，拍在了玻璃幕墙上。昝涛先缩脖子，再抬头看时，几扇玻璃已经花了，幸亏没裂。待昝涛出了门，冲到街上，那一辆巨无霸般的渣土车，已经横在了主干道上。行人湍急，但显得很空旷，因为刹车声已经变成了两条黑色的轮胎印，躺在地上，带走了危险和全部的惊叫。半车渣土被扔了下来，没三吨，至少也有一吨半。一个老妪杵在街上，离车不远，渣土淹了脚脖子，一直在晃。昝涛牵了她出来，知道她还软着，自己也哆嗦了一下。协警跑了过来。协警一开口就指责老妪没看红绿灯，没走斑马线，话也很糙。协警后来撕了一张罚款单，50元，说这是不遵守交通法规的代价，须当面缴清。昝涛说，手下留情吧，你看她一个乡下来的老妇人，身上这么累赘，耳朵也背了，罚了真没意思。协警刚一瞪眼睛，昝涛来了硬的，说，你看看我的窗玻璃，我还没找见下家呢，你来主持一下，赔给我？协警撤了，可能去问司机。司机瘫坐在路肩上，脸是煞白的，浑身湿透，差不多像刚从池子里捞出来的那样。

昝涛递了一杯凉白开。老妪接了，手一伸，掐了下昝涛的脸颊。值班室里冷气足，立式空调。业主们体恤保安人员，联名给集团上书，半月前才有了这个待遇。老妪抿了一口水，瘪了瘪腮，说，你属猪吧？昝涛苦笑说，姨娘，你说我属猪，我就属猪。这是老家的习惯，见了陌生年长的妇人，一般要喊姨娘的。老妪咧嘴笑，说，我儿子也属猪，属猪的人我一眼就能挑出来。昝涛问，你儿子呢，他太马虎了，放你一个人在街上走。老妪松开了表情，说，我家贵生就住在这里头，媳妇和孙子也在里头。

哦，贵生的学名叫……

王川，属猪的，我从狄道上来，找儿子来了。老妪说。

那么远，走了一天吧，姨娘你胆子太野。

昝涛拿出了花名册，指头按住，逐行搜索着号码。余光里，渣土车已经摆顺了姿势，司机挥锹铲土，扫把一过，门口慢慢干净了起来。昝涛不想追究玻璃的事，人金贵，玻璃算不得什么。找见了号码，昝涛用手机拨了过去，念叨说，姨娘，你看我咋收拾他，让自己的娘老子跑七八百公里，他却癞蛤蟆躲端午，不见来迎接的。占线。又拨了三遍，还是如故。老妪进门时的确累赘极了，左手揽包，右肩上挎着一只纸箱子。这时，门口的纸箱子里叽里咕噜的，声音从孔洞里传出来，带着一丝鸡屎的浊气。

姨娘，这是给贵生送的柴鸡？

老妪纠正说，属猪，贵生属猪。耳朵真的背了。

狄道的柴鸡最有名气，营养高，还紧俏。

他属猪，跟你一个属相，都忠厚实诚。老妪又说，碰上你这个好后生，我不吃亏呀。

昝涛嘘了一声，说，这下通了！

2

亲子教育，一期七个课时，一千六，不打折。

就这，还是翟芳托了关系，把名次提了提。这家教育机构如今火遍了全城，眼见着闹闹出了问题，王川和老婆一碰，当即决定了。今天是第四节课，名字很诱人，叫山水课，安排了在了郊外的一座原始森林里。王川提前告了假，又借了朋友的一辆铃木，一赶早就来报到了。跟队老师说，游山玩水也是一门功课，听听鸟鸣，嗅嗅花草，也能在幼小的心田里如何如何。孩子们倒是放了风，蚂蚱一样，可苦了家长们。有一个家长搞丢了照相机，三个妈妈的高跟鞋掰了，摔了跤的人疼在身上，脸是绿的。整个队列里，只有闹闹是父母双陪，刚开始有一丝尴尬，后来混熟了，彼此跟姑舅姐妹似的。

夕光洒下时，剩下了最后一个节目：山羊胡子，兔尾巴。

山坡下，联系点的农户牵来了一只山羊，七八只白兔，圈在了一个栅栏里。高潮段落，娃娃们挣脱了大人，往山坡下滚去。也不怕摔倒，碧绿的青草像一块栽绒毯子。王川一家却盘腿坐着，谁也不吭气，泥偶一般。栅栏里闹翻了天，男孩追逐着山羊，拔着长胡子。女孩们抱着小白兔，在看红眼睛，在拍照。王川说，闹闹，你吃过手抓羊肉，但没见过活羊，你也一起去玩吧，拔一根胡子回来。翟芳不悦，讥讽说，有你这么乱讲话的吗，他怕都来不及呢，还这么恐吓。闹闹一直僵着，面无表情，两个眼珠子始终望着虚空，但天上既无云彩，也无飞鸟。王川跟着儿子的方向看了一遭，也一无所获。王川问，他今天说了几句话？翟芳答，哼，能几句呀，统共就三个字，吃，喝，尿。王川的腿麻了，站起来走了几步，愉快地说，比前几天强，至少开口说话了，这钱没白花。

太阳落山了，倦鸟归林，寒意四布。

山顶上有一座庵子，传来了清凉的钟声。老师在喊，收队了，下课了。家长们分头找见了孩子，苦刑结束了似的，纷纷撤了。翟芳说，你听，这钟声多好，无忧无虑的，简直是世外桃源一样，真不想回去。王川调侃说，此地虽好，却不可久留。翟芳又说，真的心累了，也不知造了什么孽，我要是能出家就好了，当个女尼，青灯黄卷的，不受这份罪。王川一听，突地就怒了，掰断了一根树枝，咆哮说，翟芳，注意你的感情，你这话跟刀子一样。老婆撇过身，揩了一下眼窝，回击说，我感情咋了，我撑不住了，我快垮。王川摸了一下儿子的脸，不为所动地说，闹闹，今晚上你的梦里肯定是一片花香，记得喊我，我也闻闻哟。翟芳叹了一下，又念了一句阿弥陀佛。

这一刻，电话响了。

电话是老彭打来的，劈头就怼了王川一顿。王川环望了一眼层叠的山峦，没信号是正常的。老彭比王川小，人却老相，不用化装，上公交车就有人让座。老彭说，小子，这等重要的会议你居然缺席，你错过了历史性的一刻。旁边，翟芳肩起了闹闹，往山坡下走去。农户拽着山羊欲走，却被翟芳拦住了。王川问，真这么干呀，集团全体干部就地免职，再竞聘上岗，这动作未免太大了吧。所以嘛，今天的这个会绝对是地震，一场八级地震，老彭回答。还是钱的面子大，翟芳塞给农户一张钞票，山羊也规矩了起来，咩咩地叫着，有一种讨好的味道。老彭说，一朝天子一朝臣，这新当家的上了台，肯定要重新洗牌，各个机构和部门重组，就是为了上市嘛。这的确是实情。集团公司酝酿了多年，一直想在上海滩敲锣上市，却只闻其声，不见其实，始终搁浅着，黄花菜都快凉了。王川回说，也对，一头狮子领着羊，羊也会变成狮子的，如果让一头羊领着一群狮子，那谁也看不起它们。山坡下，农户架住了山羊，翟芳将闹闹抱起来。儿子骑在了羊背上，脸忽地亮了。老彭说，小子，你有啥想法没？王川欣慰地说，咋的，你在试我的口风吗，先讲你的。哼，我一无才学，二无靠山，我不痴心，也不妄想。翟芳催促农户，让他放开绳子，让闹闹纵羊驰骋一会儿。绳子放开了，王川的心，一下子提到了嗓眼上。儿子危如累卵地悬着，摇晃不已。这个混账女人，王川叱骂一句。老彭问，别不耐烦，下一步你咋打算的吗？闹闹稳住了，拍了一下羊颈。山羊甩了一下蹄子，蓦地发足跑了起来。王川说，走一步看一步吧，僧多粥少，还轮不到我操心，我算哪根葱呀。山羊颠出去了七八米，闹闹老练极了，西部牛仔似的。王川呵呵笑起来。他第一次从儿子的表情上，发现了开心。老彭又说，你小子，我早知道你，你绝不是久居人下之人。终于，山羊一个刹车，将闹闹掀翻在了草地上，打了几个滚。王川说，你就别套我的话了，你做啥，王某人一定支持，挂了啊。

　　刚收了线，电话又追来了，是小区的保安昝涛。

　　这次，王川并没有训翟芳。老婆英明。老婆出其不意的一招，竟让儿子表情璀璨，趴在草地上，死活不肯起来。王川问，咋样，高兴吧？闹闹点头，说，高。翟芳笑了，也哭了，一顿粉拳，砸在了王川的胸脯上。翟芳掰着指头说，第四个字，今天说了这么多呀。王川抱起了儿子，扔在肩上，又给农户塞了一张钞票。下山时，翟芳尾在丈夫旁边，很哲学地说，我想透彻了，儿子不爱跟人说话，儿子跟人有距离，儿子跟动物亲，这就是找了好几年的病根呀。王川肩着儿子，看见明月东升。月亮长着一张俊秀的脸。月亮不错。

　　现在，王川踩着油门，往灯火阑珊里开去。

　　后排座上，翟芳搂着儿子，呼呼大睡。开心的一天，夫妻俩觉得值，闹闹破了纪录，终于从他嘴里蹦出来四个字。这话不对，不是四个字，简直是四字真言，四个金元宝，也是一连下了四天的春雨，把王川和翟芳的心都给下酥了，有一种甜。王川刚点了烟，没抽，隔窗扔了。眼窝有点湿，王川用指尖揩下来，吮在嘴里，真的不咸。他和翟芳是师大的同学，毕业后都留在了省城，一个进了中学，一个去了企业。两口子没靠山，应考却难不住，凭的就是死记硬背的功夫。结婚时，他们租住在一个筒子楼里，窗外就是铁路。一闭上眼，总感觉在出差途中，心里没踏实过。逢年过节，王川带老婆回乡探亲，母亲话里话外在试探，目光总"焊"在翟芳的肚皮上。王川说，先忙事业吧，等扎稳了营盘，再慢慢造人。这话很轻佻，生儿育女又不是打一捆柴、挑一担水那般简单。那以后，母亲不多嘴了，头发却花白起来。王川迈过而立之年的坎，集团公司高瞻远瞩，以经适房的名义，建了一座小区，按工龄、职称、职务打分。王川拿到了一个中套，四楼，南北通透。乔迁之日，翟芳下了一道"懿旨"，王川开始戒烟戒酒。那一段，王川天天去游泳，翟芳怕水，就在小区的广场上，跟大妈们跳舞。"封山育林"奏了效，很快，翟芳的肚皮鼓了起来。翻过年，翟芳诞下了一个小子，六斤半。王川站在病房的窗口，望着满城的焰火，便说，正月十五闹元宵，干脆小名叫闹闹吧。

　　岂料，闹闹一点也不闹。一切都走到了愿望的反面，闹闹悄静，一尊瓷器那般悄静。

　　儿子长到了一岁半，坚不开口，连妈妈这样简单的音节都不会。不仅不说话，儿子的眼睛也呆滞，直尺似的，无波无澜。比如，儿子盯着墙上的一颗钉子，一盯一天。又比如，儿子爱抠墙皮，弄得墙纸七零八落的，指甲皮也快抠掉了。翟芳问了周围的妈妈们，一致的结论是，女孩一般早慧，七八个月就发声，男孩慢一点，在一岁左右吧。又等了一年，情况如故。这时，翟芳火力全开，对准了丈夫，责问他在造人期间，是不是破过戒，沾过脏女人，把损坏的精子播在了良田。王川也自责过，怀疑家装之后的甲醛，疑心大理石厨台带着辐射，甚至去了几趟瀋源寺，磕头，烧香，奉了供养。那几年，医院也没少去，把各个科室都拜访了N遍，化验单一米高，足够写完一套四大名著了。天气好时，楼下的草坪成了乐园，娃娃们鸡零狗碎地玩着。翟芳将儿子抱下去，去了几回，闹闹都闷声坐在一边，既不参与，也不哭笑，一根木头似的。那以后，翟芳短了精神，觉得心里结了一块疮疤，生怕被邻居们察觉。家里没雇过保姆，面积有限，起居也不方便。闹闹三岁半时，王川托了关系，将翟芳调进了一墙之隔的六中任教。课间休息时，翟芳两点一线地穿梭，开了门，眼前的景象让她喜忧参半。喜的是闹闹安全无虞，一动不动，早上搁在那儿，现在还在那儿。忧愁却是一团雾，让翟芳的身心一下子乏了，笑也是挤出来的。有一回，王川将闹闹的所有症状，一丝不苟地输入在了"度娘"里，当即吓了一跳。王川揣着这个秘密，恶毒的秘密，在肚子里发酵了几天。王川自己快爆炸时，才说给了老婆。翟芳听罢，二话不讲，当即给了王川一个耳光，挺脆的。

翟芳说，我儿子自闭？你敢这么咒？

嗯，这个症状，要么是天才，跟那个霍金一样，要么就……王川斟酌再三，给老婆打了一个防疫针，说，要么就得你我一辈子当牛做马，把前世里欠下的债，慢慢还掉。

等着瞧，我偏不信邪。

出乎王川的意料，翟芳咬起牙，时刻围着儿子转，大有坐穿牢底的那份慷慨。

进了收费站，减速带一提醒，王川回到了现实中。缴了费，上了外环时，翟芳的手搭在了丈夫的肩上。这是一种罕见的亲昵，自从，唉，不提也罢。翟芳摸着他的下巴，指尖上充满柔情。翟芳问，没刮胡子呀，这么硬。王川却说，下午地震了，新当家的已经上位，开始重新洗牌了，这下真有热闹看了。王川简略讲了一通。翟芳却说，咱们小老百姓，过自己的日子，你别掺和了，闹闹今天的进步，比啥都强，我没别的奢望。环线上车流少，王川轰了油门，飙了一段。王川说，白天不懂夜的黑，我敢打赌，从今天起，小区里肯定灯火通明，谁都在谋篇布局，不敢怠慢。翟芳说，今天收获了四个字，说不定明天呀，闹闹还会有大的惊喜。王川笃定地说，呵呵，我回来了，我回来以后，一切都将与过去不同。下了立交桥，驶上了主干道，翟芳悄声问，晚上可以吗，今天高兴，我就想了。

什么呀？

翟芳忸怩，说，好久不做了，我怕我快锈死了，你讨厌。

不行，我妈来了。

奶奶来了，你咋不早说呀？翟芳这么喊，当然是随了儿子。

王川歉疚，说，母亲总是排在最后，这个吧，将来也是你和我的写照。

3

王川还掉了借来的铃木，打车返回时，被昝涛拦住了。

昝涛和小区的业主们都熟，一来性格爽直，二来，他天性肯帮人，脸上挂着一副持续的笑。快递到了，谁在外面拉不开门，总会说，交给昝涛吧。谁订了鲜奶，也会说，让昝涛先搁冰箱里吧。昝涛另有一个特点，即便燠热难耐，身上的那一套制服却相当规整，绝不马虎。零点过了，气温居高不下，昝涛在小区里巡查了一圈，看见了王川。

昝涛说，姨娘她们都上去了，你呀，真的福气大，姨娘的身子骨还那么硬朗。王川对昝涛一向抱有好感，便停下脚，以示尊重。王川说，我老婆来过电话，说你的一盒蛋炒饭，让我母亲给吃了，这咋行。咋了，昝涛冷下脸，我孝敬一下不行呀，我一个没娘的娃，跟着你沾光。递了一支烟，昝涛拒绝了。王川自己点上，喷着一嘴烟龙说，是这，听说三马路的李家烤肉不错，咱们去吹几支冰啤吧？昝涛笑说，真不用，你不必变着法子谢我，进屋吧，姨娘的一个箱子落下了，你自己抱上去，不早了。

一只纸箱子，长方体，外面印着某个品牌的洗衣粉字样，两侧各挖了几个孔洞，用来透气的。王川狐疑，捂住了口鼻，说，这么臭，究竟什么呀？昝涛站在空调前，拔长脖子吹冷气，说，我刚给喂了水，怕渴死了。王川打开后，沮丧地说，哎哟，我这个娘呀，真是老古董，超市里的鸡肉那么便宜，何苦她几百公里带一只活鸡过来。昝涛冷下脸，说，王科长，你这个态度我可不同意，你过分了。王川噎了噎，说，我没别的意思，还不是心疼老娘嘛。昝涛却说，别小看了这个鸡，真的。

咋说，不就一只鸡嘛。王川道。

这叫翎子鸡。

翎子鸡？

王川热极了，巴不得上楼去冲凉，但昝涛的一番热情，又不能不对付。王川拨弄了几下箱子里的活物，不觉得是一只鸡，反倒感觉是整箱子的羽毛，手感很虚无。王川说，你别给我演封神榜，说这个鸡是落架的凤凰，得罪了玉皇大帝。昝涛不语，拿出一只强光手电筒，打开试了试。灯光若一场雪崩，忽地倾泻在了墙上，将王川压成了一张相片。王川抬臂遮住眼睛，忙喊停。昝涛呵呵笑了，说，你这叫原形毕露，你心里咋想的，我能猜出个七七八八，骗不了我的。灯光灭了，那一张相片又回归到了王川的身上，浑然一体。昝涛催促说，快回家去吧，别跟我磨牙了，你们下午地震了。

已经出了门，王川却不甘心，说，你话里有话，你不妨直说了。

哼，我又不是你家的张良。

王川不见怪，说，上次送你的那台旧笔记本，配置虽说低了些，但你女儿用没问题。听说，最近又要淘汰一批，我替你留心着。怀里是纸箱子，窸窣声不断，一股刺激的鸡屎味，冲鼻而来。昝涛怔了怔，便说：

我在狄道当过兵，我知道，这种鸡叫翎子鸡，罕见。

说说看！

昝涛说，你娘不简单，自己路也走不稳，居然捎着一只翎子鸡，晃悠着进了城，呵呵，我本来想责怪你几句，算了吧。王川挤兑说，你也不简单，大半夜的，这么神道，你倒说说翎子鸡呀。不巧，对讲机响了，十万火急的样子，昝涛先撤了。

黑灯瞎火的，王川摸进了家。母亲和闹闹睡在了卧室。翟芳占据了儿子的房间，一张儿童床，显见没有王川的位置。王川拿了枕头，打算在沙发上将就一夜。冲完凉，鸡屎的浊气愈发浓郁，夜晚的恬静被彻底颠覆了。王川有些懊恼，将纸箱子拎出了厨房，蹑手蹑脚，塞在了阳台上。这时，王川嗅见了一股潮湿的气息。几栋家属楼高可入云，切割出不规则的夜空。夜空呈粉红色，云层低垂，山雨欲来。王川怕鸡会闷死，便掀开了盒盖，敞在了夜幕之下。果然，鸡消停了下来，知道这是深夜，自己独在异乡为异客。

当初分房打分，王川排在了中下游，只能选择两头，要么顶层，要么下半截。后来图了坐北朝南，又考虑将来拉扯孩子，翟芳定夺在了四楼。小区统共三栋楼，呈三角形，便有人戏谑说在跳贴面舞，也有人说在搞三角恋。楼群中央，有一个绿化带，还建了一座微缩水景，潺潺之声总在傍晚响起。楼群外则是一条环路，左进右出，供车辆行驶。凌晨一点了，远处海关的报时钟准时敲响，声音很金属。王川抬望一遭，好家伙，每家每户都灯火通明，亮若白昼。王川猜得没错，从今天下午会议结束，谁都不肯甘为下风，谁都将粉墨一气，锵啷啷一声响板，从幕后闯进前台，生旦净末丑，各归其位。

准确讲，王川倒也不急。王川有自己的步骤。如果一群人都往一个方向上挤，那这条路，一定是有麻烦的。沙发有些硌，弹簧坏了，王川入睡前这么认为。

一下雨，昝涛便觉得事情好办多了。雨是一个借口。雨会混淆一切的。

C栋地下停车口有一个死角，前面立了一面短墙，原本是消防栓的位置，后来废弃了。墙后，五个少年抱头蹲着，浑身湿塌塌的，瑟瑟发抖。昝涛说，你回东门去吧，这里有我，东门进出车，业主们万一打喇叭，明天投诉就来了。黑暗中，一个伙伴正在踢打少年们，踢累了，慢慢收住了脚，快感十足地过来，说，这帮小太保，不给点颜色，他就不信马王爷长了三只眼睛。昝涛说，你去吧，我来治他们的"病"，省得他们以后故意踢高球，拿窗户当球门，让咱们背黑锅。伙伴递来一个塑料袋，昝涛接了。伙伴说，你瞧，人手一部苹果，都是坑爹妈的货。雨开始大了，树木被风压了下去，跟受刑人一样。脚步声远走，昝涛这才轻松下来，宽了皮带，取下强光手电筒，开始问话。

　　说吧，谁把那辆牧马人划伤的？谁说了，谁先回家。

　　不是我，我们来找足球的。七嘴八舌的，集体辩解。

　　答案早料到了，但昝涛另有一份腹稿。昝涛说，你们和中国男足一样臭，不往球门射，偏偏射人家的窗户。知道吗，上次掉下来一块玻璃，刀子一样，直接插进了人家车顶上。再上次，玻璃崩碎了，把一个小丫头的脸划破，差点破了相。好吧，得寸进尺说的就是你们，半夜摸进来，共同犯罪，你们今晚的目标是？

　　这时，学生们一口一个叔叔，舌头是软的，狡辩是真的。

　　昝涛志在必得，又说，那辆牧马人值几十万，你们划伤了，光补漆就是一笔不小的数目。幸亏呀，这里不是派出所，我这人也好说话，一人一千，别跟我还价。否则的话，我立马通知警察，你们轻则被开除，走司法程序这条路，就得把课桌搬进号子里，一起难兄难弟吧。毕竟是未成年人，这下炸了群，不是哀号，便是相互攻讦。强光手电筒另带电击枪的功能，昝涛将按钮调至"电击"一挡，打开了，但见蓝光放射，蛇行上下，噼啪作响。一时间，清冽的空气有些焦味，几乎将雨滴也蒸发掉了。昝涛笑说，呵呵，不是闪电，也没打雷，这是天老爷动了怒，命令你们快交代，交代罪行。果然，两个孩子起身，求告说，这就去找钱，等一下再来。昝涛说，反正我不急，苹果手机在我手里，我随时能找见你们的。等走远了，昝涛又低声喊，我在大门口等着，别去东门，天一亮就作废，我会报警的。

　　走了两个，又一个待不住了，哀告说，兜里有卡，立马去门口的银行取现。另一个也站起来，坦白说，姥姥家在附近，半小时之内准定回来。昝涛问，知道手机的赎金多少吗？少年们嗫嚅着，等着跳楼价。昝涛恼了，扯着嗓子，断喝说，妈的，一人一千，滚蛋吧。

　　其实，真的无所谓，楼上听见了又咋样嘛。昝涛心说。

　　昝涛抬望了一眼楼上，灯火烁烁，今夜无人入眠。自打派驻这个小区第一天起，昝涛就腿快，手勤，一脸弥勒，广结人缘。业主们的嘉许是一回事，从各路得来的消息，林林总总，汇聚到他的手里，则是另一回事。昝涛知道，小区也是一个小社会，风也罢，雨也罢，总归不会安澜下来。昝涛一直想做一块暗礁，沉在底部。谚语不是说了嘛，煞后，煞后，锅底里才有肉，所以他一向耐得住。比如今天，业主们的集团人事地震了，先前人模狗样的那些家伙，统统被就地免职，上火是一定的，失眠是起码的，谁还顾及窗外的个把声音呀。况且这场雨，来得真是时候。昝涛揩了一把脸，冷不防，剩下的那个小子居然豹变，一家伙搡倒了他，拔腿跑了。

地滑，挣了几次，又跌倒了。昝涛眼里金星四射，骨折的感觉。对讲机飞了，强光手电筒的镜片也碎了，滚出去老远。万幸的是，几个手机还在。这一霎，昝涛看见环路上杀出了一个黑影，二话不讲，便将那小子收在了胳膊下，夹紧了，跨步走了过来。

三女子吗？

嗯，涛哥，这咋了，被袭击了？

趁着说话，昝涛将一包手机塞在了灌木丛里，忙掩饰说，跌了一跤，不打紧。三女子也不是吃素的，扔下那小子，抽出了他的皮带，直接捆在了栏杆上。三女子从天而降，出手相救，并没惹起昝涛的感激。相反，昝涛却觉得麻烦来了。递了烟，两个人小心地点起来，对视了几眼。三女子抱怨一番。昝涛才明白，他媳妇和婆婆吵架了，受了夹板气，索性负谴而逃，来这里躲清闲了。昝涛给了钥匙，工具间有一张床，催他赶紧去休息。岂料，三女子没接，却一脸的诡谲。三女子问，这小子干吗了，敢袭击你？昝涛思忖一番，说，他不尊重我，倒也没袭击。见三女子太黏，昝涛敷衍说，屁大的一点孩子，居然一见面，就问我要烟抽，我替他父母亲教训一下。临走前，三女子踢了那小子一脚，慨然说，我继续去蹲坑了，有事喊我吧。哦，你说啥？昝涛着急问。三女子说，雨这么大，一楼的那个女神经刚又打了物业电话，怀疑有人要偷她，我这就去蹲坑，守着那个变态出来呗。这么一讲，昝涛觉得夜更深了，麻烦是真实的，离自己不远。

到了正门，一进值班室，昝涛就给那小子解开了皮带。昝涛拿了毛巾，让他擦一擦，对方也置之不理。昝涛又打开塑料袋，让他拿上自己的手机，赶紧滚蛋。不承想，那小子索了烟，叼在嘴上，还让昝涛给喂了火。昝涛郁闷起来，说，你究竟想咋样吗？小子说，等他们都来交钱时，你得当面证明一下，我宁死不屈，我没尿。昝涛虎下脸，拿出强光手电筒，但电击头没反应，没了想象中的那一声霹雳，威慑力顿时归零。昝涛说，你没尿，你走吧，我不追究你。那小子玩着手机，态度顽劣，说，我得等他们来，看着他们一个个认尿，把钱交给你。昝涛没了辙，观察了一下周围。此时，已经后半夜了，楼上的灯光陆续熄灭。雨除了是借口，还是一种催眠吧。

　　小杂种，你真要是我儿子，我掐死你。昝涛一个劲抽烟，脑子里开始翻脸，已经灭了那小子好几回。昝涛开始威胁，再不走的话，真要报警了。小子却称，报警也好呀，又没犯什么罪，顶多是翻墙来找足球的，还巴不得爸妈来领人，因为很久也没见爸妈了，都在外地做生意。昝涛苦楚极了，绥靖地说，各让一步吧，你给我面子，我也给你台阶下。那小子觉得可行，停下了手机游戏，等待下文。昝涛万无一失地说，是这，我给你一千，等他们都到了，你跟他们一起交完罚款，你一根毛也不损失，我也有面子不是。小子很痛快，答应了。昝涛打开钱包，数了一千整，交在了对方手里。那小子太贪玩，将钱扔在桌上，继续看手机。

　　来了一辆私家车，没打喇叭，闪了几下灯。

　　昝涛出了门，看见灯光下，地上的雨都起了泡，密密麻麻的。业主都这样，忘了带卡，一般会闪灯，喊保安来帮忙。昝涛按了遥控，放车进去，又落下了横杆。待昝涛再次进门时，妈的，却发现那小子不见了。

　　人不见也罢，桌上的一千元竟然也没了，还包括一袋子苹果手机。

　　这一刻起，昝涛真的炸了，揣上一根警棍，开始在小区的环路上兜圈子。心知无望，但肚子里的一团火不罢休，只好淋成了落汤鸡。十张红版的钞票，等于大半个月的薪水，谁的钱都不是用弹弓轻易打下来的。有天夜里，昝涛在地下车库里巡查，发现一辆车屁股上，扔着一台照相机，谁这么大意呀。昝涛也没客气，塞在胳肢窝里带走了。第二天去了旧货市场，当即变现。尼康单反，日本牌子，昝涛明白贱卖了，但也很知足。哼，揣了这么久的一笔钱，却被一个小杂种给顺走了，这让昝涛很牙疼。又趔到了C栋一楼拐角时，三女子从树背后蹿出来，抱怨说，涛哥，你这么闹腾，还让我咋蹲坑。昝涛问，你吃过哑巴亏吗？三女子懵懂摇头。昝涛说，妈的，哑巴亏就是吞了一肚子黄连，又说不出苦来。

　　恰在此时，一束发光的鸣叫蓦地响起，照在了小区上空。

　　声音是从底层爆发的。三栋高层呈掎角之势，喇叭状，将声音放大了，一波波地荡漾起来，形成了"海啸"，惊涛拍岸。三女子愕然，说，见鬼了，这什么天外来物呀？昝涛说，几点了？三女子答，五点，天快亮了。——举目望去，楼上的灯光一盏盏地亮了，也有人趴在窗口上，探头外望，骂骂咧咧的。叫声停顿了一下，再次嘹亮，让铺天盖地的雨声也退居其次，不那么要紧了。这个清凉的夜晚，随着紧密的鸣叫声，眼睁睁的，开始塌方。

昝涛说，半夜鸡叫，这下乱套了，天下大乱。

是鸡叫吧？

嗯，这是翎子鸡，说来话长了。昝涛道。

4

翟芳鼾声轻微，睡得很香。平时，翟芳每夜都要起来三四次，掖被子，递尿壶，照顾一番儿子。有几回，翟芳后半夜推门进去，见闹闹双目圆睁，像300瓦的灯泡一样，盯着天花板，几乎吓瘫她了。翟芳盘问儿子，究竟在想什么。闹闹却只字不语，表情深沉如谜。今天可好，闹闹在奶奶的怀里，翟芳便卸下负担，睡得像一块海绵似的。迷蒙中，一场星星雨，慢慢下在了翟芳的身上，不是窗外的那种。星星们像一个个精灵，张着嘴，拱着翟芳的身体，让她很甜，很痒，魇在了睡眠中。这个梦是有来历的，翟芳上过网，说自闭症的患儿，都是星星的孩子，他们孤独地活在自己的世界里，对外界充耳不闻，视而不见。此刻，面对一群上蹿下跳的小星星，翟芳为难了，眼花了，摊开双臂，盲人般地探摸着，说，哪个是闹闹？谁是我的闹闹？

这一霎，王川在旁边打了个喷嚏。翟芳一惊，星星的孩子们忽地没了影，全部失踪了。

翟芳的郁闷可想而知。王川夹着枕头，行迹鬼祟，忙关了窗，拒绝了外面的雨声和凉意。王川钻进被窝，身体像一枚大号的括弧，将妻子箍在了怀中。这些年，夫妻俩不愿正视现实，但闹闹的症状，越来越逼现眼前，让"自闭症"这个词浮出水面，礁石一般。翟芳喘不过气来，星星的孩子们走了，失踪了，刚刚尝到的一点甜，一丝痒，却被王川上下其手，粗鲁地驱散了。翟芳挣扎着，恼恨起来。王川说，傍晚回来时，你给我下的帖子吧，咋了，说话放屁呀。翟芳像一条离岸的鱼，越拒绝，王川却越侵犯。后来简直动了粗，磨盘一般覆压在妻子的身上。王川说，先是搞了"封山育林"，后来你又妊娠期，为了闹闹，这四年多来，我忘了我还是个男人，一次也没。翟芳拖泥带水的，还没从梦魇里脱身。王川沮丧极了，哀告不止，却怎么也打不开妻子的身体。这是闹闹的房间，儿童床，禁不住折腾。床架的榫卯间，可能藏着无数个"嗓子"，王川一用劲，它们便尖叫，吱吱呀呀的。王川是那种一根筋的人，愈挫愈奋，两只手刚将妻子锁住，听见翟芳气息奄奄，打算放弃抵抗时，却出现了意外。

那是一束发光的鸣叫，在阳台上"爆炸"了。

猝然，尖厉，悠长，"爆炸"声持续了三秒多，但密集的"弹片"分崩离析，射向西面八方，几乎快将小区里的每一扇玻璃震碎了。尾随其后的，则是一浪浪的冲击波，在楼群里翻滚，汇聚，一瞬间拧成了狂浪，喷薄向上，倾泻在了夜空里。

翟芳彻底醒了，伸手去开灯，却被王川扣住了。王川从翟芳身上滚下来，呼哧呼哧的，先前的激情覆水难收，又不甘心，慢慢酝酿着下一次情绪。翟芳怨恨地说，鬼哭狼嚎的，让人心里发毛，这什么呀？呵呵，江山易主，难免有一些异常的天象，我的好日子不远了。王川边答，边撩拨着妻子的浓发，煞是得意。翟芳嘀咕说，对，是天降异常，星星的孩子，这话真美，哪怕他不讲一句话，只要他来自星星，我也乐意，我陪他一辈子。王川不解其意，兀自说，我这个小科级熬了快五年了，也该出头了，我这次有八成的胜算，相信我。翟芳再次清醒了，脚尖找着拖鞋，自责说，闹闹该尿了，我得去。话未讲完，王川一把扑倒了妻子，用枕头捂住了翟芳的脸，低语说，别闹了，我妈可能起来了。翟芳不听劝，更不迎合，身体扭曲着，踢来蹬去的。王川更刺激了，血脉贲张，一下子使了强。妻子的身体怔了怔，冷若碑石。就在王川走向高峰的一刹，阳台上那一束发光的鸣叫，再次"爆炸"了。

声音尖细、悠长，呈螺旋状上升，缭绕不绝。

翟芳趁机挣脱了，忽然干呕起来，很恶心的样子。果然，翟芳厌倦地说，我已经锈死了，我恶心，恶心这件事，千万别再逼我了。

此时，王川也已经兴趣全无，拉开窗帘，看见天色微明，一层蛋青色的光芒渗透铅云，落在了小区上空。翟芳说，对不起，我不习惯这个了，我想吐，我可能废了。王川压抑着怒火，劝慰说，不怪你，这他妈的天光大亮了，哪来的怪物呀。翟芳没呕出来，但嗓子里冒怪声，叽里咕噜的，软弱地说，半夜鸡叫，这是公鸡在打鸣，我小时候天天能听见。闻听此话，王川一骨碌坐起来，直脱脱地说，灯下黑呀，这是咱家的鸡，简直家里进贼了。

咱家的？

对，我妈带来的狄道的翎子鸡。

哦，带什么不好，这奶奶，偏偏带一只公鸡进城。翟芳怨怼道。

天亮了，两口子睡眼迷离，草草穿戴起来，踅进了客厅。眼前的一幕，让他们骇然万分，杵在地上，一时间成了哑巴。母亲蹲在地上，一手磨着刀，一手洒水，刺刺拉拉的声音恐怖极了。母亲瞥见了他们，没吱声，样子得意。磨了片刻，母亲停下来，用指肚试了试锋芒，又开始磨另一把刀。王川哀告说，妈，这大清早的，双休日，你提刀弄棒的做啥？翟芳也求情说，好我的奶奶，进了城你就歇息一下吧，闹闹在你怀里，一夜没闹，他只恋你。母亲辛劳了一辈子，虽说上了年龄，但胳膊上仍有劲，磨起刀来有板有眼，脊梁也绷成了一张弓。王川想抢活，母亲拉下脸说，一边去，去给我烧一锅开水，天然气我害怕。翟芳进了厨房，依言烧了水。王川恳切地说，妈，你没个电话来，也不让我去车站接你，老家那边？翟芳踢了一脚丈夫的屁股，接了话头说，你警察呀，审问这，审问那，奶奶想闹闹了，闹闹也想奶奶了，这就是理由。王川从妻子的语气里，听出了一种释然，那种解放区才有的晴朗的天。事情明摆着，母亲待多长，翟芳就能轻松多久。夫妻俩对视了一眼，彼此交换了意见，一对阴谋家似的。这时，母亲方说，贵生呀，今天是啥日子？

礼拜六。王川答。

母亲停下手，扶住膝盖站起来，说，今天是你的生日，你属猪。

哦，不早过完了嘛，上个月。翟芳抢了话。

脑子不好用，我只记住了你农历的生日，狄道只过农历的，所以我就来了。母亲颤巍巍的，胳膊一伸，接住了翟芳的搀扶。母亲说，去，去把阳台上的翎子鸡拿来，我杀了，今天给你过生日，给闹闹补些营养。

腿上灌了铅，王川愣怔了许久，一直盯着母亲的白发，有点鼻酸。

这个节骨眼上，阳台上的翎子鸡又"爆炸"了。不同的是，这一次的鸣叫不发光，也不悠长，更像是一次抗议，一声激愤的詈骂。王川思忖，万物有灵，这话真没错，这家伙恐怕也知道大限将至了，所以才登高一呼。王川去了阳台，手在纸箱子里探摸，依旧感觉到很虚无。一箱子的羽毛，怎么也捉不住肉体。翎子鸡的咯咯声，却从乱羽丛中飘出来，挑衅味十足。后来，王川干脆将箱子倒扣在地，攥住了两条细鸡腿，倒悬着，拎进了客厅。

翟芳怕血，背过身子，贴在了墙上，不忍看。王川将鸡搁在地上，防它暴起，用脚踩住了鸡腿，两只手伸进一堆羽毛中，打算攥住鸡脖子。近些年，城里人的嘴吃刁了，来自狄道一带的柴鸡成了紧俏品，价格翻番，几乎是超市里冻鸡的三四倍。王川一家也吃过柴鸡，尤其翟芳坐月子的那一段，母亲满村子打听，谁要去省城，母亲早上宰杀下，晚上就能捎给儿子。柴鸡能催奶，翟芳在那半年，体重长了三十斤，双下颌都出来了，这才喊了停。虽说吃了那么多，但君子远庖厨，夫妻俩还没见过当场宰杀的。王川摸了一阵，捉住了羽毛丛中的肉体，失望极了。怎么说呢，这只虚张声势的鸡，徒有其表的鸡，除了这一堆花里胡哨的羽毛外，身体只有握拳那么大，可怜兮兮的。王川能感觉到，这小东西在痉挛，在发烫，埋下身子，做最后的抵抗，不，是抵赖。王川撇嘴，心说，按自己的饭量，这家伙去骨剥皮，也只够打个饱嗝而已，遑论还有一家人呢。母亲则面带骄矜，一个劲地夸耀自己带来的礼物，似乎比她珍藏了多年的嫁妆，腕子上的那一只银镯子还稀罕。

原来，狄道一带毗邻岷山山脉，实施了多年的退耕还林后，山河葱郁，生态修复，一些早就绝迹了的动物失而复现，大的如棕熊、雪豹和胡狼，小的像麋鹿、麂子与岩羊，这翎子鸡就是其中的一例。母亲又介绍，前一天碰见了一个进山采药的人，他捉住了一只瘸腿的翎子鸡，求爷爷，告奶奶，这才花了大价钱，好歹购了下来。这种鸡太诡了，要不是摔坏了腿，休想捉住一个活口，它自己就会气死的。母亲神道道的，王川始终忍着，没喷笑出来。又介绍说，翎子鸡不仅脾气大，还太犟，宰杀之前要先哄一哄，等它高兴时冷不防下手。否则的话，它的肉就会泛酸，排出一种不太好闻的气味，所以才活着带进了城里。这一刻，王川明白了母亲的用心，腾出一只手，将母亲的一缕额发，别在了耳后。

贵生，闹闹还不肯多说？母亲低语。

嗯，金口难开。

母亲说，这个鸡嗓门大，底气足，专治这病。母亲又压低了声音，叮嘱说，你意思一下就行了，让闹闹吃肉喝汤，吃啥补啥，记住啦。

显然，母亲是有备而来的，手心里搁着一把松子，嘴里咕咕咕地逗引。炒熟的松子，裂了口，王川嗅见了一丝清香。王川想起小时候嗑松子的情景，没来得及回味，便瞧见从羽毛丛中，探出来了一只鸡冠，充满警觉，左右啄动。冠子呈烈焰色，峨冠博带，头顶的肉瘤像分开的五根指头，上下翻卷，傲气十足。翎子鸡埋下头，啄了一枚松子，刚要吞咽时，母亲霎时出手，一把捏住了鸡脖子。

母亲拔掉了鸡脖子上的一撮毛，将其拧成了一个问号，举起刀，打算下手。王川捧着碗，对准了鸡脖子，准备盛血水。翎子鸡伸长了脖颈，无辜地就缚，既不挣扎，也不嚎叫，杏仁似的眼睛盯着王川，眨也不眨。刀刃逼住了鸡脖子，母亲刚要下刀时，却听见客厅的地板上一声爆响，一只花瓶碎了。

闹闹站在面前。一股愤怒攫取了他，脸颊憋得紫红，嘴巴大张，挥着小拳头。

王川断喝说，闹闹，干什么？

放，放，放开它！

这一瞬，客厅里的空气像被抽光了，洪荒一片。王川看着妻子，翟芳盯着婆婆，奶奶扔下刀，丢下翎子鸡，开始抹眼泪。翟芳"扑通"一下，跪在了儿子的面前，揽住他，嘴巴像鸭子戏水，呱唧呱唧地乱亲一气。王川瘫坐地上，点了烟，觉得天花板上鲜花盛开，站满了菩萨。翟芳央求说，乖宝贝，再给妈妈讲一遍，好吗？放，放开，闹闹憋足劲，满足了她。翟芳又说，那给奶奶也讲一遍，奶奶最疼你了。闹闹顿了顿，很清晰地说，奶奶，放开。

这天早上，王川家仿佛被神灵摸了顶，赐下了福祉，降下了一场不大不小的奇迹。将近四年了，横亘在两口子心上的一种罪孽感，一件沉重的包袱，一道看似迈不过去的坎，居然。呵呵，它居然轻而易举，被一只翎子鸡，一个羽毛重重的怪物，这么破解了，化为了乌有。翟芳喜极而泣，泪水敷在脸面上，高兴得有些过度。母亲捉住了翎子鸡，蹒跚而来，塞在了孙子的怀里。称奇的是，握拳大小的翎子鸡，恰好被闹闹抱了个满怀，低眉顺首，似乎知道他就是救命的施主。闹闹也乐了，小脸贴在一团羽毛上，噘起嘴，慢慢吹气。一吹，斑斓的羽毛"唰唰"作响，起伏不定，弄得闹闹痒痒不止，于是越发乐了。

翟芳逗引说，宝贝，奶奶送你的礼物，谢谢一下。

嗯，他属啥？母亲问。

属鸡，闹闹恰巧属鸡，太有缘分了。

属猪？母亲真的耳背了，记忆也差，或者，她有一份故意。母亲怨怪说，闹闹刚说了那么多，歇缓一下吧，等一下再说也来得及。

这时，王川开心地说，呵呵，我有迷魂招不得，雄鸡一唱天下白，这诗人李贺能掐会算，还真的可以称得上我的千年知音啊。

5

今天高兴，翟芳订了座，请婆婆出去吃了一顿果木烤鸭。

雨没停，但也不大，半空中浮着一层雾，像透明的胶质。闹闹猴子般趴在翟芳的脊背上，小脚乱踢，催促快点，回家要和翎子鸡玩。刚到正门口，王川瞥见了昝涛，便把雨伞递给母亲，让她们先走。从凌晨开始，昝涛的心里就一直撂荒，郁闷，不甘，愤懑，算得上五味杂陈。见王川进门，昝涛堆起笑脸，说，这可能就是天伦之乐吧，王科长，你是个福气人呀。王川将一袋饭食搁在桌上，说，趁热，果木烤鸭，我妈惦记着你的那一顿蛋炒饭，亲手卷好的，别嫌弃。昝涛也不客气，一口吞一个，面酱挂在嘴唇上，像一抹黑胡子。

昝涛说，谢谢姨娘，见了她老人家，我非磕头不可。王川哈欠一下，又说，你咋也是黑眼圈，你不是夜班吗，干吗还……哦，一个伙伴今早辞了职，开出租去了，我没辙，我现在二十四小时连轴转了。昝涛吃毕了，打着饱嗝，递来一支烟。昝涛俯身过来，边喂火，边说，等一下你一定要扛住，他们人多势大。

哦，你把话说开，别讲不打粮食的话。

昝涛把烟拿反了，点了过滤嘴，呸呸呸地吐着。又说，半夜鸡叫嘛，姨娘带来的那只翎子鸡，后半夜就开始"唱歌"，他们不干了，正在开会决议，冲着你来的。

王川面带轻蔑，回说，公鸡不叫，天就不亮了吗，扯不到一块儿吧。

纵然辩解，但王川后来仍依了昝涛的话，冒雨去了会议室。翎子鸡半夜起事，敲锣打鼓，声震云霄地开"个人演唱会"，惊扰了大家的清梦，这只是问题的表象之一。按昝涛的意见，贵集团公司正在洗牌，洗牌有两重意思，一是洗掉和周围同事们的旧怨，缓和一下关系，将来在民主测评时，多在"正"字上画一笔。另一个，就是洗干净自己屁股上的屎，别留下把柄。王川很诧异。王川从这个保安员的脸上，看见了一种烂熟于心的老练，一种精明。昝涛说，你别这么看我，我瘆得慌，听姨娘说，咱俩都属猪，一个圈里的，呵呵。王川说，我想死了也想不明白，我的仕途跟一只鸡有关系吗？这时，他们站在了会议室门前，门楣上嵌着一块铜牌，上书"业主委员会"。昝涛轻推了王川一下，低语说，他们去了三趟，敲你家的门，打算抗议来着，没找见你，这才让我通知你的，我的任务完成了，回见。

王川落了座，目光逡巡了一遭，心里便天塌地陷了。

都是熟面孔，在一个办公楼里碰面的，也用不着什么客套。男女代表各半，年纪跨度也大，重点部门的占了大多数。以前，王川也被抽签选中过，作为业主代表之一，曾和物业公司争过权，捍卫过权益。令王川意外的是，想象中的撕扯、谩骂和刀光剑影，现在都换了频道，一张张苦瓜脸盯着王川，表情里埋着委屈、哀怨和求情。王川含胸抱拳，先压低了姿态，忙说，让大家受惊了，太抱歉了。

又讲了一遍，但大家谁也不接他的话茬，气氛冷寂，王川被看毛了。

居然——业主们公推出来的代表，居然是老彭，彭强。王川一下子心生嫌怨，娘的，一点口风不露，临阵倒戈了。彭强捏着一份决议，清了清嗓子，照本宣科地说，本小区自入住之日起，一向邻里和睦，安谧如梦中家园。岂料，昨日晚间却发生了一桩令人遗憾的事件，个别业主为满足私欲，竟然置公德于不顾，公开豢养一只野蛮的动物，半夜打鸣，四方惊魂，破坏了和平，将整个小区和广大业主们，陷于一种深深的忧虑和不安当中。

很显然，这份决议是挨家挨户走访过的，统计数据也很详备。彭强没照顾王川的情绪，继续说，本小区有70岁以上的老人28名，大多患有高血压、冠心病和糖尿病，经不起折腾。昨夜今晨，急救中心的车子，已经来过三次了。王川埋头看微信，翟芳连发了数张图片，几乎让他失笑出来。其中一张，闹闹虚骑在翎子鸡的背上，挺胸收腹，披着一条斗篷似的花床单，右臂挥动，像极了一位少年将军。另一张，翟芳和儿子将翎子鸡搁在浴盆里，一边撩动翅膀，一边打浴液。王川熟悉儿子，但这一种前所未有的喜悦表情，仍令他很震惊，也很踏实。决议又说，本小区计有上百名中小学生，目前正值期末考试阶段，如果任由这一只野蛮动物，继续疯狂咆哮下去的话，全体家长将难以答应，势必诉诸集团公司，将采取进一步的维权措施。呵呵，王川心里冷笑，这简直是一份最后通牒，跟死刑判决没什么两样，就差说一句绑赴刑场，当众宰杀了。彭强念完，业主们开始单独发言，女性居多，大多是陈述自身的体弱、焦虑和睡眠质量，语气里带有抱怨、示弱和祈请，与决议书的强悍风格截然不同。翟芳又来微信了，母亲和闹闹各拽着翎子鸡的一只翅膀，老婆拿着吹风机，正在吹干。意外的是，翎子鸡竟然很受用，冠子殷红，引颈四顾，将一路上带来的风尘和疲惫，彻底一洗了之了，出脱成了一个蓬松鲜艳的家伙。另一张更夸张，翟芳在洗衣盆里铺了一块毛毯，临时当作鸡窝。毛毯上绣了牡丹，姹紫嫣红，是当初老婆的嫁妆之一。王川心说，为了儿子，她可真是舍了血本，败家子一个哟。彭强扔过来一支烟，王川抿了笑，点着了，喷出一口烟雾。烟雾里滑出一个圈，顺着气流跑过去，不偏不倚，端正地套在了彭强的头上，像一道紧箍。彭强吐了吐舌头，好像说了一声对不起，或者没办法。此刻发言的是人事处的闵红，女，副处长，甲亢患者，鼓着两颗发黄的眼珠子说，没错，我家里也养了两只狗，一只猫，但猫和狗不一样，它们自古而今都是人类的朋友，可谁听说过拿鸡当宠物的，鸡能干什么？闵红的话，泛起了广阔的涟漪，一些养猫养狗的人士同声附和，尽量撇清二者的不同，一再将翎子鸡推到了阶级敌人的阵营。另有一位女业主，性格泼辣，干脆扯开了上衣，露出一截白肚皮，声音哽咽。翟芳最后发来了一个短视频，是翎子鸡的特写。这家伙站在客厅的茶几上，披金挂银，抖擞万分。王川讶异地发现，翎子鸡的尾羽很长，也很俏，斑斓多彩，在一阵阵清风中，上下拂动。女业主哭诉说，她不久前才做完手术，天热，刀口感染化脓了，如果再遭遇半夜鸡叫的话，她就打算把户口迁到肇事者的家里。王川冷下脸，这一句打上门来的话，一下子惹恼了他。王川斜觑一眼，那一道伤口的确很吓人，红嫩，肿胀，突出，像一条蜈蚣拱在了皮肤里，随时会剥皮抽筋。这时，彭强咳了几声，示意王川看手机。王川输了密码，打开一瞧，是彭强发来的一则微信。彭强说：

闭嘴！赶快服软吧，小不忍则乱大谋。

这期间，仍有业主不时进门，加入到了这一场声讨中。椅子不够，便有人骑坐在窗台上，或骗腿儿跨在桌沿上。也不知哪一位慈悲，买来了三捆矿泉水，瓶子在空中飞，王川的面前也戳着一瓶，但他没动。在一个密闭的空间，在一个小雨淅沥的下午，控诉和哈欠一样，一般会传染的，而且症状也愈来愈深。王川独木难支，终于招架不住了。王川抱拳一揖，惭愧地说，诸位，你们教教我，我该咋办？

杀掉吃了呗，还用问吗？闵红干脆。

王川说，想想也挺惨的，我妈从狄道上来，抱着一只鸡，奔波了几百公里。这鸡才歇了一宿，就惹了诸位，让你们大家急赤白脸的，跟一只鸡过意不去。

哎，你咋说话呢，没这么骂人的。闵红拍桌子。

王川反击说，我不计较你的猫狗，你也别盯着我家里的鸡。又说，你可以拿猫狗当宠物，我当然也能把鸡当朋友，人家国外还有拿鳄鱼、臭虫、螳螂什么的。

蜈蚣女人整理完衣服，截住王川的话头，概括说，天下之大，当然能容得下一只鸡了，问题是它目中无人，半夜三更在"唱歌"，在开"演唱会"，吵死了，简直翻了天了。

抱歉，让诸位不舒服了，坦率地讲，我早上也被它吓了一跳。它真该死，只图自己高兴，自己过瘾，周扒皮，鬼子进村，忘了它是一个畜生，说了不算。王川口舌油滑，慢慢矮下了身段，期盼着寻找一种和解。王川嗫嚅说，我家闹闹，闹闹今年快四岁了。

哎，跑题了，说的鸡，别牵扯孩子。有人抗议。

在座的诸位都见过闹闹，像翟芳，挺漂亮的。王川左奔右突，琢磨着一种恰切的方式，不显山，不露水，又能一吐苦楚。遂说，其实，家家有本难念的经，像闹闹一旦喜欢上这只鸡，我可真没……

闵红揶揄说，瞧瞧，老大的人了，推卸责任给孩子。

不，我的意思是，有一种病。

什么病?

王川语塞。

哦,他,他他,还有他,在座的都是病人,谁都亚健康,只有你王川结实,铁人一个,还有鬼心思养鸡。闵红谈经夺席,指点江山,又说,我看你王川现在也得了病,病得不轻。

你咒我吧。王川苦笑。

哼,你的病就是自私,枉顾了诸位的好心。闵红火力全开。

王川蔫了,瘟鸡似的。

本来还想说一两句闹闹的症状,求得大家的认可,讨一点同情,转圜一下气氛,但路都被堵死了,说出去又将成了谈资,王川感觉失败极了。王川枯坐着,给昝涛发了一条短信,说,你能搞到一种哑药吗?昝涛迅即回复了,问,哑药?你干什么用的?王川回答说,把翎子鸡的嗓子弄哑,让它活着,但不能发声,更不能半夜"唱歌"。停了三分钟,昝涛说,哑药以前在乡下有,都是谋财害人的,城里咋会有这种东西?紧接着,昝涛又来了一条,说,我从网上搜一下,不过得需要时间,也不保证一定能买到。王川怅然地回复,来不及了,我快被逼疯了,这么办吧,你去一趟我家里,趁着闹闹不注意,用针尖把翎子鸡的嗓子给划拉了,我让我老婆配合你。

是一只野鸡,对吗?蜈蚣女人问。

嗯,翎子鸡,野生的。

那就好办了。这时,蜈蚣女人摸出了钱包,搁在桌上,说,咱们同事一场,我术后虚弱,一直恢复不过来,你开个数字,把这只野鸡卖给我,我不还价的。

王川苦笑一番。

随手,王川给翟芳去了短信,让她抓紧哄儿子去睡觉,也让母亲回避一下,并说了昝涛的使命。翟芳坚决反对,说翎子鸡是闹闹的福星,天老爷赏赐的,来了没一天,闹闹就焕发出了一种别样的神情。这是千金难买的事儿,岂能,岂能恩将仇报,挑破鸡嗓子,去讨好上下左右的邻居们。翟芳不愧是老师,引用了一句格言说,即便杀光了全天下的公鸡,天还会亮的。此刻,王川身陷重围,明白这一桩鸡叫事件的轻重,忙解释说,不是去杀掉翎子鸡,是让它哑掉,别再造次,别再多嘴。王川无奈,只好提纲挈领地说,半夜鸡叫,将小区的全部注意力吸引了过来,集中在咱家了,我现在是靶子,乱箭穿心,又正是集团大洗牌的关口,你自己掂量吧。末了,翟芳回答说,软骨头,叛徒,照你说的办吧。

咋了，还舍不得呀？

王川恳切地说，那只鸡只有拳头这么大，补不了什么，我发誓。

总比一枚鸡蛋强吧？蜈蚣女人问。

未必。

唉，我不会看错人吧。闵红接过了话头，一层回忆般的情绪罩在脸上，唏嘘说，当年你王川参加集团的统一招考，你的材料是从我手里过的，你那个口吧，当初有三个人报名，我最后挑了你，就念你是狄道农村出来的，朴实，忠厚，听话。记得……

"嘀嗒"一声，来了短信。王川点了烟，打开手机。昝涛的，上面说，你赶快加我的微信，顺便把我拉进你们业主的微信群，我有用。王川问说，弄哑了？回复说，王科长你可真够残仁（忍）的，连一只鸡都保护不住，看我的吧。王川没多想，便照昝涛的话办了，将他拽进了群里。王川是业主代表，他有这个权限。烟抽到了尾巴上，王川起身熄烟时，瞥了一眼窗外，烫了一下手。

雨打在玻璃上，一种叫作黄昏的东西，慢慢降了下来。

6

在王川看来，那辆车太 LOW，简直了，简直配不上大姐的身份。

车停在拐角处，一点不起眼。王川知道大姐的车位，进了地下车库，便直奔过来。像前几次一样，王川开了门，坐在后排，嗅见了旁边的香水味。足有一分钟，大姐没吱声，但鼻息很重。王川从后视镜里一瞄，大姐依旧云鬓高耸，但脸颊瘦了下来，颧骨更尖了。后来，大姐歉疚似的打开包，摸出两盒烟，搁在了王川的膝盖上。大姐说，没事儿，你抽吧，我家那位的，也不知好不好。芙蓉王，无字，白盒。王川落下窗子，点了一根，嘴巴尽量往外吐。声讨会散场后，王川又被个别的业主拦下，忍辱负重地待了半小时。会议还算圆满，达成了唯一的成果，王川负责让翎子鸡闭嘴，不能半夜扰民，而业主们将静观事态发展，保留进一步申诉的权利。在热烈的掌声中，王川势单力薄，接受了这一条款。

其实，王川的信心，基本建立在对昝涛的信任上。如果说，这一信心还有空间的话，那就是王川还留有后手。呵呵，大不了"法西斯"一下，给翎子鸡戴个口罩，做个头套，或者马嚼子之类的，令其钳口，禁言，剥夺一切发言权。再不济，王川深入一想，在这个节骨眼上，也就只有牺牲了它，斩立决，爆炒也行，清炖亦可，反正酒肉穿肠过，佛祖心中留。

　　刚走到楼下，望见了家里的灯光，王川心里一热，想到了闹闹。四年来的惊怕，以及业主们一下午的围攻，就像一个天平的两边，孰轻孰重，豁然眼前。那一刻，王川悔死了，闹闹的病症才现曙光，有了向好的苗头，难道就为了一顶乌纱帽，开铡问罪，满足业主们的非分要求吗？一想到鸡头落地，闹闹将陷入更深的沉默，从此永无宁日，王川的脊椎骨里，涌过了一种触电般的战栗。王川在楼下徘徊良久，抽完了半包烟。这时，大姐的信息来了，让他老地方见。

　　大姐忽然哽咽，声音湿塌塌地说，我老做噩梦，最近更厉害了，我总觉得有个人一直在跟踪我，晚上就潜伏在我家的花园外，打算偷窃，我这是病吗？王川一惊。和大姐私下里接触了几回，她从来很干脆，一二三，谈完交办的话，便抬屁股走人，今天这是咋了？其实，大姐不需要答案，她只是在抱怨，在自说自话。果然，谈完最近的噩梦后，大姐的情绪和缓过来，将一沓资料递给王川，说，还得麻烦你，你重新写一遍吧，拜托了。王川窘死了，手心里出了汗，打开袋子，随便翻看了两眼。王川说，有什么具体意见吗，我知道，我能力有限，可能达不到你的要求。岂料，大姐松了表情，说，你别紧张了，不是你的论文不好，而是，是太优秀了，这不符合我的初衷。

　　我，我没明白大姐你的……

　　王川怔忡说。

　　哦，尽量次一点，掐头去尾，故意弄一些自相矛盾的、有破绽的地方。大姐战略性地说，我请几个专家看了，说这都可以出书了，我不能太突出，弄个中不溜的，能过关就行了。

　　王川说，我刚开始就当一篇硕士论文来写的，按要求。

　　呵呵，我那是在职的，什么破硕士呀，我自己也没当一回事。大姐化繁就简，淡漠地说，我家那位逼我，非要让我读一个在职的，你是大才子，还是他举荐你，让你帮我的。

　　大才子！

　　这话像一道闪电，掠过了王川的心田，带来了一场酥润的春雨。一时间，王川的内心草木发芽，鹅黄浅绿，仿佛一片盛开的草原。哦，王川思忖，原先在董事长的眼中，自己被归类为大才子，又不见外，将家事相托。这一瞬，王川立马有了一种带刀侍卫的感觉，以笔为刀，全心皈依，满血效忠。王川羞赧了起来，应承说：

我尽量破坏，让它言不由衷。

大姐愕然，挤兑说，也别把我弄得那么不堪，好歹也是一硕士嘛，能混一张文凭就可以了，但不能太出色，记住了。王川将这几句话摩挲一番，刻录在了脑海里。大姐忽然伸手，说，给我一支烟。

点了烟，王川也衔了一支，恳切地说，大姐，祝贺你呀。

哦，喜从何来？

王川说，老板终于主政了，君临天下，大姐你现在贵为集团公司的第一夫人。王川谨慎措辞，又说，大家都望眼欲穿的，这下终于可以更上一层楼，企业有望上市了。

你报名了吗？

双休日，我也没看到文件，等周一吧。王川答。

嗯，论文不着急，你抓紧报名，只有三天的时间。大姐被烟呛了一口，落下旁边的车窗，又说，中层干部全员竞聘，你也别三心二意，会很激烈的。这两天，我家里的电话线都拔掉了，幸亏我家那位去上海考察股市了。

大姐，你像一个人。王川说。

像人？

不不不，我意思是说，大姐你特像一个影星。王川快速思索着，笃定道，就那个《琅琊榜》里演霓凰郡主的，叫、叫什么……

刘涛。

对，就是刘涛。王川附和。

点到为止，该说的话都说了。王川觉得，这就是一种默契吧，你承了我的情，下一步，你也该有所表示了。念想至此，王川越发对下午的软弱后悔不迭，软骨头，叛徒，活该翟芳这么骂他。忽然，地下车库的坡道上，传来了簌簌的脚步声，越来越近，越来越响。大姐骇然至极，猛地攥住了王川的胳膊，瑟瑟起来。大姐失声说，我害怕，是不是来跟踪我的，一定是，一定是，我怕极了。王川莫名无比，安慰说，有我在，大姐别怕，这是在咱的小区里。

坡道上出现了一条人影，耸动着，匍匐而来。后来，人影直接打在了对面墙上，像一个人被对折了起来，挂在上面。大姐惊悚地说，别下车，你陪着我，不许下去。少顷，王川清晰地看见了一顶大盖帽，一名保安员趸了过去，隐没在了柱子后。与此同时，墙上的人影也消失了，仿佛这个家伙匿在了水泥中，另有打算。大姐出汗了，埋着头，云鬓纷乱，一再问，走了吗？那个坏蛋走了吗？王川笑说，大姐，小区的保安，怕是在巡逻吧。大姐递来一把钥匙，恓惶地说，开车，你把我带上去，我不能再待了，快开车。

王川依言跨进了前排，坐在驾驶座上。插了钥匙，打火，王川打开了前灯。登时，两道灯光若雪崩一般，将整个车库照得亮如白昼。光亮中，一只黑乎乎的东西，倏忽扇了下翅膀，不知是鸟还是蝙蝠，转眼消失了。王川启动了车子，掉转方向，对准了坡道尽头的出口。不巧，意外的一幕发生了。

一个人，不，准确说是闹闹，居然站在车前，举着小鸡鸡，正在撒尿。

面对驶来的车子，闹闹既不躲闪，也不畏惧。车灯刺目，闹闹眯了一下眼睛，专注地盯着裤裆里甩出的一根尿绳。哦，王川终于看明白了，闹闹正在用尿画画，一幅湿漉漉的构图，铺在儿子的脚下。王川惊住了，忙打开车门，拔脚跑到了闹闹旁边，一丝忧心却被儿子的笑脸击垮了。闹闹指着脚下，灿烂地说：

爸爸，鸡。

王川被幸福砸中了，忙蹲下来，哀求说，你再喊一声，喊一声爸爸呀。

鸡爸爸。儿子说。

很快，地上的那一只"鸡"被尿槽踢了，乌烟瘴气的，分不清眉眼。鸡爸爸，爸爸鸡，闹闹嘴里乱语迭出，但王川丝毫不计较，替儿子系了裤子，拦腰抱起了他。王川将闹闹安顿在车里，催他喊一声阿姨，闹闹却又哑巴了。大姐平静了许多，也没发声。王川将车子开出去，停在了C栋附近。大姐拜了一声，俯身摸了一下闹闹的脸蛋，说了声，乖。

告辞后，王川沿着外环兜了一圈，将车子停在了自己楼下。不由分说，王川掮起儿子，步下生风，放弃了电梯，直接跑上了四楼。王川踢了几下门，大喊翟芳，仿佛火灾发生了一般。门开了，母亲愣怔地站着，翟芳也跑了过来，失魂一般。王川放下儿子，忽然站在母亲的跟前，捧住了那一张沟壑密布的脸。王川惊颤地说：

妈，我亲你一下吧。

很粗暴，很不讲道理，王川在母亲的眉心里亲了，一下不算，又亲了两下。母亲木讷着，用袖口揩了揩他的口水，看见闹闹抱住了自己的腿。王川掉头，逼上前去，夸张地说，翟老师，我也亲你一口，不，三口吧。

翟芳退到了墙角，指了指婆婆，嗔怪说，吃错药了你？不许放肆啊，姓王的。

呵呵，亲爱的翟老师。王川双臂一圈，将翟芳搂过来，又捧住翟芳的脸，强行将舌头塞进了她的嘴里。翟芳又掐又打，但慢慢缓了下来，羞臊无比。王川一边亲，一边讲了儿子刚才的灵光一现，灿烂笑脸。王川强调说，喊我了，喊我爸爸了，我等得都快破产了呀。这一说，翟芳的眼泪下来了，趴在丈夫胸脯上，抽了脊梁骨一般，浑身软塌塌的。

原来，按照王川的交代，昝涛来过家里。昝涛干练，简单介绍了下午业主们的围攻，说当前矛盾的焦点，只在于半夜鸡叫，惊扰了大家。他们群情激奋，欲置翎子鸡于死地而后快。婆婆和儿子都在，翟芳怕昝涛露了馅儿，忙拽他到厨房里讲话。翟芳拿出一枚大号的针，针尖锐利，明晃晃的。翟芳还叮嘱昝涛，说等一下我带闹闹去楼下玩，你下手要快。翟芳给丈夫坦白，她当时也糊涂了，竟然问昝涛，带没带止血药，别大出血。但昝涛的回答更妙。昝涛问，鸡的嗓子在哪儿？我在鸡的哪一块用针？闻听此话，王川再一次将舌头伸进了妻子的嘴里，很深。卷曲的舌尖上，有一种心花怒放的感觉。王川嘟哝说，你现在也属鸡，鸡的嗓子我知道。翟芳搡开了丈夫，夸赞说，昝涛这人真不错，后来，他带闹闹和翎子鸡去了地下车库，说那里有一间休息室，完全可以收留翎子鸡，免得把嗓子给阉了，成了太监鸡。这样，王川恍然了，知道了事情的脉络。后来，王川肃立在母亲跟前，"扑通"跪下了，打算磕头。

母亲悚然，呀，我没死呢，你行啥大礼？

哦，两件事，第一是谢谢妈的养育之恩，把我拉扯这么大，还惦记着我的生日。泪花敷在脸颊上，王川又说，从明年起，我只过农历的，公历的作废。王川深磕了一个头，再说，另一件事，还得谢谢妈的英明伟大，妈就是菩萨下凡，千里路上带来了一只，一只凤凰，对，不是鸡，绝对的凤凰，让闹闹拨云见日，开始说话了。话未讲完，王川看见儿子簌簌而来，跪在自己屁股后边，有样学样，也给奶奶磕了一个头。闹闹结巴地说：

奶，奶奶。

翟芳哭了出来，用老师的口吻说，奶奶咋了，宝贝快说，说出来呀。

生日快乐。儿子说。

这天晚上，幸福不请自来，来王川家里做客。幸福刚到，屁股还没坐稳，彭强居然也尾随而至。见了老彭的那一张苍老的嘴脸，王川登时不悦，横在门口。彭强揶揄说，你鼠肚鸡肠呀，气量没一只鸡的大，我是来拜访你家的翎子鸡的。一只蚊子缭绕，王川挥手驱赶，念咒般地说，滚开，滚开。翟芳拽开了丈夫，邀彭强进来。后者先问候了老人，摸了摸闹闹的头，发现他在奶奶的怀里睡着了。王川和缓了态度，让烟，打火，讥讽说，黄鼠狼给鸡拜年，你是来串门的，还是来监斩的？哼，实话告诉你吧，我已经……

别，别杀呀，刀下留人。彭强急了。

你这嘴脸。呸！

哎哟，翎子鸡，乃吉祥鸟，百年不遇的一只落地凤凰，我专门来沾吉的。彭强忽然像一位对方辩友，汗漫滔滔地说，你真是傻瓜呀，古人还讲，鸡有五德，首带冠，文也；足搏距，武也；敌在前敢斗，勇也；见食相呼，仁也；守夜不失，信也。彭强斟酌着，又一针见血地说，你家的翎子鸡，那一身的好羽毛，可都是当年，当年大清王朝的文臣武将们一生的追求，你小子，岂能宰杀了它。

呵呵，你抽风了，在这给我演穿越剧呀？王川讥诮说，别一惊一乍的，歇着去。

顶戴花翎，那可是吉祥之物呀。

王川哑了。

哎哟，好我的兄弟呀，你家里的翎子鸡，不，那一根根顶戴花翎，今晚上都刷屏了，爆屏了，天下皆知。彭强掏出手机来，递给了王川看，怨怼地说，啧啧，粪土当年万户侯，那是气魄和境界，咱们达不到，但也不能脑残吧。这个节骨眼上，烧香磕头，也要供一根翎子鸡的羽毛，明白吗？

果然，业主们的微信群里，翎子鸡俨然成了一个璀璨明星，赢得了无数点赞。

7

涛哥，这算几眼的？

双眼花翎。

这枝呢？

哦，这个算单眼的。

眢涛攥着两个乒乓球，团在手里玩，随口敷衍着对方。三女子惊讶完，过来坐在床边，样子亲昵。三女子说，见你第一面时，我就当你是我哥，亲哥，一个妈生的。眢涛靠着墙，两腿跷在乒乓球案子上，仰看着翎子鸡，不再吱声。三女子说，涛哥，照你刚才的话，那搁在清朝年间，你可就发财了，一根翎子，呀呀，起码值一块金砖吧。眢涛轻蔑一笑，将一只球抛了出去。球在空中划过一道弧线，冷不防，被翎子鸡啄了一嘴，又原路返回，被眢涛准确地接在了手里。昝涛跟翎子鸡对打，彼此有一种默契，看得三女子眼花缭乱。三女子说，我看过电视剧，像宰相刘罗锅、铁齿铜牙纪晓岚跟和珅他们，戴的可都是孔雀翎子，有花翎和蓝翎，你不会是在诓我吧？终于，这句话惹翻了昝涛。昝涛给三女子来了一拳，申斥说，没文化真可怕，没文化的人一张嘴，一颗粮食也打不出来。

地下车库里，有一间偌大的空房，因为里面管道密集，一直废弃着。业主委员会体恤保安们的生活，便打了报告，让出了使用权。休息室很空旷，只摆了一张床，一张乒乓球案子。平时没人敢来睡，管道里常传出一些奇怪的响声，大家说像一座古墓，越说越邪。昝涛不怵，所以钥匙就挂在他身上。晚上，从王川家出来，昝涛一手拽着闹闹，一手抱着翎子鸡，进入了地下世界。闹闹觉得很新鲜，小眼睛都亮了，几乎忘了翎子鸡，抓起一盒乒乓球就乱扔，乱踩，放肆极了。翎子鸡带了伤，很乖，乐意任人摆布。昝涛将翎子鸡搁在案子上，仔细梳理了一下羽毛，又含上一口水，"噗"的一声，喷在上头。羽毛遇见了水，潜伏在里面的色彩一瞬间渗了出来，赤橙黄绿青蓝紫，斑斓无限，活色生香。很快，昨晚上的失手，以及由此带来的巨大的经济损失，已经被昝涛扔在了爪哇岛上。一种强烈的恶作剧念头，像礁石似的，盘踞在了他的脑海中。

妈的，不就是一千元，不，应该是五千块嘛，老子看不起。昝涛认为。

闹闹吞了一只球，差点噎过去，幸亏发现得早。昝涛从他嘴里抠出来，见无大碍，便给他裤兜里塞了几个，说是送给闹闹的。但前提是安静，不许闹，帮叔叔一个忙。后来，闹闹很规矩，捧着一只雪亮的强光手电筒，对准了案子上的翎子鸡。

翎子鸡羽毛蓬松，气度优雅，像一位即将出席盛装舞会的王子。

灯光是一种衬托，昝涛在手机镜头里发现，每一根羽毛都纤毫毕现，细腻入微，在一种看不见的气流中，上下拂动，布满了韵律。昝涛采取了不同的角度，仰拍、俯拍、特写、全景，不停地指挥着闹闹，让他左右布光，呈现出翎子鸡这个主角最亮丽的一面。闹闹不明所以，却很兴奋，以为自己抱着一支冲锋枪，小嘴里"突突突"的，冲着翎子鸡扫射。先前，昝涛也从别人那里偶然风闻，说王川太不幸了，儿子今年四岁了，却不会说话，连一声爸妈都讲不出来，难怪王川一直短了精神，蔫头耷脑的。现在一瞧，昝涛知道那都是屁话，是人看人的可笑，是诋毁。昝涛边拍边问，闹闹，爽不爽？闹闹回说，方（爽）。又说，喊我一声干爹，喊干爹。闹闹愉悦地说，干，干爹。昝涛停了下来，认真盯了一番孩子，交代说，真乖，以后见了我，一定喊干爹。

也不知什么缘故，昝涛忽然仰面，哭了一声。闹闹蹒跚过来，抱住了昝涛的腿。昝涛揩了一下眼窝，收住泪水，忙关掉强光手电筒，让闹闹去玩乒乓球了。

花了半个小时，昝涛在手机里整理完照片，挑出满意的，裁剪一番，组成了一套。这还不算，昝涛又下载了一些相关资料，大多是清朝官吏的顶戴花翎，予以佐证翎子鸡身上的璀璨羽枝。将这些工作做完后，昝涛发布在了业主们的微信群里，心里涌起一股恶毒的快意。

下午时，那一帮人攻讦翎子鸡，围剿当事人王川，现在却被打了脸，一个个哑然不语。昝涛猜想，那些人正在屏幕前面羞愧不已，为草率，为莽撞，为自己跟一只鸡过不去而心生悔意。后来，昝涛又发了一段话，大意说，狄道一带产的翎子鸡的羽枝，自康熙爷开始，就是献给朝廷的贡品。因为稀罕少有，后来翎子鸡的羽枝，一般不做配饰，而是用来供奉。这种羽枝是一种传说中的吉祥物，求风得风，求雨得雨，不是宰相加身，便是元帅在手，自然是千金难购了。——这话刚发送出去，昝涛便收获了密集的点赞、鲜花和掌声，像泄洪槽中的鱼群，噼里啪啦的。昝涛互动起来，慨然问大家：

约不约？

昝涛坐在床上，忘了闹闹的存在，不停地释疑解惑，应答各方。翎子鸡站在案子上，脚下是一堆米粒，不用问，又是昝涛带来的夜宵，蛋炒饭。昝涛摸了一根烟，叼在嘴角。忽然，一根火喂了过来。昝涛抬头，见三女子站在面前。昝涛申斥说，你真像个鬼，脚上都没声音，妈的。三女子说，我在C栋那里蹲坑，腿蹲麻了，知道你在这里，便来跟哥说说话。三女子头发湿漉漉的，雨还在下。昝涛交代说，别让那个女神经给迷住，哥吃过女人的亏，女人跟你好了就好，一旦翻下脸，你身上就要着火的。三女子一笑，牙花子猩红，注意力迅速集中在了翎子鸡的身上。昝涛攥着乒乓球，团在手里玩，恼恨三女子的到来，打扰了自己，却也不愿彼此搞僵。后者问这问那，昝涛也大方，讲解了一番翎子鸡的神奇之处。昝涛挤兑说，你嘴里一颗粮食也打不出来，读书少，见识更浅，电视剧那是哄人的，真正的和珅跟刘罗锅他们，戴的就是翎子鸡的羽枝，剩下的大臣们，当然是不值钱的孔雀毛了。哦，三女子沉吟着，有些被点化的感觉，知道自己补了一课，上了一个新台阶。三女子嬉笑说，哥，难怪你上知天文，下知地理，我记得你说过，你以前在狄道一带当兵，你见过大世面呀。这句话，让昝涛蓦地警觉了起来，呵斥说，谁说我在狄道当过兵？妈的，你不能乱喷，小心我拔了你的牙。三女子不服，继续说，你忘了吗，端午节那天，我刚来没多久，咱俩在一起喝酒，你说了你的过去，还有当兵什么的。

闭嘴。昝涛捏碎了一只球，掷在对方脸上，说，我那是吹牛。

嗯，怪我，我以为是真的。

昝涛和缓了语气，心里却通了电，亮起了一盏红灯。昝涛安慰说，酒是不要脸的水，男人喝上那种水，吹牛都不用打底稿，我没当过兵，我一直在打工。

三女子也说，酒真的不要脸，那天我也醉了。

哦，醉了也好，醉了什么难肠事都忘了，可以不伤心。昝涛扔出了乒乓球，跟翎子鸡对打起来。三女子发现，翎子鸡其实是一个倔强的家伙，渐渐地被撩拨了起来，头上的冠子充了血，像一块红布。昝涛又说，不过吧，男人不喝酒，真对不起裆里的半斤肉。

这句话刺激。三女子失笑说，你说过这个，那天我送你回家时。

呀，你送我回家？

三女子诚恳地点点头，说，对呀，去了你的出租屋，后半夜时。

翎子鸡又啄过来一只球，昝涛没接，三女子却抢先抓在了手里。昝涛逼到了对方跟前，犹疑着，似乎在拿什么主意。猩红的牙花子一直暴露着，很恶心。三女子笑不拢，嘴里嵌着一颗大虎牙。昝涛顿了顿，说，改天请你去家里，你嫂子茶饭好。

那天没见嫂子，你说，你说嫂子很漂亮。三女子将球递给对方，昝涛仍没接。

我吹牛，她长得及格吧，马马虎虎。昝涛的目光开始松懈，从三女子的脖颈上解开，落了下来。昝涛发现，这个声若细丝的伙伴，胳膊上的肌肉，居然像一盘粗麻绳，绞结起来，像个肉墩子似的。昝涛说，你去干活吧，小心那个女神经吃了你。

嗯，那我撤了，吃夜宵了再找你。三女子说。

恰此时，案子上的翎子鸡，突地抖擞起来，尾羽泼剌剌乱颤。仿佛一把大扇子，慢慢打开了，将一幅奇异的画卷，呈现于眼前。翎子鸡带着一种赢了球的亢奋，脖子伸张，等着挂金牌。昝涛再次惊住了，因为每一根羽枝都那么生动，那么细腻。尤其是，羽扇上绣出的那一只只翎眼，沉静、宽阔，温润如玉。昝涛瞄了一眼三女子，便心生一计，"扑通"跪了下去，寻找着时机。三女子狐疑时，却见昝涛念念有词，行礼如仪，咚咚咚，连磕了三记响头。后来，三女子终于听清了，昝涛也没什么新花样，舌头一直在拌蒜，念叨说：

天灵灵，地灵灵……

此刻，三女子露出了破绽，脖子伸了过来，命门大开。

昝涛伺机，嘴里却继续念，天灵灵，地……

门开了，一股冷风打过来，昝涛的屁股一紧。昝涛弓起身子，从裆下看见，原来是业主闵红率着一群人闯了进来。这些人男女参半，并非都是下午参与围攻的，更多的是新面孔，集团公司的大小头脑、部门负责人等。昝涛觑见，闵红的脸上开了花，打了鸡血似的。但昝涛并没收起屁股，而是继续匍匐下来，接着装神弄鬼。刚刚开始下的一盘棋，被无辜惊扰了，昝涛不免郁闷。闵红喊说，昝涛，你约大家，大家立马都来了，你现在吩咐就是了。一时间，人群分散，包抄了过去，对着翎子鸡乱拍一气。

案子上，翎子鸡显然受了惊吓，一把敞开的"扇子"，此刻渐渐合上了，拢成了一团。三女子压根儿没走。三女子发现，翎子鸡殷红的冠子褪了色，先是粉红，最终完全失血，变成了一片煞白。三女子觉得，拍翎子鸡的确没意思，但手机另有使命，所以一直掂在手里。翎子鸡将脖颈缩了回去，那一块煞白的冠子，也掩在了羽毛之中。三女子摸了摸翎子鸡，握拳那么大，剩下的都很虚幻，像摸到了一团烟雾。比如三块半一包的红兰州，昝涛平时爱抽的那种纸烟，那种喷出来的淡雾。一念至此，三女子倦怠一笑。这个笑，大抵有两个特征。其一，牙齿上带血，似乎常年不晒日光，缺乏点什么；其二，表情松弛了下来，一松弛，便带有了厌倦感。昝涛瞥见了三女子的异常，心里了然，但在这样的场合，昝涛不便发作。突然，闵红"扑通"跪地，膝行了几步，趴在昝涛的屁股后边。闵红催喊：

小昝，你带大家拜一拜，快呀。

这……

闵红变色说，你瞌睡装死呀，除了升官发财，人生夫复何求。

快呀，快拜呀。业主们纷纷附和。

昝涛迟疑了一下，业主们的话，既有渴求，也带着毋庸置疑的口气。昝涛忙磕起头来，将脑袋撞在水泥地上，"咚咚咚"的。闵红是个胖人，边磕，边大喘气，"呼哧呼哧"的，像乡下的风箱一般。刚才拍照的那些人，此刻都规矩了，生怕漏掉了这个机会，这个千载难逢的鸿运。大家首尾相衔，密密麻麻地趴了一地，随着昝涛的动作而起伏，好像一排排人浪，波过去，又荡了回来。叩拜声不绝于耳，有几个人的额头磕破了，渗出血来。三女子不为所动，倚在旁边，被眼前这滑稽的一幕吸引了，失笑着，忍着。闵红提醒说，小昝，不说点啥吗？应该说点，不然翎子鸡升了天，拿什么给玉皇大帝汇报？昝涛说，那当然。于是，昝涛又开始念叨天灵灵、地灵灵了。

桌案上，那一只翎子鸡埋着头，蓬松一团。像一尊瓷器那般，羞涩和安静。

王川杀来了。王川奔了进来，见到眼前的情景后，一个急刹车。彭强跟在后边，躲闪不及，撞在了一起。彭强手里的一瓶酒掉了，摔碎在地上，酒气四溢。幸亏抢救及时，另一瓶幸免，被彭强接住了。酒是茅台，王川存了多年，今晚上心情大悦，又听了彭强的一番鼓噪，便决定消灭了它。王川不愿吃独食，心里感激小区的保安昝涛，便连夜找了过来。不承想，却置身于一场闹剧中。昝涛抬看了一眼，慌忙起身。王川怒目金刚，冲上去就掀翻了乒乓球案子。翎子鸡扇了下翅膀，落在了角落里，毫发无损。王川斥道：

呵呵，妖魔当道，脑子进水了你们。

闵红和一群人簌簌起身，既没有甩打想象中的马蹄袖，也没喊"嗻"，一个个面红耳赤，尴尬极了。王川哀告说，诸位够狠的，你们变着法子，将王某人置于不义之地。又说，刚才的这一幕，如果被人爆料的话，绝对是一桩轰动性的丑闻，你，我，我们大家，碰了高压线，一定会吃不了兜着走。昝涛如芒刺在背，慢慢踅到了门口，打算负谴而逃。这一刹，昝涛却不经意地发现，三女子不见了。

这个异常，让昝涛一下子慌了神。

王川继续说，诸位，今天的这个闹剧，请大家烂在肚子里吧，泄露出去，对谁也没好处，我保证。王川蹒跚过来，拽住了昝涛的手。王川说，昝涛都认识吧，问问他，他可以做证，这翎子鸡是我妈带来的，今天是我生日，本该下酒的，没想到成了大家伙的玩具，这么折腾你们，我真的抱歉，对不住了。昝涛从昏蒙中醒转了。王川的这个介绍，让昝涛不免骄矜。昝涛作为幕后导演，明白自己暂时脱逃了，与闹剧无涉。王川从彭强手里拿来茅台，塞给了昝涛。不用问，这分明是一种奖赏。岂料，闵红带来的一干人，依然意犹未尽，执迷于翎子鸡带来的快感中，不肯舍离。闵红说：

咄咄怪事，这么大的中国，难道容不下一只翎子鸡吗？

王川说，不折腾了，散了吧。

彭强却嘶喊说，别杀，一定放生。

这时，闵红晴朗地说，王川呀，你也别多心。其实吧，下午大家开会，并非冲着翎子鸡来的，主要目的还是为了给咱的小区，营造出一种文化，一种宽松的氛围。闵红人胖，话却简练。又说，我是女人，女人都爱翎子鸡身上的这种羽毛，再说它那么一叫，我就知道自己的魂还在，明早还能穿上了鞋子，还活在宝贵的人世间。

在下附议。彭强道。

闵红决然地说，喏，这么宽敞的房间，足够翎子鸡撒欢了，我建议……昝涛足够机灵了。昝涛跑过去，"咯咯咯"一叫，揽起了翎子鸡。昝涛当众说，有我在，我会把它伺候好的。昝涛居然亲了一下翎子鸡，满嘴虚无，却牙齿很硬地说，每天早上，我会让它开唱，给你们报时，降下一声声福音的。

对对对，的确是福音。闵红和大家啧啧称是。

王川逡巡了一眼偌大的空间，蓦地想起了儿子。在王川的眼中，这里将成为一座乐园，闹闹的乐园。

8

人不留客，天留客。在昝涛看来，这谚语等于一句屁话。

彭强的舌头肿了，醉眼迷离，举止也慢慢嚣张起来，全然没了先前的拘谨。昝涛知道，这小区的业主们，大多是部门的负责人，头上压着几座山，对下面又没权，过惯了谨小慎微的日子。此刻，彭强的张牙舞爪，醉话连篇，倒也在昝涛的意料之中。让他放肆一下吧，又少不了我一两肉，昝涛安慰自己。一瓶茅台，很快见了底。彭强分完了，还眯起眼，对着瓶口瞄了瞄，控出了最后一滴。彭强咂在舌头上，埋怨说，好酒不经喝，好日子不经活，人生在世，不如意事常八九啊。昝涛举杯，跟彭强碰完，顺便揉烂了手里的纸杯。

兄弟，谢了！

昝涛见对方抱拳，忙还礼，说，瞧你，又不是我的茅台，客气啦。

哦，王川那小子，不值一提，不在咱的桌面上。彭强捏起一粒花生米，丢在嘴里，慨然说，与君一席谈，我觉得好有一比呀。

心里着急，却不能逐客。昝涛耐下性子问，说说看。

你我二人，跟当年的刘备曹操，他两个夜饮一般。彭强脸上放光，又说，天下才华共三斗，咱俩各自一斗，剩下的，让王川他们窝里斗去吧，不稀罕。兄弟，你愿当谁？

昝涛的表情，灰烬似的。昝涛说，我谁也不当。

你曹操吧，我做刘备。

昝涛也有点薄醉，拍了桌子，说，曹操是奸贼，你少扣帽子。

呵呵，彭强激动起来，啜了酒，喋喋地说，想当年，刘备不过是卖草鞋的，曹操也好不到哪儿去，一个太监的养子，然使君与操，一向身怀鸿鹄之志。

话匣子一打开，彭强便刹不住车了。昝涛起身，瞥见翎子鸡探了探头，脖颈像一枚问号。昝涛知道，时间不早了。昝涛弄了一杯水，搁在翎子鸡跟前，想请它润润嗓子。脚步一响，翎子鸡羞涩了，将鼻脸埋在了羽毛当中，又变成了一尊安静的瓷器。昝涛微醺，哈欠四起，觉得翎子鸡比彭强稳重多了，遂坐一旁，慢慢观察。晚间，闵红带着一群人走干净了。王川待了一根烟的工夫，也拽着彭强撤了。不承想，彭强杀了个回马枪，带了一些干果和花生米，闪身进来。彭强浑身湿透了，谄笑说，长夜漫漫，独乐乐，不如咱哥儿俩一块儿乐。昝涛打开了茅台，知道这家伙一定另有他图。

果然，彭强讲完了三国，决意自己做曹操，让昝涛出任刘备。彭强絮叨着，喝掉了最后一滴，呷巴说，酱香型的，对酒当歌，人生几何呀。昝涛过来，扶他出门。蓦地，彭强却猿臂一舒，一揾到底，喊了声，玄德贤弟。入戏太深了，不要脸的水搞的鬼，昝涛带着轻蔑，手下使了劲。彭强的脚却扎了根，从昝涛的胳膊下，滑了出去。末了，彭强才亮出了底牌。彭强说，玄德贤弟，愚兄想求一根羽毛，翎子鸡的。瞬时，目光指向了角落。妈的，昝涛强压怒火，并无二话，直接冲了过去，拔下了一根羽枝。

彭强举在手上，嘴巴吹气，见羽枝猎猎拂动，色彩烁闪。

彭强快哭了，念叨说，双眼的，居然是双眼的顶戴花翎哟。昝涛开大了门，一股冷风吹来，表情骤紧。昝涛频频做出送客的手势，但彭强顽固，不肯罢休。僵持了一段，彭强将羽枝插在脖领子内，整理了一番。不待昝涛再次逐客，彭强突然疾步趋前，立定，"啪啪啪"，甩打了一下左右袖口，"扑通"跪地。彭强深伏下去，叩头不止，朗声说：

臣隆科多，叩见陛下。

昝涛失笑死了，但忍着，没发作。

微臣和珅，叩见吾皇陛下。又说。

无语。

顿了顿，彭强哽咽地说，儿臣胤禛，叩见父皇陛下，恭祝父皇万岁万岁，万万岁。

昝涛回说，平身吧。昝涛快憋不住了，俯下身去，款款搀住了彭强的胳臂。昝涛送他出去，到了地下车库的坡道上，叮嘱说，雨太大了，小心别淋着。彭强弓着腰，不敢抬头，一根翎子尚在头顶上战栗，小丑一般。临别前，彭强居然泪下如雨，哀告说，父皇早些安歇吧，龙体金贵，大清的江山社稷还指靠着……

走吧，彭副主任。

昝涛催喊。

嗻，彭强最后说，皇阿玛，儿臣这就告退了。

地下车库里空空荡荡，仿若一座寂灭的古墓。坡道上的一盏灯光扑过来，煞是荒凉。昝涛看见，自己如一根细长的杆子，挂在墙上，孤单极了。这一瞬，昝涛终于爆发了。昝涛摸了摸皮带，拔出来一把改锥，冲上前去，在一辆车身上乱劈。牧马人，幽深的烤漆上，映现出了昝涛的嘴脸。昝涛痛恨自己，不想看见这张脸，因为恐惧，也缘于绝望。这么多年了，昝涛一直在逃避这张脸，但它却如影随形，像一句锁定了自己的咒语。上一次，昝涛也这么干过，但这张脸安全无虞，此刻又浮现了出来，逼视着他。现在，昝涛戳破了自己的眼睛，剜了鼻子和嘴，将整个脸颊也划破了，划花了，一塌糊涂的。愤怒过后，昝涛看见牧马人已经面目皆非。但昝涛顾不了许多了，下面的事更为紧迫。

雨水淅沥。尤其在路灯下，雨丝若一张绵密的网，让夜色下沉了几分。

时间差不多了，昝涛踅出车库，走进小区的中央水景一带时，感觉怀里的翎子鸡动了动。昝涛摘下雨帽，掏出翎子鸡，两手架住了它的翅根。这一瞬，昝涛有些伤感。它那么小，那么无足轻重的，却长了一身虚张声势的羽毛，一副让人惊魂的破嗓子。昝涛思忖，自己应该属鸡，属翎子鸡，不该在城里鬼混，山乡僻壤，才是能活命的地方。昝涛立意已决，等办完这件事后，立刻消失，越快越好。

翎子鸡簌簌一番，探出了殷红的冠子，抖擞着。两粒眼珠，仿佛刚划着的火柴。

四下阒寂，业主们沉浸在酷暑之后，一场清凉的梦境里。昝涛抬望着，一股血涌上了头顶。昝涛一时激愤，心说，你就死命地喊吧，把狗日的们都喊醒，把全天下的玻璃喊碎，把天老爷也喊破。果真，翎子鸡抻了一下脖颈子，一口啄破了夜幕。

那一声鸣叫，立时变成了一片发光的瓦，扔上了天。

昝涛抱着翎子鸡，在小区里兜来转去，更夫一般。昝涛得意极了，觉得打鸣的不是翎子鸡，却是自己。一片瓦刚刚消失，另一片又从怀里扔出，腾跃而上，飘在了铅云之下。翎子鸡像一座砖窑，一个制瓦匠，左扔一片，右扔一片。慢慢地，天空被擦亮了，一点一点地，透出了一线曙色。昝涛望了许久，脖子也酸了。昝涛开始觉得，天空其实就是一座佛龛，用瓦片砌成的。佛龛上坐着一尊神，人做什么，天老爷都能看见。

这个想法，让昝涛暗吃一惊。

但一切都为时已晚。昝涛抱着翎子鸡，刚转悠到了C栋时，三女子从拐角里闪了出来。三女子说，涛哥，你没醉吧，我看见你抱着翎子鸡，转悠了好几圈了。昝涛沉吟一下，将翎子鸡塞在对方手里，说，你一直盯着我，没蹲坑呀？三女子接住翎子鸡，下意识地低下了头。趁此时，昝涛摸出了电击枪，打开了按钮。电击头杵在三女子身上时，"毕剥"一下，一道蛇形的蓝光，喷了出来。昝涛忙让出一步。三女子瘫软在地后，昝涛顺势接住了翎子鸡，用袖子揩了揩羽毛，擦净了雨水。

三女子从昏迷中睁开眼，发现自己被铐在了管道上，动弹不得。

铐子是金属的，叮当作响。好似身上的电流还在，三女子挣了几下，又跌倒了。视野中，昝涛正在收拾行李包，两双鞋，几件外套，东西并不多。翎子鸡站在地上，一脸无辜，转瞬又打了一下鸣。此刻的声音，却不像发光的瓦，更多的像是一种乞食。翎子鸡瘸着腿，跳了几跳，够不着乒乓球案子上的米粒，不免灰败。也许，恰是翎子鸡的打鸣，替三女子叫了魂，他慢悠悠地醒来了。三女子凄厉一笑，说，涛哥，我胸膛上有一个蓝印，电击枪把肉都打焦了。昝涛从床下拽出一个箱子，很沉，里头都是他的存货。三女子说，小时候，我去县城的肉店买肉，老看见猪肉上有蓝印，人们说是卫生章，骗人的话，一定跟我一样，被电击枪撂倒的。东西太琐碎，收拾起来费时间，但昝涛不怕麻烦，仍旧打开了箱子。一套工具，显得很旧，改锥，扳手，防滑手套，另有一把匕首。三女子在絮叨，昝涛并不接话。三女子咧嘴，牙花子猩红，又说，涛哥，铐子太紧了，我疼，你邮购的肯定是劣质品，求你了。昝涛攥着一把剪子，拿出几张证件，包括一张身份证，逐一铰烂了，扔在了三女子脚下。后者说，涛哥，我一直拿你当亲哥看，你罩着我，我刚到保安公司，还是你亲自点我的将，来这个小区。昝涛不听，出去了一下，回来时，手里举着一只瓶子。昝涛将液体洒在了三女子周围，这才消停下来。三女子骇然说：

汽油，这是汽油呀。

昝涛方说，我恶心你的嗓子，二尾子。插一根翎子鸡毛，你就是个太监。哦，你要把我灭口？

昝涛摸出一支烟，衔在嘴角，手里捏着打火机。昝涛说，妈的，你有两件事犯了我的忌，我现在治治你的"病"。越挣扎，铐子越紧。三女子知道没了希望，索性强硬起来。昝涛说，蹲坑，你老对我说蹲坑，这是什么意思？昝涛彻底翻了脸。

呵呵，你终于怕了，魏虎子，你也有怕的时候？三女子昂扬起来，喷笑说，魏虎子，不是不报，时候未到，我蹲坑守着你，就等今天了。魏虎子这个名字，像一块烙铁，昝涛骤然紧张。其实，昝涛知道"蹲坑"二字，专业术语，电视剧上经常演，但它第一次从三女子的嘴里冒出时，他就警觉了。翎子鸡低头啄食，寸进而来，一团虚幻的羽毛，令昝涛有些发虚。真的，人的一生，跟这团羽毛没什么两样，到头来还是虚活一场。昝涛踢了鸡一脚，沮丧地说，给这禽兽磕头，当先人一样拜，这前半夜的一场闹剧，是我故意搅局的，我就想试探一下你。三女子回说，晚了，魏虎子，你的相片我已经发了出去，看见的人，都确信是你魏虎子，我追凶追了这些年，终于……"啪"的一声，打火机响了一下，没火苗。昝涛在膝盖上擦了擦齿轮，又打了一下，照旧。这样的异常，令昝涛很沮丧。昝涛说，那你说说看，你从哪一天认出我的？三女子说，喝酒的那天。咦，那天我没醉，我从来就不会醉，因为那天我出了老千，喝下去的是水。昝涛自负，又说，那天我也在试探你，我才诈醉的。翎子鸡开了窍，先是跳上了凳子，攒了攒力气，而后一挫身子，飞到了乒乓球案子上。三女子回说，我送你回出租屋，就想看看你的真相，结果不错，第一，你没老婆，也没家，你其实一直孤家寡人；第二，你每天吃的都是蛋炒饭，说是嫂子做的，那是骗人的话，你是在同一家饭馆订的。昝涛哼了一声，问，这能说明啥？三女子说，这说明你就是那个凶犯，潜逃了多年，隐姓埋名，过着暗无天日的苦光阴。案子上散落着一些米粒，翎子鸡得偿所愿，羽毛霎时松开了，开始饕餮。昝涛厌倦地说，今天吧，我真的有一种轻松，我解放了，心里的磨盘打碎了，不折磨我了。昝涛打了一下火机，忽地跳出来一根火苗，在指尖上摇曳着。昝涛说，你究竟是谁？警察，还是线人？三女子顿了顿，哽咽说：

魏虎子，我姐没死。

说啥？

我姐没死，但跟死了一个样，她瘫痪了，也毁容了。

昝涛怔了怔，火灭了。昝涛突然大吼一声，扑了过去，在三女子的嘴巴上来了一拳。血喷了出来，三女子的牙花子不见了。昝涛苦楚地说，妈的，我辛苦逃了这么久，心血快熬干了，就怕警察抓了我，让我吃枪子。原来，原来她根本就没死，还活着。

三女子说，我姐也看了你的相片，认出是你，昨晚上打电话报了案。

那，那你是改琴的……

弟弟，亲的。

你也撒了谎，说你媳妇跟婆婆吵架？

咱俩半斤八两。

昝涛抱住了脸，知道自己面色煞白。昝涛说，我想起来了，当时你姐跟着我时，你还在乡里上学，难怪我没见过你，你跟你姐不像，尤其是说话。

三女子回说，我挑破了喉咙，我故意的，我怕被你听出九莲县的口音。

挑破的？

嗯，你毁了我姐，也毁了我。略带疲倦，三女子哀声说，我姐出事后，我也就没上学，放弃了高考。这几年，我一直在追凶，天老爷开眼，让我顺藤摸瓜来到这。

昝涛长叹一下，你说得对，报应吧。

魏虎子，你现在去自首，也还不迟。这一瞬，三女子瞥见了管道上的一个断口。废弃的管道，像一张纷乱的草稿。又说，你老婆还没改嫁，你儿子也长大了，明年上初一。

闭嘴。昝涛咆哮说，不许提他们，不许，你没资格提他们。

与此同时，打火机，着了。

9

论文的题目是"公共危机管理初探"。

电脑开着，半包烟没了，一沓资料翻遍后，竟毫无头绪。王川枯坐良久，仔细回忆大姐的要求，先前那种独自受宠的感觉，现在被冷寂代替了。阳台大开，一种浸入骨髓的夜凉，让王川像被一根针扎着那般清醒。从地下车库回来，家人都去睡了，王川余勇未消，便想抓紧修改完论文，早点交了差，善始善终。在这个节骨眼上，大姐的一句枕边话，胜过一切。什么竞聘报名、演讲、民主测评等等的，在王川的意念里，都抵不上这一篇文章。那么问题来了。王川最讨厌这句嚣张的话，但眼下，的确是问题来了。

修改，全面拉低智商，偶有破绽，埋下败笔，总之要往平庸里写，往"坏"里写。这是大姐的核心"懿旨"。王川的头都大了，肿了几圈。"坏"，也得是一种水平，不显山，不露水，万人如海一身藏。恰好，王川想起了一个朋友。朋友搞诗歌，也写小说，定期开一些乌烟瘴气的朗诵会，还时常出现在本城报纸的文化版上，人模狗样的。朋友的粉丝也多，据说全部赶过去的话，三天之内，可以拾光新疆境内的棉花。王川不耻下问，拨了电话，将眼前的困境与诉求，一股脑儿地说了出来。言毕，王川释然了许多，觉得立等可取。

孰料，朋友愕然，反问说，这是一个思想无能的时代，谁都在打草稿，谁也无法定稿，千万别以为你写的那些病句如何优秀，拉倒吧。王川一头雾水，觉得迎面碰见了一条鬣狗，满口血腥。朋友又说，恭喜你，成了落地的小凤凰，终于知道了平庸，开始低于尘埃，他妈的尘埃。王川耐着性子，介绍了论文的概要。王川启发说，初探，初探就是允许犯错，允许粘贴复制，允许大而空吧？这时，朋友方说：

睁开狗眼吧，真实比虚构还离奇。

王川点了烟，又请教说，别那么哲学，我就是一个捉刀小吏，应付差事罢了。

唉，一个时代的坏掉，就是从文风开始的。

霎时，王川怒了。王川说，姓叶的，你能不能讲点人话，半夜三更的，你念什么咒呀？朋友姓叶，叶舟的叶。

呵呵一笑，朋友变兽为人，开始讲人话了。原来，朋友签了一部电视剧，仿《琅琊榜》的，剧组已经扎营在外景地了，却突然生变。王川蓦地有了快意，欲问其详。女一号是香港的，身价不菲，有夫之妇，却一枝红杏摸出墙，在半年前被逐出了豪门，绯闻持续发酵，占据了各大头条。这一瞬，楼下传来了翎子鸡的打鸣，不像前夜那么齐整，却显得东一榔头，西一棒槌的。朋友又介绍，开机在即，女一号却发难，将剧本扔在了朋友的脸上。绯闻让她炙手可热，红得像一只刚出笼的大虾，质问编剧说，我男朋友呢，他走了七年，七年之后又杀回来了，你得告诉我，因果何在？朋友回说，这是唐朝的戏，在大唐年间走丢了七年，难道不正常呀。王川兴奋了，一边耳食着长安城内的故事，一边捕捉着翎子鸡的动静。打鸣声零散，游走东西，既不发光，也不悦耳，仿佛一堵塌下去的墙，沉闷无比。女一号执拗，一问到底，说链条断了，没了这七年的铺垫，无论如何也演不下去的。朋友也不是吃素的，针尖对麦芒，整个剧组便撂荒了几天。朋友对王川抱怨说，什么鸡巴逻辑，狗屁，这个江湖乱道的自媒体时代，脸上写满了"平庸"两个字，不值得细究。那你咋办？王川劝慰。朋友哀叹说，从了，乖乖认吧，否则就要换枪手来写，老子还惦记着那一笔银子呢，钱的话，谁都能听懂。王川觉得，这才是一句打粮食的话。拎着手机，王川站在了阳台上。雨丝绵密，夜凉如水。视野中，昝涛抱着翎子鸡，正在小区里兜圈子。昝涛湿塌塌的背影，让王川想起了古代卖唱的人。今夜无人入眠，一想到跟朋友一样，都要贪夜伏案，王川便不再孤单。挂线时，王川问：

正在写呀？

没。

咋了，没灵感？

便秘一样，写不出来。

后来，王川坐在马桶上出恭，一边看报，一边咂摸着朋友的这个比喻。王川退而求其次，不敢跟朋友比，但写了那么多年的材料，一点就通。没错，写作就是便秘，而没有灵感的写作，则是长期的便秘患者，痛苦自知。报纸很旧，几年前的，上面污垢斑斑，一股鸡屎的味道。装翎子鸡的纸箱子，母亲没舍得扔，搁在卫生间里。目光过处，一篇法治类的通讯，忽然吸引住了王川。这是一份地级报纸，文章描述的是九莲县，毗邻王川的老家狄道，一山之隔。让王川失望的是，这篇短文竟是连载之五，掐头去尾，不成全貌。可即便这样，王川仍读得津津有味。故事大意说：

……由于魏虎子为人热情周到，人脉广泛，自此之后他的水泥预制板场生意兴隆，财源滚滚，魏虎子也成了九莲县家喻户晓的致富能手。此时，财富的累积和轻而易举获得的声望，并没有让魏虎子百尺竿头更进一步。相反的是，他忘记了家庭的温暖、妻子的贤惠和儿子的仰望，腐化堕落将他逼上了另一条不归路。面对蔡改琴这个来自乡下的第三者的无理取闹，魏虎子一时间陷入了两难，他既不想离婚，抛家毁业，做一个九莲县城里千夫所指的当代陈世美，但又始终贪恋蔡改琴青春貌美的肉体，不肯痛下决心斩断跟她的非法私情。蔡改琴的虚荣与不劳而获的念头也一步步地害了她自己，让她陷入到了更深的情感泥潭，以致万劫不复。

终于，一个邪恶的计划像毒蘑菇一样，在魏虎子的脑海里生根发芽了。案发那天，就在蔡改琴再一次闯进魏虎子的办公室，一番打砸和哭闹之后，魏虎子约她在一处建筑工地里见面。魏虎子是搞建筑材料的，熟悉九莲县的每一处工地。傍晚时分，夕阳张着血盆大口，一切都预示着不祥，但无辜而善良的蔡改琴仍旧如约而来，跟魏虎子站在楼顶见了面，双方再次爆发了激烈的争吵。那一刻魏虎子的内心一定后悔极了，眼前浮现出了妻儿殷切的面容，如果他天良犹在止步于此，悲惨的结局将会重新改写。但是出乎所有善良人们的愿望，气急败坏的魏虎子伸出了他罪恶的黑手，将一个青春绽放的女孩，一只迷途的羔羊，一把操下了楼顶，推向了无底的深渊。魏虎子在他开始潜逃时最后凝望了一眼这个曾经深爱过的女孩，但事与愿违的是蔡改琴已经被楼下丛生的钢筋刺透了，好像一串快要融化了的冰糖葫芦，沾满了夕阳的味道。令魏虎子万万没有想到的是这一幕恰巧被工地的值班人员目睹了，这个双手沾满了鲜血的家伙刚一离开，九莲县公安指挥中心的110电话就响起了。欲知后事如何，且听下回分解。

找到了，痛快。王川喊。

翟芳在叩门，不悦地问，神经呀，找见啥了？

坏的，平庸的，总之是一篇标准的范文。马桶响了，王川料理完卫生，感喟说，这狗日的说得对，文风一坏，什么都会变质的。

快把闹闹带出来，别凉着了。

王川头皮发麻，儿子咋了？闹闹怎么了呀？

翟芳"哇"的一声，栽倒在了王川的怀里。王川发现，家里的大门敞开着，闹闹的鞋子和衣服也不见了。母亲原本和孙子睡在一起，眯眯瞪瞪地醒来，问了她几遍，耳朵真背了。

这一刻，闹闹却像个玩具，懵懂着，走进地下车库，趴在房门上，看见昝涛说：

你戳到我的疼处了。

可你也轻松了，不再人不人，鬼不鬼的。

倒也是。

三女子说，魏虎子，你犯的事，归法律说了算，我管不了。但我再喊你一声哥，求你自首前，先去见我姐一面，道个歉，说个对不起。三女子慢慢哭了，又说，昨晚上确认是你后，我姐当场就昏厥了，可能也活不上几天了。

昝涛渐渐松开了手，打火机灭了。昝涛说，我去，我给改琴下跪，我谢罪。

天杀的，难以置信的一幕发生了。闹闹拐了进来，慢腾腾地站在乒乓球案子边。一片刺鼻的液体，汪在地上，环绕着孩子。三女子惊骇万分，出去，快出去呀，连喊了几声。尖细的嗓音吓着了闹闹，一委屈，眼泪都快出来了。

昝涛大怒，骂说，他妈的闭嘴，别吓着了娃娃。三女子不肯，又催喊，快跑，快跑呀。边说，三女子边顺着管道上的断口，想解脱自己。不承想，昝涛蹲了下去，搂住了闹闹。

闹闹认识昝涛，咧嘴笑，结巴地说，翎，翎子，子鸡。

不对，跟我念。昝涛一手搂住孩子，一手将翎子鸡拽过来。先前还很虚幻的羽毛，此刻收束在了一起，乖得像一只宠物。昝涛整理了一下表情，笑颜说，小哑巴，你可把王川两口子害苦了。今天，干爹得让你好好说话，像个人那样说话。跟我念，翎子鸡。

翎，子子，翎子鸡鸡。

昝涛不悦，妈的，把舌头捋直了，说翎子鸡。

鸡，子鸡。

哎哟，昝涛一时灰败，抱怨说，你跟我儿子一样，你们都是先人转世来的，索要上一辈子欠你们的债。王川的小祖宗，跟我念，翎子鸡。

翎子，鸡翎子。闹闹面色畏惧。

昝涛登时发怒了，一把扼住了翎子鸡的脖颈，举在闹闹眼前。昝涛说，小东西，你连这个玩意儿都说不清楚，长大了，你能干啥？一团虚幻的羽毛忽地夯开了，羸弱的肉体瑟瑟不已。翎子鸡越挣扎，闹闹越怕，"哇"地哭出了声。哭声再次激怒了昝涛。昝涛二话不讲，猛地一把，掰断了翎子鸡的脖子，随手扔在了一边。三女子快解脱了。昝涛的举动，充满了极度的危险，让他不敢弄出动静来，因为打火机还在昝涛手上。

昝涛搂住闹闹，眼泪敷在面颊上，抽泣起来。昝涛哀求说，不喊翎子鸡了，那你喊一声，喊一声魏虎子吧。

魏虎子。闹闹说。

哎，我就是。昝涛欣喜了。昝涛又说，叫我的魂，再喊一声魏虎子。

魏虎子。

昝涛又换了花样，说，喊我一声爹。喊爹！

爹。

终于，昝涛绷不住了，双膝跪地，稀里哗啦地哭了出来。边哭，昝涛边举起了打火机，一根火苗喷了出来。昝涛说，我回不了家，我没资格，我也没脸见我的儿子，我交代不了。身后，三女子解脱了，但铐子仍扣在手腕上。三女子摸了过来，双臂一箍，猛地锁住了昝涛的脖子，将昝涛扳倒在地。意外发生了，打火机掉在地上，"噗"的一声，液体"站"了起来。

快跑呀，闹闹快跑。三女子催喊。

闹闹转身跑了，却又回过头来，抓起翎子鸡的尸体，消失在了门口。——迎面，王川和一群业主们冲了过来，一人带着一只灭火器。好在地下车库里，有足够的灭火器。

10

这年秋天，闹闹开始上幼儿园了，燕子班。

七点半，翟芳系完了闹闹的衣服扣子，拉住小手，准备下楼去送。王川没抬屁股，坐在沙发上眯眼笑着，一脸阴谋。翟芳催促说，王大处长，今天开学第一天，爸妈都应该去送的，你可别偷懒呀。翟芳瞥了一圈，又问，奶奶呢，奶奶也答应送的。哦，天不亮，妈就去了潸源寺，说要去供三炷香，一炷给闹闹，保佑他多多说话，另一炷给魏虎子，王川答。翟芳截住话头，给他干吗？王川却说，妈一直记得他的那一碗蛋炒饭，今天开庭审他，妈是菩萨嘛。翟芳展颜说，那第三炷呢？

王川忽地站了起来，将一只宽大的盒子，搁在了茶几上。王川神秘地说，呵呵，我送儿子一个礼物，打开看看吧。

全家人拢了过来，三两下，解开了绳带。闹闹慢慢揭开了盒盖，登时怔住了。闹闹喜悦极了，脱口说：

翎子鸡！

鲜艳，蓬松，翘首而立。几枝尾羽抽枝散叶，绽放开来，像一袭优美的晚礼服。

这第三炷嘛，我猜，一定是超度它的，王川说。闹闹用指尖碰了碰，翎子鸡既不动弹，也不给他打招呼。王川没给儿子解释什么叫标本。儿子还小，将来长大了，一定会理解的。翟芳激动起来，亲了儿子。王川笃定地说：

闹闹，你以后喊它的小名。

儿子张看着。

嗯，就叫它静静吧，安静的静。王川悄然拉开了门。

大乔小乔

张悦然①

1

上瑜伽课前，许妍接到乔琳的电话。听说她到北京来了，许妍有些惊讶，就约她晚上碰面。电话那边沉默了片刻，乔琳用哀求的声音说，你现在在哪里，我能过去找你吗？

她们两年没见面了。上次是姥姥去世的时候，许妍回了一趟泰安，带走了一些小时候的东西。走的时候乔琳问，你是不是不打算再回来了？许妍说，你可以到北京来看我。乔琳问，我难过的时候能给你打电话吗？当然，许妍说。乔琳总是在晚上打来电话，有时候哭很久。但她最近五个月没有打过电话。

外面的天完全黑了，她们坐进车里。照明灯的光打在乔琳的侧脸上，颧骨和嘴角有两块瘀青。许妍问她想吃什么。她转过头来，冲着许妍露出微笑，辣一点的就行，我嘴里没味儿。她坐直身体，把安全带从肚子上拉起来，说能不系吗，勒得难受。系着吧，许妍说，我刚会开，车还是借的。乔琳向前探了

---

① **张悦然**　女，毕业于新加坡国立大学，2012 年起任教于中国人民大学文学院。著有长篇小说《茧》《誓鸟》《水仙已乘鲤鱼去》《樱桃之远》，短篇小说集《葵花走失在 1890》《十爱》。作品被翻译成英语、法语、西班牙语、意大利语、日语、韩语、德语等多国文字。

探身子，说开快一点吧，带我兜兜风。

那段路很堵。车子好容易才挪了几百米，停在一个路口。许妍转过头去问，爸妈什么时候走？乔琳说，明天一早。许妍问，你跟他们怎么说的？乔琳说，我说去找高中同学，他们才顾不上呢。许妍说，要是他们问起我，就说我出差了。乔琳点点头，知道，我知道。

车子开入商场的地下车库。许妍拉下手刹，告诉乔琳到了。乔琳靠在椅背上，说我都不想动弹了，这个座位还能加热，真舒服啊。她闭着眼睛，好像要睡着了。许妍摇了摇她。她抓起许妍的手，放在自己的肚子上，低声说，孩子，这是你的姨妈乔妍，来，认识一下。

在黑暗中，她的脸上露出微笑。许妍好像真的感觉到什么东西动了一下。像朵浪花，轻轻地撞在她的手心上。她把手抽了回来，对乔琳说，走吧。

许妍捂着肚子蹲在地上。明晃晃的太阳，那些人的腿在摆动，一个个翻越了横杆。跳啊，快跳啊，有人冲着她喊。她用尽全身力气站起来，横杆在眼前，越来越近，有人一把拉住了她……她觉得自己是在车里，乔琳的声音掠过头顶，师傅，开快点。她感到安心，闭上了眼睛。

许妍已经忘记自己曾经姓乔了。其实这个名字一直用了十五年。

办身份证的时候，她改成了姥姥的姓。姥姥说，也许我明年就死了，你还得回去找你爸妈，要是那样，你再改成姓乔吧。从她记事开始，姥姥就总说自己要死了，可她又活了很多年，直到许妍在北京上完大学。

许妍一出生，所有人听到她的啼哭声，都吓坏了。应该是静悄悄的才对，也不用洗，装进小坛子，埋在郊外的山上。地方她爸爸已经选好了，和祖坟隔着一段距离，因为死婴有怨气，会影响风水。

怀孕七个月，他们给她妈妈做了引产。据说是注射一种有毒的药水，穿过羊水打进胎儿的脑袋。可是医生也许打偏了，或者打少了，她生下来是活的，而且哭得特别响。整个医院的孩子加起来，也没有她一个人声大。姥姥说，自己是循着哭声找到她的。手术室没有人，她被搁在操作台上。也许他们对毒药水还抱有幻想，觉得晚一点会起作用，就省得往囟门上再打一针。

姥姥给了护士一些钱，用一张毯子把她裹走了。那是个晴朗的初夏夜晚，天上都是星星。姥姥一路小跑，冲进另一家医院，看着医生把她放进了暖箱。别哭了，你睡一会儿，我也睡一会儿，行吗？姥姥说。她在监护室门外的椅子上，度过了许妍出生后的第一个夜晚。

许妍点了鸳鸯锅，把辣的一面转到乔琳面前。乔琳只吃了一点蘑菇，她的下巴肿得更厉害了，嘴角的瘀青变紫了。

怎么就打起来了呢，许妍问。乔琳说，爸在计生办的办公楼里大吼大叫，保安赶他走，就扭在一块了，不知道谁推了我一把，撞到了门上。许妍叹了口气，你们跑到北京来到底有什么用呢？乔琳说，我只是想来看看你。许妍问，那他们呢，你为什么就不劝一下？乔琳说，来北京一趟，他俩情绪能好点，在家里成天打，爸上回差点把房子点了。而且有个汪律师，对咱们的案子感兴趣，还说帮着联系"法律聚焦"栏目组，看看能不能做个采访。许妍说，采访做得还少吗，有什么用？乔琳说，那个节目影响大，好几个像咱们家这样的案子，后来都解决了。许妍问，你也接受采访吗，挺着个大肚子，不觉得丢人吗？乔琳垂着眼睛，抓起浸在血水里的羊肉"扑通""扑通"扔进锅里。

过了一会儿，乔琳小声问，你在电视台，能找到什么熟人帮着说句话吗？许妍说，我连我们频道的人都认不全，台里最近在裁员，没准明天我就失业了。她看着乔琳，是爸妈让你来的吧？乔琳摇了摇头，我真的只想来看看你。

许妍没说话。越过乔琳的肩膀，她又看到了过去很多年追赶着她的那个噩梦。上访，讨说法。爸爸那双昆虫标本般风干的眼睛，还有妈妈磨得越来越尖的嗓子。当然，许妍没资格嫌弃他们，因为她才是他们的噩梦。

她爸爸乔建斌本来是个中学老师，因为超生被单位开除了。他觉得很冤，老婆王亚珍是上环后意外怀孕，有风湿性心脏病，好几家医院都不敢动手术，推来推去推到七个月，才被中心医院接收。他们去找计生委，希望能恢复乔建斌的工作。计生委说，只要孩子活下来，超生的事实就成立。孩子是活了，可那不是他们让她活的啊。夫妻俩开始上访，找了各种人，送了不少礼，到头来连点抚恤金也没要到。

乔建斌的精神状况越来越糟，喝了酒就砸东西，还总是伤到自己，必须得有人看着才行。虽然他嚷着回去上班，可是谁都看得出来，他已经是个废人了。王亚珍的父母都是老中医，自己也懂一点医术，就找了个铺面开了间诊所。那是个低矮的二层楼，她在楼下看病，全家人住在楼上，这样她能随时看着乔建斌。乔琳是在那幢房子里长大的。许妍则一直跟着姥姥住。在她心里，乔琳和爸妈是一个完整的家庭，而她是多余的。乔建斌看见她，眼睛里就会有种悲凉的东西。她是他用工作换来的，不仅仅是工作，她毁了他的一切。王亚珍的脸色也不好看，总是有很多怨气，她除了养家，还要忍受奶奶的刁难。奶奶觉得要不是她有心脏病，没法顺利流产，也不会变成这样。每次她来，都会跟王亚珍吵起来。她走了以后，王亚珍又和乔建斌吵。这个家所有人都在互相怨恨。没有人怨乔琳，她是合情合理的存在，而且总在化解其他人之间的恩怨。那些年她做的最多的事，就是劝架和安抚。她在爸妈面前夸许妍聪明懂事，又在许妍这里说爸妈多么惦记她。她一直希望许妍能搬回来住。可是上初中那年，许妍和乔建斌大吵了一架，从此再也没有踏进家门。

许妍骑着她那辆凤凰牌自行车经过诊所门前的石板路。乔琳从二楼的窗户探出头来，朝她招手。快点蹬，要迟到了，乔琳笑着说。许妍读初中，她读高中，高中离家比较近，所以她总是等看到了许妍才出发。有时候，她会在门口等她，塞给她一个洗干净的苹果。

许妍的手机响了。是沈皓明，他正和几个朋友吃饭，让她一会儿赶过去。许妍挂了电话。面前的火锅沸腾了，羊肉在红汤里翻滚，油星溅在乔琳的手背上。但她毫无知觉，专心地摆弄着碟子里的蘑菇，把它们从一边运到另一边，一片一片挨着摆好。她耐心地调整着位置，让它们不要压到彼此。然后她放下筷子，又露出那种空空的微笑，说刚才是你男朋友吗？许妍嗯了一声。乔琳说，你还没跟我说过呢。你什么都不跟我说，从小就这样。他是干什么的？许妍说，公司上班的白领。乔琳又问，对你好吗？许妍说，还行吧，你到底还吃不吃？乔琳说，有个人让你惦记着，那种感觉很好吧？

餐厅外面是个热闹的商场。卖冰激凌的柜台前围着几个高中女生。许妍问，想吃吗？乔琳摸了摸肚子，好像在询问意见。她趴在冰柜前，逐个看着那些冰激凌桶。覆盆子是种水果吗，她问，你说我要覆盆子的好，还是坚果的好呢？那就都要，许妍说。我不要纸杯，我想要蛋筒，乔琳笑着告诉柜台里的女孩。

那是九月的一个早晨，许妍升入高中的第一天。乔琳撑着伞，站在校门口。见到她就笑着走上来，你怎么不把雨衣的帽子戴上，头发都湿了。她伸出手，撩了一下许妍前额的头发说，真好，咱们在一个学校了，以后每天都能见到。放学以后别走，我带你去吃冰激凌，香芋味的。

路过童装店，乔琳的脚步慢下来。许妍顺着她的目光望过去，亮晶晶的橱窗里，悬挂着一件白色连衣裙。发光的塔夫绸，胸前有很多刺绣的蓝粉色小花，镶嵌着珍珠，裙摆捏着细小的荷叶边。乔琳把脸贴在玻璃上，说小姑娘的衣服真好看啊。许妍问，你希望是男孩还是女孩？男孩吧，乔琳说，如果是男孩，说不定林涛家里能改变主意。许妍问，他后来又跟你联系过吗？乔琳摇了摇头。

　　汽车驶出地下车库。商业街灯火通明，橱窗里挂着红色圣诞袜和花花绿绿的礼物盒。街边的树上缠了很多冰蓝色的串灯。广告灯箱里的男明星在微笑，露出白晃晃的牙齿。乔琳指着他问，你觉得他长得像于一鸣吗？许妍问，你这次来联系他了吗？乔琳说，我没有他的手机号码了。许妍沉默了一会儿，说快到了，我给你订了个酒店，离我家不远。乔琳点点头，双手抓着肚子上的安全带。

　　于一鸣走过来，坐在了她和乔琳的对面。他T恤外面的衬衫敞着，兜进来很多雨的气味。空气湿漉漉的，外面的天快黑了。于一鸣抹了一把脸上的水，冲她们笑了。他的下巴上有个好看的小窝。

　　到了酒店门口，乔琳忽然不肯下车。她小心翼翼地蜷缩起身体，好像生怕会把车里的东西弄脏。许妍问，到底怎么了？乔琳用很小的声音说，别让我一个人睡旅馆好吗，我想跟你一起睡……她抬起发红的眼睛，说求你了，好吗？

　　车子开回到大路上。乔琳仍旧蜷缩着身体，不时转过头来看看许妍。她小声问，旅馆的房间还能退吗，他们会罚钱吗？许妍说，我只是觉得住旅馆挺舒服的，早上还有早餐。乔琳说，我知道，我知道，对不起。

　　车窗起雾了，乔琳用手抹了几下，望着外面的霓虹灯，用很小的声音念出广告牌上的字。直到车子开上高架桥，周围黑了下去。她靠在座椅上，拍了拍肚子，说小家伙，以后你到北京来找姨妈好不好？许妍没有说话，她望着前方，挡风玻璃上也起雾了，被近光灯照亮的一小段路，苍白而昏暗。

　　乔琳盯着于一鸣，说你的发型真难看。于一鸣说，我知道你剪得好，可我回去两个月不能不剪头啊。乔琳揽了一下许妍说，来，认识一下，这是我妹妹，亲妹妹。于一鸣对乔琳说，走吧，该回去上晚自习了。乔琳说，你先去，我跟我妹妹坐一会儿，好久没见她了。于一鸣说，咱俩也好久没见了，说好去济南找我也没有去。乔琳笑了，明年暑假吧，我跟我妹妹一起去。于一鸣走了。许妍说，别跟人说我是你妹妹行吗，非得让所有人都知道家里超生的事吗？乔琳垂下眼睛，说知道了。许妍问，你们在谈恋爱？乔琳说没有。许妍说，别骗我了。乔琳说，真的，他来泰安借读，高考完了就走了。许妍说，你也可以走啊。

乔琳笑了一下，没说话。

2

许妍找到一个空车位，停下了车。刚下来，一辆车横在她们面前，车上走下一个戴着黑框眼镜的男人。他说，又是你，你又停在我的车位上了。许妍认出他就住在自己对门，好像姓汤。有一次他的快递送到了她家，里面是一盒迷你乐高玩具。她晚上送过去，他开门的时候眼睛很红。她瞄了一眼电视，正在放《甜蜜蜜》。张曼玉坐在黎明的后车座上。

许妍说，我不知道这个车位是你的，上面没挂牌子。她要把车开走，男人摆了摆手，说算了，还是我开走吧。他钻进车里发动引擎。

乔琳笑着说，他一定看我是孕妇吧。现在我到哪里都不用排队，一上公交车就有人让座，等孩子生下来，我都不习惯了。

许妍打开公寓的门。她的确没打算把乔琳带回家。房子很大，装修也非常奢侈，就算对北京缺乏了解，恐怕也猜得出这里的租金一般人很难负担。但是乔琳没有露出惊讶，也没有发表评论。她站在客厅中间，低着头眯起眼睛，好像在适应头顶那盏水晶吊灯发出的亮光。

过了一会儿，她回过神来，问许妍，你主持的节目几点播？许妍说，播完了，没什么可看的。乔琳问，有人在街上认出你，让你给他们签名吗？许妍说，一个做菜的节目，谁记得主持人长什么样啊。她找了一件新浴袍，领乔琳来到浴室。乔琳指着巨大的圆形浴缸问，我能试一下吗？许妍说，孕妇不能泡澡。乔琳说，好吧，真想到水里待一会儿啊。她伸起胳膊脱毛衣，露出半张脸笑着说，能把你的节目拷到光盘里，让我带回去吗？放心，不告诉爸妈，我自己偷偷看。

乔琳的毛衣里是一件深蓝色的秋衣，勒出凸起的肚子。圆得简直不可思议。她变了形的身体，那条被生命撑开的曲线，蕴藏着某种神秘的美感。许妍感觉心被什么东西蜇了一下。

电话响了。沈皓明让她快点过去。听说她要出门，乔琳的眼神中流露出恐惧。许妍向她保证一会儿就回来，然后拿起外套出了门。

　　许妍睁开眼睛，看到自己躺在病房里。墙是白的，桌子是白的，桌上的缸子也是白的。乔琳坐在床边，用一种忧伤的目光看着她。许妍坐起来，问乔琳，告诉我吧，我到底怎么了。乔琳垂下眼睛，说你子宫里长了个瘤子，要动手术。子宫？许妍把手放在肚子上，这个器官在哪里，她从来没有感觉到它的存在。乔琳说，你才十七岁，不该生这个病，医生说是激素的问题，可能和出生时他们给你打的毒针有关。

　　……医生站在床前，说手术很顺利，但瘤子可能还会长，以后可以考虑等生完孩子，割掉子宫。但你怀孕比较困难。他没说完全不可能，但是许妍知道他就是那个意思。

　　医生走了，病房里很安静。许妍望着窗外一棵长歪了的树，叉出去的旁枝被锯掉了。乔琳说，我知道我说什么都没用，可是我以后真的不想生孩子。不知道为什么，想想就觉得可怕。

　　许妍赶到餐厅的时候，沈皓明已经有点喝多了，正和两个朋友讨论该换什么车。上个月，他开着花重金改装的牧马人去北戴河，半路上轮轴断了，现在虽然修好了，可他表示再也无法信任它了。

　　他们有个自驾游的车队，每次都是一起出去，十几辆车，浩浩荡荡。许妍跟他们去过一次内蒙古，每天晚上大家都喝得烂醉，在草地上留下一堆五颜六色的垃圾。有一天晚上，许妍和沈皓明没有喝醉，坐在山坡上说了一夜的话。他们两个就是这么认识的。许妍跟所有的人都不熟，是另外一个女孩带她去的，那个女孩跟她也不熟，邀请她或许只是因为车上多一个空座位。到了第五天，许妍坐到了沈皓明的那辆车上，他们一直讲话，后来开错路掉了队。两个人用后备厢里仅剩的烟熏火腿和几根蜡烛，在草原上度过了一个难忘的夜晚。

　　回北京那天，许妍有些低落，沈皓明把她送回家，她看着车子开走，觉得他不会再联系她了。她知道他是那种有钱人家的孩子，周围有很多漂亮女孩，只是因为旅途寂寞，才会和她在一起。也许是玩得太累了，第二天她发烧了。她躺在床上，觉得自己像一根就要烧断的保险丝，快把床单点着了。她感到一种强烈而不切实际的渴望。帮帮我，在黑暗中她对着天花板说。每次她特别难受的时候，就会这么说。

　　傍晚她收到了沈皓明的短信，问她要不要一起吃晚饭。她摇摇晃晃地从床上爬起来，化了个妆出门了。那不是一个两人晚餐，还有很多沈皓明的朋友。她烧得迷迷糊糊的，依然微笑着坐在沈皓明的旁边。聚会持续到十二点。回去的路上，她的身体一直发抖。沈皓明摸了摸她的额头，怪她怎么不早说，然后掉头开向医院。在急诊室外面的走廊里，他攥着她的手说，你让我心疼。她笑着说，大家都挺高兴的，这是个高兴的晚上，不是吗？

　　那个夏天，沈皓明时常带她参加派对。那些派对在郊外的大房子里举行，总有穿着短裙的女孩带着她的外籍男友。直到夏天快过完，她才确定自己成为沈皓明的女朋友。那时她已经学会了自己卷头发，并且添置了好几条短裙。到了九月末，她和几个从前要好的朋友坐在路边的烧烤摊，意识到自己以后也许不会再见他们了。来北京八年，一直在认识新朋友，进入新圈子，那种不断上升、进化的感觉，给她带来一些满足。

　　你想去莫斯科吗？沈皓明扭过头来看着她，春天的时候咱们开车去莫斯科吧？好啊，许妍说。她想到旷野上的星星，以及那些因为喝醉而感觉自由一点的夜晚。

　　饭局散了，许妍开车把沈皓明送回他爸妈家。当初租房子的时候，他是准备跟她一起住的。后来觉得上班太远，多数时候就还是住在他爸妈家。那边有好几个保姆伺候，饭菜又可心。他爸妈也不希望他搬出来，好像那样就等于认可了他和许妍的关系。

　　你表姐安顿好了？沈皓明忽然问，明天我妈让你来家里吃饭，喊她一起吧。许妍说，不用，她自己有安排。沈皓明说，后天律师所没事，我可以陪你带她转转，买买东西。许妍说好。

　　回到家已经是凌晨一点。乔琳还没睡，正靠在床上看电视。她好像在哭，抹了抹脸，对许妍笑了一下，说你看过这个节目吗，把一个城里的孩子和一个农村的孩子对调，让他俩在对方的家里住几天。结果那个农村孩子把城里的"爸妈"给她买早点的钱都攒下来，想给农村的奶奶买副新拐杖。许妍说，都是假的，节目组安排好的。乔琳说，怎么会呢，那个农村孩子哭得多伤心啊！

　　许妍换上睡衣，在床边坐下，说你怎么会失眠呢，孕妇不是应该贪睡吗？乔琳说，我每天睁着眼睛到天亮，看什么都是重影的，好像那些东西的魂全跑出来了。许妍问，去医院看过吗？乔琳回答，说是精神压力大，可他们不让吃安定。许妍沉默了一会儿，问你后悔吗，把孩子留下来？乔琳笑着说，怎么会呢，我把衣服都买好了啦，白色的，男女都能用。

半年前乔琳打来电话，说自己怀孕了。男的叫林涛，比乔琳小两岁。和她在同一家商场当售货员。他父母一直告诫他，不能跟乔琳谈恋爱，沾上她爸妈，一辈子都别想安生。得知乔琳怀孕，他吓坏了，休假躲了起来。乔琳厚着脸皮找到他们家，林涛的母亲给了一些钱，让她把孩子打掉。乔琳爸妈说，怎么能打掉，就去林家闹，还跑到商场去找乔琳的领导。乔琳把工作辞了，跟她爸妈说，你们要是再闹，我就死在你们面前。

那段时间，乔琳常常给许妍打电话。她在那边问，为什么我的生活里总是有那么多的纠纷呢？

十月的一个早晨，两个女生在学校门口拦住了她，说你就是乔琳的小跟班吗，最好离那个狐狸精远点，别沾得自己一身骚。许妍不算意外。她已经发现乔琳在学校里非常有名，追她的男生很多，背后说闲话的也很多。

放学后她和乔琳碰面，没有提起这件事。走到大门口，那两个女生又来了。她们低着头，哭丧着脸说，我们说错话了，对不起，你千万别放在心上。乔琳皱着眉头，一言不发。

她们又去了冷饮店。于一鸣很快也来了。乔琳瞪着他，你的眼线挺多啊。于一鸣说，怎么了？乔琳说，别装傻，你让王滨去吓唬李菁菁了？于一鸣说，太嚣张了，不给她们点颜色看看怎么行。乔琳说，你要是真拿王滨当哥儿们，就别让他干这种事。他身上背着两个处分，再有一回就得开除。于一鸣说，我绝不允许她们这么败坏你。乔琳笑了笑，我才不在乎呢。

许妍对乔琳说，如果我是你，大概会把孩子打掉。乔琳显得很惊恐，说怎么可能，它是个生命啊。许妍说，这个世界上有很多错误的生命，生下来只会受苦。乔琳说，别说了，我绝对不能那么做。

许妍很清楚，乔琳不能那么做是因为爸妈。他们最初是反对计划生育，后来变成连堕胎也反对。特别是王亚珍，成为这方面的斗士。她经常守在医院门口，拦截去做流产的女人，讲各种怨灵的故事，还去吓唬医生和护士，让他们放下手术刀到寺庙里超度。有那么几个女人听了她们的话，没做流产，生下孩子以后拍的满月照片，被王亚珍扩印得很大，拿在手里到处宣传。她还爱讲自己的故事：我的小女儿，当时被他们逼着流掉，又打激素又打毒针，我有心脏病，差点死在手术台上。可孩子不是照样健健康康地活下来了吗？你们现在什么困难都没有，有什么理由不要孩子？她以后一定也会把乔琳当成单亲妈妈的典范。至于乔琳该如何抚养那个孩子，她根本不去想。这几年一直都是乔琳在养家，现在她还没了工作。

她们的不幸，最终都会变成爸妈上访的资本。就像许妍子宫里生瘤，也被他们到处宣扬，无非是为了多要一笔赔偿金。许妍心里的愤怒，如同休眠的火山，这时又燃烧起来。所以或许并不完全是为了乔琳，更多的是想反抗爸妈的意志，给他们沉重一击，——她又给乔琳打了电话。乔琳有点受宠若惊，说你从没给我打过电话。许妍说，你最好再考虑一下，留下这个孩子，一生可能都完了。乔琳说，可它是活的啊，在我身体里动，真的很奇妙，那种感觉你不会懂的……许妍冷笑了一声，是啊，那种感觉我不会懂的。以后你的事我也不会再管了。

乔琳没有再打来电话。许妍偶尔想起来，会在心里算算月份，想一想孩子还有多久出生。

乔琳坐在操场的看台上，咬着一根棒冰，嘴上都是鲜艳的色素。许妍走过去，说你躲到这儿有用吗？乔琳不说话。许妍问，你是不是特别喜欢看男生为了你打架？既然你不想跟他们谈恋爱，为什么还要对他们好，让他们围着你团团转呢？乔琳说，可能害怕孤独吧，她抬起头，咧开橘色的嘴唇笑了，你是不是很讨厌我这样的女孩？

许妍在床上躺下，伸手关掉了台灯。但黑暗不够黑，窗帘的缝隙间夹着一道颤巍巍的光。她正犹豫是否要去消灭那簇光，乔琳的手穿过阻隔在中间的被子，找到了她的手。她说，你还记得吗，从前姥姥生病我把你领回家，咱俩挤在我那张小床上。许妍说，那是很小的时候，上了初中我就没再去过。

乔琳握紧了她的手，说我知道上回我说错话了，一直想给你打电话，可是真怕你再劝我把孩子打掉……许妍说，承认吧，你现在后悔了。乔琳说，没有，我想通了，不管我给这个孩子什么，给多给少，他都是奔着他自己的命去的。你小时候受了不少苦，现在不是也过得挺好吗？许妍问，你自己呢，你是奔着什么命去的，干吗非要背那么重的担子呢？乔琳在黑暗中笑了一声，我爱逞能，老觉得没我不行，其实我有什么用啊？她捏了捏许妍的手心，上访的事我早都不抱希望了，就是跟林涛呕一口气。当时他说，你家里要真是讨到了说法，再也不闹了，我就娶你。其实怎么可能啊，人家肯定早交了新女朋友。

许妍翻了个身，闭上眼睛。她感受着乔琳滞重的呼吸。如同一艘快要沉没的船。一个显而易见的却一直被她忽略的事实是，她的姐姐过得很糟，而且也许再也不会好了。她能帮她做什么吗？

她能。沈皓明自己就是律师，而且热心，爱帮朋友。他爸爸又有很多政府关系。

她不能。她根本无法开口。从一开始她就隐瞒了家里的事，说爸爸走了，妈妈死了，她是跟着姥姥长大的。这不是撒谎，她对自己说，只是出于自保。谁能接受一对不停闹事，总是被保安驱逐和扭走的父母呢？不过，既然她一直说乔琳是她的表姐——是不是可以让他们帮一帮这个表姐呢？但是也有风险，她爸妈曾在采访里提到过小女儿的名字，还说她现在在北京生活。一旦那些资料被翻出来，她的身份就掩饰不住了。

许妍勉强睡了几个小时，天快亮的时候醒了。她感觉到乔琳在耳边呼吸，嘴巴里的热气涌到她的脸上。她睁开眼睛，乔琳在曦光中望着自己。她一时想不起来从前什么时候，她也是这样望着自己，用那双圆圆的大眼睛，好像明白了什么重要的事要告诉她。但是她并没有开口。

你看我也是重影的吗？许妍问。

乔琳说，不，我看你看得很清楚。

于一鸣站在她的教室门口。他说乔琳三天没来上课了。许妍说，我爸把腿摔断了，她得照顾他。于一鸣说，我知道，快考试了，这样下去不行。你带我去找她。

外面下着雪，马路结冰了。他们推着自行车往前走。风很大，雪乱糟糟地降下来，天空像个马蜂窝。于一鸣的头发又长长了，他的脸很白，下巴上有个好看的小窝。他神情凝重地说，帮我劝劝乔琳，让她好好复习，跟我一块儿考到北京。许妍说，她不想走。于一鸣说，她在这里没有出路。许妍问，北京什么样？于一鸣说，北京的马路特别宽，到处都是商店，还有很多咖啡馆。你好好学习，两年以后也考过去。许妍问，我？于一鸣说，是啊，我们在北京等你。

许妍怔怔地看着他。他口中呼出的白气在空中上升，然后散开了。

3

第二天，许妍录节目到下午五点，然后匆匆忙忙赶去买甜点。那家蛋糕店是从巴黎开过来的，最近上了不少时尚杂志。她每次都为带什么礼物去沈皓明家而伤脑筋。

小巧的纸杯蛋糕陈列在玻璃柜里，上面镶着翻糖做的高跟鞋和花环，像是一件件奢华的珠宝。价格当然也贵得离谱，她最终决定买四个。这时乔琳打来电话，问她什么时候回来。许妍说，冰箱上不是有外卖单吗，你先叫东西吃啊。乔琳说，我不饿，你家门怎么锁，我在屋子里喘不上气，想出去走走。许妍把门锁的密码告诉她。她重复了一遍，说要是我等会儿忘了，能再给你打电话吗？

挂了电话，许妍扫视了一圈玻璃柜，目光落在一个有跳舞小人的纸杯蛋糕上。小人单脚支地，抬起双臂，好像正准备起跳，飞离地面。我要这个，她跟柜台里的女孩说。

许妍听到乔琳在身后喊自己。她追上来，把手里的布袋递给许妍，说裙子我帮你借好了，领子有点大，你别两个别针就行了。许妍说，我真的不想主持。乔琳说，你要是不主持，我就也不跳舞了。晚会咱俩都不参加了。许妍问，干吗要费那么大力气帮我争取呢？乔琳笑了，大乔小乔要一起出风头才好。当时在学校已经有很多人知道她们是姐妹，并且叫她们大乔小乔。

保姆开了门，要帮许妍拿东西。许妍捧着蛋糕盒说，我自己拿到客厅吧。三个女人坐在客厅的沙发上喝香槟。其中一个短发女人笑盈盈地看着她，对另外两个说，皓明就喜欢这种瘦瘦高高的女孩。旁边披着披肩的女人说，现在的男孩都喜欢这种身材。

一个八九岁的男孩跑出来，是沈皓明的弟弟沈皓辰。他手里牵了一只短腿腊肠狗。那只狗穿着蓝色羽绒坎肩，背后有个帽子，跑快一点帽子就扣过来，盖住了它的脸。沈皓辰把狗拽到沙发边，向大家介绍，它叫贝利，有点感冒了。挑高细眉的女人问，你上次那条狗呢？沈皓辰说，送走了，妈妈嫌它老翻垃圾桶。短发女人说，你妈一开始可是爱它爱得不行啊。男孩耸耸肩，我妈妈是个难以捉摸的女人。三个女人笑起来。披着披肩的女人说，皓辰，过来，让阿姨抱抱。男孩勉为其难地向前走了两步，把头转向一边，阿姨，我也感冒了。披着披肩的女人摸了摸他的后脑勺，都那么大了，真是有苗不愁长啊。挑高眉毛的女人放下香槟杯说，后悔了吧，当时都劝你跟于岚一起去，还可以做个双胞胎。

谁在说我坏话呢，我可是听到了，一个矮胖的女人走进来，穿着深蓝色香云纱裙子，腰部有一朵白色荷花，是沈皓明的妈妈于岚。你儿子，短发女人说，他说你是个难以捉摸的女人。于岚笑起来，对男孩说，宝贝，你昨天不是还说我不用开口，你都知道我要说什么吗？男孩说，我知道你要说什么，但我不知道你在想什么。挑高细眉的女人说，你儿子是个哲学家。

男孩抬起头问于岚，我能让许妍姐姐陪我去玩吗？于岚说，好啊。她笑吟吟地朝许妍走过来，说我都没看到你来了。许妍微笑着说，我买了甜点，饭后可以吃。太好了，于岚说，那我就不让大李再去买了。许妍在心里飞快地算了一下，四块蛋糕，自己不吃，刚好她们四个女人一人一块。

她跟着沈皓辰来到后院。那里有几簇假山和一个凉亭，前面是一小片结冰的水塘。沈皓辰问，你说贝利能在上面滑冰吗？许妍说，不行，它会掉下去。玩点别的吧，我陪你去插乐高。沈皓辰摇摇头，我想陪着贝利，它太孤单了。许妍说，它感冒了，需要休息。沈皓辰说，都是我妈，非让它睡在花房里。许妍问，为什么不让它到屋子里去？沈皓辰说，我妈说我们还不了解它的脾气，要观察一段时间，惠惠姐姐刚来的时候，我妈也不让她跟我们一起吃饭，说她嘴巴臭，可能有胃病。

许妍通过这个男孩知道了他们家不少事。包括沈皓明刚和她在一起的时候，于岚还给他介绍一个银行行长的女儿。没准他们见了面，她没问过沈皓明。以后恐怕还有律师的女儿，医生的女儿，她显然不是理想的儿媳，不过他们也没公然反对。有一次沈皓辰说，我妈说哥哥带什么女孩回来都无所谓，谈谈恋爱又不是当真的。许妍相信沈皓辰不至于蠢到不知道这些话不该讲给她听，他是故意的，好让她心里难受。他也会把他妈妈讲保姆小惠的话告诉小惠，然后站在门外听小惠在房间里偷偷哭。这是一种什么爱好，许妍不知道，用沈皓明的话来说，他弟弟是个内心阴暗的小孩。

他们相差十八岁，沈皓辰叼着奶嘴的时候，沈皓明已经系着领结跟爸爸去参加慈善晚会了。他对弟弟没太多感情，一开始甚至忘了跟许妍讲。后来有一次随口讲到他，许妍惊讶地问，为什么？什么为什么？沈皓明问。许妍说，为什么能生两个孩子？沈皓明说，哦，我爸妈都入了加拿大籍。其实不入也可以，罚点钱就是了。

沈皓明推门走出来，对许妍说，我到处找你呢。他冲着沈皓辰的屁股拍了两下，别老缠着别人，你就不能自己玩会儿吗？沈皓辰哀求道，我们等会儿出去吃冰激凌吧。沈皓明不理他，拉着许妍走了。

沈皓明的爸爸沈金松和几个男客人坐在偏厅的沙发上。沈皓明带着许妍走过去，把她介绍给两个没见过的客人。他爸爸说，皓明，给你李叔叔拿支雪茄来。走出房间，沈皓明咕哝道，他怎么还有脸来。你说谁，许妍问。沈浩明说，那个戴鸭舌帽的男的，做生意把周围的朋友坑了一个遍，大家都不跟他来往了。沈皓明返回偏厅的时候，许妍拉住他，说笑一下。沈皓明皱着眉头，干什么？许妍说，你的怒气都写在脸上，让别的客人看到不好。沈皓明勉强露出一个微笑。许妍也给他一个微笑，进去吧，我去问问你妈妈那边有什么需要帮忙的。

许妍回到大客厅，发现又来了两个女客人。蛋糕不够分了，她有点不安地盯着桌子上的白盒子。开饭了，于岚对她说，我们过去坐下吧。

这种家宴是沈家的传统，每个星期都有一两回。客人彼此相熟，不会感到拘束。许妍环视四周，低声问沈皓明，高叔叔没来？沈皓明说，他开会，晚点来。披着披肩的女人问，皓辰呢？于岚说，让他跟保姆吃，那孩子絮絮叨叨的，大人都没法好好说话了。

戴鸭舌帽的男人挨着女人们坐，一直保持沉默，每当那碟花生米转到面前的时候，他都会夹起一颗。你的古董店还开着吗，旁边的女人问他。没有，他回答，停顿了几秒说，不过我正打算重新开起来。女人问，还在原来的地方吗？啊，对，他说。一个男客人笑了笑，你确定吗？那一带盖了新楼，租金涨了四五倍。所有的人都看向戴鸭舌帽的男人，屋子里一时很静。许妍觉得自己所分担的那份尴尬比其他人更多。她理解那个戴鸭舌帽的男人，他一定很渴望成功，只是运气差了点。

饭吃到一半，高叔叔来了。许妍也弄不清这个高叔叔到底在政府做什么工作，只知道他权力很大，帮人铲了不少事。戴鸭舌帽的男人忽然来了精神，一直看着高叔叔，听他跟周围的人讲话。他们笑起来的时候，他也跟着笑了。

晚饭结束后，大家移到偏厅喝茶。沈金松和高叔叔去了另外一个房间，戴着鸭舌帽的男人也跟了进去。沈皓明对许妍说，他肯定有事要让高叔叔帮忙。许妍问，他会帮吗？沈皓明说，不知道，我们去看电影吧？许妍说，早走了你妈妈会不高兴。沈皓明说，管她呢。许妍笑了一下，你可以不管，我不能不管。她拉着沈皓明来到客厅，女人们正坐在那里聊天。沈皓明听到她们都在谈论衣服和包，就说我还是去男士那边吧。

许妍在于岚旁边坐了一会儿，发现桌上的水果叉不够，就起身去拿。让佩佩把甜酒打开，于岚在她身后说。经过走廊，她看到沈金松他们还在那个房间里，好像在说什么房子的事。

她拿着叉子从厨房出来，听到旁边的房间里传来奇怪的声音。好像是干呕，伴随着细小的嘶叫声。她敲了两下，推开门。是沈皓辰，正仰面躺在地上哭。那间屋子长期闲置，空荡荡的，只有一只书柜立在墙边。她蹲下来，说你可真会挑地方。沈皓辰不理她，闭上眼睛继续哭。许妍问，就因为没陪你去吃冰激凌？沈皓辰抹了把眼泪，说我早就习惯了。许妍问，为什么不叫你的朋友来家里玩呢？沈皓辰说，你要是整天转学，还会有什么朋友吗？他摇了摇头，说这个家里没有一个人真的关心我。许妍说，不要对别人有什么期望，你自己得变得强大起来。沈皓辰撇了一下嘴，我还是个孩子呀。许妍说，孩子怎么了？沈皓辰哀求道，你能让我自己静一会儿吗？我不想回房间，惠惠姐姐像只鹦鹉，一直说个不停。

许妍带上了房间的门。她确实没想过沈皓辰会有什么痛苦。生在这样的家庭，不是应该从梦里笑出声来吗？但是现在看起来，他或许也是一个多余的孩子。他爸妈要他不过是为了装点生活，其实已经没有耐心再陪他长大一遍了。于岚不能放弃太太们的聚会和旅行，沈金松不能放弃打高尔夫和应酬。沈皓辰总是和保姆待在一起。一任又一任保姆。他满意的他妈妈不满意，他妈妈喜欢的他不喜欢。

许妍回到客厅，她的蛋糕盒子打开了，摊在桌上，里面的蛋糕一个也没有动。有两个上面的花蹭在盒子上，变成了一坨红色烂泥，只有立着跳舞小人的那个仍旧完好。小人踮着脚尖，好像正从一堆废墟里往外爬。

戴鸭舌帽的男人出现在门口，咧开嘴冲着于岚笑了笑，说我来跟你说一声，我要走了。于岚点点头，让司机送你一下？男人说，我叫了辆车，司机好像迷路了。于岚说，坐下等一会儿吧。鸭舌帽迟疑了一下，走过来坐在沙发上。许妍把自己那杯没有动的甜酒放到他跟前，对他笑了笑。

快去把你的貂皮大衣拿来！短发女人把手搭在于岚的肩上。还有那个绝版的蜥蜴皮，挑高细眉的女人说。于岚去取了灰蓝色的貂皮大衣，还有几只包。女人们走上前，有的试穿大衣，有的摆弄着包。只有许妍和鸭舌帽坐在沙发上。鸭舌帽探身向前，目光呆滞地盯着茶几上的东西。他忽然伸出手，拿起那个有跳舞小人的纸杯蛋糕，整个塞进了嘴里。

　　乔琳走到舞台中央，射灯的光不偏不斜地打在她的脸上。她天生知道光在哪里。她趋着步子，荡着纤长的腿，将裙摆转得飞快。每次她双脚离开地面的时候，许妍都感觉到心里一紧。她不知道自己是在担心，还是在希望发生点什么。直到乔琳平安地弯腰谢幕，她才松了一口气，然后忽然难过起来。她想，很多年后，台下的人不会记得是谁主持了这场晚会，但他们一定记得乔琳跳舞的样子。

　　十点过后，客人陆续离开。许妍帮保姆收酒杯，被沈皓明堵在厨房门口。他搂了一下许妍的腰，眨眨眼睛，说不如今晚你就睡在这里吧？许妍挣脱开，一脸正色地说，跟我说说，你是从多大开始，留女生在家过夜的？沈皓明耸耸眉毛，十七？你爸妈也答应吗，许妍问。沈皓明笑着说，他们到我房间来了好几次，我估计是想看看有没有准备避孕套。你准备了吗？许妍问。沈皓明收住笑容，神情变得凝重，我想向你坦白一件事……其实我有一个……年轻时候总会犯些错误对吧……他低下头，双手捂住脸。许妍想把他的手拉开，他拼命躲闪，直到迸发出笑声，他一边笑一边摆手，我实在是憋不住了……许妍推了他一下，自己还觉得演得挺像是吧？沈皓明笑着问，要是我真从外面领回来个孩子，你帮我养吗？许妍说，那得看长得好不好看了。沈皓明说，好看，比我还好看。许妍说，养啊，为什么不养，省得自己去生了。沈皓明伸出双手兜住她，不行，你至少还得生两个。许妍望着他，笑了笑。她说，我还是回去吧，表姐一个人在家。沈皓明说，好吧，我明天陪你们，给你们当司机。许妍说，不用，她脾气怪，你在她会不自在。

　　许妍穿上外套，拢了一下头发，转过身来问，对了，刚才那个人找高叔叔什么事？沈皓明说，前些年他在郊区找了块地盖房子，当时和乡政府签过合约，但是不作数，现在地要被收走了……许妍问，这事难办吗？沈皓明说，嗯，不过高叔叔去想办法了。许妍说，所以还是会帮他？沈皓明说，不然呢，他住哪里呢？

　　回去的路上，许妍在心里掂量，是鸭舌帽拆房子的事难办，还是她爸妈的事难办。高叔叔既然连那个名声不好的人都愿意帮，是不是也意味着他可以帮她呢？不，不是她，是她的表姐乔琳。再找机会吧，她想，应该多和高叔叔见几面，让他觉得自己是沈家的一员。

许妍回到公寓，发现乔琳坐在楼下大堂的沙发上。她抬起头，抱歉地冲许妍笑了一下，我把密码忘了，你的手机关机。许妍问她坐了多久。她说没多久，我一直在院子里转悠，把开着的小商店都逛了一遍。这里真好，人都很和气，还借给我厕所用。

许妍看着她，乔琳，你能别把自己弄得那么惨兮兮的吗？

乔琳从三轮车上跳下来，笑着对她说，我把写字台给你拉来了，反正我以后再也不用学习啦。许妍打量着那张写字台，桌腿上的贴画已经斑驳，她还记得贴画刚贴上去的时候，上面那张明艳的赵雅芝的脸。她确实觊觎这张书桌很久。姥姥在窗台上搭了块木板，她一直在那上面写作业。

许妍问，成绩出来了？乔琳吐了吐舌头，连那个破烂煤炭学院也没考上。她们把写字台搬下来，乔琳拍了拍手上的灰，说我已经找到工作啦，明天就去华联商场上班，以后你买"美宝莲"都是员工价。她的手指上涂着藕粉色的指甲油，穿着低腰牛仔裤，长头发在胸前甩来甩去。她身上的美丽还在增加，但她好像并不把自己的美丽当回事。那股潇洒的劲特别令男孩着迷。

4

第二天，十点不到她们就出门了。往常的周末，许妍会和沈皓明在床上赖到十一点，然后去吃个早午餐。但是这一天，天刚亮许妍就醒了。失眠大概传染，她就没见乔琳闭过眼睛。但是乔琳坚持说自己睡了一会儿，还做了梦，梦见自己生了个罐子人。罐子人？许妍皱起眉头。对，乔琳说，就是那种马戏团里的小孩，养在罐子里，手脚都萎缩了，只有头特别大。她打了个激灵，跳下床，说我去做早饭了。

厨房里传出葱油的香味。乔琳用平底锅烙了两个葱花饼。这是小时候最熟悉的食物，许妍来北京以后就没有再吃过。要不是再闻到这股味，她已经忘记世界上还有这种食物了。

许妍想带乔琳先去景山，那附近有一段红墙她很喜欢。街上的车不多，她们静静听着广播里的歌。乔琳抿着嘴唇，似乎很悲伤。许妍说，别想了，那只是个梦。乔琳点点头，知道，我知道。没事的，我在等汪律师的电话，他说今天会打给我的。许妍觉得乔琳在把某种压力传递给自己，这令她感到很烦躁。

　　车子剧烈地震了一下，许妍回过神来，猛踩刹车，可是已经撞上了前面的车。乔琳拱起身体，护住了肚子。前车的女人对着许妍一通抱怨，然后给交警打了电话。交警来了，许妍把车上翻遍了，也没找到行驶证，只好给沈皓明打电话。过了几分钟，沈皓明拨过来，说在家里找到了，上次司机修车取出来，忘记放回去了。沈皓明说，我给你送过去，你在哪里？许妍沉默了几秒钟，说出了自己的位置。

　　她回到车里。乔琳头靠着车座，双手还放在肚子上。许妍说，我男朋友正赶过来，我跟他说你是我表姐，你不要提爸妈的事。乔琳点点头，知道，我知道。许妍还想交代几句，见她闭上了眼睛，就没有再说。

　　沈皓明到了，处理完事故，他坐上驾驶座，侧过头来冲乔琳笑了笑，表姐，我开车可稳了，你安心睡会儿吧。

　　已经过了十一点，沈皓明提议先去吃午饭。他把车开到附近的购物中心。三楼有家粤菜馆，于岚常约人在那吃早茶。沈皓明把菜单交给乔琳，让她看看想吃什么。乔琳看了一下，又把它递给许妍。许妍低头翻菜单，总觉得乔琳在看自己。一屉虾饺上百块，显然不是白领能负担的。乔琳大概早就把她识破了，借来的车，租的房子，一切都充满破绽。她抬起头来的时候，乔琳微笑着说，我吃什么都可以，辣一点就行。

　　我就知道许妍得撞，沈皓明说，不撞个两三回哪算真会开车？可是车上坐着你，不能有半点马虎。我早就跟她说今天我来给你们当司机……乔琳笑了笑，已经很麻烦你了。沈皓明说，她以前不也常麻烦你吗，她说上高中的时候你很照顾她，给她买雨衣，陪她打吊针……乔琳淡淡地说，那不算什么。沈皓明说，有时候表亲反倒更亲，我和我表姐的感情就比跟我弟好……乔琳问，你有个弟弟？沈皓明说，对啊，一个爱哭鬼，烦死人了。乔琳说，怎么能生第二个孩子呢？沈皓明笑了，你怎么跟许妍问得一模一样，我爸妈拿了加拿大护照。乔琳喃喃地说，哦，外国人……沈皓明说，以后我跟许妍至少生三个，你的小孩不愁没人玩。乔琳点点头，好啊。许妍埋头吃着刚上来的石斑鱼。生三个？她似乎听到乔琳在心里暗笑。

　　乔琳的手机响了。许妍很怕她会在沈皓明面前接起电话，但她站起来，离开了桌子。许妍对沈皓明说，下午你不用陪了，我就带她在后海逛逛。沈皓明说，我跟任国栋吃晚饭，上次他女儿百天不是没去吗，没事，五点出发就行。

　　乔琳回来了，脸色凝重，失神地盯着面前的盘子。她不吃，许妍也不劝。直到听到沈皓明说，那我们走吧，她站起来，驱着腿往外走。沈皓明喊住她，把落在椅背上的羽绒服交给她。

乔琳跟在他们后面，双手抓着她的羽绒服。里子朝外，破了个洞，钻出一簇棉絮。许妍简直怀疑她是故意的，想要他们给她买件新大衣。沈皓明说，我是不是应该给任国栋的女儿买点东西？买什么呢？他们绕着商场走了半圈，沈皓明忽然停住脚步，指着橱窗说，就买这个吧。小小的白色纱裙被云彩簇拥着，跟上回许妍和乔琳看到的那件一模一样。应该是连锁店铺，橱窗布置得也一模一样。沈皓明问乔琳，知道你的宝宝是男孩还是女孩吗？乔琳摇摇头。沈皓明说没事，转身进了那家商店。

乔琳立即告诉许妍，汪律师说他接不了这个案子。她咬了咬嘴唇，又说，他去开会了，我等会儿再打个电话求求他。许妍说，别这样，乔琳，你以前不这样。乔琳眼泪涌出来，说我真没用，什么事也办不成。沈皓明拎着两个纸袋走出来，把其中一只递给乔琳，说我买了个礼盒，里面什么都有，白色的，男女都能穿。乔琳把头扭到一边，抹着脸上的眼泪。沈皓明尴尬地拿着纸袋。过了一会儿，乔琳才回过头来，挤出一个微笑，说谢谢，真的谢谢你。

他们到后海的时候，天已经很阴。空气中零星飘着一点凉丝丝的小雪。河面结着厚实的冰，是青灰色的。沈皓明说，出来走走心情是不是好点了？乔琳点点头，说谢谢你们。许妍转过脸，朝河的方向看去。河中央有一辆鸭子形状的船，冻住了，船身倾斜，鸭头望着天空。

乔琳说，我们那里也有一条河，叫奈河，比这个还宽。沈皓明说，我以为你们那里都是山呢，我还跟许妍说什么时候去爬一次泰山。乔琳说，小时候有一回，我和许妍亲眼看到一个放风筝的小孩掉到水里，淹死了。他妈妈在岸上大哭，围了很多人。许妍说，我不记得了。乔琳说，你站在那里，我怎么拽都不肯走。一直等到人都散了，你用竹竿把那个孩子的风筝挑下来，拿着回家了。沈皓明问，那个小孩是她朋友吗？她想要那个风筝做纪念？乔琳笑了笑，她就是想要那个风筝。许妍盯着乔琳的脸。乔琳没有看她，好像还沉浸在回忆里，说那孩子的妈妈后来每天在岸边哭，抱着经过的人的腿，求他们去救她儿子。再后来岸边的树都砍了，盖起一排楼房。她沉默了一会儿，对沈皓明说，许妍想要什么是不会说的。沈皓明说，对，她什么都憋在心里不说。乔琳说，不要紧，只要你一直在那里，默默支持她就行了。

许妍看着面前的湖。午后的太阳照着水面，淬起一片金光。于一鸣放下桨，让他们的船在水上漂。乔琳忽然开口说，我看见过水怪。有个放风筝的小孩掉到河里，水面上升起一团白烟。那团白烟朝我们这边飘过来，我吓坏了，拉起许妍的手就跑。可她好像定住了似的，站在那里一动不动。我就也没跑，挽住了她的胳膊，心想要是水怪过来，就把我们一块带走吧。乔琳俯身向湖面，撩了几下水说，于一鸣，什么时候教我们游泳吧。

雪越下越大，河显得更灰了，冻住的鸭子船在身后变小，拐了个弯，看不见了。路边有间咖啡馆，他们决定进去坐一会儿。推开门，里面都是人。沈皓明说，嘿，整个后海的人全都躲到这儿来了。许妍付了钱，在等饮料的地方排队。做咖啡的男孩像是新来的，把热牛奶打翻了。沈皓明从背后戳了戳许妍，说你表姐把手机落车上了，我陪她去拿一下。许妍说，等买了咖啡一起去吧。沈皓明说，没事，很近，然后转身走了。

隔着玻璃窗，许妍看到他们朝来的方向走去，乔琳好像在说什么。许妍烦躁地看着那个做咖啡的男孩，把手中的收据折成小块，又摊开。

乔琳也许是故意的，汪律师不帮她，她就慌了神，觉得沈皓明没准能帮忙，就想跟他说一说。许妍气恨地用力一挣，把收据撕碎了。

做咖啡的男孩拿过撕碎的收据，仔细辨认着上面写的是什么饮料。你们连基本的培训都没有吗？许妍气呼呼地问。她把咖啡放在桌上，拉开椅子坐下。乔琳会跟沈皓明说什么呢？事情万一败露了，她应该怎么解释呢？她脑袋一片空白，什么说辞也想不出来，只是不断去按手机，看时间的数字变化。

他们终于回来了。乔琳没坐下，她看了许妍一眼，说我再去打个电话。许妍看着沈皓明，想从他的表情里读出一点信息。但他一直在低头看手机。许妍碰碰他的胳膊，拿起桌上的咖啡递给他。他喝了一口，皱起眉头说，真难喝。乔琳回来后，脸色依然凝重，她喝了两口水，捧着杯子发愣。沈皓明看了看外面的雪，对许妍说，你就别开了，我让司机来接你们。

车来了，她们先坐上，沈皓明去取了先前在童装店给乔琳买的东西，让司机放在后备厢。他凑到车窗前对乔琳说，表姐，这两天你要是不走，到我家来玩。乔琳点点头，一直望着沈皓明走过去，钻进车里。他人真好，乔琳对许妍说。

路上她们没有说话。司机拐了个弯去加油。发动机熄灭，广播里的音乐停止了。乔琳望着窗外纷飞的雪说，我明天就回去了。许妍说，好。

太阳从头顶移开，风吹着湖面，水的气味升起来。船从午睡中醒了过来，一点点动起来。许妍、乔琳和于一鸣不约而同地向后靠，蜷缩着腿躺下去，仰脸望着天空。也许是在等晚霞出现，但是渐渐地不重要了。许妍合上了眼睛。湖水像一双温暖的手臂环绕着自己。它的脉搏一起一伏，节律微小而有力。船在缓慢地动着，可他们没什么地方要去。不去对岸，也不回去。他们三个好像可以一直那么待着，谁也不会离开。

好像什么都不重要了。许妍松开了眉头。她不再计较他们到底有多么爱彼此。她只是知道她爱他们。那股强烈的感情使她觉得自己并不是多余的。她是他们当中的一员，即便是微不足道的，可以被舍弃的，她也不在乎。

她睁开眼睛的时候，晚霞已经来过了。只有几块很小的云彩挂在天边。湖面一片金色，望不到尽头。但只是一瞬间，湖水转眼就开始变灰。当她转过脸去的时候，看到乔琳正望着湖面，似乎已经注视了很久很久，又好像是她的目光使湖面暗了下去。于一鸣还没有睁开眼睛，嘴角带着一丝淡淡的笑意。不要睁开眼睛，许妍在心里这样祝福着他。因为随即他会发现太阳已经落下去，船要往回开了。他们的旅行结束了。

晚饭许妍叫了外卖。乔琳没怎么吃，她说想去床上躺一会儿。许妍吃完看了会儿电视。她到卧室的时候，乔琳正坐在床上发呆。许妍走过去拉窗帘。路灯下，有个穿着羽绒服的男人在遛狗。是对门那个姓汤的邻居，他仰起头看了一会儿月亮，从地上抱起狗，夹在胳膊底下，走进楼洞。

许妍听到乔琳在身后轻声问，沈皓明能帮上咱们吗？许妍转过身来看着乔琳说，你自己没问他吗？你们两个去拿手机的时候。乔琳摇了摇头，我什么也没跟他说，他问我想不想来北京工作，他可以安排，我说不用了。哦，许妍应了一声。乔琳说，他是律师，又认识挺多人的，没准还能托上政府的关系……许妍问，你怎么知道他是律师的？乔琳说，他自己说的，我真的什么都没问。她低下头，看着拱起的肚子，汪律师不接我的电话了，电视台那边也没回信，我实在没办法了。这事折腾了那么多年，总得有个了结……许妍笑了一声，你为我考虑过吗？你是不是觉得我想要什么就有什么，过得很容易？你想过几天安稳日子，我不想吗？你小时候至少有个完整的家，我有什么？她的眼圈红了，这么多年了，你们就不能放过我吗？乔琳也哭了，对不起，对不起，我不该来打扰你……她仰起脸，吸了几下眼泪说，你没看到爸妈现在什么样子，爸早晨醒了就喝酒，手抖得已经拿不住筷子，妈整天守着电脑，到各种论坛发帖子求助，隔一会儿发一遍，那些人骂她是疯子，把她踢出去，她就重新注册了再发……我真的管不了了，我的身体垮了，在街上晕倒过好几回……

她停住了，定定地看着前方，好像要把什么东西看清楚。

桌上的台灯照着乔琳，但她的脸是暗的，腮颊被阴影削去了。许妍望着她，她容貌的改变令她感到惊讶。那些青春时的光彩消失了，这也许是必然的，可它们好像从来没有存在过。没有人可以通过这张脸，想象出她少女时代的模样。许妍仿佛从二楼教室的窗户里看到那个总是微微扬起脸的长腿姑娘正穿过校园，她从那扇大门走出去，然后消失了。她去了哪里？

许妍走到床边，握住乔琳的手。那只手很烫，热量从指缝间汩汩流出来。乔琳的手指很长，这肯定不是许妍第一次注意到这一点，或许在漫长的青春期的某一天，她偷偷打量过这双手，暗暗惊讶于它们的美。但是现在，她第一次意识到，这双手很适合弹钢琴，要是它们能在童年的时候遇到一个钢琴老师的话，他肯定会这么说。要是那时候遇到一个舞蹈老师，可能也会说她适合跳舞。这具承载着苦难的身体，或许同时蕴藏着某种天赋。但是天赋不重要，对有些人来说，一生中没有任何一个时刻，会有人坐下来讨论一下她的天赋。许妍想起大三的时候，她得到了去电视台实习的机会，后来被留下了，那个频道的主任对她说，我并不觉得你很有当主持人的天赋，知道为什么选你吗？因为你身上有股劲，想从人堆里跳起来，够到高处的东西。

许妍握着乔琳的手，坐下来。她感觉自己在靠它取暖。但屋子里很热，地板也是热的，一点都不像十二月。她说，我答应你，我会去问问沈皓明。具体怎么说，我要想一想。我这么做不是为了爸妈，只是为了你，你明白吗？许妍攥了一下她的手说，给我一些时间好吗？乔琳点了点头。

十点过后，沈皓明打来电话。他说，你猜怎么着，礼物拿错了，给你表姐的那袋才是给任国栋女儿的裙子。许妍夹着手机打开纸袋，解掉奶油色的缎带。那件缀满珍珠的小礼服折叠着，静静地躺在盒子里。要我现在送过去吗？她问。不用，沈皓明说，反正给你表姐买的礼盒任国栋女儿也能用。我打赌你表姐生女儿，他在电话那边笑起来，我买的裙子肯定能派上用场。

5

从北京回去不到一个月，乔琳就生下了一个女儿。比预产期早了一个多月，但是孩子很健康。她发过来几张照片，小小的一团，手脚却很长。沈皓明看了两眼说，跟你长得有点像。

那个月许妍很忙。台里在筹备一个新节目，过年的时候开播。每天连着录十来个小时，一段话反复说。这期间她去过沈皓明家一次，沈金松没在，只有于岚和几个太太在打麻将。许妍替了几圈，输掉六千块。临走时于岚说，咱们过年再打。许妍想这倒是个讨于岚开心的法子，于是许妍说服沈皓明过年不去苏梅岛，而是留下陪他爸妈。到时没准还能在家宴上遇到高叔叔。

许妍接到电话的时候是傍晚。还有三天就过年了，下午她和沈皓明去买了一堆烟火。回来的路上有点下雨，据说到了后半夜会转成雪，气温降十度。此前一些天北京都很暖和，让人有一种春天来了的错觉。

手机响了，跳动着一个陌生的号码，当时她正站在沈皓明家的花房里，指挥保姆把兰花搬到屋里去。沈皓辰也被喊来帮忙，许妍觉得让他干点体力活有好处，至少没那么多时间胡思乱想。他撇了撇嘴，说这些花可真丑。她双手叉腰看着他，你觉得什么花好看？假花，他回答。她让沈皓辰把面前这一盆搬到客厅，然后接起了电话。

是她妈妈。在那边大声号哭，告诉她乔琳自杀了，晚上一个人出门，跳进了城边的那条河。还在抢救吗？还在抢救？她连着问了好几遍。她妈妈说是昨天的事，人已经没了。许妍挂断了电话。

周围一片寂静。她搓了搓手上的泥巴，搬起一盆兰花往外走。

天气湿漉漉的，好像已经下雪了，仿佛有些凉飕飕的东西，带着爪子，紧紧地揪住了她的头皮。她伸出手，想触碰到空中的雪花。"砰"的一声，花盆跌落在地上。瓷片在地上打转。"嗡嗡"，"嗡嗡"。

沈皓辰走过来，看着她脚边的花盆。哈哈，他有点得意地说，假花就不会摔成稀巴烂。走开，她冲着他喊，蹲下把兰花从碎瓷片里捡起来。沈皓辰吓坏了，站在那里没有动。许妍敛起兰花磕了磕土，抱着它们走了。

她把花放在副驾驶座位上，驶出了别墅区的大门。窗外是呼啸的大风，雪花如同决绝的蛾，砸在挡风玻璃上。她紧握方向盘，浑身发抖。泪水在眼眶里转悠，她蹙着眉头，盯着前面的路。为什么乔琳要这样做？她感到很愤怒，在北京的最后一个晚上，她不是答应得好好的，回去等着她的消息。她为什么就不能等一等呢？

车子冲下高速，擦着一辆卡车开过去，横冲直撞地拐了几个弯，在一片空旷的停车场停住。她狠狠地砸着方向盘，喇叭发出尖锐的鸣响，她不是说会想办法的吗，为什么不相信她呢？她靠在椅背上，大声哭起来。

手机在副驾驶座椅上响了好几遍，是沈皓明。她坐在黑暗里，等屏幕最终暗下去的时候，才对着它喃喃地说，我姐姐死了。

她没有回去参加追悼会。

除夕夜下着小雪。她站在院子门口，看沈皓明点着了烟花。她仰起头，望着光焰绽放，坠落。天空又黑了下去。几片雪落在她的脸上。

她给家里打了个电话。她妈妈一直在哭，不停地说，乔琳为什么那么狠心抛下我们？那边传来婴儿的啼哭，还有她爸爸的咒骂声，盆碗掉在地上，发出叮叮咣咣的响声。她妈妈问，你到底什么时候回来啊？这好像是她第一次对许妍表达需要。再过几天吧，她回答。你永远都别回来！她爸爸吼了一声，电话挂断了。

许妍一直没有回泰安。她心里有股怒气无法消退。她觉得乔琳不理解她，不相信她，甚至根本不希望她过得好。她这么做是为了让她永远感到内疚。在很长一段时间里，这股怒气有效地抑制了悲伤，使她可以正常入睡。

四月的一天，她去沈皓明家吃晚饭。那天只有他们自己家的人，吃了巴黎运回来的生蚝和新西兰鳌虾。于岚抱怨生蚝没有上次的新鲜。你下个月不就去巴黎了吗，沈金松拿着遥控器换台，屏幕上出现了一个穿白色西装的女主持人。她看了一眼手中的稿子，抬起头来：

"一九八八年，在泰安的一家医院里，患有风湿性心脏病的王亚珍生下了第二个女儿。她没有一丝做母亲的喜悦，只是感到很恐慌。在她的身旁，那个只有三斤八两的女婴睁开眼睛，好奇地打量着这个世界。那一刻她是否知道，这个世界等待她的不是温暖的祝福，而是无情的责罚呢？手术室的门外，乔建斌坐在长椅上，一夜没有合过眼。在经历了辗转于计生委和医院之间的几个月后，他已经疲倦不堪。然而他们家的厄运才刚刚开始……"

许妍盯着屏幕，一只手攥着毛衣领口，感觉自己就快要窒息。

这个"聚焦时刻"有时候还能看看，沈金松说。于岚说，有什么可看的，不是钉子户就是超生。妈妈，妈妈，沈皓辰说，你算超生吗？于岚说，宝贝，生了你加拿大政府还给我奖励呢。

"……记者来到乔建斌家。乔建斌被开除以后，全家人就以这家诊所维持生计。现在门口依然挂着'平安'诊所的招牌，但是已经好几年没有来过一个病人了。一楼的诊断床上堆满了各种保健药。有的早已过了保质期，王亚珍就留给家里人吃。她拿起一瓶药给记者看，这个是帮助睡觉的，我大女儿老睡不着，我就让她吃……在过去二十多年里，乔建斌和王亚珍一直通过各种途径寻求帮助，希望单位能恢复乔建斌的工作……"

镜头掠过他们家。角落里的蜘蛛网，桌子上油腻的桌布，泛着黄渍的马桶，最后停在墙上的照片上。那是一张他们全家的合影，可能也是唯一一张。当时许妍大概四五岁，站在最右边，乔琳的手搭在她的肩膀上。

许妍感觉所有人的目光好像都朝这边涌过来。她几乎就要从座位上弹起来，冲出房间了。

随后，主持人讲述了这些年乔建斌家的生活，也讲到那个超生的小女儿，因为早产和用药的原因导致不孕。但她的去向并没有提及。也没有提到乔琳的女儿，只是说乔琳这些年，一直在为这件事奔波，导致恋爱失败，也失掉了工作。两个多月前，有天晚上她像往常一样，哄孩子睡了觉，然后离开家走到河边，跳了下去。

画面切回演播室。女主持人说："就在自杀的前一天，乔琳还给本节目的编导发过一条短信。在短信里，她这样说：'陈老师，我恳求您给我们做一期节目。这不是我们一家人的问题，很多家庭都有类似的遭遇。我相信节目播出以后，一定会引起很大的反响。如果还需要什么材料，您随时找我。给您拜个早年！'"主持人垂下眼睛，停顿了几秒，"我们将这期迟到的节目献给乔琳，希望她能安息。同时，我们也希望热心的律师朋友能跟乔建斌一家联系，帮助他们走出困境。感谢您的收看，我们下期再见……"

沈皓明气呼呼地说，这也太操蛋了。于岚看了他一眼，你想干吗？这种案子又不是你管的。沈皓明说，我可以去问问我同学，说不定有人愿意接。沈金松说，犯不着打官司，这种事找对了人，就是一句话的事。于岚说，有捐款电话吗，直接给他们打过去点钱就是了。

保姆端上水果。电视里已经在播连续剧，但许妍不敢去看屏幕，仿佛先前的画面下一秒就会再跳出来。她缩着肩膀，低头盯着面前的盘子，直到听到沈皓明说，我们走吧，就站了起来，跟随他走出大门。

她抱着自己的包坐进车里，身体一直在发抖。你的外套呢？沈皓明问。她才发现忘记穿了，别回去拿了，她几乎用哀求的语气说。车子停了，她走下来，发觉自己在一个空旷的院子里，周围都是深红色的砖墙。她打了个寒战，问这是哪里？沈皓明说，苏寒有个生日派对，我不是跟你说了吗？

屋子里很吵，拼起来的长桌两边坐满了人。除了苏寒，她一个都不认识。沈皓明挨个介绍，她一直点头，却记不住任何一个名字。这是方蕾，沈皓明指着右边的女孩说，她跟我在英国一个学校，也读法律，算是我学妹。女孩笑了，你没念几天就转走了，也好意思自称是学长？沈皓明说，嘿，学校的校友录可是有我。女孩耸耸眉毛，那是为了让你捐钱好吗？沈皓明笑起来。许妍也跟着笑了一下。笑意在她的脸上一点点消失，泪水突然涌出来。

乔琳拉着她的手往山上走。许妍说，快下雨了，回去吧。乔琳说，你要去北京了，我得给你求个护身符。许妍说，可是摆摊的都回去了啊。乔琳说，再往上走走看嘛。

大雨降下，她们跑进一座庙里。两人抖着身上的雨水，乔琳长头发上的水珠溅在许妍的脸上，她咯咯笑起来。许妍说，严肃点，菩萨会生气的。乔琳收住笑，环视了一圈大殿，低声问，这个庙是求什么的啊？

许妍支起手肘，托住腮悄悄抹去眼泪。沈皓明正在问那个叫方蕾的女孩，你什么时候搬回来的？方蕾耸耸眉毛，你怎么知道我搬回来了呢，我看起来不像是回来度假吗？沈皓明摇了摇头，我才不信你在英国待得下去呢。

她们并排站在大殿中央。菩萨的脖子伸进黑暗里，看不见脸，但许妍能感觉到，有一簇白光从上面照下来。

乔琳小声问，你说那么多人来求她，她能帮得过来吗？许妍说，只帮她喜欢的人吧。乔琳笑了，说那她肯定喜欢我。当时我一直盼着妈妈能把你生下来。而且我还说，想要个妹妹。你瞧，菩萨就把你给我了。许妍说，当时你才两岁，就知道求菩萨了？乔琳说，我说不出来，但心里想的东西，菩萨一定能知道。许妍说，你要是知道后来发生的事，当初就不会那么希望了。乔琳说，我还是会那么希望的。我从来都没觉得不该有你，真的，一刹那都没有，我只是经常在心里想，要是我们能合成一个人就好了。她握住了许妍的手。她的手心很烫，仿佛有股热量流出来。

给我们拍张照片好吗？许妍听到有人在喊自己。是苏寒，她正站在方蕾和沈皓明的身后。许妍接过手机。苏寒笑着问沈皓明，还记得吗？那阵子每个周末我们三个都开车到郊外BBQ。后来过了一个暑假，回来大家都变得很忙，就没有再聚。也可能你们两个聚了，没有叫我。方蕾斜了她一眼，你说对了，我们在瞒着你谈恋爱。沈皓明点点头，后来她把我踹了，我伤心欲绝，就回国了。苏寒笑起来，小心你女朋友当真，回头跟你吵架。沈皓明说，她才不会呢。

大殿里飘过几丝凉飕飕的风，雨好像停了，有个人靠在门边看着她们。那人穿着一件破袄，逆光看不到脚，还以为是坐着，后来才发现，脚被袄盖住了，他是个矮人。很老，布满皱纹的脸像一团揉搓起来的废报纸。她们往外走，他在一旁开口说，你们想知道自己的命运吗？她们对望了一眼，没停下脚步。他说，不收钱，我就当给自己解闷。

他走到她们跟前，仰起脸盯着乔琳，说你早运不顺，有一些坎，三十岁以后越来越好。乔琳问，怎么个好法？他回答，儿孙满堂，有人送终。乔琳笑起来，有人送终就算是好吗？矮人没回答，把头转向许妍，你啊，想要什么东西，都得跟别人去争。许妍问，那最后能争赢吗？他摇了摇头，说我不知道。许妍问，你也有不知道的事啊？他点点头，有一些。

苏寒用手指戳了戳沈皓明，说你可得劝劝方蕾，她现在是个愤怒少女，什么都看不惯，整天批判社会。沈皓明说，这叫回国综合征，过一段就好了。方蕾问，就像你吗，坦坦荡荡地做着你的沈家大少爷？沈皓明有点激动，说别把我想得那么麻木不仁好吗，我一直都想做点事啊……

然后他讲起出门前看的电视节目来：有对夫妻意外怀了二胎，按规定应该打掉，忘了为什么拖了好几个月，反正不是他们自己的责任，七个月才去引产，孩子生下竟然活着……苏寒感慨道，命可真大。沈皓明说，可是这算超生，男的丢了工作……讲到乔琳自杀的时候，方蕾摇头，这是我觉得最可悲的，因为上一辈的问题，子女的一生都毁了。苏寒说，这个故事有意思的地方是，合法出生的姐姐死了，不合法出生的妹妹倒是活下来了。现在他们不就只有一个孩子了吗，还算超生吗？

许妍离开座位，走进洗手间，反锁上门。

乔琳不是不相信她，而是对世界不抱什么希望了。许妍记得最后一次乔琳打来电话，是一天清晨。她说，我今天出月子了。许妍问，你的奶够吃吗，现在能睡着觉了吗？乔琳没有回答，只是说，都挺好的，我就是跟你说一声，你去忙吧。她的声音淡淡的，没有高兴，也没有悲伤，只是有种解脱的感觉。她好像一直在等这一天。等孩子出生，等她过了满月……她那么迫切地希望解决爸妈的事，不是期盼能过什么新生活，只是希望有一个让自己心安一点的结果。如果没有，她也不能再等了。她已经松开了双手。

外面的人在不耐烦地敲门。许妍拧开水龙头，把脸伸到水柱底下。外面的声音消失了。好像沉入了河中，耳边只有汩汩的水声。我就是想来看看你，乔琳转过脸来笑着说。那双有点发红的眼睛在黑沉沉的水底望着她。然后熄灭了。

许妍回到座位上，跟沈皓明说自己可能着凉了，想先回去。沈皓明说，我们一起走吧。在车上，他说，方蕾听我讲了新闻里那个事，也挺来气，说她有几个从国外回来的律师朋友，没准有谁愿意接。我回头再给高叔叔打个电话，让他跟泰安那边的人说一下。这事反响很大，不解决一下，他们自己也难交代。许妍怔怔地望着他，这是乔琳拿命换来的，她想，眼泪掉了下来。沈皓明很惊讶，这是怎么了？他抓住许妍的手，你不会是当真了吧，以为我和方蕾谈过恋爱？我们在开玩笑啊。许妍摇头，没有，没有，我只是有点感动，你真的心肠很好，她望着沈皓明，伸过手去，摸了摸他的脸颊。他拿下巴蹭了蹭她的手心，笑着说，我忘刮胡子了。

6

五月初，许妍回了一次泰安。学校已经给乔建斌恢复了工作，按照退休教师的待遇发工资。据说那期"聚焦时刻"惊动了北京的大人物，出面给计生委打了电话。但是乔建斌和王亚珍对结果并不满意，因为赔偿金的事没有落实。他们还在继续上访。

自从节目播出以后，他们接受了不少采访。乔建斌的口才练得越来越好，见到摄影机镜头，眼睛就放光。他有些得意地告诉许妍，那些记者都挺佩服我的，觉得这个社会就缺我这种有点轴的人。王亚珍开了个微博，在上面写这些年他们家的遭遇，被几个有名的记者和学者转发了，很多人在下面留言。王亚珍每条留言都会回复，有的谈得来的，还加了QQ。

这些外界的关注使他们一天到晚都很忙碌，暂时缓解了丧女之痛。但是一旦他们回到眼前的生活，意识到乔琳永远不在了，情绪就会再度崩溃。家里的灯坏了，没有人修。冰箱里臭烘烘的，还放着乔琳买的蛋糕和酸奶。桌上的婴儿奶粉敞着盖子，已经结成了疙瘩。一到天黑，蟑螂就变得猖狂，在桌子上到处爬。于是王亚珍又哭起来。乔建斌的情绪比较两极。有时候安静地坐在那里，对着桌上的酒瓶发呆。有时候暴跳如雷，大骂乔琳没良心，白白把她养到那么大。王亚珍哭完了，就在那台陈旧的电脑前坐下，开始写微博：

"你们不知道我的大女儿有多好，长得漂亮又懂事，性格活泼，所有的人都喜欢她。我难过的时候，她总是安慰我说，妈妈，都会过去的。这个世界上没有过不去的事……"

她写着写着又哭了起来。许妍走过去坐在她的旁边。她转过身，搂住了许妍。许妍轻轻拍着她的背，让她安静下来。电脑发出"叮"的一声，王亚珍从许妍的怀里坐起来，抹了一把眼泪，有人回复我了，她说，连忙握住鼠标点击了两下。

回来的最初两天，许妍住在附近的旅馆里。第三天晚上，乔琳的孩子有点发烧，许研留下来照看她，睡在了乔琳的床上。枕巾没有换过，上面还有乔琳没带走的香波的气味。许妍枕着它，想起小时候的愿望，从未被她承认过的愿望，那就是她可以睡在这张床上，不，不是和乔琳一起，而是她自己。这个破烂不堪的家，对她有一种吸引力，她渴望自己能作为一个合法的女儿，住在这幢房子里。在漫长的童年和青春期，她见过不少优秀的女孩，富有的，美丽的，聪明的，可是她一点也不想成为她们。她只想成为乔琳。她想取代她，占有她所拥有的东西。即便那些东西包含痛苦和不幸，也没有关系。因为她觉得那是本来应该属于自己的东西。如果没有乔琳……她无数次这样想。小时候她和乔琳站在河边，一样的太阳照着她们，可是她感觉到乔琳在阳光里，而自己在阴影里。如果没有乔琳……她可以向右挪两步，走到阳光底下。

小时候的愿望是如此真挚和恐怖，被她一直揣在心里，缓缓向外界释放着毒素。很多年后，它实现了。乔琳不在了。现在她睡在乔琳的床上，作为爸妈唯一的女儿。许妍把脸埋在枕巾里，失声痛哭。她可以撤销那个愿望吗，这一切是否会有不同？乔琳会幸福一点吗，而她是不是能长成另外一个人？乔琳不在了，她并不能走到阳光底下。她将永远留在阴影里。

婴儿发出响亮的啼哭。许妍抱起她。黑暗中，孩子皎洁的脸上没有泪痕，也没有难过的表情，好像先前发出的哭声只是为了把许妍从痛苦里拉上来。她静静地看着许妍。小巧的眼仁里像是蓄满宽广的海水。许妍想对着它忏悔，但更想把所有的祝福都给它的主人。如果她的祝福也像她童年的愿望一样有法力，她希望她能得到自己和乔琳永远无法得到的幸福。

许妍从于一鸣身旁醒来，时间是凌晨三点钟。旅馆的窗户关不严，寒风钻进来。立冬了，北京很冷。许妍约于一鸣吃了晚饭，然后又去喝酒。快结束的时候，乔琳忽然在他们的谈话中消失了。许妍记得于一鸣怔怔地望着自己。随后的记忆一片模糊。许妍不记得自己说了什么，于一鸣说了什么。他们有没有接吻。她好像有点疼，也可能没有，只是她觉得自己应该有点疼。

她把于一鸣叫醒了。他从床上翻下来，抓起地上的衣服。女朋友还在家里等他，喝醉之前他就强调过这一点。他一边穿衣服，一边对许妍说，我知道是因为你刚来北京，有点想家，过些日子就好了。

走到门口，许妍喊住了他，拿起背包伸进手去掏索。他问怎么了。许妍说，乔琳有个东西让我带给你。他站在那里等了一会儿，她还是没有找到。他说，我真得走了，以后再说吧，然后拉开门走了。

那支钢笔一直放在书包的隔层里，许妍前两回见于一鸣总是忘记给。也许是想有个和他再见面的理由。但是现在，她非常想把那支笔给他。她打开灯，把包里的东西倒在地上。

乔琳的孩子特别安静。在度过最初那段离开母亲的日子之后，她很快适应了新生活。每次喝完奶就睡着了，醒来只是轻轻哭几声，然后安静地等着。许妍抱起她来的时候，孩子把头贴在她的胸口，好像在听她的心跳，脸上露出一丝微笑。每次放下她，她都会"嘤嘤"地发出两声，许妍心里一紧，又把她抱了起来。

外面已经很暖和，她抱着孩子走到太阳底下。槐花开了，地上落了厚厚的一层花瓣，被风吹着，散了又拢到一起。她走到河边，在石阶上坐下，想让孩子睡一会儿。但是孩子不睡，和她一起注视着面前的河。你闻到你妈妈的味道了吗？她问孩子。孩子笑起来。

孩子叫乔洛琪，名字是乔琳取的，但是好像没有人记得她的名字，爸妈都管她叫孩子、乔琳的孩子。他们好像仍把她看作乔琳的一部分。她的圆眼睛和乔琳很像。有时候望着它们，许妍会有一种想和乔琳说话的渴望。但她不知道该说什么，她想说的乔琳应该都知道。现在乔琳知道世界上所有的事。知道许妍回来了，知道她和孩子在一起，知道她很想念她。

离开的那天清晨，许妍又抱着孩子出去散步。路过火车站，她对孩子说，这里面有火车，"呜呜呜"，汽笛拉响，然后哐当哐当开走了。以后等你长大了，坐着它去找我，好不好？孩子没有笑，静静地看着她。她心里一紧，攥住了孩子的手。她无法想象孩子如何在那样一个破败的家里长大。

回到家，许妍把晾在门口的婴儿衣服叠起来，放在柜子里。她看到了那只纸盒，压在柜子最底下，露出一个角。打开盒子，那件白色连衣裙和她记忆里的样子不一样，塔夫绸没有那么硬，荷叶边也没有那么复杂。她给孩子穿上，把她抱到窗口。阳光照在胸前的那些小珍珠上，像雀跃的音符。你知道你很漂亮吗？她小声对孩子说。孩子软软地趴在她的肩上，用脸蛋蹭着她的脖子。

　　许妍坐在火车上，听到鸣笛声一阵心悸。她合上眼睛，想睡一会儿，但是耳边都是"嗡嗡"的噪声。她心烦意乱地拧开水，"咕咚""咕咚"喝下去，然后盯着窗外飞快掠过的树和房屋。她一点点安静下来，并且做了个决定。回去以后，她要把所有的事都告诉沈皓明。他早晚有一天会知道的。她想跟他商量，等孩子大一些，把她接到北京住。要是有可能，她想收养她。

　　司机在车站等她，接她去吃晚饭。沈皓明订了一间日本餐厅。刚谈恋爱的时候，他们来过一回，从榻榻米包间的玻璃窗望出去，能看到小小的日式园林，但是现在天色太晚，覆盖着青苔的石头都变黑了。喝点酒吧，她跟沈皓明说。我正想说呢，沈皓明拿起酒单翻看。

　　清酒端上来，盛在圆肚子的蓝色玻璃瓶里。她和沈皓明碰了一下杯子。沈皓明问，片子什么时候播？她怔了一下。沈皓明说，这次出差拍的片子。她说，哦，下个月吧，还不知道剪出来什么样。然后她问沈皓明，你妈妈去巴黎了吗？沈皓明说，没呢，下周走，她们非要坐徐叔叔的私人飞机。许妍说，挺好，她们四个可以在飞机上打麻将。沈皓明撇了撇嘴说，无聊透了。

　　窗外园林的轮廓被夜色吞噬，只剩下灯光照亮的一角，石头发出幽绿的光。许妍喝了一杯酒，抬起头看着沈皓明，说你知道吗？我一直觉得你身上有很多可贵的品质……她笑了笑，说你知道我不擅长表达，可我真的觉得你特别善良，有正义感……沈皓明问，你干吗要说这个呢？她说，而且你对我很包容，我们的家庭情况不同，生活习惯也不一样，我身上肯定有很多地方让你不舒服……沈皓明打断她，别说这种话行吗？许妍又给自己倒了一杯酒，把发烫的脸贴在杯子上，说我十八岁来到北京，谁也不认识。课余时间我当家教，做导购，帮人主持婚礼，赚了钱给自己买衣服，去西餐厅吃饭。我就是想过体面一点的生活，你明白吗？我小时候家里什么都没有，连写字台也没有，要在窗台上写作业……我特别珍惜现在的生活，珍惜你，所以我一直……许妍哭了起来。沈皓明蹙着眉头望着她，她心里一凛，不知道怎么说下去。

　　服务员送进来甜点。两人默默吃着。沈皓明给她倒了酒，又把自己那杯添满。许妍喝了一口，鼓起勇气说，我表姐，冬天来北京的那个……沈皓明"啪"的一下把杯子放在桌上。许妍愣住了。他沉了沉肩膀，说我这两天，在方蕾那里过的夜，嗯，他又倒了一杯酒，说我本来想过几天再说，可是你把我说得那么好，让我很惭愧，我没打算瞒你，你知道我最讨厌骗人的。许妍茫然地点点头。她攥住酒壶，想再倒一杯酒，但始终没有把它拿起来。瓶壁上有很多细小的水滴，像一种痛苦的分泌物。她轻声问，你们俩的事是刚开始，还是已经结束了？沈皓明不说话，点了一支烟，白雾从他的指缝里升起来。许妍用手臂支撑着从榻榻米上站起来，说我先走了，等你想清楚了，告诉我你打算怎么办吧。

她拉开门向外走，沈皓明追出来，把外套披在她身上，说你又忘了穿大衣。然后他张开双臂拥抱了她。这是最后的告别吗？她一阵心悸，推开他跑到路边，拦下一辆出租车。

回到家，她发觉自己浑身滚烫，好像在发烧，就设了闹钟，吞了两片药躺下来。帮帮我，她在黑暗中说。外面天空发白的时候，她感觉乔琳来了，背坐在床边，扭过头来望着自己。她的目光并没有应许什么，却使许妍平静下来。

闹钟响了很多遍，她挣扎着坐起来，看了看另外半边床，很平整，没有坐过的痕迹。她洗澡，烤了两片面包。手机上跳出一条短信。她没有看，走过去拉开窗帘，外面下雨了。她把杏子酱涂在面包上，慢慢吃起来。吃完才拿起手机，点开短信。

沈皓明：我们还是分手吧，对不起。

她喝光杯子里的牛奶，拿起伞出门了。

请假十天，积压了很多工作，她一口气录了三期节目。中场休息的时候，编导进来跟她聊节目改版的事：活泼一点，别死气沉沉的行吗？要是收视率再这么低，节目就得停播了。许妍说，那我就去主持一档新闻节目。编导朗朗地笑起来，"聚焦时刻"那种吗？真没看出你身上还有社会责任感。

许妍换了一套衣服，坐在镜子前补妆。她问化妆师，你觉得我剪个短发怎么样？化妆师说，嗯，挺好。别再留齐刘海了，挡着额头影响运势。许妍笑了笑，说听你的。

回家的路上，许妍拐进一家美发店。从那里走出来，天已经黑了。夏天的风吹着脖子，很凉爽。她去便利店买了两个面包，然后往家走。路边有一家酒吧，或许是新开的。她朝里面张望了几下，有很温暖的灯光。她推开门走进去。

酒吧很小，只有一个男人趴在角落里的桌子上。她坐上吧台，点了一杯莫其托。角落里的那个男人走过来，要添一杯威士忌。是对面那个姓汤的邻居。他冲她点了点头，然后回到自己的座位。

店里放着暗哑的电子乐，像是有什么东西发霉了。喝完第三杯，她觉得自己应该醉一次。她从来没有试过，交过的几个男朋友都很爱喝酒，她必须保持清醒，好把他们送回家。有人在敲桌子。她抬起头来。店主面无表情地说，我要关门了，我女朋友在家等我呢。然后店主走到角落里，把她的邻居叫醒，站在那里看着他把口袋里的钱摊在桌上，一张张地数着。

　　许妍坐在姥姥家门口。明天就要动身去北京，箱子已经装好，还有很多小时候的东西要处理。她把纸箱拖到外面，坐在门槛上慢慢挑。乔琳朝这边走过来，手里举着两个蛋筒冰激凌，融化的奶浆往下淌。她坐在许妍的旁边，把香草的那只递给她。

　　乔琳说，我买了支钢笔，你帮我送给于一鸣。她们默默吃着冰激凌。一个住在隔壁院子里的小男孩走过来。约莫十来岁的样子，站在那里看着她们。乔琳指着冰激凌说，下回我给你买一个，好吗？男孩没说话，仍旧站在那里。地上散着从箱子里拿出来的乱七八糟的玩意儿。装风油精的瓶子，雪花膏的铁皮盒子，一块毛边的碎花布……这些不成为玩具的玩具，曾是许妍童年最心爱的东西。乔琳，雪花膏盒子好像是我给你的。许妍说，我拿纽扣跟你换的。什么纽扣，乔琳问。许妍说，那是我最喜欢的纽扣，你竟然不记得了。她把蛋筒塞进嘴里，起身进屋洗手，忽然听到背后发出"叮咣"一声响。

　　隔壁的小男孩从地上那堆东西里拿起一只风筝，转身就跑。乔琳对她说，走，我们把它抢回来！

　　男孩到了胡同口，转了个弯，朝大马路跑去。她们给一辆车拦住，落下了很远。但她们还在往前跑。乔琳脚踝上的链子发出"丁零零"的声响。她的长头发在风里散开了，许妍闻到香波的气味。小男孩消失在马路的尽头，但她们没有停下。头顶上翻卷着乌云。许妍恍惚发现这一会儿的工夫，把小时候整天走的那些街都走了一遍。如同是快进的电影画面，一帧帧飞过，停不下来。乔琳拉了她一下，伸手指了指天空。在天空的最远端，一只绿色的风筝，正在一点点升起来。

　　许妍停下来，和乔琳仰头望着天上。那只风筝垂着两条长长的尾巴，像只真正的燕子。它在大风里探了个身，掠过低处的黑云，又向上飞去。

　　许妍和她的邻居站在酒吧的屋檐下。邻居说，好像又下雨了。她笑着说，有什么关系呢。邻居说，我希望下雨，这样土能好挖一点。许妍晃了晃她的短发，你说什么？邻居说，我的狗死了，我等会儿去埋它。它现在在哪里，许妍哈哈笑起来，你不会把它冻在冰箱里了吧？邻居的脸抽搐了一下，说我真的不想回家，我们能再喝一杯吗？许妍说，好啊，我家里有酒。邻居问，你男朋友呢？

许妍说，分手啦。邻居说，遗憾。对了，什么时候能尝尝你做的饭吗？经常在走廊里闻见，特别香。许妍说，也可能是外卖。邻居说，不是，周围所有的外卖我都吃过。许妍问，你没有女朋友吗？邻居说，我喜欢的都不喜欢我。许妍说，你肯定有很多怪癖。邻居想了想，喜欢在浴缸里泡澡的时候吃橙子算吗？

雨下大了，他们跑起来。许妍踩到一个大水洼，雨水溅了一身。她笑起来。来到屋檐底下，邻居抖了抖身上的雨水，转过头来问，对了，你的表姐怎么样了？她的孩子好吗？许妍不笑了，望着他。

他说，有天晚上我下来遛狗，拿着手电乱扫，结果忽然在灌木丛边看到一个女人，躺在那里跟死了似的。我刚想喊保安，她睁开了眼睛，说没事，我只是晕倒了。我想扶她起来，但她说想再躺一会儿。我也不好意思丢下她，就坐在旁边，陪她聊了一会儿天。许妍问，她都说什么了？邻居说，忘了……哦对，她说，我肚子里的小家伙好像很喜欢北京，不想离开这儿，我就跟它说，你很快会回来的，你以后会在这里长大的……嗯，你表姐还说，让我到时候别忘了带我的狗和她玩……

许妍哭起来。乔琳从未说过要把孩子托付给她。然而她却知道孩子会来北京的，大概是笃信自己和许妍之间的感情，并且因为她了解许妍是什么样的人，也许比许妍自己更了解。那颗在掩饰和伪装中裹缠了太多层，连自己都无法看清的心。

许妍看向天空，好让眼泪慢点掉下来。她点点头说，孩子很快会来的，跟你的狗一起玩……

邻居说，狗死了啊，我今晚要去埋它……

许妍喃喃地说，你不知道那孩子有多乖，一点都不吵，你一逗她，她就咯咯笑个不停，是个女孩，很漂亮，眼睛圆圆的，穿着白裙子，像个小公主……

邻居说，哦，那我再养一条狗吧……

雨声淹没了他的话。许妍站在楼檐底下，静静听着外面的雨。她不知道能否照顾好孩子，以后会不会为了前途想要抛弃她。她对自己完全没有把握。可是此刻，她能感觉到手心里的那股热量。有些改变正在她的身上发生，她的耐心比过去多了不少。也许，她想，现在她有机会做另外一个人了。

坠　落

周李立^①

一

星期三早晨，刘玉勇如常去上班，如常坐在黑色捷达车后排左侧座位上，也如常被堵在县城中心广场的十字路口。阳光刚好穿过剥落的车窗贴膜，漏进车内，在他的黑毛衣上砍下一把光刀。

他发现司机小范这天很烦躁，尽管一年多来，刘玉勇都认为小范不算那种坏脾气的司机。堵车半小时后，小范也按捺不住，先按了几轮喇叭，又下车去打探，回来告诉他，几辆对驶的车互不相让，后面的车又贴上去。车头对车头，打了个死结。

刘玉勇摇下一半车窗，望出去，路面本有余地供车辆腾挪的，只是那点儿不多的地方，已被几家新开张的名鞋超市占用了。鞋店都不叫鞋店了，全叫超市。货架溢出店堂，涌向人行道、自行车道和绿化带。几家名鞋超市看上去也没什么区别，只是各家高音喇叭传出的曲子不一样，但都是欢快喜庆、适合节庆的昂扬调子。刘玉勇上下班总要经过这里，遇上堵车，就常欣赏《步步高》

---

① **周李立**　女，1984 年生于四川，毕业于中国人民大学新闻学院。出版小说集《八道门》《透视》《欢喜腾》。获汉语文学女评委奖、《小说选刊》新人奖及双年奖中篇小说奖、《广州文艺》都市小说双年奖一等奖、《朔方》文学奖、储吉旺文学奖等。

《恭喜发财》和《欢乐中国年》。

他说，不急。

刘玉勇是县城建局长，局长迟到一会儿，当然没关系。县城里的班，不严格，人们九十点才陆续到单位。而且他上午没什么重要事儿，倒是下午要去列席县委常委会，决定中心广场的改造方案。

中心广场从他小时候起就是这样子了，几十年都没改动过结构——杂乱的结构，内里却蓬勃，且经年累月越发蓬勃，自然生长、野蛮蔓延，终于撑不住，要炸开般。这里每寸地面，都像反复使用的旧抹布，可看出每次使用的痕迹，旧的痕迹还在，新的印痕又添上，层层叠叠、修修补补。路面挖开又补上、补上又挖开，如积累数年的沉积岩——他的专业是地质。

中心广场的改造项目半年前由县委书记动议，县长极为关心，财政拨款充足。小半年来，刘玉勇一直紧锣密鼓地安排招标。他倾向将广场中心环岛改建成城市花园供居民休闲的方案。周边小店铺拆除、回迁，入驻高层商场。商场旁设计停车楼、影剧院。这是正常的方案，没有亮点特色，却实用、适用，是县城该有的中心广场的样子。

小范说："本来就堵，那几家卖鞋的又占了半条道，现在还修路，早该把这地方全拆了。"

小范做他的司机满一年了，当初是县长夫人介绍来的。小范和县长夫人是远亲，抑或只是浙江某地同乡，他们没明确说，这类事不好明确说。城建局是好单位，司机不是好工作——这工作介绍便很得体、讲分寸——好与不好相结合、能互补。刘玉勇不关心小范和县长夫人的关系，只确保没有程序错误即可。司机不占编制，属于外聘工人，所以刘玉勇也算不得徇私。

初见小范时，刘玉勇觉得他乡野气息重了些，简单说是粗野又善良的那种气息。开车技术还可，只是不适应城里的道路，有时会急躁，左奔右突，极不稳妥。刘玉勇说过他几次，小范也不介意，只是道歉，然后保证一定改。倏忽一年，小范身上的野气渐退，开车也不再超速。只是那种淳朴善良，似乎也消失了，大概跟局里的同事们也学来些心机。

让小范当司机是否是个错误？他想，县长是在监控自己吗？其实，他当初也这样怀疑过，只是他堂堂正正一个人，怕什么呢？这样一想，也很容易释然。

但小范一周前为什么要说那些话呢？——那些人说，他们知道你做过什么事，如果那什么，他们会捅出来。

　　当时，刘玉勇是不在意的。不过是泛泛的威胁，他清楚，那些人手段高明，只是用错了对象。他理直气壮地告诉小范："随他们去。"然后下车，依稀听小范在车内嘟囔着什么。他没细听，因为不需要——难道小范也以为他真有把柄吗？

　　那些人，是中心广场改建项目的一家竞标商。他看过他们的竞标书，改造方向竟是华北鞋城——他们要把这里做成华北地区鞋品集散中心。那几家新开张的名鞋超市，让他隐约窥见其间关联。但琢磨不透，线索还未全面浮出。这里并不产鞋，连做皮鞋的牛皮羊皮都没有。唯一有关联的是县里生产绳子——可以做鞋带吗？华北鞋城的想法古怪又突兀，他也就从没考虑那些人的方案。

　　那些人，倒是老早就找过小范，要往捷达后备厢放两箱东西。小范没敢要，不过小范猜那应该是两箱茅台酒。小范清楚刘玉勇从不要那些东西。以前也发生过这样的事，刘玉勇总是让小范给人家送回去。刘玉勇也担心小范会委屈，毕竟别的局长司机如何他可以想见——局长看不上眼的东西，都是司机的。小范偏生遇上他，没好处可拿。于是他常给小范塞一包妻子做的面点，不值钱，只多少算种安慰。

　　小范说，那些人，有东南沿海口音。

　　他猜应是福建或浙江，有南方人的坚韧。浙江不是生产皮鞋吗？

　　先送礼，再威胁，那些人肯定成功过，所以在他身上复制经验。谁没点儿不能见光的秘密呢？

二

　　很多年来，刘玉勇都不常想起青海的事，直到一周前小范重复说了那些话："那些人说，他们知道你做过什么，如果那什么，他们会捅出来。"

　　星期三这天，小范又说了一遍。说完后，小范扭头看他，两人却同时一趔趄，捷达熄火了。

　　"哎哟"，小范叫了声。

　　刘玉勇说："这老车，熄火才正常呢。"

　　没想到小范问："听说您父亲是老司机，您也会开车？"

　　他否认，只说小时候当好玩学的，并不真会，何况多年没握方向盘，技术怕早丢了。

小范又问多少年，没准还能捡回来。开车跟游泳一样，学会了一辈子也不会忘的。

刘玉勇很多年都没开过车了。在县城，几乎没人知道他其实是会开车的。有些老人当然会记得，他父亲曾是县供销社开大货车的司机，他小时候也跟父亲学过几天。个头长得快，十二岁，一米六五，腿长，能踩死大货的刹车。只是转方向盘要下死力。为此他练过一段时间双杠，主要练臂力。那时正发育，吃得多又好，每天早晚各一枚鸡蛋，无氧运动和高蛋白结合，作用出与年龄不相称的肱二、肱三头肌。再去转大货车的方向盘，轻而易举。但他没去考驾照，那时人们对这事儿并没上心。后来上大学，便忘了这回事，以为总有一天会去考的，就拖延着，直到大学毕业也没落实，和很多事一样悬置、无后话了。少年好奇，再多技能也学得来；日后则觉烦心，一心只念"多一事不如少一事"。

当局长前，刘玉勇骑自行车上下班；当局长后，就坐局长专车——捷达。县长专车是丰田越野，像县长一样高撅鼻子。刘玉勇认为，越野车虽然那么贵，真坐上去，其实跟皮卡也没区别。

皮卡是刘玉勇最后一次开过的车，那还是在青海的时候了，20世纪80年代。

他突然意识到，小范的问话是种暗示。那些人的威胁跟青海有关吗？又突然记起，小范也是浙江人——他跟县长夫人是同村，而县长夫人是浙江人。他们和那些浙江商人，是否本就是同一伙人？

小范直接说到青海去了："我没去过青海，但在青海开车，肯定很危险。以后有机会，我要开车去西藏青海转一圈，当然我得先有辆自己的车……"

刘玉勇打断他："那些人还找过你吗？"

他的打断太突兀，小范没明白，停顿片刻才回答说："没有了，只是上次，我告诉过你了。"

他没说话，寻思刚才的问话是否不自然，泄露了心虚。

小范悄声说："我听说那些人很厉害的，他们的项目在全国扩张，怕是每座城市都有他们的'特务'。"说完又笑起来，大约认为"特务"用在这里，值得一笑。他却听小范每个字都是暗示，笑不出来。

捷达车还停在原地，小范又下车去观望，回来说，交警马上就来了。"这样子，必须得警察来才行。"

刘玉勇突然希望能一直堵在这地方，设身处地，就更容易想明白问题。

而答案取决于那些人是否真知道他做过什么？又是否真有证据？

　　队尾的车辆在缓慢移动，先倒车，让出空间，再往前，是"欲先进、必先退"的方式，也是暗示。车窗两边，自行车迅速超过汽车的长龙。

　　有一瞬间，他发现世界安静极了，没有《步步高》的音乐，也没有自行车铃和汽车喇叭的声响。路对面，修路的工人、运载水泥的巨大机器，只剩下默剧般的机械动作。也是那瞬间，他感到一种宁静的幸福，真是难得。他曾以为再也不会幸福了。

　　这其实是重要的一天，对他而言，一点儿都不平常。

三

　　刘玉勇出生成长都在县城。除去四年大学在北京和在青海支教的一年外，他几乎没出过远门，这和他县城里的朋友很不一样。那些人总是挖空心思制造出远门的机会，招商引资、开会、学习、考察或交流之类，每年都能有那么几次。他从来不找，有现成的机会也不去。他偶尔去趟石家庄或北京，也是因推不开的工作需要。省城和京城分别位于县城南北，其实都不远，所以他认为那算不得出远门。他还谦让过两次出国考察的机会，一次去澳大利亚，一次去日本，都是市里组织，各县都有人参加。有人说他太刻意，猜测他是否有更大的野心。他只好更低调，毕竟没人理解他的苦衷。好在人们后来都习惯了他的做派，也没人跟他计较了。在城建局长的正科职位待满八年后，就更没人跟他计较了。

　　他和妻子是幼儿园同学、小学同学、中学同学。高中毕业后，他去北京上大学，学地质。她没考上大学，家里在邮局给她找了份工作。他孤身回来，分配在县政府规划办做小科员，故人重逢，不是相见欢，只是觉得久处也不厌。在县城，久处不厌的人就可以结婚了。妻子在邮局的工作不需太多技术，只是烦琐。后来邮局系统更新换代，她无论如何也学不会电脑的复杂操作，便被调去卖邮票。这地方集邮的人不多，邮票柜台兼卖电话卡和杂志，总是积压、卖不动。渐渐连寄信的人都少了，电话卡也退出历史舞台。邮票柜台被遗忘，邮局干脆关闭了邮政大厅角落的小柜台。那年正逢他初任城建局长，势头看上去总在上升中，她也就申请了病退，回家相夫教子。她认为自己辛勤工作十几年，最后结局十分悲哀，而其中原委，是这世界一直在变，而她并不想变。她追呀追，也追不上这世界，只好不追了。作为北方女人，妻子生得高大，少些灵活。性格和体型相匹配，她的人也是又冷又硬地决绝着。这样有些事就无法希望她能理解，他也就从没向她解释过，他自有的那套秘而不宣的辩证法。

在县城政界，他也不是没有再上升的可能。县里领导各方面条件放到一起，显而易见也不如他。他多年前从京城名牌大学毕业，去青海支教后分回县城。他没抱怨，因为分配这回事有太多人为因素，况且回县城的结果，其实也合他心意。京城的车水马龙，在他看来与己无关。青海倒好，终究太偏僻。县城离北京很近，一百多公里，高速直达。也许将来会是京城的七环八环呢。这里的生活，和北京迥异，像隔开了三十年时间。他喜欢这种距离感。

刚工作时，人们背地里都说他：人年轻，其他都好，就是太内向，有时候想不开。看他的眼神也像看叛徒。"不适合机关工作"，年底述职会，他得到这样的评判，"学究气，毕竟是大学生，缺少历练，应该去基层锻炼几年"。然后他才被调到城建局，油水很厚的单位。大概人们认为这对他来说正合适——他不是宣称吃素吗，那就去油锅里历练和见识吧。

县城的城建，工作不多。只是近年，小城突然打足精神成长，道路拥堵变得严重，城周边有新建楼盘，市政设施看上去也都该更新换代……他的工作才开始繁重。不过他还能应付，况且当局长后，再没同事宣称他"不合群"了。小范告诉他，他在局里的口碑，其实一直很不错。他没去分辨小范是不是在讨好自己。因为他对自己的口碑如何，好像也不太在乎。

四

刘玉勇20世纪80年代末大学毕业的时候，知道学校有个支教项目，可以去青海一年。当时他以为那意味着诗和远方。后来他不这么看了。他明白自己报名其实是因为恐惧。怎么能不恐惧呢？清贫又稳固的工作即将开始了，想来人生就再没变动的可能了。如此就要开始一生了啊！总还是不甘心的。那么趁着年轻再干点儿什么吧，就像给自己争取一年的"缓期执行"——这话是冯媛媛讲的，"你会工作一辈子的，不着急，但是支教的机会，以后再也不会遇到了"。

刘玉勇很快就报了名，因为人生还长，他还可以做些事儿，比如去遥远的青海，人少地广，人均面积两平方公里。他查了地图，找到他们将去的地方，细小的县名孤零零标注在一个偏远的位置。还有条细线标记的道路，通往县城北边的无人区。

　　九月，他们五男四女就到了青海。其中八个是同校一届的毕业生。领头的冯媛媛，是另外八个人的辅导员，比其他人高三届。冯媛媛毕业后留在校团委做学生工作，长得很漂亮，两条黑辫子在头顶处绕两圈，像藏族人那样，身量也像，因为丰满。腿很长，不过也因为腿太长，所以没有腰。

　　高原的天空低，随时都会压下来一般。他们去的小学，只有两排平房。前排是教室、办公室，门上挂着小学的门牌。后排是宿舍、食堂。宿舍很多，食堂只小小一间。一共五个班，百余名学生，都是走读的。校长老梁，此前一直一个人上课。老梁也住学校，没有家人。他那间宿舍，是最好的，因为门前有棵斜着长的树。树是这里稀罕的东西。树上挂口钟，老梁还管敲钟。老梁的衣服和抹布洗了就挂树枝上。高原干燥，衣服转眼就干透。老梁还在树底下练嗓子。秋天，老梁一嗓子喊出来，树叶就噗噗往下掉。

　　县政府在学校旁边，也是两排平房，中间没有围墙，只有道沙石垒的矮墙，膝盖高。学校还有根旗杆，上面总有国旗在飘。高原风大，留不住云。有点云，瞬间就散了。风也终日刮得褪色的国旗呼呼作响。

　　县政府前有块长方形水泥地。后来小学生开始做课间操，就去水泥地上列队。在政府上班的人，都从窗户探出半个身子，看学生做操。县政府时常派人来慰问，有新鲜蔬菜也给他们送来。两棵白菜冻得硬邦邦的，小秘书一手一棵提来。

　　刘玉勇喜欢运动，大学时就是学校标枪队主力，虽然标枪队一共只有三个人。青海这地方什么都缺，就是不缺空地，很适合练标枪。但这里没有标枪，这儿的小学连体育课都没有。刘玉勇就扔石头，他说，臂力不练会退化的。其实，他只是闲不住。石头从小学飞到县政府，他又跑过去扔回来。两次后，面色黑红的小秘书就制止他，"小刘，知道的说你在练标枪，不知道的以为你对政府有意见，朝我们扔石头呢"。他就再不扔石头了。

　　学校开了体育课，刘玉勇负责。他带学生跑步，跑了一百米，停下来，解释说自己不擅长下半身运动。这话在男生中传开，一度成为笑谈。

　　后来就竖起了两个双杠，县长个人捐款买的。刘玉勇发挥自己上半身力量，整日在双杠上翻跟头，简直是赌气般，要证明自己擅长运动。冯媛媛她们四个女生喜欢在双杠上晾衣裳。刘玉勇说："两个双杠，能不能留一个给我？"而后女生的衣服就挤着晾在一个双杠上。

　　十月一到，雪很着急地把一切都盖住了：老梁的树，树上的钟。双杠上白茫茫一茬茬雪，连旗杆也顶着白色的小帽子。有雪又有风的日子，来上课的学生都少了。

白天还好，夜晚却难打发。不是冷，是无聊。刘玉勇再不能在双杠上翻筋斗了，除非他想手掌冻掉一层皮。县政府送来面粉，白菜越来越罕见。好在都是年轻大学生，身远地偏，心思却仍是大的。这些心思从书本和音乐里来。书多是自己带的，衣服可以少带，书一定多带。专业书看来看去就索然无味，诗歌和小说开始流传。县邮局有《人民文学》，他们订阅的，总是晚到几个月，那也无妨。冯媛媛有时去县政府借《人民日报》，也是一星期前的报纸了。

那些晚上，他们都在老梁的宿舍，听音乐、聊天。冯媛媛说她睡觉晚，但她又总是起床最早的人。刘玉勇怀疑她是否一晚上都不用睡觉。一本杂志，她一晚就看完，第二天一早便拿给其他人看。她说时间不够，只能抓紧些。刘玉勇觉得奇怪，因为他的时间却是多得没法打发。

那一阵崔健已经唱过了《一无所有》，"我曾经问个不休，你何时跟我走？"有时他们见面，先吼一声"你何时跟我走？"天低云淡，歌声响亮流传。有一次，县政府那边不知谁拉开嗓子回了句："可是你总是笑我一无所有……"这边的人就大笑起来。

刘玉勇当时正跟冯媛媛聊天，靠着老梁宿舍的窗户，木窗台上黑乎乎的都是积年累月的沙土。他们说到王蒙的小说《蝴蝶》。他依稀听见冯媛媛低声说："才不是一无所有……"但她的声音沉淀下去，难以察觉。待他问她的时候，她只是否认。

如何说起去无人区考察的，应该跟《人民文学》上一篇讲青藏高原无人区的小说有关。有段时间，他们总是谈论这事，其实也没其他事可谈。冯媛媛最热心，老早就说："县政府的皮卡可以借给我们用。"

一个女生迟疑着问："我们去做什么？"

"去考察、探险，我们学这么多年科学，不就是为了探索未知吗？"冯媛媛一甩辫子，像《红灯记》里的李铁梅。

她和苏文的专业都是生物。她说，无人区的生物考察项目，多好的想法。他们的大学从没人做过，何况他们已经在无人区边上了，再走五十公里，翻过一座冰山——海拔也不高，不过四千米——就能去无人区。

"四千米？我会有高原反应的。"那女生说。他们都有过高原反应，缺氧，像喝醉般在平地上也只能走曲线。每人适应高原反应的过程不一样，那女生适应得慢。

"你可以不去。"冯媛媛别过脸。女生不再讲话，只怔怔把两手十个指头拧成一团，像朵复杂的花苞。

老梁在吸烟，一尺余长的烟袋，端在右手心，这时他突然咳了一声。他们都看他。他眯着眼睛吧完一口，才睁眼，慢吞吞问："咋了？"除了早上练嗓子的时候，他多数时间只是个沉默的老人。有次刘玉勇问他为什么练嗓子，他说："不练练，嗓子就没用了。"这地方人少，没人说话，他担心嗓子功能退化。

刘玉勇说："去看看呗，来一趟不去无人区，也可惜。"他不再练双杠后，就精力过剩，每天在指甲盖大的县城逛。后来就逛出城去了，不过城外什么都没有。也不对，还有荒原。刘玉勇和陈空竹都是地质系的，于是他们说起那种黑色的石头。

"因为含有矿物吗？"陈空竹问。

刘玉勇以为，不是矿物，而是"黑皮玉的原石"。这种玉石存量极少，且都产自高原。他已经捡了不少回来，还解释说："现在捡石头，不扔县政府了，得留着研究，而且，说不定运气好，会在无人区发现矿藏。"他想就算没有矿，弄些黑皮玉在手里，也是不错的。

冯媛媛说："反正，我们做点儿什么总比什么都不做好。"

"如果真的发现稀有矿藏，怎么证明是我们发现的？"陈空竹问。大家都认为这问题确实难办。"我想，一定要先给大学知会一声，这样万一，万一呢……是不是？"

"我给校团委打报告。"冯媛媛立刻保证。

"我可以开车，我不会走路就会开车了。"刘玉勇也拍着胸脯。

"不过，我觉得发现矿藏这种事儿，不是我们的目的，我们毕竟是有立场和想法的年轻人。"冯媛媛说。

"立场？什么立场？"

"对，立场和想法，我给你们听首歌，今天刚收到的磁带。"冯媛媛答非所问，雀跃着站起身去放磁带。磁带是她的好友从北京寄来的。老梁房里有台双卡录音机，是公物，在堆满杂物的写字桌上占了大半个桌面，显得很神圣。

"无垠的旷野之中，一片干裂大地。在夜的世界里，袭来的是阵阵的热风，黎明泛红的天空中，燃烧着九个太阳……"

冯媛媛说，唱歌的人是齐秦，一个台湾人。"为什么偏偏是九个太阳？"

她说:"我们九个人,不是九个太阳吗?"

磁带是翻录的,不知翻过几版,效果不好,从头到尾只有一首歌。

刘玉勇后来很怀念那晚的时光。因为他们有了一个目的,用冯媛媛的话说,有了"立场"和"想法"。目的这东西,有时就像操场上那根旗杆,看似没什么实际用处,不能晾衣服,也不能当双杠玩,但它立在那里,你就觉得不一样,因为它就是中心,你就得仰视它。

几天后,刘玉勇午睡醒来,准备出去寄信。阳光猛烈,朔风呼啸,操场上空无一人。他远远看见,旗杆下多出一丛绿色灌木,走近才发现是冯媛媛,她晕倒了,绿色棉衣十分抢眼。刘玉勇叫她也不醒,他没多想,背上她就往县医院跑。

为去无人区,她把自己累倒了。她确实忙碌了几天。没有经费,她要想办法筹措。县政府也无力支持,不过答应把皮卡借给他们用,还专门请人对车辆做了改造。皮卡后车厢原是敞开的,只是拉货用,现在要坐人,就得搭棚子,用编织布挡起来。车厢里安上木板,固定结实,当椅子。座位有限,无法再带上一名司机,好在刘玉勇会开车。这些事情想来容易,一件件做下来,也千头万绪。

县医院比小学校还小,缺医少药,白布棉门帘是发黄的,上面的红十字不太明显。医院的人不知是医生还是护士,给冯媛媛灌了白糖水,他们的诊断是她低血糖,说需要补充糖分,然后休息。喝了糖水后,她醒来,张口就问这是哪里。

刘玉勇说是医院。

她突然激动了,手舞足蹈地说要回去,"我怕医院,我不在这里。"就像撒娇的孩子。

他想了想,觉得"低血糖"确实没有待在医院的必要,就同意了,他背她回宿舍。她趴在他背上,软软的,像没有骨头。

走出医院,天色已黄昏,她突然凑近他耳朵说:"你知道吗?校团委派我来支教是有原因的,领导认为我不适合重要岗位的工作了,就是边缘化了。"

他想,她是不能被边缘化的,所以她还在争取,就说:"支教只是一年,很快就回去了。"他记得,当初她劝他来支教的时候,可不是这样讲的。

她说:"有些事儿,你不明白。我可能没有一年时间了。"

刘玉勇那时已经知道冯媛媛的一些情况。工人家庭的孩子,她是老大,家里有两个妹妹，一个上大学，一个上高中。她身上有与生俱来的狠劲，大约从小就是一路拼搏过来，凡事总要争先，都得靠自己，坚忍无畏，不会迂回，也不能迂回。她是这些人里从不抱怨高原反应的一个人，但她似乎又不是总能如意的，世界上没有人可以永远如意，刘玉勇认为她并不懂这道理。

他以为她指的是提拔的时间没有一年了，就笑着说："这种事儿，总是很难说的。"

晚上，所有人都去看望冯媛媛。跟她一个宿舍的女生说，冯媛媛昨天就晕过一次了，她往洗脸架上挂毛巾，一仰头就倒了。

陈空竹是最后一个来的，他一进来，刘玉勇就发现陈空竹在跟所有人使眼色，暗示他们出去说话。人们陆续离开，叮嘱她放心休息。刘玉勇等冯媛媛睡着了，才走出来，看见一堆人都聚在旗杆底下，就也走过去，听陈空竹说什么。

"冯媛媛不是劳累，是癌症。当然，晕倒可能是因为劳累，但她确实得了癌症，而且是最麻烦的血癌，就是白血病，预计活下去的时间不会超过一年了。"陈空竹说。

"真的吗？"刘玉勇不信。

陈空竹补充说，他在校团委认识一些人，那些人将本该保密的消息告诉他了。陈空竹总是有各种灵通的消息的。冯媛媛在校团委办公室的人缘，显而易见并不好。那些人对她也就少了善意，尽管她是绝症患者，尽管她叮嘱他们要为她保密，但她的同事还是出卖了她，将秘密一传十，她来支教后，她得白血病的事儿在大学已经无人不知了。

"你们可以去问！"陈空竹言之凿凿，又说："大学里的那些人对冯媛媛的病也唏嘘啊，她毕竟年轻，但想起她争强好胜的劲儿……"他没继续说下去。"她来支教不是校领导的本意，校领导是想她回内蒙古休养，好好治疗，就把她手中的学生工作给了其他人。她怎么甘心？直接敲门去找校长，说学校把她的一切都剥夺了，然后主动要来支教。"

"为什么？"

"这还不明白吗？她一方面是赌气，另一方面，她根本就没想治病。"

"也是，白血病得花很多钱的。"

"她为什么不告诉我们？"

"难怪她那么想去无人区呢？"

"我不想跟她去送死。"

陈空竹说："不只白血病。还有呢，我听老梁讲，有时在无人区里会碰见牧民，游牧的人更可怕，那些人会抢走你所有的东西，连内衣都抢光，然后杀人、抛尸，反正也没人去管他们。这种事儿，这地儿出了好几回了。"

"是啊，生死面前，都是小事儿啊。"

"好在还没出发，还来得及。"

突然一阵大风，国旗在他们头顶呼啦啦地打了一个卷儿，随即又展开，在灰黑色的半空中，精神抖擞地招展着。

五

刘玉勇死了。

这些年他们这些人联系不多，彼此都换过几次住址和电话，早些时候换了号码的人还发短信相互通知，但也只是通知而已，苏文存下来，然后再不联系，仿佛躺在手机通讯录里的，不过是一个个死人。在苏文的世界里，很多人都是这样死去的。人还在，你也知道人家还在，但因为再也想不起来，其实就跟死了一样。苏文也愿意自己死在别人手机里。多清净！

刘玉勇这次可是真死了。苏文想，对一个人来说，另一个人大概是可以死两次的。一次是你心里认为他已经死了，对你没有意义了，一点儿都不重要了；另一次才是他真死了，这就是生理意义上的判决了。不过，也有一些人，生理意义上讲是已经死了的，但他对你依然重要，这就不免难办一些，因为会痛苦。

这些年虽然都没什么联系，可他们互相还是有邮件地址的，是早年留下的。大概五年前吧，陈空竹说聚一次，陈空竹似乎是这些人里最喜欢活动的人，所有的群体里，都会有这样一个耳报神。

五年前那次聚会在北京，簋街上一个热火朝天的川菜馆。人来得不齐，只四个，另四个没来。有的推说在国外旅行，有的说家里出了事儿，理由都是不容置疑的。十人的大圆桌没坐满，每人之间都隔着一张空椅子，空荡又阔绰，他们在包间入座，避开大堂里的火热。席面上的转盘慢悠悠转，一碟碟的凉菜就像当时的场面一样冰冻着。他们硬着头皮交谈，因为彼此的境遇都相差很大。刘玉勇和陈空竹算是混得好的，一个从政、一个经商。从政的刘玉勇话很少，为官的人都这样，轻易不说话，说话不轻易。陈空竹说得很多，主要关于他新开盘的项目，令他头疼，环保局一直在给他找麻烦。苏文和小郑的日子过得不如他们，但小郑也乐于描述自己的小家庭。他拿出自己一家人的合影，妻子和他一样长着圆滚滚的娃娃脸，儿子自然也是娃娃脸，一家三个娃娃。

苏文呢，他一直在一个研究院的实验室当器材保管员。他喜欢这工作，因为不必接触太多人。他接触的都是器材，比如烧杯和试管。在那个研究院，他的办公室很隐蔽，要穿过曲折的走廊，上两层楼梯，再下一层楼梯，才能隐约看见油漆脱落的木门上的字——器材室。开门有一小间，一张桌子上方，日夜都悬两根亮着的日光灯。灯下面坐着的，就是苏文了。苏文身后，是另一扇门，常年锁着，门钥匙在桌子的抽屉里。门后是研究院的器材。

苏文这样告诉他们，这看门人的工作，其实很不错的，像是隐姓埋名了，但隐姓埋名的，一般都是高人啊。他不负责做实验，上班期间只是在日光灯下看小说，主要是看武侠，认为最好的是古龙。如此时间越过越快，转眼，他就看了二十几年小说了。

他们在席间又留了一遍电话和地址，竟像是预备以后要频繁联系的样子。陈空竹找服务员要一张纸，服务员不耐烦地给了他们一张饭店新菜品的宣传彩页，他们把各自的信息都写在这张新菜单的背面，算是自我交代了。

临走的时候，陈空竹把那张菜单带走了。他说整理好后发给大家。苏文后来就收到了这份四个人的通讯录，仅此而已。陈空竹在邮件标题上写着：太阳小组通讯录，保存备忘。他们那时自称为太阳小组。学校还有另一支支教小组，去了安徽大别山地区，是月亮小组。那次聚会，刘玉勇是专程从县城赶来北京参加的，足够真诚。现在想来，那该是最后一次见他了。苏文不觉得遗憾。

根本不必备忘，人的记忆其实是很奇妙的，想忘记的东西，千方百计也忘不掉；想记住的东西倒也能记住。记忆的海绵永远不会饱和，倒是会变形，而且很多年以后你才会发现，它变形得有多厉害，真不可思议。比如陈空竹说刘玉勇这人，当年那么瘦。苏文却觉得不是，他记得刘玉勇是他们中最壮实的一个。五年前那次见面的时候，刘玉勇倒是显胖。白脸颊垂下两团粉团状的肉，很松动。他的胖也是松动的，轻轻一戳就会破掉的气泡一般。

现如今，通知刘玉勇去世的邮件，又是陈空竹发来的。点开邮件前，苏文迟疑了一下，他的邮件很少，毕竟，他是一个被遗忘的人，而且凡是通过邮件传递的消息，大概也没那么紧要。但陈空竹邮件里的消息却让苏文意外——刘玉勇因公坠楼身亡，追悼会和遗体告别仪式在后天，星期六上午，A县殡仪馆，请务必参加。

坠楼？苏文想，坠楼的事如今媒体上倒是常见，似乎官员特别容易脚底打滑。刘玉勇因公坠楼。"因公"这两字稀奇，不知道是不是陈空竹自己加上去的？

邮件还说，去吧，好多年没见了。

苏文想了很久，主要考虑交通方式。追悼会在后天，星期六，A县离北京不远，开车一个多小时，但苏文没车。火车只有慢车，时间反花得多。

星期五的时候，陈空竹又打电话来，说他会开车去，让苏文搭车。苏文猜想，陈空竹只是怕他不去才这么说的。

星期六早上六点半，苏文坐上了陈空竹的奔驰车，去参加刘玉勇的追悼会。出北京城的高速公路十分空旷，少有人在这样的清晨踏上行程，除非是像他们这般，赶着去和另一个生命告别。

告别，也是了结，苏文想。如果真的可以是了结的话，那也不错，他这样说服自己走一趟。

尽管有预期，但苏文还是没料到，这些人里来参加葬礼的只有他和陈空竹两个。这一次，那些人连个不容置疑的借口都没给出来。

陈空竹很不满。苏文说："来干吗呀，又不认识谁。"刘玉勇是县城里他们唯一认识的人，但现在他死了。

陈空竹说："好歹一起支过教，爬过山嘛！"

苏文说："那算什么，得一起扛过枪才算什么。你笑什么？"

陈空竹笑道："这话不全，得一起扛过枪、嫖过娼，才算兄弟。"

"他们为什么不来？难道都恨他吗？"苏文问，他记得他们当年对刘玉勇都有些怨恨的。

"不知道。你呢？"陈空竹说。

"我？我不恨。"苏文如实相告，他确实没必要去恨一个死人。

县城里的丧事，追悼会的阵势不小，因公坠楼，规模就更大了，想来是重要的部门都要出面的。乌泱泱站一地的人，他们谁都不认识。鞭炮的碎纸片铺成一大片，奔丧的人们踩上去，都软绵绵地粘在鞋底。

他们径直往里走，没人跟他们打招呼，似乎他们本来就应该出现在这里。陈空竹去看殡仪馆院落四周的花圈，都挂着长长的白色挽联，盖住一部分色彩艳丽的纸花。县委、县政府的两只花圈最大，一左一右像两扇白色大门，把进入灵堂的门挡掉大半，如此，灵堂里便光线昏暗。他们走进灵堂的时候，里面并没有人，只有刘玉勇的遗体躺在正中棺材里。棺材不是透明的那种，全盖住了，什么也看不见，大概跳楼，不，坠楼死的人，死相是很骇人的。棺材四周是颜色饱和的塑料花，棺材上方是刘玉勇的遗照。苏文不敢往前走了，便拉陈空竹出来。

"冯媛媛那时可真好看，胸下面直接长屁股。"对着灵堂中央横幅上白底的七个黑字，陈空竹没来由地说起冯媛媛。

苏文没接话，也看那字，"刘玉勇同志千古"。

从灵堂出来，在殡仪馆门口找到签到处。苏文觉得其实没有签到的必要，他可不想刘玉勇的亲属对自己的名字产生兴趣，然后追索出那些往事。

他问陈空竹，"你说刘玉勇会知道我们来了吗？"

陈空竹说："所以我们得签个到，这样他才知道啊。"

苏文不答，他觉得这是个玩笑。死去的人都有在天之灵的，既然有在天之灵，也许是会知道人间的事情的。

陈空竹兴冲冲跑去签到处，那里只有几个粗笨的小姑娘，自称是"刘玉勇同志治丧委员会"的工作人员。陈空竹再问，她们紧张地交代说，她们都是城建局的职工。今天算加班，是有加班费的——一个不太有心计的小姑娘坦言。陈空竹笑着告诉她们，"那过会儿我们再来，是十点开始吗？"她们就一起拼命点头，像是巴不得这个说普通话的陌生男人尽快离开。

看时间，追悼会还要过半个小时才开始。院内的人越聚越多，他们都生活在这里，也许彼此间还有好几层亲属关系，可以无碍地说家常话。这都是苏文和陈空竹无法参与的。他们只好先走出殡仪馆，在县城的马路上逛。

陈空竹说他想喝咖啡了，还说自己这辈子只对咖啡上瘾，现在他发达了。"上瘾是发达的人身上才会发生的事。"苏文取笑他。陈空竹原来是他们中间最穷的人。

"喝个咖啡你那么多话，操，这破地方什么都没有。"陈空竹点了一支烟，骂道。

苏文不抽烟，也不喝酒、不喝茶、不喝咖啡。的确，他就是活得这样无趣。"你活得真没劲儿。"陈空竹总这样说他。苏文不在意，反正别人都活得挺有劲儿的。这世界上从来都不缺有劲儿的人。苏文的劲儿，在二十多年前就被放空了，像针扎了的皮球，这些年里，他一直在噗哧哧漏气。

殡仪馆的位置大概很偏僻，上午九点多，路上什么也没有。间或有些小楼，都蒙上黑乎乎一层炭灰，仿佛烟熏火燎了一百年。偶尔有条狗，悠哉地横穿过马路，绕道踱步去往路边的早点摊。早点摊上坐着几个同样常年被烟熏火燎的人，都端着硕大的碗，声音响亮地喝东西。也许是豆浆或小米粥，肯定不是咖啡。

陈空竹锲而不舍要去找咖啡。他说，六点就起床，开了两个小时车，才到这个破县城，现在什么也比不上一杯咖啡更带劲儿了。"我觉得我撑不到追悼会了，困到只想找个地方躺一会儿。"

他们走到早点摊，陈空竹竟真开口问人家有没有咖啡。

正在专心炸油条的女老板，漫不经心地看了一眼他们，又把脸一扭。

陈空竹穿一套笔挺的黑西装，装模作样打了条黑领带，是标准的中介着装。苏文想，陈空竹这个房产老板总有本事把自己弄成房产中介的样子。

女老板撂下夹油条的夹子，抬起右手指着一个模糊的方向，说："直走左拐，有个小卖部。"

"你饿不饿？"陈空竹问苏文。苏文摇头，但陈空竹还是买了一屉小包子，边走边吃。"刘玉勇就是从这儿出去的，大学毕业又分回来，这么无聊。"陈空竹左顾右盼。

苏文问："他怎么死的？什么是因公坠楼？"

"哦，他是去工地死的，检查工作吧？好像是。那是个什么纪念馆，然后他一脚踩空了，从楼上掉下来，直接就死了。唉，这种死法。"

"跟冯媛媛一样。"苏文小声说。

陈空竹说："你知道从一楼跳下和从十楼跳下，有什么区别吗？"

"什么？"

"我告诉你，从一楼跳下，声音是，啪——啊啊啊；从十楼跳下，是，啊啊啊——啪。"陈空竹分别学着两种叫声，自己笑起来。

苏文也笑，虽然他们刚从殡仪馆出来，其实不该大笑的。冯媛媛当年从山上坠落，没发出一点儿声音。

"她不会叫的。冯媛媛跌落的高度，相当于十层楼？不止，我猜有三十层楼吧，她连'啊啊啊——啪'都没有。"陈空竹说，像是还在回味自己刚讲的笑话，又不全是，因为他这次没笑。

"是的，她怎么会喊呢，她已经不能喊了。"苏文说。

陈空竹吃掉最后一个小包子，随手扔了塑料袋，说："这事儿是不是挺神的，当年冯媛媛这么死的，现在刘玉勇也是，这两人是不是很奇怪？"

他们已经走过了拐弯的路口，左拐，果然看见一家小卖部。

苏文想去把塑料袋捡回来，他总是做这样的事情，虽然又觉得其实没用。捡回来又怎么样，扔进垃圾箱？塑料一样被掩埋，一百年都不分解；或者被焚烧，那更可怕，塑料化成有毒的气体，破坏地球的臭氧，融化南极的冰川，让海平面上升。所以，那只塑料袋是不是被扔进垃圾箱，对那些必然发生的事儿完全没有影响。

小卖部卖速溶的纸杯咖啡，可以帮忙冲泡。陈空竹边泡咖啡边跟小卖部刚睡醒的老板娘打趣。

苏文问："你为什么不带个杯子？不要用纸杯。"

陈空竹奇怪地看他，说："什么？你在说什么？我不明白。"

他不会明白。他这些年做了多少这样的事，用掉无数的纸杯，扔了大把的塑料袋。他还盖房子，铲掉地上的树木和庄稼，建成空旷得毫无必要的别墅区。

苏文简短地解释："纸杯不环保。"

"啊？我没有听错吧？你是环保主义者？哦，对了，我忘了你那个研究院就是研究这个的。环保嘛。不过，我没带杯子，我总想不起来带杯子，再说，空气这么差、环境那么差，又不是我一个人用纸杯给闹出来的。"陈空竹大概被咖啡烫了嘴，吐着舌头呼气。

"不是的，我不为环保。"苏文从没告诉过别人，他为什么拒绝使用这些东西。

"不为环保？那为什么？省钱啊？我告诉你别省钱，你光棍一个，就别成天想拯救地球了。"陈空竹很不满。

"不，不是，我不拯救地球，我是怕环境越来越差，冰川会融化，你知道冰川融化是什么后果吗？你不害怕吗？"苏文说。

陈空竹嘟囔着："还说不是拯救地球……"然后愣了一下，小心翼翼地问："是跟冯媛媛有关吗？"

"是的，她会被发现的，如果冰川融化，她会被什么人发现的。那地方那么冷，她掉下去会立刻被冻住，就像速冻食品一样，她不会腐烂，她会一直是那个样子，哦，我不敢往下想，你肯定知道。"

"是的，她会被发现，她头上的伤也会被发现……"

"我查过的，说在那样的地方，她会一直保持死亡时的样子，速冻啊，太可怕了。如果有一天，我是说如果冯媛媛被发现，她还会是当年的样子，没有老，没有皱纹和白头发，但我们……"

咖啡杯里升腾出袅娜的水汽，但他们已经喝不下咖啡了。

"刘玉勇死了。"陈空竹仿佛想了很久，才想出来该说点什么。

"他死了。"苏文也毫无必要地重复。

他们握着发烫的杯子，往殡仪馆的方向走，似乎都有意放慢脚步。殡仪馆里挂着刘玉勇的大幅遗像，也许是仓促间找来的，反正死者的形象不是太端庄，眯着眼睛，似乎在盘算什么，但也足够提醒所有人这样的事实——现在，他死了。

"天哪，我们在这里干什么？"陈空竹突然喊起来。

"不是你非要拉我来这里的吗？"苏文说，"我们这些年又没什么联系，你为什么非要来？"

"人都死了，来看一下，为什么不来啊？你以为不来，那些事情就会忘掉吗？"

苏文说："来了又怎么样呢？你不觉得很奇怪吗？这些人我们都不认识，我们只认识那个死人，刘玉勇那个死人。"

"我想，我们需要平静一下了。"陈空竹说，"其实，我一直觉得，是他救了我们。不是吗？我们应该来，不管怎样。"

"我总觉得，他死得很……怎么说呢？你相信吗？坠楼？"苏文说。

陈空竹说，"天哪，我们都经历了什么，坠楼或跳楼，有什么区别吗？他真有可能跳楼，别人不知道，可是你知道，我也知道，他是有可能跳楼的。"

他们回到车上，打开暖风，天气其实并不冷，比当年的青海暖和太多了。

苏文说："我只是觉得多活一天，都是赚来的。"

"那你还过得这么没劲儿。"

"你过得有劲儿！"

"是啊，我有劲儿啊，因为我多活一天就是白得的，我得更有劲儿一些，要不这些年，我怎么这么拼？我现在更拼了，因为每过一天，我的时间就少一天。"

"他，我是说刘玉勇，这些年到底怎么样？"

"不是太清楚，就这样吧，在这地方待着，我看跟死了也差不多。"

"你是不是看我的日子，也跟死了差不多？"

"你？对，你也跟死了差不多。"

"都得跟你一样赚大钱才行吗？"

"你不理解我，别人不理解就罢了，你也不理解，我从冰山上捡了条命回来，就是要拼命活，拼命享受的。难道要我去跳楼吗？我可不像你，我说，你每天没事儿，都在琢磨什么？"

苏文的确每天都没事儿，只是他什么也不想琢磨。大部分时间他都在看武侠小说。

苏文问陈空竹，"你知道马月云吗？"

"谁？"

"马月云，你不知道，是古龙小说里的人，一个女的。"

"哦，我不看古龙，她怎么了？"

马月云的名字在古龙小说里只出现过三次，苏文说，她是古龙写过的最悲伤的人物。因为她一生都很平淡，有两个孩子，丈夫和蔼、木讷，小户人家的温存日子罢了，你以为她就是这样一个农妇。但有一天，她家里的地道出现了一位老者，她从来不知道自己家有个地道，后来她才明白，原来丈夫一生都只为一个使命——在地道的出口等待营救老者。丈夫也不知道这任务会出现在哪天，也许立刻，也许永远都不会。丈夫一生的沉稳和低调，不过都是伪装。

"那又怎么样呢？"陈空竹问。

"丈夫完成了使命，在地道口接应了老者。为灭口，他杀了妻子马月云和他们的两个孩子。"

"啊，然后呢？"陈空竹迟疑着。

"没有然后，这就是农妇马月云的一生。"苏文说。

"你他妈的给我讲这个故事，是几个意思啊？"陈空竹嚷起来。

苏文没回答，他想陈空竹完全明白了马月云的一生——用一辈子的时间等待一件事情的发生、一个时刻的到来。所有人生都可以简化为这样的模式。这样一想，一生就变得平常了，不是吗？无论如何用力经营，不过是在某刻走向终结。马月云的丈夫如此，马月云也如此，冯媛媛如此，刘玉勇也如此，这世界上的每个人，莫不如此。他们也许十几年前就都会死掉的，像冯媛媛一样，一起葬身冰川，成为一锅的九个速冻饺子，永远也不被发现。他们现在的命都是白得的。这样一来，很多事儿就都不重要了，至少对苏文来说是这样。他在研究院从未调动过岗位，升迁的事也永远跟他无关，他不思进取、得过且过，人们都这样看他。他无所谓，反正命都是捡来的，他已经赚了。

陈空竹又问苏文，"你知道前阵子，《九个太阳》又火了一把吗？"

"什么？"

"你不看电视吗？"

"不看。"

"有个选秀节目，比赛唱歌那种，周晓鸥，就是那个光头，又唱了一遍

《九个太阳》，那场他拿了冠军。"陈空竹说。

"哦。"苏文点头，若有所思，其实，他只是不想再谈论那首老歌了。

陈空竹说："也就这样了吧，那歌好多年没听了，乍一听，还是挺好听的。"

"那又怎么样啊？我们都逃不掉。"苏文一直这样想。

"我看我们该进去了，既然都来了，是吧？"陈空竹说。

六

那一年十二月，青海的天气罕见地晴转过来。已经连续一星期没下雪了，艳阳高照。冯媛媛的体力明显恢复，面色也红润起来，她甚至每天都在操场上跑两个来回。只是脾气变得暴躁，她对自己的病，也不再隐瞒，反而还感到骄傲一般，因为"我都得绝症了，你们还不依着我吗？"——她的表情无时无刻不透露这样的信息。他们待她倒是很好，处处照顾她，她的开水瓶总是满的，饭盒也不等她自己洗就有人抢过去洗干净。没人再提去无人区的事情了。

快到年末，老梁准备烙饼，他们都到食堂帮忙。食堂有个水泥台子，但他们平时都很少在上面吃饭，总是打了饭回宿舍吃。

刘玉勇和苏文、陈空竹说，能不能提前放寒假，提前回老家过春节？

"你们想做逃兵？"冯媛媛说。

"我们不是逃，只是商量。"

"没商量。"冯媛媛正拿菜刀切面。刘玉勇连忙上前去，不让她动刀。白血病无法凝血。她轻轻放下菜刀，挪了两步，拿把小油刷，往捏好的面上抹油。她是个被嫌弃又嫌弃自己的小孩，抹了两下就扔了小刷子，又去缸里舀水，舀了满满一盆，不知做什么用。她大概只是不想什么事也不做。

"我们要去无人区。"她突然对一盆清水说道。水面动荡起来。

"还去？"他们异口同声地问。

"当然，校团委都知道了，怎么能不去呢？"她迅速从无所适从里恢复，从口袋里拿出一封信，"这是校团委的回信，需要我念给你们听吗？"

一张轻薄的红头公文纸，手写的回信，盖校团委的印章：对所报之事原则上给予支持，但因未提前报批，无法提供专项经费。考虑事项重大，会纳入我校科研课题计划。祝有所收获，并提请服从安排，注意安全。

"看，我们身不由己了。如果不去，就是欺骗学校，是要记过的。"她念完了信，小心翼翼装回信封。

他们没法分辨自己是否会被记过，有人说："不至于吧？学校不会让我们去送死的。因为没去就要记过？"

冯媛媛冷笑："怎么是送死呢？太悲观了。"

刘玉勇想起冯媛媛说自己没有一年时间了，突然明白她的急迫。他们对死的恐惧，她一直在经历。他们只是担心去无人区一件事，但她无时无刻不在更巨大、实在的恐惧里。

"你的身体，还是不要去了。"刘玉勇说。

她瞪了他一眼，他手一抖，菜刀差点儿落在手上。

"你们不要拿我当病人好不好？我就想忘掉这件事。学校是不会因为我们不去就给我们记过，不过你们的支教鉴定由我打分，当时学校交代过，这份鉴定虽然不进档案，但以后你们的单位会看见。也不是说去无人区就一定会死的。只是有风险，不过什么事情没有风险呢？有风险才有收获。"

没人说话，沉默就是默许。刘玉勇说："去一下，就回来，也没事儿，对吧？"所有人面面相觑，如同一起在默默思考是否真的会"没事"。

"我们没事，她能行吗？"

"不行就回来。"

计划在复杂的情绪中重启。每个人都不安，但表面上反倒是沉寂下去了，仿佛巨大的光球在眼前，但因为太庞大，他们反而选择视而不见。他们都没有预知后事的能力，所有的希望只寄托于侥幸，这也是年轻人惯常会有的心理，或莫若说成是懒惰。他们就带着这样的侥幸，再次决定开始在青海探险。

陈空竹近来上火，嘴上一圈都是光亮的红泡，说话的时候，嘴就像蠕动的红色肉虫。他的父母在安徽，家境窘迫，支教所得的微薄补助刚好够他每月贴补家用，他便不再有闲钱可拿出来作为考察费用。冯媛媛的意思是要他们每个人都拿出当月的补助，攒起来作为这次考察经费。

他说："既然我没出钱，就不好再去了，而且还上着火。"

冯媛媛低头沉思，还是看着那盆水，然后突然伸手握住了他的手。他想把手缩回，却不能，知道她暗中加了力气。"我这么个病人都去，你怕什么？我们不要你出钱。你别缩手，我又没得传染病。"

刘玉勇猜想，如果有一个病假的话，就会很快出现第二个、第三个。何况最有理由请病假的人，不是冯媛媛吗？

有些事开了口，就收不住。这样的时候，等于大军已压境。她不能松动。千里之堤，毁于蚁穴，她一个人严防死守。

陈空竹终于缩回手，叫着："就是不去，爱怎么办就怎么办。"他不在乎。

这是要起义的意思了，三个女生看见希望，也叽叽喳喳附和，起义的队伍还有扩张的可能。她们说："冯媛媛和陈空竹吵起来了！""为什么？""因为陈空竹上火。"

"除非我死了我们才不去。"冯媛媛气势汹汹。

陈空竹坐在凳子上，突然笑起来。

他一笑，她就哭了。"反正我也活不长了。"她声音又弱下去了。

有人连忙回宿舍，取了毛巾，又打热水略微浸湿，给冯媛媛送去。她不客气地接过，没有擦眼泪，却猝不及防，把湿毛巾远远扔向陈空竹，甩出的两滴水珠，在干燥的空气里瞬间蒸发隐匿。毛巾落在地上。

陈空竹从凳子上弹起来，很像是被冯媛媛扔出的那半旧的湿毛巾砸得弹起来了。在她们都还没有意识的时候，冯媛媛已经被陈空竹反拧了双手。起义军首领，生擒了女王。几只过冬的麻雀接连贴地面掠过，擦起的粉尘飞舞起来，将他们都环绕在一片迷蒙里。

她突然放松了，让自己就像那一团毛巾般，柔软地落在地上，蜷成一团。陈空竹的力量似乎因失去回应只好松弛下来。她就这样抱着两腿在地上蹲了很久，只流泪，一句话不讲。

"你干什么？"刘玉勇拉陈空竹，用眼神暗示陈空竹道歉。对男人而言，动手的行为毕竟不体面。可是陈空竹没有道歉，他甩开两臂，气呼呼去了厕所。他嘴上的火泡已经连续破掉了，还有溃烂的迹象。陈空竹留下的话是："你行！"

一次起义就这样被平息了，起义者终被招安。陈空竹后来对此的解释是："她挺可怜的，不如就随她，好男不跟女斗。"

三个女生失去支援，无法形成气候，也开始默默筹备，将最厚的衣服打包，交换各自私藏的维生素片，并很务实地开始讨论如何洗脸等现实问题。既然局面无法扭转，不如多做准备。只是她们对冯媛媛开始敬而远之，哪怕她有白血病，她们也不再对她有同情。女生们擅长冷战。她又开始自己洗饭盒。

冯媛媛看上去并不在乎自己被女生们冷落，她大体心情愉悦，对他示以无微不至的关怀，叮嘱每人应带的物品，发放印有地形图的油印纸——她通过县政府的油印室弄出了这些浑黄的纸页。她不再表现自己是个病人，也不让人提起和白血病有关的任何话题。她说："对病人，最好的就是忘掉得了病。"她还说："什么考察，其实都不用当真，我们就当去玩儿一趟，不需要理由。"她不应该是想去"玩儿一趟"的人。但她的这些话，却放松了连日来的紧张气氛。想着要去玩儿一趟，虽是不那么稳妥的目的地，却也有稳妥的乐趣。都是年轻人，他们很容易想开。

七

欲速则不达——小范第一次听这话，是刘玉勇说的。他当时觉得这意思真好，刘玉勇说话很少，偶尔讲来的，都是这种让人想半天的东西。小范开快车的时候，想想"欲速则不达"，不知怎么就下意识松开油门。当然，如果在城里开车，想快些也实在很难。每条路都被挖开，时时处处都堵车。小范本是急性子，堵车多了，急躁就变味儿，像放久的馒头，窝在肚子里，散发不出，只好一咽再咽，然后满肚子都是恶气。体会到这种感觉后，小范才明白，刘玉勇也像总有些什么事儿在肚子里翻滚。小范一开始理解为，他工作多，要考虑的事儿自然比自己多，虽然小范认为自己要考虑的事情也很多。后来小范又觉得不是，工作只是烦琐，思考起来会皱眉头，却不会像刘玉勇这般，看上去既没想事情，而脑子又像塞满了东西。

初见刘玉勇时，小范还有点儿怕他。怎么说呢，这人太严肃，话少，简单吐几个字，也让人摸不着头脑。但一段时间之后，小范发现他人其实并不厉害，"不怒自威"——这话小范也是听刘玉勇讲的，他在车上接电话，小范恍惚听见，过后就问刘玉勇是什么意思，小范还是个好学的人。刘玉勇解释了。小范听明白之后就说："局长，你就是不怒自威啊。"

刘玉勇说："我不怒也不威吧？"

"真的，局里的人对您评价都很好的。"

刘玉勇却没回答，他们在车上的时候，小范说的话经常没着没落地被搁起来了。总是刘玉勇不接话，小范也不好再讲。

刘玉勇死后，几个"又怒又威"的人找小范做笔录。小范其实已经不打算在城建局干了，他又不是本地人，在这里的一年，他觉得把一生该经历的都经历过了，又遇上这样死人的事情，昨天，再开那辆捷达的时候，他总觉得后排座位上的人还在，他知道自己没法再干司机的活儿了，也没人需要他再干下去了。只是要去哪里，他还没想好。何况总得等追悼会后，他才能离开吧。

小范以为那几个人是公安，看上去又不太像，倒像是刘玉勇那种干部，一板一眼地问话，要小范说一下星期三那天的情景。

其实没什么特别的地方。小范说，那是普通的一天，堵车，刘玉勇在中心广场的十字路口下车，说走过去更快。

而小范自己，一直堵在那个路口，把车上那盘 CD 从头听到了第七首歌，肯定是第七首，因为他最喜欢那首歌，"我应该在车里，不应该在车底，看见你们有多甜蜜……"

——别唱了，继续说。

"有救护车过，但过不去，好在最前面那几辆杵一块儿的车已经腾出地方来了，我们就都能过去了，救护车要紧啊，别的车都让道，我也让道了。这时，街上有人跑着传话，说前面有人跳楼了。我还不知道是他，只想着不管谁跳楼，都是造孽啊！"

小范没能提供更多的信息给那些人。他坐公交车回住处，经过纺织纪念馆，那里的工程好像停止了。回到租住的房内，发现内裤已经全湿了，是紧张的。他想该去洗澡了，又感到全身无力，趴在床上愣神儿，想起老家，想起小玉儿的模样，圆脸上红扑扑的两团，喜庆得像是带露水的果子。他可能再也见不到她了。

如果不是为小玉儿，小范不会出来打工。村里外出打工的人虽然多，但村里的日子并不难过。是小玉儿要出来的。她既然要走，他就想，她出去打工，别把心思打大了，打大了的女人心，可就留不住了。他也就跟着出来了。他们本想去北京的，如果当初真去了北京，现在该是不一样的日子了。

可是也怪自己，一开始就不应该答应那女人。他知道她是县长的妻子，古时候该叫县太爷夫人吧。她头发很长，卷着，几乎盖到屁股了，人也丰满，眼睛斜着往眼角上长去，看上去有些凶悍。

她问他会不会开车。他说会，早就学过，他们村里已经不种地了，都种果树，来钱快，有钱的人家就买车，为运果子方便，年轻人就都去学车，想着将来总会用上的。没想到，真用上了。

她说介绍他去当司机，工资之外，每个月再多给一百块钱。

他没听明白。为什么要多给钱？

"我私人给你的，就当帮我忙。"她说，神情却是一副"你还有别的选择吗"的意思。

"帮什么忙？"他问，其实他的确没有别的选择了，如果他还想再见到小玉儿的话。

"你给一个局长开车，看看他有没有事儿？"

"什么事儿？"他觉得跟她说话很费劲，虽然她也是南方人。

"就是犯错误的事，行贿受贿、搞女人什么的，当然还有别的，比如跟什么人来往。"

"为什么？"

"你不看电视吗？"

"看啊。"

"那你不知道现在电视上都在说反腐吗？"

"跟我有什么关系？"

"你还想不想找到小玉儿了？"

"想啊，太想了，只是，我不懂。"

"你不需要懂，只要听我的就行了。"

"你会帮我找小玉儿吗？"

"小玉儿的事儿，都不是事儿，她就是跟别人跑了，我肯定帮你找到。"

"她不会跟别人跑的。"

"行了，还是个情种。我跟城里城外所有美容院老板都熟得很，连附近几个县都是，她还能做什么啊？肯定还是给人做美容啊，她只有这门手艺是不是？我可以帮你找到。"

小范也想不出别的办法，小玉儿本来在美容院打工，打着打着，竟然失踪了，小范怎么也找不到她了。美容院老板说她跟人走了，"白教她手艺了，翅膀硬了就飞了"。

小范始终不相信小玉儿会跟别人走，她在这里不认识什么人，当初他们来县城打工，只是因为在火车上遇到一个人，那人说能给他们两个人都介绍好工作，他开出的工资价格实在诱人，只是到车站后他们才发现这里根本就不是北京，离北京还有一百多公里。他们都后悔了，那人却说，先学手艺，再去北京，你们这样去北京，什么都不会干，只能去工地搬砖，怕都没地方要的。

他们觉得这话有道理，就决定先干一阵儿再说。

小玉儿就在一家美容院学手艺，三个月后，人就没了。美容院的客人又都是女人，她能跟谁走呢？县长妻子是小玉儿的顾客，小玉儿似乎很喜欢她，那时总是告诉小范县长妻子多么照顾她，每次来美容都只点名要她做。小范那时当保安，看不惯小玉儿这样得意，"那你也只是给她服务"。

小玉儿失踪以后，小范每天就去美容院闹着要人，有一天就碰上了县长妻子。美容院老板急着赶小范出去，被她瞧见了。她挥手示意小范跟她走，小范就盯着她的长鬈发，也不知道往哪个方向走，走着走着就到了一家兰州拉面馆。

她坐下来，点了一碗面，开口就让小范别再去闹事了，"当心人家打110，把你抓起来。"

"我打110报警找人，人家也不管啊。"

"她又不是失踪，只是不要你了，我知道，她跟我说过要去北京的。"

小范就觉得小玉儿没说错，县长夫人是好心人。可是小范不去美容院，又去哪里找小玉儿的消息呢？他已经不做保安一个月了，县城马路的每块地砖，他都恨不得挖起来，好像小玉儿会藏在里面一样。他想去北京找，又没钱。想来就哭了，拉面还没吃完呢。

县长妻子——现在她让小范叫她郑姐——就说，"没事儿，我帮忙"。

他当场就给郑姐跪下了，她倒是吓得不轻，让他赶快起来，"成什么样子？"她说。

可是，他该怎么感谢她呢？他掏空口袋，刚好够付自己没吃完的这碗面钱。她不要他付钱。

郑姐要的东西却更多。

八

十二月二十四日这天，是出发的日子，也是西方的平安夜。冯嫒嫒认为是好兆头。按计划，元旦后他们就回来。天气预报这段时间也是晴好为主，无大风雪。十天的考察时间，是冯嫒嫒仔细考虑和计算得出的，依据食物和水在皮卡车厢所占据的空间。

老梁送他们出发，叮嘱说："有什么不对就回来，我包饺子等你们。"又给男生们每人发了一支烟。老梁自己平时只抽烟袋，香烟是他的珍藏品。

出县城，道路先是笔直的沙石路，两条车道宽，两侧均可望见略呈弧形的地平线。天地交界处如此看来，似乎并不远，但这只是视觉假象，因为地球是球形，人的视线便有了终点。一望无际是一个虚假的词。

沿路几乎没有车辆。路面上，沙石潦草铺就，没经过轮胎的重复碾压与梳理。皮卡车不时重重颠簸，有个女生差点儿掉出车厢。他们换了位置。车厢里的六个人都坐到里侧，物品和帐篷挪在外侧，再用绳索固定，防止跌落。冯媛媛和陈空竹因为都是病人，得到坐进驾驶室的待遇。他们曾经针锋相对，此时，至少表面上看已无芥蒂，也不知是否刻意地对彼此热情，以便弥补曾经的莽撞失礼。

天空越来越低，也可能是他们开始走向海拔更高处。天气晴朗，寒冷只是一种虚弱的存在，还不足以侵蚀内心的热情。

汽车摩擦沙石的声音，像滚滚涛声，那涛声升起来，又散逸成风声，风声灌进车厢和耳朵，变成流动的浓稠液体般的东西，让他们再难分辨彼此的话语，只能看着别人干裂的嘴皮，或唇上暗黑的水疱遗迹——干燥让每个人都不断地经历着上火的痛苦。

出发时的兴奋过去，心跳复归平静，各人似乎都陷入沉思的心事中，安静被彼此赋予。道路却随之曲折，雪山出现，先是低矮的，随后道路开始错乱。翻过这座山，就进入无人区。这山，也是一道门，世界与非世界的门。门这边是常识，门那边是非常识。也是时间的门，进入这门后，时间就停止了，此后多年的时光，只是重复旋转的陀螺，任尔东西南北、气象万千，也不过终回到这时间之门。

一只黑色大鸟从车前飞快掠过，刘玉勇紧急刹车，结冰路面，汽车侧滑，车辆看似将冲出道路，眼前只见一尺高的冰层。但倏忽，峰回路转，皮卡回到路中央。又是一段直路，只可见远处弯道积攒到一个点，像菊花花瓣散开，再拧回一处——那就是山顶，位居高处的目标。

惊魂未定的众人很快察觉，黑鸟出现后，耳边那黏稠液体般的轰鸣逐渐沉淀甚而消退了。另一种寂静开始主导，他们进入冰山。

车速减缓，车厢里六人的身体不时向同一侧倾倒，这就是在过弯道。沙石隐退在白雪下，雪下应是冰层，也不一定。那看上去是雪的，再看一眼，又觉得其实已经凝结为冰。这一眼与下一眼之间，实实在在离开几米远的距离。冰层终年不化，因为这里不存在时间。

车厢唯一敞开的这方，是摄影机镜头、电影银幕，他们借此方形天窗，窥视世界，移步换景。只是这镜头边缘并不固定，总在有节奏地鼓动。风是鼓槌，敲打得编织布的边缘起伏波动，如裙摆上的荷叶花边。

刘玉勇的车技似并不如他形容的那般熟稔。对他而言，夸耀自己开车是"童子功"也非夸张，只是性格使然——那种总也不以为然的性格，觉得凡事皆算不得严重。日后，他以此为罪孽，因为"妄言"之罪，如出家人说不打"诳语"。

那只掠过车前窗的黑色大鸟，似乎并没远离。待皮卡车爬行上山，曲折来回后，黑鸟的踪迹竟又近在眼前，只是比上一次更贴近，也更显庞大。

黑鸟俯冲而来，似从天而降的陨石，又比陨石更具破坏力，因它还有伸直展开的双翼。冯媛媛呼叫着："鹰！"

学动物学的小郑坐在车厢最靠近驾驶室的座位，他两手推了推眼镜腿，从容地说："应该不是鹰，是鹫。"

那个"鹫"字还未完全吐出，这边的黑鸟已贴近车厢编织布临时搭建的顶篷。车内几名女生立刻发出尖叫，那不知是鹫还是鹰的诡怪动物，反被这齐声叫喊惊扰，翅膀猛地一扇，转换方向。眼见得一道黑色闪电灌进车厢。

女生们不约而同挥手，试图驱赶这诡怪，当然无用，车辆与鸟均在运动中，绝对运动，却是相对静止，除非某一方改变既定路线。

后车厢的骚乱，干扰到驾驶室内的平静。刘玉勇听见黑鸟扇动翅膀钻进后车厢的声音，像极了标枪扔出手之后，那长杆与风相刮擦，漫长的一声嗖，减弱，随即又是漫长的一声嗖——是穿刺空气的声音，也是速度的声音。速度终将繁衍出漫长的距离，距离代表投掷的胜利。

这一次，距离却不是胜利，而是一个突如其来的急弯。黑鸟撞击在车厢一侧，鸟爪在编织布上留下三个破洞，犀利的光线如亮剑刺入车厢。

有人反应过来，喊："停车！"

指令的发出，已落后于事实本身，皮卡撞上冰山内侧，这是被动的停止。

众人惊心动魄，好在车辆没有转向另一侧的山崖。

这瞬间，那黑鸟反而得到解脱，它总算冲出了编织布的牢笼，直飞上天，只在他们的视线里留下一线黑色，犹如白纸撕开一道裂痕，隐约可见其下的暗色疮口。

劫后余生的叹息。他们心绪未定，又很快发现，车厢外侧的几包物品，还不知是几包，在刚刚的撞击中被甩出了车厢。

"幸好被甩出的不是人。"出发时本坐在车厢最外侧的女生满眼含泪，为自己庆幸。

刘玉勇从驾驶座下车，转到驾驶室另一边。这边的车门紧靠山崖，已经无法打开。陈空竹、冯媛媛随后也从驾驶座一方下车，后车厢众人只忙着查看损失。

　　总共三大包的物品失落。捆绑本经过细心检查，应当牢固，然而途中更换座位，将物品移至车厢外侧时十分匆忙，只简单系个活结。那系活结的绳索，眼下还留在车上，一头系在车厢的钢板上，另一头的结已散开。以为绳索越粗就越牢固，却忽略了越粗的绳子打成的结就越容易散开。有人推测，是那只鸟，是那鸟的爪子钩开了绳子，活结嘛，一拉就开。

　　那几包是什么？冯媛媛问。众人摇头，打包行李的事情由冯媛媛操办，这里没有人比她更清楚那几包东西是什么。

　　"不管了，先找找，没准儿就在附近。"刘玉勇说。

　　说话的同时，他们已经发现，那几包东西滚在雪地上的轨迹。望过去，轨迹横穿过路面，断掉了，又在另一侧的雪地里重新出现，再看，线索彻底断掉——它们滚落到山崖下。

　　刘玉勇走过去，崖边探身一看，倒吸一口凉气。

　　凭借掷标枪的对距离的直觉，刘玉勇判断那三个红蓝格子编织布的大包，应在山崖下几百米外。它们还连在一起，大约将它们维系在一起的那个结，还是个牢固的死结。

　　坡地在此处突然陡峭。积雪里留下它们滚落的痕迹。先是几个大坑，像巨兽的脚印，随即脚印渐密，终连成一线。不，不只是线，比线更粗，是一条沟渠。沟渠顺直而下，未遇任何障碍。这沟渠的终点，就是那几包东西，看上去只一丁点儿大，如雪地里开出一朵红蓝色的三瓣花。

　　"都是吃的。"冯媛媛说，"红蓝格子的包里，都是吃的。"她自言自语地重复。

　　刘玉勇飞快地回到车厢前，把剩余的几个包轮番拎起来，"所有的吗？我们所有的吃的？"

　　冯媛媛说："是的，我记得很清楚，所有的吃的，都在红蓝格子的包里。"

　　"你把所有吃的都放在一个地方？"刘玉勇回身问。他在车厢里翻找时发现帐篷还在，各人的行李堆在车厢内一处，一些杂物，一把铁锹绑在座位底下，还有塑料水桶、煤油灯、煤油瓶……都不能吃。

　　"不是，我分在三个包里了。"冯媛媛为自己申辩。

　　"刚好那三个包都丢了？"刘玉勇突兀地举起右手手臂，又不明白为何，大概只是他投掷标枪的习惯动作，于是又放下。这动作透露出了沮丧。先前他还有愤怒，但愤怒无用，对冯媛媛发泄愤怒更是毫无道理。他应该愤怒的是那只鸟，鹰或鸳，而不是站在这里不知如何是好的同伴。有人指责捆绑行李的人办事马虎，却没人记得是谁打了那个活结。

有女生率先讲出要回去的话："去不成了。""是啊，现在还来得及，天黑前还能赶回去。"像是恳求，语气却迫不及待，因为这话合情合理。

冯媛媛只轻声叹口气："啊。"

"回去吧，没吃的，去了也得马上回。"

"今天运气不好，遇上这事儿。"

"就是，我看是天意，那鸟儿，不是天意吗？"

"就是啊，走吧，走吧。"打道回府，失落自然也有一些，却不严重。去无人区的事情一波三折，眼下似乎终该有个了结。

女生们已率先坐上了后车厢，又被陈空竹叫下来，说："不行，你们先下来，我们还得先把车弄出来。"

皮卡车头右侧已冲进雪堆里，陈空竹去车厢里拿铁锹，那绑铁锹的绳子却系得死死的，他无法解开。"该绑的东西没绑，不该绑的东西弄这么紧。"他蹲在后车厢，抱怨着。

冯媛媛突然想起什么，说："不，我们没必要回去。"

"你疯了？"刘玉勇说。

她说："不是，真的不用，我听老梁讲过，翻过雪山，还有一个村，过了那个村，才是真正的无人区，我们可以在村里找到吃的。"

未等她说完，有人嚷起来："我不信，雪山那边怎么可能有村子，不信，不信。"

"如果没有村，为什么要修这条路？"冯媛媛反问。

"有路就一定有村子吗？你编个瞎话骗我们去送死？"

"是啊，那是个什么村子，里面是那些杀人抛尸的人怎么办？"

"没吃的怎么去啊？要打猎吗？我可干不过牦牛。"

冯媛媛说："我们说好要去的，怎么是瞎话呢？我真的听老梁说过的。"

"天哪，你不能这样，这不是玩笑，这是送命的事。"女生们带着哭腔，"是啊，那地方有杀人抛尸的事情，也是老梁说的，你为什么不提？"

冯媛媛没哭，神情却是胜券在握的傲慢，像被偷袭的动物准备绝地反击。她两眼放光，光里闪耀着生死之外的凶残。她不求生，她只是想做一件事。对其他人来说，都有无数方向解脱。她不能，她只有一个出口。

"要去你自己去，我们不去。"刘玉勇甩出一句话。

陈空竹拿到铁锹，准备着手清理埋住车头的积雪。

是的，无论前进还是后退，他们都需要这辆车。分裂的集体再融合，纷纷着手清理车辆。只有刘玉勇手里抓着一块石头，刚才半路停车捡来的。书本大小的石头被他两手轮番抛起。石头跃起，只几厘米，又落入另只手心。这让他看上去像是在思考，又好像只是焦灼。他刚刚讲的话，是要将冯媛媛驱逐的意思，但他们都清楚，没有人能在这里驱逐另一个人。

苏文看准一个无人留神的时刻，悄声问冯媛媛："为什么非要去？先回去，以后再来，还有机会。"时间有限，周围都是同伴，他只得长话短说。

她蹲在车前，红手套插进白雪里，触目惊心的艳丽。她掏出一捧雪，扬手甩出去。雪花扑簌簌，迅速落满他们的肩。

"现在的情况是，我本来可以去，却不能去。而原来的情况是，我本来就不能去。"她说，"当然是我本来可以去却不能去的情况更糟糕。"

"可是你以后可以去啊。"

"我只有这一个愿望了。"

"以后，过几天，一样的。"

"我没有以后，我最多只能活一个月了……"她说。

"但是，我们都有以后！"刘玉勇喊道，他不知何时出现在苏文和冯媛媛身后的，也许他终于想通，也准备帮忙挖雪，无意间听见了他们的对话。

"你不想活了，不要带着我们去死。"

"我怎么带你们去死了，我做这些，不都是为了你们吗？我又不是为我自己，我都要死的人了，我还计较什么？你还说什么我要去自己去？我还就自己去了，我计较什么？"她说。

"你计较太多了！"

"刘玉勇，还有你们，我告诉你们，必须走，不能回去，你们要走你们走，除非我死在这里，我才跟你们回去！"

苏文劝："别说死了死了的。"

刘玉勇又无意识举起右手，还是投掷标枪的习惯动作，冯媛媛抢先一步上前，拉住他肌肉发达的胳膊："还要打人哪，来啊！"

刘玉勇手里还握着那块石头，是黑色的，被他认为有可能是黑皮玉原石的石头，书本大小。被冯媛媛拉扯住手臂，他才感到这石头的分量无比沉重，这意味着里面可能真的是一块黑皮玉，只是在原石被切开之前，没有人能确认。"放手，你这婆娘疯了。"冯媛媛看上去正让自己整个吊在刘玉勇的手臂上。他本来可以把手臂放下来的，但她抓住他，两种力量相平衡之后，他本能觉得她要去抢那块石头。她看起来真是疯了，举着两只手，去抓那石头，她当然是够不到的。他的意识里，也就直觉不能放下手臂让她拿到石头。

他们急忙上前去拉开他俩，却让局势更混乱。她用了死力要攫住他，就像之前抓住陈空竹的手一样。

石头从刘玉勇右手飞出，他感到一阵轻飘飘的风灌进他一直用力握紧的手心。石头砸在她后脑处，又噗地陷进雪地，它可能确实是一块价值不菲的黑皮玉。

她突然松手，刘玉勇的胳膊失去她的力量制衡，反倒又往上冲了冲。她却向后倒下。几缕红色的血从发际线缓缓漫延而出，落在雪地里，化作乌红的点点。血融化了周边一小圈一小圈的雪，雪水再混进血里去，那乌红就转淡了，竟又凝结起来，像雪地里埋下一个个粉红色果冻。

九

二十多年后，刘玉勇试图回忆冯媛媛的样貌，但能想到，只是一枚枚果冻状血块围绕的人形雪坑。红色液体逐渐填进，像钢水注进模具，再定型。这些年间刻意忽略的记忆，如不断冲泡的茶水，终于淡薄至透明。

刘玉勇从车窗看出去，所见却是与记忆完全相反的拥塞景象。拥塞中不时有密集的文字凸显出来，如活字印刷术中的字模：春华超市、扬州修脚、金泰福家常菜、德威治大药房、配钥匙配门卡、汽修五金专营、饮料电话卡、自行车补胎充气……不用再看过去，他也知道，往前，会出现五种颜色的金星幼儿园、蓝色字是电信营业厅、深红和金色的是周大福珠宝专卖、大红镂空的是红星运动鞋、白底黑字的纺织纪念馆……他在县城里几十年的生活，分摊于一个个店面招牌上，像中药铺的小抽屉，打开一个，就出现一味药，就有一种滋味。一味药解决一个问题。他此刻需要的药，在哪个抽屉？

捷达仍未通过中心广场十字路口。穿荧光背心的交警在车海中来回奔走，却收效有限。排头的车辆也想退让，只是退无可退，因为后面也有车，车后还有车。这是环环相扣的机关，如贪吃蛇游戏，牵一发而动全身。每辆车都想更快些，想尽办法再往前一些，终于没有余地，再不能回头。不能回头的时候，还来得及吗？刘玉勇感到悲观。

他曾以为天无绝人之路，凡事都不以为然，因为总可以化解，最次也还有时间，时间总可以化解任何事。这世上死去的人比活着的多，所以活着的人都是有余地的人。有余地就总有机会抽身退步的。可是想退步的时候，身后真的还有余地吗？

车窗外的景象，简直密集如盘杂烩的剩菜——陈旧的菜色和纠缠的形态。他眼前出现了星星般的光点，像汤里的油，一团团，漂浮、晃动着。太阳很刺目，时间是上午十点。冬日斜阳的角度，刚好拦截人的视线。眼花缭乱，他想，是不是就是自己现在的感觉呢？"缭"这个字，又是什么字体和颜色呢？

他不再看窗外，低头翻检手机，下意识打开通讯录。手机通讯录也是一个个小抽屉。联系人的姓名分列整齐，是数码时代的排版，自动对齐、按姓氏首字母排序，几个大姓，陈、张、王、李……各自列下长队，仿佛等待点名的士兵。那些名字，有同事、亲属，各单位认识的、不认识的、似乎认识又似乎不认识的人，还有见过一面交换电话后再没联系过的人，物业、水管疏通工、儿子的班主任、洗衣店……

光斑仍在他眼前，像电视剧特效画面——白娘子双手合十、酝酿发功，手指上闪烁光团。光团变形、拉长，又长出两只脚，化身人形，是多年前青海无人区那个人形雪坑。

他下意识抬手，想要驱赶什么。小范见他挥手，以为车内有异味，就按下车窗控制钮。车窗徐徐落下，吵闹声迅速涌入。他的耳膜也膨胀了，似乎光团钻进耳朵，又宛如黑色大鸟在耳朵里扇动翅膀。

他开车门，下车。

小范在前车窗疑惑地看他。他简单解释说："我不等了，走过去更快。"小范无奈地瘪嘴。

刘玉勇沿上班的路，在汽车之间的夹缝里穿行，遇到后视镜，必要侧身，但仍时常被后视镜绊住，引来车主责骂。他毕竟心不在焉。

他觉得自己也随那光斑飘起来了。正左右侧身、费力穿越汽车迷宫的不过是另一个肉身。真正的他，在半空中，上不着天，下不着地，四周都软绵绵的，是雪吗？真舒服啊。

她攥住他的胳膊，用了死力，却不是往下，而是往上，这一次，她带他飘起来，她说："还要打人吗？来啊！"又说，"还要杀人吗？"

他张口，却听不见自己的声音，都是她的声音，一声声叠加，最后只剩下两个字：杀人。

杀人——白底红色字，黑体，加粗。

他感到自己又突然落回地面了，低头看见穿了三年的黑色人造革的鞋子正踩在人民东路的街沿上，鞋面上蒙层薄灰、横向蔓延有几道裂痕。

他杀过人。

她死了。然后呢？是一片死寂，利风变得轻柔，温柔地抚弄凶手。

"快止血。"苏文最先叫出来。他脱了外套，盖在她头上。"没用的，她是白血病。"有女生说，"她会死吗？"

她的眼皮似乎还跳动了两下，睫毛上落有白雪，也像泪。泪被血液冲开，她很快成了京剧丑角的样子。苏文摇晃她，她也跟着晃，血一直在涌，整件外套都变了色。

陈空竹去探她的鼻息，又去探脉搏。

"她死了吗？"他们互相询问，谁也不知道答案。女生们开始尖叫，也不知该做什么，纷纷用手盖住张大的嘴，又去蒙眼睛，最后，她们干脆把脸也蒙住了。

风突然大起来，刮起一层雪花，好像要将所有的痕迹覆盖。这是一种提醒。在瞬息万变又永恒不变的时间之门内发生的任何事，都不过沧海一粟，终将被更磅礴的力量淹没。

"怎么办？怎么可以止血？"不知谁在问，也没人回答。

"死了，我想。"陈空竹站起来，说道。

刘玉勇觉得自己快冻成冰雕了。苏文还把外套压在她头上，却不敢去看她的脸。他抬头，轮番去看每个人，好像希望得到什么答案。

"她踩上去了，那不是冰，只是一层雪，她掉下去了。"他们反复背诵这句话，预备讲给见到的每个人听。他们一字不差地复述，从未有过差错。

"她踩上去了，那不是冰，只是一层雪，她掉下去了。"刘玉勇喃喃自语，却忽然听见一个女人的声音："别以为我不知道，我都门儿清。"

他一惊，循声音看去。"春娟美容美发沙龙"几个字下，鬈发女人正叉腰打电话，声音很大，像吵架："我都说过了，我们这儿签了三年合同，现在突然要拆，一分钱都不退。""是啊，改造归改造，我听说还要改造成什么鞋城，我不管你改什么，但你收了房租总该退的啊。""安合同办事，他们猫儿腻多着呢，以为别人都傻，可以瞒着。""是啊，我坚决不走，我肯定是最后的钉子户，他们瞒得了一时，还瞒得过一世去，真瞒得过一世去，我就服他，奶奶的……"

他不想瞒一世，没想过。他从来想的是，重新再来，凡事不都有余地吗？他还可以弥补。回县城工作后，他资助了两名青海的学生，一开始是老梁介绍的，后来老梁也病死了，他就自己找需要资助的学生的线索，再后来，也不只是青海的学生了，只要有捐助的信息，他都捐，也不留名。他一开始还把单位每年发的年货寄给冯媛媛老家内蒙古的家人，他不敢在发件人处写真名。有一年包裹被邮局退回，说查无此人。包裹退到单位，收发室写了招领通知，他看见了，不敢去认领。他想冯媛媛的家人去了哪里？也死了吗？他希望他们好好地活着。

　　车流在他身旁缓慢挪动，好像濒死的大型动物迈不动沉重的腿。那次之后，他再没开过车。当局长后，他摸过一次方向盘。司机中途去加油，他坐上驾驶座，感觉就像触电，又立即退出来。他的妻子提前病退回家，他没像别人建议的那样，用城建局长的身份，为她在地产公司谋一份只领薪水不上班的工作。妻子有很多埋怨，不是因为他的做法，而是因为他从不解释。就是这样，所有好事他都不配了。他无法解释。

　　也有那种特别想说话的时候，他就去县城边的古庙。可后来他发现，那里的僧人都是职业化的，白天去寺庙上班，晚上开宝马车回家。他无法得到他想要的东西。他看电视，很羡慕国外那种偏远的小教堂，那些人可以把一辈子的话都说给上帝听。葛优在哪部电影里，就跟小教堂的牧师把一辈子的话都说完了。

　　刘玉勇不再开车，苏文开车带他们从雪山下来。那是怎样的山啊，是山，好像又不是山。苏文刚学会开车，不熟练，只穿件毛衣，两眼死死盯着挡风玻璃，红得像狼。刘玉勇坐在冯媛媛曾坐过的座位，觉得两只脚都不存在了。真冷啊，明明是正午，一天中气温最高的时刻。他哆嗦着，将那块书本大的石头抛出车窗。那肯定是块黑皮玉。石头抛出去后竟悄无声息的，仿佛它从没落地一样。

　　刚刚，他们把她抛下山崖的时候，她的坠落也静悄悄的，仿佛从来没有落地。那地方，难道是无底洞？两山抵牾形成的狭窄缝隙，是一道撕裂大地的黑色伤口，任何东西投进去，都迅速被吸纳，消失得无影无踪。他回忆自己在专业课上学过的东西，试图判断她的去向，却什么也想不起来，大脑与那世界同样苍白。之后，是清理雪地上的血、车上的血、每个人身上的血。一个人身上，为什么会流出那么多血？

　　"一条命和九条命，所以，只能这样。"陈空竹拍他的肩，他回头，看见的却全是人影，密密麻麻、重重叠叠。再望，都是死人。所有的事都有余地，只有死人的事，没有余地。

　　"她会害死我们的，她本来就是白血病。"陈空竹说，伴以无可奈何的叹气。他想陈空竹只是为安慰他。他刚刚也差点儿从山崖上跳下去，他们拖住他，把他按在雪地里。"想想，想想"，很多声音重复着。

处理尸体和统一说法，是他们共同的决定。冯媛媛不再能开口说话的时候，决定做得极为容易，没人有异议，异议者已不能发言。

"她踩上去了，那不是冰，只是一层雪，她掉下去了。"苏文说，并让每个人都重复一次，一字不差。

"必须镇定了，真的，你这样，我们都会完蛋的。"陈空竹也说。

二十几年后，刘玉勇依然能把这句话一字不差地复述。可是，其他七人呢？这是虚假的供词，宛如"一望无际"一样不可信任。可他们依赖着这句话，抚慰彼此。誓言成立了，他们一直背负它，无论它会不会越来越沉重。他想起五年前，那次在北京簋街的聚会，八个人只来了四个。他当然去了，他必须确认其他人是否还在坚持，但有四个人没来。为什么没来？理由可以很多，最大的可能，也许是他们不再坚持，然后终将放弃。

冯媛媛牺牲了，大学举行了隆重的追悼会，这所院校从没有过为科学考察牺牲的先例，冯媛媛是第一个。她被追认了很多荣誉，全校师生都去听冯媛媛先进事迹报告会。只是那些报告会与她无关——她在冰山下，冰冻、结晶，连同她的白血病一起。

刘玉勇已经走到纺织纪念馆门前，死盯着看牌匾上五个白底黑色的大字。县城纺织厂解体后，办公地址改建成纪念馆。工程从去年夏天开始，现在已一年半。十层的楼馆，只剩下外立面没有完工。楼上几层的绿色防护网被拆除了，露出半截灰玻璃墙面。下面七层，以后会是县城自主创业基地。纺织纪念馆其实只占上面三层。纪念，是为那些消亡的东西，新兴的生活，却被消亡的东西覆盖——这是要一直被死去的东西压住啊，他想。

他掏出手机，看小范的信息。"那些人又来电话，说今天下午最后一次常委会。我还堵车，怕耽误您，所以先发短信。"

是宋体，小五号，手机上显示成四行。他反复读。这个上午他突然陷入文字和语义的困惑里。什么意思呢？最后的通牒？怕耽误您，耽误什么呢？其实那些人不需要这样的，他想。他能决定什么呢？眼前玻璃幕墙的楼，像个古怪的玻璃瓶子高耸在四周所有建筑上方，不就是他无关紧要的证明吗？当初他确实为纺织纪念馆争取过更好的方案，可他不过是执行者，其实连执行都算不上。他只是棋子，在宏大的棋局里，连自己的落脚点都无法得知。

他并不知道那些人是否真有线索，可以寻踪到青海的事情。他很累，就像一直扒着悬崖边缘的人，用尽了所有力气，会抓住面前出现的任何一根绳子，或者干脆松手。而这些天，他其实已经得到那根绳子了。于是他才会不断告诉自己，他们就是知道。

他转进纺织纪念馆已经建好的大门，是两个并立的纺锤形状。上方有模仿纺线的设计，将两根纺锤连在一起。千丝万缕啊，他想。

手机还在他手心，几分钟后，它将和主人一起，从十层楼顶坠落，摔成一把无用的金属碎片。

坠落的感觉，其实很美妙。天空灰白，一道光斑，拉长了，直指太阳最刺目的核心。阳光铺成的路，白光闪烁，向斜上方延展，通往朦胧不可见的地方。他迈步往前，想看得更真切。松软、温暖的光芒就托起了他。他看见很多个太阳在四面八方升起。哦，是九个太阳。

他回头，只见身后道路曲折蜿蜒。其实也看不大清楚，因为很快又开始飘雪，朦胧了这天地间的真相。

十

刘玉勇死了，郑姐不认识小范了，小玉儿走了，这地方和小范再没关系了。

刘玉勇死后，小范接到过郑姐的电话，说："不管谁问，我们都不认识。别的事儿你就不用管了。"他还想问关于小玉儿的事儿，但郑姐已经挂电话了。

郑姐到底是帮他找到小玉儿了，在北京房山的一家美容院。只是小玉儿不要他了，还打来电话说："我们分手吧，不要联系了。"他想她的心思还是变大了。他说："我去找你。"小玉儿那边说："你来我还是会走的。"

他一年多前来这里，留下的全是倒霉的记忆。此时想来，给刘玉勇开车的一年，竟是最好的时候。刘玉勇生活简单，只是上下班，或者下乡，外出也只是白天，跑不出县城。小范也不用像县里其他司机一样，等领导吃饭要等到半夜，他们司机之间会交流这些事儿，就在局长们在什么地方一起开会的时候。

小范感到难过。他趴在床上，拼命想，也想不出星期三那天刘玉勇有什么跳楼的迹象。他一周前给刘玉勇讲了那些话，之后他好像并没有反常的举动，他以为那些话没用，但可能真是那些话逼得他跳楼呢？

"那我是杀人凶手吗？"小范觉得自己快要被这问题折磨得也去跳楼了。

他的确做了不好的事，可是他并不想害死刘玉勇的。刘玉勇是好人，也是个好官。小范比谁都清楚。他之前就是这样告诉郑姐的，可是郑姐不信，她让他继续观察。这一年，郑姐也没怎么找他，就一次，还是小范主动打电话给她，他先说："他没事儿，什么事儿都没有，后备厢的礼品，他还让我送回去。"然后他问郑姐，能不能帮自己劝劝小玉儿，让她回心转意。他觉得小玉儿是肯听郑姐的话的。可是郑姐说："不管用，我又不是她妈，不过，如果你发现了什么，我会考虑的。"她挂了电话，都没听他有没有答应。他想，是啊，郑姐根本不需要知道他有没有答应，因为他只能答应、必须答应。她给了他一份好工作，收入比之前当保安每个月多了一千块钱，她还帮他找到了小玉儿，而他还没有任何回报给她，他怎么还要求她更多呢？何况，虽说他有任务在身，却并不急迫，她又没有每天问他有没有发现。他有时会想，其实，忘掉这些，再忘掉小玉儿，好生做个司机，不是很好的生活吗？只是他忘不掉，尤其小玉儿。

直到两星期前，郑姐才在他当司机之后第一次主动联系他。他本来已经快忘掉郑姐安排的任务了，但电话一来，他就知道，有什么东西哗啦碎掉了。

郑姐说了个期限，他说真没事儿怎么办？他想，反腐为什么要有期限呢？郑姐在那边就笑，"他没事儿，你不会套他的话吗？"

他又问："套话也没事儿怎么办？"

郑姐说："你是猪脑子啊，这么简单的事情，你自己想。"

挂了电话，他开始想，还是想不出来。要换了其他局长，他可能早就完成任务了，小范现在已经知道别的局长后备厢里有什么东西，但偏是刘玉勇，他毫无破绽。他先是不可能受贿，因为刘玉勇身上穿的衣服，连小范都有些看不上，而小范还去过他家，也是四壁白墙，电视机是21英寸的。他儿子的床，居然是个衣柜改的。他老婆的穿戴，跟郑姐也是没法比的。他更不可能有女人了，刘玉勇看见漂亮女人，几乎都不会讲话的，这么一个人。

正想着，就看见郑姐的短信，郑姐发来了刘玉勇的简历。小范是聪明人，突然明白郑姐的用意。她让他套话，得先知道他的经历才成啊。可是，这经历也很简单，上学、工作、父母、家人，一目了然，只有青海支教一项，让这简历显得精彩些了。

小范编了些话，"那些人知道你做过什么，会捅出来"。

那些人是谁呢？他想，如果刘玉勇问，小范就说自己也不认识。那些人，这就对了，会让刘玉勇琢磨半天的。可是刘玉勇看上去并没琢磨。小范想，这就得从他的简历开始了，于是说到了青海。刘玉勇似乎有点儿反应，但小范不确定，而且事情到现在，小范认为自己的好奇心已经被鼓舞起来了，倒不像是郑姐安排的任务，而像是小范自己的事儿了，就像打游戏，越打不过的时候，偏越想打。

郑姐却催促得紧，见小范毫无进展，郑姐就说了中心广场的项目，星期三下午最后一次常委会之前，这是小范的最后期限。小范不太明白常委会是什么级别的会。

郑姐说，你再试试这个，跟他说中心广场的项目。

小范想这样也行吗？每个人都有秘密的，他想，那种打地鼠的游戏，其实每个洞都多打几次，总会打到老鼠的。他从这任务里感觉到了乐趣的成分。刘玉勇多严肃的人，如果知道他更多的事儿，不也不错吗？

小范就给刘玉勇讲了他们村子里的事儿。有人十年前为五十块钱杀了妻子，因为妻子拿五十块钱买衣服了，他觉得妻子大手大脚，不理解他赚钱辛苦，一怒之下就杀了她，然后逃了十年，再没回过村里。他以为没事儿了，年前回家给父母上坟，十年没上过坟了，没想，在坟头前，被抓了。

小范讲的这事儿，是电视上看来的，法制频道总播这样的案子。他还从法制频道看到过心理暗示的方法，公安在审讯时总用，看似无关紧要的话，却能引起嫌疑人的不同反应，然后泄露线索。

小范又讲了些案子，都是这样的风格。刘玉勇似乎也没听进去，反正他总是在后排座位不言不语。小范那时以为，讲讲这些奇怪的事儿，也没什么害处，但会不会真的是这些事儿逼死了刘玉勇呢？

可是，如果刘玉勇一点儿事情没有，又怎么会被逼死呢？

小范头痛极了，他觉得自己确实没做错什么，但又好像哪里真的做错了。他想起床，却怎么也起不来，就像被什么梦魇住了一般。他们村里，都管这叫"鬼压身"，会不会是刘玉勇的鬼魂压住自己了啊。他费力抬手，摸自己的脑门，发烫得像煮过一样。

昏睡中，他突然产生一个念头：郑姐的目的，根本不是看刘玉勇有没有腐败，而是要威胁。

小范被这念头惊醒了，威胁？那自己也是帮凶了。

可是，郑姐为什么要威胁刘玉勇呢？县长比局长官大，不应该管着刘玉勇吗？就像乡长管着村长一样啊。

小范忍不住还是给郑姐打了电话，第一次没接，第二次响了十声，郑姐才接起来，没好气地说："谁啊？"

"是我。"小范紧张地答,又不知那些乱麻样的思路该怎么说,看时间,是晚上十一点了。

"我不认识你。"郑姐说。小范就知道,她已经听出他的声音了。

"郑姐,我,我,我们是在威胁吗?"小范想。电话里太明确的东西是不能讲的,他知道公安会监控电话,法制频道也演过。他突然后悔打电话了。

"什么?现在,现在,都没事儿了,都没事儿了,人死不能复生,你不要多想,再把脑子想坏了。"郑姐挂了电话。

小范却一直想啊想,没人可以帮他想。他眼睁睁看着天色发白。他租住的一间房子,也地动山摇般在眼前晃起来。简易的布衣柜上,黑白格子的花纹,像扑克牌一般翻来覆去。

为什么郑姐说没事儿了呢?人死不能复生,他以为这话里有好多含义,法制频道那些节目又让他不得不产生更多联想。他当初看法制频道,还是在小玉儿失踪的时候,他关心那些拐卖妇女的案子,以为可以看出些门道来,却没想真把自己看坏了。

人死不能复生,这是灭口的意思吗?刘玉勇知道什么呢?如果郑姐说没事儿了,难道是刘玉勇被灭口了。不,不可能,郑姐不会做这样的事儿,如果做,也不会绕这么大弯子让他去套话了。

又是一念之间,意识倏忽一闪——不是郑姐威胁刘玉勇,而是刘玉勇知道县长的把柄。是的,要不县长为什么不能直接去管刘玉勇呢?所以郑姐才需要刘玉勇的把柄。她不是要威胁刘玉勇,也不是为了什么中心广场的项目,只是因为刘玉勇威胁到县长了。不过,那为什么还有个最后期限呢?

小范昏沉沉睡去的时候,总算疲倦地想明白一件事。无论他们谁威胁谁,都是自己害死人了。他为什么要给刘玉勇讲那些法制频道的事儿啊?现在,他再也不敢看法制频道了,因为他也会害怕了。他不知道这种害怕会持续多久。他想起那个十年后被抓获的杀人犯,又觉得这种害怕永远也不会结束,除非那最后的时刻,突然到来。

可是,即使到那时,他怕也还是不会知道,这世界的真相。

六　根

杨丽达[①]

1

桂林城里，六根是吃书法饭的，一支毛笔打天下。那支毛笔是托人从湖州特制的，笔杆选用斑竹，紫褐色的竹皮上撒着点点斑痕，称之美人泪。牛角收口，管顶嵌一段翠玉，绿莹莹放着温润的光。笔毛是加鼬鼠须做的，细软柔韧。六根得此笔欢喜异常，悬挂书案的笔架上，望之，美若妇人，相看两不厌。掬而嗅之，隐隐含香，遂在笔杆上方刻了篆体"妙香"二字。每逢有人索字，六根便用笔袋装了揣在怀里，贴着肌肤元阳津养，暖暖焉如近美人。日久天长沁了人的精气，笔生灵魅，助六根挥毫，处处皆妙笔生花。六根用这支生香妙笔写的墨宝也有挂在桂林城大街小巷茶肆酒楼的，多半不收钱，只是送朋友。六根也习惯，不喜润笔费，只好酒。因此隔三岔五就有人请他喝酒。六根并不贪杯，只浅浅悠悠地喝将来，自称薄薄酒。偶尔薄薄酒喝多了喝高兴了，亦醉人。醉态上来，六根喜欢击股而歌，哼唱彩调段子。眼醉肉钝，手下去无有轻重，回家脱裤子上床睡觉，妻子金满月发现腿上红巴掌大一块，就问谁弄的，六根说自个儿打的。金满月就纳闷半天。

略知六根的人，都知道他右手多长一根小指头。倘若在别人早就做了手术切除了，可六根是吃毛笔饭的人，就有不一样的理解，似乎在六根童年哭着

---

① **杨丽达**　作家，现居广西桂林。已发表小说多篇。

闹着要学书法的时候就有了每种暗示。这暗示被尧山白云观的跛足道士点了机关，说蛇年出生的嘛，此手指是来显本相的。等六根成为桂林小有了名气的书法家，这第六根指头便像天谶，应验老天的赏赐——多指（子）多福，徒叫那些书法爱好者羡煞。原本六根的小名，越叫越响。六根不净烦恼始。六根遂刻了一枚"六根禅"的闲章。那章选用一卵和田青花籽料，形不规则，盖在书法作品上，像六根另一张脸。

一大早，金满月不爽。说不出缘由。一只鸟在树上怪叫，她听见了就踢了脚，将垃圾桶撞翻。她就骂那只鸟报丧，捡了地上一截茄子往树上砸。

要说不爽，还有不爽的。金满月下楼到菜市买菜，卖肉的短她的秤。她返回肉摊讨公道。那卖肉的嫌她啰唆，显出鄙夷的神色，呷嘴呷舌地在猪骨头上砍了一刀，朝她扔了一坨骨头肉。扔完，刀从右手抛到左手又抛回右手，杵根秤杆哐哐哐在她面前抢刀刃，金满月就怵，捡了骨头肉扭头疾走。她来到卖鱼的摊位，买了鱼，掏出一张五十元的票子给卖鱼的找。卖鱼的拿着那张票子横看竖看倒看斜看翻看，正摸反摸点摸，然后说："换一张吧，这钱我不要。"卖鱼的忙下一个顾客，不理金满月。金满月腾地一下气往脑门心蹿。说："邪门了，这钱又不是我造的，别人给我，我要；我给你，你就不要了？"卖鱼的说："你去找别人嘛，我又不是别人！"金满月恼了，说："你不是别人，你是谁？"卖鱼的说："我是谁，关你屁事！"金满月说："这钱有假，是假钞？"金满月跟卖鱼的老板争执起来。卖鱼的说："我又没说是假钞，是你自己说的。"金满月说："既然不假，那你为何不要？"卖鱼的说："这张钱老子不想要，不想得了不？！"金满月更恼了，说："你不想，你还想不想做生意？"卖鱼的说："做不做生意是我的事，关你鸟事！"金满月眼睛冒火了，说："小子，你嘴巴放干净点，你鸟来鸟去，你鸟谁呀？"卖鱼的说："你管我鸟谁？我鸟你了吗？"金满月说："你敢！"卖鱼的说："有什么不敢，鸟你就鸟你，有什么敢不敢的？！"金满月脸撑红了，说："色胆包天了，我是你老娘，你敢鸟我？"卖鱼的朝地上啐一口唾沫，说："想当我娘，我嫌×臭！"

再吵下去就要动手了，有人过来劝架。金满月被熟人拉走，愤愤回家。

六根还没起床。周二没课。如果没课，六根喜欢睡懒觉。金满月匆匆过来掀被子，六根就醒了。金满月摊出那张五十元钞票让六根辨别真假。六根睡眼惺忪地坐起来，等他明白了原委，就说："钱这东西，最不靠谱，过手不认人，银行都是离了柜台不认账的，我有什么办法，算了吧！"又倒下扯被去睡。金满月不满了，说："不能算！帮我想想帮我猜猜，这钱是什么人找的，是卖鱼卖肉卖蛋的还是卖米卖油的抑或是卖米粉的？"六根说："你闻闻嘛，看那钱是什么味儿？"金满月真的低头去嗅。嗅闻好一会儿，金满月说："闻不出。"金满月说："你向来鼻子尖，你嗅嗅看。"把钱放到六根鼻子底下去。六根打了一个喷嚏，说："拿开拿开，脏分分，害我鼻！"金满月就责怪六根假清高，说："嫌钱脏，有本事，赚个十万八万的回来，我才服！"六根听不得这话，嫌女人俗。穿好衣服到阳台拿上钓鱼的家什，出门钓鱼去。

　　下得楼来，六根去吃米粉。他到钟楼下的崇善米粉店吃。吃了几口，身上燥热。许是昨夜没睡好，六根有点说不清。有人说夫妻间白天的别扭往往是夜里床笫间惹下的，这话或许有道理。昨夜先是夫想行夫妻之礼，妻不想。夫就嫌妻拿架子。后半夜妻突然又想要了，夫却不予。夫不予，实为予不得，强来也不行。妻就骂他那东西没用。她一骂，那东西更软耷。折腾了半日，勉强进去，草草了事。结果一宿不爽。六根将吃米粉的速度放慢，身上的汗就退了下去。吃着吃着，天下起了小雨。六根不愿回去取伞，便沿街沿转到百花剧场。正月里，剧场热热闹闹，好戏连台，六根买了张票进去看。

　　台上唱的是彩调梁山伯与祝英台。六根一看就知道是草台班子，良莠不齐，底气不足。梁山伯老俗，祝英台稚嫩，不相配。俗话说，外行看热闹，内行看门道，六根介乎两者之间，是既看门道又看热闹的主儿。台上唱："撮土为炉，插柳为香，勾勾手发个誓，谁要是变心，变成黄狗嘴啃泥。"台下喝彩声片起。仔细听，梁山伯的唱腔虽不荒腔，但气口不连贯，塌中。仔细看，六根看出遗憾来。梁山伯的戏做作了些，油滑有余，憨味不足，与梁山伯的性格错落了，不相称。祝英台唱的却稀罕，叫人耳朵清亮，演得认真，假戏真做，一招一式都是行当里学练出来的，也贴心贴肺。动情处，六根能窥见祝英台眼里有泪光闪烁，心里就生了感动，湿酸酸的。六根想，若男女演员交换性情来演，可就相配了。六根喜欢在看中挑剔，在挑剔中鉴赏，在鉴赏中哼唱，在哼唱中享受，在享受中快乐。听听稀罕的，祝英台给梁山伯的十味草药方："一要清风一两整，二要天上两片云，三要中秋三分月，四要银河四颗星，五要观音瓶中五滴水。六要王母娘娘发六根，七要仙山七根灵芝草，八要龙王身上八条筋，九要石头人九颗胆，十要泥菩萨怀中十颗心。世上若有这十味药，我二人同药而生；世上若无这十味药，我二人同病而死。"唱得叫人想抹眼泪。看看精彩的在最后的高潮叩坟。祝英台穿着一身新娘红装在梁山伯的坟前叩碑，问梁兄求他开门，一叩一唱，一唱一答，阴阳两隔，却心通无碍。一叩不开，二叩不开，三叩后祝英台在坟前快速胡旋，轰然一声坟飞碑开，火光四射，舞台启开另一层幕布，坟墓顷刻变成洞房花烛，大红一片，梁山伯穿着红色绣袍展双臂等着祝英台，祝英台奔过去与梁山伯相拥。生生将一曲悲剧演绎成活活的喜剧。六根就爱彩调那沁心暖肺的民间热乎味儿。台下叫好声蜂拥震耳，六根也叫了几声好。亲历美，是六根迷戏的原因。

出剧场六根抬头望天，天默默，无雨。时近晌午，六根拐到漓滨路吃砂锅饭。店小人多，老板娘忙都忙不过来。六根吃完给钱，一掏衣服口袋却是金满月用不出去的那张五十元的钞票。六根有点忐忑，将钱给出去，想不到的是老板娘将钱扫一眼就收了。六根接过找回的钱敢忙离开，终不知那钱的真假。

江边一坐，六根心就安顿下来。

在六根的心里，天下的江河都属龙王掌管，黄河、长江是大龙，漓江则是小龙。龙不管大小都是龙，都具灵性。这种灵性有时现在龙王庙里供奉的菩萨身上，有时现在端午节的划龙舟时龙头的安放仪式上，有时现在溺水的人身上。解放桥边有个九娘庙，现在是只有码头没有庙了。六根八岁那年在漓江溺过一次水，险些丧命，醒来后他说脚下仿佛有砖块将他顶起，一位白衣仙女将他拉上岸。母亲说是菩萨显身来救人了，六根信。六根相信美丽的漓江有一位美丽的女神守护着，他称她为九娘娘。

冬日的漓江静落落的，水清如镜。裸露的河床的腥味儿丝丝钻鼻，那是六根熟悉的味道。几只竹排在江面游弋，鸬鹚瑟缩在寒风里，被渔翁一次又一次赶下水去，从一处水面钻下去，从另一处水面浮出头来。好不容易逮住一条鱼，又被脖子上铁箍圈限，吃不着，吐出来给渔人。六根替鸬鹚感叹了。冬天鱼潜藏起来，水瘦鱼稀。

冬钓是最能考见一个垂钓者的水准的。六根摘了手套，将鱼竿一截截拉出来。接线，选钩，调漂。调好漂，六根顺手往水里撒了把酒米，打窝诱鱼。天寒香凝，再滴几滴自己制作的桂花药酒到鱼饵里，捻捏几下。六根将软如耳坠的鱼饵挂在鱼钩上，手腕子一抖，钓线抛出去，鱼钩入水。鱼线细若游丝，一段吃进水里，一段浮在水面。

看看今天运气怎样，六根面水掏出烟来抽。六根将烟夹在指缝端，掌心窝在嘴角，虚罩着，轻悠悠地吹。六根能听见自己吹烟的声音。

六根看漂在水面一漾一漾的。眼睛盯住红色标头，盯久了，心里就生动。心动起来像一匹野马。信马由缰，六根就收不住。收不住就走神，神走了漂也走。漏鱼了。六根一发现漏鱼心里就觉得可惜，后悔自己胡思乱想，心不在焉。如果不来钓鱼，六根不会发现自己内心的散乱与驳杂。

　　六根将烟蒂吐了，看漂。有鱼吃钩，上鱼了。小鱼。如果是饭头鱼，再小，六根主张要。因为饭头鱼肉头重，系野生，鲜嫩好吃。如果是苦扁死，六根主张不要的。因为苦扁死刺多无肉，费油费盐，还败口。六根提竿一看，是条饭头鱼。

　　饭头鱼晒干好吃，用木炭加甘蔗渣来熏烤，更好吃。鱼仔送饭，鼎锅刮烂，说的就是这一类下饭菜。五姨娘闷的干鱼烧饭跟别人的不一样，好吃极了。六根怀念起五姨娘来。五姨娘不仅饭菜做得好吃，而且人长得漂亮，天仙一样。五姨娘的娘家曾发话，说桂林城谁家的对联写得好就将女儿嫁谁家。选来选去，挑中了赵风雅。赵风雅是桂林城书法世家之子，字写得一流。每逢春节，在家门口搭台写对联，来索字的人从街头排到巷尾。嫁来赵家的五姨娘，每年春节总穿着漂亮的新衣在旁给赵风雅研墨。五姨娘的新衣真好看，翠绿底子上开满细密的花朵儿。六根看呆了，眼里看出蝴蝶来。赵风雅就拿毛笔敲他的头，说他眼珠掉地下了。六根被敲醒了，扑通一声跪倒，求赵风雅收他为徒，教他写毛笔字。

　　赵风雅不愿收，六根就不吃饭。一日不吃没人管，二日不吃，六根的母亲急了，三日不吃，六根的父亲急了，一起来求赵风雅，说："瞧这孩子都傻成这样了，可怜见的，赏孩子口饭吃吧！"赵风雅最后就答应了。

　　学书法是件磨性子的事，吃这口饭不易呀！六根想起老师墙上挂的戒尺，将心里一口浊气吐向江面。六根提竿换饵，然后轻轻地将竿伸出去，抖腕漂立，六根紧紧盯着漂。漂在水里一漾一漾的，漾出好看的波纹。波纹在六根的眼里是水的花纹。水有花纹才美。水为什么有花纹才美呢？这是二十年前，赵风雅问六根的问题。六根当时答不上来。学生答不出问题是常有的事，可那回赵风雅发了狠，罚自己的徒儿在漓江边站了三个时辰，站完三个时辰的六根中暑。等暑热退了，赵风雅用戒尺在六根手心里敲，一敲一个字：活！活水才魅，活线才美；死水臭，死线僵，死笔败！达摩面壁，赵风雅教弟子面水开悟。

　　大鱼不吃钩。吃钩的都是小鱼。

　　六根带几条小鱼回家，临近家门，给了邻居喂猫去了。金满月见六根空手回来，脸上就挂霜。故意将刀在砧板上弄得当当响，说：岸上骗不到钱，水里的鱼也骗不到一条，没尿屑的！六根不作声。按理女人脸色不好看，不看就是了，可金满月的话，六根的耳朵躲不开，不听也得听。六根是心细的人，耳朵听了，话就落进肚里。话一进肚，心里就不好受。心里不好受，饭就吃得寡淡。饭一寡淡，胃就痛。草草吃完，到书房找艾灸灸胃。六根按穴位灸。慢慢地舒缓了，胃解了痛。六根抬眼看墙上美人，美人亦看他。这是一幅仿唐伯虎的古画，美人抚琴图。六根点了盘香。香烟抽丝般从瓷钵的孔洞里分几缕升腾出来，悠悠荡荡袅袅娜娜缠住美人，只差一口气，墙上的美人仿佛要活转来似的。画两边是六根书写的一副对联：书山有路达彼岸，皓首穷经悟菩提。六根忽而觉得禅味太浓了，美人可解谜时在此岸，悟时在彼岸？若不解，岂不累着美人乎？便从书案的笔架上取笔来写，却是另一联：书读百遍慧，菜咬千梗香。美人咬菜梗，苦甚！不妥。六根忽而记起不知在哪里读来的句子：曾因酒醉鞭名马，生怕情多累美人。泼墨写去，两行草书呈现在宣纸上。停笔拊掌，连声道：此联妙，最配墙上美人了。六根高兴，醉眼觑那墙上美人，美人亦醉眼觑他。六根耳里似乎有了琴声，不禁吟唱起来。把赏良久，眼伤手软，抛笔睡去。

2

翌日，六根约了二皮，弄了条船，泊在象鼻山水月洞底下，临渊垂钓。

江上有雾，白腾腾的，棉搭絮。解放桥虚在雾里，像断桥。

六根与二皮是钓友，老熟。冬天垂钓者纷纷收竿停钓，可他们不停。他们一年四季喜爱钓鱼。二皮向江里吐了两口唾沫，捽了两把酒制豆渣，打窝，诱鱼。六根从屁股后的裤袋里掏烟来抽。六根抛了一根烟给二皮，二皮接住了。他刚想再掏打火机，二皮却将他的打火机哎的一声抛过来。六根接住。六根将火机在手指间轻转几下，嗒嗒打燃，然后拢手罩风就火去点。点燃了烟，两人坐下钓鱼。

漓江鱼是一群狡猾的娘儿们。二皮老空竿，对水骂鱼。他把鱼当女人骂。他骂道："歪骚的娘儿们，婊子投胎呀，都跑到哪里去了？"六根说："骂不得的，漓江鱼长耳朵的，忒灵，越骂越空。"二皮不信继续骂："狗×的，狐狸精转世呀！"六根说："再骂，水都骂脏了！"

六根不说话了，坐着悠闲抽烟悠闲钓鱼。二皮见六根不言语，也闭嘴抽烟。六根上鱼了。二指宽的川条子。二皮还是不上鱼，就怪起水来，感叹道："人清无财，水清无鱼。"六根说："水清鱼诈。"二皮说："狡猾的鱼肉嫩，好吃。"六根说二皮的舌头是饿鬼投胎。

雾渐散，象鼻山透显出来，水戏山，青苍苍的，水墨画一般。

六根喜欢跟二皮扯风水，二皮祖上出风水先生的。六根说："你说说桂林城的龙脉穴位究竟在哪里？"二皮说："一切玄机在独秀峰！独秀峰是整个桂林城风水龙脉穴位之所在。"六根说："怎么讲？"二皮说："独秀峰与月牙泉刚好组成一个太极图。独秀峰属阳，是山，往上耸立；月牙泉属阴，是水，往下渗透，好比太极里的阴阳鱼，两者有机地组成一个立体的太极图，桂林城就是以独秀峰为中心形成的风水穴场。左青龙是伏波山，右白虎是老人山，前朱雀是穿山，后玄武是叠彩山。"六根说："象鼻山呢？"二皮说："象鼻山是案山，也是水口山，也是印山，象鼻山近看是只象，远看是一个官印，以前那儿有个文昌阁，现在还有文昌桥。在王城中轴的子午线上，朝山无数，南溪山斗鸡山还有更远的群山都是，两个水口，一个水口是杉湖与漓江交汇处，另一个是桃花江与漓江的交汇处。山环水抱，一望无际，一派辽阔，因此桂林这地方自古多文才秀士。"六根说："选象鼻山做城徽是选对了。"二皮说："当然。"

六根说："正阳步行街，小香港一直是桂林城最热闹的繁华地段，怎么看？"二皮说："子午线正向，易得正气旺气，人都想到这里聚集，吸纳这里的旺气，这是人的本能和心理的需要。"

六根说："那七星山呢？"二皮说："库山，七星山都是朝拜的姿势向着独秀峰，山峦圆秀，左边四座山峰是普陀山，藏有七星岩，七星岩聚财呀；右边是月牙山，藏着全国密度最大的摩崖石刻桂海碑林，宝山呀！"

六根说："不利的地方？"二皮说："按风水理论左青龙要高大有力，右白虎要低矮柔弱，可现在的格局是刚刚相反，老人山一带明显强过伏波山，导致阴阳失位，故桂林坊间有句俗话说桂林山水养女人不养男人，就是这道理。"六根听了笑，说不信。二皮说："信不信由你，阴阳颠倒，婚姻也不顺。"六根再笑。二皮说："且这些山是背对着独秀峰的。外商投资也不看好桂林，又是兑位，乾位，这两个位都是官位。虽说北方的靠山有一组山，但并不高大雄伟，也不集中，离独秀峰又远，故靠山力量不大。"六根应和着说，桂林乃山高皇帝远哟。

二皮钓不到鱼，上岸松松裤带撒尿去了。他尿尿时，惊走了一棵樟树上一只翠鸟。那翠鸟点着水皮，一飞两飞三飞，就飞过漓江，落到对面訾洲公园里那棵著名的榕树上去了。六根知道那树上有个隐秘的大鸟窝。太阳照在水波里，一阴一阳一明一暗地漾着。六根望望天，日边起了好看的晕。鱼来了。那边起了水星，一星、两星、三星，更多的水泡往上冒，水星在移动，呈线形在移动，气泡又结成团。从水星判断，六根知道水下来大鱼了。六根沉住气，知道大鱼在拱漂。大鱼狡猾，用嘴碰碰饵，用鱼翅鱼尾扇打饵，并不急，试着吃一点又吐出来。六根沉住气，保持手稳，终于看到漂没了。黑漂，起竿，竿弯成一张弓，哗，一条金色鲤鱼，尾巴闪打着水面啪哗作响。六根忙用抄网将鱼抄起来。鞋底大小，约莫两斤。

六根上鱼了，二皮也跟着上鱼。结束时，清点战果。六根得鱼十五条：一条鲤鱼、五条饭头鱼、三条川条子、两条黄鳝骨、四条禾花鲤。二皮得了十一条：鲫鱼两条、川条子两条、哈巴狗两条、饭头鱼三条、黄鳝骨两条。饭头鱼、哈巴狗、禾花鲤、黄鳝骨，都是漓江野生鱼，黄鳝骨会咕咕叫。二皮说拿去他饭店一锅煮了。

二皮是百姓酒肆的老板。喜欢彩调，开起饭店跟别人不一样，他将吃饭喝酒与彩调结合起来。让顾客边吃边看，吃看两不误。若喜欢，是内行或者票友，还可以登台参演，过把彩调瘾。这样既热了场子，又热了人缘，更热了手里的钞票。故他的饭店开得热热闹闹，红红火火。打着弘扬地方传统文化的旗，钱也赚得名正言顺。

二皮将鱼放去厨房，然后带六根上楼到他办公室休憩。百姓酒肆装修花了点心思，弄得古朴雅致。店外青砖碧瓦仿古饭庄形象，室内布置和用具也古香古色。有小桥、翠竹、木雕、灯笼。二楼长廊配以雕花木栏，坐在木栏旁，边吃边看一楼大厅的彩调剧，让人恍若回到旧时戏楼一般。走廊尽头是二皮的办公室，推南窗可见戏台，推西窗可见青翠的七星山。室内红木家私，墙上装饰着名人字画。房间四围摆放着许多奇石，二皮爱玩石。他说将来有一天他不开饭店了就去开奇石馆。两人坐下来泡茶，抽烟，聊天。二皮说："打电话把罗广生、石浪与钱老大叫来一起喝酒。"六根说好，于是将电话一一拨过去。

小坐须臾，石浪很快就到了。他就在七星公园画猴。他是桂林著名的画猴专家。他一到就给大家讲猴。他指着他的写生，说："这是一只美丽的母猴，我敢说它是七星山猴群里最漂亮的。身段修长，脸形娇媚，额线高，中央微曲，弯成小小的尖状，像旧时名媛额上的刘海。它的脸绯红，像施了胭脂，在猴群中，只一眼，你就能将它挑出。早上来公园喂猴的市民叫它二妃。"

六根翻看石浪的写生本，有一幅上配有一首诗，念道："二妃脸绯红，寂寂坐林中，怀抱久死儿，凄凄听松风。"六根夸石浪诗作得好。石浪喝了盏茶，继续说："二妃生了小猴，不知什么缘故小猴死了。它第一次做妈妈，抱着死猴不放，日日不放，刻刻不放，一个星期不放，小猴臭了，不放。半个月不放，一个月过去了，猴干了变成了干尸，仍不放。谁靠近，它就躲得远远的。好多市民跑来看稀奇，一传十，十传百，竟惊动了晚报记者前来报道。二妃一上报，更多的市民前来看热闹。不少人被二妃的母爱所感动，在网上贴文写诗，沸沸扬扬的。"大家听了个唏嘘。

感叹完，钱老大到了。他坐下来，喝了两盏茶，就从脖子下解下一块玉佩来叫大家鉴赏。

二皮说："是真和田还是假和田？"石浪说："现在市面上很多假和田。"钱老大说："青海玉的色感硬，和田玉光泽柔。"罗广生最后到，见大家说玉，便说玉。他说："我看这块和田不地道，像是青海料。"六根看了看，真假莫辨，不言语，起身如厕。厕所在楼下，经过厨房，六根探过头去看了一看，厨房一片繁忙。厨房那边有厨子在杀鱼，旁边路过一红衣女子，那厨子举刀拍鱼头，那红衣女子就啊啊着双手去捂头。拍一下，捂一次，啊一声；再拍一下，捂一次，啊一声。好像那厨子拍的不是鱼而是她。六根看笑了，笑那女子胆小有趣。

回到二皮的办公室，已到了晚餐时间，大家移步包厢去喝酒。这是一间装饰考究的包厢，不大不小，中间放一张大圆桌。墙上贴杏黄的花壁纸，一面墙上绘有清明上河图，一面墙挂有仿古画韩熙载夜宴图，古香古色，让人忘却时间。大家推六根上座，他推罗广生坐，罗广生推石浪。石浪说：两位主席不要推，否则桂林书法界就要乾坤大乱了。罗广生与六根只好落座。大家跟着落座。酒喝廿五年陈酿蓝瓷瓶老桂林。菜上来，酒便开席。第一杯酒二皮敬大家，大家一齐起身碰杯一饮而尽。接下来就是自由举杯。你敬我，我敬你，你敬他，喝出许多由头与花样来。席间欢快融融。服务员敲门端炭炉子上来了。二皮说："今天我请诸位好友是来吃一回正宗瓦罐泉水漓江鱼。"石浪说："是真漓江鱼还是冒牌的？"二皮说："货真价实。"石浪说："这年头的话信不得，哄你不死！"二皮说："绝对正宗漓江野生鱼。"钱老大说："除非自己钓的。"二皮说："算你老兄有眼，讲对了，这鱼就是我与六根兄亲自在漓江钓的！"

炭炉子放在桌子中央，瓦煲上来了。二皮说："你们猜猜我用什么水煮今天的鱼？"石浪说："娃哈哈矿泉水，要不是农夫山泉？"二皮说："再猜。"钱老大说："尧山天赐坪的玉乳泉水？"二皮说："再猜。"六根说："桂花巷的井水？"二皮说："都不对，这水是我们派专车从漓江源头猫儿山取来的天然泉水，漓江水煮漓江鱼，你们说正宗不正宗！"听二皮这么一说，大家愣了，忙点头说正宗正宗。

鱼肉鲜嫩自不必说，单喝鱼汤就鲜香无比。酒至半酣，六根就听见外间有唱彩调的声音，他惦记着大厅里的彩调了，称小解，出去了。

戏台上唱的是《双采莲》，载歌载舞，热热闹闹的戏，谐谑有趣。六根熟悉里面的唱段，跟着哼唱。唱着看着，他总觉得台上女子好面熟，像在哪里见过？六根这样想来，心里笑话了自己。那女子扇子花舞得叫真正的好哇！平在腰间摆是波浪扇，平至胸前舞是摇扇，飞在两腋下是扑蝶扇，高出两肩是凌云扇，单手举过头上去是半月扇；抛扇，倒扇，端扇，砍扇，冲扇，抢扇，扬扇，浪扇，托盘扇，贴背扇，开关扇，十字单花扇，彩灯扇，观音扇。样样扇来百变化，看得六根眼里生花。突然六根猛拍一下自己的脑门，心一跳：哎呀呀，眼前这女子就是刚才厨房里见到的那个红衣女子；刚才那个红衣女子就是那日唱祝英台的女子；那日唱祝英台的女子就是今日台上演戏的女子，绕来绕去，线都穿到同一个针眼里去了，原来撞见的是同一个女子呀！

六根回席，想打听台上唱彩调的女子，可话到嘴边又吞了。只是说外边的戏唱得热闹。石浪接话说："中国人吃饭就喜欢热闹，热热闹闹饭店才火。"二皮说："做生意就讲究个人气，人气旺财才能旺，这就是我引进彩调的原因。"

大伙儿吃饱喝足，回到二皮的办公室，六根有点醉。偌大的桌子上铺好了毛毡，文房四宝一应齐备，只等书画家开笔。大家围着茶几坐着，喝的喝茶，抽的抽烟，不知是谁通了消息，前来求字画的人，一个接一个跟了进来。六根、罗广生、石浪也慷慨，有求必应。他们画画写写，写写停停，停停歇歇。一歇下来，就有人递茶劝烟。二皮要六根与罗广生为饭店戏台上、戏台前各写一副对联。罗广生吃了两盏茶就写了：台上六七人雄兵百万，出门三四步走遍天下。挂上墙，大伙儿都说好。六根抽了烟，喝了茶，歇息了一会儿，许是酒喝多了，蒙蒙眬眬的，耳里仿佛有彩调的声音，那女子便在他眼前舞动。他吟得一联，一气写来：文中有戏戏中有文识文者看文不识文者看戏，音里藏调调里藏音懂音者听音不懂音者听调。大伙儿看了拍掌直叫好。

六根退后几步坐到板凳上，罗广生递烟给他吃。六根接了给罗广生添一盏茶，并坐一起吃烟。罗广生说："新建訾洲公园要弄书法石碑，知道不？"六根说："耳闻了，但不知具体。"罗广生说："旅游开发公司在搞。"六根说："怎么搞法？"罗广生说："选历代名人状写桂林山水的诗文刻勒上去。"六根说："刻字要石头好，石材不好，风吹雨打的，不出一两年字就看不得了。"罗广生说："我见过那石头都是从龙胜深山里弄来的，床那么大块，石色清纯石质坚硬，字刻上去一定好看又耐久。"六根说："哪家旅游开发公司在弄？"罗广生说："有几家在争，等消息确定，我再告诉你。"六根将烟蒂在烟灰缸里摁灭。罗广生给六根续茶。

夜至深，热闹完大伙儿说散也就散了。

3

　　大家都在忙，各忙各的。金满月忙搓麻将，六根忙印新名片。市职工书法协会的主席患肝癌已去世一年，六根代主席也做了半年了。年前改选，他正式转为主席，老名片就不好再用了，得换新的名片。

　　新名片上边写着：中国书法家协会会员、桂林市职工书法家协会主席、漓江学院书法客座教授、桂林市老年大学书法教授、桂林市乐年大学书法教授。只是后两个教授省写，与前一个教授共用而已。名片下边写着手机号码。六根这个学期除了老年大学、乐年大学的课外，增加了漓江学院本科生的课。乐年大学是师大工会办的，对外开办，广收门徒，什么学生都有，年龄参差，素质良莠不齐。一周加起来六个课次十二节。课不多，钱也不多。钱不多六根自己不急，朋友急。猴急的朋友主动将自己空着不用的房子借给六根办书法班。房子是老宅院，院子里挺几竿瘦竹，孤零零的，遂取名瘦竹斋。六根选上好的酸枝木将瘦竹斋三个字写到两块匾上，一块挂在门外，一块挂在屋里。门外那块临于右任的字，屋里那块临弘一的字。他拿右任的字做面子，拿弘一的字做里子，是自有一番喜欢与考究的。瘦竹斋也印在名片的另一面，上面开设的班级有：书法基础班、书法提高班、书法创作班、高考班。但来瘦竹斋学书法的大都是启蒙的小学生。学生要上学，一至周五没得空。因此瘦竹斋的书法班开在周末。两个班，周六晚上一个班，周日下午一个班。学生不多，一班六个，一班八个。

　　虽然学生不多，虽然都是临帖，教起来也不省心。因为学生来学习的时间不一致，六个人就有六个进度，八个人临帖就是八个帖。即使一个帖也不是同一进度。所以六个学生六根就要示范六次，八个学生他就要示范八次。家长们也是要看着六根一对一认真教自己的孩子，才放心。

　　书法启蒙多从临颜真卿的《勤礼碑》开始。六根对《勤礼碑》的理解是切骨的深厚的，但他不能把深厚切骨的体会告诉给孩子们，因为他们体会不到。因此六根临帖时自己不说话，也不许孩子说话，只叫他们认真看，看仔细了。他们能看到几分就几分，能临摹到几成就几成，强求不来。总有好高骛远、自以为聪明的孩子，《勤礼碑》临了两三遍就不耐烦了。六根就想起自己一本《勤礼碑》临了三年五载的经历，便说：三遍？三年都未必临得好！话虽这么说，现在也没有学生像他小时候那样一本帖一临就是临三年五载的。如果那样，他会把学生吓走，砸自己的饭碗的。颜真卿好，《勤礼碑》好，但世上好书法家多了去，好帖也多了去。人心大着呢，贪。因此一个学生一个学期下来，临了《勤礼碑》，还得临临《兰亭序》《蜀素帖》，或者《玄秘塔》或者《张迁碑》或者《石门颂》或其他。总之要变换着花样来。花样多了，孩子与家长都开心。于是六根就有了感叹，道：如今的人呀，哪有个定性呢！

六个孩子，六根要做六遍示范，一对一教学。一人一张，就是六张宣纸。一张三尺宣纸竖折两下，横叠四下，就成了三寸见方的方格，再对角叠两次，整张纸就出二十八个方方正正的米字格来。每个孩子来学字，第一次，六根总先教他们叠米字格。六根的手指长而有节，竹节指。小指留着长指甲，长指甲于叠纸很受用，轻轻刮刺，纸就服帖了。六根叠纸很耐心很仔细也很从容，因为要教学生，便有了一招一式的程序，看上去有板有眼。静静地，有节奏。学生跟着叠纸，往往未动笔墨，六根就能断孩子的性格与书法的前程。折好纸，六根要认认真真、凝神定气、安安静静写二百零八个字，有时或者更多。一个晚上下来，只有六根自己知道教人书法是件费心气的活儿。用了心气，人就累乏。

六根回到家已困乏了，沾床就睡。一睡就梦。他梦见师父赵风雅从背后悄悄抽他的笔，看他握笔是否有力，写字是否专心。赵风雅见他在临《勤礼碑》就夸赞他，说颜真卿的帖一年练手，三年练眼，五年练心，此谓书法童子功也。正梦酣，却被金满月摇醒，掀他的被子，说："脚臭烘烘的，洗澡去。"六根只好起来眯眯瞪瞪去洗澡。

巨大的镜子照着六根，六根赤裸着，任何一个洗澡动作他都看得一清二楚。六根打小就不喜欢照镜子，更不喜欢窥视自己的裸体。水蒸气很快雾了镜子。不知是谁的主意，在岸上画一条线，一伙男同学比赛看谁尿得远，谁能尿到漓江里，谁就有权放学时跟班上最漂亮的女同学一起回家。没想到那次六根尿得最远，尿落漓江发出嗒嗒的响声。一个长得又高又帅的男同学不服气了，抢拳就与六根打起来。六根又矮又小，被打得鼻青脸肿。哭着回来找师父，说："老天不公平，为什么把人造得美丑不一？"赵风雅说："正是为了公平，老天才把人造得美丑不一样，慢慢去悟吧，等你长大就知道了。"六根望着师父，赵风雅就说："好好练字，好好读书，书山有路。有宝要知道藏起来，不许再跟人拼撒尿！"蒸汽腾腾很快雾了一屋子，六根看不见镜子，影子不存在了。六根一边洗澡一边在想他的书法启蒙老师赵风雅。

一张床上，总摆两床被子，六根睡左边，金满月睡右边，各睡各的。假如有谁想夫妻之事，就主动蹭对方的被窝。可凡事总不是想象的那么简单，有想的矛就有不想的盾来挡。六根洗好澡出来，钻进自己的被窝，躺在床上舒服了反倒睡不着。他在被窝里辗转两回身子，伸出一只脚来去蹭金满月的被窝。金满月装不理。六根再蹭，金满月将被子卷得更紧，说："你睡你的被窝，我睡我的被窝，咱们井水不犯河水。"六根听了这话，脚就缩了回来，僵在自己的被窝里。

忍字心上一把刀。结婚这么多年了，六根没让金满月怀上孩子，这是六根的痛。不孝有三，无后为大。六根背着不孝之名，心里像比别人更矮了。他去看过医生，身体没有毛病，金满月也去看过医生，身体也没有毛病。可金满月就是怀不上孩子。怀不上孩子，金满月就埋怨六根说他种子孬。六根想地不长草，不光是种子的问题，地赖，也会不长草的。

自此，夫妻床上那点事儿，六根也就淡了。

金满月嘴巴碎，话口袋，逮着什么说什么，六根就烦。六根嘴拙，天生寡言。老天生就的性格后天是不好改的。金满月就说他半天努不出个屁来，跟他在一起，嘴生蛆。六根不搭理女人，心里却有自己的理念。君子讷言，小人多妄语。他还在一本相书上看到说讷言者乃吉祥之相。讷言寡语也合符六根的养生之道，话多耗元气，散神，不利于涵养浩然之气。况且寡言还兼养口德。天下人皆知病从口入，祸从口出。

六根在网上见到一种自制钓乌龟的新配方，他照着做饵料。在厨房炒麦麸，待麦麸炒香，他又往里面加猪肝，加酒糟，加牛血。弄好鱼饵，六根就去江边钓鱼了。

许是套路不对，六根空手而归。临近菜市，六根想想不妥，便进去买了一条鲤鱼拿回家。

金满月见六根拿鱼回来，说："撞狗屎运了，得这么大一条鱼！"六根正要说真话，可话到嗓子眼又退了回去，他不作声，走到阳台放渔具，然后坐在厅里看电视。电视正在播放新闻，新闻看完，看天气预报。金满月高兴捉了鱼去厨房杀鱼烹煮。看完《焦点访谈》，鱼便做好了。金满月端鱼上桌，六根拿碗去盛饭，夫妻俩相向对桌坐了，开始吃饭。

金满月说："漓江鱼就是漓江鱼，看着就好吃。"

六根不作声，筷子伸向别的菜。金满月又吃了一块鱼，说："鲜！"六根不说话，低头吃饭。金满月说："吃鱼呀。"六根喝了一勺鱼汤。抬头看电视，电视正播广告，六根就换频道。他看戏曲频道。

"咿咿呀呀，唱个屁呀，绕死人了！"金满月说。六根没理。金满月就夺了遥控器，噼噼啪啪换频道。

　　吃着吃着，金满月吃出了不对，她嘴巴咀嚼的速度明显放慢，舌尖理出一片鱼鳞，从齿缝里顶出来，在唇舌间甄别，旋即月筷子夹了，放到眼前看，说："鳞这么硬，这鱼有假！"见六根不作声，又说："哑巴，问你话呢？！"六根还是不作声。

　　金满月说："十哑九聋，问你鱼是不是漓江鱼？"

　　六根说："我说了是漓江鱼吗？"

　　金满月说："你也没说不是漓江鱼哇！"

　　六根说："我什么也没说。"

　　金满月说："你没说比说了还混账，骗子！"金满月腕上一抖筷子，那片鱼鳞就落到六根脸上。

　　"你太过分了，泼妇！"六根擦掉脸上的鱼鳞。

　　金满月开吵了，六根架不住。来来回回吵了几句，六根便感到缺氧。鱼缺氧露头，六根缺氧喜欢抽烟。六根一抽烟，金满月吵得更凶。六根走到阳台抽，女人追到阳台吵。六根退到厨房去抽，女人追到厨房接着吵。六根避到厕所里去，想不到女人提脚打门来骂："抽抽抽，到殡仪馆去抽！"六根觉得女人骂得忒毒，便回嘴骂："我死你寡！"女人回骂道："你死我再嫁！"六根就骂她烂 ×。

　　厨房里传出砸碗的声音。

　　当晚，六根睡到了瘦竹斋去。

　　金满月迷麻将，泡在品茗轩里。品茗轩是茶楼，有吃有喝有牌搓。金满月迷麻将是真，迷马老板也不假。马老板是开金子铺的，兼营首饰加工。金满月喜欢那黄金灿灿的首饰，她的戒指换了一款又一款，样式不喜欢了，她就到马老板的铺子上去打新花样，马老板不收她的加工费，甚至金子的省耗也悄悄给她填补上。只要金满月愿意，她每天都可以戴不同款式的戒指，这于金满月是何等欢喜。在这一来一往的欢喜里，金满月与马老板的关系也日复一日地暧昧起来。

　　马老板和金满月是麻将牌桌上的最好搭伴。这种默契只可意会不可言传。牌局开始前，先决定座次。座次是摔骰子决定东南西北的。一投骰子，马老板坐北面南，金满月坐西面东，夏姐坐南向北，牛老板坐东朝西。马老板成了金满月上家。金满月是下家，下家都巴望上家有好牌打出来给下家吃。打了几登牌，马老板就知道金满月等什么牌吃。牌打到最后，金满月也知道马老板等什么牌和。桌面上默契怕被人看穿，便将默契转到桌下。金满月在桌下跷着二郎腿，脚趾脚掌不同的击打方式能将她的信息传达到马老板的腿上。有了这种默契，金满月赢牌的概率大大增高。也有例外，因为那种默契极其暧昧，总有信息传达不到位或者对方理解不准确的时候，所以赌场中输输赢赢是常事。风水轮流转，下盘到我家，这是金满月在牌桌上常说的话。

金满月搓麻将分昼场与夜场。昼场包午餐，夜场包晚餐，谁赢谁做东。品茗轩设有自助餐，花样繁多，品种丰富。除了熟食还有油茶、时令水果、各色茶点。茶点则是整日供应。到了吃饭的点儿，大家就下楼去就餐。餐毕，有的接着打麻将，有的开房去休息。

金满月与马老板开的是钟点房，马老板有点急，一进门就将门掩了反锁。金满月进了洗手间解手，解完手，在镜子前照影儿。镜里映出一个浓艳妇人，金满月揽镜自笑。摘了发夹，找梳子来梳头，刮刺几下头发，马老板就进来搂她。

宽衣解带上得床来并头交股而寝。马老板说：明儿个我多加点金子给你重新打个新花样的戒指。

4

桂林城山怪石怪洞怪，米粉也怪，三日不吃舌头就不爽。六根是日日要吃米粉的。六根吃完米粉到独秀峰上葬笔。六根用旧的笔从来不乱丢，他把它们收集起来，放在一个瓦缸里，然后找了个干净、风景且好的地方埋了。已是第五个笔冢了。六根刚埋好，手机响了。钱老大打来的，叫六根到壶山画廊去喝茶。手机那头说："有人看上你的字了，就是价钱问题跟你商量。"六根说："我过会儿到。"

六根估摸着时间，走王城门洞，穿三元及第。解放桥公交车站牌下有一对老瞎子在讨钱。小板凳排排坐着，男的拉二胡，女的唱，唱得很卖力气，真嗓，出破音。从"月儿弯弯照九州"开始唱到"妹妹找哥泪花流"，听上去苦大仇深，细听还能听出几分婉转与深情，待唱到"天涯呀海角觅呀觅知音"时，六根看到那瞎女人伸手去找男瞎子，然后牵衣唱，六根霎时被感动了，从兜里找出两枚硬币走过去丢在搪瓷碗里，让钱砸出脆响。他想让这对瞎子知道，有人买账了，他们没白唱。俩瞎子会意，满脸堆笑。六根也跟笑，一笑，眼睛眯成一条缝，跟瞎子一样。白笑。

壶山画廊在七星公园内，近骆驼山，傍池，经营字画。店面不甚大，却汇集了桂林城不少书画名家的作品。骆驼山旧称壶山，壶嘴那儿现尚存"雷酒人之墓"的摩崖石刻。雷酒人是明末江南名士，气节高操，性嗜酒，常与人饮酒赏花，饮辄醉，外号酒人，存有诗文。六根赶到，钱老大跟画家石浪在看一张画。古香古色的，像件古董。但不知是真古董还是假古董，钱老板拿着放大镜在细勘局部。六根站在对面，倒着看画，瞥了一眼，说："观音像。"石浪就笑他眼拙，错把美人当观音。走到正面去，六根才发现是一张美人葬花图。钱老大说作者是郎世宁，石浪说不是。叫六根过去看印章。看了印章，六根也不能断。六根退后几步观赏此画，画上美人还真美。荷锄提篮，眼眸轻睐，衣带飘拂，设若有风定能将美人吹走。六根一见便生出怜爱来，说东西倒是一件旧东西，大概是民国初年的仿品。石浪说就是拿不准时间嘛。钱老大说叫裘教授来，他眼毒。石浪说："他不在桂林，到台湾讲《红楼梦》去了。"

　　钱老大告诉六根想买他字的人是一位女老板，姓蓝名海花，温州人，这几年在桂林搞房地产，海赚了。钱多得烧手。蓝海花原是文化人，喜欢古玩字画，早几天来这里要批字画去布置新办公楼。她看上六根写的"带"字，说此字可与阳朔碧莲峰上的带字有得一比，是阴阳一对儿。碧莲峰上的带字可拆成"一带山河，少年努力"八个字，刚劲有力，天行健，属阳。六根的带字草书，柔韧婉绵，地生情，属阴。不仅暗含了八个字的意蕴，还将中国水墨的气息意境渲染出来。她说愿意交个朋友，晚上她做东请大伙儿吃饭，当面商定。六根说："我用'带'字换那张美人葬花图如何？"钱老大说："算你问着了，这画就是蓝老板弄来的，我给你问问。"钱老大便出屋外去打手机。一盏茶的工夫，钱老大回来，笑着对六根说："没问题，蓝老板晚上请大伙儿吃饭。"

　　蓝老板的饭局定在福满楼，她与那儿的老板熟。那儿的老板姓万，光头，蓝海花叫他光老板，大家都跟着叫他光老板，不叫他万老板。光老板把蓝海花叫蓝花花，大家就惊呼说蓝花花好听，但大家不敢跟叫，仍叫她蓝老板。光老板是个有趣的人，讲话幽默搞笑，不经意间抖个包袱，让大家笑个不停。蓝老板推六根坐主位，六根推石浪，石浪推钱老大，钱老大推光老板，光老板说留给玉弟吧。六根不知玉弟是谁，那紧靠蓝老板的席位竟空缺下来。窗外有蝙蝠捉蚊子，捉来捉去，天就黑了。外边有燃鞭炮的声音，是楼下的婚宴开席了。蓝海花的手机响了，她一接，是玉弟打来的。蓝海花对大家说不用等了，玉山有演出，要晚些时候才能赶过来。于是举杯发话开宴。蓝海花看上去四十出头，中等身材，白皙而丰腴。大脸盘，大眼睛，眉纹得细细地向鬓角上扬。着时尚装，敷粉，涂猩红唇膏，眉眼精心描画过，麦穗短发型。玉镯、钻戒、金镶玉耳坠，隔着桌椅不用看六根都能嗅出她的珠光宝气来。

　　菜一道道端上来，大家轮着敬酒。说恭维话，恭维话说完就说闲话。闲话是屁话，一句一句抖将出来，虚虚实实，到头，全是空话，一笑了之。光老板是话匣子，钱老板是话秧子，石浪是话痨子，蓝老板是话茬子，一桌子的话坛锦簇。唯独六根不说话，蓝海花说他是庙里的泥塑菩萨，是个话哑子。

　　大家盼着的玉弟终于敲门进来了。六根第一眼就看出他是吃戏台饭的。光老板拉他过来介绍，将他送到主位上坐。六根于是知道玉弟名字叫秦玉山，是桂林城戏坛名角。秦玉山坐在蓝老板身边，蓝老板频频夹菜给他，他莺莺地吃着，乖乖然。秦玉山喝酒吃菜说话一招一式均有舞台化痕迹，兰花指，看人留眼风，鬟鬟焉好以目传话。

　　话自然围着秦玉山转，转得一屋子花团锦绣。光老板夸秦玉山俊雅，钱老大赞秦玉山玉树临风，石浪说秦玉山谦谦君子，蓝老板最后说秦玉山是本城戏苑奇葩。他私下里还有拿手的活儿，演旦角。于是大家争着要见识秦玉山唱的旦角。秦玉山真的唱了。他唱的是"黛玉葬花"。蓝海花给他击掌为节，他起身站到屋子空处，端容入戏，捏细嗓子唱道："绕绿堤，拂柳丝，穿过花径，听何处哀怨笛风送声声。看风过处落红成阵，牡丹谢芍药怕海棠惊。杨柳带愁桃花含恨，这花朵与人一般受逼凌。我一寸芳心谁共鸣，七条琴弦谁知音，我只为惺惺怜同命，不教你陷落污泥遭践踏。且收拾起桃李魂，自筑香坟埋落英。"

　　听到此处，六根听出了恓惶，莫名想起自己葬的笔冢来，心里嗟叹不已。唱完又继续喝酒。光老板提议要秦玉山与蓝老板喝交颈酒。蓝老板不避，秦玉山倒不好意思起来，脸倏忽红了。大家见他脸红，越要逗他。玩戏子并不新鲜，但蓝海花是玩真的，这是后话。

　　六根将那美人葬花图挂在瘦竹斋，画旁录了一首诗，诗是胡适题桂林雁山园写的："相思河畔相思岩，相思岩下相思洞。三年结子不嫌迟，一夜相思叫人瘦。"

　　一日这诗被石浪看见，说："妙！三日不见当刮目相看，六根兄外面可有相好的女子？"六根说："何出此言？"石浪说："这墙上又是美人又是相思的，岂是假语？"六根说："画是别人的诗也是别人的，岂能当真？"石浪说："借假说真，借景抒情嘛！"六根说："石兄知道的，本人素来无缘桃花。"石浪说："风水轮流转。"六根说："别瞎诌了，咱们到祝圣寺吃茶去。"

　　六根将车放在寺庙的斋堂外的石狮子旁，斋堂门墙上写着：天雨虽宽不润无根之木，佛法广大不度无缘之人。照例六根进庙要烧香的，说是跟佛菩萨打个招呼。阿福坐在柜台那里抄经，见有人进来买香，便停下笔，起身去拿香。六根说："写什么呢，那么专心。"阿福说抄经。六根问："抄什么经？"阿福说："抄《地藏经》"六根说："为何抄此经？"阿福道："度胎灵。"石浪问："胎灵是什么？"阿福说："堕胎的婴灵。"六根说："管用吗？"阿福说："看发心与缘分。"正说着，素猫从大殿那边蹿过来，阿福就叫猫，猫听阿福叫它就乖乖拢到阿福跟前，阿福随手给它一片香芋糕吃。石浪说："这猫可有鱼肉吃？"阿福说："没有，它随人，我们吃素它也吃素。"六根说："这猫稀罕了。"

有人在大殿那儿摇签，石浪也跟着去摇。摇好签拿来给阿福，阿福到木格子柜里拿解签条。石浪想叫师父解解签。阿福说："我给你找师父去。"阿福找不见自空师父，见哑巴和尚拿着扫帚过来扫地，就叫他解。哑巴和尚原本不哑，出家前是个摆摊算命的，能说会道，后来得了场大病，病后喉咙失音，医生都治不好，便知老天在罚他止语。后悔自己妄言太多，胡言乱语骗人钱财。哑巴和尚看了签语，又瞅瞅石浪，然后在签背面写了一句话："要知前生事，今生受者是，要知来生事，今生为者是。"石浪看了良久，若有所思，亦不再问。

观慧知六根来了，下楼来迎见，说裘教授也来了，在楼上吃茶。裘千粟是师大文学院教授，研究民俗的，将《红楼梦》前八十回从民风民俗的角度一一做了研究，出版了几本探轶丛书，引起了红学界广泛关注。不久前去台湾参加海峡两岸红学研讨会，回来又在桂林百姓讲坛开坛演讲。上星期书城签名售书，报纸上做了专题报道，沸沸腾腾，炙手可热。裘千粟见六根与石浪上来，便介绍两位学生，一男一女，说他们对宗教感兴趣，正在撰写桂林市宗教现状的田野考察报告。裘千粟擅说，大家坐在亭子间吃茶，听裘千粟滔滔侃论。

裘千粟说："宝玉宝玉，温饱（宝）思淫欲（玉）。我在台湾演讲时，此话一出口，台下就有人笑倒。"

石浪说："有意思，我也要笑倒了。"

裘千粟说："最近我一边读《红楼梦》一边读佛经，将《红楼梦》与《楞严经》一起研究。发现它们有许多相通之处。同是讲色空，讲六根不净烦恼起，佛陀讲得苦口婆心，曹雪芹却将那苦口婆心演化得栩栩如生。"

那女生说："曹雪芹有颗菩萨心肠。"

裘千粟说："这是我最仰慕曹雪芹的地方，宝玉就是众姐妹心中的菩萨哥哥。我心目中，好的文学作品其实是一部佛书。"

　　一只鸟口衔一粒籽飞向岩壁，停在岩壁上那棵榕树上，另一只鸟朝它叫，那鸟也叫，口中的籽就掉了，正好落到六根的茶盅里。六根一看是一颗桂花籽。起身向岩壁泼了，正泼着一株长在岩壁缝里的野水仙，那水仙正开着花，花瓣洁白如雪。六根嘴里忙说对不起。

　　那男生说："老师再举个例子。"

　　裴千粟说："比如《西游记》。你可以当佛书来读，亦可以当世俗书来读。吴承恩之伟大在于给世人讲了一个复杂的'人'。唐僧、孙悟空、猪八戒、沙和尚，四个合起来才是一个真正的人。作者掰开人性，借唐玄奘西天取经的真实故事，凭一椽生花巨笔，生动写去，肉眼显肉，慧眼显慧，佛眼显佛。"

　　观慧接话，赞道："佛法即世间法，稀松平常，把人做好了，佛就成了，即禅宗里说的人成佛成。"

　　六根进到观慧的禅房里去。观慧的禅房清洁又干净，墙上素白，窗台养一盆兰花。没有床，对窗有一禅榻，榻中间有一矮几，榻上靠墙处排满书。一张用来写书法的大桌子居屋中央，桌上有文房四宝，还有一只小铜香炉，炉里点了檀香，虚隐隐的，有暗香浮动。近榻一张木几，上面放着一张古琴。那张琴是观慧挂单镇江金山寺时，扬州一居士送观慧的。蕉叶式，样式古朴，色调雅致。大家叫观慧抚一曲，观慧就将琴移出来，端坐亭子间，静静的，清吸一口气，抬手上琴，一缕音从弦上抹挑出来——《平沙落雁》。六根能听出雁飞雁落，雁盘雁旋，雁顾雁盼，回雁逗雁，雄雁让雌雁，大雁携幼雁，雁群扑翅的声音来。大家都说观慧弹得好听，观慧就又抚了一首《鸥鹭忘机》。听完琴，大家又看六根写书法。

　　六根举手落笔写的是："郁郁黄花无非般若，青青翠竹总是法身。"女学生问："何谓般若？何谓法身？"六根说："'般'不读般，读'波'；'若'不读若，读'惹'。"然后请观慧来解释。观慧有些腼腆，憨憨对人笑，然后说："般若是智慧的意思。法身是佛的三身之一，不可以把形、色、相貌来拘泥的。不可见。话一落音，女学生继续问："佛有哪三身？"观慧答："法身、报身、应身。"男学生问："那么佛有三身就是有三尊佛了？"观慧说："不是。佛只是一尊佛。千江有水千江月，而月只有一轮。我们说的释迦牟尼佛是应身佛的名号，法身佛的名号叫毗卢遮那，报身佛的名号梵语叫卢舍那。洛阳龙门石窟那尊大佛就是卢舍那佛。"

　　正说得热闹，自空大和尚上得楼来，他手里拽两个大沙田柚，笑呵呵的，叫观慧拿刀破皮给大家吃。大家起身给师父让座。

自空师父乐呵呵将柚子一瓣一瓣分开，梳子样放在盘里叫大家吃。

有婴儿的哭啼声传来。不一会儿，阿福抱着一个啼哭的婴儿到楼上来找师父，说："有人把孩子丢在庙门口了！这里还有一个包袱。"自空师父说："打开看看！"观慧将包袱打开，里面有两套孩子的衣服，打开衣服里面又包了一个红布包，再打开红布包，里面是一张字条，上面写着这个小孩的出生年月日和时辰，其他什么也没有。无姓无名无弃弃理由，阿福说是有人故意丢到庙里的。自空师父说："既然有人故意丢在庙里，我们就好好养着。"

到吃饭时间了，自空师父请大家到斋堂去吃饭，说："吃斋消灾。"大家欣然下楼。

5

下午六根带学生去桂海碑林参观并学拓碑。讲解员是个年轻的姑娘，她的声音听上去既清纯又糯甜。六根静静地听去，声声入耳。六根边听边环视岩壁，石刻累累，重重叠叠，如一部翻开的石头书，一翻一千年不动，叫人叹为观止。龙隐岩又叫布袋岩，布袋二字就刻在头顶。环视整个岩壁还真像个布袋和尚肩上遗落的布袋，口收圆括，肚囊大而实，里面坠着沉沉的摩崖书刻。

正对岩口，有个"佛"字，堪称桂林摩崖石刻中一绝。绝在它画中有字，字里含画。乍看是个四笔写成的一个草书佛字，细瞧却是一个老妇在擎香拜佛。笔画间可见香烟缭绕，字形与字义完美切合。上百年来一直被人们赞叹不绝。这字更绝的是写此字的时间。清光绪年农历七月十五，丙申年丙申月丙申日丙申时，难得四时凑齐准。存此书法，乃天意。

观慧小和尚也站在人群中看师傅拓片。拓片师傅先在石碑上洒水，将宣纸贴上去，用鬃刷刷平，四围用二指宽的纸条沾一圈，护住拓片。待干，用刷子打碑。刷子是用野猪鬃特制的，轻轻均匀地敲，目的是让宣纸吃紧碑上的字，吃得愈紧愈好，吃得愈均愈好。吃紧了，字就显了出来。然后用墨包拓字。墨包里是棉花外面包成一圆，大柿饼样，柿饼蒂儿即为布包接合处，紧缠做出一个把儿来，握了，手一下一下在碑上拍打，将墨团打在纸上，便开始拓碑了。拓片手腕子上用力，力要均匀，一墨团压一墨团，排开去，笃笃笃听上去像庙里敲木鱼，只是声音更沉闷些。人群中有人说七说八，说东侃西，没有章法。有人央求亲手体验拓碑乐趣，师傅就让出来，给学生自己体会。有一男生接了师傅的墨包且按照师傅的样子去做，可不得要领。就有人在旁边教："像给女人敷粉一样。"就又有人接嘴："麻婆子打粉，下手重点。"有好事者出手，说："哪个女人有那么大张脸，不是脸是屁股。"更有人说："你老婆的屁股那么长，要拿什么家伙来日弄？"话一落，众人哄笑。

学员们都挨着个儿去体验拓片。先前的白宣纸变得乌黑油亮，黑底白字呈现出来，分分明明。是一副篆刻对联："安心身不辱，知己心自闲。"拓片干后即可揭下完成。

六根在指导学生欣赏书法，因为篆书有很多人不认识。

拓片完，下课，人就散了。六根手机响了，是栖霞寺住持大慈法师的电话，说有急事求见，六根与观慧小和尚绕月牙山过去。

穿过曲折有致的回廊，才到方丈室。方丈室背靠七星山，两层，下面大厅是接待室，墙上挂满了各级领导来寺庙视察参观的照片。厅里供着玉佛，佛案前供着许多尊瓷制菩萨。六根看了看，一尊千手千眼观世音菩萨望着他笑，六根一眼就喜欢上了。觉得面善，便回头多看了一眼。

上楼，六根见栖霞寺大慈住持与一位戴眼镜的先生还有文化局局长在等他。大慈主持介绍，说："这是市长办公室易秘书。"六根伸手过去一一握了。落座吃茶。易秘书说："有事麻烦柴书法家了。"六根听了才明白。原来昨日北京来了一高官，那高官的岳母在七星公园游玩时，看见庙门前的石板上刻的《吉祥经》，便起了欢喜心。老人家笃信佛，说要请本寺法师的真迹回去供养。可大岳法师回衡山福严寺了，颜体楷书，整个桂林城颜体写得好的书法家不少，要说好功底当推六根字最厚重。明天他们就要离桂，所以连夜赶来，叫六根救急。话说到这个份儿上，六根也不好推辞。他们先请六根到月牙楼里吃了饭，喝了酒。

酒吃到薄薄醉时，话就聊开了。局长说："市书法协会主席快退休了，你有意到市书协这边来吗？"六根说："来，固然好，将两个书协联合起来，力量肯定会大大增强。"易秘书说："联合起来好，合作双赢。"六根说："事情没那么简单。"易秘书说："有什么需要我帮忙的以后尽管言语就是。"说完大家便举杯干了。

吃完回到大慈住持那里写字。六根从包里拿出墨块，观慧磨墨。六根缓缓从怀里拿出他那支生香妙笔来，去青花瓷钵里浸泡，然后坐回凳子上喝茶抽烟。抽完一支烟，喝了几盏茶，墨也磨好了。六根整袖踱步到书案前，凝神静气，捉笔提腕开始书写。

六根没要润笔费，他要了那尊千手千眼观世音菩萨。

照惯例，每年春季桂林市要与日本友好城市熊本市举行书画联展，已通知六根参展。桂林城是个重视书画艺术的城市，每年都要举行大大小小不同规格的书画展。在这众多的书画展中，六根最重视跟日本的书画展。因为这是对外，代表的是中国人，中国人爱面子，输不起。六根想：我得拿出好作品来，镇镇日本人。要让日本人知道书法的根永远在中国，骨髓里的东西是不好学的，血液里的东西外人是学不来的，它需要传承，几千年的传承。他们学去的往往只是皮毛。

六根在瘦竹斋临帖。他先临张迁碑，再临于右任的字，再后临弘一法师的字。弘一大师晚年的字最难临。炉火纯青，不着烟火气，明净、平淡、恬静、安详、稚朴、冲逸，朴拙圆满，浑然天成。那是大师一生的修为，六根心仰慕之。六根在临弘一写的《心经》。书法练到一定程度，功夫不在手上不在眼里，在心上。六根想，在心上磨刀，刀上出刃。一个"忍"字在胸，成就了多少英雄梦。

六根常梦见赵风雅，梦一次，六根就要给师父供一碗饭。对着虚空，三鞠躬，感谢师父赏他书法这碗饭吃。

桂林城不大，老城小如铜钱，外圆内方。王城是内圈，两江四湖是外圈，内圈写成一个"井"字，外圈写一个"回"字。铜钱的眼儿是王城内的月牙池，铜钱上有两个自然地标：内圈是独秀峰，外圈是象鼻山。在这水绕山环的桂林城里，最便捷的交通工具不是汽车是电动车。北门观音阁是卖电动车品牌最多的地方，六根买了一辆绿源牌电动车。

六根骑着他的新车去花桥展览馆参加一年一度的桂林市与熊本市联合举办的中日友好书画展。

祝贺的花篮排满展览馆门厅内外两侧。六根是带着老年大学的学生来观看展览的，他的学生站在他身后。上午九点，开幕式在展览馆前的小广场上举行，中方书法界的名流讲话，日方代表讲话，市领导到场祝贺，最后是中日双方领导剪彩，同时军乐队吹奏迎宾曲，放飞气球，放飞象征和平的白鸽，气氛热烈。

参观书画展，是长眼的好机会。六根随着人流慢慢观摩，他身边聚围着不少学生，他一边看一边要回答学生的诸多提问，一圈走下来比旁人要累。六根参展的作品放在第一展厅显眼的位置，一幅扇面，行书，上书："漓江之水清兮可以濯吾缨，漓江之水浊兮可以濯吾足，漓江之水净兮可以濯吾心。"这幅字妙在对相同字的不同处理上。六根将它们处理得恰到好处、服服帖帖，观者无不赞叹。

下午是中日书画家座谈会，即两国书画家之间书画表演，即切磋技艺结交朋友。六根泼墨写了几个斗方：一是虎字，二是鹰字，三是带字，四是福字。都被日本友人要去。

6

真是闲处光阴易过，倏忽又到端午佳节。端午节插菖蒲挂艾叶，祭龙祭神祭屈原，抛粽子划龙舟，放鞭炮，敲锣打鼓，跳傩戏，驱妖捉鬼。漓江两岸甚是热闹。二皮打电话给六根，说罗广生在百姓酒肆叫他过去喝酒。

六根到了，二皮高兴不迭，赶紧安排包间。六根说坐外面好看戏。于是就拣了楼上最好看戏的位置。六根与罗广生对坐，二皮去办公室拿他的窖藏酒，说："今天哥儿仨好好吃酒聊天。"二皮叫人过来沏茶、送烟，自己亲自到厨房吩咐去了。六根看上次写的对联已经挂在舞台两旁的廊柱上，自个儿欣赏了一番。戏还没开演，舞台显得空旷，偶尔有化了装穿了戏服的演员从台后走出来，六根就盯着看，出来一个盯一个——他在找那个熟悉的身影。

罗广生呷了口茶说："这些天，我忙得屁股冒烟，訾洲公园的石碑的块数已经定下来，消息一传出，踏破门槛了，协会许多人自荐或他荐前来找我要求写碑，饿狗抢食一般，人不知斤两了！"六根不说话。罗广生又说："我只好装不知道，说这事是旅游开发公司的行为，与书法协会无关，这得罪人的事全揽到我身上了。"六根打开纸扇摇了摇，风就来了。罗广生停了停，从包里拿出一张纸，说："现在还剩燕亭了，你看看愿不愿意写？"六根没有挑选的余地，便答应下来。

二皮拿了瓶窖藏十五年桂林三花酒上来，卤味拼盘一上来他们就开喝。慢慢喝将起来，戏就开演了。戏开演，肚包鸡、蛇肉也先后端了上来。

台上唱《三看亲》，换了戏班子。戏是热闹逗笑也好看，可六根没看到上次那位红衣女子，心怅然。试着问二皮，说："上次唱彩调的那班演员呢？"二皮说："你说白玉壶呀，被人挖走了。"六根呷了一口酒，说："那女子的戏演得真不错。"二皮说："怎么老兄对那女子感兴趣？"六根马上否定，说："哪跟哪呀！"遂劝酒，仨又举杯干了。吃菜。那夜，六根喝得有点醉，二皮说醉了正好草书。六根就草书一首唐诗，二皮说："看上去像一堆麻绳缠在一起跳舞。"六根笑。罗广生说："要想一堆麻绳跳舞，且跳得兴致勃勃又极具韵味，那叫本事。"

六根记住了白玉壶这个女子。

翌日，祝圣寺举行重修落成大典。六根起了个大早，他要到瓦窑工艺品批发市场取雕刻的《心经》送到寺里去。骑着绿源车往城南赶去，到了瓦窑那家雕刻店，老板还没起床。六根将老板叫醒，老板再把雕工叫来。雕工将一捆竹简抱进来，放在桌子上解开绳子打开让六根看。六根逐一轻声念去，字字珠玑，无一错漏。只是觉得题头上"心"字刻得不满意，"心"字的左右两点散了，无力，压不住，叫再刻。

六根跟雕工到工作间，雕工拿纸笔叫六根重写"心经"二字，六根说用毛笔直接在竹片写好了。雕工就选了一根新竹片叫六根写。六根用心写了，雕工马上刻。这回雕工刻得极认真仔细，六根看到刻出来的效果有泰山金刚经的味道，才满意。

祝圣寺人山人海，六根挤在人群中。六根打小和尚观慧的手机，观慧出庙门接他。观慧将《心经》竹匾挂到客堂的墙上，住持自空师父看了直说好。

举行完仪式，中午在庙里吃饭。吃完饭六根回家，经六合旧货市场，六根进去转悠。六合市场有很多旧书摊，六根去淘了几本旧书。一本是郭沫若书写的毛泽东诗词，一本是齐白石书画篆刻，还有一本是堪舆风水。六根找了处有太阳的地方坐下翻看手里的书，忽而有锣鼓丝弦的声音往耳里钻，六根隐约听见了彩调声。他停下来，起身朝六合剧场走去。

果真有人在唱彩调，热热闹闹。剧场坐了不少人，台上唱的是《草鞋配》。以草鞋招婿挺有趣的。六根认为趣点一是里面有对对子。女主角出上联："真真假假，假假真真，真假真假，假假假，假真假真，真真真，真心相爱。"且对联是变化着的，纨绔公子对不出，便自动退出。趣点二是一只老虎将一只腿长一只腿短的穷书生吓得两只腿一样长，治好一个瘸子。趣点三是那女主角一直蒙面出场，直到洞房花烛夜不被其丑所吓走的才能看到她美丽的真容。吊观众的胃口，待女主角拿下半遮面的纱巾，六根才发现那女演员就是他要找的那个白玉壶。

一连数日，六根在想戏台上出的那个对子。他对了几个，均觉不妥。一日闲坐漓江垂钓，眼睛盯着一江丰盈的江水，久不上鱼。心里发呆，有了戏台上的下联："迷迷悟悟，悟悟迷迷，迷悟迷悟，悟悟悟，悟迷悟迷，迷迷迷，迷途知返。"六根收竿回家，将那对联潇潇洒洒地写了，挂到墙上。撰得了此联，他最想告诉的人是那女子。他不知道她是否也懂对联，剧本上肯定没有下联。第二天六根上完课再到六合剧场去看戏，那草台班子却走了，走得没踪没影，让他无法打听。空荡荡的剧场，六根由脚闲步，他发现小海报贴在舞台一角的墙上，近前去看。他看见其中有一张白玉壶的剧照，他有点不好意思，望望左右没人，才伸手去扯广告。广告糊得紧，又被另一张广告压着边。他怕撕烂，坏了照片，便小心翼翼用指甲沿四围边缘慢慢刮起。海报被揭了下来，边缘有损，白玉壶的剧照无损。六根端端地将海报夹在书里带回去放在床头。

六根将那个名叫白玉壶的女子藏在心里。藏久了，长草。草长莺飞，有时就乱六根的心。六根开始相思了。夜里睡不着，拿白玉壶的剧照看了又看，只是不厌。将照片放到枕头底下枕着，枕不多一会儿又拿出来，贴着脸儿瞅，瞅够了才去睡。

醒来，便骑着他的电动车满世界去找那个叫白玉壶的女子。从城南到城北，从城东到城西，只要彩调演出的地方，他几乎跑遍了，就是碰不着。六根只是不服气，桂林城就这么屁大个地方，他不信他找不到白玉壶。可日子一天天过去，白玉壶像雪花蒸化了，无踪无迹，就是找不到。

一日，六根吃过晚饭到玻璃桥看彩调。他沿漓江边走，到大瀑布饭店前再转杉湖到阳桥。过阳桥就是榕湖。玻璃桥建在榕湖上，连接岸与湖上一小块圆形陆地。夜里彩灯启亮，桥是琴弦，陆地是戏台，像只琵琶浮仰水面。戏一开场，那更是琴弦在拨动了。

六根早早买了票过桥去。露天演出，没有幕布，演员就坐在湖边化装。六根看到了一张熟悉的脸，那是秦玉山。秦玉山在勒头吊眉化装，他没有看见六根，六根却在看他。六根手里要拿把扇子，扇子上多半是他自己写的墨宝，诗是自己作的。在书法行当里，能自己作诗写联是件很光彩的事，在别人眼里你是有文化的，没文化是弄不好书法的。六根坐在一棵桂花树底下，抽出一把纸扇，扇而非扇，非扇又扇，舞台道具一般，在指间把玩。偶尔用来赶赶蚊虫，打打节奏。

远远的，六根看见一个女子疾速打玻璃桥那边走过来，就是在千万人中他也不会错认的女子，他眼睛一亮，他认出那女子是白玉壶。六根想不到他左找不到右碰不着的那个女子，在这不经意间像天上掉下来的林妹妹，突然出现在他的眼前。

白玉壶将拎的一个大包挂到一树杈上，脱了外衣，从包里拿出粉彩盒子准备化装。秦玉山将一把椅子放到白玉壶的屁股底下，再附她耳根说悄悄话。白玉壶听了一笑，伸手扯秦玉山的耳朵。六根一看就知道他们关系不一般。白玉壶坐下来，匀脸，扑粉，抹彩，再精细地描画眉眼，然后贴片子，梳大头，戴上点翠头面，插上绒花，一个鲜亮的舞台旦角就呈现在六根眼里。

蚊子在湖面赶圩，乌泱乌泱天就黑了。彩灯启亮，锣鼓弦子响了起来，演出开始了。他们唱《王三打鸟》，秦玉山演王三，白玉壶演毛姑妹，载歌载舞热热闹闹的戏。秦玉山唱："打开东门送花来。"白玉壶唱："叫声哥哥请进来。"秦玉山唱："哥哥就进来。"白玉壶唱："妹妹笑颜开……"台上的白玉壶秦玉山拿着彩扇，边唱边舞，像两只蝴蝶，眉目传情。六根明白二皮说挖走白玉壶的人应该是秦玉山了。

7

明眼人都知道白玉壶与秦玉山是一对恋人，台上是一对，台下也是一对，双璧。白玉壶是只鸽子来来回回在舞台上飞，不谙世事。她所经所历皆从戏中来。她入戏，演什么像什么，身心俱迷。入戏深时，几天出不来，台上连台下，秦玉山就笑她戏痴。

他们常常到七星公园约会。白玉壶躺在草地上数天上云朵。云朵善变，数着数着，羊变成了狼。秦玉山不数云朵数树上的鸟，跟白玉壶赌单双。说："如果单，我亲你一口；如果双，你亲我一口。"白玉壶说："横竖是亲嘴，不干不干！"他们俩滚在草地上嬉闹，惊得雀儿蓬蓬飞。

缠绵不够，他们就去花桥酒店过夜。

恋爱往往糊里糊涂犯错误，白玉壶怀孕了。秦玉山说："还不够票子还没有房子没有车子呢，堕胎吧。"白玉壶于是去堕胎。

第一次堕胎，白玉壶害怕，没底。脱裤子，上手术台紧张得牙齿打抖，手脚发冷。医生说："吃东西了没有？"白玉壶说："早上只吃了点米粉。"医生说："再去吃点。"白玉壶就穿好裤子出医院去吃东西。

白玉壶散着脚在街上走，找吃的东西。她在一家超市门口停下来，见一位母亲推着婴儿车出来，就盯着看。那婴儿胖嘟嘟的，对她笑。白玉壶心里犹豫了，她打秦玉山手机，说她害怕，不想手术了。秦玉山就在电话里劝她不要怕，待他忙完，马上就赶到医院。

白玉壶进了超市，心散着脚乱走。她发现自己莫名地停在卖婴儿用品的货架前，东瞅瞅西瞧瞧，她不知该做什么。

她最后是买了一个面包一瓶牛奶坐在餐吧那里吃。餐吧那儿有书架，书架上放着许多杂志，她随意翻看。她发现上面的倩女和帅男都装，装快乐，惊人相似，这是一个消费快乐的时代。

回转医院，秦玉山已守在那儿。白玉壶去手术了。在手术台上，白玉壶大呼小叫，那是未经谋面的孩子向她的挥手道别。若干年后，白玉壶有了后悔，悔恨自己将一个鲜活的生命扼杀在腹中。

白玉壶没有请假，隐瞒着休息两天就登台演出了。新排演《祭塔》。白玉壶扮白娘子，秦玉山扮许仙。在漓江剧院连演三天。

演三天，六根就看了三天。《祭塔》改自《白蛇传》，它是桂林版的白蛇传。锣鼓响起来，弦子拉起来，灯光打出一片桂林山水。青蛇着青衣，白蛇着白衣，青蛇开道，白蛇随后。幕后音乐响起，唱道："最爱漓江三月天，斜风细雨送游船，十世修来共船渡，百世修来共枕眠。"白玉壶一身素白装扮莲步出场，一个半托月亮相，唱道："离了仙山到岭南，人间竟有这美丽的河川，漓江上杨柳丝儿将船儿轻挽，颤声中桃李花似这怯春寒。"台下叫好声响起。六根细细看去，到仙山盗草一节，六根看出了异样端倪，他断定白玉壶身体不适。她眼眸里含了幽怨，不该皱眉时皱了眉，台步夹得紧而沉。该使十分力时只使了七分，该抬七分腿时只抬了五分，该下五分腰时只下了三分。这是用内力，精气神的东西，若外行是看不出来的，粗心的人也看不出的，不熟白玉壶更看不出来。但六根看出了，他不仅看出了还替她担忧。一声"断桥未断，却断了柔肠"，六根看出了白玉壶眼中的泪花。台下掌声四起。六根感觉太真了，他替她心疼，忽而他发觉自己的眼角也湿润了。他感到喉咙发干，他深深地吸了一口气，然后慢慢地吐将出去。

演毕，六根请秦玉山、白玉壶吃夜宵。

农历七月半，民间鬼节。人人不见鬼，家家却要祭鬼了，且马虎不得懈怠不得。鬼从风，喜走水路。天一黑，人们纷纷到漓江边祭祀。人一多，警察便出动维持秩序。有专用于祭祀的白色纸袋出售，上面印有祭祀格式，用笔填上祭祀人和被祭祀人的关系即可。六根在滨江菜市日杂店买了三个祭祀袋，分别填写好父母和赵风雅的名字。江岸上一堆堆火燃起来，连绵一气，远看像两条火龙。人多，六根下到河滩上去烧，用石灰打四个圈，依次是父亲、母亲、赵风雅、过路神仙，在圈里燃起蜡烛点上香，插在地上，开始烧纸钱。烧完纸钱，放鞭炮。也有不放鞭炮的，只静静地烧纸。水里有人在放河灯，空中有人放孔明灯。一盏一盏在空中飘升。六根烧完纸钱在解放桥下碰见白玉壶，白玉壶在放许愿灯。她在许愿灯上画了两颗心，一根箭射穿了两颗心。六根掏出打火机帮她点里面的石蜡灯，火燃起来，灯罩被热气撑开，圆成一个灯笼。随着火焰的燃烧，氢气越来越多，灯飘飘欲飞，待灯高过头，白玉壶就将它放飞。让灯飘到天上去。放完灯，六根邀白玉壶到瘦竹斋去吃茶。说他得到一饼尚好的普洱茶正等人去品。

走过王城门洞，俩人来到瘦竹斋。进屋，上楼，烧水，沏茶，对坐着喝。茶至半酣，白玉壶向六根索要墨宝。六根要白玉壶为之研墨。六根拿出一把纸扇来。白玉壶站着，朝他微笑，静静地为他研墨，六根如在梦里。六根问："可要我写什么好？"白玉壶娇羞一笑，低头道："把我的灵儿魂儿写到书法中去。"六根说好。他眯缝着眼睛看白玉壶，一袋烟的工夫，白玉壶研好了墨。六根就取出那支妙笔，挥毫泼墨，竟是一首嵌有白玉壶名字的藏头诗。

那是一笔绝好书法，人见人夸。第一句："白雪红梅傲霜枝。"笔若春蚕，蠢蠢欲动，那是白玉壶出场的台步。第二句："玉兔月宫伴仙子。"笔如青烟，袅袅如挂丝，那是白玉壶的唱腔。第三句："壶内纳得天地在。"笔走龙蛇，脱跳有致，那是白玉壶在蹁跹起舞。第四句："一片冰心遇相知。"水决堤了，席卷而来，锵锵锵，锣鼓声震耳，转而一声裂帛，那是白玉壶眼里的晶莹的泪花与观众的喝彩！

8

金满月跟外面的男人跑了，跑得无影无踪。

半月后，六根在邮箱里收到金满月一封信。信里说不要为她担心，她过得好好的。离婚是迟早的事。她已委托了律师，不久律师会来找他。她还说她已怀上了孩子。

金满月怀上孩子了，这无疑是金满月给六根一记耳光，打击太大。医生无法证明的东西即科学无法证明的东西，她金满月给证明了。证明六根这个男人种子孬，他六根是个孬种。

这样看来，金满月不在桂林城当是件值得庆幸的事。六根要脸。

六根有一天碰见与金满月一起搓麻将的夏姐，她告诉他金满月在云南发了大财，做金镶玉的生意。由此六根心里更安妥了。

国庆节罗广生开车跟六根沿漓江下到阳朔兴坪去钓鱼。他们租了条船，泊在二十元人民币背景的地方，面景垂钓。天高云淡，云淡风轻，青壁高耸，日光晶晶。此处水深鱼肥，不多久，罗广生就钓上鱼。六根拿出一张二十元的人民币在看，看一眼手中的钱，又抬头望一眼面前的山水，像在甄别真伪，想找出钱的瑕疵来。罗广生说："上钩了！"六根马上起竿，真的钓上一条大鲤鱼，四指宽。

收获颇丰，他们的心思就不在钓鱼上了，逆水而上，钓翁之意不在鱼，在乎山水之间。江上旅游船来来往往，一派繁忙景象。一路品山玩水，六根说："水波澹澹，望峰息心。"罗广生说："水何澹澹，望峰起雄心。"六根说："风不动，幡不动，心动。"罗广生说："这山水怎么就看不厌呢？"六根说："相看两不厌，唯有桂林山。"罗广生说："每次来九马画山，我都要数马，但每一次马的匹数都不同。"六根说："这就是大自然的魅力。"他们就将船停下来，数马。一匹马，两匹马，三匹马，四匹马，五匹马，六根就数不下去了。罗广生数了一匹又一匹，好不容易数到八匹马，就数不下去了。重新来数，乱了，数到七匹就数不下去了。他不服气，再数，又再数，最后一匹他还是数不出来。六根说：别数了，你天生中不了状元，没那个命呀，你知道嘛！谋事在人，成事在天。罗广生于是就笑了，笑完还是说："别急着走，让我再数数，我真不信，难道我眼睛有翳，看不出第九匹马来！"六根说："眼睛有障眼法的，就像吃迷魂药，障住了，出不来局的。"罗广生说："谁吃了迷魂药？"六根说："谁都可能吃迷魂药，那二十元人民币就是一种迷魂药。"

上岸他们把钓的鱼拿去饭店加工煮了，坐在临河的楼台上喝酒吃鱼。他们喝漓泉啤酒，一杯又一杯吃下肚，七分醉时，开始聊话，全是醉话，全是心头话。罗广生说："老兄，你猜我在桂林书法界最服谁？"六根说："我不知道。"罗广生说："你要不要听？"六根说："讲。"罗广生说："我最服的人是老兄你！"六根说："想不想知道我最服哪个？"罗广生说："我不知道！"六根说："你猜猜嘛。"罗广生说："猜不着，你说。"六根说："赵风雅！"

罗广生说："赵风雅是谁？"六根说："我的书法启蒙老师。"罗广生说："因为我服你，所以怕你，听说职工书协要与市书协合并，你要做下届书法大主席，是吗？"六根说："我做不了大主席。"罗广生说："你愿不愿吗？"六根说："人各有志，我志不在此。"罗广生说："你给我发个誓，说你不愿坐大主席这把交椅。"六根说："我用我第六根手指发誓，如果我有此野心，我就断了此指！"六根真要拿刀砍手指，罗广生一把拉住，说："不用不用，这我就放心了！"

两个都喝醉了，趴桌子上就睡了。睡醒，罗广生打电话叫人来开车回桂林。

世上没有不透风的墙，六根与罗广生在兴坪钓鱼的事有人瞎传，传成了黄色花边，说六根与罗广生在阳朔西街艳遇一个女子，为了争那女子，六根断了第六根手指。

　　天热，人们涌向漓江，像下饺子，一个一个往江里蹦。六根坐在九娘庙码头那儿钓鱼。这里水急，他换了根手钓老鱼竿，这竿是赵风雅亲自用竹子做的，三米长，中指粗细，竿尖装一拃长牛角，做成竹节形状，若不是颜色不同，你根本看不出是一截牛角。牛角弹性好，耐拉。六根坐着溜边钓。水急不用漂。阳光将漓江水分出七彩碧色来，苍绿、草绿、豆绿、鹅黄绿、葱儿绿、橄榄绿、祖母绿、翠色撩人。九娘庙码头那里有六匹铜铸的马，四匹公马，两匹母马，夕阳落在一匹优雅的母马的后腔上。一只啄鱼鸟贴着水皮飞掠过来，不大，黑身白翅喙长而尖，它抓了只蜻蜓到岸上的水泥地上甩头翘尾啄着吃。吃完，又返飞江面，一飞一冲啄水猎鱼去了。岸上有几个钓鱼的在议论漓江禁渔的消息。胖子问禁几个月，瘦子回答说两个月。麻子说那些职业网鱼的是得好好禁禁才行，他们日日划着鸟排放网，一张网织得密密的长长的，从解放桥上放到訾洲，从訾洲放到象鼻山，细鱼小虾都不放过，不禁，漓江鱼非得杀尽不可。胖子接话说杞人忧天，漓江鱼哪里抓得完的，九牛身上拔根毛罢了。麻子说以前的竹壳子鱼，现在连影子都看不到了，恐怕绝种了。瘦子说毛拔多了得不到休养，总有拔光的那天，野生鱼种类变少，就证明漓江生态在变坏。胖子说搞不定禁渔以后，竹壳子又会回来呢。麻子说变戏法呀，那么容易！

　　水流将钓线吃紧，蛛丝样牵着虚在水面。六根隹竿在握如中医探脉，三指在竿上三指在轮，第六指触线，凭手感。有鱼吃钓，六根指头迅速转轮抖腕提竿，一条禾花鲤钓出水面。

　　夕阳洒在江里，碎成金子。有人在訾洲放风筝。纸鸢在天空飞，起起落落，有两只放得很高，像要高到云朵里去了。有风筝断了线，节节坠落，罩挂在河对岸一棵树上，像新娘的盖头。

　　有人跳河了。六根听到喊声，跑了过去，救人。

　　六根做梦也不会想到他从江里救出的人是白玉壶。

　　白玉壶疯了。

9

　　桃花塘精神病医院闷在一种热浪里，汗津津的，混着鱼腥草的味儿四处覆盖去。

　　六根与秦玉山在医院门口的小酒馆喝开了。闷喝。两人不说话，吃锅里的醋血鸭。两瓶三花酒落了肚，六根有了薄薄醉，眦眼相向举肘敲桌，对秦玉山说："掰手腕，谁输谁喝！"秦玉山也有几分醉意，说："掰就掰，喝就喝，怕条卵！"

　　六根端直身子，正正屁股，双足踩了踩地，选个合脚的地方，脚掌抵地脚趾抓地，气沉丹田，调好角度，伸掌等着秦玉山。秦玉山站起身，挪了挪板凳，将桌上的碗筷拂一边坐下，将右手掌与六根的右手掌扣上，掰腕就开始了。六根先不发力，只定住，让秦玉山掰。

　　这是一场心气的较量。秦玉山将六根的手腕从90°慢慢往下掰，70°，60°，45°。六根咬紧牙关，45°是秦玉山极限，他不能再前进半步。六根开始慢慢翻腕，像竹笋顶破地皮，有一股不可抗拒的力量，将倾斜的角度一一拨回，深吸一口气，用力，缓缓放气下压，将秦玉山的手背压倒在桌上。六根说："输了，喝酒！"秦玉山一饮而尽。秦玉山不服输说："再来！"第二盘秦玉山又输了，他还不服，又比了第三盘。

　　再比，秦玉山再输。六根压住秦玉山的手腕不肯松，说："你服不服输？"显然秦玉山的手腕被压痛了，扭着身子瞅六根，说："服。"六根说："告诉我白玉壶为什么疯？！"秦玉山说："你放开我的手才说。"六根说："说了，老子才放！"秦玉山说："她听说我跟蓝海花要结婚就疯了。"六根仍不放手，说："你这不搭调的臭小子，你究竟爱哪个女人？"秦玉山说："听真话还是听假话？"六根说："真话！"秦玉山说："两个女人我都爱。"六根手上一用力，说："鬼话连篇。我今天就是要教训教训你这个脚踏两只船的孬种！"

　　秦玉山想开溜，往门外走。六根跑过去抄起门边的一根棍棒去拦，秦玉山左行，六根堵左，秦玉山右行，六根截右。两人左左右右虚晃了几回，手就接上火，六根退到门外的空地上，俩人打了起来。

　　六根横一棒，秦玉山只一闪，闪一边，躲开了。六根竖一棒，秦玉山又一闪，闪到石头边。第三棒，六根使出大力气，举棒从半空中劈将下来，只听见乒的一声，簌簌将那树枝带叶盖脸打下来。定睛一看，人没打着，棒打在石头上，断折两截。只一半在六根手里。树叶落下，有灰尘迷了秦玉山的眼，他弯腰揉眼睛。六根将棒丢了，两只手顺势把秦玉山的肩膀揪紧，往下按，秦玉山挣扎，六根照准秦玉山的裤裆飞一脚踢去，秦玉山就跪在尘埃里了。六根腾出右手来，提拳只顾打。

　　六根不松手，秦玉山龇牙咧嘴哇哇叫，两个都喝醉了，秦玉山说话结巴起来。六根说："知错了没？"秦玉山说："知，知错了！"

六根说："知错就改！"

秦玉山说："我，我改。"

六根说："发誓！"

秦玉山说："怎，怎么发？"

六根说："浑小子，老子今天教教你！"六根踉跄到厨房拿刀断去第六根手指，将它砸在秦玉山脸上。

秦玉山被唬住了，当即发了个死誓。发了死誓，六根才饶了秦玉山。

农历九月十九，观音诞，六根到祝圣寺皈依去了。皈依仪式简单而庄重，六根合十跪在蒲团上。燃香礼佛祝告后，自空老和尚说："能就答，不能就不答。"

"不杀生能做到否？"

"能。"

"不偷盗能做到否？"

"能。"

"不妄语能做到否？"

"能。"

"不邪淫能做到否？"

"能。"

"不饮酒能做到否？"

六根没有回答。

皈依后，桂林城里便找不见六根的踪影。坊间盛传六根辞去所有职务和工作，去阳朔白玉壶老家陪护白玉壶去了。有人看见他们泛舟江上。

岁末，祝圣寺门外省春岩掉下来一块巨石，没人说得清缘由，只有自空老和尚知道自己要走了。那天，自空住持跟大伙儿围炉聊话。谈笑间说了句偈子：人从梦里来要回梦里去。话音落下，人就坐着圆寂了。

荼毗，烧出许多舍利子来，众人哄看。

旁观者

马金莲①

　　也许是因为夏粮严重歉收了秋粮在给我们做补偿，这年的秋庄稼长得分外扎实，三亩莜麦刚割倒，就紧跟着杀高粱了。往年的高粱哪有这种长势呢，秆子粗得不像高粱，简直就是玉米。我们头一天都砍断了一把镰刀。第二天不敢再使用木镰架子，直接换成了铁镰刀。在密匝匝的高粱帐子里，人撒进去就被绿中泛黄的丛林淹没，彼此望不见身影，只能听到镰刀砍伐秸秆的脆响，咔嚓咔嚓咔嚓响个不停，一排排高粱死尸一样唰啦啦倒地。一趟割出头，我和嫂子都累得喘气，我们坐在地坎上磨镰刀。嫂子抹一把汗，望着整整五亩高粱，目光从低处升腾，渐渐地抬高投向空旷辽远处，叹一口气，愤愤地说五亩啊，这么多，这么凶，啥时候能割光呢？等把它们割完你我的头发都熬白了！

　　将落的太阳在山边上看着我们，好像在无声地怜悯着我们这一对留守妇女，我看一眼嫂子，意思是收工回家吧，还要做饭照顾孩子呢，活计留着明天再干。嫂子往磨石上吐一口水，霍霍地磨，说再割一会儿吧，反正都是你我的活儿，我们躲过了今儿躲不开明儿，还不如早割完早清净，再说糜子燕麦还等着呢。

　　我也望一眼高粱尽头那高爽的天，大雁排着队正从头顶经过。我浑身酸

---

① **马金莲**　女，回族，出版有小说集《父亲的雪》《碎媳妇》《长河》《1987年的浆水和酸菜》《绣鸳鸯》等。曾获《民族文学》年度奖、《小说选刊》年度奖、首届朔方文学奖、郁达夫小说奖、中宣部"五个一"工程奖、首届茅盾文学新人奖、第十一届骏马奖。

困，连感叹一下的力气都没有。一个弱弱的声音从远处山脚下传来。风大，我们没在意，磨了镰刀，咬几口干粮，然后爬起来准备重新开战。一个小身影爬上坡，边爬边喊，渐渐地近了，竟然是嫂子六岁的儿子。"新妈新妈快去看，你家祖儿被锄头砸了脚，淌血呢，奶奶叫你回去看。"我一看这孩子跑得满脸汗，不像在撒谎哄人，赶紧丢下镰刀往家跑。夕阳浓郁得像稠糊糊的血，我踩着自己巨长畸形的影子跌跌撞撞跑，影子像浸泡在浓稠的血液里，又像大红油彩涂抹的油画。我只觉得自己一步一个血印，脚底板全是汗。奔进家门，哭声扑面而来。女儿哭得汗直冒，濒临崩溃，嗓子都沙哑了。

公公婆婆一看我进门，赶忙闪开在一边，婆婆忙不迭地解释着孩子受伤的过程。我哪里顾得上细听呢，赶紧查看伤势，右脚脚面，一个三角形口子，血在汩汩地冒。看样子已经流了不少血，擦过的卫生纸丢了好几团，殷红殷红的让人看着惊心。锄头明明倒立在门背后，谁知道这娃怎么了，过去扳倒了，锄头倒栽下来就挖在了脚面上。婆婆的语气尽量保持着平静，不过我还是能听得出老人心头的愧疚。那个肇事的笨重锄头躺在不远处，显得无辜而无知。我伸手指头一按，女儿哇地惨叫一声，大团暗血顿时涌出，洞口很深，三个指头足足陷进去一寸。看样子伤势不轻。

孩子还在哭，我赶忙抱起来哄，走着哄，小跑着哄，许诺给她煮鸡蛋，买糖糖，买气球，买小汽车。怎么都哄不住，她就是扯着嗓子哭，哭得气都要断了。这孩子一惯不是这性儿，属于比较皮实的类型，从小长这么大没少从炕头栽下来挨跟头，每次挨了跌，稍微哄一哄也就没事了，甚至能额头上吊个大青包又跑出去玩。现在这么哭，只能说明她疼，疼得挨不住。

婆婆从炕席下翻出一疙瘩头发烧了，拿着灰往伤口上压，头发灰止血。血液汩汩，很快冲走了那点灰。祖儿扎着小手说疼，疼死了，妈妈疼死我了。公公当即决定，带她去医院，可能伤到骨头了，得拍片子看看才放心。顾不上换衣服，我抱起孩子，嫂子这时候也赶进门，她会骑摩托车，发动了那辆大伯子留下的老豪爵，驮着我们娘儿俩就往附近的卫生院奔去。

我心里热油煎着一样，既可怜女儿，恨不能把娃的疼痛拿下来放到我身上由我来承担，又担心天黑了路不好走。摩托车在狭窄的土路上颠簸，孩子的哭声一直没有中断。她越哭我心里越烦，等到了乡街道上，夜色已经落下来，稀稀拉拉的路灯近似吝啬地睁着色眯眯的眼。卫生院值班室灯亮着，却没有人。嫂子跑前跑后喊人，喊来了端着茶杯的王院长。王院长大概看了一眼脚面，说去县城看吧，我们这里也就是简单包扎，条件有限，就算拍了片子，估计也看不清楚。我低头看，捂着伤口的卫生纸和一片白布都被血渗透了。王院长给了一片纱布，说包上快找车上县，别磨蹭。

这时候了到哪里找车去，我一着急就心里乱了，不争气的眼泪扑簌簌落，心里恨起了常年在外头打工的男人，一年四季眼睛里就认得钱，哪里想过我们妇道人家留在家里的不容易呢，平时还罢了，这遇上事情我们女人家就是没翅膀的鸟儿，只能瞎扑腾啊。

嫂子倒是冷静，很快到街边找了一辆小面包车，雇它去县医院。价格自然比白天贵了两倍。我心疼钱，又害怕这摸黑带夜的奔波不太安全，有点犹豫，说要不抱回去，缓缓也许就好了，咱山里娃娃哪能那么娇气呢？嫂子一把将我推上车，快走，磨蹭啥呢，娃娃要紧。车子马上摩擦着低沉的夜色往前疾驰。渐渐离开了乡街道两边的璀璨灯火，夹道两边的白杨好像陡然变得比白天更大了许多，一棵一棵之间的距离也拉近了，车轮在三级公路上沙沙响，树木像一个个巨测的黑影扑面倒下向我们撞来。我真担心它们就这样压下来，把车和我们一起压在下面。担心自然是多余的，师傅开得不错，也许他也在真心替我们担忧，所以开得很快，感觉车简直要在暮色里飘飞起来了。我不得不提醒他慢点，还是安全为上。女儿还在哭，不依不饶，两个小手扎起来胡乱撕扯，在我帽子上一把，衣领里一把，我心里烦躁，狠着心肠扇她两巴掌，狠狠地吼了一嗓子。孩子吓呆了，哭声竟然渐渐地小下去，等颠簸了一半路程，哼哼唧唧的哭声完全停止，枕着我臂弯迷迷糊糊睡了。

进了医院直奔三楼骨科。楼道里的灯暗沉沉亮着。护士值班处没人。医生值班室门开着，也没人。女儿醒了，呜呜呜又哭开了。我只能抱着她在楼道里找人。推开一个病房门，一个老头儿说医生肯定休息了，在休息室，你去喊吧。我找不到挂休息室牌子的房门。正徘徊呢，几个人抬着个大男人来了，脚步噔噔噔，震得楼道都颤抖。大夫大夫快快快，快抢救！有人冲过来对住一间没挂任何牌子、里面黑灯瞎火的房门猛踹。踹了十来脚吧，楼道里探出好几个病人家属的脑袋来观望。门开了，一个矮个子男人闪出来，穿着白褂子，我一看正是大夫。大夫揉着睡眼，一看那人血糊糊的，手一挥，去急诊科吧。一个胖子口气很冲，打架伤了骨头，得你们骨科看。大夫说都这个样子了，我骨科看不了，等急诊科看了，确定为骨伤，再转来不迟。对方悻悻地抬起人，一阵脚步杂乱，旋风般消失了。我赶忙抱着女儿凑上去。他问了几句，抬手压了压伤口，这时候我才敢睁眼看伤口，血止住了，好像肿了，脚面明显高起来许多。先包扎吧，具体情况明天拍片子，根据片子再治疗好吧，先给挂点药。他开了药。我没注意护士从哪里冒出来的，她很麻利，三五下就把女儿的脚包好了。孩子哼哼唧唧又拉开了哭啼的战线。住院单子开了，我抱着孩子跑一楼去交了费，又抱着她上来。按照单子上的房号去找病房。

甲级7号。里面灯亮着，但是门关着，从里面上了锁。我试着敲门。没动静。再敲。还是静悄悄的。我心头火冒，忍不住连续敲，嘭嘭嘭，嘭嘭嘭。还是静悄悄的。看样子里面的人睡死了。孩子烦躁，一个劲儿哭，一副不把我催死誓不罢休的样子。我抽一口气，鼓足了劲准备再次狠敲，门忽然开了，无声无息敞开到了最大。我愣在原地，怔怔地扫视里面。两张床，靠里的上面睡着一个人，门口的空着。一个女人面无表情地站在门口冷冷看我。我心里早就很不舒服了，也不看她，绕过她进屋，看样子这女人刚才就睡在这床上，淡绿色被褥上套着上一任病人留下的蓝色被套床单，蹭得四周都起毛了，脏兮兮的模样掩饰不住，透过护罩渗透出来。这是县城医院很常见的，我没有权力嫌弃。一个护士跟着进来了，匆匆将一套新拆封的蓝色医用床单铺在床上，套了枕头和被子，又面无表情地走了，到门口打了个毫无遮掩的哈欠。那个开门的女人竟然一直站在那里，这时候她好像如梦初醒，也跟着打了个大哈欠。却好像怕吵醒了什么，用手掩着嘴，把哈欠声逼回喉咙深处。过去将床上的病人往里面推了推，自己骗腿儿靠上去，也没枕头，蜷一个胳膊当枕头，面朝里睡了。但是她明显不敢挤着里面的人，只能将屁股使劲地往外面凸鼓，减少自己占据的面积。护士来给女儿挂吊针，扎针的时候孩子自然不愿意，又是一番哭闹。直到液体沿着塑料管子滴进身体，她才渐渐乖下来。夜里两点了，我不敢睡，瞅着高处的液体一滴一滴减少。

女儿忽然从梦里醒来，一双手互相胡乱抓挠。我一看手背红了，接着肿了，显然是蚊子叮了。这病房有蚊子？真是没想到！我嘀咕着把女儿放枕头上，起身打蚊子。那女人忽然偏过头来，蚊子多得一群一群的，是你进来不关门，才把蚊子放进来了！说完头偏过去，重新酣睡。

我被这没头没尾的话击中了，有些蒙，有些傻。我呆呆坐回去。仰头望屋顶。白灰粉过的平顶和四壁一样，经历了岁月和迎送了无数病人，这病房和这座医院一样，到处呈现出一片难以掩饰的仓皇破败和明目张胆的脏乱。到处乱糟糟的。到处是病人用过的医用垃圾和家属丢弃的生活垃圾。医院要迁址，新大楼已经在建了，这旧医院完全地呈现出一幅破罐子破摔的凑合景象来。我的目光终于落在那女人身上。她静静睡着，给人感觉她一直在酣睡，压根就没有醒来过，也没有冲我发射过那句呛人的话。我却久久回味着那话，谁都听得出来她的抱怨。是我把蚊子放进来她不高兴了，还是我们来了，让她没地方睡觉才心里不痛快了？这么思量着，我心里也有情绪了。我们住院交了钱，我们占用我们的床位天经地义，凭什么你不高兴，又不是你们家的。

五点钟药才输完，针头拔掉后我再也支撑不住，一头栽倒睡死过去。蒙蒙眬眬中有人在争吵。男人的声音很大，明显脾气不好。在骂什么。透过骂声的间隙，溢出一丝柔和的女音。女人在解释什么。男人不听，不饶，女人的解释更煽起了他的火气，骂得更凶了。我慢慢睁开眼，电棒的柔白光泽射入眼睛。我从嗓子深处调动一口唾沫来滋润干涩的舌头。我有多久没有和男人吵架了？大半年了。春种之后他离开的，去乌海工地上了。本来割麦子时会回来夏收。可夏粮薄了，接近绝产。残余的那点马毛一样的麦秆子，我和嫂子用镰刀刮了一些，实在挂不住镰刀的，让人直接把羊群赶在里面踩踏了，夏季后期雨水多得出奇，公公趁着地皮柔软老早就把麦子地翻犁了，然后种了十亩燕麦。现在燕麦长势凶猛，可以赶在霜冻前割下给牲口做草料。公公做主给儿子们打了电话，让他们不要回来，安心打工挣钱，家里的活没多少，我们能扛下来。公公的决定让我和嫂子心情很矛盾。我们其实是盼着男人回家的。就算庄稼薄了，也可以回来看看人的。他们难道不知道，这个家里除了麦子，还有两个适龄的女人也在期待着一场透雨的浇灌。这样的期待随着日子一天天累积，像无形的山压在我们心上，我们心里有了幽怨，藏着火气，却不能流露。有时候我半夜里醒来，望着黑漆漆的顶棚，想找个人吵一架多好啊，狠狠地骂，无所顾忌地骂，想起什么骂什么，实在骂不过就冲上去一把抱住他胳膊狠狠地咬，最好咬得鲜血直流。

耳畔的吵架声很真实，是有人真的在吵架，不是幻觉。男人说跟死猪一样，还伺候我呢，挤得我一夜没睡好，死婆娘，就是个没眼色的死货！我慢慢坐起来，觉得奇怪，这不像是夫妻间打情骂俏，男人的口气里充满了烦躁，还有那么一丝戾气，听不出疼爱和宠溺。女人正撅着屁股往盆子里掺水，冷水里倒了些开水，然后把一条毛巾泡软了捞起来，抱着男人腿慢慢往这边搬。她的动作很轻柔，轻柔里带着明显的小心，好像她在侍弄一个柔软无骨的婴儿。那个脚板很大，在女人偏小的手心里，更加给人突兀嶙峋的那种大。

这是一对打工者的脚。我一眼就看出来了。我的男人也有这样一对脚。我们新婚那会儿，彼此看着亲昵，有过给对方洗脚的事儿。当时我捧着他的大臭脚，反复打量，觉得新奇，咋这模样呢？看着是一个刚刚成熟并且趋向稳健的男人脚，却又过早地显出一种经了风雨的沧桑味道。骨骼的轮廓，硬痂的厚度，肌肉的磨损度，包括伸展开来的那种有些犹豫又有些羞涩的状态，让人不由得就联想到工地上水泥点子一样分布在不同空隙不同位置的打工者。嫁给他之前，我从来没有想过那些扛活儿的人和我有什么关系，可以说那些冷冰冰的水泥钢筋石板和我压根就没关系。我只在城里马马虎虎念了三年初中，就彻底离开了，重新回到了乡下。城市和我没什么必要的关系，至多我在学校那钢筋水泥浇注起来的教学楼住宿楼之间穿梭了三个春夏秋冬。可是我嫁的男人在城里打工，这好像让我又和城市具备了某一种联系。这让我在捧着他的脚的同时，猛然回想起初中三年度过的日子，那时候活动范围小，根本没注意农民工，唯一有印象的是，学校后面维修实验楼，宿管老师一再强调大家晚上睡觉关好宿舍门，因为农民工在工地上出入，有潜在危险，谁不听劝，出了事儿校方不负责任。好像从那时起说起农民工，我潜意识里就会想到他们是社会不安定因素的一部分，在某种情况下会变成抢劫犯强奸犯或者别的什么角色，反正都和坏事有关系。

女人把毛巾轻轻捂在脚板上，然后从上往下擦拭。男人直挺挺躺着，好像没感觉。亮色从他挨近的窗玻璃透进来，照亮了整个狭窄的病床。看得出是一对夫妻。男人三十来岁吧，头抵在床头上，脚一直伸到了床梢子，就算躺着也能看出是个身材高大的人。女人站起来了，端着盆子出去倒水。我冷眼看着，心里想着她昨夜对我的不友好。我看她的目光就有些不厚道，她太矮了，勉强也就一米五吧，反正肯定不会突破一米五五。却胖。身材不好看，而且是那种锥形体形，上身圆嘟嘟的，屁股大，腿子短。这样的女人还谈什么身材。她扭着圆鼓鼓的屁股挤出门去。一会儿又来了，换了一盆水，重新蹲下洗脚。可能好多天不下地走动，短暂的闲散，养嫩了男人的脚，那些死皮硬痂竟然开始脱落，泡下来好些白色鳞甲和油腥，在水面上浮起来一层，让人看在眼里忍不住犯恶心。她好像没感觉，有些迟钝地搓着、揉着，完了用一把指甲剪剪指甲，剪得吧吧响。一会儿再去换水。反复折腾好几遍，水总算清澈起来。这时候我才看清窗外是一栋在建的楼，八点刚到，戴着红色安全帽的工人陆陆续续出现了，钢筋相撞的尖厉声响，搅拌机的哗啦啦，打桩机的轰隆隆，像协奏曲一样和鸣起来了。男人的目光一直盯着窗外，其实他什么都看不到，从躺着的角度看出去，只能看到刚竖起来的钢筋像凌乱的枯草，近似绝望地参着手伸向半空，好像要对着高远的苍穹倾诉什么重大的秘密。真不知道什么人这么心急，医院还没迁出去呢，这就开始搞新的建筑了。我慢慢过去，斜站在这男人脚后，从这个视角望过去，可以看到建筑队劳作的场景。我丈夫也是一个架子工，这些年他在乌海的工地上绑架子，据他说所有的大楼都是从最初的钢筋架子开始搭建起来的，架子就是支撑起一座建筑的骨骼。

我用目光在人群里寻找着架子工，一抹微茫的希望在心里蔓延，我试图从中寻找出丈夫的身影。这是不可能的。这一点四岁的女儿都懂得。所以她昨夜疼得受不了就哭着喊妈妈，我被吵得又难过又心疼，质问她为什么不喊爸爸，那个没良心的凭什么把娃丢给我一个人他在外头逍遥。女儿卷着胖乎乎的舌头说爸爸听不到，爸爸在乌海。有一个身形单瘦的小伙子，我确定他肯定是一名小伙子，他已经高高地爬到第五层去了。有安全帽遮挡，我看不到他的面相，再说太远了，我只能凭借单瘦灵活的身形判断他是个小伙子。他没绑保险绳。我一眼就看出来了。没风，但是他腰里的衣服好像在朝一个方向胀，显出他的腰身来了，好身材。细腰，长腿，窄胯。这样的男人适合做模特儿。腰里空荡荡的没有那根我熟悉的保险绳。我哄女儿乖乖坐着，我出去买早餐。提着包子和稀饭进了医院，侧门的预制板小房里有公用电话，我打通了，丈夫的声音带着乌海秋天的干爽传了过来，啥事儿？他问。我强忍着眼泪，不能告诉他娃住院的事儿，我说你摸摸腰里，别忘了系保险绳啊。

我把相同的话重复了一遍就挂了。

病房里挤满了人。吓我一跳，以为自己走错了，退出来，再进去，没错，女儿蜷缩在最里面的角落，小手里紧紧抱着一个大香蕉梨，见了我咧嘴就哭，悄悄说坏人，好多坏人。

一共多出来五个人。这么小的病房里，一下子多出来五个大男人，确实显得拥挤。那张床边坐了个老汉，唯一的小凳子上坐着个穿夹克外套的年轻人，剩下三个人齐刷刷挤在我们床边。那个女人已经把洗脚水倒掉，没地方坐，在床尾站着，忙着给大家分发梨子吃。女儿手里的香蕉梨想必正是她的馈赠了。我悄悄戳一下女儿胳膊，责备她怎么随便拿了陌生人的东西。女儿抱紧了梨子，好像怕我会夺去还给人家，理直气壮地说那个姨姨给的，她不是生人，我们认识，她是小翠姨姨。我惊讶得眼珠子差点掉下来，这小东西，还挺能社交啊，这么好占便宜，长大了让人家男孩子用一颗水果糖就能骗走吧。生人多，不是教育孩子的时候，我只能哄她先吃饭。

现在人都在这儿了，大姑父我也请来了，咱们把事情解决一下吧，这么拖着对谁都不好。一个声音忽然冒出来。这声音怪怪的，明明是个很清朗的嗓音，却好像有意压抑着，不让这一份清爽流泻，声音是从嗓子眼里挤出来的，被压扁了，给人一抹不舒服的感觉。我偷眼看过去，最后断定声音是从夹克衫竖起来的领子里发出来的。他好像怕冷，使劲地缩着脖子，声音也不像是从嘴里发出来，而是从某个衣兜的深处犹犹豫豫掏出来，掏出来不敢示人，鬼鬼祟祟打量着现场，在掂量此时此刻的氛围究竟合不合适掏出那些话呢？

好像有一股力量，像蛛网，粘着所有人的目光，把所有的目光都集中在一个地方——那个老汉的身上。大家齐刷刷望着老汉看。我感觉这些目光形成了一股合力，无声，无息，无形，却有重量，全部压在了老人弯曲的脊背上。老汉自己也感觉到了这种重压，他在这目光里渐渐地矮下身子，好像不堪重负，要从床边上滑下去，直接趴到地上。但是他强撑着，他其实是个精瘦的人，锁骨那里凸鼓起来，好像骨头渣子要戳破皮肉，直接冒出来。这副骨架有些忧伤地撑着外表单薄的血脉和皮肉。他将床边的蓝色化纤床单抓在手里，往里面掖，卷边了，怎么也掖不进去，刚进去又翻出来，他好像和那一道卷边铆上劲儿了，不断地掖着，掖着，大手在颤抖。

他姑父，你好歹说句话吧，我们这里就等你吐核儿呢——你也晓得，我们都忙得很——

声音很清楚，不论是吐字、气息还是语调，都很清晰、匀称、平静。是靠我最近的一位说的。他也是个老人。勉强算个老人吧，五十来岁，身材富态，保养不错，满月脸白白亮亮的，尤其一双手，搁在膝盖上，手背肉乎乎的，十个关节上竟然凹下去齐刷刷一排旋涡。让人有一种欲望，想上前对着那旋涡挨个儿按一按压一压，试试那软乎乎的手感。我虽然是个村妇，但是也见过一些官儿，村里的干部，偶尔来下村的乡干部，去年配合丈夫申请无息贷款时候到乡政府去按手印还见着了分管的副乡长呢，凭我的见识，我断定这个半老的人不是农民，而是个有工作或者有钱的人。只有具备这两样中的其一或者两者全部，才能养出这么一张炫白富态的脸和这么一副雍容从容的气度。

是啊，事儿发生了，咱就全力解决事情吧，这么拖下去对谁也没啥好处啊，牛监理不在，严重影响我们工程进度了——最门口那个年轻人说。他说话语速很快，声调不稳，就如一个瘸子在夜里赶路，高一脚低一脚。

老汉抬头扫了大家一眼，目光在最中间停滞了，就像那一片的空气里含着浓密的糖分，将他的目光粘住了，他扯不开去，有些艰难地犹豫了一下，终于挣脱了，划过去，又低头用大手去掖翘起来的床单。气氛很压抑。我这个局外旁观的人也感觉到了这种不舒服的氛围。我悄然观察，有些迷糊，这些人什么关系，谁是谁的姑父？看样子是要解决一桩案子了，可这其中究竟有什么内幕和牵扯，我一时看不懂，这时候我很强烈地感觉到自己作为一个常年在乡里下苦的家庭妇女，对这个世界的见识真的很少很贫乏。

我肚肚疼，拉稀稀——女儿的童音打破了沉默。

我赶忙抱她去厕所。厕所的卫生状况更直接地显示了这座医院被搬迁的必要性和迫切性，它以一种破罐子破摔的姿态显示着一种不堪入目的脏乱差。池子里塞住了，大小便漫溢出来，遍地都是，简直没法下脚。我抱着女儿正哄她快点，一个打扫卫生的女人进来了，用拖把哗啦哗啦蹭着地，大声骂着病人家属的龌龊，说公共环境，大家都不爱惜，自己明明早晨打扫过，这才几个小时呀，就已经成了这样，害得自己总是挨骂。她戴着和大夫护士一样的蓝色口罩，看不清具体的长相，从声音和那泼辣劲儿可以推测是个中年女人，也可能更年期提前到来了，也可能婚嫁不顺、子女不孝，反正她脾气很不好，气哼哼的，拖把在地上嚓嚓嚓响，我真怕脏水溅起来飞我一身，赶忙替女儿擦了屁屁抱她逃离了厕所。

在病房门口我犹豫了，咋办呢，我竟然有点惧怕那些人和他们营造出的有些怪异、压抑的场景。就算我反应迟钝，我也已经看出个大概来了。他们有要事要商谈，而我是外人，唯一在场的外人。我的存在，会不会让他们有不方便的感觉呢？门忽然开了，五个人前后随出来，最后跟着小翠。他们一直往出口走去。

病房里顿时空下来，亮堂多了。其实还是原来的空间和亮度，窗外浅灰色的天空被挤压得成了扁扁的一片，看不见太阳，能从阳光散射铺开的余晖上判断出外面是晴天。打桩机像一个只知道下苦，不知疲惫的老实疙瘩，一下一下，嗵——嗵——地叫着，沉闷地砸着地面，砸出让人心里很不踏实的闷响。这是非得把地球砸出一个大窟窿才罢休的节奏吗？我舒展舒展腰腿，慢慢挪到床边，试图透过后面脏兮兮的玻璃去看凌空行走在架子上的那些民工。因为丈夫的原因，我看到架子工就感觉有种特别的熟悉和亲切感，我试图从他们劳作的身影和姿态上想象丈夫此刻的样子。

床边发出喘息声。

我回头，他斜挣着身子，左手往右边够，右肘撑在床边上，试图翻起来。这样的挣扎无声、冰冷，固执，不容置疑。我不敢劝，呆呆退回去，抱着女儿，一边哄她玩，一边闪眼打量那边的异常举动。别看他身板单瘦，原来挺有力量，两个胳膊支撑，竟然慢慢地坐了起来。我和女儿无声地看着，我不知道他这是要干什么。看看他真的坐起来，就要把腰坐直的时候，忽然被刀子扎了一样，哀号一声，颓然滑倒，回到了原来的样子。我已经断定，他的腰部出了问题。腰是一个人上下肢之间的轴承，他的轴承出问题了，上半身和下半身之间难以达到协调和统一。他伸出手来，紧攥出一个锤头，哐哐哐地捶打起栏杆来。如果刚才他是一个冷峻沉默的人，这会儿忽然变脸了，瞬间变换出一副难以遏制的爆发的嘴脸来。铁床栏是铁的，当初的蓝色油漆被不知道多少病人磨蹭得七零八落，面目斑驳，有一种沧桑从斑驳里逸散出来。

我没想到一个男人的拳头砸在栏杆上会是这样的响声，结实，空洞，凶狠，丧气，残忍。一下一下，像砸在我的心上。先是用左拳头砸，又换了右边的。输液管子连着，有些麻烦，他忽然一把扯掉了管子。血液和药液以同样的速度，从不同的出口往外涌。他不管，他噔噔噔砸着栏杆。我赶忙跑出去喊护士。一个大龄护士脚步快，语声更快，进来一看怒了，一把按住那只手，将棉球和胶带缠上去，恶狠狠地鄙夷地说胡折腾啥哩，有本事家里折腾去，这是医院!

她摘下还留着一些药水的输液管子带走了。

他悻悻地躺着，像个做了错事有点后悔又有些不服气的调皮孩子。

门口一暗，小翠进来了，带来一身微寒的气息，双手捂着个塑料小桶。一把揭开，一股子热气混着香味扑人鼻息。

烩羊肉，是大补的，快趁热吃。

她没注意到丈夫的变化，蹲下去，只管坐在床边拉开架势要给他喂饭。舀起来一勺子，烫，冒热气，她低头吹，把香味吹得扩散了，满屋子都是。她噘嘴吁吁地吹，说不要以为把我舅舅搬来我就能让一让，这事情我不能让嘛，咋让哩？我心一软让了以后我的日子就没法过嘛，我们一大家子人口呢，要吃要喝要开销呢，娃娃还念书哩，你说这事情叫我咋说呢？!

这话没头没尾的。

但是他两口子懂。女人吹凉了，往男人嘴里送去。男人嘴唇是淡白色的，他忽然牙关一合咬住勺子，狠狠地咬，把自己咬疼了，噗一口吐出来，勺子跌回桶子，惊得汤水四溅，他悻悻地躺回去，神色凉凉的，你的娘家人么，你看着办么，你舅舅和姑舅哥么，你们打断骨头连着筋呢。

女人好像被这话吓着了，又好像早就预料到会听到这番话，她站起来呆了呆，不认识似的望着丈夫，好一会儿，叹一口气，把桶子盖上，转过脸来，一脸软软地笑，不想吃是吧，那先放放吧。我偷偷看，她竟然脸色平和，一副什么都没有发生的模样。她走了走，到门口，看门背后贴的一张沾满苍蝇排泄物的发黄的病房须知，又到窗口，隔着玻璃看外面凉飕飕的空气和正在掉落的树叶。忽然转过身来，下了决心似的，声音大得像跟人吵架，三万，少一分我不答应，必须三万。

男人一直凉凉地看着。那目光，空荡荡的，好像他不认识眼前躁动不安的女人，也不认识自己，他是个失去了意识和记忆的人，正在虚荡荡空落落的世界里，一点一点费力地努力地寻找，试图拯救自我。

必须是三万，就算是我亲娘老子出面也不行，我谁的面子也不看！随着这强调，她眼睛都红了，嘴巴鼓鼓地噘着，这样子，像什么呢，像娃娃在跟大人撒娇，但是拿不准到底能不能换来大人的疼爱和抚慰，有点忐忑，有点试探，只能用刻意放大的怒气来遮掩自己的心虚。

男人说没人逼你。

我个家逼我个家还不行吗？吃的喝的穿的花的上学的还有你吃药养病的哪一样不花钱呢？叫我有啥办法？到时候叫我一个女人家去偷去抢吗？我、我……

我从这声音里听出了一股力量，一腔幽怨。

但是她很快就意识到了自己的失态，及时闭嘴，蓄积在口腔深处的一股力量被硬生生刹住，没能喷涌而出。

门一响，开了，重新走进来五个人。落座，座位和之前惊人地一样，好像他们在这里坐了好多天好多年，已经熟悉到难以更改的程度。连坐姿也是丝毫没变。他们的身上有一股味道。羊肉的膻味儿。膻中飘着一缕香，香味难掩腥膻。他们吃了羊肉。与小翠提来的清炖不同，我可以断定他们吃的是手抓。整件的羊肉，配上大料葱姜煮熟，白切了蘸酱吃，手抓着吃，就是手抓了，谁不知道手抓羊羔肉是我们这一带最经典的美味。

这一回沉默时间不是太长。有人不允许太长。我身边的胖老汉站起来，咳嗽一声，又坐下，随着他的气息出进，我闻到一股浓郁的羊膻味从他口腔更深的地方喷出来。除了蘸酱里的蒜泥，另外他肯定还吃了大蒜瓣儿，晚秋饱满厚重的大蒜，刚刚进入胃里急于和前面到达的食物融合，于是便有了稀释和翻涌，随之产生的胃气随着饱嗝喷出来，腐烂前期的酸臭味儿暴露了这个人十分钟前下腹的东西。

他不看别人，独独盯着床边的老汉。即便在侧面，我也能从他的目光里感受到一股压力。这股力很凌厉。不是盛气凌人的那种凌厉，是表面绵柔，内核坚硬的那种凌厉。是不动声色无声无形却不容你质疑的那种凌厉。

他大姑父哇，娃娃们嫩，没经过事儿，哪里能看透这世上的风风雨雨呢，你来定主意吧，我们看着你说话。

其余人没言语，静静观看。我真担心他们要是轮流说起来，你三言，他两语，这狭窄的空间里肯定就全是羊肉蘸蒜泥的味儿了。

但是大家沉默着，像化石一样定定坐着，好像在比拼每个人屁股的坐力。

老汉的目光将儿子从头上摩挲到脚底，又从脚底摩挲到头顶。

刚生养下来身体差得很么，就这么长一点点碎人儿啊，他娘没奶，拿面汤汤儿喂着呢，一勺子一勺子的，费劲得很……我拉扯成人不容易么……

我真怀疑自己的耳朵出问题了，这个老爷子，此刻，怎么像个老娘儿们一样开始了碎碎念呢？

依照这架势，我这局外人也看出了大概，儿子出事了，要求当老子的出面拿事儿，大家讨价还价，解决赔偿问题呢。

此刻，老爷子应该开口要价，漫天要价也好，按照实际出个底牌也好，都是此刻局面需要的。

可是他竟然从儿子的初生那时候讲起。

这个躺在那里不能动的大男人，和小时候缺奶喝面汤汤吊活了一条命，有什么必然的联系吗？

但是，包括能掌控大局面的胖老汉在内，大家没有表现出我所意料的不耐烦，他们都埋头听着。好像这个老汉是国家重要领导人，正在做十分重要的讲话，需要大家保持安静和肃穆认真进行聆听。

他脑子聪明得很么，一进学校念书就是班里的第一名，拿回来的奖状糊了半面墙么，要不是他妹妹考上中专，他肯定也是个大学生哩么。我那时节都想好了，女子就拉倒算了，女子么念的个啥书，叫儿子念，谁知道这贼娃子狗日的偷了几个钱跑了，从学校里跑了，跑出去才给我写信回来，说不念了，叫妹妹念，他打工挣钱供养妹妹。都是家里穷么，把娃的一辈子就这么给耽搁了么。

他把耽搁的搁，发成了"国"的音。

把所有的"了"全念成"唡"的音。

我慢慢回味着，这是西山里的口音，那一片的汉族都是这样。

我不由得重新扫视那个躺在被窝里的人，要不是老爷子的碎碎念，我还真不会知道，这个人小时候是聪明的，而且少年时候又做了比孔融让梨还伟大悲情的义举。他还是那么瘦，那么单薄，他目光定定望着屋顶，好像那里，白色屋顶上正在上演一场同样是白色幕布白色底板的戏剧，他看得投入而忘我。

我都没注意到啥时候小翠提着饭桶子过来了，她蹲下去跪在地上，又给男人喂饭了。

我被她男人的吃相吓住了，他一直不言不语默默睡着，谁知道会是这么一个能吃的人呢，狠狠地张大嘴巴，小翠舀起一大勺子，连汤带肉，小翠怕呛着他，小心翼翼地喂，他脖子猛然一梗，将勺子叼住，恨不能将勺子也吞进嘴里，吧嗒吧嗒咀嚼，扯着脖子下咽，不等咽下去，已经又张着大嘴等待了。吃相凶狠，目光也恶狠狠的，不知道为何看得我心里一阵发毛，他这个样子，真让人怀疑如果不是有这么多人在场，他会连女人也一把拉近狠狠地咬上几口吞下去。可能吃到了一块骨头，女人慌了赶忙用勺子去接，他不吐，鼓着腮帮子倔强地嚼，嚼得骨头咔嚓咔嚓响。

女儿忽然伸出手，肉肉，我要吸（吃）肉肉——

清脆的童音，像谁摔碎在地上的细瓷碗，脆生生在空气里滚动。没人理睬我们娘儿俩，小翠有些仓皇地应付着男人的狼吞虎咽。我悄悄俯身告诉女儿，他们是汉民，他们的羊肉我们不能吃，不清真。女儿才不理这茬呢，爹着小手，肉肉，吸肉肉——

这一对夫妻在这一刻，将十几年的默契推到了高潮，喂，吃，吃，喂，无声，无息，纯粹的黑白默片，人物配合天衣无缝。她斜拎起桶子，将最后一点汤倒进勺子，很快最后一勺汤进了他的嘴。他静静张着嘴，喉结在动，咕噜咕噜。嘴里不能说不想说不愿说的话，被喉结给无声地诉说了。吃完了，他推开桶子，咽下一口空气，喉结滚了滚，那就三万吧，给我三万块钱，以后取钢板、吃药、复查，都是我的事儿。能不能好，我听老天爷的安排吧。

刚吃完热羊肉的嗓音，掺杂着羊膻味浸润后的混浊和艰涩。但是吐字清楚，每个人都听到了，也相信每个人都能够听得懂。

老汉猛然被人从往事里揪出来，脖子一梗，头偏过来，定定瞪着他儿子：太少了，五万，至少得五万。娃娃呀，你要把前前后后想好了，以后的路儿咋走呢，谁都不知道，眼前头的路儿黑着呢，我们只能走一步算一步了。但是得考虑得长远一点啊，五万元，你还要吃药呢，养伤呢，总不能吃平常的洋芋面吧，身子亏了，靠补着才能抚养起来。还有娃娃念书呢，还有一大家子的花销呢，你这个样子没个两三年不要妄想扛动活儿了。女人娃娃等着你养活呢，这不是耍笑的事儿，日子要一天一天过呢，不好过哇，没钱，挣钱的根本倒下了，你到时候哭都没眼泪呢。

老汉长着一张单瘦的脸，眼睛这一瞪，大得出奇，好像那张脸都兜不住那双眼，就要撑破了眼眶子，掉落下来。眼球圆鼓鼓的，淡白色眼膜底子上赫然布着一层红色血丝。我冷不防撞上了这一对血色的眼珠子，吓得我心里一哆嗦，不知道为什么就有了害怕的念头，赶忙低下头看别处。

至少得五万。老汉举起一个手，生硬地岔开五个指头，举在眼睛前看了看，慢慢地擎高了，横过来伸在大家面前。这手像一面旗帜，没有风，它不能摇摆，但是它坚持不倒，好像要成为一个标杆永远立下去。

就算我是农村妇女的脑子，我也已经弄清楚这其中的双方势力了，坐在我床边的三个人和那个坐板凳的夹克衫，是同一个阵营。剩下的是老爷子和儿子儿媳。

现在老爷子开了价码。

另一方的队伍沉默了。

没有面面相觑交换目光，没有咳嗽吐痰，倒是有人暗暗放了一个哑屁。放屁的人做得很隐秘，把屁声消了音，气味却是控制不住的。味道很快在空气里弥散。我闻到了。相信大家都闻到了。但我们都是大人，大人们安安静静地装着。女儿忽然拧住自己嫩嫩的小鼻子，呸呸呸，臭，妈妈，谁放屁了？臭死我了！

没人说话。

打桩机在窗外不知疲倦地吼着，咣哧——嗵！咣哧——嗵！一种明显的震颤，通过地面的震动传送到我们的脚底板上，通过末梢神经迅速传递到中枢神经，然后由中枢神经将震感分配到全身的每一个细微神经枝杈。不知道为什么，我觉得自己的心在随着这震动而剧烈地晃荡。晃荡得难受，我伸手捂住了心口的位置。

谁放屁谁举手，不举手是小狗！

女儿瞪着黑溜溜的圆眼睛很认真地嚷。

还是没人举手。

她也觉得无聊，嘟着红艳艳的小嘴儿，嘟囔说我知道啦，肯定是哈撒哥哥放屁了，哈撒哥哥举手了，可是哈撒哥哥在家里，我现在看不到啊。

小翠儿，你来说说嘛。

胖老汉打破了沉默。

我忽然心头狂跳，接着就如释重负，刚才，我竟然差点以为这个人要举手，要跟我女儿承认，屁是他放的，他现在承认，他不想做小狗。

小翠在啃一个梨子。

她仔仔细细地一点一点啃着，把皮啃完了，然后吃果肉，吃了一圈儿，剩下一个纺锤形内核。今年的梨子真是好，饱满，多汁，那个核也像水淋淋的女人，是半透明的，含在里面的黑色籽粒历历可数。她把核放在眼前看了一下，好像在鉴定这个东西究竟能不能吃。她的鉴定结果是可以吃，她把核也塞进了嘴里，慢慢地嚼着，一缕糖水顺着嘴角沁出来。

小翠儿啊——你这个娃娃，你妈死得早——这些年，舅舅看着你长大——你是个懂事娃娃——

我确定那个又陈旧又黏稠的闷屁，肯定是这个舅舅放的。它在空气里缓缓扩散的速度，太符合这个人说话的节奏了。这会儿那股气味还没有完全消失掉，还在本来就混浊的半空里油腻腻地和空气分子实现着交融、渗透，然后污染着我们这间屋子里本来就很脆弱的生态环境。

原来这个小翠没妈。尽管没妈她还是长大了，嫁人了，生儿育女了，在舅舅眼里还是个懂事的娃娃。

我没注意小翠啥时候又拿了一个梨，紧紧攥着，我注意到了她的手。我知道她进城好几年了，跟着男人进城，把娃娃也带进了城里的学校。或者说，进城的初衷就是为了娃娃上学。这几年送娃娃进城念书，成为一股风在乡村刮，山里人想办法转到乡镇上，乡镇的又挖空脑子往城里挤。小翠这样的女人，她原来应该和我一样，在乡里的土地里刨食，一双手四季粗糙得像擦子。进城后还是没有清闲，做饭洗衣之外，还要去工地上打工，抱砖头，和水泥，翻沙子，她两个手还是应该很粗，甚至比我们乡里女人的手还粗糙，是城里工地上的活儿磨砺出来的。但是她分明长着一对儿白手，圆嘟嘟嫩生生的小白手，这让我不得不对着那手傻眼了。女人长这么一对儿手给人感觉很娇气，丈夫就曾经嫌弃我手大，说女人的手嘛，小点，娇点，让人看了想捏在手心里好好地摸摸，想含在嘴里轻轻地咬咬，这才是女人该有的手嘛，你这手，简直就是狼爪子。我们当时要笑得高兴，他高兴得忘了形，就说了。说了也就说了，我也没有生气。毕竟我这对儿手真不惹人疼，看着像男人的手。

想不到眼前这个女人竟然拥有着这么一对儿圆润炫白的手。要是给我家那口子看到会在他的心底引起什么样的联想呢？是不是有欲望想上去摸一把呢？我心底竟然泛起一股酸酸的醋味儿。这醋味儿来得好奇怪啊，毫无来由。可我就是这么奇怪，不讲道理，毫无逻辑，刚对这女人产生的一点点隐隐的同情，面对着那两个小手浮想联翩的同时，冰块一样消融坍塌了。

小翠用她胖嘟嘟的小手把那个梨送到嘴边，在梨的陪衬下，我才恍然发现她嘴巴竟然也很小，顺着脸庞扩展，鼻子眼睛耳朵，五官竟然都属于那种小巧玲珑型。虽然胖，却不给人肥的感觉，而是一种小巧的胖，原来她长得很有几分好看呢，尤其五官凑在一张小巧圆润的脸上，营造出一种娇小玲珑的妩媚感。而之前第一眼的身形微胖，竟然给了我一个先入为主的错觉，我觉得这是个丑陋的女人，脸蛋跟身子一样，不怎么具备观赏性。但是这一刻，我的错误观点被无声地推翻了。至少她比我长得好看。

两万吧。两万。舅舅。

说话的肯定是小翠。我能确定是小翠。因为是个女人的声音。尽管嗓子就像患了严重的炎症，声音压得很低，气流急促而短浅，好像发话的人很累，无比疲倦，要说出这短短数语，耗尽了她全部的力气。我还是从这声音上判断出说话的不是男人。这里除了我是女人，另外一个就是小翠。她把最后那个舅舅拉得很长。好像这是一个包含了无限深情的称谓，她需要慢慢地用心地一点一点地体味其中的情义和温暖。

空气抖了抖。

停歇了片刻的打桩机忽然睡醒一样重新叫嚣起来，嗵哧——嗵哧——它像我女儿喜欢看的动画片里力大无穷的魔兽，正在瞪着猩红的眼睛，野心勃勃，要把这个世界击穿，要把整颗地球硬生生给穿个洞。

不同的目光同时落在小翠身上。我顺着舅舅的目光，看到了一种赞许和如释重负。对面，逆着看过来的，是瘦老汉的目光，我从那目光里看到了一种沉甸甸的东西。

小翠低着头，她再次垂着头打量起手里的梨子。好像她长这么大没见过梨子，没吃过梨子，一个梨子让她无比沉溺。

夹克衫簌簌地动，一直别在兜里的两个手拿出来，从右兜里摸出一块砖头。红灿灿的砖头，硬扎扎的，从硬度和捆扎在上面的那个猴皮筋上我知道这是不久前从银行提出来的新钱，看那挺括的样子可能连序号都没有来得及打乱。

那个猴皮筋好像是活的，没见夹克衫指头动，它已经滑脱，套在手腕上。手腕毕竟粗，猴皮筋撑到了极限，把肌肉勒出了一条深陷的缝儿。

钱一定被猴皮筋捆得早就难受了，挣脱了束缚，有些不大适应这无拘无束，悄悄地慢慢地膨胀了起来，厚度比之前增加了。夹克衫开始数钱。我发现他竟然长着一双巧手。女人的手。我不由得在怀里摸索了一下自己的手。左手摸右手。右手又摸左手。书本上形容女人好手的词儿很多，纤纤玉手，葱管似的手。我马马虎虎念了个初中水平，一时间还真是记不清还有什么更好的词汇。不过可以肯定，会很多的，中国汉语博大精深，不管用来描摹哪一方面哪一事物，都是一套一套的。

我再一次地自惭形秽了。这是继小翠之后，我第二次对自己的手感到惭愧，真是拿不出手。小翠的手短短的胖胖的，让我细长得树杈一样的瘦手没一点血肉美感。这个男人的手，却让我有些吃惊。他是个男人。看着不怎么文弱的男人，偏偏伸出来这么一对秀气的手。指头和我的一样，细瘦，单薄，修长，却具备着我不具备的细腻光泽。我的手常年下苦，尤其嫁人生娃后，家里家外炕上地下洗洗刷刷缝缝补补，粗活儿细活儿都是这双手往下拿。我的十个指头伸出来早就不能直溜溜并一排。它们被硬痂包裹、撕扯，有了轻度的扭曲和变形。指甲缝里灰乎乎的，指肚上的肌肤里镶嵌着红的黄的绿的汁液，那是庄稼的秸秆和叶片馈赠的残留。

他的手白，嫩，俏生生的。他甚至翘起一个微微的兰花指形，左手按着砖头块，右手五指麻利地翻页，一二三四五六七八九十十一……数目从他嘴里蹦出来，一声一声，不急不缓，不高不低，恰到好处，满屋子人都能听到。我知道一张代表一百，要数够一万，这个数目需要达到一百。大家好像同时被这数钱的声音震慑住了，我女儿也乖得出奇，她和我一样，没有见过一万块钱一张张在眼前展开的壮观场景。钱在这女人般细巧的指头间好像变得做作起来，有些矫揉地、调皮地，想要翘起来一个边角，弯一下肚子，扰乱他嘴里的数目。这些不久前从银行保险柜里提出的新票子，显然还没有见识外面的江湖，所以它们还没来得及认识江湖的深浅。它们很快就知道这一双女人般的手，其实要比很多粗大有力的手更有经验对付它们。他驾轻就熟地稳稳压着它们，一丝不乱地将数字数到了百。

我悄然舒一口长气。原来数完一万元需要这么长时间呢。

他把钱立起来，现在完全像一个刚刚出窑的棱角完整的砖头了。他拈起砖头掂了掂，然后递给身后的舅舅。舅舅早就等着了，接了钱，也掂了掂，踏上前一步递给瘦老汉。瘦老汉望着那钱愣了一下，接了，不等拿稳，交给了身边的小翠，然后他有些恍惚地在膝盖上一下一下磨蹭着自己的手。是钱刚才把手弄脏了，还是他的膝盖骨在发痒？

一万元整，你再数一遍，看够着吗。夹克衫说完左手进了左边的兜，又摸出一个砖头块。这一回他明显有些不耐烦了，指头翻检速度和嘴里报数的速度都加快了。

小翠在一张一张数着。新钱，互相之间有一种粘连和吸附，太硬了，紧紧粘在一起，她伸指头在嘴里蘸一下，数几张，再蘸一下。口水蘸多了，一疙瘩唾液掉出来，赶忙在衣襟上擦了，却忘了数到多少了，略微想想，想起来了，接着数，再蘸唾沫。

我敢肯定这个小翠上学那会儿数学学得不好，数到五十九的时候，她明显犹豫了一下，轻轻说五十。一想不对，忙又倒回来，四十八，四十九，五十。可能又怀疑五十不对，又停住脚步，四十九，四十九……嗯，四十九……五十！终于确定是五十。轻轻松一口气，五十一，五十二……

不等她数到一百，夹克衫已经数完了第二个砖头块。

他把砖块竖在手里，那个猴皮筋翻了个跟头，已经紧紧捆在了钱捆上。他抬头望着数钱的小翠。

我感觉这个人不简单。他在工地上不是个下苦的角色。至少不是像我男人一样下蛮苦吃冷罪的人。他，是个指挥人干活儿的角色吧，经理，监理，还是技术员？工地上那些角色我并不懂得多少，丈夫一年四季回来的时间不多，我们在一起说的更多的是家长里短，关于他挣钱养活我们的那个城市里的工地，好像是一个遥远的梦，却不是个做美梦的所在，所以我们没有热情和时间细细地说及它。凭着丈夫偶尔的一言半语，我印象里知道工地上最苦的活儿是沙子水泥混凝土，最危险的是架子工。也正是从这一鳞半爪的无意中我了解到，工地上的高层有老总、经理、监理。都是什么官儿，哪一个管着哪一个，我至今迷糊呢。

这个夹克衫应该是较高层面当中的一个角色吧。

出了事儿，也正是这样的角色出面来与当事者解决。

小翠男人忽然从被窝里探出一只手，从下面伸上来，一把抓走了小翠手里的钱，他的动作恶狠狠的，带着风。小翠一愣，他已经把钱压进枕头底下了，说没必要数。

第二沓钱从舅舅手里转过来，瘦老汉，小翠，最后是病床上的人。

舅舅大大地吐一口气，站起来，他起立得太猛，我的床瞬间失重，贱兮兮地发出了一声舍不得般的呻吟。

事情嘛，就这么着解决了，我们都是亲戚里道的，我们也不敢亏着娃娃们，都是尽力而为地解决着哩。我看嘛，也不是啥大伤，缓个一年半年就好了，爬起来又能干活儿了，那时节想来工地上，还是寻你姑舅，他是监理嘛，这一点忙还是能帮上你们的，工资待遇还是和旁人一样，不会亏待你们。

他嘴里的羊膻气好像减轻了一点，却又增添了另外一种我不知道是什么的气味，反正也是不好闻。幸亏他们大家没有再多逗留，告辞走了。

终于走了。我觉得屋子里顿时宽敞多了，空气也没有那么沉重了。

小翠跟出去相送。留下男人躺着。他很快就睡着了，头朝里歪着，两个手交叠着放在心口上。我在地上走了两步，坐下，又起来走。两万元压在枕头下，他脑袋下那个医院里配的单薄枕头显得不堪重负，难以遮掩枕下的秘密，一头凸了起来，隐隐能看到一团红色。

夹克衫的衣兜里至少还剩了一万，我当时无意中目光一转，扫到了他的衣兜，看见里面还留着一团红色。夹克衫真是好衣服，衣兜很大，装得下钱，还装得下秘密。其实这场谈判只要再努力一把，小翠两口子还能再多得到一块红砖头。我有些替这两人惋惜。

他响起了鼾声。鼾声很响亮，一起一伏，起的时候响，呼噜一声，随着气息伏下去，鼾声好像被什么猛然斩断了，硬生生就消失了。就在我怀疑这鼾声就此结束的时候，忽然又呼噜一声，重新接续上了。

我有些焦躁地加快了步子。我知道他床头下有一块砖头。我床下也有一块。真正的砖头。不知道是哪一任病人拿来的，用来搁架脸盆。这样脸盆和脚盆就能很好地区分。此刻，只要我抓起其中的一块，轻轻地拿起来，轻轻地走近他，对着那个打鼾的脑袋，轻轻地拍下去……我一把捂住心口，跌坐回床边，心怦怦直跳。见财起意，见钱眼红，难道我竟然也有了这样的心思？手腕子无比酸软，脚腕骨也酸软了，我缓缓地瘫在女儿面前，目光湿漉漉望着她清凌凌明灿灿不掺杂一丝杂质的眼珠。清澈的瞳孔深处映出我的脸来，把我一张大脸映得小小的，还走形了。女儿不知道妈妈的心里发生了惊心动魄的大事，已经过去了，虽然只是一闪念、一刹那，但我还是有些后怕地质疑着自己的心思和人品，我真的动了那样的心思啊，这和我平时的为人与内心是多么不符。我出了一头汗。

我不知道鼾声什么时候换成了啜泣。等我平复了自己内心魔鬼般的贪婪念头，听到床那边在哭泣。确确实实在哭泣。肩膀一抖一抖的，身子尽管保持着之前的睡姿，但是四肢有明显的抽搐，一抽搐，往一起收缩一下，一抽搐，往一起收缩一下。右手搭在脸上，遮住了眼睛，看不到眼睛就不能完全下结论说人家在哭，也许鼻子塞住了，在擤鼻涕呢。我管不住自己的目光，目光又一次热辣辣落在枕头下那个鼓起来的包。我真要是一砖头下去，凭他这个样子，肯定无力反抗，我麻利地抢了钱塞进包里，然后抱了女儿离开医院。我带着两万元，在街头想怎么花就怎么花。想吃什么就吃什么，看上哪件衣服就买了。

如果拿去买化肥，我们明年后年种庄稼的肥料还花不完。

我知道心里的魔鬼影子已经飘过去了，我现在不管怎么想，都只是在用一种臆想满足自己，对别人已经没有危害。

小翠进来了。身后跟着个男孩，穿着校服，背着书包。我一看就断定他是小翠两口子的儿子，长得和他爸一模一样，就是那个躺着的男人的缩小版。孩子有些胆怯，进来了一言不发，也不凑到床边看他爸，而是有些羞涩地坐在板凳上，接过他妈递的梨慢慢吃。小翠说娃娃要钱呢，老师要求交资料费，五十块。小翠摸了摸衣兜，掏出几块零钱，不够。他男人从枕头下摸出砖头来。解了猴皮筋，慢慢地数。他数钱的动作，远不如那个夹克衫熟练，幸好比小翠利索多了。数完了，一万，重新捆好。又数了另一捆。捆起来，想了想，抽出一张，递给儿子，说拿上交老师吧。

孩子几乎没说啥话，接了钱起身要走，说要迟到了。

男人让小翠和儿子一起出去，顺便把钱拿到银行存起来，小翠连连摇手，说她一个人不行，她不会存，她不识字。

我觉得小翠的这个举动有些亲切，我和她之间好像有了那么一点点共同的地方。如果让我拿着两万块一个人去存，我肯定也会害怕的，虽然我识字，但我还是会有很多担心的地方，在这人流密匝匝的城市里，我一个农村妇女，空手走在街上都总是怀着不可预知的担忧和恐惧，更不要说怀揣两万巨款。

那就小青来了再说吧。男人叹一口气，听口气有些不满。

小翠要去打开水。我也去。但是我们还是生分，她没有说给我捎带一壶，我也没有喊她等我一等好结伴一起去。

女儿厮缠，要吸肉肉。我哄一会儿才脱身。拎着水壶心里惦记着她，我一路小跑出了住院楼，开水房在锅炉房旁边。一行人在排队，我迟了，自觉排在最后。

看看还剩下五个人在我前头。天气不好，阴起来了，风从高处旋下来，卷着树叶子哗啦啦响，穿过人身子，能把整个人穿透，叫人顿时觉得秋意深重，寒凉的气氛十分明显起来。

秋雁北飞，秋草枯黄，再不用等多长日子，我念念牵挂的人也就终于能穿过内蒙古的茫茫草原，回来和我团聚了吧。

哎呀你做啥？没长眼睛啊？

有人惊呼。

惊得我们一排人乱了队形。

赶忙凑过去看，是小翠，她竟然对着水龙头走了神，傻愣愣看着开水从壶口漫溢出来，呼啦啦喷了一地，溅湿了她自己脚面不说，还烫到了旁边的人。一个中年男人也许真烫疼了，也许饶舌病犯了，反正他絮絮叨叨骂了好一串。小翠好像没听到人家在数落自己，她傻傻地拎着水壶，慢腾腾往回走。把魂儿扔了——骂人的男人用这句话终于圆满收尾。

还没进病房，我就被一个女人的声音吸引，正是从我们房里传来，语速很快，吧吧吧，一口气不停歇，不给别人插嘴的机会。我进去，一个女人站在床边，不看任何一张床位，她戴着眼镜，只回过头扫了我一眼，又转向窗外。匆匆一瞥，我依稀看见是一对小眼睛，高颧骨，白肤色，鬈发，栗色，小嘴唇上好像抹了口红，红得鲜亮。一看她穿衣打扮我就断定和我们不是一路人，是个有工作的人，平日里肯定过着一种我们无从想象具体细节的养尊处优的日子。

这样的女人不好惹。我凭借着生活里的经验，知道这样的女人比较难缠，一般都比较口舌麻利，脑子反应快，要骂人的话，不用像我们一样先要在脑子里酝酿搜寻组织词语，这样的人不用，直接从脑子里往外拎，成套的词儿排着队等着呢。

平时有个鸡毛蒜皮的事儿都要小青给你们跑腿儿，现在这么大的事情，你们竟然不吭声，哪里是忘了呢，明明是眼里看不上小青这个人了，有了舅舅、姑舅哥，小青就是外人了，就瞒着小青自己拿主意了，嘿嘿，你们的事儿当然没小青多嘴的地方，可是这牵扯到钱呀，钱可是硬头子货，没钱你日子一天都过不下去，我看你们到时节就不要哭哭啼啼再来找小青——

这说了半天，我听得迷迷糊糊的，小青是谁？为啥忽然要牵扯进这么一个人来？

她说着说着，掉过身子，直接面对着小翠，吧吧吧，吧吧吧，嘴像一挺我们在抗战电视剧里看到的日本鬼子使用的快机枪，子弹连着串儿发射。小翠被炸晕了，蒙头了，傻傻站着，木木地笑着，她好像还没有从开水房那个男人的数落里醒过神，低头揉搓着自己的左手，放嘴边吹一吹，揉揉，再吹吹。那片皮肉已经通红了，很快泛起一簇透明的水泡。

去，到药房买点药水涂上，要不买个创可贴也行。

男人催小翠。

小翠快快地走了。

鬈发红嘴唇顿时声音高了，冲着床上说你还不愿意了吗，我说她你还不爱听了是吗？你看看这个女人，不是我这做小姑子的不贤惠，容不下自己的嫂子，你说她脑子是不是不够用，这种时候她能向着娘家人？又不是啥正经的娘家人？一个舅舅嘛，隔山架岭八竿子打不着的关系算啥亲戚？你说她气人不气人？五万不行，四万我们肯定能要来，最少也是三万哪！你说她嘴一张就答应了两万！凭什么她当了这个家？她算个啥？我告诉你们，咱爸被她给生生地气病了，一回到家就睡下了，本来为你的事儿这二十天都没好好合过一眼，现在又被她气了这一场，现在算是彻底躺倒了！

唾沫星子横飞。

空气被激越的演讲搅和得也不安分了，热情澎湃地汹涌鼓荡起来。

女儿呆呆仰着小脸儿，她看傻了。

像一场暴雨，来得猛烈，走得也及时，不知道什么时候，这女人刹住脚，告辞走了。门被她摔了一下，重重合上的同时，把一声悠长的震颤留在了我们心里。

我慢慢回味着，小姑子，小青，喊小翠为嫂子，那就是这个人的妹妹，那个老汉的女儿了。

想不到那老汉看着挺腼腆的，竟然能养出这么一个快嘴利舌的女儿来。

那个瘦老汉，怪不得随着那些谈判的人出去再没有回来，原来是生病了，气病的。

对面床上的男人用一束奇怪的目光看着我，我从这目光里看到了比较复杂的内容，是被我窥见了全部的家务秘密而恼怒吗，还是为自己有这么一个泼妇般的妹妹而羞报，我装作不明白他的意思，也对他家事情不感兴趣，我泡了一包方便面吃起来。一桶方便面三元，一碗小碗烩面五元，我舍不得花那五元钱。买了一桶方便面吃了，把纸桶子留下，然后把一块钱一包的方便面泡在里面吃。

呵呵，他自顾自笑起来，笑声断了，又接上。连着笑了好一阵。我终于没法再装，扭头看他，他正目光炯炯地看着我，一逮住我目光就连忙说其实小翠没有错，换了我我也会这么做，小翠没有错，女人家啥最重要，娘家最重要，我总不能叫小翠断了娘家的关系吧？呵呵，我妹妹不懂事，那么大的人了就是不懂事。

我嚼着一口方便面，等我咽下去，他说完了，目光跳跳地有些巴结地看着我，似乎想从我眼睛里挖出些什么东西来。

我不知道他期待的是什么，只能歉疚地报以微笑。

　　气氛索然无味下来，就像一炉火，没有煤炭，只是几块硬木头，呼啦啦就燃尽了，燃尽了我们就要面对火光的幻灭和灰烬一点点暗淡下去的结局。

　　方便面一开始很好吃，可是吃到最后一口我忽然心里一阵难过，想吐，赶忙端着纸桶子跑出去。

　　他们确定明天就出院。

　　小翠提前拾掇东西。床底下，床头柜里，窗户边，不经意的地方都塞着挂着放着一些日用品，拖鞋、脸盆、水壶、棉签、创可贴、指甲剪、帽子、外衣、饭盒子、筷子、干粮袋、一箱子没有喝完的牛奶。

　　那个儿子又来了。脸色比中午难看，好像这个下午他病了一场，刚从病里挣扎出来。来了坐着，安安静静地看着父母说话，忙碌。男人试着挪了挪身子，腿子能动，脚还能从左边移到右边。身子动不了，主要是腰里牵制了全身，他咬着牙要试着翻一翻身，不要人帮忙，自己把两个胳膊肘撑着，一点一点往起来爬。女人和儿子都站起来，在一边眼巴巴看着。他像蛇一样支起了脑袋，眼珠子凸鼓着，再使劲的话我担心那对珠子直接从眼眶里蹦出来。幸好没有蹦出来，他挣扎到半途还是乖乖地放弃，重新躺下了，实验失败。

　　再缓二十天吧。女人安慰，这才二十天嘛。

　　男人的声音忽然很凄惨，说傻子啊，这可是腰里，脊椎折了，这闹不好可是会瘫痪的！

　　这话吓着了孩子，他蜡白着脸站到远处，不认识似的望着父亲，要从父亲的脸上看出什么奇怪的东西来。

　　他把钱丢了，一百块呢，中午我刚刚给的——小翠吁一口气，忽然挖一眼儿子，转脸给男人说。

　　男人好像没听到。他沉浸在刚才的挫败当中。

　　就是个吃屎的货，大愣愣一个人，连钱都拿不住，还能丢了？丢了就丢了，你不用交资料费了——你这个样子，万一真瘫痪了，你娃娃能不能再念书都成问题呢，你总不能指望我一个女人家打工供养你们几个念书吧？都到这一步了，我看你们还不想着给大人争气！

　　小翠骂着骂着，自己先抹了一把眼泪。这一抹不要紧，本来干巴巴的眼睛瞬间就决堤了，收不住声，猛烈地哽咽起来。说我守在床头边，喂吃喂喝，白天黑夜连轴转，没有功劳，苦劳总有一点点吧？小青凭啥给我那么难看的脸子？以后的日子，吃糠咽菜都是我跟你过，她又不会帮一把，她……

　　儿子拉开门，要走，看样子心里负气，不愿意说话，小脸儿绷得紧紧的。

小翠赶出去送了。回来又坐在板凳上唏嘘感叹，可惜那一百块钱了，拿来买白菜，够腌一大缸了，买盐，要吃多少日子呢，买铅笔墨水，足够娃娃使唤好几年了。最后叹一口气，说我们把娃娃亏了，开学跟我要一本成语词典呢，同学们都有呢，他老是借人家的不好意思，我咬着牙没舍得买，早晓得这样，还不如牙齿一咬给娃买了。

正说着，电话响了。一个清脆的声音在里面说，妈，妈，我把钱寻着了，在我裤腿里头呢，压成一个窄条条我才没有发现，刚才一脱裤子溜出来了。

小翠突然放肆地笑起来，笑声很大，把我女儿从睡梦里给惊醒了，小家伙挺喜欢小翠，乌溜溜的眼睛瞪着小翠，不哭，傻兮兮也跟着嘿嘿嘿笑。

小翠一高兴，话就分外多起来，跟我攀谈起来，我发现这个女人其实很健谈，性子挺直爽，说话不藏头缩尾，我也喜欢这样的性子，我们就家长里短的一直说到夜深处。第二天小翠忙着办出院手续，然后雇一辆车来拉男人。瘦老汉来了，小青来了，小青的男人，一个很敦实的小伙子，也来了，大家用一张新毛毯子把病人卷起来，然后从四个边角上拎着，慢慢地挪进带轮子的床，然后推出去，抬到车里去了。

小翠把一个洗脚的盆子留给我了，牛奶箱子里还有三包牛奶，她给了我女儿，临出门趴下身子，在我女儿小脸蛋上亲了亲，左边一口，女儿接着把右脸蛋伸出来，她又亲了一口，吧——亲得很响，脆生生的。

我们来了也一周了，明儿也能出院了，大夫说戴着石膏回去好好养着，四十天后自己敲碎石膏去掉就可以了。

看着暮色从窗口一寸一寸浸进来，染黑了玻璃和墙壁，我忽然觉得这病房很冷，冷得空旷，心里说怎么不再住进来一个病人呢？就算大家挤在一起不怎么舒服，但是心里不会这么空得难受吧。胡思乱想中困倦袭来，身子靠住墙根，慢慢滑倒，恍惚中，门好像一响，有人直接推开门，水面上被风裹挟而来的小船一样瞬间漂进来，漂到我跟前，吓了我一跳，一张脸笑吟吟地浮在我面前，女儿又惊又喜喊了一声爸爸。

你，你咋来了？你咋晓得我们在这里？

我惊喜得声音直颤抖。

我女儿病了我咋不能来？鼻子下面长个嘴巴，我一问护士就晓得你们住哪个病房了。

他胖了，黑了，身材好像长高了。

他丢了我的方便面桶子，说我看着娃娃你出去吃面，不，别吃面，吃烩肉，牛肉羊肉都可以，一碗不饱的话再要一碗，吃完了再给娃娃也端一碗回来。

　　吃烩羊肉的时候，我的眼泪落进了奶白色的滚烫的羊汤里。我似乎能看到当接到公婆的电话后，他一路小跑着请假、赶火车、倒班车，顶着一身晚秋的寒气直奔这座小县城医院的过程和那一份仓皇惊吓与牵挂。

　　女儿得了爸爸买的玩具，很满意，吃饱喝足后撒会儿娇就甜甜地睡了。把她安顿在被窝里，他趴在床前看女儿，看着看着说半年没见，娃长大了，脸儿胖了，五官大了一号，眉毛黑黑的，长大了肯定是个俊姑娘。他神情奇怪地看着一边发呆的我，忽然笑嘻嘻地说，半年没见，老婆也长大了，变俊了，来，我摸摸，身上胖了还是瘦了。他真的走过来了，脖子下面那个圆鼓鼓的喉结不停地蠕动着，随着蠕动大口大口地吞咽口水，好像他整个人又饥又渴，只想把我一口吃下去解馋，粗重的喘息越来越逼近，直接喷射到我脸上来了。

　　我跳起来躲着，心里突然装满了委屈，他把我逼在门后捉住了，捧着我的脸，细细地看了看眉眼，然后就一口噙住不放。我又慌又乱，看看头顶上明晃晃的灯，再看看身后那一张床，床当然空着，可我老担心有人看到，心中又急又怕。他觉察出我在分神，哗啦从里面反锁了门，扭身又扑向我，动作更放肆起来，直接把我顶在门上，一下一下撞击起来。我被这奇异的姿态吓坏了，手心里全是汗，我觉得自己像猛然间生病了，发着高烧，迷迷糊糊，慌乱中紧紧抱住了一个壮实烫热的腰。这是我熟悉的腰，可是已经很久很久没能拥抱它了，我感觉自己伸出去的手软得厉害，在颤抖，我的动作和姿势都显得无比笨拙生疏。我十指紧缩又张开，最后像弹琴一样按在了他腰后那些琴键一样的脊椎骨上，我满脑子飘浮着小翠男人那单瘦颀长的身子从钢筋架子上栽下来的情景，那还仅仅是二层，如果更高一些呢，八九层十多层呢？我一节一节摸索着这些骨节，忽然落下泪来，用力按揉着他的腰部，哽咽着恳求他，一定要时刻系上保险绳，多麻烦多热都要系，我要他的腰好好的，一辈子都好好的。

　　他忙不迭地嗯嗯嗯答应着，我单瘦的身子像一束温湿的柴草，在他手里抖啊抖，终于被点燃了。泪水伴随着我欢快的呻吟包裹了他的身体，湿漉漉的泪水让他全身哆嗦了一下。他不知道我为什么忽然这么伤心，粗粗的舌头舔着我脸上的热泪，舔出一片冰凉。恍惚迷离中，我忽然想，小翠的男人，这辈子还能站起来，还能像这样孔武有力地顶着自己的女人吗？这一刻，我发现我爱他柔软坚硬伸缩有力的腰部远远胜过了别的部位。他不知道我为什么哭，从轻轻流泪发展到了大声啜泣，泪水湿了他肩胛骨，湿了他胸部肌肉，咸咸的泪味和他的汗酸味混合在一起，然后和这间病房里固有的复杂气味融合成了一片。

事后我让他躺在床上，掺了热热的半盆水，抱着他的脚泡进来，脚板上干巴巴的痂块和硬皮刚一接触水，竟然发出丝丝的炸响，好像脚板上所有的细胞都感到了水的温情和舒服，欢快地张开了嘴巴，在畅饮，在享受，在欢呼。他闭着眼，像一个放浪的女人正在享受一场醇厚的性爱，嘴里竟然发出了伴奏似的哼哼声。我学着小翠的样子，歪着头，撩起一捧水，看着水在半空里落下去，在这对日渐变得苍老丑陋的臭脚上溅出一束束明亮的浪花。

我的梦伴随着思念在这个迎送过无数人病痛和悲伤的狭窄空间里酣畅淋漓地发酵着，我不知道自己的泪水早就将那个干瘪丑陋的小枕头浸湿了好大一片，我深深地沉浸在这温暖旖旎的好梦里，蒙蒙眬眬中甚至期盼着我们短暂欢娱的结果能在我温暖的小腹里悄然发芽，并且在九个月之后发育成一个健康白胖的婴儿啼哭着来到人间。

流杯池

黄　茜[①]

1

　　徐太太坐在沙发上剥荔枝。这是今年的第一批新荔，青黄里透着烂醉的酒红。徐太太翘着涂了水银蔻丹的指尖，把那饱圆的荔枝用指腹一挤，就着细微裂缝，轻轻巧巧剥出一壳荔肉来。她也不立即吃掉，把剥开的荔枝托在手心里细细端详，深知此刻自己的脸，衬着下午四五点钟的光照，在来客眼里，正如荔枝般发出莹莹的瓷白的光。

　　徐太太四十来岁年纪，二十多岁人的打扮。她在家里总是一副慵懒的神气，哪怕来了客人，也喜欢懒洋洋地倚在沙发上，或是用手撑着因格外宽大而总是显得好奇的额，或是以某种姿势舒适地盘曲着双腿，显示出瑜伽练习者无比的柔韧感。

　　丁木子也把一颗荔枝在手里来回捏着、搓着、揉着，果壳上的鳞斑状突起硌得她的手微微发疼。她挺直腰板坐在沙发旁边的一张黄花梨木旧式榻上，天气虽然不很热，却感到屁股上汗湿了一片，嗓子像熏了烟似的，又干又痒。

---

① **黄　茜**　女，四川内江人，北京大学世界文学与比较文学专业硕士。诗人，译者，诗歌、译作散见各类文学刊物。曾获未名诗歌奖、刘丽安诗歌奖。出版有诗集《女巨人》，译作《双生》。现供职于南方都市报社。

"七弟真是有福气,一眨眼,女儿出脱得这么俏丽!"徐太太把眼睛在侄女身上一转,又转回荔枝上。丁木子垂下头,不好意思地笑一笑。她小麦色的窄窄的脸,在斜光里像是揉了碎金,与徐太太那一种腻烦的白很是不同。

"爸爸妈妈让我代问三姑姑好。这次来上海,还要多亏姑妈照顾。"

"这么说,你到这里是来念书的?你刚进门吓我一跳,还以为七弟又变着法儿找我借钱呢!"徐太太扑哧一笑。

丁木子脸上讪讪的,并不记得她们家找姑妈借过钱。正相反,她的爸爸丁宝振近年来跑建材生意,着实赚了一笔。丁宝振走南闯北,也算见过一点世面,家资厚实起来后,便毅然决然送女儿到上海读书。顺便拜会她那出嫁二十年再没回过乡的姑妈。然而,丁木子心想,提防厌恶穷亲戚,大约是城里人的通病。

"在哪个学校念书?考上的还是交钱读的?"

"交钱读的。在民族大学。"说到这里,不知为什么丁木子的腰板直了直。

"那很好……"徐太太让手心里的荔枝滚到一只天青色的果壳托盘里,原先前倾着的身子向后仰躺在沙发背上。她似笑非笑,半眯着眼睛,小嘴微张,鼻尖发皱,像是在酝酿一个久未打出的喷嚏。这是2001年,上海的一些公立大学为了筹募资金,报名的学生依然可以缴纳一定数额的"建校费"入读。可十万块不是小数目,那些交钱读书的子弟,家里非富即贵,非政即商,平头百姓谁出得起这个血?也有像丁宝振这样的暴发户,几年间赚得盆满钵满,有了钱以后心也高起来,不惜血本要送女儿到大学里镀金。并不指望她念书,原本也不是念书的料子,十次考试九回挂科,生得多俊俏的一个人,却被老师敲脑袋骂"榆木疙瘩"。但家里培养出一个大学生,哪怕抛金撒银换来的,在双石镇跟人说起来,丁宝振面子上也很过得去。

徐太太心下暗自忖度,别看七弟小时候不学无术,傻头傻脑,如今竟也混出了个模样。她又拿眼睛把丁木子上上下下打量了一番,浓翠的未经修饰的眉,一双眼睛狭而长,瞳仁格外黑漆水亮。或者因为睫毛浓密的缘故,下眼圈有一层淡青的阴影,让她略显单薄的蜜色的面孔有了些层次。鼻梁纤巧挺直,因为总是咬嘴唇,两片唇胭脂花似的薄而红。丁木子今天为了来拜会徐太太,特意穿了一身粉青的棉布裙子,一双薄荷色系扣凉鞋,乌黑油亮的头发剪成齐肩长短,用一方白手帕随意扎在脑后。打扮得倒是清爽,徐太太心道。然而这句话刚从心底冒出,她的嘴角又不禁轻慢地一牵。她觉得丁木子身量太高,骨架太大,年轻瘦削时方还看得过去,稍微发一点胖,就要变成外国电影里看到的五大三粗的俄罗斯妇人。笨重到叫人不好意思！因为徐太太自己是娇小玲珑的，四十岁以后才发了福，雪白丰腴的膀子，将她的塔夫绸睡衣的衣袖绷得滚圆紧张。可是徐太太深信娇小的优势，即便胖成了球，也是娇滴滴的一团球。

"读的什么专业？""在工艺美术系，学室内设计。"丁木子正被徐太太盯得自惭形秽，巴不得说几句话打破气氛。"开学都快一学年了吧，怎么才想起来看我！""学校里课程紧，知道姑妈也忙。我爸爸在家里老说我妈和我不能干，说姑父的珠宝生意，有一半都是姑妈支撑打理！"徐太太轻轻打个手势："咳，我能做什么，都是瞎胡闹！"然而却面露自得之色。略一沉吟，又说："你爸做建材，你学室内设计，以后双石镇的房地产岂不要被你们父女俩一手包办，想得倒美！"她忍不住呵呵笑起来。"姑妈说笑话，双石镇指甲大的地方，穷乡僻壤的，哪有什么房地产！"丁木子也笑了。

徐太太心里一凛。二十多年来，双石镇就像她的缅甸印花桌布上的一块洗不去的茶印子，被徐太太用一只梅瓶沉重地稳稳地压在底下，非翻天覆地不愿意挪开。然而丁木子突然出现，关于双石镇的所有记忆，青的白的荤的素的热的辣的，也似乎和她一起喧喧嚷嚷不由分说地涌了进来，钻进这套位于上海最繁华地段的奢靡小公寓里，在她的茶几、沙发、贵妃榻、五斗柜、古董架上，在她的戴铜锁的衣柜顶端和掐丝雕花的梳妆镜前，挤挤挨挨地站着、靠着、躺着，湿漉漉地絮叨着，挠得她心里发慌发痒。

对了，湿漉漉，这就是徐太太对双石镇的印象。每到盛夏时节，丁家院子里的杂草长到膝盖高，黄色的美人蕉开得灼目，看不见的蝉子在阴暗处搏命嘶叫。天气燠热，太阳把碎石马路晒得滚烫，踩在上面的塑料凉鞋也变热变软，好像随时会融化。可忽然来一场雨，从天到地整个便清凉下来，芭蕉树、梧桐树、老槐树的叶子褪了色，把雨水和空气，灰砖墙和玻璃窗，未及躲雨的花猫，惊慌的母鸡，凌乱的蚂蚁，透明的雨衣和雨衣外裸露的手腕脚趾，都染得绿溶溶凉津津。路上是大大小小墨绿的水洼，连家里的墙边桌脚也积着水，头发怎么梳也是毛毛的——川南小镇总有这么一股拧绞不干、抹杀不掉的缠绵的潮气。

徐太太原名丁宝琼，在兄弟姊妹里排行老三。她父亲丁德铨是生意人，开着双石镇最热闹的一家茶馆，人们都叫他"丁老板"。丁老板这一生既没信过国民党，也没信过共产党，在双石镇因诚信义气很受尊重。丁宝琼是丁老板第一个太太所生。宝琼一岁多大，她妈妈得产褥热死了，她后来回想，觉得亲生母亲必定是温柔敦厚的天仙般的人物，虽然当年对母亲不可能有什么印象。丁老板的续弦、宝琼的后妈是一个土地主的女儿，身材薄得像纸，尖嘴猴腮，说话叽叽喳喳声调高得吓人。这个太太给丁老板又生了四个孩子，丁宝振是最小的一个。所以丁宝琼和丁宝振名义上虽是亲姐弟，也并没有那么亲，毕竟同父异母。

丁宝琼向来觉得父亲偏心后妈的孩子，跟几个弟妹关系都是淡淡的。丁宝振在家里是幺儿，受尽溺爱，丁宝琼最看不惯。后来她因为恋爱的事，跟父亲大闹一场。丁德铨怄得在茶馆里拍桌子："你要走就走远点！老子眼不见心不烦！"因此做了徐太太这二十多年来，索性撇清关系，不跟丁家的人往来。在上海，就连许多跟她熟络的人，也只知道她是徐太太，芳名宝琼，并不知道她娘家姓丁。

丁木子让徐太太蓦然有了思乡之意。她意识到自己失神，假意打个哈欠，"上了年纪就是容易走神犯困！"一面猫似的伸个懒腰。——她养的那只名贵的蓝眼睛金吉拉，此刻"喵呜"一声跳到她的膝盖上来。丁木子赶忙说："姑妈要是累了，我就不多坐。回学校还要换三趟公交车，十几站地，太晚也不好。"

"不急不急。"徐太太摆摆手，招呼丁木子再吃几颗荔枝，又往她的手里塞一把巴旦杏。她再开口时音调也更低沉些，说的不是普通话，而是许久没吐露过的家乡话。在上海并不少四川人，可不知为什么，徐太太宁愿说一口夹生普通话，也从不拿四川话和他们打交道。好像不用那一方的语言，她被语言所塑造的那个身份也就随之抹去，她就顺理成章地成了一个新人。然而这方言依然包裹在她的瓷白紧实的身心里，就像水果糖里浓甜的注心，咬开一条缝，就丝丝往外渗，宣布它才是主宰一切的灵魂所在。徐太太原本就像颗乳白的酒心巧克力。

"在上海住得惯不惯？书还念得下去？""基本上习惯了。书念得不好，基础差，跟不上。""不要紧，本来你老子供你上大学，也不是要你念出个今科状元。""毕竟家里花了大价钱，不念出点名堂不好交差。""那就看你老子是要满分成绩，还是要乘龙快婿。"徐太太扭过精巧的头，饶有兴味地盯着丁木子的脸，蜜蜡色面皮里泛出几许晕红，如同一点胭脂不小心掺在了新制的鸡油里。

"丁家人是各自打扫门前雪，无事不登三宝殿，你这会子悄声来找我，到底有啥子事？"按照徐太太的理解，八百年不走动的亲戚，忽然登门拜访，必然有事相求。

丁木子被徐太太说得面上一窘。她抓起随身带的帆布书包，从里面取出一只十厘米见方的小纸盒子。盒子上封着邮局的封条，写着地址，盖着好几个邮戳。边角已经磨损了，看起来经历好几番发送周折。

"都怪我，见了姑妈只管说话，把正事儿给忘了！"丁木子将盒子轻轻放在茶几上，推到徐太太面前，"前几天爸爸从双石镇寄了这个过来，说是有人寄给姑妈的，大概不知道姑妈来了上海，还寄到老家茶馆的地址。爸爸原想给退回去，又怕是什么要紧东西，想到我在上海，不如寄给我，由我给姑妈送过来，免得耽误事。"

以为人家来讨东西，没想到却是来送东西的。徐太太有点怪不好意思。她眉开眼笑地说："哎哟，这点小东西，又不稀奇，劳烦你们大费周折。我啷子谢谢你哎？""姑妈不要客气。姑妈晓得这盒子里装的是什么？"丁木子想来拿到包裹并没有动过，但好奇心是存了许久了。

徐太太伸手拾起包裹，初发地址是上海市徐家汇，发件人的名字被雨水洇得看不清，还留了个上海市内的电话号码。

大约是年少时的同窗玩伴，某一天忽然想起她来，可是又失去联络许久，只能往旧地址寄一点旧物，试试能不能收到？可是丁宝琼当年离开双石镇也算轰轰烈烈，方圆几十里谁不知晓？然而，丁宝琼早年的确有许多追求者，收到的匿名情书不计其数，所以，或者是当年的某个暗恋者，突然间忆起青春时期爱慕的对象，遂寄物遣怀也未可知。

徐太太掂了掂包裹，有些沉重。该不是一摞热烈的剖白书信吧？当着侄女的面拿出来，还真有些尴尬。但她毫不犹豫地拿起一把洒金小剪刀，细细地划开纸盒的四沿，又剥开一层白色的塑料泡沫减震纸，取出一个更小些的浅绛色木盒。木盒用细巧的金锁扣着，打开来看，竟是一块拳头大小的黑色石头，从某个角度看过去，倒是棱角分明，熠熠生光。

"这人好奇怪，大老远的，给姑妈寄来一颗炭！"丁木子吃惊道。

徐太太觑眼儿看了看，笑说："怪道你不认得，我跟你一样，小时候也是在双石镇的炭堆儿里滚大的。不过这不是炭，这叫黑曜石，一种火山熔岩。可以用来打首饰的。它还有个名字，叫'阿帕契之泪'。"

丁木子就着徐太太的手瞧了瞧，那黢黑的眼泪泛出透明的光泽，因为未经打磨，边缘锋利异常。在对着灯光的地方，能看到石头里有一个圆形亮点。徐太太把黑曜石从盒子里取出来，发现石头下边压着一张纸片。上面挺秀的字迹写着："满月眼黑曜石，1976—2001。"

徐太太不免犯疑，又拾起邮局的递送单细看。寄件人那一栏，起首的一个字，看来看去像个"顾"字。姓顾？徐太太心里像被针尖儿刺了一下。

2

479路公交车的车厢里笼着一层昏黄朦胧的灯光，乘客们仿佛都睡着了，仲夏的上海也似乎在颠簸摇曳里睡去。丁木子坐在后排靠窗座位，扭头看窗外一闪即逝的街市和巷弄。她回想下午在徐太太家的情景，心里不免堵着一口气："我巴心巴肝地去做好人，她还当我心头有鬼。"她又想起那颗据说叫作"阿帕契之泪"的黑黢黢的石头，以及告辞时徐太太神思恍惚的样子，不觉撇了撇嘴："嘿，我看她才是心头有鬼！"

上海是个最具烟火气的城市，然而精打细算的老到世故里，又有几番闪闪烁烁、捉摸不透的旖旎风情。丁木子的眼光掠过路边的海鲜大排档，路过掌灯时分依然滴着露水透着鲜嫩的水果摊子，又掠过有进出门铃便叮叮当当的小食店，以及一蓬蓬一簇簇的高楼广厦，她想真是闻名不如见面，徐太太虽然在双石镇的名声不太好，但终究也不是个下流无耻招人嫌恶的人。她就像丁木子在电车里、街道上甚至广告里看到的那种上海太太，哪怕出门买个菜，也要穿上香云纱斜襟低开衩旗袍，戴上水嫩葱绿的翡翠镯子。矫情是矫情了些，但心地并不坏。

临走时，徐太太让丁木子留下在学校的住址：民族大学宿舍楼48楼204室。还要去了宿舍的电话号码。丁木子想不通姑妈要她的地址有什么用，看样子以后也不会再往来。也许是出于礼貌吧。

电车驶过"民族大学"站，又过了两站，在离民族大学北门不远的芳园西路站，丁木子才随着推推搡搡的乘客下了电车。向晚下起毛毛雨来，细密的雨点落在脸上凉津津的。而城市在雨中愈发地生疏模糊了。

丁木子不觉加快脚步。沿芳园西路往北走几百米，路过几家水果店、杂货店、运动服装店和一家永远挤挤攮攮，以卖生煎和鸭血粉丝汤闻名的小食店，在点着橘色灯光的"宜而爽"内衣店向左拐，进了一条巷弄。这巷弄里是几十年的老式居民楼，因为地处大学附近，有许多单间和套间租给不愿意住校和来此考研的学生们。地方虽小，但这几年房价涨得惊人。一个十平方米的小单间，一个月也要800块。套间就更不用提。

坐在巷子口卖小玩意儿的大妈看见丁木子，笑吟吟地问："回来啦？"不知为什么，丁木子被问得有些臊。她一低头，蹭蹭蹭跑过巷弄，一口气跑上一幢旧居民楼的五层。这是一套小两居，统共不过六十余平方米，但在上海的这个街区，已算是奢侈住所。衬着瓷青的夜，屋子里的灯光像颗鸡蛋黄，暖融融的。丁木子走到洗手间，解开头发，取下一张毛巾将濡湿的头发和脸擦干。她在镜子里看见因夜色和雨水而显得含着泪似的一双眼睛，觉得有些俏皮。

丁木子心上轻悠悠的，信步穿过窄小的客厅，走向里屋。她听见有人挪了一下凳子。书房兼画室的那间屋门忽然开了，一个人影从门后闪出来，唑一声不由分说地把丁木子搂在怀中："哎呀，我就知道是你！"

"不是我还能是谁？"丁木子嗔道。她闻到他身上熟悉的松节油气味。

"我还当是我的拉布拉多犬。"那人说罢嘿嘿笑起来。

丁木子甩开他的手，恨恨地说："你的拉布拉多犬能开门，能买菜，能洗衣呀！"

"开门倒是能开，买菜洗衣却很不好说。"唐骞一脸坏笑盯着丁木子，"不过反正就是养只爱犬，又不是讨个媳妇儿！"

丁木子剜了他一眼，自顾自走进书房，在画架边坐下。"把你的拉布拉多带来，我以后懒得管你！"架上是一幅有人物的风景图，才起了小稿。几个身着华服的人站在池塘里，池水没上他们的膝头，可他们却毫不介意，相谈甚欢。池塘背后是茂密林丛，繁花浓郁，山峦的线条柔而脆。

唐骞第一次看见丁木子时，她就是这个样子，一个人坐在画架边，扭头看画，似乎有些气鼓鼓的。唐骞也在民族大学工艺美术系，比丁木子高两届。半年前的一天，他走进油画课的画室，发现一个穿着松绿色上衣、雪青色裤子的女孩，背对他坐在自己的画架前，也是这样散着黑油油的头发，几缕发丝在窗户透进来的风里一飘一飘。接着她转过头来，又是困惑，又像是生气似的说："怎么能把女人画成这样子？"那是一幅临摹莫迪里阿尼的课堂作业，画上的女人长脖，凸肚，看起来忧伤无比，是莫迪里阿尼即将生产的情妇的画像。唐骞觉得眼前这女孩蜜蜡色的脸新鲜又干净。按他的作风，本该借此机会大谈法国现代派绘画和天才早逝的莫迪里阿尼，借此俘获无知师妹的芳心。不过唐骞这次什么也没说，只嘿嘿一笑："我瞎画的。"

丁木子最初留给唐骞的印象是一团绿。十月的阳光洒在她的松绿色挖领小上衣上，那绿意于是随着光线流淌泼溅，把她的眼睛额头，裤子鞋子，手臂手腕，乃至她周遭的空气，她碰到的椅背画纸画笔，都染得绿莹莹的。他想起"天寒翠袖薄，日暮倚修竹"，或者"翠竹法身碧波潭，滴露玲珑透彩光"这样的句子来。后来得知丁木子来自川南小镇，就更觉得她是南方的玲珑天幕下一竿修长摇曳的竹影。

竹影原本适合隔着纱窗看的，那样才生动，才神秘和富于情味。一旦移入室内，就变成了呆眉呆眼的盆栽。

唐骞追求丁木子，一开始并没那么认真，这一点当然只有他自己知道。她是美的，但美得合乎分寸，完全算不上绝代佳人。唐骞更爱的是她的天真无知：对城市无知，对世俗无知，对艺术无知，对恋爱无知。她不似那些聪明的上海小姐，你才走了一步棋，她已看到了后三步。哪怕对于性的方面，她们也什么都知道，当然也可能是不懂装懂。唐骞最恨女人自作聪明。丁木子的无知，在旁人看来不过是见识浅薄，但在唐骞眼里，却有一种原始的蛊惑力，引人去打磨、启发、雕琢。

一开始，他们不过是在灯光昏暗的校园林荫道上拉拉手，或者坐十几站电车到人民广场的电影院看场电影。慢慢地，唐骞感到一切渐渐脱离了控制。这个初来乍到的外省女孩，对一切都感到新奇，她好奇地打量，顺从地适应，飞快地学习着。尤其是对于刚刚展开的恋爱的世界，她投入了最大的专注力。每当他们的恋情更进了一步，唐骞觉得可以在这个阶段稍稍喘一口气，她望向他的脸上的表情却总像个求知若渴的孩童，每每在问："那么，接下来怎么样呢？"让富有知识和经验的大人抵抗不住虚荣心的诱惑，不得不继续把一个新奇的世界指给她看。于是，从拉手，到拥抱，到接吻，到抵死缠绵，到秘密同居……他们的恋爱火速推进。唐骞还没有反应过来，这棵翠竹已经翩然步入纱窗，和他同枕共眠了。

唐骞有时候想，她要不就是太蠢了，蠢到轻易让人占尽了便宜。要不就是太聪明，聪明到任何智谋手段心机都那么不着痕迹。

丁木子抬起头来看着唐骞，叹了口气说："我今天去姑妈家了，给她送包裹。你猜包裹里寄的是什么，原来是块石头！"

"你姑妈多大了，也要演一出《石头记》？"

丁木子扑哧一笑。"怎么也是快五十的人了吧，不过看起来显小。在家里听说姑妈在上海过得多么好，双石镇多少人眼气。可我今天去看，她那个家，也就是个黄金打的笼子。"

"黄金打的笼子你都看不上，回头我家那破草屋你就更看不上了。"唐骞拉了把凳子，笑嘻嘻地在丁木子对面坐下。

丁木子一撇嘴："谁要去你家！"

"我妈妈这周末让我带你回家吃饭。"唐骞说，"难道你不想去？"

丁木子吃了一惊。她和唐骞恋爱的事，除了同居有点操之过急以外，论理也算光明正大。但不知为何，双方心里都有些忐忑，好像做错事似的，一直瞒着家长。半年以来，丁木子既没有向双石镇的父母透露只言片语，唐骞也从未考虑过向家里禀报。

"你为什么跟你妈妈说了？"丁木子心里紧张掺着惊喜。

"她要给我介绍对象，我不肯，只好把你供出来了。"唐骞耸耸肩，装出无可奈何的样子。

丁木子又吃了一惊。"要把谁介绍给你？""好像是爸爸同事的女儿，在德国留学，学经济的。"唐骞皱了皱眉头，对这个话题表示不耐烦。"你也知道，我最讨厌那种学富五车的知识女性，尤其是喝了点洋墨水的，满嘴外国词儿，一说话哇啦哇啦，听也听不懂。还是你这样的好，又会开门，又会买菜，又会生气，还可以做模特儿。""做什么模特儿？""下学期我们开人体写生课，你正好在家里给我做裸体模特儿！""没正经！"丁木子鼻子哼了一声，站起身来要走。唐骞抓住她的手，摇了摇柔声说："好啦，好啦，不过是去妈妈那里应个景。丑媳妇总是要见公婆的。"为了表示自己并不小气，丁木子回身在唐骞额头上亲了亲，搂着脖子坐在他膝盖上。两人都凝视着对面画架上那幅未完成的画。

一个想，"真塞给我个留洋女，打死也不能要。"另一个想，"只怕他妈妈不会喜欢我。"

这天晚上徐先生回家，发现他的太太正俯身桌前，用一支小狼毫抄写《心经》。衣裳头发都如惯常松松懒懒，神情却自有几分严肃。徐先生见雪白的纸笺上压着一块光彩烁熠的墨色镇纸，脱口赞道："好透亮的黑曜石！"

徐太太得意地一笑。她自然不能告诉徐先生石头的真实来历，只说是自己在二手市场上捡漏捡来的。徐先生趁机拍太太马屁："好眼力！好眼力！"又说："虽然黑曜石不算名贵，不如我前几天送你的那块和田羊脂玉，但这样的成色，也是收藏级了。"

徐太太眼皮也不抬，缓悠悠地道："这几年我天南地北也见过不少好东西，你送我那些，不过哄小孩子玩儿。今早上我出门买早点，楼下卖豆浆油条的李妈妈戴个紫罗兰翡翠镯子水头都比我的好，我现在出门只好一身素净，不好意思说自己家里做珠宝生意！"

"可别这么说，我给你的，哪一件市面上不值十好几万？"

"市面上是什么价，你懂门懂道地买回来又是什么价？只怕十分之一还不到！你要真是个平头百姓从商店里买的，我也领这个情。"

徐先生讪讪道："无论如何，也算是稀有之物，寻常人家不常有。你看我前天给你的羊脂玉貔貅，温润厚重，雕工也好。"

"我看不出有什么好，又不能吃，又不能穿，又不能戴，沉甸甸的很是无趣。加之这貔貅凶神恶煞……"

"貔貅是种瑞兽，有嘴无肛，就像某些人，只进不出，聚财的呀！"

徐太太听出徐先生变着法儿说她小气，狠狠地瞪他一眼。

徐先生又赔笑说："太太这两年索斯比、佳士得这些大拍卖行转多了，眼界也高了。可我只是小本生意，买不起什么翠玉白菜的！"

"现在承认是小本生意了，早先结婚的时候怎么说？我要个月亮你都捞得下来！"

徐先生的确说过这话，但那不过是男人逗女人的陈词滥调。他面露为难之色，好像有些惭愧，突然上前夺过徐太太手里的毛笔，在那未抄完的《心经》空白处唰唰两笔，口内喃喃道："了不得，老夫只好兑现诺言了。"

徐太太一看，落款处果然被画上了一道金钩月。她推开徐先生，又气又笑："小家败气的，画月亮也不给画圆整！"

"不能让你一口气吃成个胖子，下次再要月亮怎么办？我要一点一点慢慢地画！"

这会儿保姆来叫开饭，夫妻俩嘻嘻哈哈地坐到饭桌上。晚餐做的是生滚鱼片粥，竹笋炒虾仁、松仁玉米两样小菜，还有一个荷叶糯米鸡。因为是夏天，特意给徐太太做了一份加黄豆和花生末的四川凉粉。徐太太一边喝粥，一边心不在焉地拿眼睛瞟徐先生。他们的这桩婚姻，面子上是极为和睦的。徐先生是个生意人，对内对外圆融周到，有时候甚至还有一点幽默感。徐太太自从嫁给他，虽说不上锦衣玉食，经济方面从来没有担忧过。结婚二十多年来，徐先生每天回家吃饭睡觉，恪尽丈夫义务，比上班打卡还要勤恳。两人生了一个儿子，一年前送去纽约大学读书，据说很有指望拿到绿卡。唯一可惜的是徐先生人生得矮胖，又过早秃顶，一脸醉醺醺的猪肝色，不如徐太太理想的英俊体面。

说起来，徐太太对自己的婚姻还是得意的。如果没有嫁给徐先生，她现在很可能是双石镇上一个普通妇人，每天烧锅扫地淘米洗菜，养着一大堆儿子孙子，也许还会再生、再养。然而上海给了她施展才华的机会。"一个天生的外交家。"徐先生有次这样说她。她的八面玲珑、左右逢源、精明细致，在大都会里派上了用场。他们初来上海的那会儿，生意上的多少交际应酬都少不了她出面。而她也好强喜功，恨不得把全上海的珠宝生意都揽到自家店里来，于是这几年，徐先生的事业可以说是蒸蒸日上。

然而徐太太也有烦心事。她不是不知道徐先生在外头有女人。"这个矮冬瓜，腰子脸，居然还有女人当个宝！"她有时候恨得牙痒痒。她请过私家侦探，把那些女人的姓名地址照片身家底细样样查得清楚，以防有一天徐先生要离婚，手里握着对方出轨的证据，可以多分一些财产。徐太太清楚，在婚恋市场上，女人的价值是随年龄增长而下跌的，男人却正好相反。因此，对于外头女人的事，她连撒泼吃醋的气力都省了，一概装聋作哑，偶尔发现徐先生衣袋里的两张电影票根，钱夹里的不明汇款单，手绢上的口红印，只当作物证悄悄收起来。而她自己，好像中了"贞洁烈"的诅咒，越来越裹足椒房，懒于交际。因为徐太太的妖娆迷人，早已吸引了一批中产阶级里的崇拜者。正因为如此，她愈发要处处行得光明端正，不让人抓住一丝把柄，尤其不能让徐先生有怀疑吃醋的机会。她绝不会有出轨行为的。即便不能在力量上占优，也要在情感和道德上占优。说到底，她得为自己留一条后路。

这天晚上吃过饭，徐太太躺到贵妃榻上做海藻面膜，不觉打起盹来。徐先生边看报纸边抽完了一支烟，想起去年从古巴带回来的雪茄不知放在哪里，回身到书桌的抽屉里去找。翻过来翻过去，发现最右边的小抽屉里胡乱塞着一团揉皱了的纸团，展开来看，是一张包裹邮递单，上面写着上海徐家汇某街某巷，寄件人顾某某，后面两个字被雨水洇得看不清了。还留着一个市内的电话号码。邮戳盖了好几个，是从徐太太的老家双石镇转寄到民族大学的。徐先生记得徐太太有个侄女在民族大学念书，但未谋过面。

此刻徐太太在客厅里喊："峥嵘，给我拿块热毛巾来！"他把纸团揉皱，放回原处，轻声关上抽屉。他微笑着走向他太太，心里默记着那个电话号码。

3

丁木子在学校最爱上的是现代美术史课。教课的老师很儒雅，声音缓慢清越，符合丁木子对民国先生的想象。然而这两天，就连现代美术史课也失去了原有的况味。丁木子一边转动铅笔，一边盯着正在播放的幻灯片走神。那是一帧挺摩登的女画家的照片。这个女子天资聪颖，在现代画派上独树一帜。早年她拒绝学长的追求赴新加坡留学，后来又婉拒了国画大师徐悲鸿的爱，把一生都奉献给艺术。她刚回国那几年，一度是宋庆龄的座上宾，画作广受上流社会追捧，风头盖过男性同侪。可惜因为太过骄傲，得罪了当权的某人，致使晚景凄凉，甚至要靠捡垃圾为生。

教授当然不会讲得这么简略，丁木子零零星星就记住这些。至于她的画，那是中国最早的一批抽象画，笔触奔放浓烈，好像有一个热气腾腾但又辗转不安的灵魂，要从色彩里挣脱出来。

"我看她呀，是一步错，步步错。当初要是嫁给了那位苦恋她多年的学长，就不会是这样的结果。"坐在丁木子身边的余璐璐偏过头来跟她咬耳朵。

丁木子满怀心事地看了她一眼。

余璐璐是丁木子在民族大学的室友，两人同住 48 楼 204 室，也是丁木子在偌大的上海滩唯一可以推心置腹的人。余璐璐出身于苏州的茶商之家，是家里的独生女，貌不惊人但聪明伶俐，不怎么用功就可以轻松拿高分。在上大学之前，家里已经给她订下一门婚姻，对方是国防科技大学的学生，身高一米八一，从中学起就是学校里的篮球队队长，无数女生爱慕追求的对象。余璐璐长得虽不出挑，可打扮起来别致新潮，加之心思活络，热情爽利，往往给人留下很深的印象。她和那个国防科技大学生经由家长撮合见面，两人共同看了一场电影，去定园的茶楼听一回评弹，路过平江路时下起蒙蒙细雨，于是躲进小吃店共吃一碗桂花酒酿圆子，对方据说就已经不可救药地坠入爱河，分别时抓着她的手请她等他毕业——彼时余璐璐已考取民族大学，两人无法在同一个城市念书——大有相见恨晚、非卿不娶之意。

"他呀，虽然长得人高马大，其实内里相当羞怯。他从小到大收到的情书不下数百封，可没有一个女孩叫他看得上眼。"余璐璐每次讲到这里，总是面露得意之色。

更让丁木子艳羡的是，对方的父母对余璐璐相当满意，声明只要余璐璐嫁过去，定把她当亲生女儿看待。

丁木子对去唐骞家拜访的事没有十足的把握，终于向余璐璐吐露实情，请这个八面玲珑的女伴给自己出出主意。

余璐璐一只手托着圆圆的小下巴，捋一丝新烫的鬈发放在嘴里咬着，喃喃地说："我那会儿和国防科大见面，是双方家长先有了意，所以一切并不难。"余璐璐喜欢把她在国防科技大学念大三的未婚夫简称"国防科大"。"不过，我听说上海人家最挑外地媳妇，你这次过去，少不得被人横挑鼻子竖挑眼。最重要的是态度淡定，内心强大。木子这模样，倒是不怕人家看不上……"她像老先生审视青花瓷那样半眯起眼睛。

丁木子抬手打去："别说装模作样的。你就说我该做点什么！"

"伸手不打笑脸人，我看呀，你给你未来的婆婆带点礼物。她心情一好，也就不会太为难你。"

"带什么好？"丁木子对妈妈辈的女人的喜好感到茫然。

"太便宜的拿不出手，太贵的又嫌你铺张浪费，以后不会过日子。最好送点实用物。茶叶啦，香水啦，或者就送护肤品吧！"

丁木子在课堂上走神，一双杏仁眼不知盯着哪里的一束灰尘微光泛动。

顾正庭也看在眼里。他在民族大学教授现代美术史课已十几年，讲义倒背如流，每次上课不过是新瓶装旧酒，在老内容上翻出新花样。在工艺美术系，如同在每所大学的艺术院系一样，学生们不太重视史论课，尤其不喜爱读书，认为既与创作无关，也与未来的职业发展无关。站在讲台上，顾正庭往台下一看，十个学生里有五个在打瞌睡，三个在偷偷给旁边的男生或女生画速写，只有两个仰头认真看幻灯片，听他絮絮叨叨讲民国的文人琐事。其中那个坐得笔直，目光炯炯的女孩，就是丁木子。

然而顾正庭注意到丁木子，并不是因为她勤谨好学，或者美术史论成绩优异，而是因为他恰好兼任工艺美术系99级本科生的辅导主任，他可以接触到每个新生的详细资料档案。当他看到新生名录里，丁木子的出生地填写的是"双石镇"时，内心蓦地一惊。双石镇，一个于他有过太多牵绊的地方，每每回想，懊悔、恐惧、仇恨，以及掩埋在灵魂深处的一股天真的柔情，全都不自觉地向他涌来。那是记忆里的一座危险迷人的罂粟园，多年以后依然让他忍不住想去触碰。顾正庭自然而然对丁木子格外留意，虽然双石镇并不是只有一家姓丁。

下课后，丁木子和余璐璐正要并肩走出教室，去上下一节静物写生课。还在收拾教案的顾正庭叫住她："丁木子同学，你近来上课精力不太集中，是不是家里有什么事？"他声音温和，不乏师长威严。

丁木子立在原地一怔。她惊讶于顾正庭这么关心自己，甚至惊讶于他能叫出自己的名字。"谢谢顾老师，我家里很好。"又急忙补充说，"我会改正的！"

顾正庭点点头，没再说话。

"顾先生也这么婆婆妈妈！"走出教室，余璐璐不屑地耸了耸肩。

丁木子去唐骞家拜访就在这个周日。她拿出自己攒下的零花钱，特意到人民广场的百货商店买了一款欧莱雅葡萄籽保湿抗皱晚霜，磨砂瓶里半透明的凝脂，闻起来一股略带酸涩的夏天的甘甜味道。丁木子唯恐显得乡气，挑了时髦的外国品牌。贵是贵了些，四百三十二块两毛三，相当于她半个月的伙食费。但丁宝振在金钱方面对女儿从不克扣，因此丁木子在上海的日子非但过得不拮据，还时常有些余裕接济她那大手大脚的男朋友。

当唐骞拉着丁木子的手把她带到父母跟前，丁木子把装着欧莱雅面霜的宝蓝色包装袋递给唐骞的母亲，而唐太太笑盈盈地看她一眼，大大方方地接过去时，丁木子心想，自己着实走了一着好棋。唐太太举着面霜端详半天，说："年纪大了，确实要抗皱。这个法国牌子，以前倒没有用过。"又问："你在哪里买的？"

"在人民广场的百货商店。"丁木子赶忙说，"伯母现在年轻得很。外国人都是在二十五岁开始用抗皱面霜。"

唐太太看起来不过四十出头年纪，丹唇贝齿，笑起来有点菩萨相。因为在高中做教师，讲话语调温柔，却有种不容置疑的果决态度。唐先生是大学里的历史教授，"文化大革命"后第一批大学生，脸容轮廓与唐骞很像，只是更加文质彬彬。见过面后，他向丁木子微微一颔首，转身到厨房里准备午饭去。

在上海，这恐怕是再寻常不过的一个家庭。两室一厅的房子，统共不过六十余平方米。两间卧室，一间供唐先生唐太太使用，另一间在唐骞读大学之后被改造为唐先生的书房。丁木子悄悄伸头一探，只见四壁累累地都是书，连墙根桌脚都堆得满当，因为天气潮湿，散发出纸张特有的腐霉气味。客厅是狭长的，沙发后面挂着一张吴湖帆的青山绿水，唯有它暗示出主人不俗的趣味。透过暗绿的纱窗，能看见对面紧挨着的另一幢老旧的楼房。从楼里伸出几根晾衣竿，挤挤挨挨地晒着被单、枕套、孩子的尿布，女人的裙子、内裤、胸罩，男人的背心和裤衩。学问书籍、吃喝拉撒、饮食男女，就那么毫不讲究地混搭在一起。两个女人忽然在楼上尖着嗓子用上海话对骂，于是世俗的感觉更浓了。

丁木子暗自拿眼前这般景象和姑妈家的精致小公寓相对照，不禁为教授之家的简促感到吃惊。与此同时，来时怀揣的浓厚自卑心理，也稍稍淡薄下来。

唐太太笑容可掬地往丁木子手里塞一把玫瑰葵瓜子。一边往豆青的小茶盏里倒茶，一边跟她说家常话，问她是哪里人，父母做什么工作，家里兄妹几个，学校课业如何，等等，丁木子一一作答。唐骞倚在旁边的一把椅子上，饶有兴味地看着，并不插嘴。在厨房里做饭的唐先生不时出来搭上一句，"双石镇，是在四川荣县吧。我知道，好地方，吴玉章的故乡。"

寒暄了一会儿，唐太太忽然想起什么似的说："绿茶配甜点，红茶配酸果，乌龙配瓜子。我这泡的是明前绿茶，得有些甜点来配！"又笑着向唐骞道："你陪木子坐着，我到楼下拐角的杏花楼买点点心上来。"

丁木子和唐骞连说"不用不用"，可唐太太一转身早已出了门。

待到客厅里只剩下他们两人，唐骞溜身坐到丁木子旁边，搂住她的脖子："你看，爸妈对你不错吧！"丁木子抿嘴一笑："伯母挺和气，我倒是没想到。""怎么，难道你以为她会绷着脸拿戒尺打你板子？"

唐先生出来招呼大家吃饭，发现唐太太出门还没来，讪讪地说："她这个人，想起一出是一出。"丁木子暗自感叹，唐骞颇有些桀骜不驯，但唐先生却客客气气，一点不摆教授架子。

午饭四菜一汤，都是唐先生的手艺。原来唐先生下乡当知青时，住在一个老乡家里，那老乡烧得一手好菜，也把这绝活传授给他。唐太太在外面耽搁了快有一个小时，回来时果然拎着几样杏花楼的糕点：绿豆糕、桂花条头糕、鸡仔饼、杏仁酥。她走得气喘吁吁，圆脸因出汗而格外红润，进屋看见午饭已备，似乎忘了糕点配绿茶的事，把手上的东西往五斗柜上一甩，迭声说："还等着干吗，饿了吧？快吃饭！"一边催促唐骞摆碗筷，一边有点不好意思地解释："都怪隔壁楼的陆老师，拉着我绕山头，讲他家闺女准备出国念书，考英语、申请学校、找房子、家人还要出去陪读，真要烦死人！"又向丁木子道："你唐伯伯今天亲自下厨，笨手笨脚的，你可不要见笑。我们上海菜，不知合不合你们四川口味？"

过后许久，丁木子还记得那一餐里有一盘青笋炒虾仁，粉白翠绿，苦里回甘。

父母没有给丁木子一分脸色，连唐骞都感到吃惊。他父亲唐教授是个书斋里的人，原本也该躲进小楼成一统，世间万事不萦心。可唐太太是个极其要强的女人，家里的大事小情，她向来说一不二。唐骞知道唐太太想找一个"门当户对"的儿媳，事实上大部分上海土著人家都是如此：人品要好，学历要高，相貌要端正，最要紧的，要是本地人。在儿女的事体上，教授家庭也不能免俗。唐太太确实已经相中了唐先生同事的女儿，双方家长都觉得彼此符合要求。唐骞原本以为唐太太今天摆的是鸿门宴，把丁木子叫来明里暗里嘲弄一番，让她知难而退。可唐太太今天却亲亲热热跑前忙后，临走时不住地夸丁木子懂事乖巧，又把杏花楼的点心让她带回去分给同寝室的同学当夜宵吃。看来丁木子真是博得了唐太太的好感。

走进他们在芳园西路临时租住的小屋，丁木子的心踏实下来。她长吁一口气，心里说，还好，没出错，没丢人，他们并不嫌弃我是乡镇上来的。

唐骞看她如释重负的样子，觉得可爱，从背后一把抱住她，径直往卧室里走。"看公婆的态度，这丑媳妇还真是要的！"

丁木子从他怀里挣脱出来，笑道："那个要去瑞典留学的姑娘呢？你不要了不觉得可惜？"

唐骞一把把她推倒在床上，愁眉苦脸地说："我倒是想要。可我们家里，一切由唐太太说了算。谁叫你今天牢牢地俘获了唐太太的心！"

掌灯时分下起雨来。丁木子穿着一件及膝的大码 T 恤衫，站在窗边愣愣地看了一会儿雨。她觉得外面好像起了一团浓稠的雾，挡在她和这个世界之间，挡在清明的过去和不可知的未来之间，虽然那只是雨水在昏黄的路灯的折射下形成的光团。

她走到洗澡间冲凉，在镜子前，看见自己窄窄的脸上泛出红晕，而眼睛却似乎噙着泪。每次看雨，都似乎把雨水接到了眼睛里。

她浑身舒爽地从浴室里出来。唐骞还在卧室睡着。丁木子感到肚子饿，想起唐太太给的杏花楼糕点，正放在客厅的小茶几上。几样点心分别用牛皮纸包裹着，怪远的就能闻到甜郁的香味。她吃了一块杏仁酥，又打开一包绿豆糕。牛皮纸窸窸窣窣地拆开，忽然落出一个白色小纸团，里面裹着一小沓人民币。丁木子疑惑店家不小心把找零包进了包裹里。可她把那沓钱拆开一数，不多不少，正好四百三十二块两毛三。白信笺上，是唐太太端庄的字迹：

　　木子：
　　你是个好姑娘，但你不适合我们这样的家庭。请你理解。

丁木子一时没明白唐太太说的"我们这样的家庭"是什么样的家庭，也没明白唐太太有什么要"请她理解"。在那一瞬间，她唯一领悟到的是，原来，唐太太忽然出门，并不是着急要给客人买甜点。她坐车去了人民广场，在百货商店问明欧莱雅葡萄籽抗皱面霜的价格，或者还去银行取了钱，又在路边小店换好零钱，一分一毛都清清楚楚，以便把这份不合时宜的礼物连同她不愿意领受的人情，如数归还。这是比挑三拣四或冷嘲热讽更彻底的拒绝。丁木子全身僵在原地，只感到心脏无限下沉。等到唐骞喊她的时候，发现她的眼泪已经流了一脸。

4

"伪君子！不折不扣的伪君子！"第二天，当丁木子把去唐骞家的经过原原本本告诉余璐璐的时候，后者气急败坏，在寝室里拍桌子跳脚，"什么高知家庭，教授父母，我看只是徒有其表，比普通人还要封建、顽固、冷酷！"

丁木子的眼睛依然红肿着。昨晚，唐骞看到母亲的字条，只是尴尬地笑了一笑，说："你别理她。"此后不再作声。丁木子悲凉地感到了：无论唐骞多么爱她，他首先是个儿子，然后才是个情人。

"他们嘴里不说，其实打心眼儿里看不起外省人。可是在上海，他们那点身家又算什么？一样的在泥土里摸爬滚打过日子，他父母是教师，你还是大学生呢！看不出谁比谁就高贵些！"余璐璐气得喉咙里呼噜噜的。

丁木子蜷着身子坐在下铺床上，用一张薄毯子盖着双腿。呆了半晌，方才说："从昨天晚上到现在，我一直在想一个故事。在我们双石镇，有个男孩和女孩，一个是供销社社长的儿子，一个是茶馆老板的女儿，打小青梅竹马。'文化大革命'时，茶馆的老板不知道为什么，写信揭发供销社社长是反革命，导致社长被游街批斗，关在牛棚里自杀了。女孩的父亲禁止她再和男孩往来，男孩也对女孩的爸爸怀着深仇大恨。但他们还是很要好，打不听，管不住，经常偷偷地溜出家门，在河边或者小树林里见面。1976年'文化大革命'结束，男孩的一个远房亲戚要把他接到城里，有人说是到昆明，也有人说是到杭州或者上海，女孩打算跟他们一起走。离家出走。她已经十八岁了。她父亲知道了这件事，把她反锁在家里，锁了整整一个星期。把她放出来的时候，她就像一个鬼。"

余璐璐打了个冷战。

"后来呢？"

"后来，据说她性情大变。她在父亲的茶馆里帮忙，招徕南来北往的客人。她和所有男人打情骂俏，声言谁只要带她走，她就跟他睡。她被骗了几次，但没有放弃。她父亲也管不了她。她一心只想离开双石镇。"

此刻丁木子脸色惨白，神色恍惚。余璐璐给她端来一杯红糖水。她感到这个故事和丁木子的处境并没有特别的关联。她不知道，丁木子故事里的女孩，正是她那"名声不太好"的姑妈，金丝雀一样被关在奢华小公寓里的徐太太。

几个星期后，当丁宝琼打扮得花枝招展地出现在她的寝室，还是让丁木子吃惊不小。

星期二中午，余璐璐趴在书桌上看一本时尚杂志，丁木子卧在床上闭目午休。她只在晚上才去唐骞的出租屋，并且近来有时候连晚上也去得少了。倒不是因为她不再爱恋唐骞，而是自尊心不允许。唐太太的字条像一盆冷水，把原本火热的恋爱浇得只剩下一点余热。

敲门声响起，余璐璐跳起来去开门。一个穿着月白色旗袍、挽着低低发髻、蛾眉淡扫的女子不由分说地走了进来，把一盒瑞士夹心巧克力往余璐璐怀里一塞，"你是木子的室友吧。我来找丁木子。"

丁木子迷糊中听这声音有些耳熟，蓦地从床上坐起。徐太太比上次见时还要年轻三分，要说是她的表姐也不会有人怀疑。余璐璐站在丁宝琼背后，夸张地用唇语说了一个"Wow"！

"你这里倒是很干净。可惜我没上过大学，从爸爸家直接到了丈夫家，不然也想体会一下住校生活！"徐太太一扭屁股坐在下铺的床沿上。丁木子往里挪了挪，揉揉眼睛，困惑地问："姑妈怎么来学校了？找我什么事？"

"没事就不能找你了？"徐太太头一歪，觉得丁木子精神委顿，似乎更清瘦了。她不便立刻过问，只说："我今天出门看一场拍卖预展，想起你的学校就在附近，顺道过来看看你。起来吧，我带你去雅漾咖啡馆喝咖啡。"

徐太太来找丁木子，也是下了一番决心的。她悄悄留着那张邮递单，趁徐先生不在家的时候，拿出来反复展看。地址是上海市徐家汇某街某巷某号，寄件人姓顾，徐太太隐约猜到寄件人是谁，但并不十分确信。毕竟事情已经过了二十多年，斗转星移，物是人非。在1976年的那个九月，给予她的心灵极大创伤的那件事，早已随着时间的冲刷慢慢从记忆里淡去。然而这颗满月眼黑曜石，让徐太太愈合多年的伤疤又隐隐作痛，就像陈年的风湿病，在每个梅雨霏霏的夜晚折磨得她无法入睡。痛楚、疑惑和愤怒，就像雨后生出的池塘边的杂草，而她仿佛又变回了二十多年前的那个丁宝琼，穿一身米色的的确良衬衫和海蓝色百褶裙，迈着小鹿一样的步子从供销社门前路过。她的青春和美貌在双石镇令人艳羡。

谁都认为她和顾正庭是天造地设的一对。顾正庭是供销社会计顾长声的独子，而顾长声和丁宝琼的父亲丁德铨是多年的至交。顾长声的妻子身体孱弱，常年卧床不起。顾长声工作繁忙的时候，就把幼子正庭寄放到丁德铨的茶馆里，托丁德铨看护。丁家孩子多，容易不那么寂寞。丁宝琼比顾正庭小两岁，两人几乎是在一起长大的。

在双石镇小学，顾正庭是少先队大队长，丁宝琼是宣传委员兼升旗手。"文化大革命"在川南小镇来得较晚，并且对孩子们来说，那不过是逃课捣乱的一个好理由。镇上的小学和中学都停了课，一群小红卫兵趾高气扬在街上逡巡，有的甚至还结伴爬火车要到北京去见毛主席。顾长声和丁德铨不允许儿女做类似的事。在最混乱的那一段时间，是丁宝琼记忆里最美好的时光。双石镇有一座收购站，在收购站的二层阁楼堆满了从四邻八乡收来的旧图书。有线装书、字帖，也有课本、诗集、外国小说。看管收购站的李聋子是个和蔼可亲的小老头儿。顾正庭不知什么时候迷上了历史，既然学校里不上课，每天就到收购站的二楼上翻旧书，坐在书堆里埋头看上一天。丁宝琼为了不在家里带后妈生的弟妹，从茶馆里跑出来，也到收购站的二楼躲清静。少男少女背靠背，或者抵足坐在阴暗的光线里，一个人捧着《列宁传》或《苏维埃革命史》，另一个人百无聊赖地翻阅插图本《红楼梦》。十三四岁，正是情窦初开的年纪，孩童时两小无猜的兄妹情慢慢地在收购站二层霉灰飞舞的旧书堆里变了味儿，一个拿眼睛偷瞟另一个，对方的脸上会悄悄飞起两团红晕，不小心碰一下胳膊或手指，隔着衬衣也能有一股触电似的刺激的新鲜感。

顾长声出事那年，双石镇的中学已经恢复了上课。也许是地处偏僻川南的缘故吧，"文化大革命"在这个小镇上制造的震动并不那么强烈，尤其愈到了后来，政治色彩愈为淡薄，一笔笔算的都是人情账。丁德铨的茶馆曾经是镇上开批斗大会的地方。几张平时供人搓麻将的方形茶桌拼起来，被批斗者反剪着手肃立其上，接受人民群众排山倒海的辱骂。然而丁德铨本人既不偏向当权派，也不偏向造反派。他从没在群情激动里跟着喊一句口号，也从没向那些站在台上受折辱的人戳过一次手指。相反，每次批斗大会之后，众人渐渐散去，他会默默地将受批斗者带到茶馆后院，给他们端一盆热水洗脸，天冷的时候还捧来一碗热粥。末了一个个送出去，关牛棚的关牛棚，回家的回家。因此，当丁德铨写信告发供销社会计顾长声为了给妻子治病挪用公款，徇私舞弊，挖社会主义墙脚的时候，镇上的人没有几个是不吃惊的。

关于丁德铨和顾长声的反目，私下里也有一些传言。有人说顾长声的妻子病重那几年，有一段时间，丁德铨的续弦、丁宝琼的后妈时常到顾家看望，送糕饼汤水。大部分时候坐坐就走，有时候也留下来跟顾长声扯家常。有一次，镇上的一个傻子看见她从顾长声家的后门悄悄跑出来，头发乱糟糟的，上衣也没有扣整齐。不过傻子说的话，大家都觉得不足取信。还有一种说法，顾长声向镇长建议在双石镇修公路，还亲自画了修路地图，这条路恰好要经过丁德铨的茶馆。也就是说，要是修路，阻拦社会主义建设的丁家茶馆就必须从双石镇消失。

批斗顾长声，是"文化大革命"在双石镇的最后一个小高潮。批斗地点不在茶馆，而是在供销社的天井里。文弱的顾长声在扔向他的臭鸡蛋、西瓜皮和烂菜叶里抖抖索索，在气势汹汹的拳打脚踢里几乎便溺。有人看见丁德铨也去了，从头到尾铁青着脸，攥紧拳头，没说一句话。

丁宝琼厌憎自己的父亲，大概也是从那个时候开始的。她已经十六岁，通晓了一点人情世故，即便通晓得并不透彻，也知道这是在"借刀杀人"。她偷偷地和顾正庭到牛棚去看顾长声，用军用水壶给他带去半壶米汤。顾长声半闭着眼睛瘫坐在地上，朝两个孩子咧嘴一笑。他们都没想到他第二天就把自己吊死在了房梁上。

在这之后，虽然丁德铨严令禁止丁宝琼继续和顾正庭来往，只是背着家里人。那一年，顾正庭卧床多年的母亲也离世了。不知因为怜悯还是负疚，丁宝琼感到自己对顾正庭的爱比以往任何时候都要热烈。明里，在学校，在食堂，在马路上，他们哪怕相遇也形同路人。暗里，他们却在人迹罕至的小竹林、打谷场，尤其是在收购站二层阁楼偷偷幽会。李聋子坐在一楼的藤椅上打盹儿，散发着霉味的旧书堆成的小山为幼嫩的情欲建立起天然的屏障。丁宝琼躺在一堆讲述社会主义农业建设的宣传册上，闭上眼睛迎接顾正庭湿漉漉的嘴唇。从天井透进来的金色阳光爱抚一样地洒到她的脸上。

"文化大革命"结束那一年，顾正庭在苏州的一个远房亲戚写信到双石镇，要将他接到城里去。顾正庭正好可以在那里参加"文化大革命"后的第一届高考。与此同时，丁宝琼发现自己怀孕了。既然丁德铨绝对不会同意女儿和顾正庭的婚事，丁宝琼斩钉截铁地告诉顾正庭，要走，带她一起走。

顾正庭若有所思地盯着丁宝琼的眼睛，有一两分钟没有说话。最后他说："好，一起走。"

"你发誓不会抛弃我？"丁宝琼问。

离他们站定的地方不远有一个煤炭堆。顾正庭随手捡起一颗黑漆光亮的煤炭，递给丁宝琼："以这块经过几百万年形成的煤炭发誓。"

在做了二十多年的徐太太之后，丁宝琼想起这段对话依然手颤心悸。她一直没有揣摩明白，顾正庭当初究竟是真情还是假意。如果是真情，后来发生的一切，他都欠她一个合理的解释。如果是假意，那么正像她父亲丁德铨咬牙切齿地宣称的一样："他是在对丁家进行报复！"

她第一眼看到丁木子带来的黑曜石时，并没有马上把它和这段往事联系起来。直到过后好几天，这颗由姓顾的人寄来的石头才变得愈来愈惊心刺目。她仔细辨认投递人的地址，然后刻意打车两次经过那个地方，发现那只是一家比较偏僻的邮局。她想试试寄信人留下的电话，但又不敢贸然直接问过去。她把电话号码最后一位改掉，拨通了，对方说，这里是民族大学。

在雅漾咖啡馆，徐太太撮尖了嘴慢慢地喝一杯卡布奇诺，丁木子则用吸管搅动着面前的一杯蜂蜜柚子茶。

"我看你有些事情不高兴，可不可以对我说？"徐太太知道，想要丁木子对自己推心置腹，必先解开她的心结才行。

"没什么……只是和男朋友有点小矛盾。"

"哟，交了男朋友啦。说给我听听，姑妈是过来人。"

不知为什么，丁木子突然对这位只见过一面的姑妈有了亲切感。她吞吞吐吐地把和唐骞的恋爱以及去对方家里的经过讲了一遍，徐太太之前的倨傲荡然无存，一边听着，一边微微点头，满脸同情和理解。说到最后，丁木子枕在她瓷实的手臂上呜呜哭起来，虽然徐太太还一个字未说，她已经觉得姑妈是全天下最懂得她的人了。

"恋爱的事，父母的意见是最不要紧的。"徐太太摸摸丁木子的头，慢条斯理道，"当初我嫁给徐先生，全家人反对，我爸爸气得要撵我出门。可我一直觉得，是他把我从龙潭虎穴里救了出来。我嫁给他这二十多年，几乎没有后悔过。"

丁木子似乎从徐太太的事迹里获得了希望和力气，用手巾拭干了眼泪。徐太太软语劝慰一番，末了轻声道："你也不用太死心塌地，这种酸腐知识分子家庭，上赶着巴结我我也看不上！以你的模样身段，又是大学生，只要人在上海，姑妈就有好的介绍给你！"

丁木子低下头去喝蜂蜜柚子茶，不答话。

徐太太远兜远转，终于转到自己感兴趣的话题上来。"说起上大学，你跟我说说，你们工艺美术系上些什么课，教课的老师是谁？"见丁木子眼含困惑，又说，"我有一个牌友，女儿比你小两岁，快高考了，也想考民族大学的工艺美术系。我给她打听打听情况。"

丁木子暗想姑妈这人还真够热心,一会儿过问我的事,一会儿过问别人家孩子考大学的事。她把系里本科生的课业安排一一道来:"本科生第一学年有五门必修课,基础素描、基础造型、大学语文、设计理论、现代美术史,对了,还有一门思想政治。教素描和造型的是罗池教授,他也是上海很著名的老油画家。20世纪80年代那些描写上海摩登女青年的油画,就是他画的。教大学语文的是中文系的蒋珊教授,很年轻漂亮,出口成章。教设计理论的是工艺美术系的系主任张勋,怪严厉的。教现代美术史的是顾正庭教授,这是我最喜欢的一门课……"丁木子讲到这里,发现徐太太的一双妙目闪闪发亮。

"这位顾老师,长相什么样?"

"四十岁上下,高高瘦瘦,很儒雅,很斯文。"

这回轮到徐太太低头用小银匙搅着残余的咖啡,不说话。

不久,徐太太唤侍者买单,笑道:"你回学校吧,我也该回家了,徐先生今天晚上还要宴客。"走出雅漾咖啡馆,又拉着丁木子的手嘱咐:"有事情只管来家里找我。"

丁木子对徐太太心怀感激,没来由地说了一句:"现代美术史每周一和周三上午上课,在6号教学楼304。"徐太太早已扭头走了,只当未曾听到。

5

自从寄出那个包裹以来,顾正庭无数次埋怨自己一时冲动。但他又以一种私密的兴奋心情,想象这件事可能引起的后果。她可能根本收不到这个包裹,若是那样,一切就算白费。她也可能收到了包裹但不屑一顾。还有一种不可排除的可能性,黑曜石触动了她心底的往事。她会因为怨恨而前来指责他、质问他,也可能因为爱情再一次让他带她走。那他该怎么办?然而,只要想到此刻她有可能正在寻找他,顾正庭就觉得莫名满足。

自从父亲在牛棚上吊,母亲受到打击随之离世以后,顾正庭对丁宝琼的爱里就含着恨。也许恨有多深,爱就有多深。他不明白这两种截然相反的情感是如何混杂在一起的。当丁宝琼像一颗剥开的莲子一样躺在收购站二层阁楼的旧书堆里,顾正庭努力压抑着内心的怒蹿的猛兽,只差一点就要将眼前的女孩撕得粉碎。他的双手抚过她的额发,合上她的眼睛,卡住她纤细的颈项,在那里停留了几秒钟。他只想狠狠地掐住她的脖子,不用太长时间,也无须太多挣扎——她信任他，甚至不会立刻反应过来发生了什么。

有人到收购站卖废铁。李聋子在楼下重重地咳嗽了一声。他的手继续往下滑，他决定换一种方式。想到丁德铨因愤怒而扭曲变形的脸，顾正庭感到快意。

那一年，他十八岁，她十六岁。丁宝琼绝对想象不到，这就是她人生第一段亲密关系的开始。

他对她说过许多情话，包括那一句"以这块经历过几百万年的煤炭发誓"，真真假假，他自己也说不清。但在十八九岁的那几年，他和丁德铨的女儿往来，只是因为那是一块禁区，他希望看到丁德铨受尽羞辱、怒不可遏。

丁宝琼怀孕了。他的心软下来。他决定带她走。如果他在这时候抛弃她，丁德铨在双石镇将颜面扫地，还有比这更狠的复仇吗？可是顾正庭不愿意将上一代的恩怨转嫁到下一代甚至下下一代身上。所以，当他捡起一颗漆黑光亮的煤炭，递给丁宝琼的时候，他的心有七分是真诚的，另外三分，是犹豫不决。

然而这件事，并不完全由他自己做主。他在苏州的亲戚坚决拒绝接纳一个未婚先孕的年轻女子，写信告诉顾正庭："已经给你安排好了考试，但要来，只能一个人来。"顾正庭思前想后，终于在没有告知丁宝琼的情况下，比预定的日期提前两天独自离开了双石镇。

他搭了一辆过路车到荣县，从荣县乘长途汽车来到成都，再从成都坐火车到苏州，四天三夜，随身只带着最少的行李。一路上，他几次在梦里看见丁宝琼披头散发，像个鬼一样，哭着对他说："我怀过你的孩子！我怀过你的孩子！"

寄出包裹之后的一个多月，顾正庭开始做同样的梦，屡屡惊出一身冷汗。他决定，如果丁宝琼再次出现，必然要对她做出补偿。他已经做好准备迎接一个皮肤粗糙、凄凉苍老的丁宝琼。是的，她极有可能活得很惨，在偏僻守旧的川南乡镇，一个女人先怀孕后被弃，这样的名声能带来什么好下场？他猜测她还住在双石镇，嫁给了一个老头儿或者瘸子。直到某一天，他在办公室接到一个陌生男人打来的电话。"是顾先生吗？""我是。"对方沉吟了一下，说，"你寄给丁宝琼的包裹收到了，我太太让我代她谢谢你。"如此挂断了电话。顾正庭一颗悬着的心放了下来，同时感到若有所失。

徐先生当天晚上招呼了一桌人来家打麻将，徐先生坐南手，顺时针依次下去是徐先生的老朋友周伯淳、他的发妻周太太，还有一位姓宋的，是仁济医院的外科手术大夫。徐太太先不上桌，亲自拾掇了两小筐樱桃，一盘杏仁，一盘奶油腰果，稳稳放在麻将桌的四个角上，然后坐在徐先生身后帮他看牌。

徐先生手气好，连和三把清一色。周太太粉面含嗔，嗲声嗲气道："徐先生还说要请客，来了不到半刻钟，把我们的钱都快赢光了。徐先生的饭咱们以后可得小心吃，honey，你说是不是？"她用手肘撞了撞身边的周先生，顺势打出一张四筒。

周太太年轻时被父亲带着去美洲转过一圈，回来后嘴里老蹦洋单词儿，honey，sweet，my god，oops，shit！周先生却斗大的洋字母不认识一个。他碰了宋大夫打的六条，又摸上来一张七万，看样子正好听牌。半晌才慢条斯理接茬："不是徐先生要赢，是徐太太往那边一坐，太有帮夫运！"

徐太太笑着把身子一侧，离丈夫远一点。"你哪只眼睛看见我帮他？我就是输光了，也不一双眼睛看两家牌，给他递小道消息！"

徐先生嘿嘿一笑，摸起来一张幺鸡，又打出去一张九万。"徐太太牌风好，比我们男人更堂堂正正。"

下一把周先生对对和，接下来姓宋的大夫和了一把同花顺。宋大夫本来有点闷声闷气，一和牌变了话痨，连声抱怨今年夏天雨水多，人都病恹恹的，跳舞跳不动，电影院也没有什么片子看，总之无聊得很。

宋大夫四十岁刚出头，长着一只突兀的鹰钩鼻子，从某些角度看也算一表人才。他离婚三四年，结交了一些女朋友，都是露水姻缘，按照他的说法，断不能再"自掘坟墓"。他一个人住着外滩附近的一所大房子，家里雇了一个保姆阿姨。这些天，他姐姐和姐夫去肯尼亚办事，把五岁的小侄女寄放在弟弟家。保姆又要带孩子，又要拾掇家务，成天没有好脸色，搞得他很焦躁。

"那孩子天天捣乱，不合意就哇哇哭。真恨不得把她的嘴缝起来。幺筒！"

"你呀，再找个女朋友，就不会这么无聊了。"周太太把手里最后一张条子打出去，暗自得意做了一把大牌。

"不行，不行。"宋大夫愁眉道，"太年轻的，我嫌浅薄无知，没有共同语言。成熟有风韵的，又都名花有主了。"

打了两圈，宋大夫让徐太太打，自己坐身后帮她看牌。他这会儿兴致很高，徐太太每打一张牌，他都要指点品评一番。徐太太是场面上应酬惯了的，也不违拗，也不发表意见，该怎么打还是自行其是。天气热，徐太太绾了高高的发髻，露出一段雪白肥腻的脖子。时不时地，她感到宋大夫向她的后颈窝里哈一口热气。

若在平时，她会享受这微妙挑逗的刺激，把它当作对徐先生的挑衅。然而今天却觉索然无味。她厌倦了一切绵里藏针、指桑骂槐、逢场作戏。她甚至开始怀念那个号啕大哭的鬼一样的丁宝琼，二十多年前的夜晚，发疯似的寻遍双石镇每个角落之后，被面色铁青、颜面丧尽的丁德铨死拉硬拽抓回茶馆。她手足冰凉，腹中绞痛，用牙齿撕咬枕巾和被子。镇上的医生来了又走了，她觉得自己死过一回，她感到身体里多了一团空洞。

至少，她还可以痛，可以失去，可以撕心裂肺。

徐太太下了牌桌，还让宋大夫打。另外三个人牌兴正浓。她去靠坐在沙发上，拿樱桃逗蓝眼睛的金吉拉。小猫追着血红的樱桃玩耍，毛茸茸的肉爪子一掀一掀。

徐太太来学校过后没几天，唐骞告诉丁木子要搬家。"搬到哪里？""把出租屋退了，回家住。我可忍受不了学生宿舍里的臭脚丫子。"丁木子想起唐骞家拥挤促狭的书房，不明白他为何做此决定。"这里一个月两千块的租金，都是爸妈付。现在唐太太让搬回去，我也不能跟她硬犟。"唐骞耸耸肩，表示无可奈何。

丁木子觉得一股气堵在胸口出不来。大约唐家父母发现儿子继续与丁木子来往，索性断了他的经济来源，看这虚无缥缈的爱情如何建立在海市蜃楼之上。当然，不住在一起并不代表恋情终结，唐骞也没有分手的暗示，但丁木子能预见在今后的日子里，即便她和唐骞仍在同一所学校上课，同一个食堂吃饭，同一条小径散步，亲密感的缺失加上唐太太夜以继日旁敲侧击、谆谆劝导，必让两人日渐疏远。

在年轻人的成长中，在他们自食其力以前，精明的唐太太紧紧地抓住了最后一次声明自己权威的机会。

"你先别搬，房租我来想办法。"丁木子从未像现在这么坚决。

她不是要和唐太太争儿子，而是要给自己争一口气。她不好意思向家里伸手，于是和很多同学一样，打算周末出去做兼职。余璐璐就做着一份初中家庭教师的兼职，每小时80元补课费，周末两天，每天三个小时。"内容不过是帮傻孩子解几何题，讲牛顿第三定律，写篇英语作文，最重要的是在家长面前使劲夸他聪明，而老师竟没发现这个小法拉第的潜质！"余璐璐潇洒地打了响指，"很简单，不费吹灰之力。"

丁木子没有去做家庭教师，想到几何题、牛顿第三定律、英语作文，她就手心冒汗，着实不合适再去辅导别人。她托姑妈找了份babysitting的工作，课余时间帮人带小孩，收入居然也很不菲。

徐太太做的是顺水人情。她介绍丁木子到宋大夫家 babysitting，宋大夫原本推托，表示保姆一个人勉强也看得过来，用不着再雇人手。徐太太在电话里娇叹一声："木子是我侄女，非要打点零工勤工俭学。可是送到别的人家去，我又不放心。"对方赶忙说："那自然另当别论。"

丁木子一周去宋大夫家三天，大都是保姆下班回家，宋大夫在外面有应酬的时候。她和小孩处得很好，才去了两三次，女孩已经对她依恋不已，管她叫"钉子姐姐"。她心里估算着，如此下来，一个月除了挣下房租，只怕还有余裕。可惜她的勤谨并没有获得想要的回报。没多久，唐骞突然宣布要去德国留学，即刻启程。人都走了，房子当然也没有续租的必要。

"学校里的交换项目，去德国杜塞尔多夫艺术学院，本来轮不到我，上一个要去的学生突然放弃了，于是派我去。"

丁木子知道这件事多少与唐骞家里有关，但她没心力计较。"马上就走？语言怎么办？你又不会德语。"

"到了以后，先上三个月语言课，然后到自由艺术系报到。"唐骞对此行踌躇满志，毕竟，那里是德国，诞生过博伊斯、里希特、基弗等令人仰望的艺术大师。

这是他们最后一次在芳园西里的出租屋见面，客厅里摆着几个已经收拾好的箱子。那幅人们在池塘里开 party 的油画，唐骞只画了一半。背景里一个穿着红色晚礼服的女人，下半身还是几条粗略的线，她仿佛只有半个身子的女鬼，不合时宜地出现在这群体面欢乐的上流人士中间，居然也弯着杏核似的眼睛，露出惨淡哀愁的笑。丁木子缓缓在画架前坐下，背过脸去，无声啜泣起来。她的对面是一股强大的意志，无论她忍耐还是反抗，事情都会朝着那股意志所决定的方向发展，不会有任何改变。

唐骞摇摇她的肩膀，柔声说："我到了德国就给你写信。每天写。"

在这一瞬间，她发现了唐骞的懦弱。唐骞没有办法拒绝唐太太，一旦家里停止供养，他立即搬回生活了二十多年的小巢，就像惊慌的小鸡回到母鸡的翅膀下。丁木子一度把唐骞的"听话"理解为城里孩子的"好逸恶劳"，不愿意养活自己，因此根本没有资本反抗。可唐骞压根没想过反抗，他只是不知道如何拒绝，如何对人说"不"。当唐太太要他搬回家时，他没法说"不"，当家里因为显然的原因催促他去德国时，他没法说"不"，甚至当他已经决定要结束一段感情时，他也不能对丁木子说"不"。

于是使出他的惯用伎俩，虚假的柔情，虚假的承诺。唐骞就是一只软弱的毛毛虫，裹着一身天牛的壳。

丁木子一直以为自己依赖着唐骞，实际上是他依赖她。她一脸肃穆，抬头看到唐骞眼里近乎哀求的神色。他甚至连这哀求也不自觉。她按捺下心中升起的不屑，颔首说："你写信吧，我会读。"她没有说："我也会写。"

6

徐太太在家里翻箱倒柜，整个人钻进卧室里的紫檀木雕西番莲纹四件柜里，又一一拉开客厅里的小叶桢楠五斗柜的抽屉，最后从储物间搁置许久的陈旧的多宝柜底层拉拖出一只黑漆漆的手提箱来。她宽阔的额角沁着汗，双眼熠熠放光。

二十多年前，徐太太跟着徐先生，在众目睽睽之下离开双石镇的时候，手里就拎着这个箱子。箱子又小又轻，里面只装着丁宝琼的两套换洗内衣，两条裙子，以及用毛巾裹着的一把牙刷。丁德铨赌气到茶馆的账房里埋头算账，一手算盘打得噼里啪啦震天响，整条马路似乎都能听见他愤怒决绝的算珠声。

丁宝琼脸上涂了一层很淡的胭脂，用发网在脑后绾了个松松的发髻。她穿了一身宝蓝色无袖连衣裙——请镇上的冯裁缝照着时装杂志的封面做的——雪白的臂膀被太阳晒得像要融化。她拎着小手提箱，面目清新地出现在茶馆门口，然后昂首挺胸，扭着臀部噔噔噔走过双石镇唯一的一条碎石马路，向徐峥嵘下榻的镇公社招待所走去。

马路两旁，菜农挑着菠菜担子缓缓经过，五金店和副食品店正在浇水扫地，准备开门，男人在咳嗽，婴儿在啼哭，女人在家门口晾衣服、喂鸡、打骂孩子，一切如常，然而丁宝琼知道，一切也不过是假象。所有人都盯着她，这个丁老板家里不争气的、名声败坏的女儿，枉生了一副好皮囊，三年前离家出走了一次，现在又闹另一次。

热风让裙子的下摆缠住她的膝盖。新买的银色高跟鞋穿起来有点磨脚，丁宝琼的脚后跟已被打起了水泡。躲在浓密树荫里的蝉子还在拼命嘶喊，让她头晕目眩。

徐峥嵘正站在招待所门口，夹着黄鹤楼香烟的手指微微发颤，过早秃顶的脑门像抹了一层清油。当年他三十四岁，珠宝生意刚起步，身上背着几千块的借债。他有个富有的远房亲戚住在自贡市，徐峥嵘前去告贷，所乘的公共汽车在双石镇抛了锚，徐峥嵘滞留一天一夜，在茶馆里打发时间，遇见了丁宝琼。

她的腰上系着一块碎花围裙，走过来给徐峥嵘沏了一碗碧螺春。因为看他是外地人，遂问他从哪里来。徐峥嵘不大听得懂荣县方言，愣在那里。丁宝琼一笑，端来一盘盐水煮花生，用普通话说，送你的，不用钱。

徐峥嵘就是在丁家的茶馆里学会了打四川麻将。他边洗牌，便拿眼睛瞟丁宝琼。大部分时候，她百无聊赖地倚在柜台上，一边嗑瓜子，一边翻看苏联小说《阿霞》或者《静静的顿河》，眼皮都懒得抬一抬。

徐峥嵘在亲戚处借到两万块周转资金。回程时又路过双石镇，这次他是刻意为了丁宝琼来的。他每天到茶馆里闲坐，从早上九点坐到茶馆打烊，有时候跟老乡打牌，有时候只要一盘盐水煮花生，慢条斯理地剥了吃。这样过了一个星期，丁宝琼也看出了点意思。她双手支在茶桌上问："你究竟做什么的？""做珠宝生意。""来四川干吗？""来借钱。""接下来去哪？""去新疆，然后回上海。""什么时候走？"徐峥嵘的目光在丁宝琼含翠带露的眉眼上一扫："这得看你。"

丁宝琼啪地扯一下围裙，扭身回到柜台后面去了。当天晚上，她和丁德铨摊牌，要跟这个外省人走。她冷冰冰地说，自己的年纪不小了，要为命运做一回主。丁德铨被她毫不理性的决定气得须眉倒竖，拍着桌子吼，要滚滚远点，老子眼不见心不烦。

一个月以后，他们在新疆领证结婚。丁宝琼顺理成章成了徐太太。

宝蓝色无袖连衣裙还稳稳地叠在箱子里，因为时间久了，衣料有些泛黄。徐太太把它拿到穿衣镜前比试，她现在较二十年前丰腴许多，这条裙子只怕再也穿不进去。她抖散裙子上的樟脑味，取出衣架，将连衣裙放到四件柜里郑重地挂起来。

她换了一身素净的家常旗袍，肉色的柔亮丝袜，一双半旧的漆皮高跟鞋。她没有化妆，刻意收拾得很随意，坐车去民族大学找丁木子。今天星期三，离上午最后一节课下课还有半小时。她已想好了，就说自己路过附近，发现有家川菜馆很正宗，叫丁木子一起吃饭。

这时候校园里格外安静，学生们不是在上课，就是在图书馆。几个男生骑着自行车叮叮当当从她身旁经过，有一个回过头友好地笑笑，多么阳光的一张脸啊，就像曾经的顾正庭。

　　丁宝琼在6号教学楼门口踟蹰片刻。离下课还有一刻钟，她打算站在楼前的洋槐树下，等他被学生们簇拥着从楼里出来时，远远地看上一眼。她觉得促使自己来这里的不过是好奇心，这个人过得怎么样？贫寒还是富裕？胖了还是瘦了？他有几个孩子？有什么烦心事？她觉得她一眼就能看出他过得是否幸福。

　　教学楼一层有台饮水机，教师和学生们可以用自带的水壶在这里接热水。丁宝琼从楼外瞥见饮水机有一边水管没有关牢，顺势走进去把水管拧紧。既然进来了，她又决定不妨去教室门口看一看，反正也不会有人注意。她的高跟鞋踩在教学楼的楼梯和过道上，踢踢踏踏发出清脆又甘凉的声音。听见这声音的人，都觉这步子的主人一定性格爽脆、毫无畏惧。

　　踢踏踢踏声沿着左侧楼道上了三楼，在304教室靠近讲台的门口停下来。离下课还有十分钟，阻隔着她和顾正庭的这扇门就要打开，所有前尘旧事面临了结。丁宝琼忽然感到有些心慌。真是他吗？丁宝琼侧耳细听，一个男子正用缓慢清越的声音，讲述民国美术史。

　　"那个年代的艺术家也是眼光卓著的收藏家。比如说徐悲鸿，从赴法国留学的时期，就开始省出菲薄的生活费，收购流散到欧洲的中国古代名画。他一生的庋藏据说有一千多件。"顾正庭也听到了踢踏踢踏的脚步声，甚至在来者刚刚踏进6号教学楼的楼门，走过去关上一个没拧紧的水管的时候，他就听到了。

　　这脚步声如此不同寻常，在他听来又如此怀着淡漠的忧愁，以致顾正庭模模糊糊地想到了一种可能。这一节课讲徐悲鸿，幻灯片放到最后一帧，台下只有稀稀拉拉几个学生还在仰头听误，几个男生已经开始一边看表，一边收拾桌子。顾正庭用眼睛寻找丁木子，她和余璐璐坐在后排，两颗脑袋凑在一起窃窃私语。虽然这是女学生上课的常态，顾正庭还是觉得她们在秘密谋划什么事。

　　脚步声在附近消失了。没有人从窗口走过去。顾正庭嗓子发干，心里咯噔一下。

　　他想象丁宝琼就站在离他一米远的门外，隔着门也能感受到她身上的夏日谷堆的热气。他想象她按捺着内心的伤痛与怨怼——虽然过了这么多年，这怨怼早该烟消云散了——捂着胸口在那里，努力听清楚他说的每一句话，企图从每个字眼里寻找对他残忍的不辞而别的解释。他想象她已经准备好了一通激烈的斥责，却以无比幽怨的方式表达出来，她每看他一眼都是在他脸上扇一个耳光子，挖一道指甲痕。可他唯独想象不出她的面容，因为他无法在记忆里复现那个十六岁的，从他手里庄重地接过一枚炭石的丁宝琼。

然而他不紧不慢地往下讲。"1937 年，徐悲鸿以重金从一位德国女收藏家手里买到了唐代吴道子的《八十七神仙图卷》。这是一卷白描人物群像，在中国美术史上意义非凡，悲鸿先生视为拱璧之珍。他在图卷上盖上一枚印章——'悲鸿生命'，把这份收藏看得和他生命一样贵重。

"五年后，日军空袭昆明，徐悲鸿在轰炸中仓促离家，临走忘了携带《八十七神仙图卷》。图卷在这次轰炸中遗失。徐悲鸿懊悔不已，乃至大病一场。他以为这幅图卷早已在战火里被人毁掉了，今生再也无缘得见。两年以后，他竟然打听出《八十七神仙图卷》的下落，以二十万现金和数十幅自己的画将它换回。

"他在失而复得的《八十七神仙图卷》上题诗一首：得见神仙一面难，况与伴侣尽情看。人生总是蓻菲味，换得金丹凡骨安。从那以后，《八十七神仙图卷》一直陪伴着徐悲鸿，直到他离世。"

听到这里，丁宝琼鼻子一酸。她本来紧贴门边站着，此时悄悄退开两步，内心里情绪翻腾不知作何滋味。她想起放在案头的那颗黑曜石，即便在夜里也荧荧发出辉光，比最浓的夜色更漆黑，也更明亮。她几乎领会了它的含义，但她宁愿装作不曾领会。还有两分钟就要拉下课铃，丁宝琼感到一阵莫名的悲哀。原来在这个世界上，并不是所有事情都有终点，并不是所有情感都能够了结，或者所有的残忍都有个解释。二十多年来，这是她和顾正庭相距最近的几分钟。二十多年来，她虽然活得左右逢源，光鲜明媚，内心里却始终有一个空洞。在这几分钟里，这空洞被填满了，被灌入了水银，愈来愈沉，愈来愈沉，仿佛要把她整个人从云端压到泥土里去。事实上，二十多年前顾正庭不能给予她的——不管那是什么——今天她已经不想要了。

顾正庭再次听见踢踏踢踏声，一个身材娇小但丰腴的妇人翩然从教室窗前走过，缓缓向楼道尽头走去。顾正庭只见到一个窈窕的背影。大约不是她吧？毕竟看起来很年轻。他怅惘地想。邻班的教授提前宣布下课，蜂拥而出的学生们很快挡住了他的视线。

这天向晚又下起雨来，上海的夏天就是这样，闷热，黏稠，潮湿。丁宝琼打着赤脚，散着头发，抱着金吉拉坐在飘窗前发呆。她接起一个电话，是宋大夫打来的，对方咕咕哝哝讲了一大通，她回得有一句没一句。不久就不耐烦地挂断了。

晚上徐先生回家，发现案头上的那块碍眼的黑曜石已被收走。他喜滋滋地带来一条八卦新闻："听说那姓宋的最近坠入爱河，还宣布要好好谈一场恋爱！可他对我有点躲躲闪闪，我猜测，他是不是爱上了你介绍去他家做保姆的小侄女，叫什么来着，丁木子？"

徐太太埋首抄写《心经》，一双黑眼睛忽闪忽闪，懒得答话。

罐　子

葛　亮[①]

　　其实，关于我为什么要开这间士多店，镇上有各种传闻，我一直没有对人解释过。因为三言两语，并不能解释清楚。

　　至于我是个什么样的人，我也未必觉得需要交代。镇上有许多像我这样的中年男人。已经过了年富力强的年纪，虽未至颓唐，但精神已不如以往。在镜子里，看到自己上移的发际线，一两星的白，我深深地吸口气，收藏自己微凸的小腹。人似乎也体面了一些。

　　然而，我与他们的不同之处是，我并非当地人，在这个偏僻的岭南小镇里，我的口音显得有些突兀。我上翘的舌头经常引起他们的耻笑。他们模仿我的腔调，与我打招呼，顺便买走一两包烟。

　　总体而言，他们对我算是友好。当最初的好奇过去，距离感也随之消失。观望的趣味是短暂的。他们终于会在我的店铺前坐定，点上一支烟，开始和我说镇上的家长里短。多半都是琐事，南方口音说起这些琐事来，干脆而轻碎，的确恰如其分。我坐定，袖了手听他们说，当彼此比较熟了，也有一两个以耳语的方式，放大声量向我宣布，镇东头彩婶家的新抱（儿媳），是买来的。我

① 葛　亮　祖籍南京，现居香港。香港大学中文系文学博士，高校执教文学与电影。著有小说《朱雀》《七声》《谜鸦》《浣熊》《戏年》，电影随笔《绘色》等。曾获 2008 年香港艺术发展奖、首届香港书奖、台湾联合文学小说奖首奖、台湾梁实秋文学奖等奖项。

自然是有些惊讶。因为这个镇子虽然偏僻，但尚可称富庶，远不需要以这种方式娶亲。他们就指指自己的脑袋，解释说，彩婶的仔，傻傻的。

入秋，来帮衬的人少了一些。夏天有买冰激凌的孩子跑来跑去，总显得热闹些。我会就着柜台看书，一两个看见我，就说，原来是个读书人。我说，都是闲书。来人就说，书就是书。如今哪有人读书，我们镇上的先生都跑出去做生意了。我就笑一笑，用手捋一捋揉皱的衣服下摆。

我已经习惯于穿麻布衫子，镇上自产的。这种麻布非常粗硬。开始穿时，觉得浑身不舒服。但是穿久了一些，也就习惯了。一个人在屋里的时候，光着身体，穿着一件麻布衫子，身体任何凸起的地方，都被粗粝地摩擦，看似自虐。这样久了，再穿上柔软一些的衣服，倒觉得周身轻松了很多。

好吧，我承认我有些怕孤独。冬天来到的时候，为了留住他们，我在铺头里架起一只小灶。我在灶上坐上平底锅，浇上热油，烙我家乡的油饼。小火，热油，慢慢地烙。煎完一面，再煎另一面。撒上一把葱花，香味立时飘散出来。刷上我自己攒下的鸭油，皮薄，味足。先给孩子们吃，孩子们大口地吃了，抹抹嘴巴，一溜烟跑回家，将家里的大人带来了。大人吃了，说，他侉叔，还真没吃过这么好吃的饼，就一块面皮，香得赶上潮州人的蚝烙了。我笑笑说，尽吃，管饱。

我的铺子前于是又热闹起来了，我一面烙饼，一面听他们说家长里短，里短家长。一个孩子说我要烙一张带回家去，他婆婆嘴馋，却腿脚不好。我说"好"，他眨眨眼睛对我说，多放葱花哦。

后来有一天，镇长来了。来收铺租。这铺子是镇长租给我的，不过铺子不是他家的。关于这连铺两间半房的来历，没有人对我说过，我也不问。有时有人问起我知不知道，我摇摇头。问的人轻轻"哦"一声，就转开了话题。

镇长吃了我的饼，说，哎呀，当真好好食。傻佬，识不识做生意，这样的饼，是要拿来卖的，无怪你发不了财。本钱总要收回来，听我的，一张一块钱，我说的算。

镇长找镇上的先生，帮我写了一块招牌，"一文饼"。就挂在铺头的房檐底下。来吃的人没有少，反而多了。毕竟谁也不把一块钱当回事。不过收起钱来，我反而觉得麻烦，我一只手烙饼，一只手淋油，没有多余的手收钱。我腾空了一个糖罐子，放在柜台上，吃饼的人，就自己把硬币投进去，"当"一声响，很好听。

邻镇的人也来了。说是邻镇，也要翻过一座山的，来的是几个年轻人。

来吃我的饼，说，大叔，翻山越岭为口饼，这就是品牌效应。

光顾我的，很少有本镇的年轻人。到了过年的时候，他们却来了。他们都成群结队地在外面打工，去北方，或者更南的南方。他们回来，饶有兴趣地打量我，像当初的镇民一样。他们吃着饼，卷起舌头问我，侉叔，你是不是北京人？我不知道什么时候我有了一个绰号叫"侉叔"，后来才知道，他们称北方人叫"侉子"，正如我们北方人叫他们"蛮子"。我说不是，他们有些失望。他们说，北京多好啊。我看你也不是。北京那么好，你怎么会来我们这里。

虽然是南方，冬天的夜很冷的。只是没有家乡的雪，我一个人坐在屋子里，看着外面。没有雪，还是冬天的样子，灰扑扑的，树和树的影子，都不精神了。南方的冬天，是湿润的冷。不爽利，冷在了骨子里。说不出的滋味。

我给自己包了一碗饺子，慢慢地吃着。煮一点，吃一点。就着醋和大蒜头。

我看一看日历，年初三了啊。

初三，为什么镇上这样冷清和安静呢？大年初一，镇长请了一支舞狮队来，在镇上挨家串户走了一圈。到了我的铺头跟前，已经没精打采，像是头睡不醒的狮子。我给他们封了包利是，他们才打起精神来，舞弄了几下。镇长说，好了，好了，就是图个吉利。你们北方也有舞狮子，好歹解解乡愁。

我们北方也有狮子，倒不是这样的。我们北方的狮子，没有这么大，也没有这么花花绿绿。我们的狮子，不会眨眼睛，舔毛搔痒，摇头摆尾。但我们的狮子勇猛，舞蹈如战斗。我们的狮子，是胡人传过来的，头上顶了一只角，是不可近人的神兽。小时候，过年赶庙会，就为了看舞狮。那时节的庙会，多热闹啊，好吃好玩儿好看。捏面人的、烙花馍的、变戏法的。那时的好玩，如今的孩子哪里看得到啊。

我揭开了锅，舀了一碗下饺子的面汤，咕嘟咕嘟喝下去。这也是我们北方人的老讲究，姥姥说得好，叫"原汤化原食"。

外头不知怎么，淅淅沥沥地下起了雨。南方冬天少雨，不过也不爽利，下起来，少说也得个三五天了。我靠着窗子，闭起眼睛养起了神，听雨打在百叶上的声音。窸窸窣窣，窸窸窣窣。

忽然，我听到一阵声音，眼皮抖动一下。那声音怯怯的，是脚步声，到了门口。是一个人，站到了我的门口，再没有声音。我站起来，打开了门。

门外站着一个人，抬起头，夜色里是一张不干净的脸。就着灯光，我看见是个半大孩子。男孩子，寸把长的头发，几乎遮住了眼睛。雨水正从头发上湿漉漉地滴下来，顺着脸颊往下淌，在灯底下泛着苍白的光。他衣服穿得单薄，也打湿了。

他看着我，开了口，说，一文饼？

我点点头，本想说，过年不开张。这时候，他打了个喷嚏，于是我说，进来吧。

我从锅里舀了一碗饺子汤，说，对不住，饺子刚吃完，先喝碗汤暖暖吧。我给你烙饼。

他端起碗，咕嘟咕嘟地喝下去。看来是渴坏了。

我开了炉子，将小鏊洗一洗，坐上。我和面、揉面、摊饼、切葱花，油已经在锅里吱吱地响。我回过头，那孩子端正地坐着，眼睛却呆呆地望着窗子的方向。饼上起了泡，发出焦香味。我刷上鸭油，撒了葱花。这香味更为浓郁了。

我烙好了一只饼，起锅，说，得嘞，帮手去橱子里拿只碟子。

没有人应声，我转过脸，看那孩子已经趴在炕桌上睡着了。炕桌是我自己打的，我嫌矮，他趴着却正好。

我走过去，拾了件衣裳给他披上，接着烙饼。烙了五只，都放在碟子里摞着。他还睡着，在灯底下，脸色好了一些。忽然，他身体轻轻抖了一下，嘴角翕动，似乎睡得很沉。灯光在他脸上，是毛茸茸的一层轮廓，这是个清秀的孩子。

我挨着床沿坐下，也觉得困了，迷迷糊糊睡过去了。

我醒过来，天已经大亮，我看见床上整整齐齐地叠着衣服，碟子空了，五只饼都没有了。碟子上还有一些细碎的渣子，我发着呆，拈起渣子放在嘴里，嚼一嚼，有焦香的味道，还有点过夜的苦和涩。

初五那天，我开了张。自然没有什么生意，偶尔有几个外出打工的年轻人，经过铺头，买包烟，说，侉叔，走了。

到了天擦黑的时候，我就想打烊了。这时候，却见远远有人走过来，将一张五块的钞票放在柜台上。我一看，是那孩子。

他说，我来还你钱。

他的声音清细，但我终于还是听出了他的外乡人口音。在这里待的时间长了，多少也分辨得出。

我把钱收下。他站在柜台前，没有走。

我说，你来串亲戚，是哪家的？

他摇摇头。

我说，没有地方去？

他点点头。

这时候天上响起一声雷，还没开春，这雷打得很蹊跷，眼见着，雨又下来了。我皱皱眉头，说，进来坐吧。

他就跟我进来了。自己搬了个板凳坐下来。

雨淅淅沥沥地下开了。雨势还不小，打在屋檐上噼里啪啦乱响。

我也坐下来，点上一支烟。让给他一支，他犹豫了一下，点上火。我说，悠着点抽，我这是北方的土烟，味道可冲。话音刚落，他已经咳嗽起来，我看他咳得脸也涨红了，上气不接下气。

我哈哈地笑起来，我说，看你那手势，就知道没抽惯。

我把他手里的烟接过来，一并叼在嘴上，说，男人一辈子长得很，先开个头，留着将来慢慢抽。

待咳嗽慢慢平息下来，他也没有说话。抬起眼睛在屋子里打量，目光落在我桌上的书。这本《笑傲江湖》已经被我翻得有些破旧了。

我笑笑说，读过？

他点点头。

我想一想，问，那你说说，这书里头，你最喜欢谁？

他不假思索道，任盈盈。

我顿时来了兴致，说，倒不是令狐冲？

他没再出声。过一会儿，抬起头来，说，我没地方去，你能给我个活干吗？

我一时有些吃惊。再看他，眼眸里并没有一丝怯，也没有玩笑的意思，是想好了说的话。

我说，你这个年纪，要么读书，要么正是出去打工的好时候，留在这里有什么出息？

他一咬嘴唇道，人各有志。

我说，你该看出来，我这间小铺，是一人吃饱，全家不饿。我没有多余的活儿，也养不起闲人。

这孩子说，你怎么就知道我是个闲人？

我眯起眼睛，说，是，我还不知道你的底细。你倒是会做什么？

他说，我会做白案。

我说，白案？

他点点头，我帮你揉面，摊饼。我还会包云吞，整叉烧包。

我笑笑说，我这是个杂货铺，小本生意。

他说，谁不想赚钱呢，你管我吃住就行。

我看他很认真的脸，不知为什么，觉得有些喜欢他了。我说，罢了罢了，看你本事吧。三天开不了张，你卷铺盖走人。

夜里头，我在杂货间给他搭了个行军床。

我拿了身麻布的睡衣给他。说，把身上的衣服换下来吧，挺大味儿。

他不动弹。我搁下衣服，走了。

我转过身，听到后面窸窸窣窣换衣服的声音。我想，这小子，还知道害羞。

叔。我听到他喊我。

怎么？我问。

我叫小易。他说，容易的易。

第二日，天擦亮。我听到外面一阵响，像是什么倒了下来。我赶紧出去，看见柜台旁的灶披间，一阵阵地往外畚灰。小易一边咳嗽，一边又搬出了一个大纸箱子。

我冷眼看了一会儿，问，这是干吗？

小易没有抬头，手一扬，说，没有地方，怎么做白案。叔，给我搭把手。

这个灶披间，我其实没有怎么进去过。打接下这爿铺子，便一直由它闲着，没想到，小小一间房子，里头竟有这么多东西。一箱箱的空酒瓶子、包装袋，几串已经发了霉的花椒和银耳。最多的，是一摞摞的卷标，各种卷标，淘大酱油到"剑南春"。我皱了一下眉头，说，看来这铺头原先的东主，不是什么老实人。

小易抿一下嘴，没有说话，将那些标签扫进了垃圾桶。

待爷儿俩收拾得差不多，天已经大亮。小易留下了一张条案、几把凳子。凳子有几只朽了，缺了腿。小易说，叔，你会不会木工活？

我说，小事。我后生时候，名号叫"赛鲁班"。

天公作美，几天的雨，竟然有了大太阳。小易和我将条案抬到太阳地里晒。

小易骑着我进货的小三轮出去了。个子矮，看他蹬得有些吃力。我想，这孩子，人看着瘦小，倒真是个干家子。

我叼一根烟，将我打柜台的那套家什收拾出来，斧钺刀叉，倒也齐全。天儿好，没刨几下，出了一身汗。

有人路过，问说，侉叔，年都没过完，忙什么呢？

我嘴里一根烟，手里不闲着，没空搭理他们，就笑一笑。

旁边年轻的就说，侉叔想要拓展业务呢。

我将条案刨平整了。拾掇了几只板凳。油漆也拿出来。刷绿色，清爽些。想一想，还是刷层清漆吧。

小易回来的时候，是后晌午了。灰头土脸的一个人，眼睛却格外亮。小易浅浅地笑说，叔。

我说，小子，我看你买了些啥。

车上琳琅一片，有白案的家伙什。案板、擀面杖、笊笠，还有一只饼模子。我说，好嘛，我一只手，一只灶的事。你整出了这么一大伙子来。

工欲善其事，必先利其器。小易说。

啥？小子，你读的书看来不少。叔听不明白了。

我摆摆手，帮他拾掇车上的东西。一袋面粉、一大块精肉、一大块肥膘。几棵大白菜、茴香、一瓶"八大味"。我说，我给你那几个钱，你还真能置办。

小易说，都是下到明镜村里买的，肉是跟李屠户现割的，白菜疙瘩是杜阿婆藏在窖里的过冬菜。半买半送，你人缘好。

我说，他们倒是都认你的账？

小易低了低头，半晌，说，我说我是你的远房侄儿。叔，你不怪我吧。

我看看这孩子，不知怎的，心头莫名的一软。我没等他解释，自己先把话绕了过去。

我说，好，我在这住了这么久，人都认不完全，倒给你做了大旗。

小易从车上捧下一个陶罐子，摆在我刚刷了清漆的桌子上。我说，嘿，没干呢。小易赶紧捧起来，罐子底已经印了一个圆印子。我一阵疼惜，说，匠人最怕留瑕，你毁了我的手艺。

小易无措，末了却小心翼翼将罐子又摆在那个圆印子上，说，往后这印子专为摆这罐子。

我叹口气，端详那罐子，不像个新东西。彩陶的坯子，黑釉上得粗，颜色都渗出来。还是能囫囵看出人和动物的形状来，沿口上有层油腻。我揭开坛子盖。小易忽然伸出手，挡住我，我还是闻见一股尘土味。

我说，哪里弄了个古董来？

他不看我，用一层油纸将罐口封起来。

这天夜里，我睡得很沉。我这人是看家睡，稍有动静就会醒。这天却很沉。可能是许久没有干体力活了。我甚至做了梦，梦见了年轻时候的事，迷迷糊糊的，都是些以前的人和事。

凌晨，我在一阵香味中醒来。这香味奇异极了，丰腴的油脂的气息，混着浓烈的中药味，刺激了我的鼻腔，生生将我从梦里头拉出来。

我披了衣服起来。看见小易单薄的背影。他坐在灶披间里，眼前蹲着炉子，炉子上坐着那只罐子。天还暗着，微微的火光照在他脸上。脸色倒更苍白了。那奇异的香味，正是从陶罐里飘出的。小易埋着头，正用剪刀细细剪着什么东西。我走过去，看板凳上搁着一只扁筐，筐里整齐地摆着包好的馄饨。在岭南叫作云吞。模样很精致，一行行地码着，像含苞的芍药。

小易唤我，叔。

我说，这是你包的？

小易耸一下肩膀，揉一揉，说，嗯，忙了整个后半夜。

我说，看不出，包得真不赖。

小易说，等天亮了，就能开张了。

他手却没有停，我看那剪刀细密地剪过去，是一些枯黄的干草。小易剪成手指长短，便小心地打开罐子，投进去。

我问，你在做什么。

小易没有抬头，又细细地剪，答我，请来的老卤，将来的锅底汤，就全指望它了。

我还想问什么。小易说，天还早，叔，你去睡个回笼觉吧。

清早。我睁开眼，看小易清爽爽的一双眸子，正对着我。这孩子没怎么睡，眼睛却亮得很。他捧着一只碗，说，叔，尝尝。

碗里清的汤，很香。是方才的香气，药味却滤了，香得爽利。里头卧着几只小馄饨。我掂起勺子，舀起一只，搁在嘴里头。还未嚼，那薄薄的馄饨皮，竟在舌头上化了。轻轻的碱水味，也是香的。粉红的馅子有一点儿甜，又有一点儿涩，可味儿却说不上的馋人。呼噜吞下去，在嗓子眼儿里滚一下，嘴里头空荡荡的。我呆了一下，赶紧舀起另一个。停不住似的，一碗下了肚。又把汤喝了个干干净净。

小易问，好吃不？

我抹下嘴，说，小易，你这是跟谁学的。

小易热切的眼睛里，光有些暗下去，说，俺娘。

我说，你娘人呢。

他接过碗，口气却清淡了，说，死了。

我也噎住了。这孩子倒站起身，只问我，叔，你看咱能开张了不？

我愣一愣，使劲点点头。

好东西，自然都有个说头。

小易的云吞，随我的饼。也就三四天的工夫，在这镇子里，就算传开了。来的人，都听说我的侄子来了，又得了个厨子。来的，吃了一碗，禁不住似的，又吃了一碗，说这灶台上的味道，缠住了人的腿脚。说没看出来，侉叔，你们北方佬，倒一家都是好手势。容婆婆眯起眼睛，说，侉叔，这孩子生得靓，围上了围裙，倒好像个小媳妇儿。

我看小易，脸色给炉火熏得红红的，精神得很。

到下傍晚的时候，镇长来了，手里拎着一张纸。说，我是不请自来。刚从县里开会回来，就有人塞给我这个。

我接过来看，上头写着几行字：侉叔一文饼，云吞任我行。要知此中味，听朝士多见。

我扑哧笑了。这字方头方脑的，该是出自小易的手。我说，前面的韵压得好，最后一句破了功。

镇长说，你侄儿倒是怎么寻了来。村里都说这孩子能干，这宣传做得有水平。话时话，我还没见过你这新厨子。

我朝里头喊，小易。

小易没出来。我又喊了一嗓子。孩子从里头走出来，手里捧着一只碗，放在镇长跟前。不言语。

我说，这孩子，不知道喊人。刚才倒好好的，不出趟儿。

镇长说，孩子怕丑，莫勉强。谁叫我是个官，多少怕人的。

小易这时却开了腔，说，镇长也算个官？

镇长一愣。我也一愣，斥他，回屋去。

镇长干笑，舀起一勺馄饨，放到嘴里，刚想和我说什么。突然，眼神直了一下，稀里呼噜，一碗馄饨下了肚。

他头上渗出薄薄的汗，轻嘘一口气，说，看不出，这孩子愣头青，倒整得一手好云吞啊。

我说，蒙您不嫌弃。

镇长说，云吞也该有个名堂，算给你的"一文饼"做个伴。

他盯着手里的勺子，说，刚才，我就是给这一汤匙的味道给惊着了。就叫"一匙鲜"吧。

我心说好。

小易出来了，将镇长面前的碗收走了。又抹了抹桌子，眼睛也不抬一下。

镇长倒笑了，孩子不怎么待见我，我却觉得他面善，在哪见过似的。

我心里忖一下，嬉笑说，您能不面善吗？亲侄儿长得随我。您老人家，跟他叔可脸熟着呢。

镇长走了，我走进屋，看小易正将汤里的药包取出来，淋干净。他将锅里的汤，小心翼翼地倒进罐子里头。不声不响，唯有黏稠的汤汁灌入咕嘟咕嘟的声音。

灌老卤？

嗯。小易轻轻回答。

灯影里头，那只陶罐，这时渗着幽幽的光，原本凹凸的表面似乎被笼了一层青色的釉，看起来轮廓有些发虚。

我说，这罐子看着污，换一只吧。

小易沉默了一下，闷声说，不换。

夜里头，我铺开过年写春联剩下的纸，就着灯，饱饱地蘸下墨，写下"一文饼，一匙鲜"六个大字。

小易走过来，看了半晌，说，叔在写招牌。

我问，小易，叔写得好不好？

他又细细地看，说，叔写得好，欧体。

我心里一颤，说，就你那手方块字，倒识得欧体。

小易不说话了，过一会儿，拿抹布将我手边上的一点墨迹轻轻擦了，说，没吃过猪肉，还没见过猪跑吗。

我便说，小易，叔教你写大字，乐意学吗？

小易说，那敢情好。

我便教他写。手把着手，小易的手指，细长长的，葱段似的，泛着青白的光。我教他执笔，悬腕，看他写下自己的名字。

小易。仍是方头方脑的方块字。

可是，我却看出来，他执笔的手势，不是初学书法的人。那最后一撇收束的力道，被他克制。这孩子会写字，是个练家子。

我不动声色。只看他写，看他敛声屏气，努力地将名字写成中规中矩的方块字。

我问，小易，你是哪儿人。

他停住手，手指有不易察觉的抖动。小易说，江湖飘零，叔问这么个做什么。

我说，小易生的是南方人的样子，口音里头，却有侉腔，叔好奇。

小易问，叔是哪里人。

我说，叔是陕西西安人。

小易说，我离叔不远，绥德人。

我点点头，说，米脂的婆姨绥德的汉，小易长大了，也是条好汉。你们那地方的人，都生就一双骨碌碌的毛眼眼，叔信。

小易抬起头，望望我，又望望外头密成一片的漆黑夜色，说，老乡出门三家亲，小易是叔的侄儿不假了。

一文饼，一匙鲜。叔侄二人，在这镇子上有了名堂。

久了，也就知道，小易不是多话的人，人却真是勤快。话都在忙忙碌碌的动静里头。镇上的人都欢喜他。欢喜他的没声响的笑，欢喜他的眼力见儿。

镇上人的口味，他一清二楚。谁来了，他打眼一瞅，多搁上一勺子花椒辣油，多撒上一把葱花。谁来了，便嘱我将饼煎得硬些，有嚼头些。容婆婆来了，他搀她坐下来，从冰箱里拿出一盘茴香馅的云吞，是容婆婆爱吃的。茴香在蒸笼上蒸过，只为婆婆牙口不好。

镇长来了，小易照顾得也周到，人却淡淡的。

小易在这，我便没有洗过衣服，也没套过被褥，不声不响，就全都做好了。

干完了活，晚上在灯影底下，照我交代的，写大字。写得渐有了模样。他每天都进步一点，不算快，是克制着自己的进步。

我轻轻笑。

我看着整整齐齐的一间屋子。不知怎么的，忽然有了家的感觉。我什么也不说。只想起曾经自己也有一个家，婆姨孩子热炕头，那是什么时候的事了。

我笑一笑，点上一支烟。对着小易的背影，挥一下手，将眼前的烟雾，混着回忆赶走了。

这一天打烊，我眯着眼睛，只听见厨房里"哐当"一声。起身过去，看见铁锅斜在灶台上，小易跌落在地。脸色煞白，豆大的汗珠在脸颊上滚下来。

我一惊，要扶他。他却摆摆手，不肯起来。我哪里肯听他的。一把将他抱起来，只觉得胳膊肘上黏黏的潮。低头一看，是殷红的血。小易穿了条蓝色的裤子，这血像条青紫的蚯蚓，爬到他的裤管，滴下来。

我一时无措。我抱紧了他，要往外跑，去镇上的卫生院。

小易一把捉住了门框子，小小的人，虚白着脸，不知哪里来这么大的劲。小易说，叔，我不去。你让我回屋歇，歇歇就好了。

我把他抱到杂物间，看见那张干净的行军床，愣愣。我伸出手，想把他沾血的裤子脱下来。小易紧紧地揪住自己的裤腰，他哆嗦着嘴唇，说，叔，让我自己来。

声音颤抖，尖锐得哑，几乎像是哀求。

杂物间光线昏暗，我还是看见他发白的脸上，那双眼睛一点点地暗下去。

我只觉得自己的心，刚才还跳得猛。这时候，也在缓慢地黯下去，凉下去。

我轻轻放下他，走出去，将门带上了。

小易再走到我面前，仍是干干净净的一个人。

叔。他唤我。

我没应。

他说，没事，老毛病了。过了就好。

我沉默，闷声说，怕是女娃子的毛病。

我抬起头，看见小易的眼睛，没有内容。不怨不怒，不嗔不喜。

但是，我看出眼前的这个人，却已经将身心松弛了下来，那份少年的坚硬和鲁莽褪去了。站在眼前的这个人，是柔软的，甚至软弱的。

她说，叔，我不是个坏人。

我跌坐在门前的长条凳上，想要点上一支烟。手抖得却燃不起火柴。小易走过来，将火柴擦亮，点上了。我看她一眼，将烟掷在地上。

我说，你不是坏人，我是。你不怕？

小易坐在门边上。她说，人坏不坏，只有自己知道。

我苦笑，说，蹲过号子的，还不是坏人？

小易将胳膊屈起来，将脸埋在臂弯里。我只听见她的声音，她说，叔收留我，不是坏人。我欺瞒叔，是不仁不义。

这声音，是好听的女娃的声，轻细地，在我耳朵边上一荡。我肩头一软，伸出手，想摸摸她的头。只一瞬，又收了回来。

半晌，我站起身，走到屋里头，打开五斗橱翻找。

我终于将那张纸放在她面前。

我的刑满释放证。

我瓮着声音说，信了？你还不走？

小易并没有看，她只问，叔犯的是什么事？

我说，贪污，受贿。

小易抬起头，看着我的眼睛，说，上头贪，你不敢不贪；领导收，你不敢不收。

我心里一惊，眼前风驰电掣，是妻子的脸。她看着我，在离婚协议书上签了字。冰冷的声音，甩过来：你这辈子，就毁在一个"窝囊"上。你就是个窝囊废。

离吧。离了婚，儿子就少了个贪污犯的父亲。儿子过了夏天，就该上高中了吧。也不知道模拟考试的结果怎么样。想必不会差，儿子不窝囊，不随我，随她妈。儿子奥数比赛全省一等奖，儿子测向比赛全国冠军。省重点中学加分，没有上不成的道理。

我是个窝囊废，我一个佝佬，这么远来到这个没人知道的岭南小镇。我不会再影响任何人的生活。我窝囊，就让我一个人窝囊下去吧。

叔。小易说。

我颓然睁开了眼睛，看着这个陌生的年轻女人。就在刚才，她看穿了我。

叔。她将那张释放证折叠好，放在我手里头。她说，都是过去的事了。这世上，先谁都有个不情愿，后谁都有个不甘心。

我说，我对自己的事，是心甘情愿。你走吧。

她站起来，眼神灼灼的。她说，叔，赶我走，是因为我不仁义？

我摇摇头。

小易说，那我不甘心，也不情愿。我要留下来。

我看着她，只觉得一阵恍惚。

我说，随你吧。

我和小易，仍然生活在同一屋檐下。她扮我的侄儿，我扮她的叔。

我们形成了某种默契，谁也不去触碰谁的心事与来历。热闹了一天过后，打烊。沙沙洗锅子的声音，咕嘟咕嘟灌老卤的声音。在黄昏里头，夕阳的光铺展进来，将这年轻女人的轮廓投射在墙上。让人有错觉，这生活是静好的。

我知道是错觉，惯性而已。

收拾完了，她依然坐在灯底下，临我的那本《九成宫碑》。

一笔一画，那字写得很成样子了。或者，或者原本就写得这样好。

我合上眼睛，什么都不想，什么都不看。

再睁开，小易已经转过身来，忧愁地看着我，也不知看了多久。小易说，叔，我在报纸上看了个字谜，给叔猜。

我说，叔脑子笨，打小就不会猜字谜。

小易说，这个好猜。叫"AOP"。

我说，AOP，听起来像是美国佬的情报组织，CIA、FBI。

小易说，是个成语。

我想想，说，猜不出。

小易就执了毛笔，在纸上先写了个 A，底下写了个 O，再写了个 P。

我一看，是个"命"字。

我说，这谜倒新鲜，中西合璧。命中注定？

小易摇摇头，轻轻地说，相依为命。

我脸上的笑凝住了，不知被什么击打了一下，眼底泛出一阵酸。我侧过脸，不让小易看见。我瞧着夜色里头，我写的招牌，在微风中慢慢地转过来，又转过去。

相依为命。

一文饼，一匙鲜。

小易说，叔，人一辈子就一条命。自己也是一条，偎着别人也是一条。

我不说话。

小易说，叔，你问我为啥喜欢任盈盈，因为她不信自己的命。

我不说话。

小易说，叔，你说，人为啥活着？

我说，为了有个奔头。

小易问，叔有奔头吗？

我说，叔没有奔头了。

小易问，那叔为啥活着？

我翻开手掌，搓一搓，看自己的掌纹，曲曲折折地分着叉。我说，就为了活着。

小易说，叔，我给你唱首歌吧。

我说，你们年轻人的歌，叔听不懂。

小易说，这一首，叔保证听得懂。

她就将身体端正一些，开始唱。

我听懂了，的确懂。她唱出来的是：洪湖水呀，浪呀么浪打浪，洪湖岸边是呀么是家乡。

这歌从年轻的口中流泻出来，竟未有一些突兀。开始唱这歌时，她的脸上有一种端穆的表情，眸子里莫名地坚定。声音也是坚硬的，字正腔圆，由齿间倾出。但渐渐地，她松弛下来。歌声也柔软了，目光有些虚。这歌并不是唱给我听的，是唱给一个很遥远的人听。或许，是一个遥远的人在唱，不过借了这年轻的声音，宣之于口。我合上眼，体会到其中的陌生。再次睁开，我看着她，一丝略微不适，稍纵即逝。那眼神已经散了，不是她，不是小易。是那种经历了世故的女人才有的，眼神的一点风尘。

我站起来，有些粗暴地说，行了。

"人人都说天堂美。"是这一句，这久远的歌，我还记得，电视上郭兰英抬起了粗短的胳膊，脸上挂着和她的年纪有些脱节的娇俏表情。那是什么时候的事了。青年时对女人的遐想，如此轻易。

小易在"堂"上戛然停住。她站起来，又恢复了有些拘谨的样子，让我稍稍松了口气。

隔了一会儿，小易问我，叔，我唱得不好？

我犹豫了一下，说，好，唱得好。

小易没有再当着我面唱歌。然而，这是一个开始。有时她在厨房里，在杂物间，我都能听到轻轻哼唱的声音。没有词，那些旋律太耳熟能详。都是极老的歌曲，往往是铿锵的，是那个时代的铿锵。但是，被她哼唱得慵懒而圆融，甚至，有一点淡淡的放纵。

我让自己走远，同时感受到了，身体内的膨胀。久违的膨胀。在未及消退时，我被自己暗暗诅咒。

但是，下一次，我又会听，似乎生怕错过。我开始惯常于循声而至，并且原谅了自己。

在人前，小易似乎不如以前活泼了，也不及以往体贴。她克制得很好，将一个少年的心不在焉，表演得恰到好处。人们打趣说，小易，才多大，被镇上的哪朵花勾了魂。小易敷衍地对他们笑，包云吞的手快了些。

然而，有一天的黄昏，镇长坐了下来。我正想让小易招呼。看小易站在角落里，微微皱起眉头，目光忽然凝聚，在镇长脸上逗留了一下。她手里，将脱下的围裙，攥成了一团。镇长抬起头，想和我寒暄。我刚要应声，他却和小易的目光撞上。只一刹那。

小易退缩了一下，回了厨房。

我嬉笑地说，嘿，这孩子，还是怕官。

镇长嘴角冷了一下，也笑，说，我看不是怕官，是怕我。

晚上，小易就着灯，擦她那只罐子。她哼着一首旋律，是《东方红》。罐子依然那么旧，发着污，在灯底下，笼着微微的青光，像上了一层釉。小易将它搁在那个浅浅的油漆印子里，眯着眼睛看。

照例，这时候她应该临我的那本《九成宫碑》。

我在桌上翻开，报纸上，工工整整的"楷书极则"。写得比我好。

我呆呆地望着那字。

叔，我满师了。她没有抬头。

小易。我说。

嗯？小易将那罐子郑重地挪动了一下，擦另一面。

我说，没事。

过了一会儿。小易坐到我的身边来，说，叔，我临得最好的，是赵孟頫。

我说，谁教的？

小易说，我爹。

我说，你爹？

小易说，嗯，我爹。我爹写《胆巴碑》，没有人比得过。爹会说俄语，唱《莫斯科郊外的晚上》。

我说，你爹念旧。

小易说，第一批留苏的工科生，谁不会唱？

我猛然地回过头。灯光暗淡了一下，窗外一只夜鸟飞过。在小易面颊上投下浓重的影。她的脸色青白，有淡淡憧憬。

春困秋乏，黄昏的太阳底下。我慢慢收拾厨房的家什。捡到一张纸，渍着浮浅的油腻，还辨得出，上面是方头方脑的"侉叔一文饼"。

这时候，镇长走过来，说，侉佬，不开张？

我说，你来了，我就开张。

我抬头，看他左右端详，问，小易呢？

我说，去买菜了。

镇长靠近说，压低了声音问，你这侄子，有身份证吗？

我心头微微一动，佯作不快，说，亲侄子，你是信不过我？

镇长愣一愣，看着我说，不是，我是想，海华他儿不是在城里做生意嘛，建材生意，做大了，人手不够。我看小易识文断字，不如去帮帮他。男孩子，窝在家里有什么出息。

这话说完，他干咳一下，说，他不比你，你已经老了。

晚上，我就对小易说了。小易似乎并不吃惊，只是说，叔，我该要走了。

我说，你要去哪里？

小易摇摇头，笑一笑说，你没问过我从哪里来。

我说，你如果从我这里走，我就要问了。

小易说，叔，我临走前，想摆一桌宴。

我点点头，问，请谁？

小易说，我拟个单子。

她抽出一张纸，埋下头写。我看到她颈子里，有细细的绒毛，在发尾打着旋。我的心里动一动。只是动一动。

我看见那单子上，又是方头方脑的字了。

净是镇上一些叔伯的名字，有些我打的照面少，不熟。

我说，海华伯你也请了，真去帮他儿子？

小易笑，我不认识他儿，我认识他。

我说，你是认识他，他哪天不来吃上两碗云吞，加上三勺辣子。

我又看见一个名字，说，阿翔腿脚不好，就来过一回，你也请？

小易说，就来过一回，我才记挂。

我看到镇长的名字，说，你又不怕官了？

小易说，我怠慢了他，请他，给他赔不是。

我点头，说，也好。好聚好散。

小易就着灯，将单子又看了看，递给我。说，叔，你去请。

我说，你摆宴，我请？

小易默然，然后说，叔请，他们肯来。

第二天，我就去请。都愿意来。

有的稍有些意外，也愿意来。

小易将厨房里的碗盏，炖锅都拿出来。发蹄筋，卤猪手，吊高汤。

我远远坐着，插不上手。我点起一支烟，我说，小易，以为你只会做白案，你对叔留了一手。

小易舀起一勺汤，凑到我嘴边，说，叔，帮着尝尝，鲜不鲜？

我说，鲜掉眉毛。

小易说，我娘炖的汤，头发也要鲜掉。

夜深了，小易还在忙。我问小易，这几个老的，值当这么大的阵仗？

小易将一条梅菜择开，轻轻说，让他们吃饱。

我说，小易，真的要走了？

小易说，走了。

她又笑一笑，问，叔跟不跟小易走？

这笑和她以往的笑不同，有些妩媚，眼角挑一下，挑在我心尖上。我说，小易啊。叔老了，走不动了。

小易抿一抿嘴，这才说，叔不老，是世道太新了。

又过了一会儿。

我说，小易，给叔唱个歌吧。

小易想一想，清清嗓子，唱起来，当旋律响过一段，我才意识到，这是我所不懂的语言，轻颤的小舌音。声音竟是有些厚实的。是那首曾经家喻户晓的歌曲：

> 田野小河边红莓花儿开，有一位少年真使我喜爱。可是我不能对他表白，满怀的心腹话儿没法讲出来，满怀的心腹话儿没法讲出来。

这时候的小易，像个外国姑娘了。脸上放着光，眼睛里有蓝色的火苗。她有些坚硬的五官，被微弱的光投射到了墙上，也柔和了。小易是个好看的孩子。

我张了张口，也跟她唱。唱的中文。我不会唱歌。我的声音有些沙，有些哑，有些不在调上。小易唱着，就慢下来，在下一句上等着我。等着等着，两个人的调都合到了一处，唱到了一起。

这一夜，我睡不着。我躺在床上，听小易还在外面忙，窸窸窣窣的，放轻了手脚。锅与碗的边缘轻轻碰在一处的声音，当的一声响。

熟悉的草药味。小易照例熬她的老卤，熬好了封罐。今天的格外浓，格外香。

待一切都静下来了，我叹了一口气，疲惫地闭上了眼睛。

迷迷糊糊，有轻碎的脚步声。我看到一道灰白色的路。有一匹马低下头，踟蹰而行。它回过头，看着我，眼睛大而空。我也望着它，它的眼里，慢慢地流出了血。

我惊醒来了，我看见床前站着一个人，是小易。

这天是十五，外面一轮圆满的月亮。月亮是瓷白的，分外大和圆，散发着毛茸茸的光芒。这光芒笼着小易。小易也是毛茸茸的了。

小易身上穿着一件阔大的麻布衫子，是我的。因为她身形小，这衫子便显得更为大，遮到了她的膝盖。

她忧心忡忡地看着我，眼睛大而空。我坐起来，也看着她。我说，小易。

她遮住了我的口。解开了衫子。里面是一具瓷白的身体，没有遮掩。少女的身体，和起伏。小小的圆润的脐，平坦的腹部。两只小小的乳，熟睡的鸽子一样。

我低下头。她的脚也光着，交叠在一起。她将我的手执起来，放在胸前。我抖动了一下，但却不敢动作。我触到了那一点温热，我不敢动作。怕惊醒了鸽子。

然而，此时，我却觉得自己的身子，一点点地凉下去。有一股血，在奔突了一下之后，没有缘由地冷却了。

我痛苦地抖动了一下，推开了小易。

小易将衫子掩上。后退几步，她跪下来说，叔，我欠你。

房间的光线暗淡了下去。一片霾游过来，慢慢地将月亮遮住了。

隔天的晚上，都来了。

看满桌的大碗大盏，都吃惊。

我抱来一坛自酿的米酒，说，小易，你敬大家一杯。

小易端起酒杯，说，各位叔伯，多谢照应了。

一饮而尽，抹抹嘴，亮一亮酒杯底。

气氛就松了些，海华说，小易出去发了财，莫忘了我们这些老东西。

小易说，头一个忘不了您。

说这话时，并没有笑，是郑重的。在场的人都愣一愣。

我打着哈哈说，为这一桌，孩子忙了一夜。你们吃好喝好，莫负了他。

觥筹交错。老家伙们喝多了，都有些忘形。阿翔说，咱们光屁股交的朋友，好久没坐在一桌了。

是啊，倒还在这屋里。海华环顾了一下，眨了眨眼睛，压低了声音说，说实在的，你们怕不怕？

众人默然，只端起杯子喝酒。

过了一会儿，阿友说，怕什么。半截身子入土的人了，活到现在，连本带利，够了。

镇长咳嗽了一下，说，行了，侉佬在这呢。

阿友说，侉佬怎么了，又不是外人。

他把头转向我，满口酒气，侉佬，你在这一个人住，有没有狗屎运，女鬼找你采阳补阴。

都给我闭嘴。镇长黑着脸，将酒杯狠狠蹾在桌案上。

叔。我听见小易唤我。

我起身，到后厨，我看见小易将那只陶罐倒过来。小易说，叔，搭把手。

我帮她，她左磕右磕，里头的老卤，完完整整地掉出来。瓷实的老卤，是个完整的罐子形状。

小易执起一柄刀，在老卤上划一刀。老卤分成两半，颤巍巍地抖动。

我说，你这是干什么？

小易说，我给叔伯们加个菜。

我一惊，说，你这么金贵它，现在就当个肉冻上了菜？

小易没言语，又划上一刀，说，我人都要走了。还留它做什么？

叔伯们看了，都说新鲜，问是什么奇珍异馔。

我闷声说，你们有口福，是小易熬的老卤，益了你们这帮老家伙。

一人一块。

海华说，小易，侉叔倒没有。

小易一笑说，侉叔和我是厨子。厨子吃老卤，就是坏根基砸了饭碗。不吃是规矩。

我走到一旁点起一根烟，心想，这规矩没听过。我也吃不下。小易夜夜熬，熬出这一罐。吃了心疼。

这老卤的香气还是传了过来，有些与平日不一样。我嗅了嗅鼻子，确实馋人。老家伙们吃了一口，眼一亮，都说好吃。说没吃过这么好吃的东西，天地之精华，赶上吃阿胶，吃龙肉。

镇长抿了一口酒，慢慢品，说，慢点，噎死你们这帮老东西。

小易不见了。

我的酒上头，先醉过去，记得有人把我搀扶到窗户根儿打盹儿。

哭号的声音响起来，一盆凉水激醒了我。

我的小屋，被人从外围到里。

八个老家伙，死了六个。镇长和海华送去了市里的医院抢救。

五个回到家死在床上，算善终。一个死在镇上的洗头房。死得难看。正快活着，忽然歪鼻斜口，脸色铁青，在地上抽抽。

公安在厨房里找到那只罐子。其实不用找，端端正正地摆在桌子上的圆印子里。

法医在死者的血液里发现了乌头碱。罐子里的老卤残余，也有。

我后来知道，这毒性烈，只要二到四毫克，就够死于呼吸麻痹心脏衰竭。

公安在灶台底下发现一包中药渣。里头有关白附、天雄、毛茛、雪山一枝蒿。这最后一味，是毒上加毒。不求你速死，待你体温渐渐升高，再要你的命。

我是犯罪嫌疑人。我有前科，却无犯罪动机。

有人说，这屋里住的是叔侄两个。他们问我小易姓什么，我说，侄跟叔的姓。

他们通缉小易。小易不见了。

我说，我要见镇长。

他们铐着我，见镇长。

镇长的命抢救回来，人的精神却泄了。灰白着一张脸，看着我说，侉佬，你何苦来。

我说，镇长，你有事瞒我。

公安手里抱着那只罐子。镇长眯着眼看着，忽而慢慢地瞳孔放大。他说，我知道是她，我就知道。

镇长昏死了过去。再醒转来，却癫了。不认人，只是颠三倒四地说，她是来索命的。

化验报告出来。检验，这罐子里的老卤里头，还发现了另一种物质，是人的骨灰。

活下来的，还有阿友伯。阿友是个半语儿，说不清楚话，他少了块舌头，许多年了。

但是，他认识这只罐子。他艰难地说了两个字，报应。

他说，这罐子里头，装着个女人。

看守所来了一个人，是容婆。容婆说，你们放侉佬走。

公安说，他是犯罪嫌疑人。

容婆说，犯下罪的，都死了。

容婆要见我。她拿出一张照片，给公安看。公安点点头，拿给我看。

照片泛了黄。上头是个陌生的女人，大眼睛、长眉毛、粗辫子。

这女人以前住在你屋里。她眯起眼睛，悠悠地说，以往，我们这里还是个村子，叫下沙。那年"上山下乡"，来了好几个知青学生。就属这个学生最好看，叫丁雪燕。老远的来，是陕西绥德人。

我心里猛然一动，说，绥德人？

容婆说，他们都住在你屋里。刚来的时候，学生们不知苦。到了晚上，还有人唱歌。丁雪燕会唱俄语歌，好听得很。

雪燕的声音像黄莺。我一个乡下丫头，生得不靓。可是她对我好，教我唱歌，教我打毛线。她说，这歌是跟她爹学的，毛线是跟她娘学的。

他爹是留苏的大学生？我听到自己的声音轻轻发颤。

容婆看着我，眼睛里泛起一丝光，说，你怎么知道？

她说，我们乡下苦，久了，学生们都想回城里去。上面下来名额，有招工的，有上大学的。说是给表现最好的知青。

什么叫个好。我只是看丁雪燕细皮嫩肉的一双手，手心磨成了粗树皮。插秧，扬场，拾粪。学语录，写标语。样样都比别人好，比别人用心。

可是，同来的知青，都走了。只留下她一个。我才听说，她老豆在蹲牛棚，正累着她。

我问雪燕，想不想走。她说，想。我说，那咱们就想办法。

雪燕摇摇头，说，我爸是右派，反动学术权威，没有办法想。

有一天，她对我说，有个人正给她想办法。我问是谁，她说，是村长的儿。那人刚娶下了亲。嗯，就是现在的镇长。

她将办法跟我说了。我脸使劲红一下，说，雪燕，这不是个办法。

雪燕冷冷看我一眼，说，我想回城，没有其他法子想。

村长的儿一边替她想办法，一边往她屋里跑。跑着跑着不走了。有人看见夜里窗户上，头碰头的两个影子。灯就黑了。

后来，雪燕怀了身子，办法还没有想出来。村长的儿，不上门了。雪燕和我说，不走了，留下这孩子。我说，你疯了。我们上他的门，逼他想办法。这孩子生下来，也要在城里。

我说，我陪你，跪在村长家门口。

她说，我不想害了他。

她由那孩子在肚里长大，自己拆了棉袄，扯了点布。做尿褯子，小衣裳。我陪着她，只见她没人的时候，一个人笑。

一天夜里，她的门被人踢开了。进来一群男人，个个年轻力壮。

撬开她的嘴，给她灌中药。藏红花，要打下她的胎。

她不从，他们就打。打着打着，药也灌下去了。她没力气动弹，由着他们撕扯衣裳，踢她肚子。她下身终于有血流出来，一股子腥味。有人将她裤子拽下来，露出细皮嫩肉。一群浑小子，都是躁性子。看着她光溜溜的身子，眼也直了。

不知道是谁先上前，污了她。然后是第二个，第三个。到最后一个，她有那一星力气，咬一口。咬下那人的半块舌头。

我发现她的时候，她满身的血，死了。腿叉子淌着脏东西，里头是个没成形的胎儿。眼睛睁着，嘴里有半块人舌头。

暗影子里，蹲着一个男人，是村长儿子。他眼睛空着，说，我没让他们，要了她的命。

村里没声张，将她送去烧了。对外说她作风腐化，勾引无产阶级工农，乱搞男女关系，是畏罪自杀。

我和村长儿子两个人，在村口的乱坡上，将她葬了。就一个陶罐子。

容婆看着我，说，小易来那天，下了雨。我看见她一个人抱着一只罐子，走过来。颜色褪了，污了。可我认得出，我知道，是她回来了。

我听到这里，眼睛抖一下。手心里的汗，一点点地冷了。

一个月后，公安联系到了死者丁雪燕的亲属。她唯一的亲属，是她爹。九十岁了，是西北工大退休的老校长。当年没了妻女，平反回来，至今孤身一人。

他将那个陶罐抱在怀里。没言语，只是紧紧地抱着。

这天晚上，镇长从医院的楼上跳下来，也死了。

五个月后，公安找到了小易。带我去辨认。

是小易。见我没有声响，安安静静的。头发长了，披在肩上，又不是小易。

一个中年女人，形容憔悴，是小易的娘。说这孩子，一年前突然不认人，满口西北腔的普通话，说要回家。说自己还有一个爹，留过苏联，发明过农用飞机的推动器。会说俄语，会唱《莫斯科郊外的晚上》。

他爹哪会说什么俄语？我们俩公婆，连初中都没读完。

小易不说话。女人说，过年前的时候，这孩子忽然说，想写一副春联。我拿了纸给她，她就写了这个。

我举起那春联看，"舍南舍北皆春水，他席他乡送客怀"，是清秀的赵体。

女人将一本簿子给我看，说，孩子以前是写不出这种"大人字"来的。我看簿子上的字，方头方脑，也很熟悉。

大年初一，没看住，孩子就不见了。女人说，再回来，不闹了，也不说陕西话了。只是安安静静的，不知在想什么。

我说，小易喜欢读什么书？

中专毕业后，没见她读什么书。女人想想说，只看金庸的武侠。说里头有个女子，叫任盈盈。女孩子，看什么打打杀杀。心也看野了，人也看痴了。

女人幽幽地哽咽。公安和我，说了一些安慰的话。天擦黑，终于要起身告辞。

女人点亮了灯。说要送我们出去。

这时候，小易将头抬起来。她看着我，眼睛大而空，开口说了一句话。

并没有声音，但我看懂了她的口形。

她说的是，一文饼，一匙鲜。

猎舌师

房　伟[①]

1

行动在晚上七点整。骆宁安下午一点二十分，到回龙街住处，最后一次看望妻女。她们正收拾行囊。宁安点燃香烟，蹲坐在青石板，看着负责行程的老鲁将行李一件件地搬出，放在院子天井旁。绿萝郁郁葱葱，散发出香气。不到盛夏，天不够长，天边有了些影子，皱皱地染去，映衬着祥和安宁。院子不大，宁安花了不少心思，种满花花草草，有虎耳草、二月兰、月季，还有株黑皮桑树，有些稚嫩，但已舒展开身子，不用几年，就是一番亭亭如盖的景致了。雨天在屋檐下，喝清香醇口的龙井，听听雨声，给女儿梳头，读几卷《文选》，晚间烧锅爽滑可口的豆腐，想来是惬意的事。

今夜过后，如果骆宁安还活着，等待他的将是艰苦的流亡生涯。如果不走运，小院将是他最后的美好回忆。宁安贪婪地望着这两年辛辛苦苦积攒的小家当，内心充满苦涩。人是向往安逸的动物，哪怕极大的苦痛屈辱，人也要寻找活下去的借口。就在这个小院，两年前的冬天，母亲和兄长一家，被日本

---

① **房　伟**　1976年出生于山东滨州，文学博士，高聘教授，中国作协会员，中国现代文学馆首届客座研究员，山东省首届签约评论家，曾著有长篇小说《英雄时代》，学术专著《革命星空下的坏孩子》等，曾获国家优秀博士学位论文提名奖，刘勰文艺理论奖等，现供职于苏州大学文学院。

人的刺刀挑死。母亲被刺穿喉咙，血流了一地，渗入青石砖缝，怎么冲洗，骆宁安都能看到小小的、刺眼的红点，闻到刺鼻的血腥味。那是生养他的母亲的血，任何园林美景都无法遮蔽。骆宁安闲下来，常在这院子坐到天亮，不停地抽烟。他没告诉妻儿，无数黑夜，他都能看到血色像油漆般堆积在夜空，老母和兄长、嫂子、侄儿，横七竖八地躺在院子，血淋淋的。兄长被井绳活活勒死，双手愤怒地伸向天空。嫂子下身赤裸，仰面朝天，葱绿的棉袄破烂不堪，肚皮上积淀着日本人骚臭的尿液。侄儿一大截粉红色肠子，被日军生生地拽出，就横在他的脚边，慢慢变得黑紫。死去的亲人一言不发，就这样定格在惨烈瞬间，在他的眼前不断重复播放。

2

骆宁安成为南京日本总领事馆的厨师有一年多了。南京被占领之前，他就是松涛楼颇有名气的淮扬菜名厨。骆家祖上在金陵也是读书人，出过举人秀才，但到了宁安父亲这辈，败落得厉害，只在国小当语文教员，勉强糊口。宁安幼时聪颖，旧学颇有底子，后来到新式国中读过几年。不知为何，宁安突然退学了。众人都劝，但也有明白人，知道宁安父亲突然过世，大哥做布匹生意，又被贼偷了几回，家里非常困难。宁安避过乱哄哄的学潮，安心去松涛楼学厨师。对读书人来说，无论新旧，君子远庖厨的看法都存在。很多人认为宁安是堕落贱业。南京餐饮业，规矩也多，有严格师承关系和厨艺派系，但宁安硬生生地，从一个门外汉成了技艺精湛的名厨。他娶妻生女，生活也算自在。

民国二十六年，日本打南京城，一切都变了。母亲和兄长一家死难。宁安的妻子和女儿，侥幸逃过劫难。宁安在中华门附近的房子毁于战火，只能搬到回龙街兄长原来的住处。日本占领南京，六个星期不封刀，大部分难民逃到国际安全区。母亲和兄长一家，死在宁安眼前。宁安泣血哭号，几天不吃不喝。妻子和女儿担心他被灾难击垮。谁知宁安突然停止绝食，走出家门，意外地在日本领事馆谋到厨师职位。领事馆对挑选服务人员非常严格，需要两代以上南京本地人，且有当地绅士做铺保。这些中国人要不懂日语，这样不能泄露领事馆机密，但要聪明伶俐，长相顺眼。宁安去面试，副领事对他非常满意。宁安向领事馆讨要了良民证，暂保妻女平安，在血腥乱世挣扎下去。

寒冬过去，宁安第一次见到领事馆的厨师长虎太郎辽。日本人成立维持会，后来又有梁鸿志政府，南京秩序慢慢稳定，但宁安看到日本兵，还是忍不住哆嗦，不知是气愤还是胆怯。领事馆后厨，宁安和一群刚应聘的厨师，忐忑不安地等待着厨师长。宁安个子中等，面白身长，算是标准的中国美男子，但遭逢亲人大难，此刻憔悴消沉。宁安站在人群中，听到"咔嗒""咔嗒"缓慢的木屐声，循声看去，一个精瘦的老头儿穿着日式料理服装，向他们走来。老人个子矮，腰杆异常挺拔。他的头昂着，目光沉稳威严，脸如刀砍斧削般硬朗。他走路也一丝不苟，似乎不会踏错一步似的。

谁能告诉我，料理奥义是什么？老人突然用生硬的中文发问。

厨师们窃窃私语。这些厨师大多来自中国，也有少部分日本料理师和欧美西餐厨师。大家交头接耳，对日本老头儿的发问感到迷惑、好奇。每个人都对厨艺有不同理解，但当众讲出来，还颇让人踌躇。

老人点了几个厨师的将，回答无非"让人尝到美味""感到满足""人生美满幸福"之类，老人皱着眉，并不满意。最后，他看向了宁安。

宁安想了想说，名厨王小余，曾协力袁枚做《随园食单》，以味媚人者，物之性也。尽物之性以表其美于人，是为厨之道。

老人目光闪烁，说，你这中国厨子有些文化。以物悦人，还是以人悦于人，尽物之性以表其美，不过伺候人的功夫。只有日本料理，才真正接近厨艺奥义。

宁安不置可否。老人见他似有不服之意，又转脸向众厨师说，我是你们的厨师长，日本京都的虎太郎辽。今后要和诸位共同服务于领事馆。诸位辛苦了。

虎太郎恭敬地向大家行礼。

他又对宁安说，这位中国师傅，我们各自做道菜给大家品尝，再讨论这个问题吧。

宁安百般推托，虎太郎执意要比，只能定下题目，比肉类烧制。宁安索性也不再想其他。人为刀俎，我为鱼肉，怎能违拗这日本家伙呢？他自应了这营生，不过行尸走肉罢了。但日本人如此嚣张，只好豁出命来应付。

3

宁安做的是泥炉烤鸭。副领事爱淮扬菜，尤喜松鹤楼泥炉烤鸭，宁安恰是做鸭子的高手。上选一岁苏北鸭，又肥又嫩。宰杀完，去毛，洗净，天香斋上好酱油腌制半小时。宁安拿出特制烤炉，点上炭火，将鸭子从下到上穿在载形铁叉，左手运转如飞，不停翻动铁叉，右手根据火候，不断在鸭身刷蜂蜜、植物油。这手绝活儿是一心二用，考验厨师对火候的把握。鸭子烤透，宁安开炉子。喷香的鸭子，色泽金黄。

宁安又耍起刀工，用锋利小刀揭鸭皮，待肥鸭焦酥酥的皮剥落，鸭子像洁白天真的少女显露了胸怀。宁安再用大一点的刀，专门削肉。他的速度很快，刀随腕转，如乱雪纷飞，不多时鸭子变成骨架。他把鸭肉放盘，搭配香葱、姜丝等作料，骨架做了汤，这就是"一鸭三吃"，周围一片喝彩。宁安听出，喝彩的大多数是中国厨师。泥炉烤鸭虽是烤，但方法和风味全不同于北方烤鸭，也算淮扬菜精品。

虎太郎也已完成。他的料理，相比宁安，简单了很多。这个瘦小的日本厨师，将一块上好的奈良牛腰肉，先进行简单处理，配比大料后腌制，然后以陶制器形进行反复捶打，再加以刀工处理，酒精炉爆火炙烤，端了上来。

中国厨师都撇嘴。不就是烤肉？大家先吃宁安的鸭子，肥而不腻，皮焦脆，肉软濡，汤清爽。大家赞不绝口。要吃虎太郎的烤牛肉，虎太郎却喊，先等一下。只见他飞快端上火炉，一盘冰屑，搭配芥末、辣酱等十余种日本佐味品。大家伸着筷子夹牛肉，谁料虎太郎刀工极快，看似成块牛肉，竟幻化成透明蝉翼似的极薄的肉衣。

虎太郎飞快夹起肉，先以火炭再炙烤，然后包裹冰雪，蘸上调料，填送到嘴里。大家依样学来，立刻感到鲜嫩的、带点血丝的牛肉，甜美生鲜，入口即化，二次炙烤的热度搭配冰雪和刺激性调料，仿佛在舌头上开"冰火两重天"的舞会，将肉本身丰富的味道，都绽放在味蕾之上。大家仿佛能感到，狂牛奔于火场的狂悍霸气，猛虎笑傲雪原的无上自尊……

料理被大家吃光了。但对两道菜的优劣，大家并未出声，而是一起看向虎太郎。只见他缓缓地说，优秀的厨师，要有杀手的冷静和屠夫的坚韧。你们不是揣摩客人口味的、诌媚的厨子。你们要做舌尖的征服者，美食的王者！

厨师们都吃了一惊，未理解虎太郎的意思。他又说，中华料理博大精深，特别依靠中国丰富无比、变化多端的食材，更花样繁多。可惜的是，中华料理失去创造力，一味腐败奢华，不重营养，重油，重烦琐工序。料理不仅满足口舌之欲，更让人清洁，严肃，奋发……

虎太郎拿出把银灿灿的日式小厨刀，说，这是我的老师，京都料理大师五十岚本辉赏我的。将来哪位师傅能做出令我敬佩的料理，我将转赠于他。

虎太郎用眼角余光扫了一眼宁安。

屈辱，这是彻底的羞辱！宁安呆立现场，脸色惨白，内心有声音狂喊，我不服！不就是烤牛肉吗？几句轻飘飘的话，就把我十几年精通的手艺否定了。这算什么？但冷静下来，宁安又不得不承认，这个讨厌的日本厨师，有几分道理。但将厨艺和亡国联系，让人的自尊心难以接受，更何况，洛家刚有至亲死于日本屠刀之下。

宁安用指甲扣掌心，鲜血溢出。他本恬淡随和，却第一次有了和人争胜的心。

4

老鲁拉了宁安一把，示意他该走了。

宁安丢了烟头，迅速地离开小院。他甚至不敢回头，他很怕妻子担惊受怕的眼神，更害怕女儿稚嫩的呼喊。他们悄悄走到街角，老鲁握着他的手说，猎刀，领事馆门口见。

俩人分开，宁安独自走去。下午阳光正好，天蓝蓝的，行人慢吞吞地，小贩们懒洋洋地叫卖着小吃，毗邻的小商铺，各式烟卷也摆了不少，似乎风光还好。南京似乎还是那个南京，丝毫没有两年前人间地狱的模样。但宁安知道，那只是表象，满街飘扬的日本小旗，提醒他屈辱的经历。宁安的步子越来越沉重。他本不必要这样。他可以安逸苟且地活下去，凭着手艺，他还能在乱世活着。

宁安思绪乱如麻团。他深深地呼了一口气。他不能这样。他必须和敌人战斗。此刻，他仿佛看到母亲和兄长一家人，正在云彩旁边，冷冷地望着他，似是责备，又似是鼓励。

他不能原谅自己。他打破了厨师的底线。今晚，他将害死很多人。尽管，这些都是该死的日本人。他还记得，当初他拜在松鹤楼最有名的师傅顾八爷门下，面对祖师爷易牙的画像，他的第一个誓言，身为饔子，绝不以厨艺害人！如今师父过世，他却成了顾氏淮扬菜门里的败类。想到师父对他的殷殷期盼，宁安心如刀绞。

他没有放弃复仇。他进入领事馆，不是那么简单。他从未干过这样的事，但老鲁找上他，他还是毫不犹豫地答应，取代号为"猎刀"。他要为惨死的中国人复仇。

老鲁三十多岁，公开身份是调料店老板，常年穿件油脂麻花的大褂，身上有股酱菜、花椒味。他的"宝瑞调料园"也在南京城开了快十年，颇有信誉。宁安当厨师，没少和他打交道，但谈不上是朋友。宁安瞧不上他猥琐的劲头。老鲁有个绰号叫"鲁大料"，人胖，眼小，见人就弯腰作揖，讲恭维话，还兼任自治会保甲长。这么滑头滑脑的小商人，谁也想不到，竟是隐藏极深的军统特务。老鲁向他表明身份，他还以为开玩笑。当老鲁严肃地拿出对宁安的委任状，他再也不敢说"鲁大料"是个肤浅的家伙了。

"啪"，老鲁将一把黑黝黝的手枪拍在桌子上，笑嘻嘻地说，骆师傅，你有三条路：一条是杀了我，向日本人领赏；一条是我们一起杀鬼子；最后一条，是我枪毙了你。我们军统在敌后提头过日子，你了解我的秘密。不是自己人，只能处理了。

宁安想到惨死的家人，把牙一咬，答应了。

你要隐藏好，给冤死的同胞报仇！老鲁紧紧地握着他的手。宁安却感觉那双浸泡酱菜的手，臭烘烘的。老鲁也看出了宁安的嫌弃，尴尬地抽出手，自嘲地说，你这读过圣贤书的厨子，别瞧不起人。大家都是庖丁、易牙的门人。你们上了锅台，我们在后厨罢了。宁安连忙摆手，说只是不习惯罢了。老鲁狡黠地笑了，又说，大厨还是老实人。咱们往后都是同志，管他前厨后厨。哪天我要是牺牲了，你可要给我做道大菜，好好祭奠一下。

5

宁安进入领事馆，也偷偷跟老鲁学习了很多特工技能，如开锁、盯梢、显影等。宁安在这方面远不如他的厨艺。他观察领事馆来往人等，画出领事馆内部构造图。他甚至溜入领事办公室，拍下了一些文件。当时非常凶险，领事回来，遇到他在办公室门口，非常怀疑。好在他平时为人低调，厨艺精湛，领事对他印象不错，这才盘查几句，放行了。这也让他有种鬼门关上走一遭的感受，后背衣服几乎湿透。他常将情报用明矾水写在白纸上，送到关帝庙神像后的一个小洞。

宁安不适合当间谍。他胆子不大，不够机警灵活。"猎刀"是赝品，到底只是"厨刀"。早上，宁安五点半就进入领事馆准备早饭。他总能第一个看到虎太郎。如果抛却民族仇恨，宁安很佩服虎太郎的敬业精神。他满头银发，严肃认真，年过五旬，异常注意仪表。他说厨师的仪表，决定食物的心情。虎太郎不抽烟，不喝酒，除了做饭，钻研做饭，没有太多嗜好。他的厨师服一尘不染，做料理时准备手套和口罩，不让脏东西污染自己和食材。每次吃完饭，他和大家打扫厨房，将每个脏盘子和碗，弄得干净闪亮才罢休。他令人发指的敬业，让领事馆所有厨师对他既敬畏，又害怕。没人和他亲近，他也不在乎。他只在乎食客的评价。宴席散罢，个子矮小，却异常挺拔骄傲的虎太郎，背着手，笑着走过每个食客，询问他们的就餐感受。

虎太郎仅有的爱好，就是清晨锻炼刀术。虎太郎夫人早亡，有两个儿子，参加日本陆军，都已死在华北战场。虎太郎丝毫看不出老鳏夫的颓唐，反而多了几分决绝气息。虎太郎的刀法不坏，据说得到三刀流大师黑木重信的训练，有较专业的身手。他用刀术锻炼身体，也磨砺心志。晨曦，领事馆后院的翠绿草坪，宁安总能看到老厨师挥舞着日本刀，不停地旋转，劈砍，飞舞。他的手腕灵活地抖动，无数尘埃在清冷寒气之中飘浮在他的四周，仿佛飞奔舞蹈的野马，被快如闪电的刀分割成无数染着红光的残影。想来虎太郎神乎其神的厨艺刀工，也得益于此。宁安在他练刀结束后，上前询问料理安排事宜。

虎太郎讲述了几句，突然问宁安，骆师傅，你进入厨界多少年？

宁安说，大概有十年了。

听说你是读书人出身？

我读过中学，但家境不好，就退学了。

想没想过，学习日式料理精华？

宁安想也没想，就说，我出身江南淮扬菜顾氏，没想另投名师。虎太郎师傅，我是佩服的，但骆某不才，并不等于中华料理无人。您的料理奥义精深，也只是在日本罢了。

愿闻其详。虎太郎来了兴致。

宁安侃侃而谈："料理有地方性和世代性，如人有种族之差别，古今之别。唐宋喜鱼脍，那时日本尚无刺身。明清八大菜系，已成规模，皆为各地域和世代之精华荟萃。川喜辣，鲁爱咸，粤好甜，是各地口味和地理气候风物不同。无辣，则无以祛除湿热，川人的体质就会受损。怎能用简单的繁复腐败可概括？"

宁安吃惊的是，虎太郎并不生气，而是略带欣赏："美食不可媚人，而只能魅于人。我无贬低中华料理之意，只为激发你的斗志。强者的美食，有容纳百川之力，日本和食是自中华、欧洲，日本本土延绵接近数百年的汲取，才成就了今天日式料理。"

"我才疏学浅，不能领悟您的微言大义。"宁安再鞠躬，心里却颇有些意动。中国厨师，大多在名贵食材和花样翻新上下文章，少有深究其内在玄理。

那您是不能学习日本料理了？

宁安沉默着，气氛有些难堪。

虎太郎冷冷地摇头说："这便是故步自封了。我二十岁成为高级板前师傅，在京都菊见楼指挥十几个调理师，曾为朝香宫亲王做寿筵。我以苦练多年的刀功和对食材、时节和自然的协调，著称于日本。你要学，还要看我是否肯教！"

虎太郎擦干汗，昂首步入领事馆的后厨。

6

宁安在领事馆度日如年，但毕竟有了稳定工作，收入也稳定了，妻子重新收拾兄长家的小院，女儿也嚷着要去重新开张的小学上课。每天宁安回家，都能闻到诱人的烟火气，看到女儿天真的笑脸。不同的是，宁安每次上下班，都要受到日本兵盘查。女儿的小学，也开设日语课程。他们是"亡国奴"了。

任务一次次传来，宁安不堪重负。新鲜劲头过了，每天提心吊胆。他晚上做噩梦，梦到被日本兵抓走，被日本刀砍断脖子。他想报仇，妻儿却让他牵肠挂肚。他想杀日本人，可想到杀人场景，心惊肉跳。夜深人静，他甚至偷偷地后悔，一时冲动加入掉脑袋的组织。宁安每天买菜，去山东路菜市场，必然经过宝瑞调料园。他们是单线联系，宁安看到调料园摆出"朝天椒到货"的牌子，就知道有新任务，才去和老鲁接头。老鲁很机警，从不让宁安亲自去调料园，而是看到信号后，去关帝庙传递情报，约会碰头。

宁安和老鲁说了几次，说自己不是特工人才，让他介绍宁安去前线，好歹真枪真刀地拼杀，也比提心吊胆强。老鲁笑着说，晓得啦，骆师傅是专业厨子，业余间谍。谁让我们的特务，都没有好厨艺，进不了领事馆？等不了多久，有重大任务给你。做完后，你全家撤退到重庆。我都安排好了。

听老鲁这么讲，宁安的心里却更不安了。重大任务肯定艰难凶险至极，但也没有别的办法。老鲁听说虎太郎和宁安斗法的事。他恨恨地说，日本兵欺负人，日本老厨也看不起中国人。骆师傅，找机会给中国人长脸，灭一下老厨的威风。

你的厨师做得越好，越少人怀疑你。老鲁又露出狡猾的神色。

宁安苦笑不语。他和虎太郎极少讲话，但工作配合还算默契。一天，领事馆宴请要转道归国述职的本多丰繁大佐。本多大佐隶属于第十二军第十旅团，是一名善战勇悍的联队长。他长期驻守山东济南，但近来山东的敌对势力发展很快，他忙于征伐，饮食不规律，落下了严重胃病。山东乃鲁菜之乡，口味偏咸，喜放酱油和重料，本多不习惯。日本料理偏生冷，他的胃也难以承受。此次他吃了宁安的淮扬菜，非常舒服。他要求宁安出来见面，要在述职回到华北后，将宁安带到济南，专门负责给他打理饮食。

宁安拒绝了。他不能离开南京城，理由是照顾妻女。本多不耐烦地让他带上妻女一起去济南。

对不起，我不能和您去。宁安还是拒绝。

本多大佐喝了不少酒，脸上浮起凶戾神色。他眯起眼说，厨子，你知道我们在战场上怎么称呼支那人？

呛骷颅！大佐有些微醉，我们喊着这个名字，砍下他们的头。

本多大佐又说，我们和支那军人艰苦作战。他们非常狡猾。夜间行军，他们有时就藏在急行军的队伍，也会说几句日本话。这时就要看后背有没有草鞋喽。中国人混在我们联队里，我捉住他，让他盘腿坐着，双臂交叉放在胸前。所以头被砍掉，人往前倒，身上没有一丝血。我的副官得了性病，据说脑浆可治疗。他就把那脑袋劈开，用饭盒煮着吃啦。

宁安笔直地站着，汗水已湿透衣服。他咬着嘴唇，不吭声。副领事和其他工作人员都悠然地喝着茶，没有劝阻的意思。

大佐上前，拍着宁安的肩膀说，让你走非常简单，把你的妻女送到南京慰安所，就在孝陵卫附近。洒一高！没有命的，开放！开放！

大佐哈哈地笑着，仿佛回忆起了什么美好往事，嘴里还喃喃自语着"洒一高"。宁安不懂日语，但这一句他几年间听很多日本人讲过，就是来性交的意思。两年前，日本兵喊着这样的口号，强奸并杀死了母亲和嫂子。宁安平静下来。他早该死了，死在两年前。当时他躲在角落，眼睁睁地看着日本兵杀死母亲和兄长一家。他是懦夫，藏在常春藤后，连哭泣都不敢出声。那天晚上，天下着小雨，不像雨，也不像眼泪，那是耻辱的血。他像行尸般活到现在，能报仇，是造化，不能报仇，就是命。他认了。

大佐不能这样做。

宁安听到生硬的汉语在耳边响起，回头看，竟是虎太郎。

虎太郎面无表情地站在宁安身边说，骆师傅是领事馆厨师的主要干部，领事馆外事接待非常繁忙，大佐要走他，我们很多任务无法完成。

大佐愣住，悻悻地，又扭头看副领事。副领事漫不经心地说，本多君，你去本土述职，回来还要一段时间嘛。我再劝劝骆师傅，毕竟故土难离。实在不行，我再派给你其他优秀淮扬菜师傅。

本多大佐不再难为宁安，但仍狠狠地瞪着他，直到被其他军官拉走。宁安缓缓地退出宴会厅。春日阳光炽热，宁安仰着头，碧蓝的天空像泛滥而出的海带滚汤，腥甜，浓郁，刺鼻，宁安一阵眩晕，蹲在地上干呕。

虎太郎走过来，叹了口气。宁安问，为何要救我？

你是优秀庖人，虎太郎说，应死于厨台之前，而不是被武人屠戮。

这也是理由？宁安没好气地想，虎太郎还真痴迷于庖肆之艺。不管怎样，虎太郎毕竟救了他。宁安浑浑噩噩地回到家，大病了一场，大半个月才慢慢恢复。

7

老鲁等宁安病好了些，才约他见面，安慰了一番。宁安回领事馆工作，被告之，有一场非常重要的宴会。虎太郎厨师长向副领事提出，要和宁安比试中日不同厨艺。副领事留学欧美，在帝国大学当过文科教授，也在南京多年，是日本外交界有名的"老饕"美食家，听闻如此建议，欣然同意，让宁安和虎太郎各自做出拿手菜肴，让大家评鉴。

副领事传下话，春意越来越浓，就以"春"为题吧。

宁安不想比赛。他担心影响任务。自从参加军统，他从没睡过一次安稳觉。他想复仇，也想早些结束折磨，在大后方隐姓埋名地活下去。但副领事的命令，也不好违背。

副领事的夫人菊子，是温婉秀美的日本女人。她对待领事馆的中国人很关心。副领事的小公子洋平，不喜日式料理，爱吃中餐。洋平只有七岁，天真可爱，体弱多病。副领事特别嘱咐宁安，让他给洋平做些可口的。洋平出生在中国，日语似乎还不如汉语好。每次见到宁安，总跑过去抱住他的腿问，宁安师傅，有好吃的吗？宁安本不是口吐莲花之辈，可不知为何，每次看到洋平，他的内心总涌动着无限关爱。

傍晚，宁安收拾完厨具，正准备回家，菊子夫人匆匆地走来，焦急地对宁安说，骆师傅，洋平吃不下饭，你能否帮他单独弄点？宁安点头，却并没有动。晚餐是虎太郎做的日系料理。他还专门给洋平做了饭。宁安若主动答应，似是对虎太郎的否定。更何况，副领事刚给他们下达比赛的命令，但菊子夫人焦急的样子，又让他于心不忍。正在踌躇，虎太郎走来，对宁安示意，骆师傅，能否帮我看看洋平？为何我的料理，他吃不下呢？

宁安看到虎太郎谦虚的样子，也不好反驳，就一起去看洋平。洋平躺在长沙发上，看上去病恹恹的。宁安回头问虎太郎，厨师长，请问您为洋平准备的和食是什么？

虎太郎说，洋平食欲不振，身体代谢慢。我炖了梅子味噌汤，用于开胃，并为他特制了乌龙汤面，用鲜鳜鱼熬的高汤，非常滋补。洋平依然吃不进去。

宁安想了想说，您的对策总的来说没错。洋平食欲不好，您以梅子酸刺激胃肠蠕动，鱼汤鲜美，也很营养。这方案针对大人可以，但孩子胃力弱，不适于刺激，更适于调养。和食偏寒，洋平从小吃中餐，乌龙面对他来说，还是硬了一些。

虎太郎不住地点头，认真地对宁安鞠躬说，受教了。

宁安看着虎太郎，心慢慢放轻松了。洋平也翻身下沙发，欢笑着说，宁安师傅，给我带好吃的了吗？马上就做好，宁安笑着回答。虎太郎和宁安商量洋平的食谱。虎太郎身为厨师长，原本不需要对小孩的饮食如此用心。宁安在那张严肃甚至有几分刻板的脸上，找不到任何特殊的理由。他小心地提出用文思豆腐汤搭配虾球鸡蛋饭，虎太郎又添加了几条建议。洋平嚷着要看宁安做饭，菊子夫人只好带他来到后厨。宁安师傅，什么是文思豆腐？洋平问。

宁安认真地解释说："中国人将豆腐叫小宰羊，就是说它非常鲜美，苏东坡有云：'煮豆为乳脂为酥。'文思豆腐是乾隆年间扬州僧人文思和尚所制。用刀将豆腐削成细如丝线的丝，软嫩清醇。香菇、冬笋、火腿、鸡脯肉，有助消化和滋补，细细地切丝，用雏鸡炖清鸡汤，糖和淀粉勾芡。此道菜难在刀工和火候，刀功还需虎太郎厨师长，我是不如的。"

虎太郎也不推辞，他拿出特制日本厨师刀。不一会儿，各种辅料就切好，豆腐丝散在清鸡汤里，如银河散发的银亮光丝，又点缀各类辅料，真是五彩缤纷，闻起来香甜浓郁。

汤好了，这边宁安焖的米饭也差不多了。他选用上等鸡头米，饭焖得偏软，适合孩子。鸡蛋饭是传统日本和食，不过加了虾仁。他们将饭端上来，不是用碗，而是用带槽的红木板。这样做出的饭更软和，宁安用类似做蛋糕的小模具，将鸡蛋和北海道甜虾茸倒进去蒸熟并固定。等米饭好了，把那些甜虾球和鸡蛋粒倒上去。

就是鸡蛋饭吗？洋平忍不住说。菊子夫人赶紧拉住他，对宁安和虎太郎歉意地说，实在对不起，小孩子不知深浅，两位做出的鸡蛋饭，一定是最好的。

宁安和虎太郎相互看了看，小孩子心急。宁安很快拿出一碗小球状东西撒在饭上。神奇的一幕发生了：小球渐渐融化，包裹住虾球和鸡蛋粒，冒出阵阵芳香。虎太郎又在饭上撒了青葱、梨片，煞是好看。洋平欢呼，先是小口吃，后来迫不及待地用勺子盛，很快吃了一大碗。

到底是什么？菊子夫人说。虎太郎做了解释。原来那是熬煮鸡脯肉凝结的鸡肉冻，加了法国红酒提鲜。这是宁安从欧洲菜式得来的灵感。

这些料理是中国菜，还是日本菜？洋平天真地问道。

宁安和虎太郎都窘住了。文思豆腐是淮扬菜，却是日式刀工；鸡蛋饭是日本料理，却有西洋烹饪法和中国模具。这真是很难说清楚。

8

洋平吃罢晚饭，已是晚上九点多。虎太郎请宁安在领事馆外的草坪散步。暮春天气，晚上风还凉，街面不见几个人。远处看去，领事馆灯火辉煌，日本太阳旗在墨绿色天幕随风摆动，光滑结实的大理石地面和精美的石柱相映衬，显得雍容华贵，并提醒着所有中国人，这里是征服者的住所。

宁安呆呆地站着，对虎太郎说，先生，我不想和您比厨艺。

骆师傅是害怕？虎太郎冷冷地说，还是认为中华料理彻底衰败了？

宁安血涌面皮，可恶的日本老厨！刚生出的好感也烟消云散了。宁安攥了攥拳，强忍着回应说："我不过是普通厨师，乱世挣扎求生罢了。至于中华还是日本，谁第一很重要吗？"

虎太郎愣住。他没想到宁安如此态度。

宁安又说，两年前，南京城破，我的母亲和兄长一家，惨死家中。侄儿小志如果活到现在，也该和洋平差不多大了。

虎太郎脸色变了变，想说什么，却欲言又止。许久，他才说，战争不好。我也不喜欢战争，我的儿子铁兵和铁志，都丧生于华北。但没有征服，就没有反抗，也没有进化。日本是为中国和全东亚的进步牺牲自己。

什么？宁安指着飘扬的日本旗说，没请你们来！你们杀了我的亲人，还说帮助进步？

虎太郎看着平时温顺的骆师傅，此刻如同被激怒的刺猬，眼睛通红，随时要扑过来。

你可以举报我，宁安说，让宪兵抓我吧。

虎太郎面色凝重地说，骆师傅的心情可以理解。国家的事，我并不在意，我只是要一场精彩绝伦的厨艺比拼，希望您放下仇恨，全力以赴地准备比赛。如果您放弃，或输掉了，就请拜我为师；如果我输了，将离开中国，永不回来。

宁安冷冷地点头，独自向家的方向走去。他的头脑中，一会儿是可爱的洋平和谦和的菊子夫人，一会儿是惨死的侄子小志和嫂子。洋平快乐地生活在南京，成为人上人的主人，小志却被抽出了肠子，惨死在家中。这世界为何如此不公平？

他仿佛看到拖着肠子的侄儿与身穿破烂旗袍的嫂子，无声地跟在他身后。他猛地回头，远处钟楼的钟声突兀地响起，好似地狱的号角。街道两旁的法国梧桐，又密又厚的叶片间，漏下无数路灯碎光，将两只青黑色影子，分割成一块块的，时聚时散，浮在空无一人的街道，仿佛两团虫子组合的人形。风吹时虽然模糊，但风一过，又是纤毫毕现的真实。

宁安没有恐惧，只有内疚。侄儿和嫂子，一定埋怨自己。这么久，难道你忘记了血海深仇？你还想回去过苟且偷安的小日子？你是不是想逃避？

第二天下午，宁安见到老鲁，将比赛的事说了，坚定地说，要好好准备，打败日本人。

老鲁笑眯眯地听他讲完，不答话，只是拿出碟腌渍黄瓜片，“咯吱咯吱”地咀嚼，吃下几块，才斜着眼看宁安说，怎么，不想撤退后方了？

宁安脸一红，坚定地摇摇头。

老鲁拍拍手，淡淡地说，骆宁安上尉，你是军统南京情报站的军人，不是挥舞菜刀的厨师，一切都要服从安排。

难道上级不同意我和日本厨师比赛？宁安急切地说。

一定要比，老鲁目光冷峻，十几天后，领事馆举行外务省次长清水留三郎招待会，活动由副领事主持。总领事倔公一，陆军中将山田乙三，还有很多南京城内日本政界和军界高级人员参加。我们的任务是，毒死所有日本人。

9

接到这个终极任务，宁安非常不舒服。但真正执行，则有相当难度。日本宪兵对后厨看管严格，每天入货，都有专门人手看管。这种大型宴会，也会有专门检验的人负责，还会有能闻出毒品味的日本警犬。除去这些，选择毒物，也非常费思量。如需致命，须是氰化钾这样的剧毒，但毒杀数十人的化学物品，成功带入南京，再带入领事馆，难度也不小。

经过周折，老鲁搞来一种俗称"醉仙桃"的神经性毒物。有关行动计划，俩人也反复推演，力求万无一失。

春天的风慢慢暖了。领事馆内喜气洋洋，几十个南京城日本显贵被请了来。外交仪式结束后，副领事笑着宣布比赛的事。来宾非常好奇。宁安在众人身后，偷眼看到上次的本多大佐也在邀请行列，显然是国内述职刚回来。本多铁青着脸，并不讲话。宴会商定，由副领事带领几位贵宾，组成试吃陪审团，对两位大厨的菜肴评点。菊子夫人和洋平，也挤在人群中，看两位大厨比赛。骆师傅，你一定会赢！小洋平用中文喊着，惹得很多人去看。

虎太郎身着墨绿色日式厨师服见客。他今天为客人准备的是日本传统"怀石料理"系作品。相传，日本禅宗和尚因提倡少食，常难挨寒冬，故常用衣服包裹了烧得温热的石头，放置怀中，以暖胸腹，故此得名。菜系共十四道菜，先端上的是"先付"和"八寸"，都是时令开胃小菜。一个不大的粗瓷白底盘，青萝卜雕刻的鲜艳梅花枝，配以洋葱、白萝卜切的极小碎丁为雪花状，覆盖其上。一个青柚对半切开，内囊去除，中间填塞丁状嫩笋和条状洋芋根，柚子蒂上还覆盖几片青翠欲滴的叶子。

先付可有名目？副领事问。

虎太郎恭敬地说："配有日本小俳句——踏雪寻梅，君觅春留何处？"

众人只觉清脆可口，齿颊留香。小菜虽不复杂，妙在契合春之绿，及迎春待客之意，且有抛砖引玉之功能。宁安隐一边忙着布置菜品，也留意虎太郎的菜品。见了这道"先付"，宁安倒也不觉惊讶。日本料理，细致处做到极致。

越过众人，宁安发现虎太郎正在凝视他，目光咄咄。他只平视过去，没有畏惧。

下一道"八寸"是下酒小菜，却是青陶瓷形器皿盛着，古朴浑然气息悠然而来。古早酱油煮熟的小块黑杜父鱼，小黄瓜丁拌的北海道甜虾，红白相间的姜芽，昆布包裹的日本真鲷鱼块，水晶糖蒜头，翠绿苦瓜球，外加几个红艳夺目的朝鲜辣椒。

好呀，一个日本军官兴奋地拊掌说，酸甜苦辣咸麻，未闻主菜，已有舌尖百种滋味！

此为"春来冬去，笑对人生百味"，虎太郎说。

众人鼓掌愈热烈。宁安不得不承认，日本老厨的料理，令人钦佩。菜肴一道道地上来，越来越快，每道菜都有好听名目，色形味俱全，却不夸张奢华，只契合"春"字做文章。不一会儿，怀石料理的高潮，主菜"强肴"上桌。只见一个大大纯白海贝瓷鱼形浅盘，盘中有假山造型，还有各种蔬菜雕成的树木，葱丝粘成的灌木丛，冰激凌做成瀑布和小河，下铺薄薄冰片，烟雾缭绕，恍如仙境的微雕盆景。副领事戴上眼镜，仔细看去，发现盘中有块黑黝黝的食物，像块石头，毫不起眼，不知为何物。

副领事大人，请进箸。虎太郎躬身行礼。

众人屏住气息。宁安暗想，日式怀石，强肴无非煎肉或鱼，本非常简单，为留住食物原始味道，难道这个菜还有其他古怪？

副领事有些不好意思，连忙邀请其他贵客一起。本多大佐倒不客气，用银筷夹起食物，大口咀嚼。正当大家惊讶，本多却突然停止吞咽，表情仿佛凝固住了。

噎住了吗？宁安身边的中国仆人悄声说，还是很难吃？

大家议论纷纷。虎太郎不动如山。副领事见状，也去夹那食物。

10

老鲁和宁安多次见面，商量行动细节。老鲁也疏散亲属，暗中将酱菜园抵押给典当行。这次行动，宁安没有十分把握。领事馆守备森严，虎太郎对饮食又十分精细，要投毒，就要考虑恰当时机和方法。宴会开始前，宁安这些厨师每次进出领事馆，都会被严格搜身检查，想要带一大包毒药进去，难度很大。老鲁决定亲自出马，以送调料为由，将装毒物的密封料包贴上标签，混在其中送进去。

人算不如天算。事到临头，还是出事了。

下午三点半，宁安来到领事馆门口，等老鲁送货。过了约定时间，并不见人。宁安心急如焚，怕出事，急急地跑去宝瑞调料园，"朝天椒到货"的牌子不在，宁安发现店门口几个卖香烟的小贩。说是小贩，但不叫卖，只沉着脸，在袖筒抄着手，盯着店门口。店门冷冷清清地开着条缝，有点黑，隐约看着有人。

宁安的脑袋"轰"地发响。老鲁肯定暴露了。老鲁被盯上，宁安也就危险了。

暮春，天气有些热，宁安的汗挤出来，脑子急剧旋转，到底怎么办？转头就走，带着全家人过流亡日子，命保住了，任务肯定完不成。不走又怎样？他和老鲁是单线联系，上级是否清楚他都不知道。他冒失地进去，不过多送条命罢了。

"叮叮"，门帘子拴的铁三角瓦不断作响，脆生生的，往常宁安最喜欢这声音，如今听着，如同催命符咒。宝瑞调料园是山东街不大的门头，黑匾额，蓝漆门，门口蹲着两只石麒麟，收拾得不甚干净，酱菜的咸香气，辣椒的辣味，还有花椒麻麻的气息，都慢悠悠地渗透出来，倒是烟火气十足。门被推开，一个胖大的男人，举着个牌子，一路跑，一边唱着什么。几个小贩装扮的暗探，都扑过去。宁安也骇了一跳，斜斜地看着胖男人从身边闯过去，肩上还有块银圆大小的豆腐乳污渍。阳光刺眼，宁安皱着眉，男人正是老鲁，他手上举着的，正是"朝天椒到货"的牌子。

老鲁不理睬宁安，只带着几个暗探兜圈。他面带微笑，将牌子举得高高的，不断摇晃。他踩踏街道蔬菜摊，踢飞了卖馄饨的条案，唬得几只花白相间的母狗"嗷嗷"乱窜。

宁安紧攥着手，牌子上"朝天椒"几个字，辣得眼生疼。仔细听去，老鲁用南京土语唱的是："盐水鸭子香，文思豆腐嫩，辣椒爆炒大肠辣，油煎鸡屁股美吆，鸭血粉丝汤……"

老鲁兜了两个圈子，猛地停住，一头撞到调料园的石麒麟上。青石雕的麒麟，右边全染红了，没有碧血，只溅出了红白相间的脑浆，惹得暗探们大骂晦气。

宁安呆呆地站在远处街角，心里没有痛楚和慌乱，反而是前所未有的清明。半条街的人都拥过去看死尸，宁安缓缓地掉转头，朝关帝庙走去。宁安不知老鲁什么时候被暗探盯上的，但想来自己暂时安全。老鲁举那块牌子，无疑暗示他把毒药藏在平时俩人交接情报的关帝像后面。老鲁拿自己的命成全宁安，完成这任务。他又想了想老鲁唱的歌谣，心下也有点明白。那不是什么暗语，是老鲁对宁安的最终遗言。宁安将来在他的坟头烧几道好菜，让他在阴间也能大饱口福。

老鲁唱歌真难听，纯粹是破锣。宁安却听得泪流满面。

后来他才知道，老鲁，鲁大料，真名叫鲁光复，民国光复那年生人。

11

副领事细细地咀嚼，一会儿沉醉，一会儿兴奋。本多大佐也不讲话，只是加快进食，俩人眨眼间就吃了好几块。副领事停筷子，问本多大佐，您感觉如何？

太好吃了！本多毫不犹豫地大声赞叹，真是难以形容的食物！

难以形容？宁安奇怪，为何有这样的评价？副领事说，的确难以形容。吃起来有肉味、鱼味、土豆、鲜藕的味道，但竟然有巧克力味感，这究竟是什么东西？

虎太郎严肃的脸露出微微笑容，说，这道强看也是应了日本的一句和歌"上瀑布飞溅，蕨菜正发芽，春天已经来临"。我用透明猪肉衣内裹鱼肉泥，土豆泥，鲜莲藕泥，切成方块状，先上笼屉蒸，再入油炸，出火后，裹上芥末和咖喱、洋葱碎等，投入融化的巧克力奶。巧克力冷却快，迅速将炙热的肉味锁住，等客人们咬开，肉和鱼，蔬菜的热气腾腾的气息马上涌入口腔，搭配物性热的巧克力，如突然喷发的富士火山，锐不可当！

这么神奇！客人们也赞叹。宁安身边的中国仆人和厨师都抻长了脖子，充满好奇。一个青年中国厨师对宁安说，骆师傅，虎太郎太厉害了，我们能胜过他吗？

宁安也说，这道菜的奥妙，还在于吃完火山再去吃旁边搭配的，冰激凌做成的白雪、小河与瀑布。这个虎太郎，总要把味道刺激做到极致！

众人如梦方醒，又是一阵感慨。本以为虎太郎给众人的惊喜就到这里了，谁料最后一道菜，本是"汤盖物"，也让虎太郎做出了非凡花样。

一个灰陶烧制碗，碗边刻着红白相间的梅花。虎太郎揭开盖，副领事看去，是玉米甜汤，汤汁清亮，泛着玉米成熟的清香，是解腻开胃的良好食品。奇特之处在于，盖物的钵外另有极精细的刀功雕刻而成的弥勒造像，闻闻，是用胡萝卜雕刻，细致处眉毛和脸上的纹路，都活灵活现。再仔细看，胡萝卜又是雕刻好后蒸熟的。

副领事轻轻地挑起卧佛，一下子散开了，头，脚，肚子，胳膊，腿，都滚落在黄澄澄的玉米汤里。副领事咬了口，感觉这胡萝卜佛里面另有乾坤！

吃起来不像胡萝卜呀。副领事嘟囔着。

虎太郎说，我用刀剔除胡萝卜雕的内瓤，填上茭白、草莓和大樱桃、苹果做成的馅，自然风味不同。这道菜有个名目，叫"佛浴春江"。

众人静下来，突兀地又爆发出热烈掌声。副领事赞许地说，这不仅是厨艺，而且是生活的艺术和想象力了。虎太郎先生已超越了厨技对饮食的理解。

几个大人物也纷纷赞许。本多大佐说，我在日本国内也见不到这样神奇的料理了。这场比赛不需要支那厨师出场了，因为胜负已定！

副领事并不认同："我们期待骆师傅有不同的精彩表现。"

虎太郎也示意让比赛继续。宁安不搭话，只拍拍手，厨师们陆续上菜，小菜部分，是传统腌菜根，毫无出彩之处。接下来的菜，却出奇了。一个红木盒架被端上来，下面有只炉子。副领事看到，盒子之间有冰雕刻的横棍，棍上有极薄的鱼片，又在木盒底部放有一只古拙黑陶大碗，内有清亮汤汁，不知为何物。主菜四周，还搭配几碟青黄翠绿各色调料。

这菜怎么吃？副领事只觉无处下嘴。本多大佐对此不屑一顾，认为故弄玄虚。虎太郎眼睛一亮，想说什么，却欲言又止。

它并未最后完成，宁安向前一步说，用火柴点燃最下层炉子，是只酒精炉。不一会儿，青花瓷大碗的清汤煮开了，"咕嘟咕嘟"地冒着热气，散发着奇异香味。更奇特的是，冰雕的横棍被热气所蒸煮，慢慢融化了，鱼片"扑通、扑通"掉入汤中。

现在刚刚好，诸位品尝吧。宁安说。

副领事迫不及待地挑起块煮好的鱼片，在调料里蘸，又放在嘴里细细咀嚼。他闭起眼不说话，脸上表情不断变换。本多好奇，也品尝鱼片，还用大汤勺喝汤，脸上露出舒适表情。其他贵宾也上前品尝。

副领事睁开眼，拍着餐桌说，鱼肉细腻可口，刀功不错，有鲜嫩羊肉感。汤也极为鲜美，一个字，鲜！新鲜到了极致！

本多并不说话，但脸上也显出慎重的表情。其他人议论纷纷，大多不明所以。虎太郎赞许说，盛器选择得好。中华烹饪，盛器多奢华，骆师傅选的却是小堀远州烧制的日本陶器，是所谓"濑户物"，更能凸显鱼和自然的关系及鱼的本味。生鱼刺身本是东瀛名菜，难的是刀功和食材。刀功已有几分功力了，鱼我看不是东瀛金枪鱼、鳟鱼、鳜鱼，而是中国东北大马哈鱼，鱼肉质地韧性而细腻。以冰为支棍，冰镇鱼片的鲜美，冰融化而鱼片入滚汤，可结合鱼和汤的鲜，调料也讲究。

众人恍然大悟。宁安又解释说，此冰雕棍混合海胆泥。汤也是特制，用的是南京青龙山的山泉，调料有牛膝草、蒜蓉和鸡蛋泥、古早酱油做的酱汁。正如副领事所言，这道料理是表现春天大自然的新鲜气息。

它有什么名目？本多急忙问。

泉涌鱼儿跳，春暖故人来。宁安沉声说道。

12

下午 4 时 15 分。宁安在关帝像后，终于找到了那包印有"精细盐"字样的毒物。宁安想起老鲁的种种好处，潸然泪下。宁安这才觉得饮食没有贵贱，山珍海味和简单小吃，甚至不那么上台面的猥琐低等食材，没什么本质区别。料理都是给人幸福。

他的心更坚定了。毒物害人，为厨界大忌，饮食杀敌，则义不容辞。他匆忙地赶回领事馆，已是 4 时 40 分。领事馆值班宪兵正对今晚宴会食材和各种配料进行认真细致的检验。宁安看到，调料袋子被整个翻出来，一只警犬嗅着气味。宁安内心狂跳，幸亏老鲁没有将毒物混在里面，否则很有可能被翻检出。此刻那毒物仿佛长在身上，紧紧地扣着他的肉。

虎太郎走过来，对宁安说，骆师傅，准备好了吗？

宁安点点头。虎太郎又说，怎么如此紧张，是不是菜品准备不全？还是担心输掉比赛？

宁安冷冷地说，输赢都是我自己的事。厨师长，我们前台再见吧。

此时，一个宪兵走来，要搜查宁安身体，遭到了宁安的拒绝。我天天出入领事馆，你们也都进行检查，为何还要再搜查？这是对我的侮辱！宁安抗议说。

宁安非常紧张。他和门口的卫兵很熟悉，刚才进来，只是例行公事，并没有认真搜查。但如果此刻检查，肯定要露馅。

不用了！虎太郎阻止宪兵，你们是侮辱优秀厨师。不要再这样了。

见到虎太郎如此说，宪兵不再纠缠。不知为何，看着虎太郎信任的目光，宁安有些内疚。他的确不配厨师称呼。他马上就要变成无耻的杀人犯，一个用厨房杀人的坏家伙。

不要想太多，虎太郎拍拍他的肩膀，安心比赛吧。

宁安无言，他真想扭头就走，离开这里，再也不管军统这些事，但老鲁那张胖胖的笑脸又从脑海里飘了出来，盯着宁安，目光时而严厉，时而温和。宁安叹了口气，就算是地狱之行吧，总要有人下地狱。如果他不幸死了，就让他在地狱里做个好厨师吧……

下道菜是什么？副领事发问。宁安收回思绪，又招呼手下厨师上菜。下面主题都有关鱼，有"鱼肚乾坤"（肚里乾坤大，春风岁月长），糖醋黄河鲤鱼（桃花春水问鲤鱼），锅塌太湖银鱼（万点春色愁如海，火树银花盼归人）。

叉烧长鱼方，也得到了大家的好评。比赛烤肉之后，宁安痛定思痛，对烧烤类的菜肴多动了些心思。传统淮扬菜叉烧长鱼方，主要原料是中国河鳗。这次宁安选用的是日本深海的大海鳗。具体做法上，则延续淮扬菜系特点，如选用鸡虾茸为辅料，豆腐皮作包裹鳗鱼块的外皮。但烧制过程注意保持鱼块原始风味，不是用豆腐皮裹鱼，用稻秸秆烧制、平锅煎烤，而是直接将鳗鱼置于热旺酒精炉急烤，不用油刷，烤至八分熟，火速拿出，用薄如蝉翼的豆皮包裹，鸡虾茸也是大火急蒸熟，裹在第二层，再以青翠生菜裹在最外面。用油少了，鸡虾鲜味，海鳗原始新鲜口感，都非常浓郁，又符合养生规律。这道料理可以说是集合中日烹饪理念，推陈出新之作，得到了一致好评。

真是难办了，副领事咂咂嘴，骆师傅和虎太郎师傅平分秋色。

虎太郎高出一筹，本多大佐说，日本料理精髓表现得非常充分。反观中国厨子，虽有出奇之处，但风格不鲜明。我是武人，只依照简单的想法说出来。

一位外务省官员显然欣赏宁安，却不好驳本多的面子，只问宁安，这是最后一道菜吗？

还有最后一道饭食。宁安转头向着厨师，只见四个厨师慢慢地抬着块铁板走上来，铁板上盖着一个精钢半球式的东西。

这是什么？副领事好奇地上前，要摸那钢半球。

不要！烫呀。宁安阻拦，还是晚了一步，副领事触摸到半球，触电般地缩回去。本多被唬得竟扯出军刀，仔细看去，却是副领事手指被烫起水泡。

呛骷颅，怎么回事？本多怒吼，你要谋害帝国外交官？

13

宁安并没有害怕，平静地让其他厨师散开。对本多大佐说，这道菜装置是我设计的，请远距离观看，小心烫伤。

这是食物装置，大佐不必害怕。虎太郎也说。他对这道出场惊人的料理，也颇感兴趣。

本多大佐将信将疑，离远了一些，但军刀依然拉出半截。

宁安将钢半球上的一个帽轻轻扭开，呼呼的白色蒸汽喷了出来。宁安这才慢慢掀开盖子，本多大佐赫然看到，大铁板上盛着些金黄泛白的食物，还"吱吱"地冒着油和莫名香气。

包子！铁板的生煎包！副领事急切地说。

您尝尝看。宁安微笑着鼓励。副领事看去，包子热气腾腾，金黄的煎裙非常漂亮，包子皮暄软，很薄，但并不破。副领事轻轻咬下，一股油汪汪的汤汁溅了出来，直滴在他的前襟上。副领事越吃越快，全然不顾包子有些烫嘴。他一口气吃了四个，这才停下来，抹了抹嘴唇，闭上眼，似乎还沉浸在难以言说的境界和情绪之中。

到底怎么样？本多大佐忍不住问副领事。

副领事睁开眼，眉开眼笑着，叹了口气说，真是美好的滋味。

虎太郎也迫不及待地登上台，他看到包子个头不小，圆鼓鼓的，底下是金黄色煎炸裙边，饱满，皮薄，被里面的汤汁鼓起，像一个个白胖胖的嫩娃娃，挤挤地坐在一个个金黄色莲花台。这水煎包据说用水和油来蒸包子，水干了，油沸着，成了煎，既有水蒸的汤汁和包子皮的筋道，又有煎的脆爽可口。

虎太郎咬了口包子，很快发现不对。这不是寻常包子，它有两种馅儿：一种是上等鲅鱼茸，另一种是鲜牛肉。还有几片韭菜。肉羹切丁，塞在馅儿里，煮熟后融化成汤汁，被保存在包子里。这本没什么稀奇，但奇在韭菜香压制住肉的油腻，肉香和鱼香冲淡了韭菜的辛辣。两种馅儿做的馅团，被包裹在汤汁之中，彼此冲突又融合，好似熟透的草参，濡烂得入口即化，又有几分筋道。

虎太郎问副领事，您觉得这道饭如何？

副领事放下筷子，感叹地说，心和胃都是热的。那种感觉，好比深春之处，一人一舟独行于日头之下的湖水。日头温热，却不灼人，春之湖水，氤氲水汽，碧波荡漾，独坐船头，独饮醉人酽茶，独听水打乌船，好不快哉！只不知，这奇怪装置有何用？

宁安解释说，传统煎包都是用平锅，水和油混煎，外加锅盖。这个装置是利用加热铁板，快速抽走半球内密封空气，造成真空密封加热，能迅速蒸干水分，减少煎包肉馅儿熟烂时间，保持食材新鲜口感，让汤汁更香甜。

众人都为匪夷所思的装置和宁安精妙的设计而叹服。大厅响起了热烈掌声。

这盘包子也有名目，叫"锦绣山河处处春"。宁安最后说。

和了吧。骆师傅和虎太郎师傅旗鼓相当，不分胜负。副领事宣布。

14

晚上7点30分，精彩厨艺比拼之后，日本总领事馆外事招待宴会正式开始了。

宁安偷偷地换下厨师服，从领事馆后门溜出去。宴会菜单早已备好，宁安也安排十几个厨师分组料理。他最后回首春夜天幕中黑暗高大的领事馆，骑上早准备好的脚踏车，向燕子矶笆斗山江边码头方向狂奔。总领事馆在鼓楼区，至码头有相当距离，半个多小时，宁安才到达码头。早埋伏在这里的军统特务赶紧招呼宁安上船。小船静悄悄地停泊在不显眼地方。昏暗的灯光下，宁安甚至似乎看到妻子和女儿焦急期盼的身影。

骆师傅不辞而别，有违中国君子之风。一个急切的声音突然从宁安身后冒出。

宁安惊悚至极，忙回头查看，虎太郎瘦小的身躯显现出来。接应的军统特务，也大惊失色，忙掏出枪，警觉地查看四周。但此处为码头非常偏僻的地方，除了这个小老头儿，并没有其他人再出现。

厨师长，你怎么在这里？宁安说，插在衣兜里的手也紧紧地握住勃朗宁手枪，枪还是老鲁送给他的。

虎太郎没有回答，只说，骆师傅，干这个不适合你。你只是优秀厨师。宴会开始，本想找你聊天，却发现你仓皇而出，就跟踪至此，也算是相送吧。

宁安不答，手攥着枪更紧了。

虎太郎又说，这一路我都犹豫，是不是要举报你的不法行为，但我还想亲口问问你，为何违背厨师原则，干这种丧尽天良的事？

丧尽天良？宁安不怒反笑，日本兵闯进南京，奸杀嫂嫂，又奸杀六十多岁的老母，这算不算丧尽天良？

虎太郎语塞，讷讷地说，战争总难免伤亡和个别不法士兵。

宁安冷笑说，真是笑话，老虎吃了麋鹿，还要和它保持和平。老虎的和平，不过是被吃的动物不要乱喊乱叫，搅扰了它的心情罢了。

虎太郎叹了口气，又说，战争是不好的，但你不该利用厨艺滥杀无辜。

无辜？宁安说，我杀的都是日本高官和高级汉奸特务，何来无辜？

你在食物投毒？虎太郎又问。

我把毒物混在四坛绍兴老酒。宴会开始，毒物才会慢慢渗透，这毒发作慢，现在估计领事馆已乱作一团。我不杀害无辜。

老鲁和宁安商量细节，宁安坚持不在饭菜里动手脚，而是在酒水里做文章。他的理由是，如果饭菜有异味，日本人可能很快停止食用，起不到效果了。他不想让下毒破坏厨艺比赛。另外，他实不忍心毒死洋平和菊子夫人。妇女儿童一般不会在宴席饮酒，他们可逃过一劫。

一个厨师，以毒杀人，总是罪孽。

这我知道！宁安打断他，我会永远地退出厨师界。但我不后悔。给本多大佐那桌高级军官的菜品，我以豆腐配白萝卜，笋搭鸡肝汤，汤里有我特制的药。这些杀人狂魔即使活下来，终生也不再有味觉。军人杀命，书生诛心，料理猎舌。

你好可怕。虎太郎脸色惨白，苦笑着说，我不过是行将就木的老厨，妻儿都已死于战争，这世上牵挂的就是一身厨艺心得。我想找个传人，结合日本料理和中华烹饪美食的奥义。现在看来，不过是幼稚可笑罢了。

宁安向虎太郎深深地鞠躬，低声说，您是令我尊重的厨艺大师。下辈子吧。但愿下辈子中日之间不再有战争。

宁安回头，迅速登上小船。接应的特务也赶紧发动小船。此时虎太郎拿出个小包裹向船上抛去，大声喊，送你做纪念吧，但愿你能找个好的厨艺传人！

借着星光，宁安发现是那把虎太郎引以为傲的银厨刀，热泪盈眶。船快速移动，黄浦江两岸风景在黑暗中迅速奔向远方。乳黄色月亮仿佛大海船，伴随着他不知将奔向何处的命运。灿灿星光若漫天蔷薇，宁安隐约看到，黑黢黢岸边似长满无数粉红色的巨大舌头，在微风中不断摇曳。有中国人的舌头，也有日本人的舌头。兄长一家，还有他死去的老母，都站在舌头之间，微笑着冲他挥手作别。他们神态安详，不再是狰狞血腥的样子。而虎太郎瘦小挺拔的身影，依然屹立在空无一人的码头，如孤独的猛虎，一点点地退隐在时间的惊涛大浪中……

15

1939年深春，南京日本总领事馆举行外务省次长清水留三郎招待会，发生震惊中外的厨师投毒案。总领事堀公一，陆军中将山田乙三，还有众多南京城内日本政界和军界高级人员等数十人中毒。宫下玉吉和船山已之作等数人，中毒不治，于次日身亡。

经日本特务机关严格搜查，发现领事馆厨师骆某留书一封，内书投毒报国仇家恨，乃个人行为云云。经检捕，发现该中国厨师已从燕子矶笆斗山码头秘密潜逃出南京，不知所终。

消息传到日本内阁，产生极大反响。日本总领事、副领事被撤职遣返归国。总领事馆厨师长、著名日本料理大师虎太郎辽引咎剖腹自杀。

再据日本特务机关追查，中国厨师实为军统特别人员。此次行动代号：猎舌。

去往澳大利亚的水手

孙　频[①]

1

他第一次见到那个叫小调的男孩是在那片废弃的桃园里。

正是三月，桃花开得诡异真诚，整座桃园看起来如一座刚浮出地面的巍峨宫殿。

那片桃园在却波街的尽头处再走一段路。走着走着就会突然遇到它，仿佛它是从哪个古戏台深处飞出来的，戴着满头满脑的桃花，风鬟雾鬓，极尽艳丽。

他小的时候没有地方可去，很多时间都是在这桃园里慢慢消磨掉的。因为怕被看桃园的老人逮住或赶走，他便总是偷偷藏在那棵大桃树下玩，或者在月光下溜进桃园折桃花偷桃子。一寸一寸的光阴长着脚，缓缓爬行在阳光和月光里，春风和冬雪里，桃花和枯骨里。每到三月桃花盛开的时候，整条却波街都在花香的浸泡中慵懒地盘着，喝醉一般。只有卖豆腐的和磨刀的来串巷子吆喝几声，才略搅进来几分清醒。

---

① **孙　频**　女，1983 年生，毕业于兰州大学中文系，现为江苏作协专业作家。2008年开始小说创作，迄今发表中短篇小说两百余万字。出版有小说集《三人成宴》《同体》《假面》等。

桃园深处有一口井，井旁一间土坯小屋，里面住着看桃园的老人和他的狗。那老人的头脸看起来总是灰蒙蒙的，好像很多年都没有洗过脸的样子。他怕这老人会放狗咬他，只要远远看见老人走过来就赶紧逃掉。每年三月，到夜深人静的时候，他就在月光下去偷折桃花。一树一树的桃花在月光下看上去是一大片湖水一样的银色，连花香也是银脆的，看不到，指尖却可以触到花香里的那缕神经。

桃园深处传来几声遥远模糊的狗吠，狗好像也乏了，只是应付差事般地叫几声。从枝杈间隐约可以窥到小屋里那点橘色的灯光。银色的月光淹没了整座桃园，只要一碰到那些枝杈，桃花便像雪一样纷纷扬扬地下起来，落了一地。头顶是浩大的明月，身后是幽深的却波街，那个春夜，他站在桃树下这场一个人的雪中，忽然便预知到了一种来自于时间深处的幻象，漫天大雪、迟迟春阳、葳蕤青草、人面桃花，包括其中生生灭灭的动物和人其实都不过是幻象。都是往生图中的幻象，转瞬即逝。只有时间是真实的，或者说，在这世界上，它才是唯一的真正的主人。

那晚，他偷偷折下一枝桃花回到家里，小心翼翼地插在装满水的罐头瓶里。

这个春天，宋书青在桃树下猛地看到这个男孩的时候，心里竟哆嗦了一下，疑心是看到了四十年前站在桃树下的自己。他凑近了一些看，是个七八岁的小男孩，很瘦，眼睛便奇大，正在桃树下的杂草丛里挥舞着一把塑料做的玩具宝剑。宝剑一碰到树枝，桃花便像大雪一样纷纷扬扬地飘落下来，闻上去也是四十年前的雪。男孩一手提着宝剑，一手接花瓣，一边独自咯咯笑着。宋书青站在不远处看着男孩，男孩并没有看到他。他站在那里恍惚觉得他和男孩之间正静静流动着一条大河，有桃花落在河面上，他们隔河相望。

那枝插在罐头瓶里的桃花会一连开很多天，他把它摆在窗前有阳光的地方。夏天那里摆着血红色的人头一样大的西番莲，秋天摆着金色的雏菊，冬天摆着米黄色的白菜花。白菜花是杀开大白菜从最里面剖出来的，粉黄粉黄，像新出世的婴儿。有时母亲宋之仪也会站在那枝桃花前看一会儿，但只是一小会儿她便慌忙走开了，接下来便对那桃花视若无睹，好像那桃花看久了便会让她觉得刺目，眩晕，生病。至于那片桃园，宋之仪更是避之不及，在桃花盛开的季节里，她下班回家情愿绕远路都要避开那桃园。他一直不明白她为什么要害怕那片桃园。

眼前的小男孩似乎玩宝剑玩累了，便小心翼翼放下宝剑，趴在草丛里捉虫子。这片桃园已经废弃了好几年了，他记得开始是老人的那条狗走丢了，老人便失魂落魄地满县城找他的狗，直到半夜了人们还能听到老人满大街带着哭腔的声音，花花，花花。那条母狗叫花花。他几乎是挨家挨户地找，逢人就问，有没有看见我的狗？他找了好久，后来终于在一户人家找到了。花花在那家人院子里和小孩玩，他站在门口偷偷地看，第二天又来偷看，第三天又来。一连偷看了很多天，发现这户人家对花花确实好，他便不作声地离开了，回到桃园里。再没有返回来找花花。

都过了几个月了，那条狗自己忽然又跑回桃园找他去了，脖子上还戴着一条铁链子，背上有片烫伤。回到桃园没几天那条狗就死了。老人去找那家人家，那家人说这狗流浪到他家，过了没几天就把它送人了。他又去找第二家主人，结果那家人说他也是没多久就送人了。于是又找到第三家，第四家。最后老人不再往下找了，独自又回了桃园。老人把狗埋在桃园深处，筑了一座小坟。

又过了一年，满园桃花再次如雪的时候，人们忽然发现很久没有见到看桃园的老人了。就进桃园找，土坯房里却是空的，窗上架着蜘蛛网，久没有人住的样子。然后人们又在桃园深处找到了三座坟。那座最小的应该是花花的坟，那另外两座呢？如果说其中一座是老人的，那另外一座又是谁的？又是谁把他们埋在了这里？

不久又听却波街上的人们说，沙河街上的那个瘸腿光棍失踪有段时间了，一直没找到。这瘸子早年因为父亲成分不好，他在"文化大革命"中受牵连被打断了一条腿，那条腿骨折多日了也没人管他，就外面连着一层皮，他就拖着那条断腿在街上爬来爬去。小孩子们见那条腿竟可以像面条一样随意绕来绕去，只觉得好玩，便不时跑过去把那条腿摆个造型，或别到腰上塞进他的裤带，或像围巾一样盘在他脖子里，活像架着线操纵的木偶戏。后来这条腿外面的皮发黑了，腿被连根截掉了，装了条木腿，又拄着一支木拐，远远从沙河街的青石板路上走来的时候，就像一匹三条腿的木马发出的声音，笃，笃笃，笃笃笃。坐在屋里的人光听声音就觉得这走路的瘸子下半身已经被组装成了一部木质的战车，血肉的上半身嫁接在上面，最上面是蛇芯子一样昂起的头。轰隆轰隆的碾压声如坦克一般让人一阵心惊肉跳。

据说瘸子后来忽然被却波街那片桃园迷住，便经常出入于那片桃园，再后来就几天几天地住在里面赏桃花，轻易都不肯出来。据说瘸子和看桃园的老人一起睡觉，一起在桃花下饮酒，从广播里听悠长的梆子戏，在秋风中采摘肥桃，每逢周一赶集就挑到集上去卖。后来看桃园的老人不见了，瘸子也跟着不见了。

桃园里因为坐着那三座坟，坟里的人死得又离奇，便没有人再敢进来。桃树一年年还在按时开花，按时结桃，仍然在三月的时候任性地开出一园子的桃花，只是那桃花比从前更妖更香，有一种阴森森的卖力，似乎暗藏着无人看管之后的委屈。八月的桃子肥硕圆润，一路从青变红再变成暗红，都无人来采摘。人们说这桃子红得好诡异，血桃，只有树根吸了死人的血才能红成这样。肥桃最后像尸体一样横陈一地，除了鸟雀和虫豸，还是没有人来吃。

没有人来让一园子的寂静腐蚀得更深一些，更溃烂一些。

他穿过木栅栏走进桃园，走到小男孩跟前。男孩抬头看到有个大人走过来，连忙转身抱起了自己扔在草丛里的宝剑。他以为男孩是要学电视剧里那样拿宝剑防身，但很快就发现，不是。男孩只是怕自己的宝剑被别人抢了去。那把塑料宝剑看起来玩了很长时间了，剑把上已经磨起了一层毛边。他问，你几岁了？男孩说，八岁。他问，八岁了怎么不去上学在这里玩？男孩低头不说话。他又问，你妈妈呢？男孩低着头说，在家里。他又问，那你爸爸呢？男孩忽然抬起头兴奋地看着他，眼睛亮得吓人，他大声地自豪地对他宣布了一句，我爸爸去澳大利亚了。

他疑惑地看着男孩，你爸爸去澳大利亚做什么？男孩不管他，只是像背诵课文一样大声地、上气不接下气地说，澳大利亚在地球的另一边，我们白天的时候他们是晚上，所以我们看不到他们，他们也看不到我们。我们和他们中间隔着一个很大很大的海洋，我坐上大轮船就可以去澳大利亚。我要是能捉到一条鲸鱼，就骑上大鲸鱼去澳大利亚，鲸鱼的头上长着一棵椰子树，还可以喷水。这样喷，这样喷。澳大利亚有大堡礁，水里有孔雀鱼，有很多很多数不清的绵羊，还有袋鼠妈妈，口袋里住着小袋鼠，还有考拉熊，背上背着小宝宝。还有鸭嘴兽，它们的嘴是这个样子的，扁扁的。

他说着就扔下宝剑，用两只手把自己的嘴唇捏起来，捏成鸭嘴兽的样子给他看。宋书青愣了半天才问了一句，都是谁教给你的？男孩忽然像想起了什么，赶紧从地上捡起宝剑，又抱在怀里，嘴里说，我妈妈。

这时候天色已经悄悄暗下来了，只有在县城西边的群山之上还燃烧着一大片血一样的晚霞，似乎要焚毁整个山脚下的交城。桃园里只剩了黑白两种颜色，黑的夜色和白的桃花，大块大块地咬在一起，看上去有些可怕。他对男孩说，天黑了，快回家吧，你家住在哪里？男孩说他家住在离却波街不远的麻叶寺巷。他便一路送他回去。走到十字街口的时候，卖烧饼的刚挂起风灯，黑糖和青红玫瑰丝的香味盘绕在空中，男孩走得很慢，有气无力地握着自己的宝剑，却并不向那烧饼摊看一眼，甚至故意把脸扭到另一边。他便停下给他买了两个黑糖烧饼，男孩也不说一句话，只顾埋头吃烧饼。直到把两个烧饼吃得一粒芝麻都不剩，把油乎乎的手指挨个都吮了一遍，才抬起头看着他，忽然把手里的塑料宝剑递给宋书青，说，让你玩一会儿吧，这宝剑可贵了，是我爸爸花了好多钱才买来的，原来里面还有个红色的小灯泡可以一闪一闪的，现在灯泡坏了也亮不了了，不然更好看。

宋书青接过来打量着这把宝剑，男孩很不放心，仰着头对他说，你要拿得小心一点，不要用坏了，我教你怎么玩吧，要这样拿，要拿这里。这真是一把好剑啊，你说是不是？

走到麻叶寺巷里一个破败的院子前，男孩说他家到了。只见院子里有两间房，一间黑着，一间亮着一盏昏暗的灯。猛地看上去还以为是遇到了荒郊野外鬼魅变出来的宅子。男孩握着宝剑往屋里跑，他在后面问，你叫什么名字？

小调。

小跳？

小调。

小条？

小——调——

出了麻叶寺巷，正好迎面碰上了母亲退休前的同事，在县中学教过数学的郭老师。他一向怕见人，现在躲闪不及，只好借着惯性迎面往上撞，在靠近她的一刹那，他清晰地感觉到此刻的自己是如此的不真实，以至于让他觉得这不过是他躲在一个暗角里窥视到的幻影。郭老师也已经退休多年，臀部和肚子越来越臃肿，衬得头和脚都很孱弱，看上去像一只巨大的梨正稳稳地蹲在他面前。她一见是宋书青，连忙抓住他的胳膊，他一哆嗦，想躲。她问，是书青啊，我都多久没见到宋老师了，早说买点吃的喝的要去你家看看她，这不成天不是带孙子就是做饭洗碗，像签了卖身契一样，退休了还得给人卖力气，就这样我那儿媳妇还是不满意还是要找碴儿，所以你不娶媳妇也好，省得麻烦。你妈她现在身体是个什么情况，能下得了地吗？

他连忙说，能下能下，已经好多了，就是走路的时候需要人扶着点，别的都好，吃饭也没问题。郭老师在路灯下半信半疑地研究着他的脸，嘴里却说，那就好那就好，万一瘫床上可就麻烦了。他慌忙摇头，她好得很，好得很，再过几天就能上街串门了。说完他刚要逃走，忽然像想起了什么，犹豫了一下，又回过头问这梨状的老妇人，郭老师，你们这麻叶寺巷里是不是有个叫小调的男孩？老妇人一拍大腿，嘴里近于痛苦地呻吟了一声，那个小孩啊，你可不知道啊。他爸爸前年因为失手打死了一个人被判了无期徒刑，现在还在监狱里。他妈以前是个小学民办教师，现在学校不让用民办教师了，她又转不了正，就没了工作，身体又不好，见她成天吃药打针的，不知怎么还要拿艾叶熏肚子。去给人家门市部站柜台也站不了几天，什么也干不了。就你见到的那小孩，八岁了，幼儿园只上了半年就不让上了，你猜怎么？连学费都交不起。他妈这不连个正经营生都没有吗，得养孩子，还得每月给监狱里的男人送生活费，你猜怎么？就靠晚上和男人们睡觉。她家那院门从来不关，大半夜都是敞开着的，便于男人们进出。那小孩也真是恓惶哪，巷子里的小孩被父母教育，都不让和他玩，连从他跟前走都不让。

他跌跌撞撞又欲往前走，老妇人的声音从背后追上来，书青啊，改天我一定去你家看宋老师。

他丢下老妇人仓皇逃走。

进了却波街，推开自己家门，院子里静悄悄的，天上有月亮，脚下铺着一地冰凉的枣树影，屋里黑着灯，看来宋之仪还没有醒。宋书青坐在枣树下点起了一支烟。他也搞不清楚这枣树到底有多少岁了，从他能记事起它就这么老态龙钟地站在这里，这院子里的主人换了几次，最后还是他和母亲住回来了。当年回来一看，一切物是人非，只有这树居然还在，他们的眼泪就下来了。

如今他已到不惑之年，它还是一声不吭地站在原地。它的树皮变得越来越粗糙，裂满了口子，像各种异形的文字不经翻译就被刻了上去。树的根部则蜷曲着长满青苔，看上去像一只壳背生苔的古老龟兽驮着石碑静静蛰伏在这里。有时候他想，大约在他还没有出生的时候，就有人这样背靠大树坐在这里，等他死后，也许是再过几十年，也许是再过一百年，还会有人像这样背靠着这棵大树坐在这里。大树记不住人，他只是它千年大寐中的一个幻觉。更多的时候，他觉得他是整个社会的一个幻觉。

幻觉。

父亲就是他的一个幻觉。他从来没有见过父亲。听母亲说，年轻的时候她和父亲都是某大学中文系的老师，后来被打成右派下放到交城县改造。再后来"文化大革命"开始，过了两年父亲就自杀了。那个时候他刚出生不久。所以他从来没有见过父亲的面，家里也没有关于父亲的任何照片。

他没有上过一天学，因为出身不好，小时候没有上学的资格。等到有资格上学了，年龄已经大了。他能写字能看书能画画，都是宋之仪在夜深人静的时候悄悄教的。因为怕有人在院子里偷听，在教他的时候她经常会放一段样板戏《红灯记》中的唱段做掩护。他记得有一次，她一边放《红灯记》一边给他讲古希腊神话里因自恋而死的纳西瑟斯。

"就在那天的晚上，天也是这么黑也是这么冷。我惦记着你爷爷，坐也坐不稳，睡也睡不着，在灯底下缝补衣裳。"

"纳西瑟斯的母亲得到神谕，儿子长大后会变成第一美男子，但他会因为迷恋自己的容貌郁郁而终。所以他的母亲特意安排他在山间长大，远离所有有水的地方，让他永远无法看到自己的容貌。"

"一会儿忽听得有人敲门，他叫着师娘开门，你快开门，赶紧把门开开。啊，急急忙忙地走进一个人来。谁呀，就是你爹。我爹？嗯。就是你现在的爹。只见他浑身是伤。"

"纳西瑟斯生性太高傲，对倾情于他的少女不屑一顾，于是女神娜米西斯决定惩罚他，便趁他在野外狩猎的时候把他引到了湖边。然后，纳西瑟斯在湖面上看到了一张完美的面孔。他并不知道湖面上的面孔就是他自己的倒影，他便深深爱上了自己的倒影。"

"左手提着这盏号志灯，号志灯。右手抱着一个孩子，孩子，未满周岁的孩子。"

"纳西瑟斯为了不失去水中的爱人，日夜守护在湖边，终于，神谕应验了，纳西瑟斯因为太迷恋自己的倒影，最后枯坐死在了湖边。"

"这孩子不是别人，她是谁？就是你。我？"

"仙女们赶去安葬纳西瑟斯的时候，却发现湖边长出了一种奇异的小花。原来是爱神怜惜纳西瑟斯，就把他化成水仙花，开在有水的地方，让他永远看着自己的倒影。"

"说明了真情话，铁梅呀，你不要哭，莫悲伤，要挺得住，你要坚强。学你爹心红胆壮志如钢。"

…………

半导体里的样板戏源源不绝，源源，不绝，源源，不，绝。像是要在这深夜里高亢坚硬地填满这整个世界。听母亲说那时候他们挨打放的也是这段样板戏。在那些深夜里，他和母亲像两个即将溺水的人躲藏着、挣扎着、恐惧着、享受着这临渊的半塌的古堡。古堡里飘荡着血红色的音乐和神经里的碎片。

宋之仪最后已经是自言自语，她不再是和他说话，她也不需要他听懂，她的声音低低地掩埋在样板戏的褶皱里、皮肤下。复调的协奏，细弱游丝，听起来如一层皮肤之下的皮肤，血液深处的血液。"古希腊神话中追求理想的结果是让自己沉入水中，与水中的完美幻象变成一体，他们的爱、美、死本身就是一体，甚至算不得是牺牲，因为他们本身就是一体的，不可分离的。可是你去看看中国的古代小说，你看看中国最美的山水写意画，就会发现我们是从没有完美形象的，我们也没有真正的牺牲，我们追求的也许不过是些幻觉。比如这音乐，就是一种幻觉。"她用手无声指了指正轰隆隆高唱着《红灯记》的半导体。它被摆在破旧的木桌上，看起来像一颗锈迹斑斑摇摇欲坠的坚硬牙齿。

多年以后，那时她已经得了帕金森症，已经卧床不起的一个黄昏，她忽然指挥他给她放一段《红灯记》。他不相信地看着她，好像她执意要参观自己当年坐过的刑具。但最终他还是给她放了一段，她伏在枕上，开始是安静地听，听着听着就无声地诡异地笑了起来，后来笑得越来越厉害，她却拼命忍着不让自己发出一点声音，然后她开始剧烈地咳嗽，再然后，她咳嗽的时候忍不住又把裤子尿湿了。床单也洇湿一片。

她就听着《红灯记》，仰面躺在那片湖泊一样的尿渍里，也不让他给她换床单。她踩着样板戏节拍里的空隙对他说话，似乎院子里正站满了人在偷听她说话，似乎还要像多年前那样把自己的每一句话都偷偷掩藏在这音乐的褶皱里。然而她声音里又有一种奇怪的肃穆，好像她正躺在教堂里说话，又好像她回到了当年的中文系课堂上讲课。她说，你知道希腊悲剧的核心是什么？是歌队。因为歌队是神在唱，是神的语言，不是人的语言，才会有那样的光辉。你再听这样板戏的时候，有没有觉得，它不是人的语言，但也绝不是神的语言。所以它永远变不成悲剧，也变不成喜剧，它就只是一个时代里的动作，一个被做好的标本，无法腐烂，会一直悬挂在时间里。

后来的一个黄昏，吃晚饭的时候下了一点雨，雨后她说空气好新鲜，快把她推出去透透气。他便用轮椅推着她在街上慢慢溜达，空气里有一种盛开的雨腥味，走到十字路口的时候，看到一群老年女人正在那里跳广场舞。音乐浓艳，流光溢彩，她们穿着统一的紫色丝绒衣裤，自顾自认真透顶地在抬腿提臀。他们两人一站一坐地默默观看了一会儿，他以为她是羡慕人家，说，等你好了也带你来跳。不料她忽然就脸色发灰，摇摇手说，回吧，快回家去吧。直到走到家门口了她才忽然问他，你觉得她们那舞蹈像什么？那么统一，那么投入……又是集体。看到这种舞蹈的时候你没有觉得害怕吗？

2

屋里仍然没有任何动静，他不想进去，便坐在枣树下又点起一支烟。

他又想起那时候他有十二三岁吧，宋之仪已经被平反，又被安排了工作，在县里的中学当上了语文老师。他却无论如何都不愿再去上学，也不愿和人多说话，也没有伙伴，每天就愿意独自待在家中或躲在桃园里。那天他一个人在家里写出了第一篇完整的作文，等宋之仪下班回家了就连忙拿给她看。

她接过那张写满字的纸时显得很惶惑甚至很紧张，但一句话都没有说。她愣了一会儿神，才慢慢走到窗前，就着外面的光线把那张纸抻平，用两只手捧着读了起来。他感觉她都已经读了很久很久了，忽然却见她把稿纸掉了个头，原来她刚才竟是反着读了半天。他站在那里只是看着她一寸一寸往下挪动的目光，他不敢看她的手指，因为她的手指一直在发抖。那目光挪下去，又爬上来，再下去，又上来。他默默数着，她反反复复一共读了三遍。

三遍之后她还是什么都没说，却忽然看看桌上的三五座钟说，呀，已经这么晚了，该做晚饭了。便放下那张稿纸做饭去了。院子里她自己开了一块很小的菜地，种了几棵菜椒，几架豆角，插了一排大葱。这个黄昏，她把菜园里结出的几颗红红绿绿的菜辣椒一口气都摘了下来，又拔了几棵葱，然后把剩下的半罐煎猪肉都炒了大葱。对他们来说，这一小罐煎猪肉是要吃一个月的，每次炒菜只敢放几块，提提肉味。然而这个黄昏，宋之仪忽然摆出一副大不了不过了的架势，几欲要把家里所有能吃的东西全都吃完吃尽。

这顿晚餐他多少年里一直都记得，因为一种近于可怖的浩瀚与丰盛。大葱炒肉，青红辣椒丝，葱花炒鸡蛋，烙油饼。

在那个食物匮乏的年代，他看着一桌子的菜真被吓住了，举着筷子半天不知道该从哪里开始吃，好像这桌菜独自长成了一只庞然大物与他对峙着。宋之仪摆好菜，摆了三双筷子，又拿出一瓶竹叶青酒，摆上两个杯子，都倒满了。他看着那双多出来的空筷子，再看着白瓷酒杯里蛇一般绿茵茵的竹叶青，只觉得背上有种阴森森的感觉。仿佛这屋子里还有一个透明的隐身人正和他们坐在一起，或许此刻正细细端详着他。她把自己那杯喝完了，又把另一杯也一口喝完。喝完才说，你爸爸以前最喜欢竹叶青，今天我就替他喝一杯。

晚饭当中，她很少吃菜，只催着他多吃，她自己喝了一杯又一杯竹叶青，每喝完一杯她就拿起他的作文大声朗读一段，再喝再朗读，反反复复读。读到最后他都要哭出来了，她却终于醉了。她趴在桌子上睡着了，额上一缕细碎的头发被晚风吹起，看上去竟像一个小女孩趴在那里。杯子里还残留着半杯酒，翠绿的竹叶青如蛇魅一般盘绕在她的唇齿鼻息间。她浑然不知，独自醉卧流年。有几滴酒洒在了那张稿纸上，有几个字被洇开泡软了，忽然就从纸上跳出来，臃肿丑笨，铁画银钩，状如山洞中的甲骨，随时可以篆刻下这人世间的每一个白天与黑夜。

第二支烟也抽完了，他起身向屋里走去。自从宋之仪卧床不起之后，他每天只有黄昏时分趁她睡着时可以出去透透气散散步，顺便买好第二天的菜。

走进屋里一看，宋之仪正仰面躺在床上一动不动，正在熟睡的样子。他也不开灯，蹑手蹑脚地走到她身边，忽然就着窗外的月光看到她的两只眼睛正大睁着看着他，目光在黑暗里灼灼的，竟吓了他一跳。她其实早已醒了。因为卧床太久，躺在那里，她全身的肉都是死滞的，没有生命的，那些肉像石头一样挟持着她一起沉入了古潭深处。在这样一具肉身之上，却长着两只活着的眼睛，如枯木上长出的奇异菌类，在深夜里看上去尤为清醒疼痛。

他把手伸进她的被子里一摸，果然裤子又被尿湿了一大块。汪洋的尿渍正浸泡着她的身体。她的身体摸上去冰凉呆滞，仿佛是在福尔马林液里浸泡了太久的标本。他叹口气，却没有别的办法，只得开了灯，从柜子里翻找干净的床单和衣服。宋之仪几乎每天都要把床单尿湿两三次，有时候是因为他不在身边，有时候就是他在身边她也会尿到床上，因为她不愿意一直打扰他，让他帮助自己解手，她就无声无息地尿到床上，然后再一声不吭地在自己的尿渍里躺半天，直到臀部被浸泡得苍白溃烂。

看到她又尿床了，他忍不住愤怒地说，怎么就又尿到床上了，下午刚洗的床单都还没有干就又尿湿了，连换洗的床单都没有了。我明天去百货再给你批发上十块床单，你想怎么尿就怎么尿。

她裤子也湿了，他换完床单再扒下她的裤子，她一声不吭地尽量把自己蜷成一个团，竭力想遮挡住自己的两腿之间，也不敢看他，只在他手里蠕动着，像条准备挨宰的苍白的死鱼。他不给她再穿上裤子，转身去洗床单和衣服，让她把浸泡太久的下半身晾干。她便拖着一个苍白溃烂的臀部明晃晃地晾晒在灯光下，全身只有眼睛和手指顽强地在动。帕金森晚期的症状，十个手指如独立出去的凶悍桀骜的异族，在整个身体之外不停地抖动着，抽搐着。心情好或不好的时候，那手指就抖动得更加剧烈，像把一个盛大野蛮的秋天放在了她的手指之间，瞬间便万物凋零，落叶缤纷，只剩下了神经末梢最原始最无法控制的那缕抽动。

他坐在屋檐下就着窗里昏暗的灯光搓洗床单，使劲搓了几下，力气便被耗掉大半，整个人忽然就萎靡了下来，还坐在那里，内里却是空的，一点重心都没有了。他握着湿答答的床单，忽然想起三年前的一个夜晚，那时候宋之仪还是帕金森症的早期，被人扶着还勉强能走路。她每次都坚决地要求他把她扶到厕所去解手，自己哆嗦半天才能解下裤子，但也绝不用他帮忙。到后来就无论怎么哆嗦她都解不开自己的裤子了，直到已经尿到裤子里了，裤子还是没解开。

那天他拿着她的工资卡出去替她领了一次退休金，她每月有四千块的退休金，是母子俩的全部生活来源。晚上他便把工资卡随手放在了床头柜上，等到做好晚饭进来一看，发现柜子上的工资卡不见了。他心里有些不悦，便阴阴地说了一句，妈，你还怕我拿了你的工资卡不还你啊，还要藏起来。

宋之仪半躺在床上，一只手哗哗抖动起来，她慌里慌张地说，我是怕你随手一放就忘了，过会儿找不到了怎么办，就先替你放在枕头下面了。说着就撑起上半身，昂着头，把一只手伸进枕头下面摸索起来。

宋书青干巴巴一笑，工资卡是你的，你愿意怎么保管就怎么保管，别找了，先吃饭吧。宋之仪像是没听见，手还在枕头下面摸索。他把稀饭和馒头端到床头柜上，又说了一句，快别找了，先吃饭吧。

宋之仪像是完全听不见，她费力地挪开枕头，还在那片空无一物的床单上胡乱摸索，好像那床单上一定能长出什么东西来。

宋书青再次说，饭凉了，快吃饭吧。

宋之仪的那只手还在拼命继续找，那只手像一只被鞭打着的转圈的驴，竟一步都不敢停下来。她嘴里还在说，就放在这儿的，我怕你过会儿找不到了，就放在这下面的。

她拱起臃肿的屁股，两膝着地，把两只手都塞进枕头下摸索，看上去像一只笨重的动物正在四肢着地地寻找食物。

他不愿再看下去了，声音提高了好几度，不要再找了，能不能先吃饭？

她头也不回，手也并没有停下来，几秒钟之后却忽然哑着嗓子低低吼了一声，你少说我两句吧。声音嘶哑有力，不像是从嘴里，倒像是从身体的其他什么部位里忽然扎出来的，血淋淋的，像匕首。

他不再说话，也不敢看她，只是呆呆站在那里，不知道该怎么办。忽然看到床头柜下面的抽屉开着一条缝，他一拉开，赫然看到工资卡正躺在里面。他对还在床上摸索的宋之仪说，妈，别找了，你放到抽屉里你自己又忘了。

但宋之仪像是已经完全听不到他的声音了，就当着他的面，她居然在他们中间筑起了一道奇异的玻璃墙，她把自己关在里面，任他在外面参观，只是无法触摸到她。她像兽类一样仍然跪在那里以那个机械的可怕的姿势刨找着她的工资卡，她像是一心要在床上挖出一个大洞来，把那洞全部掏空，一定要证明她确实放在那里了，她没有骗他。

他拿起那张工资卡，在她面前晃了晃，高声说，妈，快别找了，在这里呢，肯定是你放进去自己也忘了。

宋之仪看了那工资卡一眼，但目光里是空的，像是完全不认识那是什么，她继续她手里仓鼠一般的浩瀚工程。

他几乎是哀求了，妈，工资卡是你的，你想怎么保管就怎么保管，我只是帮你去领工资，并不是要替你保存工资卡。你放心啊。妈你快不要找了，已经找到了啊。

她不理他，继续刨床单。在那一瞬间他忽然觉得无比绝望，他亲眼看着自己的母亲正在变成一种远古的动物，亲眼看着她要在时光中挖出自己的洞穴逃走，离开他，永不复返。然而渐渐地，她的手指抖得越来越厉害，终于支撑不住她的身体了，她像一座颓败古旧的建筑轰然倒塌在床上。她疲惫地闭上了眼睛，却仍然不肯向那张工资卡看一眼。

夜已经很深了，天上高悬着一轮月亮，晚风驮着桃园里的沁香在无人的街巷四处游荡。他坐在屋檐下，搓洗床单的手忽然就停了下来，呆坐了半天之后他开始无声无息地流泪。然后他猛地起身，扔下洗了一半的床单，湿着两只手跑进了屋子里，他扑过去紧紧抱住了赤裸着下半身的宋之仪，他的泪水流到宋之仪的胸脯上，脖子里，他便更用力地抱住她，似乎要把她镶嵌进自己的身体里，骨头里。直至要把她变成他的婴儿。宋之仪一动不动，也默默流下一行泪来，顺着眼角的皱纹无声地爬进了脖子里。

就这样过了许久，宋之仪摇晃着五个手指慢慢说，快给我穿上裤子吧。他忙找出干净的衣服给她换上，把她重新放在月光里，放平放整。他就着月光也躺在她身边，她对他说，你不要怨我，我真的是老了，都忘了自己刚做了什么。他使劲摇头，不说一句话。她又说，我最怕脑子变空什么都不想了。我日日夜夜躺在这床上的时候，就靠着东想西想去打发时间。这几天我一直在想，到底什么样子才应该是中国人的理想形象。我们的文化里没有纳西瑟斯，那到底有什么？我想啊想啊，还是觉得最理想的中国人就是嵇康那样的。那些离自然最接近的人才最像中国人吧，醉卧竹林，鸣琴长啸，采薇山阿，散发岩岫，高蹈独立，才应该是最理想的中国人吧。当年孙登"夏则编草为裳，冬则披发自覆"。阮籍"邻家妇有美色，当垆酤酒。阮与王安丰常从妇饮酒，阮醉，便眠其妇侧"。刘伶"常乘鹿车，携一壶酒，使之荷锄而随之，谓曰，死便埋我"。这样的心性我们为什么后来就再没有了？不光是心性没有了，就连想法都没有了。你不信吗，你不信人可以失去任何一点想法吗？真的会。那时候我终日被批斗，每天要做检查，饥饿羞辱会让你失去最后一点想法，直到完全没有了想法。只是像一堆肉一样活着，人完全还原为肉，和任何动物的肉都没有区别。因为脑子里没有了想法，渐渐地，我周围的现实就对我失去了效力，我身处其中越来越迟钝，渐渐不再觉得羞耻，甚至失去了恐惧。所以，也算是人最本能最卑微的自我保护吧。

想太多会耗神的，你好好养病就好。

现在我躺在床上不能动了，你知道吗，我真的很害怕，我害怕慢慢地我可能连意识都没有了，又变回了一堆没有知觉的肉。你要答应我，千万不能让我活到那天啊。你答应我，啊？

他不再说话，只是静静蜷缩在她身边，像是已经睡着了。

3

过了几日，桃花已经开始陆陆续续凋谢的时候，宋书青忽然又在桃园里看到了那个叫小调的男孩。

他正站在一枝桃花仍然簇拥繁茂的树枝下握着自己的宝剑，那树枝因了这满枝的桃花，看上去有一种异常明亮的感觉，以至于把树下小男孩的脸都照亮了。

小调一看到他就跳起来，远远地笑着跳着对他招手。他走到了那枝明亮的桃花下，还没有来得及开口说话，就见小调从自己口袋里小心翼翼地掏出一部旧手机来。是一只老旧的诺基亚3100手机。男孩把手机递给他说，叔叔你能帮我给我爸爸打个电话吗？这是他以前用过的手机，他去了澳大利亚了，这手机留在家里被我找出来了。我昨天晚上偷偷充上了电，这手机是我爸爸的，那我用它打电话，我爸爸就一定能接到电话，是不是啊？

宋书青接过手机摸索着，翻来覆去地看着，却并不打电话。他对男孩说，澳大利亚太远了，他接不到我们的电话的，因为实在是太远了。等你长大了，你就可以去澳大利亚看你爸爸了。

男孩失望地看着他手里的手机，不能打？你试过了吗？要不你再试试？你是说让我去做个水手吗？是不是做了水手坐着大轮船就可以去澳大利亚了？叔叔你说是不是坐上轮船就可以去澳大利亚了？

男孩把手机要了回去，仍旧小心翼翼地装进口袋里。然后，手里握着那把塑料宝剑在树下挥舞了起来，好像对面正有个隐形人和他在对打。

宋书青看着眼前的男孩忽然再次感觉是与四十年前的自己重逢了，那时候他也是这样，终日一个人游荡在这片桃园里，至于父亲，他连父亲的照片都没有见过。父亲对他来说只是一种麻木迟钝的模糊痛苦，这么多年里他对这种痛苦进行了蒸馏提纯，最后只肯给自己留下一点人造的回忆。这点回忆是他看到别的父亲做过的，他便强加到自己的身上。比如父亲一定给他削过木头手枪，一定曾把他扛在肩头。因为每个父亲都会这么做，他的父亲只是这个称呼皮肤下的一个单体细胞。

他看着眼前的男孩，或者说看着四十年前的自己，他忽然就有一种奇异的冲动，他想挑衅男孩，想把男孩身上那层薄薄的皮揭开，想一直看到里面去，似乎一直看到里面去，他才能与那个真正的自己重逢。他说，你还记得你爸爸长什么样吗？

记得。

你爸爸对你好吗？

好。他给我买好吃的，给我买了这把宝剑。

你是不是只有这一件玩具？

等我爸爸从澳大利亚回来的时候，就会给我买很多很多的玩具。

他答应过你吗？

我每次梦见他的时候，他都是这样对我说的。

要是你爸爸再也不会回来了呢？

他默默收起宝剑，背对着宋书青走到桃树下抱住了那棵桃树。宋书青忽然发现他其实是在那里流泪，一种很安静的哭泣，没有动作或声音。安静，无奈，精疲力竭。这样的哭泣出现在这样一个小小的人身上，看起来竟有些可怕。

宋书青一边旁观着小男孩，一边窥视着四十年前的自己，越来越近了，近到了逼真的地步，真的就是他自己。小男孩有多痛，他就有多痛。小男孩不过是个演员，在替他饰演这场很多年前的舞台剧，寂静的观众席上只坐着他一个人。这种带着血腥味的窥视忽然就让他感到了一阵剧痛，他几乎站立不稳，也伸手扶住了身边一棵桃树。桃花汹涌地落了一地，像是要把这一大一小两个人都掩埋进这个春天的黄昏。他想，春天的黄昏，其实多么适合埋葬人们的悲伤。所有的桃花变成了一场一望无际的大雪，直到把这里的人们掩埋得不留一丝痕迹。

宋书青带着男孩去饭馆里吃了一碗饸饹面，又给他买了几个黑糖烧饼，让他带回去给妈妈吃。然后把男孩送到了麻叶寺巷的家门口，男孩一手提着宝剑，一手紧紧抱着烧饼，用那双奇大的眼睛看了他两眼，忽然说了一句，叔叔，等我长大了也给你买好吃的。然后像个骑士一样转身向屋里冲去，一边跑一边兴奋地尖叫着，妈妈，妈妈，你快看我拿回来什么了。

宋书青回到家进了屋子没有开灯，床上躺着的宋之仪一动没动。一阵夜风吹过，窗前蜀葵和西番莲的影子透过玻璃印在了墙上，桌子上，被子上。它们像南国雨水充沛的妖魅植物一样，蓊郁地，阴森森地覆盖着她的脸，她的手，还有她木匣子一样日益空洞腐朽的身体。然而，她还是一路携带着自身的重量，以一个加速度向着那个更深不见底的地方坠去，坠去。他习惯性地把手伸进她的被子里摸一摸是不是湿的，她忽然开口，因为这几天舌头已经开始变僵硬，声音听起来多少有些陌生，没有尿湿，我不喝水就尿得少。

为了不尿床就不喝水？他赌气一般拿起她喝水用的奶瓶。她最近已经开始用奶瓶喝水了，因为她用杯子的时候总是把水洒满胸脯，他便给她换了婴儿用的奶瓶。他坐在床头扶起她的上半身，抱在自己怀里，用奶瓶喂她喝水。肥大葳蕤的植物倒影在他们的脸上、身上一幕幕上演，像是四季正在他们身上出生，交错，凋零，更替，像是桃花与白雪，垂柳与落叶，霞光与夕阳同时盛开在他们的身上。她很听话地偎依在他的怀里吸着奶瓶，看起来像个刚刚出世的老婴儿。

他知道，过不了多久，她的吞咽功能也将出现问题，她将连奶瓶都不会用了，只能靠注射器打入她的喉咙里。

一奶瓶水喝完了，他还是不忍放下她，就那么紧紧地把她像个婴儿一样抱在怀里。他摸索着她稀薄的头发，摸索着她脸上和手上的皱纹，他说，你不要怕，尿到床上也不要怕，你想喝多少水就喝多少水，尿了床也不怕，我给你洗床单就是。有什么好怕的……只是，你不要离开我就好，我把你当小孩子养着，只是，妈妈，求你千万不要离开我。

她一句话都没有说，也不看他，那张被他抱在怀里的脸湿漉漉的。他就这么坐着抱了她许久许久，以至于让他觉得好像一千年都要这么过去了。他轻轻把她放下，让她睡吧，她却挣扎着，像条被砍去了手和脚的怪鱼一样蠕动着，挣扎着，不要走，不要走。他说，妈你不瞌睡吗？她拼命用目光挽留他，舌头打着卷，我要说话，和我说说话……我怕哪天，我就连话都不会说了……今晚和我好好说说话吧。

仍旧没有开灯，他坐着，她躺着，月光、晚风还有植物的呼吸游弋在他们周围。又在黑暗中静默了一会儿，他先开口了，妈，给我讲讲我爸爸吧，为什么很少听你说起他，以至于让我从小就觉得自己没有父亲。

黑暗在他们中间筑起了一条隔离带，使他们彼此都有了些许安全的感觉。她面目模糊地躺在那里，看上去如一条失去了年龄与性别的河流，而他孤独萧索地等在河边。她开口了，我一直都想告诉你什么叫盘底盛宴，就是你的盘子里就剩下那么一点吃的的时候，无论那剩在盘子里的是什么，都将是你的盛宴，不管剩下的是一块土豆一片菜叶一块面包甚至是面包屑。如果你不想饿死，那剩下的那点东西都是你的盛宴。你只能去舔那盘子。你仔细想过这个可怕的动作吗？舔。人活到一定程度的时候会觉得生活看上去骨骼林立，上面没有任何多余的东西。这时候无论别人随便给你点什么，你都会感激不尽地接住。

…………

我们被下放到交城县的第二年，你父亲就自杀了，跳楼死的，那是1968年……是的，那时候你还没有出生。他死后，他曾经喜欢的东西，很多年我都不愿去碰，因为我怕伤到我。当年你父亲死后我还是整日被批斗，每天扫大街，就这样过了好几年。那时不知道还会平反，我已经一眼看到我的后半生会怎么过了，没有工作没有丈夫没有家庭，还是牛鬼蛇神，就是以后想随便找个人再建立个家庭，也会被人嫌弃，最多也只能找个引车卖浆之流或是残疾人，人家还嫌你成分不好嫌你结过婚。那真的是盘子已经看到底的感觉，空荡荡的。我必须想清楚我后半生最需要的那一点东西是什么，到那个时候，什么文学什么诗歌都已经没有一点用了。我甚至顾不上去太多地悲伤，因为悲伤也很奢侈，你根本悲伤不起。我只能去想那一点点最后的东西是什么。

那是什么？

一个真实的孩子，一个亲人，不是幻想中的，不是在大脑里行走的孩子。

我需要一个真实的孩子，只要有一个孩子，那我的后半生就不那么害怕了。有一个孩子我就有了家，就有了亲人。有了一个孩子，无论我以后多么丑陋多么贫穷多么活得不像一个人，不论我被整个时代怎么折磨，他都不会离开我。那时我每天在扫大街扫厕所，就慢慢认识了一个靠拾荒为生的男人，我从来没有问过他的名字。他是个善良的人，大概觉得我可怜，就不时关照我一下，白天给我一口水喝，晚上还偷偷给我送过两次吃的。晚上我一个人躺在光木板床上的时候就翻来覆去地想，只能是他了，就他了，因为只能是他了。他毕竟是个男人，只要是男人就可以。我只是需要一个孩子，而不管孩子的父亲是谁。

  …………

  这两天我预感到我可能很快连话都不会说了，所以我必须告诉你这些秘密。很多人活在这世上都将成为秘密，可我不想让你这样。那时我为了说服自己，拼着命地去想他那一点好，一点对我的关照，想他还给我送来一点吃的东西。我把那一点细节无限地放大，翻来覆去地在心里背诵他那点好，背诵得滚瓜烂熟，背诵得让自己都开始恶心。就这样那点细节比他本人都要更真实更具体，都更像一个活着的人了，以至于我能够拼尽全力地去忘记他那口从没有刷过的黄牙，黄牙间的口水，忘记他粗鲁的举止，忘记他从不洗澡积攒下来的体味，那种体味我一辈子都忘不了，过了这么多年了，那种体味好像还牢牢长在我的身上，像一层皮肤……后来我真的怀孕了。无论他们怎么折磨我，最后我终于是把一个孩子生下来了，就在那光板床上，自己一个人。对，那个孩子就是你。这就是盘底盛宴。你该知道盘底盛宴的感觉了吧。光光的一览无余的盘子，代表着破碎，赤贫，灰烬，一无所有。盛宴却是华丽的，光影斑斓，流光溢彩的，堆积着婉转的色彩与无尽的想象，甚至是富丽堂皇的。然后生生地把这两个词绑在了一起，让它们成为一体，在虚无中享受盛宴。而那舔着盘底的人，你知道吗？看起来会不像一个人，更像一种可怕的兽，你会为了盘底的那一点东西，或是一点吃的，或是一点依赖，或是一个人，而去乞求，去下跪，去哭泣，去挽留，去头破血流地一次次往上撞。直至长成一个人状的怪物，或一个怪物一样的人。

  …………

  我这么多年里从来不敢去要求你什么，就是因为觉得我对不起你，因为你是被我硬生生地拽进来的。所以你后来不愿去上学，我就不让你上，你从小不愿和外人接触，我就让你一个人待在家里，你长大了害怕找工作，我就养着你。好在我还有一份工资，够我们两个人生活，你喜欢一个人安静地看书就可以一直看下去。可是……

不要再说了。

可是，我终究是要死的，我死了你怎么办。

不要再说了，妈，求你不要再说了。

我这样瘫在床上几年了还不忍心去死，我还要拼命活着，你以为我就真那么喜欢这人世间吗？我早已厌倦不堪。那你知道是为什么？因为我一死，我那份退休工资就停了，你没有收入怎么办啊？你一个人可怎么活啊。

你要再说我就把你放到院子里去。

你放吧，你把我扔到街上都可以，我知道让你伺候一个瘫子好几年早就让你烦了累了。我其实真没有那么想活，人世间是什么，四十年前我就再清楚不过了。可是，小书，我死了你怎么办啊，你都没有工作过一天，你连一技之长都没有，你都不知道什么是社会。所以我一直不忍心死去。我是真的不忍心。

你再说一句我就走，我睡到街上去，你一个人睡。

小书，你一定要听我的，你要记住我今晚的话。如果我死了，千万不要办丧事，不要通知任何人，你就悄悄把我埋在谁都不知道的地方，或者把我烧掉，但不能让任何人知道，你要瞒过所有的人。这样你就可以继续领我的退休工资，因为那工资每次都是你替我去领的，他们都认识你，而且领教师工资也不用我自己的手印……你就这么领着，领一天算一天，你就能活下去，你再领十年的工资，就当我又活了十年，那时候我都八十多岁了，不知道一个人老到八十多岁是什么样子，会不会看起来老得吓人？只要你还领着我的工资就当妈妈还一直活着，陪着你……只是，千万不能让任何人知道我死了，一定要让他们以为我还活着。

不许你再说话，求求你不要再说了。求求你了。

我用了这么多年才想明白一个道理，对人最高的怜悯其实就是对肉的怜悯，你不知道被剥夺了任何想法的人是多么的可怜，就是一堆和动物没有任何区别的肉。你让他做什么他就会做什么，你想让他骂自己他就骂自己，你想让他死他就会去死。所以真正的怜悯是对世间这些行走的肉的怜悯，而不是对人的怜悯。我一直不愿告诉你，你真正的父亲就是那个看桃园的老人。平反后我去教书了，他去守了桃园。这么多年里就在一个县城里，我总是避着他，生怕碰到他，就是碰到了我们也像不认识一样，从没有说过一句话。他知道我厌恶他，便也从不靠近我，我甚至至今都不知道他的名字。可是，就是这样，我还是能比别人更多地感觉到他的存在。后来他和那瘸子一起死在桃园里的时候，我是最早知道的。因为有段时间一直没见到他的背影，我就感觉可能他出什么事了。我这么多年里第一次进桃园找他，就看到，他和瘸子死在一起，已经开始腐烂，身上爬满了苍蝇。可是这样腐烂的肉身与当年你父亲跳楼摔成一堆血肉比，又算得了什么，没有比一个人硬生生把自己摔碎更可怕的了。我不知道他们是怎么死的，我猜测也许是自杀，因为他们死的时候躺在一起，姿势并不痛苦，身边没有一滴血，衣服整整齐齐。可是就是知道了他为什么死又怎样，他没有一个亲人，谁会在乎他。我想了很久，没有告诉任何人，最后就悄悄把他和瘸子埋在了桃园里，给他们筑了两座坟。每年的清明节我都在他坟前给他点一支烟，倒三杯酒，也算我们在这人世间认识过一场。

　　…………

　　你小的时候我从不阻止你去桃园里玩，是因为我想，他虽然不认识你，但是就是能多看你几眼也好。

　　宋书青转过身跌跌撞撞地疾步往屋外走，屋里没有开灯，黑黢黢地错落着一团一团坚固的阴影，他走到门口的时候，忽然整个人重重撞在了门上，他痛苦地呻吟了一声，弯下腰抱住了自己的膝盖。床上的人也不再说话，屋里忽然之间静得恐怖，就这么安静了几分钟之后，他忽然回过头跌跄着向那张裹在暗影中的木床冲过去，他一头扎在床上，把脸紧紧贴在老妇人的身上，无声地哗哗地流着泪。他抓住老妇人的一只干枯的手，放在自己脸上，一遍一遍地摸索着自己那张湿漉漉的脸。那张脸因为无声的哭泣而变得狰狞，变形。

4

　　已到四月，杨花飞雪。整个小城的人们都慵懒地倚在飞絮蒙蒙的窗前看满城飞雪。

　　他走进桃园的时候又看到，那个叫小调的男孩子正在树下挥舞他那把宝剑。桃花谢尽，整个桃园从那幢巍峨的宫殿里退了出来，剥落出一树树碧绿。小调站在树下，脸色仍是黄的，换了件不合身的旧衣服，空荡荡地晃荡在身上，袖口挽了两圈还是嫌长。

　　他手里拎着一件事先买好的塑料汽车玩具，还有一盒饼干向男孩走去。男孩远远看见他，便在树下高兴地又跳又叫，拍打着自己的屁股，嘴里"驾驾"，把自己当成一匹马，赶着自己往前跑。等宋书青走到他跟前了，他先是偷偷朝宋书青手上看了一眼,然后又假装什么都没看到,只是脸上忽然就明亮了起来,像在脑袋里面点了一支蜡烛。他举起那只握着的拳头给他看,手掌心里卧着一只指甲盖大小的青桃,毛茸茸的,顶着一朵谢去的桃花。他说,叔叔,地上捡的小桃子,能不能吃啊。我妈妈说要等到秋天,秋天什么时候才能到啊。我还是喜欢冬天,会下雪,我小的时候我爸爸还带我去滑冰。

宋书青把玩具和饼干都递给他,说,你现在就已经不是小时候了,别老玩你那宝剑了,来玩这汽车。男孩怯怯地看了看他手里的东西,犹豫了一下还是接住了。他一边兴奋地拆汽车的盒子,一边低声辩解道,宝剑是我爸爸给我买的,很贵的,是一把好宝剑。男孩一只手抱着饼干,一只手玩着汽车,又趴在地上,把地上捡起来的青桃和蘑菇都装在汽车的车斗里,满满装了一车。然后一边推着汽车走,一边咯咯笑着。

宋书青站在那里,静静地看着地上的男孩。忽然,他清晰地听到他自己的唇齿之间跳出来一句话,好像没有和他商量就径直蹦出来,竟把他自己吓了一跳。他听到自己说,你想你爸爸吗?趴在地上的男孩不吭声,继续玩汽车。他忽然想狠狠抽自己一个耳光,然而一种更可怕更强壮的力量从他身体里走出来,看都不看他,就兀自对着那地上的小男孩说了一句,你爸爸什么时候就回来了?他踉跄了一下,几乎站立不稳,好像真的被谁狠狠推了一把。地上的男孩还是不说话,也不肯抬头看他,只是机械地玩着那辆塑料汽车。

夕阳从树枝间落下,被割开,又捶打在他身上、脸上。他站在那里有些眩晕的感觉,恍惚之间觉得地上的男孩其实就是四十年前的自己,而看着自己的其实是另一个陌生人,陌生到了残忍的地步。他盯着地上那个曾经的自己,那个像虫子一样弱小,无法抵挡任何杀戮与伤害的自己,忽然有了一种迷恋的感觉,迷恋伤害,迷恋他身上所有的灾难故事,迷恋他身上那些最痛的缝隙。似乎只有更多的灾难才能治疗他的灾难,更多的疼痛才能喂饱他的疼痛。他听见自己忽然又对四十年前的自己说,你爸爸到底去了哪儿?他到底什么时候才能回来?他真的能回来吗?

男孩的眼泪终于流了下来,他的心被这眼泪狠狠割了一刀,但这疼痛又让他愈发贪婪,他失去控制地盯着男孩脸上的每一寸表情。男孩无声地流着泪,忽然抬起头对他说,我爸爸在澳大利亚,他回来的时候会给我买很多玩具,还会买很多好吃的。他快要回来了,我已经给他打过电话了,他在电话里告诉我的,他很快就要回来看我了。

刹那,他的泪也几乎要下来了,嘴里说的话却已经完全不受自己控制了,完全是那个陌生人在代替他说。他说，能告诉我你怎么给他打电话的吗？

男孩抹了一把眼泪，低声说，我爸爸的手机就留在家里，我一打他的号码，他的手机就响了，爸爸就能在电话里和我说话。

终于，他的泪也哗地下来了。他满足地站在那里，昂起头，心里剧痛着，不让男孩看到他的泪水。

男孩又高声对他说，我爸爸还说了，他要是回不来，我就去澳大利亚找他。告诉你一个秘密吧，我有一只储钱罐，里面已经攒了一百个金币了，我已经有一百块钱了。等我攒够了金币，我就坐轮船去澳大利亚找我爸爸去。你不信吗？下次我把我的储钱罐拿出来给你看，是一只小猪储钱罐。

他很想很想一步跨过去，紧紧抱住男孩，抱住四十年前的自己，在这桃树下，在这夕阳里痛哭一场。然而他只是抹去眼泪，轻声对男孩说，快吃点饼干吧，你还喜欢吃什么？都告诉叔叔。

天黑透的时候，他把男孩送到了麻叶寺巷的家门口。男孩抱着玩具汽车往里冲，妈妈，妈妈，快看我的新玩具。叔叔送给我的，还能装小桃子，还能装蚂蚱。

屋檐下一个女人的身影正在洗衣服，她听见声音抬起头来，他们在黑暗中对视了一眼。他看不清她的脸，只能看到她一层薄薄的剪影。女人看了他一眼，然后继续洗手里的衣服。

回到家里，第一件事就是给母亲换床单，换裤子，她毫无意外地又尿到床上了。他把她日益滞重的身体搬开，铺好床单，又打来一盆热水给她擦洗身体。她由他摆布着，一动不动，她的全身上下只有眼珠还能动，她便使劲地向他眨着眼睛。自从她不能说话了以后，她就依赖这双混浊的眼睛和他说话。他问，饿了吗？喂你点稀饭吧。刚买菜时给你买了些香蕉，可以帮助通便的，吃了饭再喂你。

宋之仪失去说话的功能是在那个长谈之夜后的第二天，她再张开嘴的时候，发现嘴里一片阒寂。昨晚说过的所有话已经如落叶坠入大地永安之心，草木成灰，万物凋零。所有关于父亲的秘密在这里戛然而止，所有关于她自己的秘密也永远被关进了一扇紧闭的窗后。琴弦在月下崩断，她嗓子里已经发不出任何声音了。晚期帕金森的病症之一。接下来，她还要渐渐失去咀嚼和吞咽功能，接下来失去排泄功能。唯一维持身体机能的办法就是输营养液，再把排泄物从身体里抠出来。

到黎明，她听见万物断裂的声音，包括碎成几段的河流，纷纷流浪在大地上。

他把她的头放在自己腿上，像婴儿一样给她戴上围嘴，然后用勺子把小米稀饭一勺一勺送进她嘴里，她的喉结在缓缓蠕动。她的整个身体忽然在他眼中开始变得透明，他都能清楚地看到她的血液她的骨骼和她那些正逐渐走向衰竭的脏器，他能看到金色的小米稀饭正像一群游鱼一样在她身体里缓缓游动，正往那深的，更深的地方游弋而去。他恍惚看到自己也像一条鱼一样正在母亲的身体里游动，从立春到秋分，从水湄到山涧，从更漏将阑到满川烟草，他住在她的湖泊里、血液里，每一块骨头里，每一根神经里，每一寸光阴里。他忽然发现，他真是不想离开她这残缺破败锈迹斑斑的身体啊，他真想永远寄宿于其中，她生他便也葳蕤，她死他便也凋谢。活在这世上，犹如月痕，譬如朝露。

那碗稀饭，她吃了很久很久，屋子里只有勺子碰到瓷碗的叮当声和坠入喉咙的咕咚声，空气里四处蛰伏着她卧床太久之后发酵成的醇熟与腐败的气味。她极温顺极听话地枕在他的腿上，仿佛是他新生的小女儿。

云归后，月在庭花旧栏角。他觉得一生一世就这样过去其实也挺好。

再次走进桃园的时候，小调果然又站在那里。他断定他一定是在那里等他。他远远看着那男孩孤零零地坐在一棵巨大桃树的枝杈上望着远处，看起来像一个正在大海上航行的水手。男孩一看到他，就从树上跳了下来。先悄悄地看了看他两只手里拿着什么，一看宋书青手里不是空的，他便分外高兴，却又忙藏起这高兴不敢去问他拿的是什么。宋书青见他手里还是拿着那把宝剑，就问，上次送你的汽车呢？男孩说，放家里了，舍不得拿出来。

宋书青把买来的蛋糕递给他，男孩看见蛋糕，连忙搓着两只手，兴奋得不知道该如何是好。最后挑了一块大的，边吃边讨好地抬眼看着宋书青说，叔叔，我妈妈说要我谢谢你。宋书青看见他嘴里的一口乳牙基本已经换完了，只有一个豁口还没有长出来，就问他，你掉的那些牙都哪儿去了？男孩说，都去了它们该去的地方。他问，哪里是它们该去的地方？男孩说，上面的牙齿就扔到门后面，下面的牙齿就扔到房顶上，我妈妈说这样才能长出新的牙齿。他说，你怎么不去上学？你不想上学吗？男孩只是默默啃着蛋糕，眼神黯淡下来，不再说话。

他又从包里掏出两本画报，递给男孩说，你最喜欢看的是什么？男孩立刻又高兴了，指着天上说，我最喜欢看奥特曼，奥特曼住在外星球上，有时候会来到地球上打怪物，奥特曼很高很高很高，有几层楼那么高呢，几下就把怪物打死了。他翻开一本画报，说，那都是假的。我教你看书吧，这是一本《海底世界》。你看这是各种各样的鱼，这是鲨鱼，这是鳗鱼，这是鲇鱼，这是巨口鱼，这是灯笼鱼。

男孩连忙说，灯笼鱼会自己打着灯笼吗？他说，灯笼鱼的头顶上就长着一只灯笼，可以给它照亮海底的路。男孩咯咯笑起来。他又说，这是各种贝壳，有白玉贝、鹦鹉螺、星螺、雪山螺、黄金螺、砗磲贝。最大的砗磲贝能把一个人装进去，它们还会自己在海底走路呢。这是海底的珊瑚，漂亮吧，五光十色。

男孩连忙跳起来说，珊瑚我知道，澳大利亚的大堡礁就有很多珊瑚，我妈妈说珊瑚是珊瑚虫盖起来的房子。等我到了澳大利亚我就能看到珊瑚了。

又是他的澳大利亚。他有些厌烦有些疲倦地合上了画报，看看天色，说他得走了。男孩用乞求的目光看着他，叔叔你能和我玩个游戏吗？就一个，一个就好。他叹了口气，说，好吧，你想玩什么？男孩眼睛倏地又亮了，那我们玩捉迷藏吧，我藏起来你找我。你快把眼睛闭上，从一数到十才能睁开。

他闭上了眼睛，听着周围的动静，他能听到风吹过树叶的沙沙声和虫子的弹琴声，还能隐隐听到男孩子渐渐走远的声音。他竟一时不想睁开，只想彻底融化在这黄昏里。等他再睁开眼睛时，忽然发现天光已经暗下去一截了，整座桃园影影绰绰，看起来有些阴森的感觉。不见了男孩的踪影，他在桃林里穿行，四处寻找男孩的影子。走着走着，他忽然有一种奇怪的感觉，似乎他正走在一条隐秘的时光隧道里，他每走一步，便感觉离自己的童年更近了一步，而他自己也缩小了一点，他整个人正向着一个他最害怕的角落坠去。他从不愿去回忆自己的童年，以至于到后来他就以为自己已经没有了童年。此刻那童年就匍匐在桃园深处的阴影里窥视着他。最后一缕天光从树枝间落在地上，明暝分际，他忽然明白，他要找的男孩正是那个童年里的自己。那个四处被人嫌弃被人欺负的孤独的小男孩，没有任何人愿意和他玩游戏。只有一次捉迷藏的经历，他被别的孩子锁进了一个破立柜里，他在那立柜里喊了很久很久才有人听到把他放出来。

他深一脚浅一脚地寻找着那个男孩，更像是寻找着那个多年前的自己，心里越来越恐惧。他叫了一声，小调。没有回应，只有沙沙的树叶声诡异地低吟。他又叫，还是没有人影。他又往深处走去，忽然就看到眼前有三座静静的坟墓正与他对视着。

所有的记忆在一个瞬间复活。父亲，肮脏的老人。他怔怔与它们对视了一会儿，然后转身就往外跑，一直跑出了桃园。他要马上离开这里，不再管那个小男孩。走到半路上的时候，他的泪忽然就下来了。他转身又返回桃园，这时候半轮月亮已经升起了，桃园里铺了一层疏淡的月光。他刚走到桃园的入口，就看到一个小小的身影正一动不动地站在那里。男孩正无声无息地看着他。

第二天男孩没有去桃园，第三天也没去。宋书青便买了一些吃的，又按男孩的身高买了一身新衣服，黄昏时分来到了麻叶寺巷的男孩家门口。男孩正和一个女人坐在屋檐下吃晚饭，看见他进来，男孩有气无力地叫了一声，叔叔。女人连忙让他坐下，快喝碗稀饭。他第一次看见这女人的脸，淡眉疏目，脸色苍白，倒很清秀的样子。女人似乎想说点什么，但也没有开口，只是很感激无措地站在那里。他不敢再看女人，只忐忑不安地看着男孩，说，小调，我给你买了吃的来，还有一身新衣服，也不知合不合身，怎么这几天不见你去桃园里玩？女人说，他这两天在发烧，不知怎么感冒了。见男孩蔫蔫的，并不想和他多说话，他便转身离去。女人一直把他送到门口。一直到他快走出巷子了，回头一看，女人还站在门口。

门口的虫鸣高高低低。我曾经与多少人遇见过，在没有伴侣的人世里。

宋之仪病情恶化，宋书青一连多日没有出门了。

第三日。宋之仪不再进食的第三日。他把蔬菜、肉、水果打成灰色的汁液，用注射器注入她嘴里，然而她已经连最后的吞咽功能都退化了，消失了。灰色的汁液又从她的嘴角溢出，看上去像是可怖的毒药。他又打进去，她又吐出来。他再打，她再吐。他恐惧地大声抽泣着，她怎么能这样。她不能这样对他。她怎么可以把赤裸裸的死亡一步之遥地摆在他的面前吓他。她怎么就不知道他会害怕。他使劲掰开她的嘴巴，一边抽泣一边蛮横地把那灰色的汁液往里灌，她喉咙里发出了可怕的咕咚声，然后她再次吐了出来。他抱住她号啕大哭，他使劲摇晃她的身体乞求她哀求她，求求你，求求你了。她却只是无声无息地躺着，如安静地上班下班，安静地做饭洗碗，安静地性爱和欲望，安静地生和死。

他不去看她身体上唯一活着的眼睛，兀自把她的被子拿开，她的下半身无耻地向他裸露出来。他看着她两腿间那个丑陋的地方，忽然便再次泪下，他想其实他可以从这里再回到老母亲的子宫里，最初的胎，最后的冢，空骨埋尸的乱葬岗。他费力地把她翻过身去。她那个溃烂苍白的臀部此刻就正对着他。生命栖息于生命，如鸟栖息于树木，早晨栖息于黄昏，骨头长出骨头，血液造出血液。这世间本身就自带疯狂与轮回，究竟有多少的不忍心。父亲的骨灰有一天进入女儿的阴道，是不是就会孕育出一个新的父亲？此刻他手里握着一把细长的勺子。人是一种必须排泄的丑陋动物，人生来就有必须肮脏的一面。他不能让那些干硬恶臭的宿便变成利器戳穿她的内脏。

可是她的整个身体里好像都已经被清空了，什么都没有，甚至连那些内脏好像都被她自行消化了，吞食了，空空荡荡的。

第十日。宋之仪不再进食的第十日。他早已放弃给她喉咙注入毒药般的肉汁，她停止进食，也停止排泄，她像一株植物一样静静地长在泥土里，承受着日月与流年，春光与秋风。她不再有腐败之气，看起来枯瘦而洁净，通体散发着植物的清香。一条透明的塑料管子插在她手上，营养液一滴一滴地流进她的血液。他日夜坐在床边陪着她，他也陪着她不吃，不喝，不睡，陪着她活成人世间的一棵植物。草木有大命，枯而又荣，荣而又枯。一只鸟，不厌其烦地纠缠它喜爱的那棵树。液体一滴一滴地落进血液，是时间的脚步，是更漏将阑的声音。一滴，一滴，渐渐走进黄昏深处。他紧紧握住她的另一只手，把它藏在怀里，把它种植于自己的血肉之中。他把脸贴在她的胸前。那个夏天，还有那个冬天的事，你忘了也挺好，就是记得，也无妨。就像任何一个冬天和任何一个春天一样，其实都不过是，你栖身的土壤。

第十五日。宋之仪不再进食的第十五日。她周身变得透明，连皮肤下面紫色的血管都纤毫毕现，纵横蜿蜒的血管如植物的纹理。她变得出奇轻，出奇的小，似乎只要一个指头就可以轻轻把她碾碎。她的骨骼，她的五脏全部被她自己吞噬掉了，像人类一万种重复的罪孽，上演着万物刍狗的古老神话。他已经不吃不喝不睡多日，他已经失去人形，就这么躺在她身边，紧紧抱着她，他贪婪地呼吸着她身上那种属于母亲的气味。他想变小，想回到她体内，他想死在她的前面，就可以不用看到她的死。

如果我也死去，我们就会靠近一些，而我知道自己不会死，我也知道自己将亲眼观看着你的死亡。能不能离我再近一点，再近一点，就像我小时候发烧时那样抱着我，寸步不离我。小时候我很乖很安静，就坐在小板凳上安静地等你回来。

她不吃不喝不语不屑不笑，她如植物一般种在那里，他以为她已经不再知道什么是悲伤，什么是喜悦，却忽然看到她的眼角流下大大一滴眼泪。那滴眼泪一直往下流往下流，一直流到了枕头上。他明白她在告诉他什么，其实他早就明白，于是便不去看她的眼睛，她身上那唯一活着的地方。他却不知道，她原来还是会流泪，她并不是没有了任何想法的肉。他坐了整整一个晚上，即将坐到天荒地老了，黎明前，他慢慢把几乎没有了重量的母亲轻轻抱在了怀里，像抱着自己初生的婴儿。他亲吻她的额头，她干枯的皮肤，她脱落的头发。然后，他伸出一只手静静地拔掉了那根正滴着液体的塑料管。

他一直就这么抱着她的尸体，一连抱了几天几夜。他一滴泪都没有流。他终于明白，这就叫拥有，因为她再不会离开，而他将不再感到失去。她终于死了。屋子回到了一种旷古的宁静，再没有人会打扰他的寂静与厮守。

5

这个深夜，麻叶寺巷里飘过一个失魂落魄的人影，步履踉跄地飘进了男孩小调家的院子。院门是开着的，有一间屋子里还亮着灯。

他无声无息地站在院子里，干枯地饥渴地精疲力竭地与那盏灯对视着，它看起来就像母亲临死前的最后一缕目光，他做出拥抱的姿势向那灯光走去，好像这样就可以抱住母亲。他推开门，空空荡荡地飘了进去，只见灯下呆坐着一个女人，见有人进来，并不惊慌，只是抬头看了一眼。他什么都没有想，什么都来不及想就向着那女人直直走了过去，他一把抱住了她。多日的不饮不食榨干了他的所有水分，他身上散发着枯木、深渊、尸体与败德的味道，然而他又浑身滚烫，几欲燃烧，似乎他此时燃烧的已不是水分，而是血液。血液燃烧产生的蛮力浇筑在他手上，他一把就扯掉了她的裤子。女人没有挣扎，光着下身躺在昏暗的灯光里，安静地看着他。他久久地看着女人两腿之间，女人躺着，一动不动。他忽然低下头去，把脸深深埋进了她的两腿间，似乎这样他就可以从那个部位再次回到母亲的子宫里。这样他就可以离母亲近些，更近些。他伏在她两腿间一遍一遍地叫着，妈，妈，妈，妈妈，妈妈。

如果我死去，我们就可以靠得更近些。可我没有死，我只是这样静静看着你生你死你病你老，就像站在杨柳依依的桥边看着船上远行的你。最后我看着你就像看着这人世间最纯真的婴儿。你死的那一刻我忽然无悲无痛，周身没有一点裂缝，我什么都不想做，我什么都做不了。我多么想一直把你拥抱入怀，据为己有，让你再没有机会离开我。让我可以一直随身携带着你，如携带着一块玲珑的宝石去周游这人世，去看那一夜的大雪和那一春的桃花。你是否能忘记我对你曾经的所有厌烦和热爱，能否忘记这人世间对你曾经的所有厌烦和热爱。

　　这么多天以来，他终于能够哭了，终于能够号啕大哭出来，他一直哭到后半夜才渐渐安静下来。在哭声结束的那一瞬间里，他忽然觉得自己刚刚被重生了一次，他像一个透明的婴儿一样重新来到了这个世界上。周围的一切看起来熟悉而遥远，空洞而陌生，像是很多个世纪之前曾经来拜访过的星球，恍惚留着些斑驳的记忆。他哭完之后就一直用那个姿势，蜷缩在她的两腿之间，好像他是她刚刚新生出来的婴儿，又好像他随时都准备离开这人世，返回他的故乡。女人整晚上一直都抱着他，轻轻拍打着他。小调在隔壁的房间里睡得很熟。

　　第二天早晨离去的时候他给女人留下一些钱，到晚上的时候又来了，仍是整晚上抱着那女人，离去时又留了钱。周而复始了多日之后，他忽然对女人说，以后我来养活你和小调吧，我每个月有四千块钱的收入，够养活你们。

　　他惧怕一个人待在家里，家里到处是宋之仪滞留下来的气息，甚至于她尸体上的霉菌都在屋子里的每一个角落里繁衍生长开花结果。他一走进屋子便觉得宋之仪还躺在那张床上，还睡在那绿色小花的被子底下，还在那里等他喂饭喂水。等他真的带着荒诞的相信走过去了，他想象母亲的离去其实是他刚做的一个梦，现在是该梦醒的时候了。他甚至满怀信心地站在了这梦的边缘，等着纵身往深渊里一跳。揭开那被子一看，下面是空的，只有一个年深日久烙出来的人形凹槽静静地躺在那里，枕头上有母亲留下的几根灰白色的头发。他再次无法分清究竟哪个是梦境，他到底是站在梦境里还是现实里，到底是梦中的他在看着他，还是他正阴森森地看着梦中的自己。立起来的三维空间如高墙一般把他困在最里面，上面，下面，左面，右面，侧面，正面，全是宋之仪破碎的零散的器官和影子。他趴在床上静静流了一会儿泪，然后，他小心翼翼地把那几根灰白色的头发收了起来。

　　他不肯回家，生怕碰见邻居，便白天去桃园里徘徊，趁天黑下来便去麻叶寺巷的小调家里。然而这天一出门便碰到了对面的段老太，段老太正把手袖在围裙下站在自家门口，一见他出来了便笑眯眯地看着他说，怎么好久不见你推着宋老师出来溜达了，宋老师的病怎么样了？我还想着这两天买点好吃好喝的去你家看看她呢，结果敲门没人应，整天连你个面儿也逮不住，今天总算逮住你个面儿了。

　　宋书青浑身一哆嗦，在阳光下忽然有窒息了几秒钟的感觉，好像他正沉在水底看着岸上的段老太太。然后他听见自己冷静得有些异样的声音，摸上去像玻璃一样光滑寒脆，我妈她这几天回我乡下的小姨家住去了，住一段时间或许对身体好，乡下空气好，我小姨家吃的蔬菜都是自己种的，一点化肥都没有下。我妈已经有好转了，都能自己拿勺子了，就是手还抖。

他感到当他特意加上最后一句话的时候，就像有一条蛇从他嘴里游过，倏忽的、冰凉的、血腥的，然后游到他身体深处狠狠咬了他一口。他几乎呻吟出来，却只是痛苦地闭上了嘴。

段老太从围裙下抽出一只手，搭起一个凉棚，饶有兴趣地看着他，哦？已经能拿勺子了？宋老师真是命大，都不用人喂饭了，还能自己拿勺子吃饭了。说不准过两天就能下地走路了，我可等着她来我家串门了，自打她不能走路串门了，我这心里呀，就觉得空落落的。

他勉强竖起一个直直的背影消失在了段老太的视野里。然后，背影轰然塌下来，他拖着残破的影子向桃园走去。前面的桃园像一个大梦一样正安静地诡异地等着他，他只想躲进去，简直都有些急不可待了。一走进桃园他就看到，那棵大桃树下正站着一个小小的身影在挥舞宝剑。他阴着脸走了过去，小调看见他过来便停住了，可是也并不怎么敢看他。他怒冲冲地对男孩说，你怎么又逃课了？好不容易把你送回学校上学，你怎么老是逃课。你看看一年级的小孩们哪个年龄不比你小，你比人家大就更应该好好学习。

男孩不说话，只是低下头去仔细摸着宝剑被磨坏的毛边。男孩的态度更是激怒了他，他一把夺过他手里的宝剑，没听到我和你说话吗？你现在不好好学习，长大了怎么办？让你妈妈一直养着你吗？等你到了我这年龄了还让你妈养着你吗？

话刚说完，他感觉像拿兵器砍砍到了自己的骨头上一样，很钝的痛，他痛苦地弯下腰去。男孩跳起来夺过了自己的宝剑，大声对他说，不要你管。我不喜欢你老去我家，你又不是我爸爸，我爸爸在澳大利亚。我给我爸爸打过电话，他就要从澳大利亚回来了。

他的眼泪几乎下来了，却伸手一把又把男孩的宝剑夺过来，他做出要把宝剑扔出去的样子，说，你去不去上学？你为什么不好好上学？我小的时候是想上学都没学可上，学校不要我，我没有进过一天学校，我连什么是学校都不知道。可你现在有学上了，为什么不去上？你说，为什么不去？

男孩跳起来要够着那把剑，他嘴里不停地叫着，要你管我要你管我，你是谁要你管我，你又不是我爸爸你还住在我家里。谁要你管我，谁要你管我。

他一把把那把剑掷了出去，宝剑掉到了密林深处。男孩突然不说话了，只是阴森森地无声无息看着他，他看起来正在变成一团发酵的固体，散发出一种能腐蚀人的气息。宋书青一阵后悔，想开口对男孩解释点什么，张开嘴却又说不出一个字，只觉得内里在被一把大火焚烧，五脏六腑都已瞬间成灰。

男孩跑进了密林深处寻找他的宝剑。他看着男孩的背影，忽然觉得眼前的景象是在他自己身体上打开的一扇窗户，站在这窗前，可以看到神谕般的晨光正渗进这幽暗的斗室。窗外是许多年前的风景，到处是大字报，背着炒黄豆踩着两脚血泡的学生们四处走动在搞大串联，学校的老师们在扫大街，八岁的小男孩宋书青则躲在桃园里最大的那棵桃树下。那棵桃树结满了青色的桃子，那些青绿色的圆形果实挤在树叶的后面，看起来像大大小小的乳房，以至于这桃树看起来充满了母性，像一个千秋万世哺育过无数子孙的庞然怪物。

如今窗外的桃树依旧，那棵最大的桃树因为苍老看起来更加虬媚，它似乎可以就这样永生永世地活下去，可以年年在白发苍苍的头颅上依旧开出艳丽的桃花，它已经有了妖的气质。树下的男孩抚摸着树的年轮，像在八岁之前就已经路过了湖泊、山川、春风、秋霜，最终埋葬自己的白骨。他忽然如此想成为男孩的父亲，因为他深知一个没有父亲的人的今生和来世。

就在黄昏降临的那一个瞬间里，他想不顾一切地冲过去，把那男孩拥抱入怀，把他四十年虚度的光阴如祭祀一样全部虔诚奉上，他希望他能接住这祭祀，能慢慢咀嚼慢慢吞咽，能慢慢流入他枝杈蔓延的青色血管。如果可能，他愿意变成他的父亲，他愿意替他提前走过人世间所有的婚礼和葬礼。而这不是因为他爱他，他爱的其实是这黄昏时分，人间所有徐徐开放的伤口。那些伤口饱满艳丽又安静诡异，如这桃园深处那几座小小的坟墓，正盛开在大地之上。

男孩在桃园深处捡到了自己的剑，但并没有向他走来，只是站在那里，像一个小小的剑客一般，执着自己的宝剑冷冷地看着他。

开始有更多的邻居关心起宋之仪的病情。这天他刚走到自己家门口，就有房前的老张夫妇向他包抄过来，张老太的手里还提着一篮鸡蛋。老头儿老太唯一的儿子五年前死于车祸，如今就靠老头儿贩卖点核桃枣什么的来维持生计。他在看到那篮鸡蛋的瞬间，手猛地一抖，钥匙差点掉在地上。张老太仔细端详着宋书青的脸，说，书青啊，怎么出去这么久，你妈一个人在家里能行吗？我早就说要去你家看看你妈，这不终于抽出一点时间了，我就想着买点什么实惠的呢，还是给她买点鸡蛋吧，咱们房前房后的，什么实惠买什么。快开门啊，让我们进去坐坐。宋书青紧紧捏着那把钥匙，听见自己声音在发抖，我妈去了我小姨家，还住在乡下，没回来呢，我明天要回乡下去看她。

你妈怎么还住在乡下，走了有一个月了吧？老住在人家家里也不是个办法吧。

乡下空气好，对身体好。

赶紧接回来，你说你都不伺候她还有谁愿意伺候？指望别人那不更是假的？

等他开了门，老头儿老太又坚持一定要把鸡蛋给他送进去，他说不要不要，你们留着自己吃吧。张老太脸一沉，是看不起我们吗？鸡蛋是花不了几个钱，可也不要看不起我们哪，都是房前房后的。

他不再挣扎，任由他们进去放鸡蛋。院子里多日没有打扫过，看起来荒芜破败，没有人迹，只有那棵枣树看起来分外茂密繁盛，叶子上闪着一层异样的釉光，整棵树看起来繁茂到阴森的地步。老头儿老太放下鸡蛋四处张望，一边狐疑地抽着鼻子，捕捉着空气里滑过的蛛丝马迹。宋之仪曾住过的那间屋子拉着严严实实的窗帘，看不到里面，这使这间屋子本身就具备了一种奇怪的硬度，锋利地矗立在那里。张老太说，我就羡慕你妈当老师，退休了还有工资养老，多好哇。我们年轻时骗我们当工人好，工人阶级当家做主，结果到老了谁管我们？我们成了最不受待见的。一边说着一边朝窗户里张望。宋书青忙说，我妈在乡下，真不在屋里。老太重复了一遍，你看看我又忘了，你妈她，回乡下了是吧？

终于送走了老头老太，那篮鸡蛋却留了下来放在枣树下。他有些惊恐地看着那篮鸡蛋，不知该如何处置它们，好像它们是老头儿老太扣留下来的一个人质。

6

他日夜躲到麻叶寺巷的女人家里，好让邻居们以为他去乡下接母亲去了。

夜阑人静，小城深处的核里，昏暗的灯光下有一男一女，女人坐着，男人跪着，男人在给女人洗脚。女人不安却并不挣扎，只是深深吸一口气，呆坐在向日葵花图案的床单上。男人一边为她洗脚一边说，直到我妈死了很多天之后我才慢慢清醒，我才慢慢明白过来，我再没有机会给她洗一次脚了，你知道我多想再给她洗一次脚。把她那双瘦骨伶仃的脚捧在手里的时候，就好像我正捧着她的一辈子。她的脚后跟上满是裂纹，她的一个大拇指因为受过伤变形了，特别肥大，看起来很丑陋。可是当你把那样一双脚捧在怀里的时候，你就会觉得她的根在你的手上，就好像她永远都不会离开你。让我给你洗洗脚吧，谢谢你。

他跪在这假想的母亲面前，虔诚地为她洗脚。他想用这无边的静谧的深夜去包扎她所有的伤口，让她看起来有一种誓死不休的美。他想起母亲临死前那些无法掩饰的丑陋，那不能人语的丑陋，那两腿之间的丑陋，那不再粉饰太平的丑陋，那终于要离开桃花与少年的丑陋，那魂魄即将告别肉体的丑陋。他想在这个深夜里一一为她补偿。

他刚为她买的新衣正挂在窗前，一袭红色的长裙在夜风中飘摇，如同一个柔媚无骨的女人正悬挂在今夜的月光下，她们合二为一，不知生死，也无须知生死。在今夜，活着与死去已经失去了界限。他买来的肉和点心正搁在盘子里，如同庙堂里隆重的祭祀，正袅袅冒着青烟。

母亲，今夜我在这里等你就如同你当年带着阴谋与恐惧静静等待我的到来。有时候我恍惚为什么那个必将到来的人是我，而不是别人。可是我和别人又真的有区别吗？如果你此刻从云端俯瞰，我和那些别人是不是都长着一模一样的面孔，是不是其实根本没有任何一点点区别。其实每个人都有可能做你的孩子，只是碰巧我们相遇了。

他和女人每晚抱在一起睡觉，就只是抱着，别的他从不想。女人试图主动过，因为花他的钱，觉得不安。他说，不行，能让我抱着你就好，能抱着，我就觉得离我母亲还很近。因为有时候我觉得小调就是小时候的我自己，看着他就像在看着我自己在长大。对了，明天一定让他去上学，不能再让他逃课了。

隔壁的房间里似乎传来几声低低的抽泣，他打了个寒战，是不是小调在哭？女人仔细听了听，哭声停了。她说，他晚上睡着了就不会醒的，小孩子都睡得死，可能是在做噩梦。

第二天早晨起来后，他到隔壁房间叫小调去上学，却发现隔壁的床上是空的，小调已经不见了。他把手放在男孩躺过的褥子上，温的，说明男孩刚出去不久。他想他是不是自己去上学了，或者又去了桃园里玩耍。等到中午吃午饭的时候，小调还没有回来，女人去学校找，他则偷偷摸摸去桃园找，生怕路上碰到熟人问他，你妈身体怎么样？你怎么不守着她自己出来了？她身边没人照顾能行？

他溜进桃园，桃园里静悄悄的，没有一个人影。午后的阳光从枝叶间洒下来，斑斑驳驳地落了一地，树底下长着蘑菇、蒲公英，还有滑腻的青苔。他一边找男孩的影子，一边往桃林深处走去。已经走到那口井边了，仍然没有男孩的影子，他知道再往前走就是那三座坟墓了，它们对他一直有一种奇异的引诱，就如同一种必将到来的黑暗蛰伏在那里，他向它们走近的时候总有一种被催眠的感觉。忽然，一片落叶敲在了他的肩头，他猝然停住了，慌忙转身，从桃园里逃走。

直到天黑男孩都没有回家，宋书青和女人打着手电筒在县城里一直找到半夜，几乎把县城里的每一条街巷都找过了，就是没有见到小调的影子。半夜回到小调睡的那间屋子，只见被褥还是他早晨离去时的样子，像一只遗失在大地上的蝉蜕，冰凉而透明。

你还不懂得在这人世间，一场大雪因为过于洁白就会接近春天，有多少日子因为耽于薄酒看起来便像极了快乐，你还不懂得一棵树长得越高离太阳越近，根就扎得越深越暗。那么多植物的苦苦生长，不过就是为了镇压那一场枯而又荣、荣而又枯的徒劳。

他把手伸进那被子里，想触摸到男孩的体温，在那一瞬间他甚至怀疑男孩是不是正躲在被子里和他开了一个玩笑。然而被子里是一团坚固的冰凉，早已没有了温度。他忽然打了一个寒战，像想起了什么，打开柜子寻找男孩的储钱罐。果然，那只小猪储钱罐也不见了。他明白了，男孩带着他的全部积蓄去澳大利亚找他的父亲去了。这时女人又发现宋书青给他买的那身新衣服也不见了，大约是男孩穿走了，他想穿着新衣服去见自己的父亲。

> 背上行李来流浪
> 背上行李流浪，
> 从前有个快乐的流浪汉，
> 扎了帐篷在死水塘旁，
> 古里巴树下好阴凉。
> 他坐着歌唱，
> 等待壶里水烧开。
> 你会跟我一起，背上行李来流浪，
> 背上行李来流浪，流浪，
> 你会跟我一起，背上行李来流浪。
> （澳大利亚民歌）

他们去公安局报了警。一天，两天，十天已经过去了，男孩还是杳无音信，下落不明。女人在县城的每一根电线杆上，每一个十字路口都贴上了白纸黑字的寻人启事，男孩阴森森地站在每一张黑白照片里，如同一个无处不在的幽灵一样逡巡着县城的每一个角落。人们围着照片交头接耳，啧啧摇头，但是没有一个人知道男孩的下落。

男孩已经失踪半个月了。女人连哭泣的力气都失去了，白天晚上陷入一种巨大的昏睡里。这个深夜，他看女人已经睡熟，就一个人出门，飘出麻叶寺巷，向着却波街走去。夜很深了，月光雪白，除了他，街上看不到一个人影，只有零碎的狗吠声像梦呓一般在月光下响起又落下。他无声无息地走过却波街，打开门进了自家院子。屋子里黑着灯，一团死寂。院子里月光流转，满地是荒芜的碎银，就着月光他看到墙头上的砖头有两块掉到地上碎了。大约是有人曾爬到墙头向里窥视时不小心弄掉的。看来已经不止一个两个人在怀疑宋之仪究竟是不是还活着，也许哪天趁他不在家的时候，他们还会翻墙进来，在院子里在屋子里四处寻找关于宋之仪所有的蛛丝马迹。一旦证实宋之仪其实已经死了，他们就会立刻向教育局告状，停止一个死人的工资，并让他退回所有冒领的工资。他们不能忍受，当然也在嫉妒，身边有个活人一直在领死人的工资。

他惊恐地盯着那两块碎砖看了很久很久，然后扑通一声跪在了枣树下，紧紧抱住了那棵枣树哗哗流泪。最近这棵枣树身上的妖气越来越重，叶子油绿，结出的枣一个个都硕大无比，鸡蛋似的挂在枝头，站在墙外都能看见枝头上可怖的大枣。午夜的月光愈发凶猛，把人间的一切剪出了黑白的边缘，他跪在那里只觉得千钧重的月光正夯入他的骨骼，他的血液，似乎整个世界的重量都正压在他的身上，一定要榨出他的那点原形来。他跪在那里一直哭到后半夜的时候，慢慢从地上爬了起来，他环顾了一下四周可有窥视他的人影，见一切寂静，便拿起一把铁锹，在枣树下挖了起来。挖了一会儿他便猛地停住了，再次跪在地上。那埋在枣树下的正是宋之仪的尸体。

月光把一切白的事情都照黑了。白的霜。白的时辰。白的骨头。

小调已经失踪一个月了还没有找到。他不敢回却波街，便终日躲在女人家中和女人一起猜测小调的下落。女人呆呆地说，他会不会是被人贩子拐走卖到别处了啊，他会被卖到哪里？云南，四川，贵州？他要是真被拐走，我就一辈子都见不到他了。他说，如果他能被卖到一家家境好的人家，人家供他上学，给他吃好的穿好的，你说是不是你也会放心一点？女人说，卖到好人家总比跟着我好，我都没有给他买过一件新玩具，他就只有他爸爸给他买的那把宝剑。可是那样他就连妈都没有了，太可怜。他说，或许小调真的被卖到国外了，或许真的就去了澳大利亚了，以后他长大了就过来认你，然后把你也带到澳大利亚。她说，我不该骗他的，不该告诉他爸爸去了澳大利亚，我只是想着说个遥远的外国地名骗他，没想到他会记得这么清楚，是我该死。他说，也说不定再过几天小调就突然回来了，小猫小狗丢了一个月有时候还会自己跑回来的，更何况小孩子还会说话，还会问人。她便期待地看着他，你觉得可能吗？你觉得他还可能回来吗？他说，说不来的，也许明天就回来了。她又更期待地看着他的脸，你说明天吗？你觉得明天有可能，那就等明天吧。

他们等完了一个又一个明天，男孩一直没有回来。有时候半夜院子里有一点响动，女人就会忽然从床上爬起来，披头散发地往外冲，是小调，是小调回来了。冲到院子里一看，只有满地苍白的月光和房檐上倏忽而过的黑猫的背影。

他把女人抱在怀里说，要是小调真的回不来了，我就做你的儿子，我会养着你，会一直对你好。女人只是精疲力竭地哭泣着，并不说话。有丝丝缕缕的月光从窗格子里漏进来，在夜里织出了另一重的时空，在那个时空里，他看到年幼的他正站在窗前，窗前摆着一瓶盛开的桃花，在他身后是宋之仪漠然地走来走去，不去看他，也不去看桃花。在他和宋之仪的身后是一面古老的穿衣镜，年幼的他从镜子里看到了那里面的第三重时空。在那重时空里，年老的他独自坐在一张桌子前，桌子的尽头有一群面目模糊的人正远远看着他。桌子上有盘子和勺子，盘子里是一堆鲜红色的食物。他仔细看去，那食物正在轻轻跳动，那是一颗心脏，是他母亲宋之仪的心脏。

午夜的月光愈发惨白，所有的空间在瞬间凋零为幻象，只剩下床上干枯的男人和女人。

他紧紧把女人抱住，也泣不成声，他从小惧怕走进这个世界，现在，他和这世界之间唯一的遮挡物就是母亲了，准确地说，是死去的已经开始腐烂的母亲仍然为他遮挡着这个世界。他体内的疼痛再次发作，他对女人哀求着，我叫你妈妈好吗？让我叫你妈妈吧。妈妈，我以前对你不够好，我真的对你不够好，我知道错了，可你要给我机会让我改正啊。现在你是我唯一的亲人，就把我当成小调吧，就把我当成是长大后的小调，当我是你的儿子吧。求你了。

一天天过去了，小调还是没有回来。

女人不再试图从他那里取得一次又一次的安慰和假设，却开始提着力气一天到晚往县城里唯一的一座教堂里跑。她终日在那里对着上帝祈祷，和一群年老的女人聚在一起捧着福音书唱圣歌。第一次在教堂里听圣歌的时候她哭得几乎瘫倒在地上，此后逢人就说感觉自己进了教堂像回家了一样，说看来天上真是有一个父亲存在着的，他会眷顾他所有受苦受难的儿女们。

她也不再流泪，脸上终日挂着一层小心翼翼的僵硬的笑容，有人的时候她这样对人笑，没有人的时候她对着石头也这样笑。他有些看不下去了，说，你能不能不要整天都这样笑，老这样笑让人感觉挺害怕的。她指了指天空，低声说，嘘，上帝会听到的。只要我够虔诚，上帝就会照顾我，就会让小调回来的。他们说只要相信就一定会实现。我就在心里想象一个天上的父亲，我信赖他感激他，他就会真心来帮助我。人得信点什么啊，要是什么都不信了还怎么往下活。

他想起了最后变成水仙花的纳西瑟斯，纳西瑟斯愿意沉入水底是因为他相信那水中的倒影是世界上最美的人。那倒影存在与不存在其实都没有太大的关系，只要他相信。

他又想起了《红灯记》中的铁梅唱段："铁梅呀，你不要哭，莫悲伤，要挺得住，你要坚强。学你爹心红胆壮志如钢。"心红胆壮志如钢，她信，她怎么可能不信自己的时代。她怎么可能会觉得自己的时代是一种幻觉？铁姑娘其实与水中优雅的纳西瑟斯又有什么本质的区别？纳西瑟斯，李铁梅，都不过是一群临水照花人，一群靠幻觉活着的人。

微风过处，繁花如雨，落红无数。

他又想起宋之仪给他讲过"邻家妇有美色，当垆酤酒。阮与王安丰常从妇饮酒，阮醉，便眠其妇侧"。

当垆酤酒，眠其妇侧。柳外楼高，雨打梨花。不知春尽。

不知春尽，也挺好。

几千年过去了，我们还在渐渐受难，老去，离世，成灰，唯有留在水中的那些倒影却明艳如昨天。连一丝衰败都不肯。

7

这天他刚走到女人家门口，就被梨状的郭老师一把抓住了。老妇人喘着气说，我就猜你在她家里，你啊你，也不回家去看看，每天就躲在这里，教育局的人正四处找你核实情况呢。他脑子里嗡的一声，嘴上却硬说，他们为什么找我？老妇人看看四下无人，连忙把嘴凑到他耳朵上，听人说宋老师其实早就死了，你瞒着不报教育局就为了还能冒领她的工资，这是真的假的？

　　他立刻面色如土，几乎从地上跳了起来，一把抓住老妇人的胳膊说，这是哪个说的，哪个说的？你带我找他去，我一定要问个清楚。老妇人把胳膊从他手里拽出来，一边观察着他的表情一边说，我就是不信才问你，我说哪个至于连自己的妈死了都不敢给办个体面的葬礼，倒还要冒领着死人的钱，那真是忤逆不孝了。他僵在那里，虚弱地对着空气说，是，哪个至于还要领死人的钱，哪个至于？

　　老妇人又说，那你不回家照料你妈去，一天到晚待在这里作甚？他说，我妈住在乡下养病，我这两天就把她接回来。说完便仓皇逃走。在县城里失魂落魄地游荡了半日，只吃了一个烧饼，又躲进桃林独自待了半日，直到黄昏时分才向却波街走去。正是晚饭时分，却波街上家家户户端着饭碗正坐在门墩上吃饭，不是小米稀饭就是柳叶面，日复一日。他从却波街上一路往前走的时候，所有的眼睛都一路跟着他往前走，这些眼睛都吸附在他的背上，形成了一整块石头或者玻璃一样的物体，冰凉地沉沉地压着他的脊背。前方是从大地里从泥土中缓缓升起的暮色，看上去仿佛是刚刚停泊在这个星球上的巨大飞船，浩大得近于可怖，似乎它将从这个星球上裹挟一切，再带走一切。

　　他就这样一路走到自己家院子门口，开锁走进去。枣树依旧蛮横诡异地站在院子里，黑着窗口的房子看上去愈发神秘破败。自从母亲离开之后，他就再没有勇气独自睡在这房子里。他坐在屋檐下点了一支烟，暮色更重了，不断把他引向一种更深的寂静，这寂静听久了居然如同一种音乐一样长出了肌理和花纹，似乎只要他沿着这肌理走下去就可以走进某一种睡眠。忽然，他跳了起来，原来是烟灰烧到手指了。鲜红的烟头掉在地上，他赶紧吹那只手指。

　　等到手指的疼痛过去了，地上的烟头也熄灭了，一切重归寂静。他忽然觉得不对劲，似乎这寂静比刚才的更巨大更坚硬，几乎像牙齿一样咬住了他。他打了个寒战，慢慢抬起头，却看到在他面前，在夜色的笼罩下，站着十几个人正悄无声息地看着他。他忽然想起进来时没有关门，他甚至不知道他们是什么时候进来的。他本能地后退了几步，然后在夜色中与他们静静对峙着。

　　对面的那群人里终于有人开口了，看不到脸，他却一下听出是对门老段的声音。由于面孔在黑暗中消融的缘故，说话的人可能也意识到了这点，声音听起来与往日很不同，就像是这声音吞噬并消化了他的面孔和五官，觉得骄傲又觉得愧疚，便在这声音里兀自又长出了鼻子、嘴巴、眼睛和牙齿。听他说话的时候，就能感觉到眼睛和牙齿正像蛇一样顺着这声音向他爬过来。老段借助着黑暗的力量，没有做任何掩护就直直说，你把你妈藏到哪儿去了？怎么一个多月了都没有见到她？

他又往后退了一步，舌头几乎咬到了牙齿，他发着抖说，我妈她……回乡下她妹妹家养病去了。

立刻有另一个声音从老段后面冒出来，老早就说你妈回乡下去养病了，怎么能在乡下住这么久？你为什么一直不把她接回来？你就这么不孝？

他挣扎着说，乡下空气好，她想多住一段时间，对病好。

又有一个声音从黑暗中冒出来，那团黑黢黢的人影看上去就像一只九头怪兽，它的每一只头都能吐人言，都长着血红色的舌头。这个声音是女人的，骗谁啊，你妈是帕金森晚期，根本就走不了路，乡下空气好对她有什么用，还不是一天到晚躺着？你这么久了都不管她？

他又往后退了一步，但是已经靠到墙了。他想到这些人都是却波街上的邻居，在一条街上一起住了这么多年，见面总会打个招呼，母亲身体好的时候他们还时常来串门，他从没有觉得他们身上有什么地方让他害怕的，都是些再普通不过的人，虫蚁一般活着。可是今晚，他却忽然觉得他一个都不认识了，他们的面孔齐齐隐匿，他们在今晚变成了一个集体，一个庞然大物。他忽然想起了小时候看到过的忠字舞，又想起了十字街头的广场舞，使这个夜晚忽然变成了一个无比熟悉的陌生夜晚。

又有一个声音朝着他飞了过来，是直直飞过来的，带着某一种利刃，空气里都能听见寒光一闪。这个声音苍冷地说，是不是你妈其实早已经死了，你为了能继续领她的工资所以不敢告诉别人，也不敢下葬她？

他整个人都贴在了那面墙上，他真想把自己埋葬在那面墙里。他几乎要哭了，他说，没有没有，真的没有，我妈妈好好地在乡下，我明天就去接她回来。

另一个声音很熟悉，是对面的段老太，光听你说回去接人就说了好多次了，总是不见你接回来，恐怕这人根本就不在乡下吧。

他几乎号啕起来，在，在，你们信我，她在乡下，真的在。

又一个声音说，我们工人们早早下岗就没有了一分钱收入，老了就几百块钱退休金，领一次还得自己去按手印，就是病倒了，爬也要爬过去按这个手印。他们当老师的凭什么就拿比我们多得多的工资，退休以后的钱还可以让别人代领。一样出力干活，凭什么我们这些工人就这么可怜，就要活在社会最底层。现在你妈已经死了，你什么都不干却还要领着她的工资，我们却拼死拼活累一个月也拿不到一个死人的工资。

他只是本能地张着嘴一开一合，像条马上就要窒息的鱼，他只是机械地重复，活着的，活着的，她活着的。

人群里的愤怒越来越浓重，像白天被晒过的花香在月光下开始发酵开始膨胀，开始变成另一种更庞大坚固的物质。有人说，现在我们就进去找，看他能把他妈藏到哪里去，那么大一个人，要是死了这么多天藏在屋里，都不知道臭成什么样了。众人响应，于是呼啦一声，人群拥进了屋子，灯啪地被打开了，他站在院子里看到一群人的影子如皮影戏一般在窗前游动。他们在两间屋子里丁零当啷地找了半天，什么都没找到便又回到院子里来。就着屋子里流出的灯光，他看到每个人的脸上都有一个镀金的侧面，像青铜的面具。这群人在院子里也寻找了一圈，正四处翻找无果，忽然有人指着枣树下的花池说，会不会是埋在这里了，我在墙外就看见他家的枣树长得不对劲，像追了大力肥一样有劲，枣比鸡蛋还大。

于是有人拿起铁锹就在枣树下的花池里挖了起来，又有人从自家拿来铁锹也帮忙挖，三五个人在月光下挖了很久，直到在枣树下挖出了一个阴森森的大坑，仍然什么都没有挖出来。只好作罢。

折腾到后半夜有人说还是回去睡觉吧，人群便陆续结伴散去。临出门前，一个女人还是回头对他说了一句，你不说你妈在乡下吗？那你明天就接回来，要不我们就集体去告你的状。

人群终于消散了，只留下空落落的院子和院子里的他。新鲜的被挖开的土坑在月光下裸露着，犹如一个血淋淋的伤口呈在那里。他彻夜坐在那土坑边抽烟，把烟头像种子一样一根一根埋入坑里。

第二天早上，他正向麻叶寺巷走去想去看看女人的时候，忽然见街上的人都哗啦啦朝一个方向跑。只听见两个小孩子一边跑一边兴奋地说，快去看快去看，那边修下水道的时候挖出了一个死孩子。他脑子里轰隆一声，几乎站立不稳，他连忙扶住墙站了一会儿，然后跌跌撞撞地往麻叶寺巷冲过去。他冲进女人家的院子，院子里静悄悄的没有一个人。他跑进屋里，也没有一个人。他明白了。再走出院子的时候，还有很多人一路小跑着紧走着往前赶，好像今天是一个盛大的节日。他也被人流裹挟着往前走，甚至都不用自己迈步居然也走到了事发现场。

挖下水道的工程已经被暂时搁置，挖开的管道边围着厚厚一圈人。他四下里看看，这是麻叶寺巷和沙河街的交叉口，其实离女人家根本没有几步。挤进去的人群无不发出惊叹声，有的从人群里跳了出来，捂着眼睛表示不敢再看，有的一边嘴里啧啧着一边却上瘾了似的又回头看去。他站在那里只听见里面有人说，可惜哇，这才多大的孩子，怎么被埋到这里了？你说是不是人贩子把小孩打死了，还是小孩偷东西被打死了。又有人说，这是哪来的小孩，怎么也没父母管着，是不是没吃的饿死了？有胆大的使劲探头往前看，边看边向后面的人汇报，看不清啊，脸都腐烂了，哎哟，烂得什么都看不清了，不过衣服没烂，头发没烂，看穿的衣服应该是个男孩。

他站在几步之外看着这圈密密匝匝的人，他觉得此刻自己一个人正在水底看着这群人在水面上划船嬉戏。他只能看到他们的船底，却无论如何都游不上去，都接近不了他们。他恍惚听到他们说的话了，也明白他们在说什么，又恍惚觉得听到的不过是吃饭时的闲话，是来自异国他乡的传说，这传说距离他还有十万八千里，他不需要担心，也不用害怕。但在这样安慰自己的同时，他却感到自己其实越来越焦虑，越来越恐惧，他眩晕到几乎站立不住。他紧张地寻找着女人的影子，不知道她此刻在不在这人群里挟裹着。

半天看不到女人的影子，也许她还没赶到。他深深吸了两口气，站稳了，咬住了牙，使劲朝着那圈厚厚的人墙撞去。围观的人措手不及有人要这样往里撞，都骂骂咧咧起来，齐齐回头看他。他趁着这空隙硬是蛮横地挤了进去，面前的土坑里果然躺着一具小小的尸体。他忍着巨大的眩晕和恶心仔细辨认着那具尸体，尸体已经严重腐烂，脸看不清了，但身上穿的衣服还能看清，多长的头发也能看清。他想起小调走的那天身上穿的是那身他买的衣服，便仔仔细细地辨认着尸体上的那身衣服，最后断定这一定不是小调的衣服，又觉得尸体的身高也要比小调高些。他松了一口气，两腿一软，便坐在了地上。他心里想着，赶紧和女人解释去，赶紧告诉她，不是，不是小调。

正在这个时候，人群最外面忽然传来长长一声尖叫，那声音像是从一个山洞的最深处，最靠近心脏的地方发出来的。黑暗浓烈，类似于兽的声音。所有的声音瞬间戛然而止，齐齐回头寻找着那个声音的源头。

他坐在地上就明白了，他拼命想从地上爬起来，却起了几次又跌倒，最后他终于支撑起自己摇摇晃晃的身体从人群最里面撞了出去。然后他一眼看到了人群最外面一个匍匐在地一动不动的女人。

他架着女人走出人群，一步一步往前走。女人已经走不了路了，只是被他架着，拖着两只脚往前移动。看热闹的人群又从男孩尸体那里分散出一部分，紧紧跟在他们后面。他拖着女人往前挪，女人不看他，也不看路，不知道正看着哪里。他对她说，我已经辨认过了，不是小调，绝对不是小调，你放心，一定不是小调，那是别人家的孩子，真的不是小调。她不说话，也不哭，看她的侧面，安详得可怕，简直什么都看不出来。她好像已经听不懂他说的话了，她根本不知道他在说什么。上午的阳光十分灿烂，把她的脸照得特别清楚，他像是第一次看清楚了她究竟长什么样。她居然长着两排长睫毛，眼睛虽然睁大了朝前望，却像是看不到任何东西。他又口干舌燥地说了一句，真的不是小调。她仍然不语。

他们沿着麻叶寺巷一步一步往前挪，他想起第一次在那棵大桃树下见到男孩的情景，男孩握着那把磨起了边的塑料宝剑，十分爱惜地对他说，给你玩一会儿吧，这真是一把好剑啊是不是？又想起男孩仰起头对他说，告诉你一个秘密吧，我有一只储钱罐，里面已经攒了一百个金币了，我已经有一百块钱了。等我攒够了金币，我就坐轮船去澳大利亚找我爸爸去。

女人还是没有发出一点声音，一点动静都没有。他有些害怕了，他使劲捶着她的背，想哭就哭吧，哭出来就好，求求你了，你哭出来吧。女人好像终于听懂了他在说什么，她的表情开始慢慢变化，她的嘴角她的眉梢她的目光在阳光下都忽然开始了一种奇妙的化学变化，这变化很缓慢很迟钝，就像一种物质还不足以彻底质变为另一种物质，只像电影分镜头一样一点一点地上演着。忽然，他浑身一怔，便立在那里动不了了。在他刚才侧过脸去看她的一瞬间，他绝望地看到了她脸上最后的表情，是一种很诡异的笑容。

他明白了，她终于被自己的恐惧逼疯了。

8

男孩的尸体一直无人认领。最后他主动要求处理男孩的尸体，他把他埋在了桃园深处。那里已经有大大小小的四座坟了，一座是看桃园的老人的，一座是瘸子的，一座是那条叫花花的狗的坟墓，另外一座是宋之仪的。他在那个月夜，悄悄把她从院子里的枣树下挖出来，又悄悄把她埋进了桃园深处。现在，在它们的身边又添了一座小小的坟。一个陌生男孩的坟。

他坐在它们旁边，久久陪着它们，点起一支烟。正是秋天，肥熟的桃子无人来采摘，只有大喜鹊和麻雀们整日飞过来觅食，熟透的桃子扑通一声掉在地上，过不多久它将会被风沙掩埋到泥土里，腐烂，发酵，然后是冬天一场大雪覆盖其上。等到来年春天的时候，这只桃子会不会就又长成一棵桃树？那把一个人埋入土中，到底会生长出什么？他想起了小时候他唯一一次坐火车出门的经历，那次是母亲带着他去父亲的老家河北。绿皮火车在平原上慢慢爬过的时候，他从火车车窗里看到路边的荒原上有很多大大小小的坟墓，有的挤在一起抱成团取暖，有的孤零零地坐在旷野上终日与一棵老树为伴。有的怀抱着一块体面的墓碑，有的只是寒酸干瘪的一抔黄土，随时会被风沙踏平。他平生第一次发现在没有人烟的荒野里居然聚集着这么多的坟墓，甚至发现它们的数量其实并不比活着的人们少。它们无声无息地聚在一起，却好像已经结成了另一个属于它们的王国，在它们的王国里也有风有雨有花有草有朝霞有落日，也许还有国王和仆从，有穷人和富人。它们有它们的四季，它们有它们的循环，甚至它们是永生的。那些千年的老坟会在岁月里修炼出类似于江河群山或群山之上的烽火台的气质，永固，彪悍，坚不可摧。远远看着它们的怡然平静，你并不觉得它们是这大地上的创伤，而是，它们只是这缤纷大地上的一个群落。

　　　　犹如麦田。
　　　　犹如鸦群。
　　　　犹如农人。
　　　　犹如动物。
　　　　犹如植物。
　　　　犹如城市。
　　　　犹如乡村。

　　我在麦田中间，诚恳，坦率。负担爱的到来和离开。也负担亲人的到来和离开。低矮的屋檐，预备好了为途中的麦子遮雨。

　　他想，活人的世界在它们看来，是不是其实只是一种幻觉，一场大梦，因为它们早知道他们必然的结局，便由着他们，纵容他们，宠溺他们，把他们当成孩子，直到他们也变成它们的那天。

　　眼前这五座大大小小的坟墓错落有致地聚在一起，看不出它们活着时有什么宿怨，有什么悲伤，甚至也看不出它们有过什么往事。现在它们只是在秋风中安安静静地陪伴在一起，也许不久，它们将连最后的一点肉身都消散成烟，它们曾经作为人和动物的痕迹将从这世界上彻底消失。而它们雪白的骨头将如所有的种子一样深埋在泥土之下，衍生为一棵新的桃树，一只新的蝉，一株新的蒲公英，一个新的孩子。

那个叫小调的男孩仍然没有回来。他已经发疯的母亲日日守在门口望着那条他离开的路。

宋书青再次出现在了却波街上。此时宋之仪已经在教育局正式被注册死亡，工资停发。冒领的工资被退回。这日宋书青穿了一双布鞋，布鞋的前脸上蒙着一层白色的孝布，这是在给亡者祭孝的意思。他背着一只大筐，筐里装满了五颜六色的布料，他在夕阳下慢慢走过去的时候，简直像背着一筐璀璨的晚霞。却波街上的十户人家，他挨家挨户地走进去，放下一匹布料作为对母亲丧事的回礼，邻居们一脸惭愧，慌忙摆着手，不行不行，不能要不能要，我们又没上礼，怎么能要你的回礼？宋书青并不看对方的脸，也不说话，只是放下布，又在院子里趴下身，对着眼前的人毕恭毕敬地磕了一个头，就离开了。再进下一家院子。他一家一家地磕过去，一家一家地留下一匹布料，路过自己家门口的时候，他只看了一眼，就从那扇门口过去了。枣树油绿色的枝叶正在墙头摇曳着。他走过的地方，邻居们一路送出来，集体站在背后默默目送着他。

已是黄昏，落日又在西边的群山之上烧起了一把大火，小城看起来无比宁静祥和。一群燕子从巷子上空呼啦啦飞过，向远处的魁星楼飞去。他一步一步走出了却波街，慢慢走远，慢慢从人们的视野里消失了。

此后再没有人在交城县见过宋书青和那疯女人。

后来听一个去省城玩刚回来的人和别人讲，他带着孩子在汾河公园游玩的时候见过宋书青和那女人。他们在汾河里划着一只租来的小游船，正一圈一圈地在河里转圈。

他听见宋书青一边划船一边对坐在船上的女人说，沿着这条河一直划下去就可以到澳大利亚了。